이
오
덕

일
기

이 오 덕 일 기

1 9 6 2 · 2 0 0 3

 양철북

나의 꿈

나는 올해가 일흔이 꽉 찬 나이인데도
아직도 어린애 같은 꿈을 꾸며 살아간다
산속에 가서 한 포기 풀같이 살아가는 꿈
산속에 가서 한 마리 새같이 살아가는 꿈

간밤에도 자리에 누워
가슴 두근거리며 잠을 못 잤다
아침 햇빛을 받아 온몸을 떠는 풀이 되어
저녁노을 바라보며 나뭇가지에 눈감고 앉아 있는
한 마리 새가 되어…

내가 바라는 것은 그저 하늘과 구름

해와 달

별과 바람

이른 봄 담 밑에 돋아나는 조그만 풀싹

초가을 도랑가에 핀 하늘빛 달개비꽃

풀숲에 울어 대는 벌레 소리…

지금도 나를 기다리고 있을 그 많은 형제들을 생각하면

잠이 오지 않는다

나는 뜬눈으로

이 밤에도 꿈을 꾼다

읽어 두기

1 이 책에 실은 일기는 이오덕 선생님이 1962년부터 2003년에 돌아가실 때까지 마흔두 해 동안 쓴 일기를 바탕으로 했습니다. 2013년에 펴냈던 《이오덕 일기》 다섯 권을 새롭게 정리해서 한 권으로 펴냅니다.

2 이오덕 선생님이 쓴 글을 그대로 살리기 위해 문법에 맞지 않는 표현만 바로잡았습니다. 선생님이 지금 맞춤법과 달리 띄어 써야 옳다고 여긴 '우리 말' '우리 나라' 같은 말은 살렸습니다. 선생님이 우리 말 바로 쓰기 운동을 확실하게 하기 전인 1980년대 중반까지는 선생님이 절대로 써서는 안 되는 말로 분류한 '~등' '~적' 같은 말을 가끔 썼습니다. 이것은 그대로 두었습니다. '국민학교'도 그대로 두었습니다.

3 일기에서 이름, 지명, 책 제목 따위를 알아볼 수 없는 것이 있었습니다. ○○○로 표시하고 '알아볼 수 없음'이라고 했습니다.

4 본문에 작은 글씨로 쓴 설명과 각주는 편집자가 붙였습니다.

5 여는 시 '나의 꿈'은 이오덕 시집 《무너미 마을 느티나무 아래서》(한길사)에서 뽑았습니다.

6 일기 가운데 어떤 일기는 일부분만 실었습니다. 되풀이되는 일상 이야기는 덜어 내고 기록으로 남길 만한 사건 중심으로 실었습니다.

1부 1962~1986

이오덕이 교사로 일하던 시절로 경북 청송, 상주, 안동, 봉화, 영주에 있는 산골 학교를 옮겨 다니면서 '일하는 아이들'과 그들의 삶을 만났다. 아이들이 병들지 않고 제 스스로, 삶의 주인으로 살게 하기 위해서는 '삶을 가꾸는 글쓰기 교육'을 해야 한다고 생각하고, 실천했다. 그 시절 학교와 우리 나라 교육 현실을 자세히 엿볼 수 있다.

1962년 9월 19일 수요일*

첫째 시간 출석도 부르기 전에 돈을 내놓는 아이가 있다. 대구 종합운동장 확장 기금이다. 아직 10여 명이 안 가져와서 이걸 그냥 두면 다음 또 다른 돈을 모을 때도 안 가져오겠다 싶어 어제 독촉했던 것인데, 오늘 한 사람 가져온 것이다. 못 낸 아이들을 불러냈다. 야단을 쳤다. 돈 2원이 없어서 못 가져온 아이 손들어라 하니까 대여섯 명이 든다. 거짓말이라고 또 야단쳤다. 홀찌럭홀찌럭 우는 아이가 있다. 이성자가 "순조 자는 돈이 없어서 만날 이웃집에 가서 얻어 와요" 한다. 그래 순조만 들어가게 하고 남은 아이들을 또 야단치고 내일 가져오라 해서 들어가 앉게 했다.

　　돈 독촉을 하고 나니 공부를 가르칠 기분이 안 났다. "너희들 나중에 크면 뭘 하겠나?" 하고 물어봤다. 대답이 없다.

　　"남경삼이, 너 뭐 하겠나?"

---

* 1944년 4월 7일부터 교사 생활을 시작했다. 처음 간 곳이 경북 청송군 부동공립국민학교였다. 여러 학교를 옮겨 다니다 1961년 10월 10일부터 1964년 9월 30일까지 경북 상주군 청리국민학교에서 아이들을 가르쳤다.

"나, 국수 빼요!"

절로 웃음이 난다. 이 아이 집은 국수 빼는 집이다.

"위원복이, 넌 뭘 할래?"

대답이 없다. 순경 아들이다.

다른 아이 몇이 "농사해요" 하고 대답했다.

"선생님 되고 싶은 사람 없어요?" 하고 물으니 아무도 말을 하지 않는다. 선생질하고 싶은 아이는 없는 모양이다.

"너희들 생각이 좋다. 농사짓는 것도 좋고, 국수 빼는 일도 좋다. 부디 모두 착한 사람, 부지런한 사람 되어라. 다른 것 다 좋은데, 너희들 제발 선생질은 하지 마라. 참 선생질 못 할 짓이다. 이렇게 돈 없는 아이들 졸라서 울리고, 날마다 성내고 고함치고 해야 하니 말이다. 난 이제라도 이런 선생 노릇 치우고 다른 일을 해서 돈을 많이 벌고 싶다. 그래서 그 돈으로 너희들같이 돈 없는 아이들에게 공책도 사 주고, 연필도 사 주고, 크레용도 사 주고, 과자도 사 주고 싶다."

이래서 좀 기분이 나서 산수 공부를 시작한 것이다.

1962년 9월 21일 금요일

정하우가 청소도 안 하고 장난치면서 유리창에 물을 뿌렸다 한다. 그래 하우만 남으라고 했다.

"넌 오늘 산수 시간에도 공부를 안 하고, 그림도 안 그리고, 청소도 안 했으니 이대로 갈 수 없다."

다른 아이들이 다 돌아간 교실 구석에 풀이 죽어 서 있는 하우를 자리에 앉으라 했다. 이런 아이는 앞으로 '벌 공부'를 시키자는 묘안이 떠올랐다.

국어책을 펴고 오늘 배운 곳을 공책에다 베껴 쓰라고 했다. 울상이 되어 연필을 빨아 가며 한 자 한 자 쓰고 있다. 한 시간쯤 지나니 하품을 자꾸 한다. 몹시 싫증이 나는 모양인데, 그래도 선생님의 명령이라 어쩔 수 없이 쓰고 있는 모습이 측은한 생각이 들었다. 옆에 가 보니 ㄹ 자를 쓰는 차례가 틀린다.

"그만 쓰고 리을 자만 두 줄 써 봐라. 네가 쓰는 차례가 틀린다"하고 써 보였다. 그래도 한 줄 쓰는 데 두세 번을 틀리고는 지우개로 지워 고쳐 쓰곤 한다.

"하우야, 너 무슨 시간이 제일 좋으냐?"

아무 대답이 없다.

"보건(체육) 시간이냐?"

"예."

힘없이 무표정하게 대답한다.

"제일 싫은 공부는 뭐냐?"

아무 말이 없다.

"산수가 싫으냐? 국어가 싫으냐?"

"산수요."

"음악하고 미술하고 어느 게 좋으냐?"

"미술요."

다음은 가정 형편을 물어보았다. 아버지는 어제 소 띤기로(뜯기러. 풀을 뜯어 먹이러) 갔는데, 오늘은 모른다 한다. 형이 있는데 몇 살인지 모르고, 국민학교에 다니다가 말았다고 한다. 동생은 둘이란다. "집에 가서 리을 자 한 줄 더 써 보고, 내일 올 때는 이웃에 있는 종수를 꼭 데리고 오너라"하고 보냈다. 교실을 나서는 하우의 발걸음이 가벼운 것 같았다.

공부를 못해서 시간마다 꾸지람을 듣는 아이들은 학교생활이 얼마나 괴롭겠는가? 하루하루가 무거운 짐이 되어 그들의 어깨를 누르고, 마음을 누르고, 그래서 천진한 품성마저 비뚤어지기가 보통이다. 공부를 못하는 아이가 보건만은 좋아하고, 운동장에서 자유롭게 뛰어다닐 수 있는 쉬는 시간이나 점심시간을 얼마나 기다리고, 해방의 시간으로서 그들에게 필요한가 하는 것을 생각해 본다.

아이들은 대체로 미술을 좋아한다. 크레용만 있으면 무엇이든지 제 마음대로 이야기를 하면서 그릴 수 있다. 남의 흉내만 안 내고 제 마음대로 그리면 무엇을 어떻게 그려도 칭찬을 받으니까 그렇겠지. 글짓기같이 글자의 저항이 없는 것도 그림 그리기를 좋아하는 이유가 될 것이다.

음악도 싫어하는 아이가 없는 것 같은데, 좀 더 재미있는 음악시간이 되도록 하려면 역시 가르치는 방법을 연구할 필요가 있다.

공부 시간에 꾸중만 듣는 아이가 청소 시간에 크게 활

동하거나 장난을 치는 것도 이해가 된다.

지금은 4시 5분 전, 아무도 없는 교실에는 때 묻고 찌그러진 조그만 책상들이 60여 개 나란히, 꼭 아이들이 귀엽게 나를 쳐다보는 것 같다. 뒤편에는 오늘 그린 그림들이 걸려 있다. 거기에는 운동장에 뛰노는 아이들의 온갖 모습들이 재미있는 선과 아름다운 색으로 나타나 있다. 그리고 전시판 밑에는 조그만 손으로 주물러 짜서 걸어 놓은 걸레가 널려 있다. 내일 아침이면 또다시 온갖 희망과 걱정과 슬픔을 안고 67명의 어린 생명들은 이 교실을 찾아올 것이다. 교사라는 내 위치가 새삼 두려워진다. 이렇게 괴로운 시대에 내가 참 어처구니없는 기계가 되어 어린 생명들을 짓밟고 있는 것이 아닐까 생각할 때 견딜 수 없는 심정이 된다.

두고두고 생각해 보자. 어떻게 이 아이들을 키워 갈 것인가? 어떻게 하면 아이들의 세계에 파고들어 가 그들과 함께 살아갈 수 있을 것인가?

1962년 10월 13일 토요일
오늘은 소풍이다.

의논이 되어서 청상 절까지 가기로 했다.

절 있는 곳이니까 역시 좀 비범한 풍경이다. 잡목이 울창한 골짜기에는 바윗돌 사이를 맑은 물이 흘러내렸다.

점심을 먹고 나는 희망하는 아이 넷을 데리고 골짜기 안까지 탐사하러 갔다. 상당히 깊은 골인데, 골안에는 지금은 비어 있는 집이 한 채 있고, 농토까지 있으며, 누가 목장 계획을 하고 있다고 들었다.

꼬불꼬불 길을 자꾸 올라가니 한 시간쯤 됐을까, 과연 집이 한 채, 계곡 사이 약간 넓은 평지에 서 있었다. 문짝도 없고, 방 안에는 건초를 재어 놓았다. 밤나무, 감나무, 오동나무 들이 있고, 포플러도 있다. 논밭이 조금 있어, 논에는 벼가 익었고, 밭에는 무와 메밀이 있었다. 골짜기 양편에는 자욱하게 잡목이 들어섰다. 다시 더 안쪽을 올라가기로 해서 자꾸 들어갔다. 어디서 사람 소리가 나서 살피니 계곡 옆에 집주인인가 나무에 올라가 감을 따고 있었다. 길은 점점 좁아져서 나뭇가지를 헤치면서 올라가야 했다. 버섯이 나온다더니 보이지 않고, 잡목만 자욱해서 끝이 없었다. 버섯이 난다는 곳은 다시 더 올라가 산 중턱까지 가야 하나 보다 하고, 남아 있는 아이들이 기다릴 시간이 가까워서 그만 발길을 돌렸다. 산허리쯤 올라가면 무서워서 안 된다는 것이 사람들의 말인데, 아이들만 없었다면 나 혼자 산꼭대기까지 올라갔을 것이다.

청상 골짜기는 돌이 많고 산이 험하고 잡목이 우거져서 목장으로는 적당하지 않을 것 같다. 내가 아무리 산을 좋아한다고 해도 거기는 너무 적적하고, 너무 무섭고, 너무 길이 험하고, 너무 산수가 비범해서 살 것 같지 않다.

학교에 돌아오니 4시 반이더라.

소풍을 갔다 와서 새삼 느낀 것이 있다.

아이들이 소풍을 좋아하는 것은 공부 안 하고 뛰노는 재미도 있겠지만, 무엇보다도 점심 먹는 재미다. 그래서 아이들에게는 먹는 소풍이다. 어른은 어떤가? 선생님들도 수업을 쉬고는 들로 산으로 나가니 즐겁다. 선생님들에게는 먹는 소풍이라고까지 말할 수는 없겠지만 그래도 이 먹는 것은 무시할 수 없다. 그리고 이 먹는 것이란, 아이들이 가져오는 데서 문제가 시작된다. 말하자면 아이들한테 얻어먹는 소풍인 것이다. 점심밥, 과자, 사이다, 술… 이런 것을 한 보따리씩 얻어서 나눠 먹는다. 그리고 남은 것을 학교까지 가져와서, 소풍 못 간 일직 선생님이나 교장, 교감 선생님과 함께 앉아 또 먹는 시간을 즐기게 된다. 이래서 선생님들에게도 더욱 반가운 소풍이 되는 것 같다. 도시는 농촌보다 소풍의 폐단이 더 심하겠지.

"자네 반엔 뭣이 들어왔나?"

"우린 이것뿐일세."

이래서 아이들도 으레 선생님께 드려야 할 몫을 더 가지고 간다. 여학생들은 의논해서 모두 조금씩 내어 모아서는 선생님께 드리는 재간을 발휘한다. 나도 이런 풍습 속에서 어설픈 점심밥을 수십 번 먹어 왔나 보다.

그런데 이번 청상골 소풍에서 나는 그 어느 때보다도 더 어설픈 점심을 먹었다. 아이들에게는 점심을 먹으라고 일러 놓고 나도 먹어야 하겠는데, 저 아래쪽에서 1학년 선생님들이 손짓하며 불렀다. 점심은 으레 여럿이 한자리에 모여 앉아 먹는 풍습인 것이다. 나는 별 생각도 없이 내 도시락을 들고 갔다. 가 보니 벌써 과자랑 과일이랑 사이다며 술병들이 놓여 있고, 같이 먹자 한다. 나는 그제야 비로소 내 반 아이들한테서 아무것도 얻어 오지 않은 것을 깨닫고, 바윗돌 위에 혼자 앉아 도시락 보자기를 풀었다. 1학년 선생님들이 먹고 있는 데 끼어 같이 먹을 기분이 도저히 나지 않았던 것이다. 자꾸 오라고 했지만 나는 기어코 나 혼자 따로 앉아 먹고는, 어쩔 줄 모르다가 그만 "저 위 골안에 갔다 오겠습니다" 하고 2학년 강 선생님한테 말하고는 그만 그 자리를 떠났던 것이다.

1학년 선생님들이 얻어 놓은 과자를 내가 주워 먹더라도 어찌 맛이 났겠는가.

또 가령 나도 한 보자기 얻어 그 자리에 갔다고 하더라도, 아무 거리낌 없는 즐거운 마음으로, 아이들이 들여다보고 있는 거기서 과일이며 과자를 먹고 좋아할 수는 도저히 없었으리라.

나는 지금까지 얼마나 사람답지 못한 짓을 아무 비판도 없이 그대로 따르고 있었던가?

이번 소풍에는, 아침에 비가 와서 갈 것 같지 않아 그만 준비를 못 했다. 다음 소풍부터는 내가 먹을 점심밥과 함께 과자나 과일 같은 것을 사 가지고 가서, 선생들에게 주든지 아이들에게 주든지 내가 먹든지 하리라고 단단히 마음먹었다.

1962년 10월 23일 화요일

아침에 교실에 있다가 보니, 참새 한 마리가 들어와 나가지 못하고 천장으로만 돌아다닌다. 아이들이 알면 야단일 텐데, 대여섯 명의 아이들이 교실에 있어도 아직 모르는 모양이다. 곧 바깥에 있는 아이들을 부르고, 그래서 참새 잡는다고 고함을 치고 하여 큰 소동이 벌어질 것 같았다. 그런데 뜻밖에도 참새를 발견하고도 야단하는 아이가 없다. 한 아이가 "아, 참새가…" 했을 뿐, 다른 아이들도 날아다니는 것을 보고만 있다.

"창밖으로 나가면 될 건데…" 하고 뜻밖에 동정을 하기도 했다. 그래 내가 "창문이 낮아서 낮게 내려오면 아이들한테 잡힐까 싶어 천장으로만 돌아댕기는 모양이다" 이렇게 말했더니 어떤 아이가 "그럼, 우리 모두 나가 주자!" 하고 나갔다. 다른 아이들도 따라 나갔다. 참 뜻밖의 아이들이구나 싶었다.

참새는 자꾸 천장에만 붙어 날고, 언제 창문으로 빠져 나갈지 모르는데, 창문은 모두 열려 있으니 설마 나가겠지 하고 나도 교실에서 나와 사무실로 갔다.

한참 뒤에 돌아오니 "선생님, 참새가 떨어졌어요. 여기 나갈라고 하다가 유리에 부딪쳤어요" 한다. 결국 열린 곳으로 안 나가고 하필 유리에 부딪쳤구나, 제비 같으면 눈이 밝아 유리를 알아차리는데 참새는 할 수 없구나, 하고 보니, 유리창 바깥쪽 음료수 양동이를 놓아둔 선반 위에 떨어져 누웠다. 아주 죽지는 않았다. 피도 안 나는데, 단 한 번 부딪쳐 떨어진 것을 보니 어지간히 세게 들이받은 모양이다. 아이들이 모두 가만히 보고만 있다. 내가 손바닥에 놓아 눈을 감겨 주고, 한참 동안 살아나기를 기다리다가 찬물에 입부리 끝을 적셔 주기도 하니 차츰 생기가 도는 것 같았다. 그래 한참 뒤에 손바닥을 펴서 보니 일어나 앉았는데, 날아갈 줄 모르고 있다. 기운이 아주 빠져 버린 것 같기도 했다. 조금 있다가 공중에 약간 던져 보니 날아서 교실 문짝 위, 지붕과 천장 사이 틈에까지 날아가 앉아 가만히 있다. 인제 살겠지, 하고 아이들에게 "다른 학년 아이들이 돌 못 던지게 해라"고 말하고 사무실로 갔다. 아마 잘 살아갔을 것이다.

나는 이 참새 사건에 큰 감동을 받았다. 아이들의 마음이 이만큼 부드러워졌는가 싶으니 반갑고 기쁘기 말할 수 없었다. 이것은 내가 실천한 교육의 성과를 바로 눈앞에서 확인한 사건이었다. 내가 가르친 이 아이들만은 앞으로 언제까지나, 땅바닥을 기어 다니는 조그만 벌레 한 마리도 아무 이유 없이 죽이지는 않을 것이라고 생각하니, 오늘도 내일도 이 아이들을 위해 있는 힘을 다 바쳐 가르쳐야 되겠다는 마음이 용솟음쳤다.

1962년 11월 22일 목요일
이렇게 추운 날에 풀씨를 따러 산으로 가야 했다.

이제 와서 풀씨 따러 가야 하는 것은 생억지지만, 산에 가는 것은 비록 겨울이 다 된 날이라도 즐겁다. 아이들도 즐겁고 나도 그렇다.

"와아!" 하고 아이들은 산으로 달려간다. "선생님, 이거 무슨 풀이라요?" 하고 묻는다. 내가 풀이름을 알 리 없다. "선생님, 이거 원수 갚는 거라요" 한다. 옷에 닿으면 씨가 달라붙는 것인데, 그것조차 이름을 모르겠다.

"선생님, 숟가락 만들어 줄까요?"

댓잎을 따서 무엇을 만들고 있는 아이가 말한다.

숲이 꽉 우거져 있는 산에 들어가서, 아이들과 나는 턱도 없이 좋아서 노래를 부르고 지껄여 댔다.

"선생님, 윤원이가 코피 나와요. 마구 줄줄 나와요."

놀라서 달려가 보니 소나무에 머리를 부딪쳤다고 한다. 바위틈 샘물에 씻으니 피는 곧 멎었다.

나는 향기가 나는 무슨 풀씨를 주머니에 가득 따 왔다.

한 주일에 한 번씩이라도 이런 날이 있었으면 좋겠다.

1963년 2월 6일 수요일

겨울방학 동안 아무것도 못 하고 말았다. 방학을 이렇게 보내고 나니 한 해를 허송한 것 같다. 감기로 방학 전후 50여 일을 앓아누웠던 것이다.

1월 19일 의성서 기침을 하면서 돌아온 것은, 서울서 책 출판에 대한 소식이 올까 싶어서다. 그리고 전근 내신을

20일 전에 하게 되어 있는 것이다.

어디 분교장에 가려고 하다가 영동이나 신동 같은, 강가의 조그만 학교로 내신을 해 달라고 교감 선생한테 부탁하고는, 다시 이튿날 아무래도 건강에 자신이 없어서 취소했다.

2월 1, 2일은 결근하고, 4일부터 겨우 출근했다.

출근하는 첫날 지참했다. 출근부에 지참이란 도장이 찍혔다. 출근부는 카드로 되어 있고, 전근하면 어디든지 가져가게 되어 있는 것도 처음 알았다.

교장은 2월 1일부터 아이들 앞에서도 고래고함을 질러 지각 안 하도록 강조했다고 한다. 아이들은 9시 반에 시작하는데 기어코 9시까지 나오도록 하여 30분 동안 난로도 못 피운 교실에서 떨게 하고, 10리 길을 1학년 아이들이 새벽밥 먹듯 하여 막 뛰어오게 했다. 4일 날 종례 때 몇몇 직원들이 아이들 생각하는 발언을 했다. 가장 인정이 없어 보이던 여교사 ㄱ 선생까지도 이런 말을 했다.

"지각할까 겁이 나 아침밥도 안 먹고 오는 아이가 방학 전에 17명이나 있었는데, 지금도 그런 아이가 많습니다."

그러나 교감 선생은, 지금 교장 선생님이 안 계시니 학교 경영 책임자의 지시에 따르는 수밖에 없다면서 직원들의 의견을 무시하고 말았다. 교사들이 말하는 지극히 당연한 교육적인 견해가 여지없이 짓밟혀 버리는 곳에 아이들의 인권을 키워 가는 참교육이 이뤄질 수 없는 것은 너무나 환하다.

학교 바로 옆에 있는 내가 보리밥을 끓여 먹고 부랴부랴 나와도 지각을 하는데, 아이들이 안 그렇겠는가? 어제는 영하 10도(바깥은 더 온도가 내렸으리라)의 추위였는데 지각한 학생이 교문에서 30분도 넘게 추위에 떨고 벌을 서 있었다(요새 따뜻해졌다는 날씨가 이렇다). 교장 선생의 말이면 덮어놓고 그걸 그대로 받들어 외우듯 하여 아이들을 들볶는 무지한 젊은 교원들이 한심하기 짝이 없다.

장에 쌀이 안 나온다. 쌀을 받으려면 상주나 옥산에 가야 한다. 땔나무를 사려니 나무도 안 나온다. 이런 곳에 있다가는 큰일 나겠다는 생각이 든다. 첫 출근 날 학교 분위기가 그만 숨통이 막힐 지경인데, 먹고 자는 생활까지 이렇게 어려운 무인고도 같은 곳이니 말이다. 어젯밤 나는 이런저런 일을 생각하며 이불 속에서 잠을 자지 못했다.

서울서는 소식이 없어, 이원수 선생*께 편지로 아파서 서울 못 간 사정을 말하고 소식을 물었더니 봄쯤 들어서야 일이 될 듯하다고 한다. "내 힘이 부족한 때문에 아까운 원고를 장 속에 썩혀 두고 있는 것 같아 미안하다"는 뜻의 글이다. 어쨌든 되도록 힘써 보겠다는 말씀이 고맙기 말할 수 없다.

* 1954년에 이원수를 만났으며, 1955년에 이원수가 펴내던 〈소년세계〉에 동시 '진달래'를 발표하며 아동문학가로 첫발을 내디뎠다. 이원수는 이오덕에게 "이 선생은 교육도 좋고 동화도 동시도 다 좋아. 그러나 평론을 좀 써야겠어. 쓸 사람이 없으니 말이야"(1974년 4월 6일 일기에서) 하고 격려했다.

주원이한테서 편지가 왔다. 필리핀의 마닐라에서 쓴 것과 베트남 사이공지금의 호찌민에서 쓴 것 두 통이다. 모두 그림엽서와 그곳 풍물을 적은 재미있는 글로 된 소식이다.

1963년 5월 13일 월요일[*]

이것은 여러 날 전의 이야기다.

일기 지도를 연구 제목으로 정했다고 일기 쓰기에 대해서 몇 차례 의논이 있었다. 그래 우선 감상 교재가 필요하겠다 싶어 내가 가지고 있는 군북중학생들의 문집과 《생활 작문 교실》에 있는 '못자리 일기' 등을 교감 선생에게 보였더니, 일주일 뒤에 교감 선생이 감상 교재를 등사해서 선생님들의 책상 위에 나눠 놓았다. 그런데 그 등사물을 보니, 내가 보여 준 작품은 윤석중 씨가 모은 문집에도 나오는 '쐐기 일기'뿐이고, 그 밖의 것은 '크리스마스 선물'이니 '산타클로스 할아버지'니 하는 당치도 않은 일기와 숙제를 못해서 부끄럽게 생각한다는 따위의, 교과서에서나 나올 것 같은, 어른이 억지로 꾸며 만든 일기뿐이었다. 이런 사람이 글짓기회 회장이라니 한심하다는 생각이 들었다.

그날 저녁때, 일기 지도를 위해 직원들이 잠시 모여 이야기를 했다. 그때 읽은 상급생 서너 아이의 일기는 난잡한

---

[*] 1951년부터 아이들에게 시를 가르치기 시작했다. 이때부터 아이들 글 모음 〈흙의 어린이〉, 〈봄이 오면〉, 〈푸른 나무〉와 학교 신문 〈산마을〉, 〈대성〉 들을 펴냈다.

글씨가 겨우 논의거리가 될 정도였지만, 담임선생이 한번 읽어 보라고 권해서 내가 집에 가져가 밤늦도록 읽은 두 아이의 일기는 참 좋았다.

거기서 나는 많은 것을 느끼고, 새로운 것을 발견하기도 했다. 그 새로운 발견이란, 시를 모르고 있는 아이들에게 일기 쓰기를 통해 시를 알게 하는 방법이다. 내가 읽은 일기를 쓴 두 아이는 모두 시를 쓴 일이 없다. 한 아이는 우스운 동요를 가끔 일기에다 적어 놓았지만, 두 아이가 다 산문이라고 쓴 것이, 절실한 정감을 호소하여 글줄도 감정의 파동을 그대로 자연스럽게 끊어 썼기에 훌륭한 생활 시, 또는 생활 서사시로 되어 있었다. 나는 귀한 발견을 한 것이 기뻤고, 앞으로 이런 아이들을 더 찾아내어 특별 지도를 해 보리라 생각했던 것이다.

1963년 6월 8일 토요일

그림을 그리거나 무엇을 만들고 있는 아이들을 보면 깨닫게 되는 점이 많다. 흙놀이를 할 때, 나는 흙을 뭉쳐 토끼를 만들어 놓았는데, 옆에 있는 아이의 것을 보니 소를 만들어 놓고, 소 옆에 쇠죽통을 만들어 놓았고, 쇠죽통 안에 여물까지 담아 놓았다.

처음에 만들 때 내가 간섭을 해서 소가 서 있는 것을 만들기는 어려우니 누워 있는 것을 만들어 보라고 해서 다리를 배에다 붙여 앉히게 하였던 것인데, 나중에 보니 그 아이가 생각하고 있는 소는 내가 생각하고 있는 소와 달랐다. 그 아이가 알고 있는 소는 머리로 생각해 낸 소가 아니라 오늘 아침에도 여물을 먹고 있었던 살아 있는 자기 집 소였던 것이다. 교사의 간섭이 얼마나 잘못되었는가를 알 수 있다.

사람을 만드는 경우도 그렇다. 어른 같으면 사람의 상반신만을, 흔히 볼 수 있는 모양으로 만들지만, 아이들은 어디까지나 구체적인 인물을 만든다. 아기를 안고 있는 어머니의 모습 같은 것을 말이다.

어른들은 그림을 그리든지 글을 쓰든지 관념적으로 개념적인 것을 그리고 쓰고 한다. 그런데 아이들은 구체적인 것, 현재 살아 있는 것을 보여 준다.

시의 문제도 이와 같다. 동시란 것은 어른들의 관념으로 만들어 내는 것이다. 아이들의 시는 어디까지나 구체적인 생활의 표현이어야 하고, 소박하고 현실적인 감동으로 쓰여야 하는 것이다.

1964년 4월 22일 수요일*

교육장의 초도순시가 있는 전날, 밤을 새워 늙은 여교사는 교장실 책상보를 만들어 놀라운 열성을 보였다. 이튿날은 아침부터 청소 때문에 온 직원과 아이들이 법석을 떤 것은 물론이다. 교실마다 꽃병에는 한 아름씩 꽃이 꽂혔다. 이

---

* 1964년 1월에 교감 자격증을 받았다.

꽃들은 모두 빈약한 학교의 화단과 운동장가에 한두 그루 서 있는 벚꽃, 개나리꽃을 꺾은 것이다. 꺾지 말라고 하는데도 선생들과 아이들이 몰래 꺾어 갔다.

여선생 하나가 굉장히 큰 벚꽃 가지를 들고 운동장을 지나가기에, 마침 내가 주번이기도 해서 아이들 보는데 왜 그런 본을 보이느냐 했더니, "이건 학교 것 아니고 철조망 저쪽 산 밑 신사당 있던 곳에 가서 꺾었는데요" 하고 아주 뜻밖이라는 듯 대답했다. 신사당도 학교 땅이고 그곳의 나무도 학교에서 관리한다. 학교의 것 아니라도 그래서 되겠는가? 아이들에게는 나무를 꺾지 말라고 가르치면서 선생들이 이 모양이다.

씨앗을 뿌려 놓은 화단을 아이들이 예사로 밟고 지나간다면서 어느 선생은 "조선 사람은 할 수 없다"고 했고, 또 한 선생은 "마구 몽둥이로 패야 돼" 했다. 그러더니 며칠 전 온실 앞 덮개를 벗겨 옮겨야 한다고 전 직원이 나간 일이 있는데, 그때 겨우 네댓 발걸음만 더 걸어 둘러 가면 될 것을, 아이들 보는 앞에서 모두 꽃밭을 태연히 밟고 갔다. 둘러 간 사람은 나와 또 한 사람, 둘뿐이었다.

꽃을 꺾지 마라, 나무를 꺾지 말라고 하는 것은 꽃과 나무를 보고 즐겨야 한다는 이유에서만이 아니다. 생명을 아끼고 귀하게 여기는 마음을 길러 주는 일, 이것이 교육의 근본이 되기 때문이다. 사람은 이유 없이 한 포기의 풀을 짓밟아도 안 될 것이고, 한 마리의 개미를 죽여서도 안 될 것이다.

앞으로 학예회가 있고, 운동회가 있고, 군 예술제가 있고, 그 밖에도 여러 가지 행사가 있다. 교장은 어떻게 해서라도 그런 행사에 나가서 상을 타야 한다고 선생들을 독려하고, 선생들도 학교의 명예를 위해서 열성을 발휘하고, 그보다도 낙선될 경우 교장 영감님이 터뜨릴 분노가 무서워서도 온 정신을 쏟고 있다. 모두가 거룩한 애교심으로 한마음이 된 것같이 보일 때도 가끔 있다. 그러나 생활과 교육은 엉망이 되고 난장판이 되었다. 그저께도 나는, 칼을 휘두르고 손가락을 끊은 아이가 있어 치료한다고 땀을 뺐다. 피가 무섭게 났다.

반공 작문, 반공 포스터 같은 것을 매월 제출하라 한다. 반공 웅변대회를 자주 열라고 한다. 반공 부락을 정해서 매월 전 직원이 나가서 지도하라고 한다. 재건이란 말이 낡아지니 반공이란 말이 새로 등장했다.

1964년 5월 6일 수요일

학예회가 끝났다. 어머니들을 초청해서 위로해 준다는 목적을 가진 이 학예회는, 살기에 좀 여유가 있고 한가한 집의 아이들을 중심으로 꾸며졌다. 동극이란 것이 '웃음보따리 촌극' 식으로 어른의 흉내를 낸 천박한 것이 되어, 출연하는 아이들이 불쌍해 도저히 참고 바라볼 수 없었다. 무용이란 것은, 교사가 장구를 쳐 주면 거추장스런 궁녀의 옷을 입은 아이들이 앉았다가 섰다가 절을 했다가 하는 궁중무용, 여자아이들이 옛날의 남자 옷이란 것을 입고 농부의 흉내를 내는 것들이다. 모두가 수업은 제쳐 놓고 지도교사의 비상한 노력으로 훈련을 쌓은 성과를 보인 것이다.

극이든 노래든 춤이든 할 것 없이 등장한 아이들의 얼굴은 짙은 화장을 하여 괴상하게 보였다. 그런데 그 아이들은 우월감을 감추지 않았다. 거기 출연하지 못한 아이들, 여러 날을 공부도 못 한 데다가 바로 학예회가 있는 오늘도 장소가 비좁다고 운동장에 모여 줄을 지어 모조리 교문 밖으로 추방당한 다른 아이들에 대해 우월감이 가득한 표정으로 돌아다녔다.

구경하는 어른들은 박수갈채를 보내고, 때로는 웃음이 터져 나왔다. 어른들의 놀잇감으로 된 아이들, 따돌림받는 아이들, 짓밟힌 모든 아이들!

첫째 시간은 수업 참관이라 하여 어머니들 몇 분이 내 반에도 들어왔다. 수업 중에 어머니 한 분이 사이다 한 병과 과자 한 봉지를 가지고 나왔다. "이러면 안 됩니다"고 해도 기어코 칠판 앞에다 놓고 가는 데는 어찌할 수 없었다.

학예회가 다 끝나고 나를 찾는 어머니들이 있어 나가니 네 사람의 어머니들이 또 그 모양이다. 나는 첫 시간 그때, 그 사이다와 과자를 단호하게 거절하지 못한 것이 몹시 후회되었다.

"이런 것을 가져와서는 곤란합니다. 여기 앉아 있는 아이들의 마음을 생각해 주셔야지요. 못 가져오는 아이들 마음이 어떻겠어요?"하고 단연 거절하는 것이 교육자로서 마땅히 가질 태도였는데, 그럴 용기가 없었다. 아이들과 어머니들이 선생님과 학교를 어떻게 알게 되었을까 걱정이다. 사이다병을 가져온 어머니들 모두가 가난한 사람들임을 나는 잘 알고 있다. 내일은 꼭 아이들에게 말해 두리라. 그런 것 앞으로는 가지고 오지 않도록 어머니께 말씀드리라고. 가지고 온 어머니나 안 가지고 온 어머니나 다 같은 마음을 가지고 있다는 것을 잘 알고 있다고.

1964년 5월 7일 목요일

도교육감이 시찰을 하고 갔다. 미리 연락이 있어 아침 일찍부터 청소에 전교생이 동원되고, 잔뜩 긴장되었다. 따라온 도장학사 한 사람이, 학교 경영안의 부피가 적으니 뭐니 따위 소리를 했을 뿐, 교육감은 학교가 매우 정돈되고 깨끗하다고 크게 칭찬했다고 한다. 정신이 다 빠져 있는 행정관리들! 학교를 보려면 몰래 살짝 와서 볼 것이지, 미리 연락을 해 두고는, 돌아다니면서 청소 상태나 보고 교육이 잘됐다고 칭찬하니 기가 막힌다. 그런 사람이 미국에 다녀오고 영어 잘한다고 교육감이 되었는가?

교육감은 직원실에 들어와서 민주주의와 대통령 각하 말씀과 빈곤 타파와 후진성 극복에 대해 한바탕 웅변조로 떠들고는 나가 버렸다. 나간 뒤 선생님들은 긴장이 풀린 얼굴로 "참 저렇게 돌아다니면서 2만 몇천 원 월급은 받아 어디에 쓰고 출장비는 뭘 하나?" 하고들 얘기했다.

며칠 전 이 학교에 왔던 군교육장은, 이만하면 됐다고 자신이 있어 도교육감을 모시고 왔던 모양이다. 청소와 정돈과 정숙을 최고의 교육목표로 알고 있는 교육장으로서는 당연한 일이다. 아래위 사람들이 모두 놀랍게도 장단이 잘 맞다. 청소를 빼고 나면 도무지 할 말이 없는 교장, 청소만 잘하면 교육은 다 된다는 교육장, 아이들이고 교육의 실상은 보지도 않고 청소 상태만 보고는 교육이 잘됐다 못됐다고 자신 있게 말하는 교육감 그리고 이런 모든 우스운 '윗사람'들을 바로 볼 줄 모르는 교사들. 이래서 교육의 질서는 정연하다.

1964년 5월 8일 금요일

다섯째 시간이 끝난 틈을 타서 아이들에게 다음과 같이 말해 주었다.

"벌써부터 여러분한테 말할라고 했던 것을 잊어버렸어요. 소풍이나 다른 때에 여러분의 어머니나 아버지가 더러 술, 담배, 과자 같은 것을 보내오는데, 이런 것 이제부터 가져오지 않도록 잘 말씀드려 주세요. 고맙기는 하지만 못 가져오는 사람의 마음은 어떻겠어요? 돈만 넉넉하면 선생님뿐 아니라 동무들, 이웃 사람들이 모두 같이 나눠 먹을 수있게 하여 웃으면서 살아간다면 좋겠지요. 그렇게 하지 못

하는 것은 모두가 가난해서 그래요. 그런 것 가져오는 사람이나 안 가져오는 사람이나 나는 똑같이 생각하고 있어요. 모두 양식 걱정을 하면서 그런 일에 괜히 마음을 쓰지 말라고 집에 가서 잘 말씀드려요. 이제부터는 가져와도 받지 않겠어요. 나는 월급을 받고 여러분을 가르치고 있는 사람이고, 이 월급은 여러분의 아버지와 어머니들을 포함한 국민 전체가 낸 세금으로 받는 것입니다. 만약 남는 돈이 있으면 도화지 한 장, 연필 한 자루라도 더 사서 공부나 잘하도록 하고, 그래도 남는 돈이 있어 선생님께 무엇을 사 드리고 싶다면 이렇게 하세요. 과자면, 과자를 우리 반 학생 수대로 67명이 단 한 개씩이라도 나눠 먹을 수 있도록 사 와요. 그러면 모두 같이 먹지요. 그렇지 않으면 절대로 사 오지 말아야 합니다."

저녁때 마을 뒤 산기슭을 돌아 원장 못까지 산책을 갔다. 어쩐지 오늘은 마음이 가볍다. 진작 그런 얘기를 아이들에게 해 주지 못한 것이 후회된다. 내가 학부모들한테서 얻어먹는 것이 뭐 대단한 것이랴만, 어쩌다가 사이다 한 병, 과자 한 봉지라도 부모들과 아이들로서는 큰 것이고, 또 그런 것이 대수롭지 않은 것이라고 하더라도 세상은 그저 그런 것이거니 하여 그냥 받기만 한 것은 잘못이다. 스무 해 동안 나는 세속에 질질 끌려서 내 속마음대로 살아보지 못했구나 하고 깨달았다. 이제부터라도 나는 내가 갈 길의 키를 단단히 잡고 가야겠다고 마음먹었다.

1964년 5월 28일 목요일

오늘부터 며칠 동안 가정방문을 한다고 해서 오전 수업으로 끝났다.

점심을 먹자 곧 원로리에 갔다. 원로리에는 우리 반 아이들이 특별히 많아서 10여 명이 된다. 집마다 잠깐 들어가 인사만 하고 나와도 시간이 걸려 어두울 때야 돌아왔다.

술이고 다른 음식이고 일체 대접을 안 받기로 작정했는데, 선용이네 집에 가서 그만 하도 붙잡고 놓지 않는 바람에 곶감을 두 개 먹고 나왔다. 선용이가 쓴 '우리 집'이란 글이 마음에 들어 꼭 한번 찾아가 보고 싶었는데, 정말 제일 위쪽 산허리에 지은 초가집 둘레에는 소나무, 감나무 들이 꽉 둘러서 있었다. 마당에는 역시 선용이 글에 나오는 귀여운 송아지가 어미 소 곁에 서 있었다.

올 때, 4학년 3반 ㅅ 선생의 부탁으로 정태순이란 아이의 집을 찾았다. 장기 결석이란 것이다. 들어가 보니 그 반에서 나이가 좀 많아 보였던 바로 그 여학생이었다. 물어보니 열다섯이라고 했다. 이래서야 어찌 6학년 졸업을 하겠나? 열여덟 살에 졸업하니 말이다. 예상했던 대로 부끄럽기도 하고, 어린 동생 같은 아이들과 재미도 없는 모양이다. 그뿐 아니라 집 형편이 또 맹랑하게 어렵다. 이야기하는 중에 태순이 어머니가 장에서 돌아왔기에 얘기를 들으니 아버지도 없고(돌아가시고), 농사는 남의 논 두 마지기를 부치면서 딸 둘에 아들 하나를 기른다고 했다. 도화지나 연필을 살 돈도 어렵고, 작년에는 태순이를 어느 선생님이 3학년에서 5학년에 올려 주겠다는 것을, 그리되면 교과서를 살 수 없다고 거절했다 한다. 아들 하나—태순이 동생은 지금 3학년인데, 작년까지는 교과서를 무상으로 받고, 요새는 강냉이죽을 먹고 하는데, 지난번 기성회비 30원을 늦게 내서 미안하다고 하면서 "그것도 못 낼 것인데, 하루는 학교 갔다 도루 쫓겨 와서 하도 울고불고하여 할 수 없이 온 동네를 돌아다니면서 겨우 꾸어 주었다"고 했다.

나는 태순이 어머니 말을 듣고 분한 생각이 들었다. 학교에서 기성회비 받기 위해 아이들을 집으로 돌려보내게 한 적은 없다. 기성회비를 내는 것도 학반 재적 학생 수의 7할 정도를 목표로 하고 있다. 그런데 모조리 받아서 제 이익으로 하려고 한 것이겠지. 젊은 교사들이 왜 이렇게 돈만 생각할까? 앞으로 기성회를 새로 조직해서 3백 원을 받게 될 것 같은데, 그렇게 되면 가난한 집 부모들과 아이들의 고통은 한층 심할 것이다.

태순이 집 사립문을 나오면서 나는 굳이 학교에 보내 달라는 잔인한 말을 하지 않았다. 학교에 못 보내더라도 너무 실망하지 말라고 위로할 수밖에 없었다. 월반 문제는 학교에 가서 의논해 봐야 할 일이라 뭐라고 말할 수 없었고, 다만 앞으로 학교에 다닐 수 없게 되더라도 집에서 일하면서 참되게 살아가는 것이 옳은 사람이 되는 길이라고 말해 주었다. 그러고 나오니 마음이 울적해 견딜 수 없었다.

1964년 6월 3일 수요일[*]

한밤중에 일어나 이 일기를 쓴다. 지금은 1시 반이다. 쓰지 않고는 잠이 안 올 것 같다.

오늘 학교에서 본 선생들의 태도를 나는 잊을 수 없다. 서울에서 한창 대학생과 시민들이 데모를 하고, 중앙청과 청와대까지 군중들이 밀어닥치고 있다는 방송을 들으면서 선생들은 거의 모두 학생들을 비난하고 있었다. 데모에 참가하지 못하더라도 목숨을 걸고 나랏일을 바로잡기 위해 싸우고 있는 사람들을 비난하다니! 지금 일어나고 있는 이 데모를 부정하는 자는 이 나라의 학생과 교수와 언론인과 그 밖의 모든 지성인들의 양심과 양식과 이성을 부정하는 것이다. 그리고 정부의 부정부패—나라 땅을 팔아먹고 학원을 사찰하고 자본가와 야합해서, 부정이 드러나면 국회에서 문제가 돼도 저희들끼리 조사단을 구성해서 흐지부지 해치우고, 통일을 외치는 양심들은 모조리 감옥에 가두고, 3·15 부정선거[†]의 원흉과 정치 깡패들과 악질 모리배들을 죄다 풀어놓고 태연한 그 소위 민족적 민주주의란 것을 긍

[*] 이날은 6·3 항쟁이 일어난 날이다. 6·3 항쟁은 1964년 6월 박정희 정권의 한일국교정상화회담에 반대하여 대학생과 시민 그리고 재야인사들이 중심이 되어 일으킨 운동이다. 1964년 6월 3일 박정희 정부는 계엄령을 선포하며 시위를 무력으로 진압했다.

[†] 1960년 3월 15일에 치러진 대통령 선거와 부통령 선거가 부정선거로 밝혀지면서 곳곳에서 항의 시위가 일어났다. 이는 4·19 혁명으로 이어져 이승만 대통령이 물러나고, 자유당 정권이 무너지는 발판이 되었다.

정하는 것이다. 또 그리고 일본과 수작해서 그들의 자본을 끌어들여 바닥난 살림을 유지하고 정권을 지탱해 보자는 짓을 옳다고 하는 태도다.

모두 다 집에 재산이 넉넉하고 월급까지 받아 걱정 없이 살아간다고 그런 태도가 되었겠지. 그러나 교육자로서, 인간으로서 양심을 가졌다면, 날마다 점심시간에 운동장 한쪽에서 힘없이 쭈그리고 앉아 배고픔을 참고 있는 아이들을 조금은 생각해 봐야 할 것 아닌가?

선생님들은 4·19 때도 이런 태도였을 것이 분명하다. 양심과 도덕심을 잃어버린 교육자들한테 배우는 아이들이 너무너무 가엾고 억울하다.

1964년 6월 6일 토요일

오늘은 계성학교에서 주최하는 백일장이 있어 상주읍까지 아이들을 데리고 갔다가 왔다. 애당초 이런 행사에는 참가할 생각이 전혀 없었는데, 교장 선생과 교감 선생이 하도 부탁을 해서 마감이 지난 여러 날 뒤에 갑자기 참석자 명단을 냈던 것이다.

예상한 대로 출제는 엉터리였다. 산문 제목은 비 오는 날, 감나무, 밀가루, 반장 등이고, 운문은 굴뚝, 노을, 바람, 메아리, 손 들이었다. 한낮인데 어찌 '노을'이란 제목으로 아이들이 글을 쓸 것이며, 비 오는 날도 아닌데 어찌 '비 오는 날'이란 제목으로 글을 쓸 것인가? 이런 제목은 모두 과

거에 어쩌다가 그런 제목으로 글을 쓴 아이들에게 그 글을 그대로 재생시키는 요행을 주는 것밖에 안 된다. '메아리'는 또 무엇을 쓰라는 것인가? '손'은 '나의 손'이라든지 '어머니의 손'이라면 좀 낫겠는데, 이런 추상적인 제목을 주는 것은 관념적인 글을 장려하는 것밖에 안 된다.

백일장 행사가 글짓기 교육을 망치고 있다. 작품의 심사도 제대로 되기를 바랄 수 없다. 출제도 옳게 못 하는 사람들이 작품인들 어찌 바로 보겠는가?

막차 시간까지 아이들을 데리고 냇가에 가서 놀았다. 백일장이고 뭐고 오늘처럼 즐겁게 하루를 보낸 일은 없었을 것이다. 모래밭에서 아이들(모두 열다섯 명)은 모래 산을 쌓고, 못을 막고, 물장난을 치고 했다. 가만히 앉아 아이들을 바라보다가 나도 어느덧 같이 모래를 쌓고 물장난을 하였다. 시간 가는 줄을 몰랐다. 잔디밭에 가서는 씨름을 하고, 또 그 밖에 아이들은 온갖 재미있는 놀이를 생각해 내었다. 글짓기고 시 짓기고 그까짓 것이 다 뭘까? 천진하게 뛰노는 아이들의 모습보다 더 아름다운 시가 어디 있는가? 저녁때가 되어도 아이들은 가고 싶어 하지 않았다. 나도 그랬다.

돌아오면서 엿을 사 주고, 나도 먹었다. 아이들 속에서 하루를 보낸 오늘은 너무 즐거운 날이었다.

1965년 3월 3일 수요일*

대구로 전근 내신 낸 것이 결국 안 되고 말았다. ㄱ 형 말을 들으니 강등해서 대구 시내에 전입하려는 사람은 나이가 40세 미만이고, 같은 학교에 2년 이상을 근무한 사람만을 대상으로 하여 겨우 일고여덟 명가량 들어갔다는 것이다. 애만 쓰고, 무엇보다도 귀중한 시간을 허비했다. 할 수 없이 이번에는 교사로 강등하여 아무 데나 옮겨서 근무하기로 했다. 그래 '교사 강등 청원서'란 것을 내 보자는 생각을 하고는 대구 ㄱ 형한테도 가서 의논하고, ㅅ읍에 가서 장학사들한테도 말해 두었는데, 청원서는 내일 군교육청에 부치기로 했다. 괜히 교감이 됐다는 후회가 막심하다. 내 이력서에서 이놈의 교감이란 걸 없애는 데 돈이 필요하다면, 그리고 그 돈이 있다면 백만 원이라도 들이겠다는 심경이다.

청원서란 것은 그런 것을 내는 규정이 있는 것도 아니고 누가 그런 것을 냈다는 말도 못 들었지만, 하여튼 못 낼 것도 아니니 내 보자는 생각인데, 그것을 받고 오해할까 봐 과장님 앞으로 편지를 써 놓았다.

"교사라는 직분이 교감보다 훨씬 고되다는 것을 잊어버린 것은 결코 아닙니다. 그러나 교사로 있는 것이 저로서는

---

* 1964년 10월 1일부터 1967년 2월 28일까지 경북 상주 이안서부국민학교에서 교감으로 일했다.

더욱 성실하게 살아갈 수 있는 길이라고 믿습니다. 저의 교육적 신념으로 살아가게 해 주십시오. 교감으로서는 저의 취미와 재능이 죽어 버리고, 참된 교육도 교육 연구도 못 하고 아무 보람도 없는 날을 보내게 될 것 같습니다. 부디 저의 맹랑한 고집과 세속을 벗어난 무례함과 오만을 용서해 주시기 바랍니다."

이런 내용을 썼는데, 사실은 "이놈의 교감 노릇 죽어도 못 하겠습니다. 온갖 부패와 부정을 나 자신의 책임으로 그것에 동조하거나 묵인하게 되고, 그렇지 않고서는 월급쟁이 노릇을 할 도리가 없으니, 저는 그만두는 수밖에 전혀 딴 길이 없습니다" 이렇게 쓰고 싶었지만 할 수 없었던 것이다. 칠곡군으로 전근이 안 되면 이곳이라도 좋으니 어디든지 분교장에 가고 싶다고 해 놓았다.

생각해 보니 이번에 청원서란 것을 낼 생각을 한 직접의 계기는 며칠 전 ㄱ 교사와 말다툼을 한 것 때문이다. 이기적인 목적을 달성하기 위해서 수단과 방법을 안 가리는 그를 나는 오래 전부터 경원하고 있지만, 이번에는 '학교 운영 계획서'를 같이 의논해서 일거리를 나눠 하자고 했더니, 못 하겠다고 해서 언짢은 말을 주고받고 했다. 그래서 나는 그만 교감이란 자리가 딱 싫어졌고, 생각난 것이 청원서다. 어쨌든 이런 계기를 만들어 준 ㄱ 교사에게 나는 감사해야 할는지 모른다. 왜냐하면, 내가 이대로 교감으로 있다가는 앞으로 교장이 될 때까지 10년 동안을 머리를 썩여

가면서 아부·아첨하는 것들, 부정부패로 살아가는 것들을 눈감아 주면서 구역질 나는 생활을 해야 할 테니까 말이다. 그런 걸 진작 깨닫게 해 준 은인이 ㄱ 교사라고나 해 두자.

보기만 해도 구역이 나고, 이름만 들어도 밥맛이 떨어지는 그런 인간들은 이번 이동에도 영전을 했다. 내가 보기에 아주 능력이 있고 교육 정신이 훌륭하지만 아무런 백이 없는 사람은 좌천을 당했다. 이런 거꾸로 된 세상에서 더러운 교감을 해 먹다니! 어째서 내가 교감으로 되었는지, 아무리 대구로 가기 위한 방편으로 희망했다고 하지만 참 나도 어지간히 속물이 되었던가 싶다. 대구 아니라 서울로 보내 준다고 하더라도 이젠 그따위 더러운 직분에 다시는 안 앉겠다. 지금 내 눈에는 대한민국의 모든 교감, 교장들이 버러지같이 보인다. 정말 버러지가 아니고 무엇인가!

1965년 4월 2일 금요일

얼마 안 되는 월급도 이젠 마음대로 쓰지 못하게 되었다. 저금통장으로 준다고 한다. 그 저금은 다 찾아 쓸 수 없고 언제든지 일정한 잔고가 남아 있어야 한단다.

아이들도 저금을 한 달에 10원씩 꼭꼭 해야 한다. 처음 할 때는 50원 이상을 해야 하고, 입학할 때 50원을 해야 한다. 돈은 졸업할 때라야 찾을 수 있다. 보통 가정에서도 일정한 목표액이 있어 저금을 해야 하고, 그 저금은 사람이 죽었을 때라야 찾을 수 있고, 찾을 때는 도지사의 증명을 얻게 되어 있다. 이런 저축법을 위반할 때는 벌칙이 굉장하다.

저축뿐 아니다. 학교에서는 피마자를 심으라느니, 왕골을 심으라느니, 나무를 어떻게 심으라느니, 자활 학교를 건설하는 데 학교 자체로 돈을 만들어 경영하라느니, 강냉이를 한 되쯤 보내 주고는 그 대금이 108원인데, 이걸 아이들에게 나눠 주어서 심게 하여 가을에 거두고, 그 거둔 것을 모두 팔아 대금을 내고 나머지는 저금을 하라느니 한다. 참 기가 막히도록 묘한 교육 방법이다.

그래 오늘 오후엔 임시 직원회를 열어 나는 교감 회의 사항을 전달한다고 청년 교실이니, 자활 학교니, 저축이니, 밝은 마을이니(이 밝은 마을이란 것은 '1교 1부락'이 이렇게 둔갑한 것이다), 공부방이니, 정부 시책 철저니, 꽃길 2킬로미터 운동이니, 이동 게시판이니, 4대 운동이니 하는 따위를 한참 지껄이고, 교장은 어제 교장 회의 때 가져온 2급 비밀 문서 '한일회담은 왜 하는가'라는 인쇄물을 한 시간에 걸쳐 지껄였다. 이걸 4월 1일을 기해 전국 일제히 얘기하게 돼 있고, 3일까지 아동에게 선전하고, 다음 10일까지 또 뭘 하게 돼 있는 모양인데, 참 나도 교장 안 되기 다행이라 싶었지만, 이놈의 지긋지긋한 교감도 어서 집어치워야겠다.

오늘은 산수과 학력검사고, 내일은 국어과 검사. 검사가 시작되었는데, 뒤 운동장에 놀고 있는 아이들이 있어 가서 물어보니 4학년이라 한다. "선생님이 시험지값 안 냈다고 밖에 나가라 해요"하는 것이다. 모두 여섯 명쯤 되는데, 참기가 막힌다. 25퍼센트는 무료로 시험지가 와 있는데 그 돈 다 거둬 어쩌자는 것인가? 요새 젊은 교사들은 돈밖에 모른다더니 이래서 하는 소리다. "월남에 전쟁이 일어나야지요. 그만 미국이 중공을 폭격해 버렸으면 일이 다 되는걸." 이게 이 학교 교사들의 입에서 나오는 소리다. 이런 무지한 교사일수록 이기적이며, 도덕과 윤리를 짓밟고, 수단과 방법을 가리지 않고 살아간다. 나라 꼴, 젊은이들 꼴이 이러니 이 소돔, 고모라의 성은 하루빨리 망하는 수밖에 없겠다는 생각이 든다.

1966년 10월 11일 화요일
"오늘 아침에 보리밥 먹었나? 쌀밥 먹었나?"

올해는 풍년이지만, 날씨 때문에 아직도 벼를 베지 못해서 양식을 장만하지 못한 것 같아 이렇게 물었다.

"쌀밥 먹었어요."

"보리밥 먹었어요."

"그럼, 쌀밥 먹은 사람 손들어 봐요."

"보리밥 먹은 사람 손들어 봐요."

어느 쪽이 많은지 모르겠다. 그런데 잘 생각해 보니 실제로는 쌀밥, 보리밥 이렇게 둘로 딱 나눠 말할 수가 없을 것 같다. 쌀이면 쌀, 보리면 보리 이렇게 아주 한 가지만을 먹는 것이 아니고 대개는 모두 두 가지를 섞어서 먹는 실정이 아닐까? 그런데도 나는 쌀밥을 먹는다든지, 보리밥을 먹는다고 말하는 것은 어느 쪽이든지 대답을 하고 싶은 대로 하는 것이라고 생각된다. 그런데 상종이란 아이가 "에이, 그까짓 보리밥을 먹어여? 쌀밥을 먹지!" 한다. 이 아이 집은 농사를 크게 짓는다. 그래서 어떤 우월감 같은 것을 가지고 있다. 집에서는 쌀밥이 아니면 밥투정을 하는지도 모르고, 이 아이에게만은 쌀밥을 주는지도 모른다. 상종이 말을 듣고 옆에 있던 창락이가 "상종이네는 일꾼만 보리밥 주고 모두 쌀밥 먹는대여. 상종이 엄마도 보리밥 먹고."

그럴 것이다. 상종이는 공부도 잘하고, 부급장이고, 그래서 같은 동네 아이들에게는 큰소리를 잘 치니 모두 상종이를 조금은 두려워한다. 그러고 보면 쌀밥 먹는 아이가 보리밥 먹는 아이한테 큰소리하는 세상이 되었다고도 할 수 있다. 상종이 말에 나는 여기서 교육이 될 만한 대답을 해줘야겠다고 생각했다.

"너희들이 방에서 아침밥을 먹을 때, 어머니는 정지에서 밥을 잡수신다. 너희들이 쌀밥이나 쌀이 섞인 밥을 먹고 있을 때 어머니는 보리밥을 잡수신다. 어머니는 일을 많이 하시면서 이렇게 하시는 것을 어떻게 생각하나? 또 일꾼도 그렇지. 오늘 집에 가거든 선생님이 말씀하시더라 하고 이렇게 말해라. 엄마, 밥을 풀 때 보리하고 쌀하고 모두 고루고루 섞어요. 아버지와 어머니, 일꾼, 집안 식구 모두 똑같은 밥을 먹도록 해요. 이렇게 꼭 말해라."

1967년 3월 9일 목요일*

나를 도피라고 비난하거나 업신여기는 사람들에 대해 나는 며칠 동안 생각해 보았다. 그리고 이 점에 대해 나는 내가 취한 행동이 옳다고 단호한 결정을 내렸다.

첫째, 나를 도피라고 말하는 사람은 내가 편안한 자리에 있고 싶어서 그런다고 잘못 알고 있다. 교감보다 교사가 더 힘드는 자리다. 그것을 나는 너무나 잘 알고 강등한 것이다. 더 힘드는 자리에 내려와서 짓밟히며 살아가려는 것이 어째서 도피인가? 도피란 싸움을 피하여 안전한 지대에 피신하는 것을 말함이 아닌가?

둘째로, 입신출세와 명예와 이욕을 거부하는 것이 도피라 하겠는가? 만일 그것이 도피라고 한다면, 도피야말로 귀하고 가치 있는 삶이다.

노벨상을 거부한 사르트르는 도피인가? 무저항의 싸움

---

* 1967년 3월 1일부터 1968년 2월 28일까지 경북 경주군 경주국민학교에서 평교사로 일했다.

을 주장한 간디는 도피인가?

　어떤 정치적 정세에서는 적극적으로 선전을 일삼고 입신을 하려는 것이 가장 썩어 빠진 정신을 노출하는 것으로 되고, 반대로 소극적으로 모든 참여를 거부하는 것이 가장 건강한 정신의 자세가 될 수 있다는 것은 일제 암흑기를 보아도 알 수 있다. 오늘날 모든 자리에서 제 잘난 듯이 날뛰는 저 무리들, 저들은 필경 역사의 심판을 받을 것이다.

　나를 도피라고 비난하거나 업신여기는 사람은 그 모두가 나와는 전혀 다른 생활 태도, 즉 입신출세와 명리만을 삶의 목표로 살아가는 사람들이다. 이런 사람들의 말에 내가 귀를 기울일 필요가 없다.

　그렇다. 나는 통일이나 되면 교감이든지 교장이든지 하겠다. 아니, 통일이 되면, 그때야말로 아이들 앞에서 참선생 노릇을 하겠다. 그날이 오기까지 나는 밑바닥에 깔려서 신음하는 사람들과 숨 쉬며 살아갈 것이다.

1967년 3월 23일 목요일

쉬는 시간 사무실에 누더기 옷을 걸친 아이 넷이 불려 왔다. 보니 전 담임선생이 기성회비 작년 것을 안 냈다고 야단치는 모양이다. 이걸 보고 있던 담임선생은 다짜고짜로 뺨을 무섭게 갈기면서 "이놈들, 기성회비 안 내는 놈은 모두 우리 반에만 있구나" 하고 고함친다. 맞은 아이 중에 셋은 눈물이 글썽거리는데, 키가 큰 아이 하나는 아주 서럽

게 눈물을 비 오듯 흘린다. 참 기막힌 광경이다. 이제 기성
회비를 걷기 시작하여 며칠이 안 되었는데, 벌써 새 담임교
사는 이런 혹독한 태도로 아이들을 대하고 있는 것이다. 전
담임은 전 담임대로, 한 해가 다 지나갔는데도 끝까지 그것
을 받으려고, 담임이 바뀐 뒤에도 이렇게 자꾸 야단치고.

기성회비 조정액을 그 달에 다 못 내면 그 달의 연구 수
당에서 미납금을 제하고 내주는 것이 이 학교뿐 아니라 거
의 모든 학교에서 하고 있는 방법이다. 그러니 선생들은 손
해를 안 보려고 한사코 아이들을 조르는 것이고, 이렇게 다
른 직원들이 모두 보는 앞에서도 예사로 잔인한 체벌을 가
하고 있는 것이다.

이런 아이들이 자라나서 교사와 학교와 교육 그리고 사
회 전체에 대해 증오와 복수심을 갖게 되는 것이 당연하다.

저녁때 교장이 경리계 권 선생(아까 자기 반 아이들의
뺨을 후려치던 사람)과 얘기하는 것을 들었다. 권 선생이,
무슨 장부를 몇 가지 사 달라고 한 모양이다. 그러니까 교
장의 말이 이렇다.

"작년에는 올해보다 돈도 많이 걷고 했지만 그런 것 없
어도 됐다. 무슨 장부가 소용 있나? 정 그런 것 자꾸 말하면
기성회 사무를 다른 사람에게 맡길란다."

왜 이 영감이 장부 정리를 알뜰히 하려는 것을 싫어하
나? 역시 그 이유가 있었다. 교장은 말을 이었다.

"잘 들어 봐라, 선생들이 연구 수당 8백 원을 받는다고

하지만, 2할 공제하게 된 극빈자들까지도 한둘 남겨 놓고 다 받아먹더라. 교장은 뭐가 있나? 아무것도 없지 않나?"

결국 장부고 뭐고 적당히 해서 기성회비 받은 것을 나 좀 먹게 해 달라는 말이었던 것이다. 참으로 어처구니없는 얘기다.

어제(22일)의 일을 적어 두는 것을 잊었다. 오후 4시 반경에 새로 뽑힌 기성회장이 한턱을 낸다고 모두 시내에 나가게 됐다. 삼거리집에서 밤 8시 반까지 술을 먹는데, 나는 중간에 빠져나와 볼일을 보았다. 새로 사서 며칠 신지도 못한 슬리퍼를 잃어버렸기에 다시 120원을 주고 샀다. 그림엽서도 더 사고 해서 술집에 가니 겨우 마치고 나오는 판이라 같이 차를 타고 돌아왔다. 아스팔트 길이라 멀미는 안 했지만 저녁은 먹지 않았다. 배도 고프지 않았고.

여기서는 사흘이 멀게 술판이 벌어진다.

내 머리는 지금 너무나 어지럽다. 학교 돈을 걸어 먹으려고 눈이 뒤집힌 교장, 술, 아이들이 수라 장판이 되어도 방치해 두는 교사, 기성회비를 안 낸다고, 아니, 안 낼 것이라고 미리 예방 삼아 혹독한 체벌을 주는 '모범 교사'… 내가 살고 있는 곳이 바로 지옥이다.

1969년 8월 24일 일요일 맑음*
방학 동안에 일어난 일, 글 쓸 것 정리할 사이도 없이, 가장 급한 것을 해야 한다고 억지로 일을 했다.

10시까지 현우를 보고, 다음은 벌통을 들여다보고, 변소의 똥오줌을 쳐서 가지밭과 나물밭에 내고 했다. 편지를 두통 썼다.

벌통에는 꿀이 여전히 거의 없었지만, 새끼는 많이 쳐 놓았다. 해충 나방이 죽은 것을 여남은 마리나 끄집어냈다.

밭고랑을 타고, 풀을 베어서 길을 내고, 똥바가지를 손질하고 그리고 똥오줌을 나르는데 무척 힘이 들었다. 몸이 약해서다.

저녁때 겨우 한숨 잘 수 있었다.

1969년 10월 17일 금요일 맑음

그렇게 바쁜 농사일도 그만두고 10리, 20리의 산길을 투표†하러 가는 농민들, 투표하고 돌아오는 마을 사람들, 무엇 때문에 가는지, 무엇을 하고 돌아오는지를 알기나 하는가? 소금을 사고, 비료 포대를 지고 10리, 20리, 혹은 30리를 왕복하는 것밖에는, 가족 중에 누가 다쳐 팔다리가 부러

---

*   1968년 일기는 찾을 수 없다. 1968년 3월 1일에 도시 학교를 떠나 경북 안동군 임동동부국민학교 대곡분교로 부부가 함께 발령을 받았고, 이오덕은 분교장으로 일했다. 둘째 아들 현우가 태어났다.

†   박정희 대통령의 장기 집권을 위해 당시 여당이던 민주공화당이 대통령 3선 연임을 허용하는 헌법 개정안을 날치기로 통과시키자 국민들은 거세게 반발했다. 이에 정부는 10월에 국민투표를 치러 3선 개헌안을 통과시켰다.

져도 누워 꿍꿍 앓고 있는 그대로 버려두고 낫기만 기다리
는 사람들이, 오늘은 이렇게 바쁜 추수기에 모두가 투표를
한다고 나선 것이다.

정말 이 나라 사람들의 그 이른바 민도라는 것이 그만
큼 높아서 이럴까? 그렇다면 유럽의 여러 선진국들보다 독
재정치를 하고 테러가 횡행하는 후진국들이 훨씬 민도가
높다고 해야 할 것이다.

일 년 내 고기 한 도막 맛보지 못하는 그 얼굴들은 마치
몇 달이나 먼지가 앉아 찌든 간고등어처럼 볼품이 없고, 그
눈들에는 생기가 없다.

모두가 ○표에 동그라미를 찍고는, 그저 살아가려면 하
라는 대로 시키는 대로 해야만 무사하다는 생각으로 돌아
오면서, 국민의 의무라도 수행했다는 안도감이라도 느끼고
있는 것일까?

1969년 10월 29일 수요일 맑음

1교시를 마쳤는데 갑자기 연락이(청부 용희가) 와서 구강
검사를 한다고 아이들을 모두 데리고 본교에 갔다. "충치
○개" 이런 걸 치과 의사가 말해 주면 나는 받아 적었다. 어
쩌다가 아주 못쓸 것이 있으면 집게로 잡아 빼기도 한다.
내가 "충치가 위쪽인지 아래쪽인지, 신체검사표에 적어 넣
게 되어 있는데요?" 했더니 의사 말이 "적당히 써넣으면
안 됩니까?" 한다. 그렇다. 적당히 아무 데나 써 놓으면 될

것을, 내가 묻는 것이 어리석다. 똑똑히 적어 놓은들 무엇하랴?

가는 데 60분, 오는 데 60분, 학교서 한 시간, 이래서 돌아오니 오후 2시가 됐다. 신체검사고 구강 검사라면 당연히 의사가 학교까지 와야 하는데, 분교장이라고 아이들을 10리도 더 되는 본교까지 부르다니, 어디 이럴 수 있는가?

오늘은 첫 시간에도 공부 못한다고 아이들 꾸짖기만 했다. 또 작업을 한다고 그 한 시간도 공부를 제대로 못 했지. 다 해진 바짓가랑이를 꿰매지도 않고 펄럭펄럭하며 돌아오는 아이의 어머니는 게을러서 그런 것도 아니고 참으로 눈코 뜰 새 없이 바빠서 그런 것이다. 그래도 아이들만은 공부를 시켜야 된다고 10리, 20리를 찢어진 고무신으로 보내고 있는데, 오늘은 다시 또 20리도 넘는 배고픈 길을 걷게 하면서 무엇을 했는가? 구강 검사? 말이 좋다.

이 불쌍한 아이들을 이대로 돌려보낸다는 것은 죄악이다. 무엇이라도 단 한 가지, 아주 간단한 지식이라도 가르쳐서 보내야지. 우유라도 끓여 먹여 보내야지. 이렇게 생각하고 돌아오니 솥에 점심을 앉혀 놓고 있다. 이럴 때 우유를 끓여 놓을 줄 모르는 아내가 원망스럽다. 교실에서 나는 생각하다 못해 치과, 내과, 외과 그리고 충치란 몇 가지 말을 가르쳤다. 이에 대해 간단히 얘기도 했다. 그리고는 그대로 보내는 수밖에 없었다. 이래도 나는 교사인가?

1969년 12월 15일 월요일 맑음

밤새 눈이 와서 온 산천이 하얗다.

난로를 따뜻하게 피워 놓고 아이들과 마주 앉으면 이런 날은 교과서 따위를 공부하기가 싫다. 아름다운 이야기를 해 줄 수 있으면 얼마나 좋을까?

방에서 세 권의 책을 가지고 나왔다. 김요섭 동화《날아다니는 코끼리》, 박경용 시집《어른에겐 어려운 시》, 이주홍 동화집《섬에서 온 아이》.

이 세 권을 살펴보았더니 김요섭 씨의《날아다니는 코끼리》는 이곳 아이들에게 좀 어렵고, 이주홍 선생의 호랑이 얘기를 읽어 주고 싶었으나 아직 이가 아파서 긴 얘기를 읽을 수 없고, 할 수 없이 박경용 씨의 시를 읽어 주기로 했다.

'허전한 아픈 자리에' 이 시는 어제저녁 마해송 씨 회갑 축하로 출판한 작품집에 들어 있는 것을 읽었다. 그 책에 많은 작품이 있는 중에 그래도 시가 되었다고 생각되는 것이 이 작품이었다. 다른 것은(이원수 선생의 작품 말고는) 거의 모두 얘깃거리도 안 되는 것이었고, 버젓한 현역 중견 시인들의 작품도 형편없는 것이었다. 모두, 아이들이란 재롱만 부리고 귀엽기만 한 것으로 보고, 동시를 안이한 태도로 만들어 낸 것뿐이어서 시가 되지 못했다. 어른들이 읽는 시의 경우에는 그럴듯한 어려운 말로 얼버무려, 얼핏 보아 작품이 되었는지 안 되었는지 모르는 수가 많지만, 동시에서는 속임수가 듣지 않는다.

　박 씨의 시를 읽어 주니 아이들도 좋아하는 듯했다. 아이들을 얕보지 말 것이다. 이런 산골의 저학년 어린애들도 얼마든지 시를 이해하고 쓰는 것이다.

　다음은 며칠 전에 써낸 아이들의 작품이다.

　햇빛

　성숙희

　햇빛은 세상 같다.

　온 세상을 만들어 주고 있다.

　햇빛 아니면 세상이 캄캄하지.

　해도 힘이 들지.

　세상을 만들어 준다.

　소나무

　권상출

　딴 나뭇잎은 단풍이 들어 늙어 가지고 다 떨어졌는데,

　소나무는 잎은 안 떨어지고 서 있다.

　바람은 소나무 잎을 떨어 줄라고 흔드니

　소나무는 끄떡도 안 하고 서 있다.

　눈도 소나무 잎을 떨어 줄라고

　어떤 때는 소나무 가지에 무겁게 올라타고 있다.

이렇게 아름다움을 느끼고 표현하는 아이들에 비해 요즘 쓰는 이른바 동시인들의 시란 얼마나 맛없는 것인가. 우리는 이 아이들에게 참된 시를 보여 줄 의무가 있다.

1970년 2월 12일 목요일

아침에 출석을 부르려는데 태운이가 "선생님, 규창이는 신이 없어서 못 옵니다. 다음 장날 지나야 옵니다" 한다.

태운이는 규창이 형인데 같은 2학년이다. 신이 없어서 며칠 전부터 안 왔구나.

"신이 왜 없느냐?"

"다 떨어져서 신을 수 없어요."

다 떨어져서 신을 수 없어? 나는 얼른 할 말이 안 나왔다.

"할 수 없지…."

정말 할 수 없는 일이다. 일월산이 건너다보이는 높은 산꼭대기에 살고 있는 아이들이, 맨발로 험한 산길을 이런 겨울에 오르내린다는 것은 생각할 수 없는 일이다. 가까운 곳이라면 발에 맞지 않는 어른들의 것이라도 끌고 온다 하지만.

또 장날이 아니면 신 한 켤레 사려고 80리 길을 걷기도 어렵겠다.

그런데, 왜 신이 그렇게 알뜰히 떨어지기 전에 미리 사두지 않았나? 담배 돈을 찾아서 다음 해의 기성회비까지 미리 내놓겠다던 그 아버지였는데, 참 부모들도 너무 무심하구나 싶다. 그러나 아니다. 옷이 없어서 어른들이 입던 커다란 바지를 입고는 가랑이를 걷어 올리고 학교에 오고, 어떤 때는 또 어른들의 커다란 한복 저고리를 걸치고 오면서도 아주 태연하던 이 아이들을 생각할 때, 부모들의 무심보다도 역시 아이들의 시중을 들어줄 만큼 여유가 없는 것이 분명하다. 그런 빈궁한 생활에 너무 익숙해 왔기 때문에 고무신 떨어진 것 신고 다니는 것도 예사로 알아 왔던 것이리라. 더구나 음력설도 다 지나간 지금에 무슨 돈이 있어 미리 아이들의 고무신을 예비해 놓으랴.

이렇게 기막힌 가난을 살아가면서도 어쩌다가 돈이 생기면 그래도 어떻게 해서든지 아이들 공부만은 시켜야 된다고 다음 해 기성회비까지 내놓겠다고 말하는 착한 사람들 아닌가. 돈 있는 사람들도 이런 납부금은 될 수만 있으면 내지 않겠다고 버티는 세상이다.

1970년 3월 10일 화요일 흐린 뒤 맑음

경칩이 3월 6일로 며칠이 지났는데 아침마다 영하 6도, 7도로 기온이 내려간다. 한겨울같이 추운 듯하여 견디기 안됐다. 감기가 번져서 날마다 20명에서 30명 사이로 결석이다. 더구나 새로 들어온 1학년은 난로도 피울 수 없어 몹시 떤다. 새 학년은 4월에 시작하는 것이 좋겠다. 1학년만이라도 4월부터 다니도록 해야 옳겠는데, 이 나라에는 모든 제도와 시설이 어른 중심이다.

금년에는 이 분교장에 새로 들어온 아동이 1학년이 65명이다. 2학년 37명과 3학년 43명 모두 80명을 한 교실에 넣어 복식으로 가르치자니 힘이 너무 든다. 올해는 좀 고생을 하게 되었다.

또 나이가 열세 살, 열다섯 살이나 되는 미취학 소년들이 2학년이나 3학년, 혹은 4학년에 들자고 서넛이나 학교에 며칠째 나오고 있다. 그 아이들의 열성에 나도 감복하게 되어 교장 선생님께 얘기하고, 편지를 써서 다시 부탁하고, 교과서 걱정도 해 주고 했다. 둘은 3학년에, 하나는 4학년에 들기로 결정했다.

4학년에 들도록 오늘 교장 선생한테 부탁 편지를 써서 쥐어 보낸 아이 하나가 돌아오는 길에 아랫마와 굿못의 불량소년들에게 잡혀 호주머니를 털리고, 맞고 했다. 여학생들이 와서 그런 얘기를 하기에 곧 보리밭을 질러가서 그 현장을 목격하게 되었다.

두 놈이 돌과 막대기로 위협하고, 다른 두 놈은 뒤에 앉아 있다. 앉아 있는 중의 한 놈은 아주 큰 놈으로 학교에도 종종 놀러 오는 놈이다. 화가 몹시 나서 고함을 지르니 모두 달아난다. 뒤를 따라 굿못 마을을 차례로 물어 가는데, 마을 뒷등으로 달아나고 있는 것이 보여 다시 달려가 두 놈을 붙잡아 학교에 데리고 오니, 나머지 두 놈도 어디서 따라온다.

"통학을 방해하는 놈들은 그냥 둘 수 없다. 경찰서에 넘겨야겠다"하고 위협도 하고, "너희들이 만일 저 골안에서 학교에 다닌다고 해 봐라. 점심도 굶고, 학교에 가고 오는 데 도중에서 못 가게 하고 때리고 하면 어떻겠느냐?"하고 타이르기도 했다.

이름을 적어 놓고 돌려보냈다. 국민학교 졸업한 아이가 둘, 이제 6학년에 올라가는 판인데 그만 가지 않은 아이가 하나 그리고 큰 놈이 하나다.

나중에 일을 당한 아이를 불러서 물어보니 "돈이 있지?"해서 없다 하니 호주머니를 샅샅이 뒤지더라는 것이다. 그리고는 인사하라느니 하고 위협하더라는 것. 참 세상은 다 된 세상이다. 아이들 되어 가는 걸 보면 볼수록 이놈의 사회를 이토록 엉망으로 만들어 놓은 놈들에 대한 증오감이 치밀어 와 참을 수 없다. 에이, 더러운 놈의 세상!

교과서 걱정을 해 주고, 그런 놈들에 겁내지 말고 열심히 다니라고 격려해 주고 했지만, 모처럼 싹이 튼 배움의 길에 대한 생각이 아주 시들어 버리지나 않을지 걱정된다. 한문을 여러 해 동안 배워 지금은 《맹자》를 읽고 있는 소년이라는데, 아이를 학교에 보내지 않고 한문 공부를 시키고 있는 부모도 세상을 너무 모른다고 할 수 있지만, 그렇게 깊은 산골에 살자니 학교 다니기도 엄두가 안 날 만큼 되었으리라는 생각이 든다.

1970년 3월 17일 화요일 맑음

대한항공기 승객 송환 진정 연판장(이것을 어디로 보내는지 알 수 없다)을 만든다고 두 시간째 수업을 제대로 하지 못하고 있는 중인데, 갑자기 용희가 편지를 가져왔다. 보니, 육성회를 본교와 합해서 예산편성을 하라 하니 그 자료를 만들어 오늘 중에 와 달라는 내용이다. 20일까지 회의를 해서 보고하게 되어 있다니까 급하다. 행정사무란 이렇게 말단에 와서는 항상 급박하게 처리하고 보고하게 되는 것이 이 나라의 실정이다. 아이들을 한 교실에 모두 넣어 1학년의 형제 조사를 하느라고 1시까지 걸렸다. 점심을 먹고 다시 명부를 만드는데, 3시 20분에야 겨우 나설 수 있었다. 아직 통계도 다 못 낸 채.

봉급을 받고, 통계를 내주고, 그다음엔 내가 술을 한턱 낸다고 하고 돈을 주어 홍 씨를 보냈더니 탁주는 없고 소주와 사이다가 왔다. 내가 본교 직원들에게 술을 내는 것은 처음이다. 인색해서 그런 것이 아니라 언제나 시간이 없고, 또 술 마시는 자리가 별로 반갑지 않아서 그리된 것이다. 그런데 이번에는 여러 날 전부터 본교 유 선생이 술을 얻어먹고 싶어 하는 눈치다. 내가 문교부 장관상을 탔다고 그런다. 상을 탔으면 축하해 줄 일이지 술을 얻어먹는 풍습은 또 뭔가? 그리고 나로서는 그런 상이 조금도 반갑지 않다. 그까짓 상이야 어찌 되었든, 한번쯤 이런 자리를 만드는 것이 사람 사귀는 데도 좋으리라 생각했다.

술이 다 되어 갈 무렵인데, 아까부터 운동장에서 훈련을 받고 있던 향군, 그중의 지휘관인 듯한 두 사람이 들어와 앉는다. 인사를 하기에 나도 했다. 그러더니 그중에 한 사람이 떠들썩하게 지껄인다. 손을 흔들고 주먹을 쥐고 군인 꼴로 떠벌린다. 무슨 말인지 몰라 어리둥절하고 있는데 나중에 알고 보니 본교 교감과 분교장인 나한테 하는 소리인데 이런 말이다.

"대원들의 잠자리는 우리가 걱정하겠지만, 학교에서 많이 후원을 해 주시오. 하다못해 아동들한테 돈 10원씩이라도 모으면 되는 것 아닙니까. 그래야 때로 술이라도 한잔하지요. 분교장에서도 공책 한 권씩 거둔다든지 해서 주면 좋겠는데, 그러면 곧 신문 기사에 올리지요. 신문기자들이 지금 딱 대기하고 있어요. 큼직하게 내주고 말고요…."

세상에 참 뻔뻔스럽고 무식한 것들이 판을 치는 것이 산골의 현실이다. 학교 아이들을 돈 걷어 먹는 도구로 알고 있다. 이게 월급을 받고 있어 버젓한 공무원이 되어 있는 향토 방위군의 지휘관인가 하는 사람이다.

"오전에는 아이들이 많고 해서 우리도 들에서 훈련을 하겠지만 오후에는 날마다 학교 운동장 좀 빌려야 되겠어요" 했을 때 교감 선생은(교장 선생은 오늘 일찍 나갔다. 교장이 있어도 그랬을 것이지만) "그야 국토방위를 맡고 있는 분들이 당연하지요" 하며 도리어 미안해했다. 뭘 하는지 날마다 훈련을 하는 모양이고, 중대장이 잠자리 걱정까지 한다는 말을 들으니, 아까 기성회비 예산편성 자료 때문에 아이들 숫자 세느라고 다른 선생들이 하는 얘기를 흘려들은 것이지만, 훈련을 해서 서울까지 간다나, 그래서 상을 타려고 한다느니 했으니 합숙 훈련이라도 하는지 모른다.

학교 운동장이 방위 군인들의 훈련장으로 되고, 아이들은 그 방위군들의 술값을 걷어 모으는 수단이 되고… 상을 타고 자기 이름을 내기 위해 교육과 아이들을 짓밟는 것을 당연하게 여기는 사람들은 방위군 지휘자뿐 아니라 학교 행정을 맡고 있는 사람들 속에서도 얼마든지 볼 수 있다. 내가 왜 그런 인간들을 앞에 두고 바른 소리 한마디도 못 했던가 생각하니 후회가 되고 나 자신이 미워지기까지 했다.

학교라는 곳이 아무리 무식한 자들이 들어와서 짓밟아도 큰소리 못 하게 되어 있다. 장사꾼이나 무식자들이 아이들을 돈 걷어 내는 좋은 끈줄로 안다고 했지만, 교원들이야말로 바로 그런 태도로 아이들을 대하고 있는 것 아닌가. 학부형회가 후원회로 되고, 후원회가 사친회로 되고, 사친회가 기성회로 되고, 기성회가 육성회로… 이렇게 둔갑을 거듭해 온, 돈 걷어 내는 회를 아무리 대통령이나 교육회장들이 그럴듯하게 변명한다고 해도 그 정체를 순진한 아이들과 백성들이 모를 까닭이 없다. 하루빨리 나는 이 거짓스런 직업에서 벗어나야 되겠다고 생각하면서 10리 길을 걸어왔다.

1970년 4월 17일 금요일

간밤에는 오랜만에 비가 와서, 아침에 일어나니 보리밭이 새파랗다. 참꽃과 살구꽃이 한창 피어나겠지.

셋째 시간에 요즘 아이들이 산이나 들에서 구해 먹는 것들을 조사했더니 송구송기, 잔대, 참꽃, 뽀해기, 모메, 오요강아지강아지풀… 이렇게 많았다. 산이나 들에서 이런 것을 따 먹거나 캐 먹거나 꺾어 먹었던 일을 잘 생각해 내서 시를 쓰도록 해 보았다. 재미있는 시가 여러 편 나왔는데 그중에서 한 편을 적어 둔다.

> 송구
>
> 3학년 김숙자
>
> 한 개 벗겨 가지고 먹으니까
> 물이 서북서북한 게 아주 단 게
> 송구도 덜 벗겼는데 춤이 꿀꿀 넘어가서
> 훌훌 핥아 먹었다.
> 막 훑어 먹었다.
> 한 개 다 먹고
> 꽁 알 주까 새알 주까 쌔
> 했다.

1970년 4월 23일 목요일 흐림

이 대곡 골짜기 막바지가 되는 가리점 마을에서 다니는 아이들 중에 홍석호란 3학년 아이가 있다. 나이는 이제 만 12세가 되었는데도 제 이름과 겨우 짧은 낱말 몇 개를 쓸 수 있는 정도다. 어릴 때 심한 병을 앓고 오랫동안 걸어 다니지도 못했다 한다. 지금 봐서 그럭저럭 국민학교는 마칠 수 있을 것 같다. 저보다 나이 어린 아이들한테도 놀림을 당하고 얻어맞고 한다.

어제는 같이 다니는 가리점에 있는 홍성윤이가 와서 "석호를 아이들이 놀리고 있습니다" 해서 조사를 해 보았더니 아이들 여남은 놈이 "코야 코야 석호야" 하고 놀려 댔단다. 놀린 아이들을 불러 놓고 벌을 세우고 야단을 쳤다. 나중에는 "남을 놀리는 것이 어째서 나쁘냐?" 하고 물었더니 아무 말이 없다. 대답을 하면 보내 준다고 해도 말을 못 한다. 지능이 높은 아이도 대답을 못 한다. 내일 다시 물을 테니 집에 가서 잘 생각해 오라 하고 돌려보냈던 것이다.

그래 오늘 첫째 시간에 그 아이들을 또 불러내 놓고 물으니 역시 대답이 엉뚱하다. 이래선 안 되겠다고 첫째 시간은 아주 이 일로 시간을 보내기로 했다.

"남을 놀리는 것이 어째서 나쁘냐?"

벌을 서지 않은 아이들도 대답하는 사람이 없다.

"그럼 남을 때리는 것은 좋은가, 나쁜가?"

"나쁩니다."

"어째서 나쁜가?"

여전히 대답이 없다.

"남을 욕하는 것은 어째서 나쁜가?"

대답이 없다.

한참 있다가 한 아이가 손을 들었다. 김일겸이다.

"그 아이 마음이 나빠집니다."

옳다. 뜻밖의 대답이다. 이런 대답이 나올 줄은 몰랐다. 참 좋은 대답이다. 남을 욕하거나 놀리거나 때리는 사람은 그 사람의 마음이 나빠지니 좋지 못한 것이다.

그런데, 나는 또 다른 대답을 기대했다. 그래서 다시 물었다.

"남을 때리는 것이 어째서 나쁜가?"

여전히 말이 없다.

그때 나는 아이들을 모두 일어서게 하고, 매를 잡고 두 손바닥을 좀 야무지게 때렸다. 3학년 아이들 하나하나 좀 아프도록 때렸다. 아이들이 얼굴을 찡그리고 있었다. 때리면서 나는 "왜 나쁜가 안 사람은 앉고, 모르는 사람은 서 있어라" 했다. 매를 맞은 아이들이 하나하나 앉더니, 나중에는 다 앉았다.

"인제 알았나?"

"예, 알았습니다."

"대답해 봐라."

"맞는 사람이 아픕니다."

거의 모든 아이들이 일제히 이렇게 대답했다.

"야, 이놈들아. 그래, 그렇게 맞아야 안단 말이냐? 맞아야 아프다는 것을 알다니, 지금까지 무슨 공부를 했느냐? 남을 때리는 것이 나쁘다는 것은 맞는 사람이 아프고 기분 나쁘니까 때려서는 안 되는 것이다. 남을 놀리는 것도 놀림을 당하는 사람이 기분이 나쁘고 분하니 그래서는 안 되는 것이다. 이제 나쁜 까닭을 알았으니 다시는 그런 짓을 마라."

이렇게 한 시간을 모진 경험까지 시켜 가면서 가르친 보람도 없이 다음 쉬는 시간에 또 어느 아이가 때리고 어느 아이가 맞았다는 보고가 들어왔다. 때린 아이가 2학년의 여갑술이다. 불러내어 왜 때렸나 하니 지나가면서 받혔다고 했다. 맞은 아이에게 물어보니 받힌 것이 아니라 주먹으로 등을 쥐어지르더란다. 갑술이한테 따지니 주먹으로 등에 그냥 대어 보았단다. 이쯤 되면 사실은 뻔하게 드러난 셈이다. 또 매를 들어 종아리를 여러 번 때렸다. 갑술이는 2학년이지만 나이가 만 열 살이다. 성적은 아래쪽. 며칠 전에 만든 교우 조사표를 보니, 이 아이를 좋아하는 아이는 없고, 싫어하는 아이가 다섯이나 되어 가장 많다. 걸핏하면 남을 때리고 물건을 빼앗고 한다. 그렇게 한 시간 내 가르친 보람도 없이 돌아서자 또 이 모양이니 나도 좀 화가 났다.

이런 산골 아이들에게는 힘을 써서 남을 짓밟으려 하는 아동들의 생활 태도가 가장 큰 문젯거리다. 아이들의 야성적인 마음을 다치지 않게 키워 가야 할 교육일수록 민주적

생활 훈련을 하는 일이 중요한 과제가 되는 것이다.

1970년 4월 24일 금요일 흐림

거짓말 글짓기를 시켰다.

"지금까지 글짓기라면 실제로 보고 듣고 한 것을 그대로 자세히 썼는데, 오늘은 보지 않은 것, 듣지 않은 것, 하지도 않은 것을 본 것같이 들은 것같이 한 것같이, 그러니까 거짓말 글을 써 보기로 합니다."

이런 지도를 생각해 본 것은 두 가지를 노린 것이다. 그 하나는, 아이들의 자유로운 상상을 이 '거짓말'이란 것으로 쓰게 할 수 있지 않을까 하는 것인데, 그러니까 거짓말이라고 했지만 사실은 거짓말이 아니고 어디까지나 마음의 진실을 표현하게 하는 수단이다. 또 하나는, 생활글을 쓰게 하는 하나의 방법이 될 수도 있겠다는 생각이다. 즉 아이들은 지금까지 체험한 사실만을 글로 썼는데, 체험하지 않은 것을 체험한 것처럼 꾸며 쓰게 하면 그것이 얼마나 어려운가를 깨달을 것 같다. 그래서 '글이란 역시 내가 보고 한 것을 쓰는 것이 더 쉽고 더 잘 쓸 수 있겠다'는 사실을 깨닫고 생활을 자세히 정확하게 쓰는 태도를 분명하게 가질 것이라 생각된다. 아이들은 이 두 가지 중 어느 쪽일까? 거짓말 이야기를 쓰라고 했을 때, 쓰고 싶어 하면 앞의 경우가 되겠고, 쓰기를 어려워하면 뒤의 경우가 되리라. 나는 이곳 아이들이 뒤의 경우가 될 줄 알았는데, 뜻밖에도 아이들은 거짓 글을 쓰자고 한 내 말에 모두 호기심과 흥미를 가지고 열심히 썼다.

아이들이 써낸 글은 다음 세 가지로 나눌 수 있었다.

1. 소망의 표현

대부분의 아이들이 '비행기'란 제목으로 비행기를 타고 다닌 얘기를 썼다. 그다음으로는 새가 되어 날아다닌 얘기를 쓴 아이가 몇이 있었다. 또 돈 이야기, 돈을 벌어서 과자를 사 먹고, 옷도 사 입고 하는 얘기를 쓴 아이도 좀 있었다. 돈을 벌어서 술을 실컷 사 먹는다는 얘기를 쓴 아이도 둘 있었다.

이것을 보면 이 산골 아이들의 바람이 무엇인가를 알 수 있다. 버스를 타자면 분교장에서도 30리를 걸어 나가야 하는 이 아이들은 거의 모두가 날마다 10리에서 40리의 험한 산길을 걸어서 학교에 다닌다. 그러니까 멀리 마음대로 다녀 보는 것이 가장 큰 소원이 될 수밖에 없다. 돈을 가지고 싶어 하는 것도 학용품조차 마음대로 살 수 없는 어려운 가정에서 살기 때문이다.

2. 현실의 표현

현실을 그대로 쓴 것인데, 얼마든지 그런 일이 있을 수 있는 얘기다. 네 명이 이렇게 썼다.

3. 시적인 표현

두 아이가 시적인 공상을 썼다. 이런 글은 시 쓰기 지도의 자료로 삼을 수 있겠다.

다 쓰고 난 다음에 나는 아이들에게 물었다.

"어떠냐? 참말 글쓰기가 재미있나? 거짓말 글쓰기가 더 재미있나?"

아이들은 모두 대답했다.

"거짓말 글쓰기가 더 재미있습니다."

아이들의 거짓말은 거짓말이 아니라 또 다른 참말이다. 붙잡혀 있고 억눌려 있는 아이들의 마음을 풀어 놓아주기 위해서 상상과 공상으로 마음껏 그 소망과 욕구를 쓰게 할 필요가 있는 것이다.

1970년 4월 28일 화요일 맑은 뒤 흐림

셋째 시간에 아이들을 뒷산에 데리고 가서 낙엽송을 그리게 했다. 이것은 마음속의 생각을 그리는 그림이 아니고 눈앞에 있는 것을 보고 그리는 그림인데, 낙엽송을 잘 보고 그 모양과 색이 어떤가를 잘 잡도록 하고, 아름답구나 하고 느낀 것을 모양이나 색으로 나타낼 수 있도록 했다. 그런데, 별로 그 결과가 기대한 만큼 나오지 않았다. 그냥 아무것이나 그리라는 식으로 해서 그린 것보다는 나았지만, 뭔가 덜 된 것 같다. 나무를 제법 사실적으로 그리려고 애썼다 싶은 그림에는 살아 있는 나무의 아름다움이 없는데, 모양을 서툴게 그린 것이 오히려 아름다운 색으로 살아 있는 그림이 되어 있었다. 이것은 어째서인가? 아이들의 생활 속에 들어가 있지 않은 어떤 물건을 갑자기 보기만 해서 그리게 한 것이 잘못이라고 깨달아진다. 처음 보는 것이라도 그 것이 움직이는 것이거나 아이들의 호기심을 크게 자아내 는 것이어서 보는 순간 깊은 인상을 주게 된다면 모르지만, 움직이지도 않는 자연의 경치가 어떻게 아이들 마음을 사 로잡겠는가? 그리고, 그보다도 내가 맡은 이 저학년 아이들 (2, 3학년)은 객관의 물체를 보고 정확하게 그리기에는 너 무 이른 나이다.

이 아이들은 어디까지나 자기가 그리고 싶은 것을 마음 대로 그리는 자유상화(自由想畵)로 키워 가야 하는 것이다.

아이들이 그림을 그리는 동안 나는 종이에다 시 같은 것을 썼다.

온몸이 가렵게 잎이 돋아난다.
햇빛이 잎마다 따갑게 찔린다.
하늘 향한 가지 끝마다 귀가 있어 호로롱 뺏종!
산새 소리에 마구 춤을 춘다.
부풀어 오른 구름이 넘어가는
산봉우리를 쳐다보며
온몸으로 하늘을 마시는 낙엽송.

1970년 5월 4일 월요일 흐린 뒤 맑다

기성회장이 아직도 안 오고, 또 언제 올는지도 알 수 없어 그만 그 육성회비 통지서란 것을 내기로 했다. 영수증을 달마다 쓸 수 있는 조그만 봉투를 아이들에게 나누어 주었다. 그 속에는 교육장의 빨랫줄같이 긴 계몽 편지글(뒷면에 내가 간단히 적어 놓은 편지글도 있는 것)이 적힌 종이가 접혀 들어가 있다. 아이들은 봉투만 보고도 "육성회비, 육성회비" 하면서 떠들었다. "육성회비 얼마씩 낸다더냐?"

이렇게 물었더니 모두가 알고 있는 대로 대답했다. 이래도 아이들에게 비밀로 한다고 한다. 그래서 교육장의 계몽 편지까지(그 어려운 문구의 글까지 아이들이 알까 봐) 꼭 봉투에 넣어 보내라는 지시가 내린 것이다. 그럼, 아이들이 돈 가져올 때는 어른들이 돈을 봉투에 넣는 것도 안 보아야 하고, 돈 걱정하는 것도 안 보고 안 들어야 하고, 선생이 돈 받고 봉투 내용을 검수하는 것도 보지 말아야 하지 않겠나. 어떤 아첨꾼 관리가 이따위 교육적 배려 방법을 고안했을까?

농사일을 어른들과 같이 걱정하는 아이들이다. 어른들과 같이 일하고, 살림을 걱정하고 살아가는 것이 농촌 아이들이다. 이런 아이들보고 집 걱정하지 마라, 돈 걱정하지 마라, 하는 말이 무슨 소용이 있는가? 그런 말은 아이들을 이기적으로 불성실하게 만드는 것밖에 아무것도 될 수 없다. 또 걱정이 가득한 아이에게 그 원인은 없애 주지 않고 (도리어 걱정거리를 만들어 주면서) 걱정하지 말라고 하면 걱정을 안 하게 되는가? 문교부란 데가 이런 짓이나 교육이라고 시키는 곳이다.

1970년 5월 19일 화요일 흐림

오후에 건강 기록부를 적고 있는데, 연한이 할아버지가 와서 제삿집에 가자 하셨다. 누구 집인가 했더니 기성회장 송한 씨네라 하신다. 참 그렇지. 작년 이때 그 어른이 돌아가셨지. 그렇잖아도 오늘 오후쯤 육성회 의논도 하고 가 보려고 했더니 잘됐다 싶어 갔다. 부조는 초 한 봉.

올 때 홍석규 할아버지를 만나 석규 얘기가 나왔다. 알고 보니 그때 석규 할아버지가 다섯 번째나 학교에 가서, 면의 몇 가지 증명과 저쪽 이사 간 곳의 거주 증명과 그 밖의 모든 것을 갖추어 냈더니, 이번에는 부모와 식구가 다 가도 할아버지가 안 가고 있으니 분가계를 내어서 오라 하더란다. 그래 할 수 없이 다시 영양으로 가서 그 얘기를 같은 교원으로 있는 석규의 재종숙 되는 사람에게 했더니 "어디 그럴 수 있는가, 부모가 다 이사를 했는데 분가계를 내야 전학 증명서를 써 준다니 정 그러면 안동교육청에 가서 교육장님한테 얘기를 해 버리지. 교장 아니라 세상없는 사람이라도 전학 증명서 안 해 주고는 안 될 테니" 이렇게 말하더라 한다. 그래 그길로 돌아와서 안동교육청에는 안 가고 다시 학교에 갔더니(아마 교육장한테 간다고 말했던 모양이지) 그때야 해 주더라 한다.

세상에 이렇게 나쁜 사람은 흔하지 않을 것이다. 손톱만큼 한 이익을 위해서 남이야 곤경에 빠지든 말든, 어린아이들이 평생 공부를 못 하게 되어 그 장래를 망치게 되든

말든 수단 방법을 안 가리고 상급 관청의 지시나 규정을 교묘하게 이용하는 사람. 그러다가 자기에게 불리하다 싶으니 지금까지 어길 수 없다고 그처럼 고집하던 그 규정을 헌신짝처럼 내던져 버리는 사람. 이런 사람이 교장으로 지금까지 몇십 년 있는 동안 얼마나 많은 아이들과 그 아이들의 부모들을 울리고 불행하게 만들었을까?

안명숙이란 아이는 결국 전학 증명서를 못 얻고, 이젠 소식도 없다. 아주 학교를 단념한 모양이다.

낙기와 강기 두 형제는 두 달 동안 안동에서 살다가 할 수 없이 돌아와 다시 여기서 다닌다. 그 가난한 형편에(면의 구호 대상자다) 누나는 매월 240원, 동생은 120원을 3월부터 모두 내었는데, 일부러 덜 갖춘 서류를 만들어 보내어 다시 돌아오게 했다. 이쯤 되면 사기꾼 아니고 무엇인가?

김후자는, 부모도 없는 이곳에 있을 수 없어 안동에 가 버렸다. 후자 할아버지 얘기 들으니 후자 어머니가 여러 날 안동 중앙국민학교에 가서 무릎을 꿇고 빌어서, 전학증 없이 2학년에 들어가게 되었다 한다. 그런 얘기를 교장한테 했더니 좀 난처한 기색을 보이면서 "이 학교에 재적해 있는 아이를 전학증도 없는데 입학시키다니 그럴 수가 있는가" 했다. 전학을 가야 할 아이에게 서류를 만들어 주지 않으면서, 천신만고로 저쪽 학교에 들어 놓으니 이번에는 왜 입학시켰는가 한다. 그럼 결국 그 아이는 학교에 다니지도 마라는 말 아닌가.

이런 아이들 말고도 전학 증명서 얻기가 까다로워 이사를 못 가고 있는 집이 몇 집 있다. 벌써 이사 간 사람들도 아예 증명서 얻을 생각을 안 하는지 소식이 없는 이들도 있다. 강원도로 간 민영자와 민경석 형제도 그중에 든다. 먹을 것도 없이 죽지 못해 떠난 사람들이 무슨 돈이 있어 차비를 써 가며 몇 번이나 증명서를 내기 위해 왔다 갔다 하겠는가. 면까지 40리, 학교까지 30리를 적어도 네댓 번은 다녀야 하고, 또 이사 간 강원도에서 오고 가야 한다. 그래도 내주지 않는 것 아닌가.

모두가 가난한 사람들이다. 가난하기 때문에 교육조차 못 받은 사람들이 할 수 없이 쫓겨 오다시피 한 이 골짝에서 흙을 파고 짐을 지면서, 어떻게 해서라도 어린것들만은 공부를 시켜 이런 억울한 가난에서 벗어나야겠다고 학교에 보내기 위해 온갖 애를 다 쓴다. 그런데, 글자 한 자 모르고, 관청의 사정 같은 것 알 턱이 없는 이들에게 온갖 어려움이 강요되고 박해가 가해진다. 이들을 대변해 줄 사람은 아무도 없다. 정치도 교육도 이들을 완전히 외면하고 있다. 이 산골 사람들의 뼈만 남은 어깨와 등에는 어두운 지구의 온 무게가 짓누르고 있는 것이다.

1970년 6월 8일 월요일 맑음

본교에서 갑자기 학예회를 하니 오라는 연락이 와서, 아침에 아이들을 모두 데리고 갔다. 교실 두 개를 사이의 벽을 없애고 만들었으니 어른들이 웬만큼 모여도 자리가 비좁겠는데 어디 아이들 구경할 자리가 있겠나 싶었지만 오라고 하니 안 갈 수 없었다.

가 보니 역시 아이들을 분교장까지 합쳐서 어느 다른 교실에 대기시켜 놓는다. 대기하는 교실도 자리가 좁아 앉지도 못하고 꽉 짜서 서 있는데 날씨는 덥고 아주 수라장이다. 아이들 구경은 어찌 되는가 물으니 안 시킨단다.

본교 아이들은 어제 일요일에 다 보았단다. 그럼 분교장 아이들이라도 보여야 할 것 아닌가. 이런 곳에 가두어 놓을 바엔 뭣 때문에 오라고 했는가 하니 교장 선생이 그렇게 하라고 하더란다. 화가 나서 교무실에 가서 말했더니, 그럼 복도에라도 세워서 보도록 할까 하는 것이 교장, 교감의 대답이다. 결국 어른들이 많이 오면 자리를 내주기로 하고 안에 들어가 앉혔다.

그런데, 그냥 구경만 하고 있기가 안됐다는 생각이 들어 분교장 아이들도 둘이 나가서 노래를 부르게 했다. "우리도 아무 준비 없이 하는 거지요. 뭐, 평소 하는 대로 부르겠지요" 해서 낸 것이다.

한 이틀쯤이라도 앞서 연락만 주었더라면 같이 출연을 했을 것이다. 아무리 바쁘더라도 너무 성의가 없다. 그러면서 먼 길을 걸어온 아이들을 구경도 안 시키고 교실에 가두어 놓다니, 어디 이럴 수 있는가.

학예회는 거의 독창과 제창만으로 순서가 짜여 있는데,

너무 단조로웠다. 노래하는 정도야 말할 것조차 못 되지만, 어째서 평소 학습한 내용의 공개라면서 낭독 같은 것도 하나쯤 없었을까.

연극이 하나, 교과서에 나온 것을 그대로 한 것인데, 이것 역시 아이들이 가엾다는 느낌이 들 정도였다.

제일 나쁜 것은, 시작하기 전과 중간과 마지막에 교감, 교장, 기성회장 들이 번갈아 올라가서 긴 연설을 하는 것이었다. 모두 육성회비를 빨리 내줘야겠다는 얘기였다. 아침에 내가 가서 교장을 만났을 때 "아무것도 준비 없이 하는 것이지요. 그거 육성회비 걷기 위해 할 수 없이 하는 겁니다" 이렇게 교장, 교감이 말하고 있어서, 도중에 교장이 긴 얘기를 하리라고 예상은 했지만, 정작 들으니 어처구니없이 재미없고 너절하고 긴 말이라 지긋지긋했다. 불쌍한 아이들! 불쌍한 어른들!

돌아올 때는 무덥기도 해서 아이들이 모두 맥이 빠졌다. 그래도 구경 잘했다고 집에 가면 자랑할까? 가을에는 우리 분교장에서 진짜 재미있는 학예 잔치를 해 보고 싶다.

1970년 6월 23일 화요일 맑음

어제 동장한테서 편지 연락이 왔다.

제목: 예방접종 실시

때: 1970. 6. 23.

곳: 위 2동 샛터

내용: ① 장티푸스 5세에서 60세까지

② 천연두 3개월에서 5세까지

③ 기타 피임 루프 희망자

아이들 통해 동민들에게 널리 알려 주시오, 하는 내용이다. 아침에 편지 받고 곧 동장 집으로 찾아갔다. 전에도 이런 연락이 와서 가니 아무도 오지 않아 그 먼 길을 모두 헛걸음하고, 그 많은 사람들이 바쁜 일 그만두고 어린애까지 업고 데리고 점심까지 굶어 가며 가서 온종일 기다려도 안 와 결국 그대로 돌아온 일이 있었기 때문에 단단히 알아보고 광고를 해야겠다고 생각한 것이다. 동장은 자기도 그런 염려를 하고 단단히 다짐을 받았다고 하면서 "이번에는 그렇지 않겠지요" 했다. 그래서 돌아와 아이들에게 한바탕 예방주사 얘기를 해 주고, 장티푸스와 천연두 얘기도 하고 나서 공책에다 쓰라고 칠판에 적어 주었다.

내일 위 2동에서

장티푸스(장질부사) 예방주사 5세부터 60세까지

천연두(우두) 3개월부터 5세까지

그리고 아침 일찍 가도록 말하라고 했다. 늦게 가면 약이 모자라 못 맞을는지 모른다고.

그런데, 국민학교생들은 어쩌나? 보통 때 같으면 학생들도 오라고 기관에 공문을 보내는 것인데 아무 기별이 없다. 아마 따로 또 기회를 주겠지. 그래도 염려가 됐다. 장티푸스가 안동군 어디에 많이 생겼다고 하는데 걱정이다. 할 수 없이 최 군한테, 내려가서 학교에 공문이 왔는가 안 왔는가 알아보고 내일 아침 일찍 와서 알리라고 했던 것이다.

오늘은 1시까지 기다렸다. 12시경에 우체부가 와서, 올라올 때 보니 아직 사람들이 기다리기만 하더라 한다. 최 군도 아무 소식이 없다. 생각 끝에 할 수 없이 아이들을 집으로 돌려보내 버렸다. 이렇게 더운 날씨에, 내려가서 주사를 맞는다 하더라도 왕복 두 시간에다 세 시간은 걸려야 분교장까지 돌아온다. 먼 골짜기에 있는 아이들은 오후 5시라야 집에 도착한다. 점심도 굶고, 이 더위에 더구나 장티푸스 주사 맞아 놓으면 열이 나서(재작년에도 그랬다) 먼 길 걷기가 힘든다. 병 예방하려다가 생사람 잡는 꼴 나겠다 싶었던 것이다.

아이들 다 보내고 나니 1시 반이나 되어서야 최 군이 왔다. 주사를 맞도록 말이 되었다고 한다. 아이들 다 가 버린 뒤라 할 수 없고, 아이들 안 가고 있다 하더라도 그 시간에는 갈 수 없는 것이다.

벽지의 아이들은 이래서 가엾다. 나라의 행정 전체가 도시 중심, 있는 사람 중심인데, 말단 월급쟁이들이 이런 산골짜기까지 가난한 사람들 위해 찾아오기 싫어하는 것은 당연하다.

나는 긴 글을 써서, 이 산골 아이들을 위해 부디 한 번 더 와 달라고 하는 편지를 써 보냈다. 거의 가망이 없는 줄 알면서.

1971년 3월 17일 수요일*

오전에 두 시간 동안 가정방문을 했다. 약 20호 정도, 아이들을 데리고 바삐 다니면서 문 앞에서 인사하고 나오는 식으로 다녔는데, 거의 모두 셋방에 들어 있고, 제 집을 지키고 있는 집은 겨우 세 집뿐이었다. 골목이 꼬불꼬불하여 겨우 한 사람이 다닐 만한 좁은 길인데, 세상에 이런 미로가 있는가 싶었다. 비산동이란 곳을 새삼 느꼈다.

부모들이 있는 집은 대개 담배를 한 갑, 혹은 두 갑씩, 안 받으려 해도 억지로 주머니에 넣어 주는데, 참 난처했다. 나중에는 주머니가 불룩했다. 어느 집에서는 돈을 백 원 주었고, 5백 원을 봉투에 넣어 주는 집이 두어 집 있었다. 오후 수업 중에 어느 선생이 봉투를 가지고 와서 "이거 천진호 집에서 전하는 겁니다" 하고 주는데, 나중에 보니 천 원이 들어 있었다. 참으로 쑥스럽고 난감하다. 다른 선생들은 이 재미로 대구라는 도시에서 사는 맛을 즐기는 모

---

* 1971년 3월 1일부터 3월 31일까지 경북 대구시 비산국민학교에서 평교사로 일했다.

양이지만 나는 아무래도 죄스럽다. 가정방문을 할 수 없이 하지만, 정말 가기 싫다. 부모들의 표정이 꼭 무슨 얻어먹으러 찾아오는 신사 거지라도 대하는 것처럼, 겉으로는 반기는 척하지만 내심으로는 난처한 기색을 읽을 수 있다. 무엇보다도 담임선생을 대해서 여러 가지 아이 교육에 대한 생각이나 부탁의 말을 해야 할 터인데, 그런 말은 도무지 없고 담배니 술이니 하여 대접하는 걱정부터 하느라고 쩔쩔맨다. 도시의 교원들이 모두 그렇게 부모들을 대하고 그런 것을 바라서 가정방문을 하였다는 것을 알 수 있다.

이곳은 도시의 변두리여서 이런 정도다. 도심지에서는 가정방문을 안 가더라도 부모들이 찾아와서 몇천 원 정도는 주고 가는 것이 예사로 되어 있는 일이라고 한다. 그러면 담임은 그 돈을 가지고 교장, 교감에게 상납한다. 교장, 교감은 교사들이 상납한 돈의 액수에 따라 근무 성적의 서열을 매기는 것이 상례라고 한다. 내가 잘 알고 있는 시내의 선생들이 모두 그렇게 말한다. 교육이 너무너무 타락되었다.

비산동, 이곳은 대한민국에서 셋째 가는 큰 도시가 무서운 속도로 팽창하는 지대다. 학교 옆 철조망 너머에는, 내가 와서 두 주일도 못 되었는데 벌써 빈 땅이 다 차도록 집들이 꽉 들어서고 있다. 길도 수도도 없는데, 그래도 건축 허가는 나는 모양인지 마구 집을 짓는다. 질서도 없이 마구 지어 놓은 집들 사이를 이리 돌고 저리 돌고 하는 골목은 이래서 수수께끼 문제를 푸는 미로같이 생겼다. 대구시는 이렇게 터져 나가는 지대를 그대로 방치해 놓고 있다. 길도 계획하지 않고 있다. 가난한 사람들—공장의 직공, 막벌이 노동자, 실직자, 농촌에서 찾아온 이농 가족… 들은 이곳에서 5, 6만 원짜리 도지 방을 얻어, 어떻게 해서라도 살아가려고 발버둥친다. 그래서 조금이라도 돈이 생긴 사람은 평당 1만 3천 원에서 1만 5천 원짜리 땅을 사서 조그만 집을 지어 놓고 셋방을 내놓는다. 구멍가게를 차리기도 한다.

> 비산동
> 이곳은 커다란 도시가 부풀어 터져 나가는 곳
> 똥 무더기와 쓰레기와 흙탕진구렁이가
> 수수께끼 문제같이 돌아가는 골목마다
> 마누라보다 소중한 장화에 밟히는 곳
> 앓는 조국의 상처
> 곪아 터지려는 부스럼
> 나는 오늘도 가난한 아이가
> 고개 숙이고 안내하는 셋방 집을 찾아가
> 핏기 없는 얼굴의 그 어머니들이 내미는
> 신탄진 담뱃갑을 어쩔 수 없이 받으며
> 교장, 교감에게 이제 내가 무엇을 상납할 것인가
> 육성회비를 어떻게 받아 낼 것인가

태산 같은 걱정을 하며
골목마다 쳐다보는 아낙네들이 부끄러워
절벅절벅 장화를 끌고
죄인처럼 고개 숙여서 미로를 간다.
미로를 간다.

1971년 3월 24일 수요일

며칠 전에 나는 구두를 잃어버렸다. 아침에 출근해서 신장
에 벗어 놓고 슬리퍼를 신고 교실에 가서 자습 지도를 20분
쯤 한 다음 교무실에 돌아와 직원 조회를 하고는 아동 조
회에 나가려고 신장을 열어 보니 없다. 혹시 내가 잘못 넣
었는가 싶어 다른 신장을 찾아도 없고, 나중에 쉬는 시간에
현관과 복도를 돌아다녀도 없다. 그날 조회 때는 슬리퍼를
끌고 나갔는데, 교장 앞에 열두 사람의 신임 교사가 나란히
서서 인사를 하는데 나도 끼어 서서 정신이 없었다. 더구나
복장에 대해 여간 신경을 쓰지 않는 교장이 나를 얼마나 괴
상한 사람으로 보았을까?

나는 지금도 기분이 나빠 그 일을 영 잊을 수 없다. 그때
사무실 현관에는 아주 다 찢어진 구두가 한 켤레 남아 있었
는데, 아마 그 구두의 주인이 바꿔치기로 신고 간 모양이었
다. 계획적인 도적의 소행이다. 선생님들은 모두, 아직 이
학교에서 학교가 생긴 이후 3년 동안 그런 일은 한 번도 없
었는데 한다. 참 재수가 없는 나다. 오랫동안 같이 살던 인

생의 짝을 잃었을 때는 물론 이보다 더 허전하고 슬프겠지만, 지금 내 심정은 그와 비슷한 상태라고 생각한다.

나는 발이 커서 구두를 맞춰도 좀처럼 발에 잘 안 맞는다. 아직 한 번도 발에 맞는 구두를 맞춰 신어 본 일이 없다. 기성화를 사도 그렇고, 일부러 맞춰도 그렇고, 언제나 거의 다 떨어질 무렵까지 발가락이 부르트고 뒤꿈치에 피가 나고 고생을 한다. 그러다가 지난 2월 하순 안동에 있는 ㄱ양화점에서, 남이 맞춰 놓고 찾아가지 않는 신을 행여나 몇 켤레 이것저것 신어 보는 가운데 참 희한하게도 발에 꼭 들어맞아 마치 운동화를 신는 기분인 것이 있어 당장에 2,600원을 주고 샀던 것이다. 그 뒤로 나는 몇십 리 산길을 걸을 때나 도시의 거리를 걸을 때나 한 번도 발이 아파 본 일이 없이 참 애지중지 신고 다니면서, 누가 맞춰 놓았던 것인지 모르지만 결국 나를 위해 만든 하느님의 예정이었구나 하고 기뻐하였던 것이다. 그랬던 것을 이번에 그만 잃어버리게 되었다.

나는 할 수만 있으면 시내의 헌 구두점을 돌아다니면서, 마치 잃어버린 내 사랑하는 사람을 찾듯이 기어이 찾아내고 싶지만, 도저히 그럴 시간이 없다.

그 구두는 어디로 갔을까? 어느 골목의 헌 구두 가게에서 다른 구두들 속에 나란히 진열되어 나를 기다리고 있을까? 또는 어느 사람의 맞지 않는 발에 억지로 신겨 끌려다니면서 울고 있을까?

그때 현관에 벗어 놓은 그 다 찢어진 구두는 내 발에 끼어들지도 않는 아주 작은 구두였으니, 내 신을 신고 간 사람은 그것을 털털 끌고 다니거나, 아니면 몇 잔의 막걸리값으로 길가의 구두 장수에게 넘겨주었을 것이다.

잃어버린 내 구두는 설령 남의 발에 신긴다 하더라도 (결국 그렇게 되겠지만) 결코 내 발같이 꼭 맞는 주인을 만나지는 못하리라. 나도 이제 그 구두같이 꼭 맞는 신을 다시는 신어 볼 수 없을 것 같다.

그 자리에 꼭 있어야 할 것이 엉뚱한 자리에서 괴로움을 당하는 사실이 이 세상에는 뜻밖에도 많다. 그것이 돌이나 나무토막일 때보다 살아 숨 쉬는 생명일 때 비극은 더 크다.

우리 모두 죽어서 흙이 되고 물이 되고 연기가 되었을 때, 그때사 비로소 크나큰 하나의 우주로 돌아가 이런 비극은 없어질 것인가? 인생은 제자리를 찾아가기 위한 애씀이요, 몸부림이다. 돌아오라, 나의 것이여! 나의 자리여!

1971년 5월 11일 화요일 맑음*

9시에 출발, 오후 4시 안동 대곡 도착.

월곡행 차에서 내려서 걸어오는 동안 본교에 다니는 대

---

* 1971년 4월 1일부터 1973년 2월 28일까지 경북 문경군 김룡국민학교에서 교감으로 일했다.

곡 아이들과 같이 올라오는데, 아이들이 이런 얘기를 하고
있다.

OO　아직 2년 더 다녀야 졸업이제.

OO　졸업하면 또 지게 지고 일이나 해야지.

선모　난 지게 안 져도 돼. 공부만 하면 돼.

태운　아이고, 어예 지게 지고 일만 하노? 난 졸업하면
　　　도망가여. 지게 내던져 버리고 서울로 도망쳐 버
　　　린다.

OO　도망칠라면 돈이 있어야 되지.

태운　저금한 것 있잖아.

OO　돈 천 원만 있으면 되지. 그 돈 안 줄라꼬?

태운　저금 참 좀 많이 해 놔야겠네.

1971년 6월 25일 금요일

아내가 이런 말을 했다.

　본교 4학년에 다니는 금동수가 그네를 뛰다가 떨어져서
일어나지도 못하고 까무러져 있는 것을 아이들이 복도에
메다 눕혀 놓았다. 동수는 한쪽 다리 정강이뼈가 아주 부러
져서 일어날 수도 없이 되었다. 학교에서는 다른 아이 하나
를 시켜서 5킬로미터나 되는 샛마까지 보내 부모들이 와
서 아이를 업고 가라고 했다. 심부름 간 아이(5학년 숙자)가
기별을 해서 부모들이 학교에 오려면 적어도 두 시간은 걸

린다. 그런데, 세 시간을 기다려도 안 왔다. 심부름 간 아이가 놀면서 갔다는 것이다. 그래 학교에서는 동수 누이(6학년인데, 이 아이도 몸이 아주 섬약하고 조그마하다)를 시켜 업고 가라고 했단다. 그래 누이가 동생을 업고 그 험한 길을 몇 시간이나 걸려 가게 되었다는 것이다. 어찌 된 일인지 부모들도 오지 않고, 같이 가는 아이들도 아무도 바꿔 업어다 주는 아이가 없었다니, 세상에 어디 이럴 수가 있는가? 동수 아버지가 늦게야 소식을 듣고 굿못 앞까지 업혀 오는 것을 받아 업고 왔다는 것이다.

그래 돈도 없어 병원에도 못 가고, 집에서 약을 발라 눕혀 놓았다는데, 스무 날이 지나도 꼼짝 못 한다고 한다.

그 학교의 청부는 뭘 하자고 두었는가? 청부가 어디 가고 없으면 사람을 사서라도 업혀 보내야 할 것 아닌가? 선생들은 그렇게 다친 아이들을 보고만 있으면 되고, 집에 연락만 하면 그만인가? 10리도 넘는 산골짜기에 있는 집에 연락할 것이 아니고 바로 병원으로 데리고 가서 치료를 해야 할 것 아닌가!

아이들 통해 돈 걷고 곡식 걷고 하는 짓은 악착같이 하면서, 이렇게 아이들의 목숨은 헌신짝같이 다루다니, 참으로 괘씸하고 한심스럽다.

그러니까 이런 산골에서 분교장의 아이들이 아무리 고생한다고 해도 본교의 교장이 그 아이들 위해 독립 학교 신청서를 내지 않는 것이다. 분교장의 경비나 빼내어 이득을 보고 싶어 하는 것이다.

분교장에 짓게 되어 있는 교실을 본교(교실이 남아 있는데도)에 가져가 짓는다는 소문이 또 나돌고 있는 모양이다. 홍 선생도 학교 부지 문제나 교실 문제 해결에는 전혀 관심이 없단다. 홍 선생은 차라리 언제까지나 분교장 그대로 있기를 은근히 바랄 것이다. 그래야 편안히 지낼 수 있으니.

현우 엄마는 또 홍 선생이 회비를 꽤 많이 받아 놓고 있으면서, 수당은 4월 이후 한 푼도 주지 않는다고 불평했다. 겨우 3월 한 달 치를 받은 모양이다.

1971년 8월 7일 토요일 맑음

오후에 글밭동인회 김성영이란 사람을 만났다. 이 젊은이는 내가 대곡에 있을 때 알뜰한 편지를 보내왔고, 한번은 몹시 추운 겨울 어느 날 일부러 나를 찾아오다가 임동서 몸이 불편해서(신경통이라던가) 도로 돌아간 일도 있었다. 내가 문경 김룡에 가서도 소식을 알고 한번 찾아가고 싶다는 사연의 편지를 보내온 것을 그만 내 성의 부족으로 답장도 못 하고 말았다. 임동 대곡에 3년 동안 있을 때도 안동에 그런 문학 동인이 있는 것을 알면서도 끝내 한번 찾아 주지 못했던 것이다. 그래서 그런 사과도 할 겸 무슨 건축 사무실이란 곳을 물어서 찾아간 것인데, 참 진실하고 알뜰해 보이는 젊은이였다. 다방에서 두어 시간을 얘기하는 동안 글밭동인회가 지나온 자취와 어려운 고비를 넘어온 사정을 듣고, 또 그 동인회의 성격도 알게 되어 참 좋은 모임이구나 싶었다. 김 씨는 또, 앞으로 문인협회 안동지부를 만들려고 하는 중이라면서, 그러기 위해서는 지부 설치를 하는 데 필요한 조건으로 되어 있는 "문단에 정식으로 나온" 세 사람의 이름*을 넣을 수 있도록 해 달라고 했다. 나는 그렇게 하라고 쾌히 승낙했다. 그리고, 나도 같은 동인으로서 회비도 내고 작품 활동도 함께할 터이니 그렇게 해 달라고 말했더니 회비 걱정은 조금도 마시라고 했다.

내가 그렇게 말한 것은, 오늘날 우리 나라의 문학이 도시 중심으로 되어 있고, 도시인들의 소비생활과 향락 생활에 영합하는 문학이 되어 있어서, 농촌에서 흙의 냄새 같은 것이 풍기는 생산적이고 건강한 문학이 싹터야 할 것이라고 믿기 때문이다. 땀과 흙의 냄새가 나는 문학이 생겨나자면 이런 문학 동인 운동이 각 지방에서 일어나는 것이 바람직하다.

나는 앞으로 어느 벽촌에 가 있더라도 이 글밭동인회를 잊지 않고 나 자신의 문학을 일구는 밭으로 생각하여 땀

---

* 1971년 〈동아일보〉 신춘문예에 동화 〈꿩〉이, 〈한국일보〉 신춘문예에 수필 〈포플러〉가 당선되었다. "이기적이고 잔인한 어른이 되도록 길들고 있는 이 땅의 아이들을 위해 이제 나도 모든 것을 내던지고 글을 써야 할 때가 오지 않았나 하는 생각을 해 본다."(1971년 5월 27일 일기에서)

흘려 가꿔 보리라. 그리고, 이 글밭동인회가 앞으로 머지 않아 단지 안동지방 문학청년들의 문학 수련의 동호 모임 이란 성격을 지양해서 더 높은 어떤 뚜렷한 문학상의 주의 주장을 내세워, 새로운 민족 문학을 지향해 가는 하나의 횃 불 노릇을 할 수 없을까 하는 생각도 해 본다. 그러한 포부 와 패기와 자부심 같은 것을 젊은이들이 가져 주었으면 좋 겠다.

김성영 씨는 글밭동인회의 회장으로 되어 있는 모양이 다. 동인지 6집을 8월 안으로 내겠단다. 그러면서 작품 한 편을 보내 달라고 하기에 며칠 안으로 부치겠다고 했다.

1971년 10월 21일 목요일 흐린 뒤 맑음
복명학교의 연구 공개에 참석했다.

새벽에 김룡리에서 나오는 버스를 타려고 나갔더니 7시 경에야 삼거리에 온다고 해서 걸어서 우곡 마을 앞까지 가 서 기다리다가 물방앗간을 구경했다.

"이거, 인제 곧 없어집니다."

주인의 말이었다.

"왜 없어져요?"

"시방은 막캉 고급이 돼서 어디 이런 데 가져오나요? 건 너편에 또 정미소가 있는데."

"여기가 거기나 다른 게 뭐요?"

"이건 좀 더디지요. 그리고 보리쌀은 빛이 덜 납니다."

"그래도 기름값이 안 드니, 좀 삯을 적게 받으면 많이 올 텐데요?"

"뭐, 한마을에서 그렇게 싸울 것 있소. 곧 저쪽 정미소에 넘겨주기로 했습니다."

물레방아가 없어지는구나 싶으니 어쩐지 섭섭한 마음이 들었다.

7시에 창구 교감과 같이 타서 8시 50분경에 봉명에 내렸다. 봉명학교는 봉명탄광이 있는 광산촌의 학교로, 아이들의 보호자 거의 모두가 광산 노무자나 종업원이다. 3년 전에 도 지정 연구학교가 되어 사회과를 연구해 온 12학급짜리 학교다. 매우 깨끗이 정돈해 놓고 있었다. 아이들도 모두 순박하게 보였다. 무엇보다도 수업을 잘했고, 아이들이 자유스럽게 활발하게 말을 하고 있어 놀랐다. 공책 정리도 잘되었다. 자료 소개라 해서 마을과 광산의 모양을 슬라이드로 보이면서 유행가의 반주를 붙인 변사의 연설이 한참 계속되더니, 점심시간에는 경제개발 선전 영화를 보여주었다.

점심은 빵을 주어서 실컷 먹었다.

오후에는 도교육연구원에 있는 어느 분의 사회로 질의응답과 협의 시간이 있었는데, 이 시간에 동인학교 김해인 교장이 내 생각에 맞는 말을 했다. 그것은 특설단원 시간이야말로 참된 학력을 붙일 수 있지 않겠나 하는 말이었다. 강평은 김재덕 도장학사가 하였는데, 칭찬을 한참 늘어놓더니, 별로 깊이 없는 말을 연설조로 했다. 연달아 축사라고 해서 김목규(도교위 연구원장이라던가) 씨가 엉뚱한 설교조의 얘기를 시시하게 늘어놓는 바람에 그만 불쾌하게 마쳤다.

이 학교의 연구란 것은, 지역사회에 맞는 특설단원이란 것을 만들어 한 해에 열 시간씩 광산 이야기를 교재로 가르치고 있다는 것인데, 이것은 광산이 어떤 모양으로 되어 있는가, 석탄을 어떻게 파내는가, 파낸 석탄을 어떻게 운반하고 어떻게 쓰는가, 외국에 수출하는 광석은 어떤 것인가, 기계는 어떤 것들을 쓰고 있는가… 하는 것을 학습하게 되어 있다.

도의 김 장학사는, 그런 특설단원을 향토 사회 것만 국한하지 말고 다른 사회와 다른 나라까지 연장하고 넓혀서 가르치는 것이 좋지 않나 했다. 그 이유는, 이곳 아이들이 자라나서 모두 광산의 광부 노릇을 하는 것이 아니기 때문이라 했다. 그러나 그런 생각은 잘못이다. 세계 문제와 연결되는 것은 좋지만, 광산의 광부가 꼭 되어야 광산 이야기를 배우는 것이 아니기 때문이다. 또 김 장학사는 "내일 없는 광부 생활과 그들의 자학…(연구 보고서에 나온 말)" 이런 광산촌 사람들의 태도를 교육으로써 고쳐 주어야 한다, 농민들과 광부들이야말로 애국자다, 이런 생각을 가지도록 해야 한다고 말했다.

내 생각은 이렇다. 이 학교에서 하고 있는 특설단원 교과과정은 극히 평면적이다. 교육은 입체적으로 해야 하고, 살아 있는 것을 바로 보고 붙잡아 인식하고 판단하는 데서 시작해야 한다. 가령 광부들(아이들의 아버지들)의 관심이 가장 큰 것이 무엇인가 하는 문제부터 잡아 가는 것도 좋겠다. 그래서 광부들의 품삯은 얼마나 되는가? 그것으로 가족의 생계를 어떻게 이어 가고 있는가? 광산의 종업원은 모두 얼마나 되는가? 생명이 희생되는 무서운 사고는 어떻게 하고 있는가? 광산촌 사람들의 생활 실태는 어떤가? 석탄은 어떻게 파내고, 어떻게 운반하고, 어떻게 쓰는가? 그 값은 얼마나 되는가? 이 광산에서는 한 해에 석탄이 얼마나 나오는가?… 이런 문제들을 조사 연구할 수 있는 데까지 하는 것이 좋겠다는 생각이다. 그리고 내일 없는 광부들의 자학적인 생활이란 것도 광부들의 절실한 관심사와 생활 실태 파악에서부터 시작해서, 광부들의 문제가 결코 그들만의 문제가 아니라 우리 모두, 온 국민이 관심을 가지고 해결해야 할 문제임을 깨닫고 그것을 해결하는 방법을 어린이들까지 소박하게나마 앞날의 꿈으로 그려 보게 할 때 비로소 참교육이 될 것이다.

'나라에 충성'하고 관에서 떠드는 '질서'를 존중하는 관점에서 사회를 겉모양만 바라보게 하는 잡동사니 지식 벌여 놓기 사회과 지도로서는 결코 참된 학력이 붙을 수 없을 것이고 아이들에게 희망을 줄 수도 없을 것이다. 버스를 한참 기다려 타서, 점촌읍에서 막차를 타고 돌아왔다.

1971년 10월 23일 토요일 맑음

조회가 되면 교장이 없는 경우 내가 단 위에 올라가서 무엇인가 한마디 말해야 한다. 이런 조회란 것을 없애야 하지만, 내가 교장이 아니니 어찌할 수가 없다.

"여러분, 지난번에는 집에서 할 수 있는 공부에 대해 이야기했는데, 요즘 집에 돌아가서 밤으로 공부를 하고 있습니까? 일기를 쓰고 있는 사람은 손을 들어 보세요!"

아무도 손을 드는 사람이 없다.

"다른 공부라도 좋으니 조금이라도 하고 있는 사람 손들어 봐요!"

여전히 손을 드는 아이가 없다.

"그럼 공부를 조금도 하지 않는 사람 손들어 봐요!"

이상하다. 손을 드는 아이가 없다.

"어찌 됐어요? 이래도 안 들고 저래도 안 드니. 그럼 자기가 공부를 하고 있는지, 안 하고 있는지도 잘 모른다고 생각하는 사람 손을 들어 봐요!"

여전히 아이들은 꼼짝도 안 한다. 도대체 이 아이들은 어찌 된 것일까? 나는 할 수 없이, 그저께 봉명학교에 가서 본 이야기를 했다. 그곳 아이들은 우리 학교 아이들에 비기면 너무나 딴판으로 공부 시간에 자유스럽고 활발하게 말을 하고 있었던 것이다. 이 벙어리 같은 아이들을 어떻게 하면 좋은가? 그런데, 이 아이들이 저희들끼리 골목이나 운동장에서 놀 때나 싸울 때는 조금도 거침없이 내뱉는 말이 있다. 개새끼! 씨팔년! 하는 말이다. 이런 욕설밖에 배운 말이 없다는 것인가?

내가 단에서 내려온 뒤, 주번 교사가 마이크 앞에 섰다.

박 선생은 몇 가지 주의 말을 하고는 이렇게 다짐했다.

"…이걸 안 지키는 사람 발각이 되면 우물가에 종일 꿇어앉혀 놓는다. 알았어?"

다음은 교무 선생 차례다.

"이 자식들, 아침부터 희미하게 대답도 할 줄 모르고, 모두 앉아!"

"야아!"

그제야 아이들의 입에서 일제히 운동장이 떠나갈 듯한 고함 소리가 터져 나왔다.

이것이다! 바로 이것이었구나!

"일어섯!"

"야아!"

"앉아!"

"야아!"

"일어섯!"

"야아!"

원인은 바로 이것이다. 군대식 훈련, 통제와 강압적인 명령으로 이뤄지는 교육, 여기에 무슨 민주적인 대화가 있으며, 협의와 토론과 참된 의견의 교환과 삶의 창조가 있을 수 있겠는가? 위에서 내려오는 지시 명령만의 질서와 체제에서는 아이들이 벙어리가 될 수밖에 없고, 노예처럼 길드는 동물이 될 수밖에 없다.

이놈들아, 왜 말을 못 하나? 바보 같은 것들아, 왜 욕설만 하느냐? 고운 말을 써라. 아름다운 말을 써라. 인사를 잘해라…. 이것이 다 위에서 내려오는 강제하는 교육이다. 이런 교육이 효과를 거두지 못할 것은 너무나 당연하다.

조회가 끝나고 나뭇잎 줍기가 시작됐다. 가정실습 동안 떨어져 쌓인 낙엽이 운동장에 가득하다. 아이들을 한 줄로 세워 놓고 "시작!"해서 일제히 주워 나가는데, 처음에는 잘되는 것 같더니, 조금 있으니 줍지도 않고 앞으로 달려가는 아이, 뒤에 앉아 있는 아이, 둘러앉아 장난하는 애들…. 선생님들은 거의 모두 뒷짐 지고 구경하거나 말로 고함만 치고 있었다. 그러다가 종이 치니 주운 것도 내버리고 교실로 달려가 버렸다.

대관절 선생님들의 태도가 잘못되어 있다. 아이들과 같이할 줄 모른다. 너희들은 해라! 난 선생이니 명령만 하면 된다. 안 하면 이놈들 모조리 기합이다! 이런 태도니 무슨 교육이 되겠는가?

교사들은 가르치는 괴로움을 겪어야 한다. 괴로움의 과정을 밟지 않고서는 교육이 안 된다. 그 많은 아이들을 일제히 호령만 해서 무엇을 시켜 보려고 하니 되는 일이 없다. 얼핏 보아 잘되는 듯해도 겉으로만 그렇게 보일 뿐이지 실제로는 한 가지도 된 것이 없다.

아침에 청부가 와서 교장 집 장작을 세 평 산 값을 꾸어 대느라 혼이 났다고 했다. 학교에 나가는 길에서 만나니 또 그 소리다. 이건 결국 나더러 돈 좀 대 줘야겠다는 말인가? 김문규 선생도 이 학교에서는 지금까지 교장 집 겨울 땔나무를 학교 돈으로 사 댄 일이 많았다 했다. 석유도 사 주고, 장작도 사 주고, 출장도 아닌데 출장이라 해서 여비는 또 육성회와 교비로 양쪽에서 겹으로 받고…. 나는 화가 나서 길에서 만난 청부를 보고 말했다.

"김 씨, 그런 소리 자꾸 하는 것 보니 나보고 학교 돈 대라 하는 것 같소. 김 씨도 그렇게 하기를 원하는 모양인데!"

"아니요, 아니라요… 안 되면 제가 대더라도 염려 마셔요."

"김 씨가 대다니, 무슨 소리요? 나무 실어 온 사람보고, 교장 선생 안 계시니 나중에 받으라, 난 모르겠다고 하면 그만인데 뭣이 답답해 그렇게까지 해 주는 거요?"

사실 김 씨는 사람이 너무 좋아 그렇다. 그런 줄을 나도 알지만 참 너무 화가 난다. 맘이 좋아도 정도가 있지, 그게 어디 사내가 할 짓인가? 참 답답하다. 학교의 청부라면 청부가 할 일만 하면 되지, 교장의 종인가!

1972년 1월 2일 일요일 맑음

〈동아일보〉당선 소설 〈4월의 끝〉을 읽었다. 이것은 어젯밤에 누님이 읽어 보시더니 "뭐 이러노. 밑도 끝도 없이!" 하시기에 더욱 호기심이 나서 읽은 것인데, 내용이 깊은 인생의 문제를 다루기는 했지만 너무 글이 재치를 부려서 마음에 안 들었다. 누님도 이런 재치가 싫었던 것 같다. 그리고 도시에 사는 다방족들의 병든 생활이 무엇보다도 혐오스러웠다.

우리 문학에서 이런 작품이 주류가 되면 어찌 되겠는가? 남들의 껍데기만 흉내 내어 기이함을 좇고, 창백한 자의식의 표현이나 능사로 하게 되면 백성을 위한 문학과는 점점 더 멀고 비뚤어진 방향으로 나갈 것이다.

오늘은 하도 누님이 권해서 낮 예배에 갔다. 정 목사님은 고향 사람으로 나를 잘 안다고 하는데, 설교를 무난하게 했다. 그러나 역시 평범하고 싱거운 이야기였다.

교회에 앉아 있는 조용한 시간만은 어느 자리에도 없는 정신적인 것이다. 만약 이런 시간에 좋은 설교나 강화를 들을 수 있다면 얼마나 기쁘겠는가? 그런 모임이라면 나는 빠짐없이 참석할 것이다.

예배의 차례는 예나 지금이나 같았다. 목사의 설교 다음에는 찬송과 기도, 그리고 헌금이다. 목사의 설교의 결론은 십일조를 바쳐야 한다는 것이고, 헌금이 있은 다음에는 특별 헌금을 한 사람들의 이름을 한 사람 한 사람 알렸다. 마치 헌금을 많이 하도록 하기 위한 설교 같았고, 헌금을 위한 예배같이 느낀 것은 내 태도가 불순했기 때문일까? 목사의 설교를, 약장수들이 약을 팔기 위해 나팔을 불고 노래를 하는 것과 비교해 보는 것은 내 비뚤어진 마음 탓일까?

강도상 앞에는 아직도 남은 크리스마스트리에 온갖 색깔의 전등불빛이 자꾸 깜박이고 있었다. 아무래도 나는, 정신이 떠나가 버리고 껍질만 남아 세속화한 종교 앞에 그저 덮어놓고 순진할 수만은 없다고 생각한다.

1972년 5월 18일 목요일 맑음

학교에서 토끼를 길러 잘되는 것을 못 보았다. 흔히 굶기고, 겨울인데 오랫동안 물을 안 주어 죽게 하고, 새끼를 잡아먹게까지 하는 것을 보았다. 담임교사들이 참된 교육으로써 토끼 기르기를 지도하지 않는다. 아이를 키우는 일이 애정 없이는 안 되는 것같이 짐승 기르는 일도 마찬가지인데, 학교의 선생님들은 사랑이 없는 것이다. 그리고, 너무 엉뚱한 할 일이 많아 그런 것을 돌볼 틈이 없다. 또 장학을 한다는 사람들은 진정 교육을 위해서 '1교 1사육' 같은 것을 장려하는 것이 아니라, 교육을 잘하는 것처럼 보이기 위해 하는 것이다. 이렇게 해서 담임선생이고 아이들이고 지시를 받아 억지로 기르는 닭이요, 토끼니 그게 잘될 리가 없다.

어제는 청부 김 씨가 "토끼장 하나 만들었습니다" 하기에 가 보니 헌 책상을 뜯은 판자로 상자를 만들었는데, 사과 궤짝보다도 작다. 더구나 사방을 판자로 꽉 막아 놓고, 문도 판자로 꽉 닫게 되어 있다. 이건 살아 있는 짐승을 기르기 위해 만든 것이 아니라 무엇을 잡아 가두어 놓고 아무도 보지 못하게, 그 안에 있는 동물이 꼼짝도 못 하게 해서 죽이려는 것이 아닌가?

"왜 이렇게 작게 만들었어요?"

"크게 만들라고 했는데, 교장 선생님이 이렇게 작게 만들어라 했어요. 저도 이래선 토끼가 일어나 있지도 못할 것 같아 아무리 말해도 기어코 이렇게 하라는걸요."

"그물을 앞에 쳐서 보이도록 해야지, 이렇게 작은 통 속에 보이지도 않게 가둬 놓고 기르는가?"

"교장 선생님이 이렇게 하라고 했어요."

이것은 소견이 없어서 이러는가? 아니면 생명 학대증 같은 정신병에라도 걸려서 이러는 것일까? 토끼 한 마리 기르는 집조차 이렇게 만들게 하는 사람이, 7백 명의 아이들을 무슨 사랑이고 덕이 있어 교육하겠는가?

이 토끼장이란 것을 보고 있으니 곧 변소 생각이 났다. 이 학교에 단 한 채 있는 변소는 교사 바로 뒤에 있다. 그것은 7백 명의 아이들과 16명의 직원들이 쓰고 있는 단 하나의 변소간이다. 그 변소에서 풍겨 나오는 냄새 때문에 2학년 2반 교실과 3학년 1반 교실은 더구나 여름철이면 머리가 아파 견딜 수 없다. 지난해 한번 그 교실에 들어갔다가 혼이 난 일이 있다. 어쩌자고 변소를 그런 데 지어 놓았을까? 교장한테 변소 걱정을 했더니 대답도 안 한다. 그런 것은 애당초 관심이 없다. 그리고, 변소가 그렇게 냄새가 나는 것은 변소와 교실과의 거리가 가까워서도 그렇지만, 변소의 구조 때문이기도 하다. 대변과 소변이 모두 한 커다란 콘크리트 구덩이에 모이게 되어 있는데, 대변소에 앉아 있으면 거기에서 지독한 냄새가 나서 눈물이 쏟아진다. 대변소 안은 유리창 하나 없이 질식할 것 같다.

"변소가 그래서는 안 되겠는데, 문이라도 좀 고쳐 환기가 되도록 해야 하지 않을까요?"

이렇게 말하고, 문 아래쪽에 공기가 들어가도록 하는 방법을 얘기했지만 교장은 들은 척도 안 했다. 그야말로 소 귀에 경 읽는 격이었다.

교장이 언젠가 이 변소를 자기가 지었노라고 자랑같이 얘기하던 것이 생각난다. 변소 문은 또 안에 들어가 고리를 걸거나 잠그는 장치가 전혀 없다. 그래서 여학생들은 한 아이가 들어가면 같이 따라온 다른 아이가 문 앞에서 파수를 보게 된다. 대변소 열 칸을 7백 명의 아이들이 이렇게 해서 쓰는데, 돈 몇 푼 안 들이면 걸 고리쯤 간단히 될 것을 지난 해부터 얘기해도 교장의 귀는 여전히 말 귀 소귀다. 그래서 할 수 없이 올봄에는 보다 못해 교장한테 의논도 하지 않고 걸 고리를 사다 안에서 걸도록 해 놓았던 것이다.

토끼 한 마리의 생명을 아무렇지도 않게 여기는 사람은 7백 명 아이들의 생명도 아무렇지도 않게 여기는 사람이다.

1972년 6월 8일 목요일 맑음

지난 5일 학력검사 감독 일로 이웃 창구학교에 갔다 온 김성호 교무 선생이 들려준 이야기를 적어 놓는다.

아침에 창구리로 걸어가니 대승사 올라가는 데서 아이들이 여럿 앉아 쉬고 있었다. 오늘 이웃 학교 선생님이 오시니 인사를 하라는 말을 들었는지, 본디 인사를 잘하는 것인지 모두 인사를 하기에, "왜 안 가고 앉아 있나?" 했더니 "아이들 모두 모여서 같이 가야 돼요" 하더라는 것.

그래 김 선생은 같이 좀 앉아 쉬다가 아이들과 함께 학교로 가는데, 모두 두 줄로 서고 한 아이가 지휘해서 노래를 불렀다. 쉴 새 없이 노래를 부르느라고 힘이 빠지고, 노래도 아주 엉망으로 불렀다. 학교까지 10리 길을 이렇게 해서, 아무리 아침이라 하지만 더운 여름에 고함을 치고 가자니 아이들이 기진맥진으로 되지 않을 수 없다. "얘들아, 된데 노래 그만 부르고 가지!" 보다 못해 김 선생이 이렇게 말해도 여전히 억지 노래를 불렀다. 지휘하는 아이가 "이렇게 부르고 가야 돼요!" 하고는 다시 "아가야 나오너라, 시작!" 하니 또 목쉰 소리로 곡도 엉망으로, 더 정확하게 말하면 노래라기보다는 억지 고함 소리, 아니 우는 소리를 내면서 가더라는 것이다.

학교에 가서 교감 선생한테 노래 부르면서 오는 아이들 얘기를 했더니 "새로 오신 교장 선생님의 지시로 그렇게 한답니다" 하더라는 것이다.

바로 여러 해 전에 우리 학교에서 재봉틀을 팔아먹고 갔다는 그 교장이다. 교육이 뭔지도 모르는 인간들일수록 행정의 지시 명령에는 충실하다. 이런 무식한 교장이 이 나라에 얼마나 많겠나! 참으로 불행한 아이들이고 불행한 민족이다.

1972년 8월 26일 토요일*

10시 반에 새교육, 새교실에 가니 장욱순, 이영호가 있어 장 씨에게 수필을 내주고 이영호 씨와 잠시 얘기했다.

이영호 씨는 〈한국 아동문학〉에 나온 글 중에 내가 쓴 것이 제일 읽을 만하다고 하면서 내 의견에 반론을 펴고 싶어 했다.

---

* 1950년대부터 동화·동시·평론서를 펴내고 아동문학 일을 하기 위해 서울을 오갔다.

첫째, 생활이 있어야 글을 쓴다고 하지만 산이니 책이니 하는 제목을 주어 아이들이 문학작품에서 얻은 상상의 세계를 자기 나름대로 펼쳐 쓸 수 있고, 쓴 것을 많이 보는데 그런 것을 어찌 보느냐?

둘째, 창작도 모방에서 출발하지 않는가?

셋째, 동화의 판타지나 시의 상상의 세계가 모두 아동을 위해 있는 것이고, 아동의 것이 되어야 하고, 아동도 그런 세계에서 마땅히 창작 행위를 할 수 있지 않는가?

넷째, 아동 시는 문학작품이 아닌가?

시간이 없어서 대강 이 씨가 반대한 골자는 이런 것이었다. 여기에 대해 나는 이렇게 대답했다.

첫째, 책이니 하늘이니 하는 제목으로 쓰더라도 아이들이 만일 제 마음속의 감동을 진실하게 썼다면 그것은 생활을 떠난 소위 시인들이 얻는 것 같은 상(想)은 결코 아니다. 아이들은 소를 그릴 때도 추상적이고 일반화된 소는 결코 그리지 않는다. 자기 집의 소나 이웃집의 소, 그리고 아침에 죽을 먹거나 밭을 가는 소를 그린다.

그리고 생활을 떠난 작품이 많이 있기는 하지만 그런 것을 옳은 작품으로 나는 안 본다. 어른들을 모방하여 억지로 만든 작품이다.

둘째, 창작이 모방에서 출발한다고 할 수도 있지만 그것은 무의식적으로 되는 모방이라야 한다. 즉, 새로운 것을 만들려고 하고, 그렇게 쓰는 과정에서 저도 모르게 닮아 버린 것은 인정할 수 있고, 흔히 그런 작품이 나오기도 한다. 그러나 이런 경우도 될 수 있는 대로 그러지 않도록 해야 한다. 아이들의 모방이란 것은 그 형식을 모방하는 것이 아니라 새로운 것을 찾고 새로운 것을 가지려는 태도의 모방이라야 하는 것이다.

그러니 어른들의 작품이나 창작 태도의 모방이란 있을 수 없고 그런 것은 단연 시가 될 수 없는 불순한 태도라고 본다.

셋째, 이것은 어른의 창작 행위와 아동의 글 쓰는 태도를 근본 동일한 것으로 보는 태도다. 문학은 성인이 창작한 진선미의 세계를 아동에게 보여 주어 그 마음을 순화시키고 높여 주는 것이 임무이지, 결코 그런 창작 세계를 아동에게 모방시켜 아동 자신이 그런 창작을 하도록 강요하는 것이 아니다. 글짓기 지도는 글짓기 교육이지 문학작품 창작 교육이 되어서는 안 된다. 문학 교육은 문학작품 창작이 아니라 문학작품 감상 교육이다.

넷째, 아동 시는 일반 문학작품과 구별되어야 한다. 이것이 예술 작품인가? 특수한 문학작품 혹은 예술 작품이라고 할 수 있다.

시간이 없어 이영호 선생이 인쇄 공장에 가려고 하기에 내 의견은 끝까지 말해 주지 못했다.

나는 참 좋은 반대 의견을 들었다 생각되고, 이런 반대 의견을 좀 더 많이 들어서 거기에 대한 이론 정리를 해야겠다고 생각했다.

새한신문사를 나와 원효로 4가 70번지에 있는 함석헌 씨 댁을 방문하니 산비탈을 좀 올라가는 곳에 잠그지도 않은 나무 문이 있고 거기 "씨을의 소리사"란 조그만 간판이 걸려 있었다. 조그만 집인데 뜰에 꽃이 가득했고 뜻밖에 가족들인가 여자들의 웃음소리가 터져 나왔다.

한 소녀가 나와 선생님은 치과에 가셨다면서 씨을의 소리사 사무실로 되어 있는 조그만 집 방에 들어가니 책상이 두 개 놓여 있고 의자가 있다. 벽에 간디의 그림이 커다랗게 걸려 있다. 조금 있으니 한 청년이 와서 인사하는데 박선균 씨라 했다. 이 박 선생과 안내한 그 소녀와 둘이서 실무를 보는 모양이다. 선생님은 거실에서 집필하신다고 한다.

박 선생이 잡지 내는 데 대한 여러 가지 어려운 얘기를 해 주었다.

"한동안 7천 부까지 나가고 점점 더 많이 팔리게 되자 탄압이 내리는데, 지난 4월 치는 제본도 장준하 선생 댁에서 하려다가 못 하고 그냥 이렇게 표지 속에 끼워 보내는데 경남 쪽의 것은 부산에 가서 부치고 전라도의 것은 전라도 어디에 가서 부치고… 이렇게 했는데도 책이 제대로 가지 않았다고 합니다. 5월분도 그렇게 부쳤는데 우편 방해로 독자들에게 책이 안 갔어요. 지금은 우편 방해만은 안 하겠다는 정보부의 언약을 받기는 했습니다만 책방에 내놓는 것은 일체 걸어 가 버려서 내놓을 수 없으니 참 기막힙니다….”

이런 얘기였다. 그래 할 수 없이 정기 독자 앞으로 우편으로 책을 발송하는 수밖에는 길이 없다는 것이다.

“정기 독자가 얼마쯤 됩니까?”

“7백 명쯤 됩니다.”

“영구 독자는 얼마나 됩니까?”

“이제 선생님 것이 접수되면 꼭 백 명입니다.”

내가 영구 독자로 들겠다는 말을 했던 것이다. 돈을 만원 내주니 영수증을 떼어 주는데 그 번호가 100번이었다.

함 선생님이 잠시 후 들어오셨다. 인사를 드리니 매우부드러운 음성으로 다정스럽게 얘기해 주시는데 비로소 마음을 놓았다. 내가 교육에 대한 얘기, 글짓기 교육 얘기를간단히 했더니 선생님은 우리가 옛날에 학교 다닐 때는 작문이라 해서 일주일에 한 번씩은 썼는데 요즘은 그렇게 하는가요? 요즘은 작문 같은 것이 잘 안 되는 모양인데… 등참으로 평범한 얘기를 해 주어서 뜻밖이었다. 매우 근엄하여 가까이 하기 어려운 분으로 여겼더니 이렇게 다정한 아버지 같으신 분이구나 싶었다. 이런 분을 진작 못 찾아본것이 후회되었다.

허연 머리털과 수염, 부드러우면서도 사람의 마음을 뚫어 보실 듯한 날카로운 시선. 이분이 바로 우리 나라 정신계의 가장 높은 자리를 차지하고 계시는 분이구나 생각하니, 좀 더 젊으셨더라면 얼마나 다행하겠나 싶었다. 이 어른이 돌아가시고 나면 뒤를 따를 사람이 또 많겠지만 역시 허전할 것 같다.

인사를 하고 나오니 대문 밖까지 나오셔서 다정스레 전송해 주셨다.

오후 디즈니에 들어가 이원수 선생이 어디 계시는지 알아보려고 하는데 마침 박홍근 씨와 두 분이 들어오셨다. 그래 한참 얘기하고, 다시 종로 뒷골목 술집에 가서 소주를 마시면서 밤 8시까지 있다가 헤어졌다.

동시론을 보였더니 이 선생은 약간 재미있다는 듯이 얘기를 해 주었다. 그리고 단행본으로 내게 되도록 주선을 해 주겠다고 얘기해 주셨다.

신진여관에 다시 투숙.

1972년 8월 27일 일요일

오늘은 일찍이 가려고 했는데 밀레의 작품전이 덕수궁에서 있어서 꼭 보고 싶었다. 이 기회 놓치면 영원히 볼 수 없을지 모른다. 그리고 점촌의 연수회는 까짓것 불참하지 하는 생각이 들었다.

택시로 덕수궁에 가서 9시부터 약 한 시간 보았다.

우선 내가 지금까지 화집을 통해서 알고 있는 밀레의 그림 밖에 새로운 그림을 많이 볼 수 있었고, 밀레의 시 세계를 원화에 의해 흐뭇하게 맛보게 된 것을 잊을 수 없다.

더구나 〈포도 따기〉, 〈추수〉 등 거작에 감탄했지만 전실

정면에 있는 〈여름, 세레스〉의 거대한 여신상은 단연 장내를 압도하는 위대한 작품같이 느껴졌다. 한 손에 낫을 들고 다른 한 손에 삿갓을 잡고 맨발로 밀단과 일에 지쳐서 잠든 여인들 앞에 가슴을 턱 펴고 서 있는 여인의 거대한 모습은 이거야말로 신이구나! 하는 생각이 들었는데, 해설의 책자를 보니 세레스는 역시 농경의 여신이라 했다.

여신의 머리에는 밀 이삭이 모자처럼 씌어 있고, 멀리 추수한 밀의 낟가리가 산더미같이 쌓여 있는 것을 배경으로 하여 발밑에는 울퉁불퉁한 빵 덩어리가 담긴 짚 소쿠리 같은 것이 놓여 있다.

밀레의 인체 데생은 완벽하다. 아마 미켈란젤로 이후 이렇게 완전한 데생은 처음이 아닌가 싶어진다.

오늘날 대한민국의 화가들은 20세기 화가들의 기교나 주의(主義)의 흉내를 내려 들지 말고 백 년 전의 이 화가에게 배워야 한다. 그 정신에 있어서는 물론이지만 기법에 있어서도 그러하다.

기왕 늦은 김에 오후 차로 간다고 예술인촌의 이원수 씨 집을 찾아갔다.

이원수 선생 집 뜰에는 조그만 대추나무에 대추가 가득히 열려 있고, 여러 가지 꽃들이 피고 고추도 달려 있었다.

오후 2시경에 나올 때 이 선생은 "이런 작문 교육도 좋지만 아동문학에 대한 것을 좀 썼으면 좋겠는데…" 하셨다. 그때 나는 아동문학에 대한 평론 같은 것을 쓰라는 말로 들었는데, 나중에 생각하니 동화나 동시를 쓰라고 하시는 것이구나 생각되었다.

1972년 10월 18일 수요일

아침에 수업에 들어가려고 하는데 ㄱ 선생이 어젯밤에 계엄령이 선포되어 국회가 해산되었다는 라디오 뉴스를 들었다 한다. 아, 이 무슨 흉보인가? 모두가 남북적십자회담 소식에 세상 잘돼 간다고 하더니 계엄령은 또 무슨 일인가? 철저하게 가면을 쓰고 있는, 흉악한 악마의 계략이 드디어 나타나게 된 것 같다. 함 선생은 이런 일을 미리 알고 있었던가 보다. 불길한 일이다. 불길한 일이다.

출판 관계로 내일 상경하려고 했더니 만사는 수포로 돌아갔다. ㄱ 선생 말이 "박 대통령 담화 제일 첫째가 언론에 대한 것"이었다고 한다.

무슨 언론의 자유가 있었다고 계엄령을 내린단 말인가!

1972년 11월 2일 목요일

오후 3시에 김룡리에 가서 선거인 명부를 베꼈다. 모두 197명이다. 이제부터 이 명부 가지고 집집마다 방문해야 한다. 그래서 조금이라도 이상한 사람이 있으면 보고를 해야 한다. 이장 명부 보니 ○표, △표를 벌써 해 놓았는데, △표는 개정 헌법 내용에 대해서 여러 가지로 묻는 사람이라 한다. "그런 것 묻는 게 뭣이 나빠요. 이런 걸 다 보고해야 하니 참 기막히지. 이래서 이장만 원성을 듣지요. 앞으로 지서 순경과 군인과 정보기관에서 자꾸 찾아가 봐요. 결국 이장이 보고했다는 것을 알게 되지요" 했다.

밤에 와서 숙직실에 가 보니 공문이 꼭 20통 와 있다. 그저께 30일 가져왔는데 31일, 1일 꼭 이틀 동안에 이렇게 공문이 많이 내려와 지시 명령하니 지긋지긋하다. 31일 자로 나온 공문이 11월 1일까지 필착 보고하라는 것이 두 통이나 된다. 그 밖에 내일 곧 수업을 그만두고 보고서에 매달려야 할 것이 여러 가지고, 새마을 보고는 지난달 것 보고 거슬러 올라가 날짜 차례로 매일 보고하게 되어 있다.

망할 놈의 나라다. 하루빨리 망해 버려라.

1972년 11월 4일 토요일

1시 차로 대구로 가다.

저녁에 누비에서 권기환 선생을 만나 대구 형편을 들었다. 도시에는 그런 것 안 하는 줄 알았더니 꼭 같은 모양이다. 아이들을 통해 '반응 조사'란 것을 해내야 하는데, 학교에서 프린트한 선전문을 나눠 주고, 그걸 아이들이 집에 가져가 부모들에게 보였을 때, 부모들이 어떤 태도를 취하는가, 하는 반응을 알아 기록한다는 것이다. 열심히 읽어 보는 사람이면 개헌을 찬성하는 사람이지만 그런 것 안 봐도 안다는 태도로 읽지도 않고 버려두면 요주의 인물로 점찍어서 보고하게 되어 있다는 것이다.

"그걸 안 읽는다고 어째 다 개헌 반대가 되는기요. 난 그런 조사 아무래도 못 할 것 같아요."

이것이 박 대통령을 적극 지지하고 있는 권기환 선생의 말이다. 그리고 복도고 교실이고 할 것 없이 표어, 구호, 선언문 일색으로 학교가 꾸며져 있다는 것. 언젠가 무슨 상품 수여식을 한다고 전 직원이 모이라 해서 갔더니 엉뚱하게도 시장, 교육장들이 나와 있는데, 시장이 훈시를 할 때는 마치 군대식으로 차렷 경례를 하고, 그 훈시 또한 부하 직원을 지휘 감독하는 식으로 시국에 대한 계몽 얘기를 하더라는 것. 참 분해 견딜 수 없었다는 것들을 얘기하고 있었다.

1972년 11월 11일 토요일

그저께부터 교육청의 부탁을 받아 실기 대회 글짓기 작품을 심사하는데, 운문이란 것을 보니 불쾌하기 말할 수 없었다. 어쩌자고 아이들이 이렇게 남의 작품의 흉내만 내고 있는가? 어쩌자고 이런 것만 배우고 이런 것만 작품이라고 뽑고 있는가? 내가 내준 제목 '산' '길' '내 마음' 이 세 가지는 모두 쉽사리 남의 것을 모방하지 못하도록 내준 제목인데, 웬걸 이런 제목으로도 이 아이들은 교묘한 흉내만 내고 있다. "산은 산은 요술쟁이…" 이런 식이다. 자기만의 마음의 세계란 찾아볼 수 없다. 더구나 교육청에서 '강아지' 란 제목을 하나 더 내준 것이 탈이다. 이 '강아지' 작품은 가장 많은데, 한결같이 "우리 집 강아지는 복슬 강아지…"식이다. 3학년도 6학년도 조금도 다름이 없다. 산문도 억지스럽게 조작해 만든 것이 대부분이다. 이야기를 거짓으로 꾸며 만든 것이다. 문장도 일부러 억지 기교를 부려 놓은 것이 참 가관이다. 모두 글짓기 교사들이 한 짓이다. 글의 끝에는 거의 모두 교훈적인 것이 붙든지, 아니면 무슨 소설의 결과를 연상하게 하는 것을 조작해 놓고 있다.

그런데 또 한 가지 말할 수 없이 불쾌한 것은 '청소 시간'이란 제목으로 쓴 작품들의 내용인데, 이것은 비교적 저들의 생활을 솔직하게 써 놓았다. 그런데 불쾌하다는 것은 글 쓰는 태도가 나쁘다는 것이 아니고, 대한민국 아이들의 학교생활이란 것이 얼마나 군대적인 강압으로 억지스럽게 이뤄지고 있고, 생활지도란 것이 방임 상태가 되어서 주먹과 간지(奸智)와 권력이 약자를 짓밟아 엉망진창의 질서가 되어 있는가 하는 것을 아이들의 글로서 알 수 있기 때문이다. 동정이라든지, 의리라든지, 정의감이라든지, 공정이란 것은 아이들의 생활에서는 발견할 수 없다. 청소가 잘 안 되면 교사는 아이들에게 단체 기합을 준다. 아니면 급장을 벌준다. 그러면 급장은 분단장을, 분단장은 단원을 기합 주게 된다. 이런 군대적 생활 방식이 너무나 잘 나타나고 있다.

또 이런 작품도 기억난다. 아이 하나가 점심밥통을 쏟았다. 그 아이는 울상이 된다. 청소하는 아이들이 우우 몰려와서 그 아이를 모두 한 대씩 쥐어지른다. 선도반원이 와서 또 그 아이를 쥐어지르고 벌세운다. 그 아이는 점심도 못 먹고 아이들에게 얻어맞는다는 글인데, 이런 글 끝에는 작자의 형식적인 반성의 말이 적혀 있는 것이 더욱 불쾌했다.

내가 본 것은 점촌 읍내의 글짓기 교사들이 예선을 한 것이다. 운문이란 것은 하도 작품이 형편없기에 예선에도 떨어진 작품을 모두 보았더니 예상대로 3, 4학년에서는 예선에서 버려진 것 중에 매우 훌륭한 작품이 더러 있었다. 1등 한 명, 2등 두 명, 3등 세 명, 장려상 다섯 명⋯. 이렇게 학년마다 뽑아내는데 예선에도 안 들었던 것을 모두 1, 2, 3등에 다 올려 뽑은 학년이 대부분이 되어 버렸다. 이러니 소위 글짓기 교사들의 안목을 알 수 있고, 그들이 지도하는 동시라는 것이 얼마나 시가 될 수도 없는 엉터리 글자 맞추기 장난인가 하는 것을 통감할 수 있는 것이다.

1972년 11월 21일 화요일

기어코 오늘 국민 투표일*까지 왔다. 오늘은 10시에 온도계를 보니 영하 5도. 투표장은 각 국민학교마다 설치되어 있고, 이곳 투표장의 관리위원장인가 하는 사람은 교장이 되어 있는 것을 보니, 어디나 마찬가지인 것 같다. 기권

* 박정희는 1972년 10월 17일 비상계엄령을 선포하고 국회 해산, 정당과 정치 활동 금지, 헌법의 일부 효력 정지 따위를 내용으로 하는 '대통령 특별 선언'을 발표했으며, 11월 21일 국민투표를 실시하여 확정했다. 12월 27일에는 대통령으로 취임하면서 유신 헌법을 공포했다.

하면 주민등록증을 빼앗는다느니 하는 말이 나고 있었다. "이번에는 박정희와 김일성이가 나왔다면서" 하는 노인이 있다고 교무 선생이 말하는 것을 보니 그렇게 선전이 된 모양이다. 여러 날을 비가 와서 아직 타작도 못 하고, 거기다 갑자기 추위가 닥쳐 얼어붙어 놓으니 가을 일이 맹랑하다. 그래도 투표한다고 장자골의 노인들이 와서 벌벌 떨고 서 있는 모양을 보니 기가 막힌다.

점심때 조용할 때 들어갔다. 각 동네 이장과 유지들이 "참관인"이니 하는 완장을 두르고 투표장인 교실 여기저기 서서 돌아다닌다. 투표용지를 받아 도장 찍는 자리에 가니 남쪽 교실 구석에 세 군데 판자로 칸을 지어 형식적으로 베 조각을 가려 놓았는데, 그것은 서 있는 사람의 머리 쪽을 가릴 뿐인 짤막한 것으로 되어 있다. 그런데 그 안에 아이들 쓰는 책상이 놓여 있고 인주와 붓대 통이 있는데 찍으려고 붓대 통을 잡으니 그것을 책상에 짧게 매달아 두어서 허리를 굽혀 붓대 통 가까이 용지를 가져가서 찍어야 한다. 그러니 베 조각으로 가려 둔 것은 아무것도 아니고 찍는 모양이 온 교실에 앉아 있는 사람에게 보이도록 되어 있는 것이다. 게다가 총을 멘 경비원이 교실 바로 앞에서 어정거리고 들여다보고 있는 것이니 참 가관이다. 나도 ○표에 아무런 주저도 없이 찍을 수밖에 없었던 것이다.

저녁때 투표함을 들어내면서 김룡리 정덕춘 씨가 "100퍼센트가 돼야겠는데…" 한다. 정 씨는 참관인일 게다.

물론 정 씨의 이런 말은 아무 의미도 의도도 없는 가장된 말이다. 기권한 사람의 표도 얼마든지 찍어 넣게 되어 있는 것이다. 100퍼센트가 되도록 해 놓았으면 의심받을 게고, 아마 98퍼센트나 그 어디쯤 만들어 두었음에 틀림없으리라.

총을 멘 경비원이 나중에 숙직실에 들어와 인사를 하는데 "본서에서 왔습니다" 했다. 그는 간밤에도 잠을 못 잤다면서 한숨 자고 나갔다. 밤에 숙직실에는 선생님들이 화투놀이를 하고 있었다. 개표니 방송이니 하는 것에는 아무런 관심도 없었다.

1972년 12월 19일 화요일

아침에 숙직실에서(요새는 숙직실에서 생활하고 있다) 일어나 밖에 나가니 어제보다는 푸근하다. 오늘은 난로를 안 피워도 되겠지 하고 복도의 온도계를 보니 영하 12도나 되었다. 변소에 가는 길에 보니 2학년 2반 교실 문이 모두 활짝 열려 있다. 어제 청소를 하고 문을 안 닫고 간 게로구나. 이렇게 일찍 아이들이 와서 문을 열어 놓지는 않았을 것이다. 그런데 어제 문이 열려 있었더라면 모두 알 터인데 이상하기는 하다고 생각하고 교실을 들여다보니 별 이상은 없는 것 같다. 도둑이라면 이렇게 앞뒤 문을 모두 열어 놓을 리가 없다.

직원들이 출근을 한 뒤에 2학년 2반 담임교사에게 물

어보았더니 어제 문을 다 닫아걸고 갔다 한다. 교실 안에
도 아무 이상이 없다 했다. 이상하다. 그런데 내가 하는 말
을 듣고 있던 ㄱ 선생이 "2반에서는 아이들이 오면 유리창
을 모두 열어 놓는답니다. 여름부터 날마다 그래요" 했다.

　역시 그렇구나. 그렇게 일찍이 오는 아이가 있었구나.
그런데 영하 12도의 새벽에 와서 교실 유리창을 모두 열어
놓다니 참 이상하지 않은가. 여름에 그런 훈련을 해 놓은
것이 겨울이 되어도 조금도 변할 줄 모르고 이렇게 추운 혹
한에도 기계적으로 문을 열어 놓고 벌벌 떨고 있다는 것은
참 기막힌 얘기가 아닌가. 기계적으로 움직이는 아이들. 동
물적인 훈련을 받아 온 비참한 아이들의 모습이 이런 데도
나타나고 있다.

　지난여름에 어느 교실을 들어갔더니, 그 무더운 날
60명의 아이들이 땀을 흘리면서 앉아 있는데, 꽉 닫아 놓
은 교실 문을 아무도 열 줄을 모르고 있던 것이 생각난다.
참 기가 막힌다. 수업 시간에 "아는 사람 손을 들어요" 하
면 손을 드는데, 손을 내리라는 말이 없으면 어느 때까지나
그대로 들고 있는 것이 어느 교실 할 것 없이 모든 아이들
의 태도다. 이렇게 철저하게 기계가 되어 가고 있는 비참한
아이들을 생각할 때, 그저 암담한 마음뿐이다. 아무것도 기
대할 것이 없다. 이 아이들을 이렇게 만들어 놓는 군대적인
질서와 교육이 한없이 미워진다.

1973년 1월 18일 목요일(1월 31일 기록)

교육청에 가서 근평표를(다시 쓴 것) 내고, 오후 차로 안동 가니 글밭동인의 김성영 씨가 대구에 가고 없다고 했다. 곧 의성행을 타서 일직에서 내려 5리를 걸어(진흙탕이 된 길을 걷는데 애먹었다) 일직교회에 찾아가 권정생 씨를 찾으니 바로 신춘문예 당선* 소감과 함께 나온 그 얼굴이 교회 숙사에서 나와 반가이 대해 주었다. 교회 한쪽 숙사에 있는 그의 방에 들어가니 방 한편에 책이 꽉 꽂힌 서가가 있고, 방 안에는 이불과 간단한 자취 도구 같은 것이 있어 일견 독신 생활을 하는구나 싶었다. 이날 밤 권사님께 부탁해서 지어 온 저녁밥을 같이 먹고 늦게까지 얘기를 하고 그리고 같이 자게 되었는데, 나는 병약한 그가 나직이 들려주는 여러 가지 과거와 현재의 생활이며 문학에 대한 집념에 대해 깊은 감명을 얻었다.

그는 다섯 형제 중에서 넷째라 한 것 같았다. 부모는 10여 년 전에 돌아가시고, 세 분의 형들은 지금 모두 행방이 불명이고 동생이 하나 어느 과수원에서 노동을 하며 식구를 거느리고 있으나 자기를 도와줄 형편이 안 된다 했다. 맏형은 일제 말기 동경서 국민학교에 들락 말락 하였을 때 마지막 보고는 그만 소식을 모른다 했다. 한번은 그 맏형이

---

* 1973년 〈조선일보〉 신춘문예에 권정생의 동화 〈무명저고리와 엄마〉가 당선되었다. 이오덕과 권정생은 이때부터 평생 동무로 지냈다.

친구인 청년들을 여럿 데리고 집에 오더니 등에 진 배낭을 내려 그 속에서 태극기를 내어 펴 보이면서 "얘, 정생아, 이게 우리 나라 국기란다. 너만 알고 있거라" 하고 다시 접어 넣고는 어디론지 가 버렸는데, 참으로 인자한 분이었다고 어릴 때의 기억을 더듬어 말했다. 둘째 형은 여러 해 전까지 소식이 있었는데 지금은 아주 끊어졌다고 한다. 니가타 현에서 소식이 있을 때 자기가 중병이 있는 것을 알고 입원료를 보내 와서 수술을 할 수 있었다 한다. 그리고는 그 후 편지가 오기를 "내가 사실은 너를 도와줄 형편이 못 되었는데, 남의 돈을 빌려서 너의 입원비를 댄 것이다. 이제 앞으로는 살아가기 어렵더라도 부디 네 힘으로 살아가도록 하여라" 이런 마지막 편지가 왔더란다. 그런데 그 후 형수 되는 분한테서는 편지가 더러 왔고, 자기가 책을 좋아한다고 하니 책을 많이 부쳐 오기도 했는데, 지금은 그 형수도 소식이 없다고 하고, 여러 가지 일로 형의 행방을 생각하고 있는데, 여러 해 전 간첩 사건이 빈번히 있었을 때, 경찰에서 찾아와 자기의 신상과 책과 쓰는 글이며 사상 같은 것을 묻고 조사해 간 일이 있는데, 자기가 의심받을 일이 전혀 없는데 이런 것을 보니 형이 간첩 사건에 관련된 것이 아닌가 하고 추측하고 있는 것 같았다.

셋째 형이 있었다던가, 그래서 어떤 수난을 받았다던가, 하는 얘기를 들은 것 같은데 기억이 안 난다.

그의 당선작 〈무명저고리와 엄마〉는 거의 그의 반생의

애기를 썼다고 했는데, 나중에 그 작품을 읽어 보니 역시 그렇구나 느껴졌다.

그의 병은 신결핵. 19세 때 병을 발견해서 그 후 형의 도움으로 수술을 하여 신장의 한쪽을 절제하였지만 나머지 하나마저 병균이 침입해 있어서 지금까지 살아온 것만 해도 기적이라고 사람들이 말한단다. "폐결핵도 3기에 들어 있는 중병이라도 잘 요양하면 낫는다고 하잖아요?" 했더니, "지금이라도 충분히 투약을 하면 1년이 안 걸려 낫게 할 수 있을 것 같아요" 했다.

그런데 약값이 없다고 한다. 병약해서 노동을 할 수 없고, 원고 쓰는 일도 몸에 무리가 간다 했다. 처음엔 초기 증세의 약을 썼는데, 지금은 병균이 저항력이 생겨 제2기의 약을 써야 할 것 같은데 그리하자면 월(月)에 1만 5천 원이란 돈이 있어야 하니, 어떻게 할 수가 없다고 한다. 안동시에 있는 보건소에 등록을 해서 무료 약을 얻을 수 있다고 좋아했으나 나중에 알고 보니 그런 약은 버스값으로 이곳 약방에서 실컷 살 수 있는 그런 약이래요, 하는 것이다.

"지난해 한 해 총수입이란 것이 4,500원인데, 4천 원은 어느 기독교 잡지에 낸 동화 원고료이고, 5백 원은 어느 할머니가 찾아와서 주고 간 것입니다."

산양을 먹인 애기도 했다. 산양 한 마리를 먹이면서 젖을 짜 먹었다기에 참 좋은 일이구나 싶었는데, 빚 때문에 그만 그것을 만 원으로 팔아 버렸다면서, 살찐 어미 양을 아마 잡아먹기 위해 사서 끌고 가려는데 안 가려고 한사코 발을 뻗대고 울며 뒤에 있는 주인을 돌아보고 하는 그것을 차마 볼 수 없어 달리듯 집에 와 방에 들어앉아 눈물을 흘렸다는 얘기다. "그것을 먹일 때 산언덕에 매어 놓고 내려오는데 집에까지 오면서 돌아보고 하여도 사뭇 나를 내려다보면서 그대로 서 있잖아요. 방문을 열고 들어올 때까지 그대로 꼼짝도 않고 나를 지켜보고 있지요"했다.

아동문학에 대한 견해도 상당히 믿음직한 것이었다. "저는 어쩔 수 없이 보지 않을 수 없는 것을 쓰는데 남들은 더러 너무 슬픈 얘기를 쓴다고 하지 않아요. 만일 제가 쓰는 것이 정말 슬픈 얘기라면, 저는 그런 슬픈 얘기를 쓰지 않고는 배길 수 없어요"했다.

9백 장짜리 장편 동화를 써 두기도 했다 해서 보여 달라고 했더니, 아무래도 새로 정리해야 한다고 했다.

밤중에 청년들 서너 사람이 들어와 "집사님, 죄를 지었습니다"하고 권 씨를 잡고 울며 참회를 하는데, 누워서 들어 보니, 술을 먹고 담배를 피웠다 한다. 그래 라이터하고 담뱃갑하고 멀리 논바닥에 던지고 왔어요, 하는 것이다. 그는 그 청년들을 잡고 같이 기도해 주었다.

1973년 1월 19일 금요일
아침에 권 씨는 또 얘기했다. 이렇게 혼자 있으니 노인들도 찾아오고 젊은이들도 찾아오는데 노인들은 자식들 얘기를 하고, 젊은이들은 부모들에 대한 얘기며 연애 건 얘기며 온갖 얘기를 한다는 것이다. 아침을 먹고 있으니 장로 한 분이 찾아와 "권 집사 생각하면 눈물이 날 때가 많아요" 했다.

나는 협회한국아동문학가협회의 입회 원서를 만들어 도장을 찍어 보내 달라고 했다. 그것은 회원으로 가입되면 어떤 혜택을 입을 수 있도록 할 길도 트인다 싶고 또 그리해야만 이름도 알려지고, 원고를 발표할 길도 열리겠다 싶어서다. 그리고 대구와 서울에 가서 될 수 있는 대로 선생님의 얘기를 잘해서, 작품을 널리 발표할 수 있도록 힘써 드리겠다고 말해 주었다.

20일 있을 신춘문예 시상식에는 가야지요, 했더니 병으로 못 간다고 신문사에 편지해 놓았다 했다. 신병도 문제지만 여비가 없을 것이 아닌가 짐작되었다. 여비만 문제 된다면 내가 도와줄 수 있지만 또 다른 이유로 시상식에도 못 가게 되는 그를 어찌할 수가 없었다(나중에 대구 나와 김성도 씨한테 이런 얘기 했더니 "옷이 없어 못 나왔을 거라요" 했다. 정말 옷도 없는 것 같았다. 노인들이 입는 스웨터 하나를 언제나 입고 다니는 것 같았다).

원고지 한 권 가방 속에 있던 것 주면서 여기다 하나 써 보내 달라고 하고 다시 돈 천 원을 억지로 원고지 사 쓰라고 두고 작별했다.

의성 와서 숙모님 댁에 가니 사촌 여동생이 며칠 전에 결혼을 해서 오늘 시댁에 가는 길이라 했다. 내 주소를 몰라 편지 못 했다나. 부산으로 가는 동생에게 3천 원을 여비라도 하라고 주었다. 동생은 차에서 울고 있었다. 신랑은 퍽 나이 많아 보였다. 마흔도 넘었을 것 같았다.

저녁 차로 화목에 도착. 큰누님 댁에 들다.

1973년 3월 5일 월요일 맑음*

아침 7시 40분 삼거리에서 승차. 점촌, 영주 경유 봉화에 도착하니 12시 20분이었다. 교육청에 가니 배 장학사가 "참 아담한 학교입니다" 한다. 교육장은 "그곳은 분지가 되어 있고 농토도 많고 교감도 우리 군에서 모범 교감입니다" 해서 조금은 마음이 놓였다. 지도를 보고 춘양행 버스를 타고 도중에서 내려 길을 물어 걸었다. 재를 올라오는데 숨이 찼다. 재까지 올라와서는 사뭇 산등을 타고 걷는데 차바퀴 자욱이 나 있기는 하지만 경사가 심하고 사람이 오가는 것을 보지 못한 무인지경이다. 바람이 차고, 서글픈 생각 금할 수 없었다. 버스에서 내려 한 시간이 지나 학교가 보이는 오묵한 골짜기에 다다랐다. 오후 4시.

아직 퇴근 시간도 안 되었는데 사무실은 잠겨 있다. 옆에 있는 가겟집 앞에 서니, 사람이 나오는데 학교의 청부인 것 같았다. 내가 인사를 하고 이름을 말해도 허리만 굽

---

* 1973년 3월 1일부터 1976년 2월 28일까지 경북 봉화군 삼동국민학교 교장으로 일했다.

실거리고 사무실을 열어 주는데, 놀랐다. 책상 위고 밑이고 어지럽기가 말할 수 없고, 술을 마룻바닥에 쏟아 흩어 놓고 쓸지도 않은 채 있고, 컵이 엎어져 있고, 도서 장과 책장, 서함(書函)이 놓여 있는 위에는 온갖 물건들이 잡연하게 놓여 있고, 걸려 있는 태극기는 시커멓게 되어 마치 걸레 한가지였다.

조금 있으니 얼굴이 시뻘겋게 된 사람 하나가 비틀거리며 들어오는데 ㅂ 선생이었다. 다음에 서너 사람이 들어와 자리에 서는데, 교감 선생은 술을 자시고 일어나지 못한다 한다. 인사를 하고 앉아 있으니 추워서 견딜 수 없어 난로를 피울 수 없는가 물으니 나무가 없다 한다. 나무를 살 수 없는가 하니 사지 못한다 한다. 나무 한 짐에 아이들 짐으로 5백 원에서 7백 원이고, 그것도 파는 사람이 없는데, 어찌해서 사 놓으면 투서를 해서 사고판 사람이 벌금을 물어야 한단다. 이웃끼리 투서를 하는 것을 예사로 여긴다고 한다. 추워서 그냥 있을 수 없어 어디 다른 방에라도 가자 해서 청부 집에 가서 한참 앉아서 학교 형편, 지방 형편을 얘기 들었다. 인심이 좋지 못하고, 학교교육에 대한 이해가 전혀 없고, 선생들은 아이들 가르치는 일보다 술 먹고 같이 놀아 주는 것을 좋아한다고 하니 몽매한 정도가 이만저만이 아닌 것 같다. 게다가 이곳은 식수가 귀하다 하니 빨래는 어떻게 하게 될지 막연하다.

식사를 어찌하나 걱정했더니 교감 선생과 다른 선생들

이 같이 하숙하고 있는 집이 있다 해서 거기 부탁해 놓았다. 다음에 잠은 어떻게 어디서 자나. 사택은 있지만 나무가 없다. 나무가 없다 해도 이불이 없으니 잘 수 없다. 청부는 술에 취해 나자빠져 있고, 청부 부인이 걱정해서 동네를 다니며 나무를 한 짐 사 온 것을 보니 5백 원이란 것이 한 아름도 안 된다. 기가 막혀 말이 안 나온다. 여기는 사람 살 곳이 못 되는구나 하는 생각을 지울 수 없었다. 저녁을 먹고 사택에 가 보니 불을 때 놓지도 않았다. 다시 하숙집에 가서 할 수 없이 주인이 덮는 이불을 덮기로 했다.

저녁에 교감이 왔는데 같이 누워서 학교의 얘기를 자세히 들었다. 지난 한 해 동안 교장은 조울증이란 정신병으로 학교 근무도 못 하고 집에 겨우 모시도록 하였고, 직원들은 수업도 제대로 안 하고 수업 시간이 지나면 제멋대로 나가 술이나 먹고, 아니면 제 볼일 보고 농사일하고 한단다. 처음엔 그걸 고치려고 해 보았지만 선생들이 말을 들어 주지 않고, 동네 사람들도 싫어해서 할 수 없이 2학기에는 모든 것을 포기해 버렸다는 것이다. 학력이 형편없어 3학년은 물론 6학년 아이들도 한 학급 50명에 책 읽는 아이가 겨우 두세 명뿐이란다. 전에 있던 교감은 옆 부락에 있는 재건 학교에 돈을 대 주고, 신문사와 자매결연을 해서 신문에 자기 이름을 몇 번이나 자꾸 내더니 상장을 몇 번 받아 영전해 가 버렸는데, 그 뒤에 남은 빚이 30만 원이나 된 것을 1년 동안 견디고 갚아 나가는데 죽을 고생을 했다는 말이다.

밤늦게까지 잠을 잘 수 없었다.

1973년 4월 17일 화요일

교육청에 가서 책 부탁해 놓고, 문경교육청에 납본할 60권만 남겨 두고 나머지를 세 뭉치 묶어 버스에 싣고 예천까지 가서, 예천교육청에 가서 45권 한 뭉치를 내주고 부탁을 해놓고 다시 남은 것을 싣고 안동에 갔다.

안동교육청에는 70권을 내주었다.

안동교육장 엄 씨를 만났다. 공문을 안고 결재받으러 연달아 들어오는 과장, 계장, 장학사 들을 다 보내고 나서, 교육이 잘되는 것 같습니까, 하니 "공문이 이렇게 많아 골치가 아파요" 했다. 그리고 또 "학교는 더 그렇지요. 아무것도 못 하지요" 했다. 이렇게 인간적인 교육장은 아마 대한민국에 없을 것이라 생각되었다. 단 2분도 얘기 못 해서 교육장은 또 일어섰다. 급한 연락이 와서 어디 또 가 봐야겠다 했다.

봉화행 막차를 탔다.

이 버스를 타고 오면서 나는 매우 유쾌한 마음이 들었다. 뭔가 하면, 우선 그 버스 천장에는 방취제 방울이 나란히 달려 있었는데, 이런 것이 변소에 달려 있는 것은 보았지만 버스 안에 달린 것은 처음 보았다. 멀미 나는 이들은 많은 경우 차 안의 휘발유 냄새들에 매우 민감하고, 그래

서 멀미를 하는 경우가 많은데, 왜 그 많은 차들 안에 방취
제 준비가 없었던가, 하는 생각이 오늘 이 차 안의 그것을
보고 비로소 난 것이다. 참 좋은 생각을 한 운전사요, 차장
이구나 싶었다. 다음에 차장이 참 마음에 들었다. 어느 아
주머니가 엎드려 있는 것을 보자 곧 깡통을 갖다 대어 주었
다. 그리고 그 여자가 마구 토해 내어 차 안 바닥이 더러워
져도 얼굴 한 번 찡그리지 않고 신문지를 그 위에 덮어 주
었다. 그리고 다른 손님들에게도 매우 친절하게 대하고, 내
리는 사람한테 일일이 인사를 하는 것이었다.

어둑어둑할 무렵 차가 어느 산골짜기를 달릴 때였다. 내
리는 손님이 있어 차가 잠시 머물게 되고 문이 열렸는데, 그
때 차장의 입에서 "아, 개구리 소리가 난다!"하는 것이 아
닌가. 나는 그 말에 번쩍 귀가 열렸다. 그 시끄러운 차바퀴
소리 속에 흔들리며 가고 있는 차장이, 그 많은 사람들에 온
종일 시달려 온 차장의 귀에 개구리 소리가 들려오다니! 세
상에 이렇게도 마음이 넓고 든든한 아가씨가 있었던가!

나는 그 차장의 이름을 알아 두지 못하고 온 것이 후회
된다. 다음 또 그 차를 꼭 한 번 타 봐야지. 그때는 조그만
선물을 그 아가씨에게 주어야지, 하고 생각했다.

봉화 대성여관에 유숙.

1973년 6월 23일 토요일

두 교사는 오늘도 안 왔다. 교무 강 선생은 마작 하는 버릇

이 있어 그것 하다가 돈을 잃었을 게라고 하는 말도 들린다.

사무실에 어항이 있는데 그 속에 우렁이가 여러 마리 있고, 방개가 두세 마리, 올챙이가 여러 마리, 거기다 자라가 한 마리 있다. 그중 올챙이는 방개가 다 잡아먹어 오늘은 한 마리도 없고, 자라는 어제 운동장 구석에 있는 것을 아이들이 발견해서 붙들어다 또 넣어 놓았다. 먹을 것이 없고 물이 맞지 않고, 좁은 곳에 갇혀 있을 수 없어 달아난 모양인데, 오늘은 1학년 어느 아이가 또 한 마리 잡아 와서 두 마리가 되었다. 가까운 곳에 못이라도 있으면 놓아주고 싶지만 그런 못이 전혀 없고 냇물조차 없으니 어찌할 수가 없다. 이것들은 어차피 선생들의 무관심 속에 죽어 가는 수밖에 없으리라.

언젠가 다람쥐를 아이들이 잡아 온 것을 통에 넣어 기른다기에 일요일이나 방학에는 할 수가 없으니 그만 놓아주라고 몇 번이나 권해도 기어코 기른다고 하더니 결국 며칠 못 가서 교실 한쪽에서 굶어 죽도록 한 일이 있는데, 그때 내가 놓아주자 할 때 ㅊ 선생 말이 이랬다.

"이거 한 마리 돈이 얼만데 놓아줘요!"

스무 살이 겨우 넘은 그 선생의 말이 이렇다. 그러니 나는 자라를 아이를 시켜 강까지 갖다 놓아주자고 하고 싶지만 내 말이 선생들에게도 아이들에게도 안 통할 것은 물론이다.

또 있다. 그 다람쥐 먹이던 새장(그 새장도 다람쥐를 깜

깜한 함 속에 가둬 놓고 먹인다고 하기에 하도 불쌍해서 내가 청부 심 씨 시켜 조그만 상자 한쪽에 철망을 붙여 만들게 한 것이다)에 어제부터 새가 갇히게 되었다. 아이들이 때까치라지만 때까치는 아니고, 참새보다는 훨씬 크고 입부리가 짧고 굵으며 날개가 노란 데가 좀 있는 것인데, 언젠가 내가 안동 대곡서 해바라기를 기를 때 그 씨를 까먹던 새다. 새끼 두 마리 아직 날지도 못하는 것을 아이들이 붙잡아 와서 넣어 놓았다. 빵 부스러기를 넣어 주었지만 물은 먹지도 못하고 울고만 있다. 오늘은 자꾸 울고만 있어 교실에 두었던 것을 공부에 방해된다고 담임선생이 사무실 앞에 갖다 놓았는데 거기서는 또 내가 그 아픈 소리를 듣고 있을 수가 없다. 놓아주고 싶어도 그게 날지도 못하는 것을 어찌할 수가 없다.

낮에 보니 이번에는 참새 새끼도 한 마리 들어 있다. 빵 부스러기를 물에 담가서 입부리에 갖다 대니 참새 새끼는 입을 벌리며 잘 받아먹는다. 저녁때 보니 이름 모를 그 새 한 마리는 결국 힘이 없어 울지도 못하고 눈을 감고 있다. 빵 부스러기를 입에 넣어 주려 해도 입을 안 벌린다. 또 한 마리도 먹을 줄 모르는 것을 억지로 벌려 먹이고, 파리도 잡아 몇 마리 먹였다. 저녁 먹고 가 보니 결국 한 마리는 쓰러져 죽어 있다. 또 한 마리는 울지도 않고 가만히 있다. 참새는 구석에 가서 엎드리고 있었다. 운동장에서 온갖 더러운 욕지거리를 하면서 공을 차고 있는 것을 보고 지나와 방에 앉아서 나는 그만 세상이 지긋지긋하게 싫어졌다. 내 앞에는 절망밖에 무엇이 과연 기다리고 있는가.

교육이고 문학이고 다 집어치우고 나는 어디 도망을 가버리고 싶다. 인간들의 소리가 들리지 않는, 인간들의 꼴들이 보이지 않는 깊은 산속에 들어가 차라리 산짐승들과 함께 살고 싶다.

1973년 9월 8일 토요일 맑음

오전에 교육청에서 볼일을 보고 곧 안동 일직교회 권정생 선생을 찾아갔다. 안동시에서 교육청 학무과장 전재각 씨에게 전화를 거니 인제《아동시론》을 학교에 배부했으니 영수 서류를 만들어 주었으면 좋겠다, 했다. 그리하겠다, 하고 안동산업센터에 있는 문협한국문인협회 안동지부를 찾아가니 아무도 없다. 별 만나고 싶은 사람은 없지만 하도 편지를 보내오고 회비 납부의 일도 변명을 해야 되겠어 들른 것인데 아무도 없어 시원스리 나와 버린 것이다. 일직에 내려 짜장면을 시켜 급히 먹고 갔다.

교회에 가니 권 선생이 있었다. 얼굴이 더 말라 보였다. 여름 동안에 줄곧 누워 있었다는 말을 한다.

얘기를 하다가 권 선생이 밥을 해서 저녁을 같이 먹고 밤늦게까지 또 얘기했다.

권 선생이 작품 써 놓은 것은 장편소설 6백 매짜리가 하나, 단편 동화가 40~50편이다. 단행본으로 내면 세 권은 될 것 같다. 장편소설은 자서전 같은 내용이라고 했고, 단편을 몇 편 읽어 보려고 했으나 틈이 없어 기독교의 어느 잡지에 실린 〈강아지똥〉만을 읽었는데 참 놀랄 만큼 좋았다. 대화 같은 것을 좀 손대면 거의 완벽한 작품으로 보였다. 그리고 동화의 제목만 보더라도 모두 가난하고 짓밟힌 것들에 대한 한없는 사랑을 보여 주는 것들이었다.

시도 있었다. 한 권을 넘을 만한 분량이었는데 이시카와 다쿠보쿠의 감상적인 세계를 닮은 듯한 것이 많았다.

모두 원고지에 많이 고쳐 놓은 그대로라 다시 정서해서 우선 단편 한 권 될 만한 분량을 자선(自選)해서 우편으로 나한테 보내도록 얘기했다. 그러면 내가 그걸 가지고 상경해서 올겨울에는 어떻게 해서라도 책이 되도록 해 보겠다고 말해 두었다.

다음에 나는 권 선생의 건강을 물으니 이제 파스나 아이나 같은 약은 보건소에서 먹을 필요가 없다고 안 준단다. 1년 동안 계속 먹은 뒤에 안 나으면 그 약은 면역이 생겨 아무 소용없고 소화기 장애만 일으킨다고 안 준단다. "그래도 안 먹으니 더 나쁜 것 같아 이따금 사 먹고 있습니다만…" 했다. 나는 그러지 말고 이다음 내가 올 테니 같이 어느 병원에 가서 종합 진단을 받도록 합시다, 그래서 확실한 병진도를 알고 대책을 세우도록 합시다고 했더니 그럴 필요가 없습니다, 한다. 왜 그런가. 그럴 필요가 없다니 무슨 말인가, 하고 다그쳐 물으니 이런 말을 한다.

열아홉 살에 의사에 가서 발병 사실을 알고 그 후에(언젠가 말한 것을 잊었다) 대수술로 신장 한쪽을 떼어 내고, 나머지 한쪽도 병들어 있는 것을 1966년엔가 다시 또 진찰을 받으니 요도와 방광이 모두 균으로 감염되어 있다고 하면서 방광을 끊어 없애지 않으면 요도가 막혀 살 수 없다고 해서 방광 절제 수술을 했다 한다.

"병원에서 깨어나니 내 옆구리 고무호스에서 소변이 나오고 있습디다. 이래도 살 수 있을까. 살 수 있으면 더 살아야겠다고 생각이 듭디다. 옆에 앉아 보는 사람들이 저러고 살면 뭣하나, 하지 않아요. 그 후로 고무주머니를 차고 이렇게 남들 모르게 살아갑니다. 그 고무주머니도 우리 나라에서는 살 수가 없어 동경에 편지했더니 형수님이 보내왔어요. 이 선생님이 하도 병원엘 가자고 하시기에 이런 말을 합니다. 남들에게는 말하지 마시기 바랍니다."

나는 대답할 말이 없었다. 신장이 다된 것도 같지만 방광을 떼어 내고 고무호스로 소변을 빼내면서 남모르는 온갖 고통을 참고(고무호스를 이따금 바꿔 끼우는데, 의사한테 가서 그렇게 하지만 요즘은 손수 한다고 했다. 때로 그럴 때면 피가 쏟아져 나오고 고통이 심하다고 한다. 이따금 몸에 열이 나는 것이 그 때문인가 모릅니다, 했다), 살아가면서 전혀 음식 맛을 모르도록 식욕을 잃었으면서도 살아가기 위해 한 끼도 건너지 않고 억지로 밥을 지어 먹는다는 이 절망과 생의 의지가 맞붙어 싸우고 있는 한 사람의 초인 앞에 나는 그저 묵묵히 앉아 있을 뿐이었다.

권 선생은 또 지난겨울 신춘문예 상금 3만 원(빚 갚고 남은 것이겠지. 빚 갚으면 3만 원쯤 남는다 했으니) 가지고 오두막집이나 한 칸 살라 하다가 못 샀는데 지금은 그때 3만 원 하던 것이 10만 원이나 간답니다, 했다. 하도 교회에 이렇게 있으니 여러 가지 괴로움이 많다면서 어디 조용한 딴 집으로 옮길 수 있었으면 했다.

"선생님, 교회에서 무슨 도움을 받지 않습니까?"

"방을 빌린 것뿐입니다. 그 밖에는 아무것도 도움을 받는 것이 없어요."

그러면 여기를 하루빨리 나가야겠구나, 생각하는데 권 선생이 교회 목사의 횡포를 얘기하면서 교회와 신앙을 팔아 자기 욕심만 채우고 있고 설교도 다 그 때문에 하는 것이란 뜻의 말을 했다.

이런 얘기를 했다. "지난겨울 선생님이 오실 때 앞의 울타리가 나무로 되어 있었지요?" 하면서 그 울타리와 뒤의 탱자나무 울타리를 죄다 없애고 저렇게 보기 싫고 차가운 시멘트 벽돌 담장을 해 버렸는데 그것을 아무리 말려도 안 되더라고 했다. 그리고 "저기 대추나무가 있잖아요. 저걸 베려고 하는 것을 제가 말리느라고 얼마나 애썼는지 몰라요. 톱으로 베는 것을 가서 톱자루 쥐고 매달려 울어 버렸지요. 지금 보면 밑둥치가 반쯤 베어져 있어요. 그래선지 저렇게 잎이 누릇누릇한 것이 많지요. 내가 그리 안 했더라면 대추나무 옆의 저 측백도 저쪽의 참나무도 다 베어 버렸을 거라요."

"왜 저걸 베려 합니까. 담 안에 있는 것이고, 담 쌓는 데도 지장이 없는데."

"몰라요. 나무를 다 베어 버리고 도시 집같이 벽돌담이나 보이도록 하고 싶은 게지요."

권 선생은 또 내가 〈갑돌이와 갑순이〉에 나타난 사회, 역사에 대한 의식이 투철한 점이 좋더라고 하고, 요즘 아동문학가란 사람들의 작품 보면 한심하게도 권력에 맹목적으로 달라붙거나 고속도로니 새마을이니 하는 것에 천박한 식견을 가지고 있어 한심스럽다 했더니, "요 이웃에 어떤 할머니가 지난해 월남에서 아들이 전사한 통지서를 받고 통곡을 하면서 하는 말이 '아이고 우리 ○○를 박 대통령이 미국의 강냉이가루하고 바꿨구나' 합데다" 했다. 참으로 요즘 많은 아동작가들은 이 무식한 시골 할머니한테 배워야 할 것 아닌가.

권 선생은 또 안데르센의 동화에 대해 이런 말을 했다.

"대구의 이재철 씨와 김성도 씨가 제 동화를 보고 안데르센의 영향을 받았다고 합니다만, 저는 참 천만뜻밖의 말입니다. 안데르센은 참 허영심이 많은 사람 같아요. 그 사람의 작품이 뭐 좋은지 모르겠어요. 〈미운 오리새끼〉만 보더라도 백조가 백조 된 것밖에 뭐 있습니까?"

나는 본래 안데르센이 좋은 줄 몰랐지만 권 선생 말 들으니 안데르센을 좀 읽어서 안데르센론 같은 걸 써야 되겠다는 생각이 들었다. 그것은 요즘 우리 나라의 아동작가들이 걸핏하면 안데르센을 떠메고 다니고, 동화 하면 안데르센 빼고 없는 줄 알기 때문이다. 우리는 이런 허망한 신화를 이제 타파해야 될 때가 아닌가.

문협 안동지부에서 권 선생한테도 〈월간 문학〉을 계속 보내 주고 있단다. 참 괘씸한 사람들이다. 권 선생 얘기에 안동지부에서 언젠가 지부장 선출이 있어 하도 나오라고 김성영 씨가 전보까지 치고 해서 나갔더니 선거 분위기가 아주 좋지 못하더라고 했다. 그리고 그다음엔 같이 간 이웃 교회의 전도사인 동시 작가 모 씨한테 지금 우리 안동지부 회원들 중에서 연내에 〈월간 문학〉으로 다섯 사람쯤 추천되어 문단에 나올 것인데 추천받을 생각 없는가. 돈을 3만 원쯤 들이면 된다고 하더라는 것이다.

"〈월간 문학〉은 신인상 제도로 신인을 내고 있는데 올해엔 이제 한 번밖에 더 있습니까. 그런데 안동에서 다섯이나 나온다는 것은 될 수 없는 말 아닙니까?"

참 돼먹지 못한 것들이다. 안동서 그따위 인간들 안 만난 것 참 잘됐다. 이젠 만나지도 않을 것이다. 그리고 권 선생한테 즉각 〈월간 문학〉 보내는 것 중단하라고 해야겠다 싶었다.

또 하나 적어 둘 것이 있다. 교회 목사가 언젠가 〈씨올의 소리〉를 권 선생이 읽고 있으니 그런 것 보면 안 된다고 얼굴을 찌푸리더라는 것이다. 이것은 내가 〈씨올의 소리〉를 본 일이 있는가 하는 물음에 대한 대답이었다. 그래 그 창간호를 보고는 다시 못 보았다면서 이렇게 교회 안에 있으면 괴로운 것이 많다고 했다.

1974년 1월 29일 화요일

10시 50분부터 회의실에서 인사이동에 대한 사무적인 회의가 있었는데 학무과장이 서류를 가지고 설명을 했다. 그런데 부부 교원을 우대한다는 조건이 분명히 나와 있고, 내가 거기 해당되는 것이 뚜렷하지 않는가! 어째서 과장은 내신을 안 해 주는가? 이상하게 생각하고 있는데 과장 말이 "이런 특대 조건에 해당되는 사람이라도 내신이 안 되면 근무 성적이 '가'인 줄 알면 됩니다. 나는 내신할 수 있는데 왜 안 해 주는가 하고 불고 다니는 사람은 내 성적은 가입니다, 하는 것을 광고하고 다니는 사람입니다" 했다. 나는 이 과장의 말이 바로 나를 지적해서 한 말이 아닌가 해서 한참 생각해 보았다. 그리고 점점 더 내 얘기를 한 것이란 의혹이 굳어져서, 참 어처구니없다는 생각이 들었다. 내 성적이 가였구나! 나는 회의를 마치고 차를 타고 오면서, 눈 쌓인 재를 넘고 산길을 걸어오면서 서러운 생각이 들어 견딜 수 없었다.

학교에 돌아오니 교감도 교무도 와 있지 않았다. 내일 나가야겠는데, 내신 서류를 꾸미지 못하면 모레 또 급히 돌아와야 한다. 그렇게 말해 두었는데 이렇다. 이런 직원들을 데리고 내가 어찌 학교 성적을 올릴 수 있겠는가!

　밤에 "상운면 전우익"이란 낯선 사람의 편지를 읽고 마음이 좀 가라앉았다. 전 씨는 〈여성동아〉의 내 글을 보고 감상을 써 보냈다. 대뜸 이 형, 하고 써 온 것이 도리어 친근한 느낌이다. 한번 만나 보고 싶다. 그리고 부산의 김용재 선생으로부터 온 편지는 늙은이의 서러운 감회가 적혀 있어 눈물겨웠다. 김 선생은 올해 68세이시다. 인생이 허무하다는 것을 얘기해 놓으셨다. 아, 근무 성적이고 뭐고 무슨 대수로운 것이랴! 어서 가족이나 이곳에 오도록 해야지. 그리고 내가 할 일, 글이나 쓰고 책이나 읽고 세월을 보내야지. 그러다가 죽으면 나도 묻혀 한 줌 흙이 되어 버릴 것을!

1974년 2월 11일 월요일

오후에 사은회란 것이 있었다. 졸업생들이 집에서 떡 같은 것을 해 오고 과자를 사고 술을 준비하고 했다.

　어느 괴짜 아이가 먼저 나서 대뜸 사랑이 어쩌고 하면서 몸짓을 이상하게 놀리면서 유행가를 부르니 연달아 유행가가 나왔다. 내가 사무실에 돌아와 들으니 선생들과 아이들이 유행가 합창을 했다. '서울에서 살렵니다' 하는 것을 부르면서 온통 떠들썩했다.

　동화책 하나 변변히 읽지 못한 아이들, 책이라고는 교과서밖에, 그것도 그냥 겉읽고 지나갔을 이 아이들, 노래

하나 배우지 못하고, 배웠더라도 그런 것은 다 잊어버리고 유행가와 욕설과 도시 동경 병에 걸려 있는 이 아이들, 이 아이들을 어찌하겠는가!

1974년 3월 3일 일요일

짐을 싣고 출발한 것이 10시.

탄은 이삿짐에 같이 싣지 못해 할 수 없이 장작을 5천 원어치 사서 밑에 깔았다. 이것 가지고 여름 올 때까지 때고, 다음은 온돌을 고치고 연탄을 한 차 사들여서 때려고 했다.

점촌에서는 연탄 한 개 22원, 영주는 25원, 봉화는 27원, 춘양은 37원이란다. 그런데 춘양서 삼동까지 가져오면 연탄 한 장이 꼭 50원 먹히는 모양이다. 그래도 삼동서는 나무 사 때기보다 연탄이 값싸단다. 싸고 비싸고 간에 나무는 살 수 없게 되어 있다. 영주가 어째서 점촌보다 비싸고, 춘양이 영주보다 비싼가? 알고 보니 모두 점촌서 탄을 실어 온다고 한다.

나는 짐과 함께 트럭으로 오고, 가족과 서울 손님들은 버스로 오기로 했다.

봉화서 점심을 먹고, 옥천까지 오니 2시가 되었는데 세 거리 다리를 건너는데 여러 사람들이 몰려와서 이런 차로는 들어갈 꿈도 꾸지 말라는 말을 했다. 나는 그래도 운전수가 그처럼 큰소리하니까 아마 이대로 갈 수 있지 않겠나 싶었는데, 안 된다는 말 듣고 보니 가슴이 탁 막혔다. 이걸 어쩌나. 이걸 또 내리고 차를 불러와 싣고 이 무슨 고생인가? 누가 이 일을 하나? 어디서 이 짐을 풀어 내려놓나? 차 교섭은 될 것인가? 걱정이 태산 같았다.

걱정해도 소용 없다 싶어 다시 재 바로 밑에까지 가기로 했다. 주막집 앞까지 겨우 가서 트럭을 세워 놓고 운전수와 차주가 길을 조사해 보더니 당장 바위 밑을 돌아가는 곳도 안 되겠다 한다. 지엠시(GMC)나 스리쿼터는 차체가 작아서 이런 곳을 맘대로 돌아가지만 보통 길 좋은 신작로를 달리는 6톤짜리 복스 트럭은 차체가 커서 좁은 길은 안 된다는 것이다. 그리고 경사가 급한 오르막길도 6톤짜리는 오를 힘이 없다는 것이다.

어쩔 수 없이 짐을 내렸다. 주막집 안주인한테 부탁을 해서 처마 밑에 내려놓기로 했다.

차주와 운전수는 모두 스물 정도 되는 젊은이인데, 같이 짐을 내려 주었다. 마을 사람들이 둘러서서 구경하면서 한 사람도 거들어 주는 이가 없었다. 학생 하나가 구경하기에 좀 거들어 주면 수고비를 준다 했더니 바쁘다면서 그대로 구경하다가 어딜 가 버렸다. 인심이 좋지 못한 세상이 되어 버린 것이다.

짐을 다 내리고 다시 춘양까지 그 트럭으로 갔다. 이 차는 본래 2만 5천 원으로 계약한 것인데 짐을 목적지까지 가져가 주지 않았으니 2만 원쯤 주어도 된다. 그런데 일부러

안 가는 것도 아니고 해서 2만 4천 원을 주었다. 젊은이들이 모두 만족하는 표정이었다. 나중에 생각하니 선금 2천 원 준 것을 잊어버리고 나는 그대로 또 돈을 모두 주었으니 결국 2만 6천 원을 주고 만 셈이다. 참 정신없는 짓을 했다.

춘양서 스리쿼터를 7천 원으로 사서 다시 짐을 싣는데 죽을 고생을 하고, 재를 넘는데 얼어붙은 오르막길을 몇 번이나 미끄러지고 하다가 철쇄를 바퀴에 감아 겨우 올라왔다. 짐을 도중에 풀어 내릴 무렵부터 비가 금시 올 듯해서 애가 타더니 그럭저럭 무사히 오기는 온 셈이다. 스리쿼터에 짐을 다 못 싣고 책상과 평상을 남겨 두고, 학교 가까이 와서 짐이 몇 개 밭에 굴러떨어지는 것을 아이들이 가서 주워 오는 등 일이 있기는 있었지만.

저녁에 짐을 대강 방에 처 넣고 청부 집에서 밥을 먹고 있는데, 봉화서 자고 내일 교육청에 들어가 인사하고 들어오기로 한 아내가 처제와 고모님과 함께 걸어 도착했다. 애를 몹시 먹은 모양이다.

1974년 5월 12일 일요일 맑음

온 식구가 냇가에 갔다. 아이 엄마, 귀매는 빨랫거리를 한 보퉁이씩 이고 나는 연우딸를 업고 현우는 과자와 책이 든 봉투를 들고.

빨래가 너무 많아 오후 2시가 지나서야 대강 끝났다. 점심은 싸 가져간 것으로 물 건너 집에서 가져온 두부와 함께 먹었다. 건너편 골짜기에 또 학부모 집이 있는데 그 집 아이가 손가락을 작두로 끊었다 해서 가 보았다. 1학년 아이인데 부모도 없는 낮에 장난하다가 그리됐다 한다.

손가락을 헝겊으로 싸매 두었는데 왼쪽 검지손가락 끝마디가 거의 잘라진 것을, 아이가 고함 소리 치는 것 듣고 건너편 집 아주머니가 달려와 꽁꽁 묶어 두었다 한다. 그날 저녁 부모들이 와서 담배가 좋다 해서 그걸 손가락에 붙여 싸매 두었더니 이튿날은 또 꿀이 약이 된다 해서 꿀을 구해 붙일라고 싸맨 것을 풀어 보니 끊어진 사이에 담배 부스러기가 끼어들었는데 파낼라 하니 아프다고 고함을 쳐서 할 수 없이 그 위에 꿀을 발라 그냥 두었다 한다. 참 기막힌 얘기다. 돈이 없어 병원에도 못 갔겠지. 과연 손가락이 붙게 될까? 담배 부스러기가 들어가 있다니 어찌 되는가? 얼마나 아플까? 아이한테 물어보니 아프지 않다 한다. 그렇다면 그대로 아물어 붙을 것인가?

그 집은 지난해 충청도에서 옮겨 와서 사는데, 산기슭 경사지를 겨우 파서 초가집을 이제 지어 놓았다는 것이 마당도 거의 없이 그 밑은 낭떠러지로 되어 있다. 왜 이런 데 집을 지었는가 물으니 집터가 없어 헐한 땅을 샀다 한다. 이런 곳에서도 제 땅 없으면 움막조차 세울 수 없는 인간 세상이구나, 새삼 생각하지 않을 수 없었다.

나오면서 벼랑 위에 잎이 하늘빛으로 돋아나는 백송 가지가 꺾꽂이로 심어져 있기에 이것 어디서 구했는가 물어

보니 "저 어디서 주워 왔어요. 동네 사람들 심으라고 많이 나온 것인데 심지 않고 한 아름 내버려둔 것을 가져와 심었어요" 한다. 아, 여기도 대한민국의 행정구역이구나 싶었다. 지난해 어느 마을에서 소나무를 무더기로 산골짝에 생매장해 둔 것을 파내어 와서 심었더니, 가는 곳마다 이 모양이구나 싶었다.

골짜기를 나와서 물을 건넜을 때 건너편 산 중턱에서 소로 밭을 갈고 있는 사람을 가리켜 아내가 "저 아이 보세요. 쟤가 이제 다녀온 집 손가락 다친 아이의 오빠랍니다. 6학년 아이예요" 한다. 6학년 아이가 쟁기로 밭을 갈다니! 참 놀라운 소년이구나. 내일은 학교 오면 칭찬해 줘야지. 그런데 저런 험한 산 중턱에 밭을 갈다니. 얼마나 가난하면 저럴까 싶었다. 저렇게 가난한 아이에게 교감은 전학비로 돈을 천 원이나 뜯어낸 것이다. 그 밭이란 것의 폭이 한 미터 될까 싶도록 좁은 것이었다.

물 건너 집에서 감자를 얻어서 고맙게 받아 왔다.

맑은 물가에서 물소리를 듣고, 푸른 잎들 피어오르는 산을 쳐다보면서도 전쟁과 공해와 병든 인간 세상을 생각하며 종일을 보냈다. 집에 오니 7시.

오늘 배 선생 집 딸아이가 따라와서 놀다가 물에 빠져 하마터면 큰일 날 뻔했다. 급류에 빠져 10미터나 떠내려간 것을 뛰어들어 가 건져 냈다.

1975년 2월 7일 금요일 흐린 뒤 개임

오전에 직원들을 모아 교육장이 보내 준 돈 얘기를 하고 한 사람 앞 천 원씩 나눠 주었다. 천 원 모자라는 것은 교비로 보태 넣었다. 그리고 모두 나눠서 부락으로 가정방문을 나 갔다. 나는 교감과 김 선생과 셋이서 1리에 가니 이장은 면 서기와 같이 가래골로 갔다 한다. 그래 차례로 한 집씩 방 문해서 학교 아이들 얘기를 했다. 교감은 "12일에 기권 없 이 모두 투표하시기 바랍니다"고 하고, 나도 잘 부탁합니 다고 하기도 했다. 그런데 이런 말은 중립적 입장에서 하 는 말 같지만 실상 그것을 듣는 마을 사람들에게는 버젓한 암시적 뜻을 지녀서 "찬성투표를 해 주시오"로 들리는 것 이다. 상황이 그렇게 되어 있다. 또 이 지역에서는 야당이 란 한 사람도 없고 야당적인 사람도 없게 되어 있다. 사실 은 계몽이고 뭐고 다닐 필요도 없는 것이지만 지서 순경과 면 직원들이 여러 날 전부터 마을에 와서 잠자고 주둔하고 있는 터라 체면상 나가는 것이다. 골마 동네 반쯤 다니다가 왔다.

강희숙이를 만나 한 해 더 집에서 공부하면 내년에 중 학교에 보내 준다더라 했더니 또 눈물을 흘렸다. 글짓기한 것 몇 장을 받아 와서 집에 와서 읽어 봤더니 한 해 쉬고 중 학 들어가면 열아홉 살에 졸업한단다. 그래서 그의 부모가 명년에 보내 준다는 것도 임시 무마로 그러는 것이구나. 그 런 것을 짐작하고 그렇게 졸업식 답사 낭독 때도 자꾸 울었구나 싶었다.

1975년 4월 19일 토요일 맑음

오늘 4·19날이다. 무슨 말을 해야 좋을지 몰라서 아침 조회 때 아무 얘기도 안 했다.

저녁때 찬송가와 작곡집 《금잔디》, 《자장가》를 가지고 오랜만에 사무실에 가서 풍금을 타 보았다. 어렸을 때 부르던 찬송가를 타면 그 옛날 생각이 나서 즐겁다. 이건우 작곡 '붉은 호수'를 타면서 참으로 훌륭한 곡임을 다시금 느끼게 된다. 나는 이 《금잔디》 작곡집을 평생 타면서 살아가고 싶다. 이것은 우리 민족이 낳은 위대한 예술 가곡임을 확신한다. 이런 노래를 모두 부르지 못하고 알지도 못하고 있다는 것은 이 또한 얼마나 기막힌 비극인가?

이 위대한 작곡가가 지금은 어찌 되었을까?

1975년 6월 23일 월요일 흐림

대구의 녹촌 형이 《저 하늘에도 슬픔이》를 보내왔다. 이것은 며칠 전 도교위도교육위원회에서 훈화 원고 제목의 하나로 '이윤복 어린이'란 제목의 글을 보내 달라는 공문이 와서 급히 연락했던 것이다.

오후에 시작해서 저녁까지 다 읽었다. 여러 해 전에 읽던 때보다 더 감동을 얻었다. 이것은 최근에 아동문학 작품을 두루 많이 읽고 나서 비교가 되어서 그런 것 같다. 정말 우리 아동문학 작품 중에 이 11세 소년이 쓴 일기문만큼 감동을 주는 작품이 있을지 의문이다.

도교위에 낼 훈화문과는 달리 이 책에 대한 논문을 하나 써야겠다는 생각이 들었다.

녹촌이 보낸 책은 또 김동극 교사가 직접 가지고 있던 보관본이다. 이 김 교사도 언젠가 꼭 만나고 싶은 사람이다.

1975년 7월 1일 화요일 흐림

현덕의 소년소설집 《집을 나간 소년》을 읽었다. 전에 한두 편 읽다가 말았지만, 이번에 이 책을 다 읽고 놀랐다. 우리 아동문학에서 이만한 작품이, 그것도 일제시대에 나오고 있었다는 사실은 오늘날 우리 아동문학의 침체 상태를 얘기하는 데 커다란 표적이 될 만하다고 생각된다. 정말이지 해방 이후의 아동문학 작품에서 이원수 씨의 몇몇 작품을 빼고 나면 이만한 작품이 없다.

현덕이란 사람은 어떤 사람일까? 그의 얘기가 알려지지 않은 것으로 보면 월북 작가인지도 모르지만, 아무튼 이 소년소설집은 리얼리즘을 추구한 식민지 문학으로서 길이 남을 것이라 생각된다. 어제 읽은 이구조의 작품과는 전혀 수준이 다른 작품이다. 이걸 지금의 모든 아동문학 작가들에게 읽어 보라고 권하고 싶다.

그리고 지금의 우리 아동들에게 동화보다는 역시 소설이라야 참된 문학적 감동을 줄 수 있을 것 같다는 생각이

들기도 한다.

1975년 7월 31일

아침 9시 40분 차로 동대구역 출발, 오후 2시 가까워 서울에 닿았다.

디즈니에서 김종상, 이영호와 이원수 선생을 만나니 협회에서 낸 책* 속에 수록된 '표절 동시론' 때문에 저쪽 한국아동문학회에서 명예훼손으로 고소를 하느니 어쩌느니 하고 야단법석이란다. 처음엔 책에 내는 것만으로는 안 된다고 될 수 있는 대로 널리 광고하기 위해 신문에도 내기로 하여 이영호, 김종상 둘은 〈신아일보〉에 가서 책을 보이고 기삿거리를 주고 한 모양인데, 그래서 〈신아일보〉에는 벌써 기사가 났다. 표절 작가들의 사진까지 나서 너무 지나치게 됐다고 얘기가 났다. 이러고 보니 너무 잔인하게 되었다고 생각되어, 이번에는 다른 신문들에는 내지 말아 달라고 부탁하게 되었다 한다.

그런데 표절 작가 중 이진호는 워낙 심한 내용이라 본인도 기가 죽어 잘못했다고 잠잠하고 있는 모양이고, 석용원이도 아무 말이 없다 하는데 제일 문젯거리는 이준구와 송명호란다. 이준구는 어느 아이 것을 슬쩍한 것인데, 자기

* 한국아동문학가협회에서 1975년에 펴낸 연간집 《동시, 그 시론과 문제성》을 말한다.

가 안 그랬다고 한다. 그러나 그 사람은 충분히 그럴 사람 같이 보이고, 다만 그가 공화당 중앙위원인가 하는 감투가 있고 또 반공 윤리 교수에 중앙정보부에도 들락거린다 해서 직접 이 문제를 가지고 대항하는 것보다 다른 더 음험한 수단으로 보복을 하지 않을까 모두 두려워하는 눈치다.

그리고 송명호는 제 것이 표절도 아닌데 왜 그런 표절 동시론에 제 작품을 예거(例擧)하였나 하고 고소하느니 하고 있단다. 그러나 송의 작품은 표절이라고 말하지는 않았다. 모방작이라고 한 것이다. 표절 작품론에 모방작을 예시하고 문제 삼은 것은 원체 이런 표절 작품이 성행하게 된 까닭이 문단 전체 풍조가 모방작 아류작들이 버젓이 당선이 되고 유명 작품으로 행세하는 판국이 되어 그렇다고 한 것이다. 그러나 저놈들이 설마 고소는 않겠지, 하는 것이 모두의 의견이다. 그리되면 저들이 더욱더 큰 창피를 못 면하게 될 것이 뻔하기 때문이다.

1975년 8월 31일 일요일

오후 1시 반에 봉화서 특급을 타고 청량리 내리니 저녁 7시. 곧 전에 들었던 종로 원갑여관에 가서 바로 그 방에 가니 이제 한창 이사회를 열고 있었다. 송이 고소를 했다는 문제를 두고 의논 중이었다.

얘기는 이재철이 송의 집에 가서 보고 들은 것을, 송이 관을 만들어 칼을 꽂아 두었다는 둥, 벽에 며칠 영장 발부,

며칠 구속이라 적어 놓았다는 둥, 아이들 시켜 어깨에 "우리 아버지 원한 풀어 주세요"란 천을 둘러 거리에 나서게 하려고 하고 있다는 둥, 이번 주일 안으로 요구를 안 들어 주면 틀림없이 구속할 것 같다는 둥… 이런 무시무시한 얘기를 하면서 저쪽의 요구가 협회와 문학회 두 단체 해산을 주장하니 들어주어야 하지 않겠나 했다. 그러면서 내가 들어가니 내 의견을 묻는 것이다. 나는 대답했다.

"이번 일은 나 때문에 일어난 것입니다. 물론 그 논문 쓸 때 여러 사람이 자료를 모았고, 또 여러 사람의 손을 건너다니다가 마지막에 나한테 온 것을 협회 편집부 이름으로 발표한다는 말을 듣고 썼지요. 쓴 것도 나중에 다소 누가 고친 구절도 있고 하긴 하지만 어쨌든 문제의 부분은 물론이고 전체가 다 내 글이라 하지 않을 수 없으니 내가 책임지겠어요. 그래서 이 문제 해결에 필요하다면 해명서를 내든지 어떤 원칙 문제를 제외한 지엽적인 문제에서는 잘못을 사과할 수도 있습니다. 그러니 내가 그렇게 해서 해결이 된다면 하겠습니다. 그런데 이제 얘기 들으니 이건 단체 해산을 요구하고 있으니 어찌 된 건가요? 그게 송의 진심일까요? 명예훼손이 되었다면 그 명예란 것이 보상돼야 할 것인데, 단체 해산은 또 무슨 이유로 내거는 건가요?"

이래서 단체 해산 문제가 토의되었는데, 이날 저녁에 워낙 이재철이가 저쪽 얘기를 과장해서 위협적인 얘기를 해서 모두들 좀 위축이 되고 또 누구보다도 학교에 있는 나와 김종상 그리고 책을 낸 신진출판사(이 출판사에 송이 찾아와서 온갖 협박을 했던 것이다)를 구해야 된다는 의견이 지배적이 되어 협회란 것 없어도 문학 활동 그대로 하면 되잖나, 두 단체 없애고 하나로 만든다고 하지만 그런 것이 어떻게 가능하나? 일단 해산했다가 다시 만들 수도 있으니 그렇게 하자. 이렇게 중론이 기울어지자 이원수 선생이 이렇게 말했다.

"협회는 한두 사람이 모인 것도 아니고 한두 사람의 뜻으로 조직된 것도 아닙니다. 협회 해산은 이사회에서 결의를 할 수도 없어요. 그리고 송의 요구는 아무래도 가면인 것 같은 생각이 듭니다. 송은 명예훼손을 당했다고 고소를 했으니 명예훼손과 단체 해산과는 관계가 없지요. 또 가령 우리가 저쪽의 요구대로 해산을 했다 할 때 그다음엔 정말 우리들을 개인적으로 해치려고 할 것입니다. 단체가 있을 때는 모두 뭉쳐 그들에게 대항할 수 있었지만, 단체가 없는 개인은 아무 힘도 없이 그들의 공격을 그대로 당해야 합니다. 저 사람들은 사람을 해칠 수단으로 단체 해산을 요구하는지도 알 수 없어요. 그런데도 여러분들이 굳이 해산을 주장한다면 내가 회장으로 있으면서 그렇게 할 수는 없으니 여러분들끼리 의논해서 좋도록 해 보시오."

이렇게 해서 이원수 선생이 자리에서 일어나 밖을 나가자 박홍근 씨는 "나도 그렇게 생각합니다" 하고 일어나 뒤를 따르고 그래서 남은 사람들이 유경환 씨를 필두로 해서

"이래서는 의논이 안 됩니다" 하고 모두 일어나게 되어 회의는 아무 결론도 못 짓고 끝이 나 버린 것이다.

　모두 나간 뒤에 나는 혼자 방에 남아 있었다. 조금 있으니 김종상이 돌아오고, 이영호가 돌아오고, 이재철, 윤부현—이렇게 다섯이 다시 남아 앉았다.

　이영호 얘기가 "단체 같은 것 무엇하나. 해산했다가 다시 만들 수도 있다. 또 해산하는 데 이사회 결의로서는 안 되고 총회라야 된다고 하지만, 이번 일이나 이 단체 운영의 중심 멤버가 결국 우리들이니 우리가 결정해서 서면으로 통고하면 그뿐 아닌가. 그만 이 선생(이재철이 보고) 그렇게 추진해 보지요" 했다. 김종상도 윤부현이도 나도 달리 도리가 없는 것으로 생각했다. 그래서 아무튼 이재철이가 내일 송을 만나 단체 해산을 추진하고 있으니 모든 것을 원만하게 처리하자고 부탁하고, 그리하겠다고 해서 헤어졌다.

1975년 9월 5일 금요일

겨우 하룻밤을 자고 또 급히 상경해야 한다고 나섰다. 우선 〈한국일보〉 2일 자에 송명호의 미치광이 발언, 문인 몇 사람의 편파적 발언이 실린 뒤를 이어 3일 자 '천자 춘추'난에는 원형갑이란 자가 쓴 '아동 대중'이란 글이 나와 있는데 이것은 바로 내 이름을 들지는 않았지만 틀림없이 나를 지목해서 매우 음흉한 말을 해 놓았다.

그 내용은 최근 아동문학을 하는 어떤 신인이 아동 대중이란 신조어를 쓰고 있는데, 이 말에서는 무산계급 투쟁을 연상하게 되고, 심지어 부산의 어린이 유괴 살해 사건까지 연상된다고 해 놓았다. 이 원이란 자가 아동 대중이란 말에 무슨 신출귀몰의 공상 망상을 하든지 그것이야 제 기분대로 지껄이는 것이니까 멋대로 버려둔다고 하더라도, 내가 전혀 하지도 않은 말을 한 것처럼 이렇게 조작해서 쓰다니 이럴 수가 있는가! 세상에 이런 놈이 어디 있는가? 못된 사상 가진 놈들 잡는다고 하는 사람들이 이걸 보면 아동문학에도 틀림없이 불온사상을 가진 사람이 있다고 볼 것 아닌가. 이건 일제시대의 고등계 형사보다 더한 놈 아닌가!

집에 오니 아내는 〈한국일보〉의 이 글을 보고 이 사람들이 생사람을 몰아 잡으려고 한다고 아주 겁을 먹고 있는 것이라, 급히 또 상경하지 않을 수 없었다. 서울에 빨리 가서 '원형갑에게 묻는다'란 제목으로 누가 아동 대중이란 말을 했던가, 그것을 밝히라고 공한(公翰)을 발표해야겠다. 그것이 아주 시급한 일이라고 생각했던 것이다.

우선 봉화에 가서 이번에는 교육장한테도 얘기를 하고 (전에도 얘기했지만) 연가를 한 이틀이라도 얻기로 했다. 교육장은 "그까짓 것 고소하면 하라지 뭐 걱정 있는가?" 또 "연가는 교장이 없는 동안 무슨 사고 날까 봐 그러는 거지 괜찮아" 하고 아주 좋게 얘기해 주기에 한결 마음을 놓을 수 있었다.

저녁 7시 청량리 착. 원갑여관에 들어갔다. 이원수 선생은 우선 자기 이름의 해명서를 인쇄해서 각 신문사, 잡지사들에 돌리고 싶다고 하셨다. 그러고 나서 여러 사람 이름의 경과 해명서 같은 것도 돌리자고 했다. 이날 저녁에 이원수 선생이 초안해 오신 해명서를 이영호와 내가 읽고 고치고 정서를 하고 했다. 그래서 저녁 늦게 이영호가 프린트사에 갖다 줘서 내일 아침에 이것이 나오면 오전 중으로 신문사에 돌리자고 했다.

1975년 9월 18일 목요일~19일 금요일

아침부터 '표절 동시론'을 정서하고 있는데 낮에 전보가 왔다. "곧 상경 바람 이원수"란 전문인데 발신이 마포가 되어 있으니 종상이가 친 것은 분명하다. 무슨 일인가? 오후 4시경까지 원고를 정서해서 밤차로 상경하기로 했다. 아내는 모레가 추석인데 하고, 이번 추석은 떡도 그만둔다고 하면서 산등성이까지 연우를 업고 전송해 주었다.

밤 11시인가 12시에 완행이나 보급이 있는 것을 타려고 하였더니 뜻밖에 추석 때문에 임시 열차가 밤 11시에 특급으로 있었다. 오늘 밤부터 있는 것이라 모두 몰라서였는지 타는 사람이 적어서 좌석을 얻을 수 있었다.

아침 5시 청량리 도착. 종로에 가서 곧 김종상 씨한테 전화를 거니, 빨리 자기 집으로 오라는 것이다. "이제 마지막 결정을 지어 버려야겠으니 빨리 우리 집으로 와 주십시오"하는 것이었다. 차를 잘못 타서 영등포까지 갔다가 되돌아서 택시를 타고 8시가 지나 김 선생 집에 갔다.

결국 검찰청에서 소환장이 나왔는데, 이영호가 교련 고문 변호사 모 씨에게 물어보니, 법정투쟁에서 이기든 지든 관계없이 공무원으로 있는 사람은 자꾸 소환이 되고 하면 휴직이 되기 쉽다고 해서 아무리 생각해도 안 되어 이영호가 이상현이를 만나 협상을 했는데, 그 결과 우리가 사과를 겸한 해명서를 내면 저쪽에서 고소장을 취하해 주기로 했다는 것이다. 그런데 그 해명서 문면 내용에 내 이름이 들어가고 사과를 한다는 말이 있으니 잘 보고 부디 승낙해 달라는 것이다. 이원수 선생과 내가 제일 문제인데, 이원수 선생은 "우리 쪽에는 왜 공무원이 또 그래 많은가" 하고 탄식을 하면서 이영호가 하도 역설하는 바람에 마지못해 승낙하셨다고 하면서 "이제 이 선생만 남아서 기다리는 중입니다" 했다.

나는 그 계약서 내용과(계약서에는 해명서 말고도 두가지 조건—문제의 그 논문에서 송의 작품에 언급한 부분을 삭제해서 그《동시, 그 시론과 문제성》책자를 백 부 송에게 준다는 것과 다음 회지에 송의 반론을 게재해 준다는 내용이 들어 있었다) 해명서 문면을 읽고 "할 수 없지요. 그래 추진해 주시오" 했다. 할 수 없었다. 그리고 내가 사과한다는 것도 그 논문이 근본적으로 잘못되었다든지 또 송의 작품이 모작이 아니라는 것이 아니고, 송의 작품을 안 실어도 되었을 것인데 그런 자리에 낸 일에 대한 사과라고 나는 해석했던 것이다.

아침을 먹고 김종상 씨는 학교를 오늘만 결근해서 〈조선일보〉, 〈신아일보〉 두 곳에 가서 광고를 내고 이상현이를 만나 곧 소 취하를 하도록 말하기로 했고, 나는 여관에 들어가 '모작 동시론'을 송의 작품은 직접 언급하지 않고 일반론이 되도록 고치게 되었다. 여관은 원갑여관 이웃에 있는 좀 싼 곳에 들었다. 여기는 하루 8백 원이다.

1975년 9월 25일 목요일

아침 7시 40분 차로 청량리에서 타고 왔다. 송이 고소한 지 꼭 한 달 만에 이렇게 이 사건은 결말이 지워졌다. 춘양서 올 때 산 밑에 와서 냇물에 목욕을 하고 내복이고 양말까지 빨아서 오래간만에 맑은 기분으로 산길을 걸어왔다.

이번 사건에서 내가 배운 교훈 몇 가지를 적어 본다.

1. 평론을 쓰되 개인적인 작품 평은 되도록 완곡하게 평을 할 것.
2. 중요한 원칙 문제를 많이 다룰 것.
3. 아주 쓸모없는 작가의 것은 애당초 언급하지도 말 것.
4. 절대로 개인적인 사감을 나타내서는 안 된다.
5. 앞으로 보다 적극적으로 활동해야겠다.

이번에 새로운 사실을 발견한 것은

1. 아동문학 작가의 대부분이 아동을 위해 문학을 하는 것이 아니라 입신양명을 위해 글을 쓰고 있다는 사실.
2. 이번 일에 나를 걱정해서 도와주려고 한 사람들의 이름을 적어 둔다.
3. 이번 일에서 나를 수단 방법을 안 가리고 해치려고 한 인간을 여기 적어서 영원히 기억해 두고 싶다.

1975년 12월 6일 토요일 ~ 8일 월요일*

나를 연행한 것은 계장으로 있는 사람과 그 계원 이렇게 두 사람이었는데 그 사람들이 근무하는 방은 조그만 사무실이다. 나는 어젯밤부터는 그 사람들이 있는 사무실 옆의 방—여기도 똑같은 크기의 방인데, 거기 거처했고 오늘부터는 그 사무실에서 나를 맡아 조사를 하게 된 것 같았다. 아침에 가져온 밥을 먹고 앉았는데, 그 사무실에 근무하는 정보원 한 사람이 내게 몇 가지 묻는 것이 몹시 불쾌했다. "어쩌자고 불온서적을 가지고 있었는가?", "그걸 남에게 빌려주었는가?" 하다가 "염무웅, 백낙청, 신경림 들이 명동 어디에 모여 불온한 집회를 연 것을 모르는가" 했다. 모른다 하니 "거짓말 마라. 신문도 안 보는가?" 한다. "신문 못 봤다"

---

* 여름방학 때 염무웅한테 월북 작가 오정환이 번역한 《에세느 시집》과 이용악 시집을 빌려주었는데, 염무웅이 그것을 복사해 신경림과 백낙청한테 돌린 것이 문제가 되어 12월 2일 중앙정보부에 끌려갔다.

하니 "라디오도 안 듣는가?" 한다. "라디오가 고장 나서 여러 달 전부터 못 듣는다" 하니 "서울 방송 안 듣고 이북 방송만 듣는구나" 해서 너무 어이가 없어 아무 대답도 하지 않았다. 그런 식으로 물었다. 이마가 좀 벗어진, 머리통이 동글한 젊은 사람이었다. 그것은 본격적인 심문은 아니고 내가 문 옆에 기다리고 앉아 있는 동안 제자리에 앉아 있는 사람이 심심하다는 어조로 묻는 것이었는데, 이제 본격적인 심문이 되면 얼마나 가혹하게 조사를 할까 싶어 몹시 걱정되었다. 어제 나를 연행해 온 옆방 사람들은 내가 도주해 버릴까 싶어 고이 데리고 오느라고 달콤한 말을 해 준 것이겠지, 하는 생각이 들었다. 나는 어제 오면서 염무웅 씨가 내 책을 몇 권 빌려 가더니 그것을 남들에게 돌렸거나 해서 문제가 난 것이겠구나 하고 추측하고 있었던 것인데, 역시 그런 것 같았다. 그런데 염, 백, 신 제씨가 명동 어디서 무슨 회합을 열었다는 것은 무엇일까? 아무튼 나는 아무것도 죄지은 일이 없고, 숨길 일도 없으니 묻는 대로 정직하게 대답해야겠다고 생각했다.

식사가 끝나고 얼마 안 되어 곧 안경을 낀 좀 날카롭게 생긴 젊은이 하나가 들어와 나를 자기 앞에 불러 앉히더니 지금부터 정식으로 심문을 하겠는데 내가 묻는 것은 개인이 묻는 것이라 생각하지 말고 대한민국 정부가 묻는 것이라 생각하고 정직하게 대답하라면서 신문이 시작되었다. 이때부터 저녁 늦게까지 신문이 시작되어 조서가 꾸며지고 진술서가 만들어졌다. 사무실에서 잠시 하다가 지하실로 내려가 거기서 두 사람만 마주 앉아 묻고 대답했는데, 나는 온종일 긴장하여 애를 쓰느라고 점심때는 국수를 가져와도 입맛을 전혀 잃어 억지로 먹었고, 저녁 무렵에는 몸에 열이 나고 몸살이 난 것 같았다.

조사관이 내게 묻는 것은 "왜 염무웅에게 불온서적을 주었는가?", "무슨 책을 주었는가?", "그 책의 내용은 어떤 것이었는가?", "염무웅은 언제 무엇하러 찾아갔고, 그때 누구와 얘기하고 술은 얼마나 먹고, 언제 헤어졌는가?", "불온서적을 왜 가지고 있었는가?", "그런 책을 가지고, 남에게 주고, 유포하는 행위가 반공법 4조에 걸린다는 사실을 모르는가?"… 등등이었다. 나는 이런 물음에 대해 기억을 되살려 정확히 대답하려고 무척 애를 썼다. 이런 물음을 하면서도 그는 몇 번이나 자세를 고쳐 앉아 "다시 이오덕에게 묻노니, 그대는 공산주의 사상을 가졌는가? 공산주의 사회를 동경하고 있는가?" 하고 물었다. 그럴 때마다 나는 단호히 부정하는 대답을 하였다. 그는 내가 조금도 불온한 사상을 가진 것이 아니라는 것을 점차 깨닫게 되었는지, 태도가 온화하게 되어 나중에는 진술서를 쓰는 데 여러 가지로 유리한 조언까지 해 주었다. 그리고 조서를 잘 쓸 테니 다음 상관에게 가서 "죽을죄를 저질렀으니 부디 용서해 주십시오" 하고 "눈물을 흘리다시피 해서 용서를 구하라"고 했다. 그러면 용서해 줄 것이라 했다. 그리고 염무웅이 빌려 간

《에세닌 시집》을 복사해서 유포했는데, 염무웅이 입건되어 재판을 받게 되면 필연 이오덕이도 그 재판 과정에서 증인으로—지금 무죄로 풀려나간다 해도 그때 증인으로 나가는 것은 불가피하고 잘못하면 죄인으로 같이 입건된다. 우리가 입건 안 되도록 최대한 노력은 하겠지만, 불려 가게 되면 공무원으로서는 무사히 그 직책에 그대로 있을지 상당히 의문이 된다고 해서 나는 몹시 불안해졌다.

저녁 늦게 조서고 진술서 같은 것 다 만들어져서 나는 과장실에 들어갔다. 과장 앞에서 나는 사죄를 공손히 빌었더니 과장은 몇 가지 내게 묻고 나서, 30년을 교직에 몸을 바쳐 왔고, 산골에서 몹시 고생하면서 교육하고 있다고 하니 그 공을 아끼는 생각으로도 잘못을 용서해 주고 싶다, 그러니 부디 앞으로는 국가 사회를 위해서 더욱 아동교육에 헌신하고, 또 좋은 문학작품도 계속 쓰도록 하라는 말을 하면서 "그러나 오늘은 이미 시간이 늦어 상부의 결재를 내야 하니 내일은 일요일이고, 월요일까지 한 이틀 유치장은 아니지만 가서 고생하면서 여러 가지 반성을 해 주시오" 해서 나는 감사합니다 하고 가져온 우유를 대접받고 나왔다.

어디서 이틀을 "유치장은 아니지만" 들어가 있어야 할 곳이 있는가 했더니, 택시를 타고 정보원 두 사람을 따라 거기서 거리를 나와 얼마 안 되는 또 다른 건물 앞에 내려 들어갔는데 엘리베이터를 타고 올라갔는지 내려갔는지(나중에 염 선생 얘기 들으니 지하로 내려갔다고 한다) 한참 가서 나와 보니 건물의 현관 같은 곳이고 거기서 나는 소지품 일체를 허리띠와 넥타이까지 맡기고 영수증을 받고는 어떤 넓다란 방에 들어가게 되었다. 다섯 평 남짓한 방인데 좀 높다랗게 합판으로 침상을 만들어 놓은 곳에는 사람이 서너 사람 잘 수 있도록 해서 시장에서 파는 싸구려 요를 몇 장 펴 놓았고, 담요를 몇 장 한쪽에 개어 놓았다. 변기가 저쪽 구석에 있고 그 밖에는 아무것도 없다. 나를 인계받아 데리고 온 사람은 거기 누워 쉬시오, 하면서 "선생님의 행동은 우리가 밖에서 다 보고 있습니다"해서 이 방에 무슨 장치를 해서 바깥에서 안의 거동을 모조리 환하게 보고 알도록 해 두었는가 싶어 몹시 불쾌한 기분이 들었다. 그런데 나중에 밤중에도 몇 번이나 문을 열어 보고 하는 것을 보니 그렇지도 않은 것 같다. 자주 와서 문을 열어 조사해 보겠으니 행동을 조심하라는 말이구나 해석되었다.

방을 좀 치웠다. 창도 하나 없고 소리도 들리지 않고(약간 차 소리가 들리기도 했지만) 천장에 전등이 두 개 비추고 있을 뿐, 도대체 시간을 알 수 없다. 밤인지 낮인지 몇 시가 되었는지 알 길이 없다. 다만 밥 들어오는 것을 표준해서 아침저녁을 짐작하고 날이 간 것을 요량하는 길밖에 없었다. 토요일 밤, 그다음 날 낮, 밤… 이렇게 약 40시간을 거기서 누웠다가 앉았다가 변소에 갔다가 하는데 밥은 충분히 먹을 만큼 되고 반찬도 나쁠 것 없지만 첫날 밤은 잠이 잘 오지 않았다. 그래서 늘상 누워 있었고 누워 있을 수밖에 없어 이것저것 생각하는 동안 온갖 사태에 따른 각오도 되고 좀 마음이 놓여 잠도 충분히 잤다. 무엇을 연락하고 싶으면 방문을 두드리라고 했지만 방문은 한 번도 두드리지 않았다. 휴지도 없어서 처음부터 요구했더니 한 뭉치 갖다 주어서 그것을 썼다. 세수를 하게 해 달라고 밥 가져올 때마다 말했더니 그러겠다 하면서도 끝내 세수를 시켜 주지 않았다. 그래서 휴지로 얼굴을 자꾸 문질렀다. 이 휴지 뭉치는 베개도 되었다. 담요를 두 장 겹쳐서 덮었더니 첫날 추웠다. 추워하는 것을 알아차리고 담요 두 장을 더 가져다 주어서 잘 덮었다.

월요일 아침밥을 먹고 두어 시간 동안 몹시 불안하고 고민했다. 왜 데려간다더니 아무 소식이 없나? 또 무슨 사건이 있는 것이 아닌가? 내 작품을 분석해서 좋지 못한 구절이 있다는 것을 이유로 하여 기어이 입건하려는 것이 아닌가? 온갖 생각이 들어 나는 불안해 참을 수 없어 일어나 옷을 입고 꿇어앉아 기도를 드리기도 했다. 그러고 있는데 갑자기 문이 열리더니 "이 선생! 수고했소! 이제 나갑시다!" 해서 보니 얼굴에 가득 웃음을 띤 매우 인상 좋게 생긴 후덕스런 젊은이가 들어오지 않는가! 나는 비로소 살아난 기분으로 벌떡 일어섰다. 그러면 그렇지. 내가 무슨 죄인이라고!

나는 엘리베이터를 또 타고 나와 소지품을 찾고(그 소

지품 영수증을 보니 "피의자 증거인 구치소"라고 씌어 있었다) 그 젊은이와 같이 차를 타고 나와 다시 처음 갔던 건물에 들어가 약 한 시간 동안 지하실에 들어가 앉아 결재를 기다렸다가 과장실에 가서 또 차 대접을 받으면서 여러 가지 훈계 말씀을 듣고 나는 또 사죄를 하고 결의를 표명하고 나올 때 여비 하라고 돈 2천 원까지 받아서 나왔다. 그리고 나를 취조하던 조사관이 있는 방에 들어가 계장님을 만나 또 감사하다는 말을 했다. 그 계장은 좀 뜻밖의 말을 했다. "정보부의 어느 국장님이 어제 전화를 걸어 왔는데, 이번 일을 묻고 큰 잘못이 아니면 잘 해결하는 것이 어떤가 해서 무사히 되도록 조치했다고 대답했는데, 이번 일은 본래 무사히 끝내려고 하였지만 국장님의 부탁도 있고 해서 더욱 잘되었으니 나가면 그분에게 인사드리는 것이 좋겠습니다" 했다. 나는 그 계장의 말에서 아내가 상경한 것을 비로소 알았다. 거기서 최초 나를 연행하여 간 봉화까지 온 두 사람이 있는 방에도 들어가 인사를 하고, 몇 사람의 주소와 성함을 적어서(돌아가서 인사 편지 드리겠다고) 나왔다. 조사관은 처음엔 창비 같은 불온 분자들과 어울리지 말라고 하더니 나중에는 염무웅 씨도 오늘 나가게 되었으니 나가서 만나 보라고 했다. 그 사람이 선생님께 미안하다고 사과하고 싶어 한다고 했다. 그렇잖아도 염 선생을 만나고 싶어하던 참이었다. 정보부 문을 나올 때 오후 2시쯤 되었다.

구치소 문을 열면서 "이 선생 수고했소!"하던 그 청년이 나를 데리고 염 선생이 기다리고 있다는 어느 다방까지 안내해 주었다. 참 고마운 분이었다.

염 선생은 몹시 미안스러워했다. 나는 염 선생이 놓이지 않을 것 같아 몹시 걱정했는데 이렇게 나오게 되어서 무엇보다도 기쁘다고 하고 같이 나와 창비에 갔더니 창비 사무실에 창비의 영웅호걸들이 꽉 차도록 앉고 서고 해서 기다리고 있어서 위로해 주는데 부끄러웠다. 알고 보니 신경림 씨가 제일 먼저 연행되어 가고 다음 염 선생, 다음 백 선생과 나였다. 백 선생은 하룻밤 있다가 나왔다던가. 다른 사람은 모두 오늘 나온 것이다.

백, 염 두 선생의 부인도 나와 있어서 인사했다. 거기서 나가 디즈니에 가서 이원수 선생을 만나 비로소 정보부 어느 국장인가 하는 분이 전화를 건 경위를 알 수 있었다. 아내가 걱정이 돼 상경해서 이원수 선생을 만나 얘기했더니 이 선생님이 김종상 씨를 불러내어 김 선생 학부형 중에 전에 '표절 동시론' 사건으로 책을 보여 의논한 일이 있는 바로 그 사람에게 부탁해 보자고 해서 그래 모두 그분 집을 찾아가 부탁한 모양이었다.

삼미집에서 곧 김종상, 이영호, 박홍근 제씨와도 만나고 밤차로 내려왔다.

1975년 12월 23일 화요일
교장 회의가 있어 봉화에 갔다 오니 8시가 되었다. 우편물이 온 것 가운데 송재찬 씨 편지와 서울의 윤한섭이란 사람의 이름이 있어 수첩에 적어 둔 이름을 찾아보았더니 전에 정보부에서 나를 담당해서 조사한 사람이었다. 인사 편지를 다섯 사람인가 앞으로 냈는데 회답이 겨우 한 사람한테서 왔구나 싶어 뜯어보니 아주 뜻밖의 말이 적혀 있다.

그때 정보부에서 나와 창비에 가서 내가 무슨 좋지 못한 말을 한 것이 알려져서 윗사람들이 나를 아주 의심하고 있다면서 왜 그런 말을 했는가 즉각 해명을 해 달라, 앞으로 "이 선생을 관찰"해야겠다는 사연이다. 그때 창비에서 내가 무슨 말을 했던가? 몹시 걱정이 되어 즉각 그때의 일을 생각해 내 소상히 적어 편지를 썼다.

창비 사무실에 이젠 가지도 않아야 될 것 같다. 일체 사람들 만나지 말고 만나도 말을 안 해야겠고 서울에도 될 수 있는 대로 안 가야겠다는 생각이 든다. 온갖 걱정과 생각이 들었다.

1976년 2월 28일 토요일

오전 8시 고속으로 신창호와 상경.

시상식*은 오후 3시 기독교 태화관에서 열리게 되어 있어 12시에 디즈니에 가니 권정생 씨는 벌써 와서 여관에 있

---

* 아동문학 평론 '부정의 동시'로 한국아동문학가협회에서 주는 제2회 한국아동문학상을 받았다.

다고 하고, 대구서 김성도, 하청호, 강준영, 김녹촌 등은 좀 늦게 오는 모양이다.

김종상 씨 만나 얘기 들으니 조대현의 수상을 사무국 직원이 달갑잖게 여기고 이번 총회와 시상식 준비에 협조를 안 하는 모양이다. 조 씨가 인품이 그런 사람이라고 했다.

시간이 다 되어 식장에 가 보니 회장 꾸미느라 이제야 부산하다.

모인 사람 모두 50명이 되었을까? 앞에는 심사위원들과 회장단, 협회 이사장 조연현 씨가 앉고 사회는 유영희 협회 상임이사가 했다.

이준범 씨가 심사 경과를 얘기하는데 얘기 도중 한복 아랫바지가 스르르 내려와서 앞자리에서 보고 있는 사람들 조차 땀을 뺐다. 테이블에 가려져서 정면을 향해 앉았던 사람들은 전혀 몰랐고. 또 두루마기를 입었으니 다행이었다. 바지와 허리띠가 내려온 것을 보고 유영희 씨가 살짝 엎드려 가까이 가서 주워 올려 허리띠를 매어 주는데 그동안 이준범 씨는 어조에 조금도 영향이 없이 태연히 진행했고 그러면서 유 씨가 바지 올려 매는 것을 또 한쪽 손으로 거들어 주기도 하였으니 이건 정말 상임이사(후에 새로 지명이 되었을 때)가 될 자격이 충분하다고 이원수 회장이 웃으시면서 얘기할 만했다.

조연현 씨의 축사에 기억나는 것은, 아동문학상은 다른 문학상보다 특이한 점이 있다고 하면서 그것은 일정한 상금의 기금이 미리 마련되어 있지 않은 점인데, 이래서 이 한국아동문학상도 시상식이 임박해 와서야 회장단들이 상금 마련을 위해 동분서주하여 겨우 어찌어찌해서 변통한다고 듣고 있다고 했다. 그러니 이 아동문학상은 그만큼 순수하고 그만큼 귀중하다는 것이다.

수상자를 대표해서 내가 답사를 했는데, 조대현 씨가 상을 받는 것은 당연하겠지만 나로서는 부끄럽다는 것, 그러나 이 상은 나 개인이 받는다기보다 나와 같이 아동문학에 대해 지극히 정상적인 생각과 올바른 견해를 가진 수많은 사람들이 보다 용기를 가지고 문학을 하도록 하기 위해 편의상 내게 주어진 것이라고 생각한다 했다. 그리고 지난해 아동문학 평론에 관련되어 일어났던 문제를 언급하면서, 문학을 하는 길이 어렵다는 것, 앞으로 더욱 정성과 노력을 다하겠으니 부디 지도 편달을 계속 주어서 이 땅의 아동문학이 꽃피어 나도록 해 달라고 했다.

회장(會場)에 염무웅 씨와 백낙청 씨가 와서 참 고마웠다. 이인석 씨가 와서 처음 인사를 나누었다. 이 씨는 내 평론을 빠짐없이 읽고 있다고 했다. 그리고 아내와 간접적으로 사제 간이 되어 있다는 사실도 알았다. 아내는 또 무얼 하느라고 꾸물거리다가 식을 진행하는 도중, 내가 답사할 무렵에야 들어왔던 것이다.

다 마치고 나서 사진을 찍는데 마침 박경용이가 오세발 씨와 같이 보이기로 같이 찍자고 해서 찍었다.

식을 마치고 곧 연달아 협회 총회를 열어 임원 개선, 금년도 사업 계획 보고 등을 했다. 회장단은 유임되고 상임이사가 이준범 씨로 되고, 이사진이 많이 바뀌었다.

총회 마치고 어느 음식점에 가서 저녁과 술을 먹는데, 비용은 오늘 수상자 두 사람이 분담해 내었다.

조 씨는 오늘 저녁 대접한 것뿐 아니라 지금까지 수상식 준비에 들어간 광고료, 통신료 등은 물론 여러 날 전의 찻값까지 두 사람이 같이 부담하자고 하여 그렇게 했다. 또 오늘 찍은 사진값도 한 사람이 5천 원씩 나눠 부담하기로 했다.

그 음식점에서 나와 또 삼미집에 가서 술자리가 벌어졌는데, 조대현이는 오지도 않아 물론 내가 내기로 작정했는데 뜻밖에 강세준 선생이 와서 자기가 낸다고 해서 그렇게 했다. 강 선생은 내가 수상하는 것이 참 기쁘다고 몇 번이나 말했다.

여기서 상금 얘기를 적어 두어야겠다. 이 한국아동문학상 상금은 10만 원이다. 그런데 돈이 나올 곳이 있을 턱이 없다. 수상자가 결정되기 전에는 내 생각으로 만일 내가 받게 되면 상금은 받았다고 하고 전액 협회에 기탁하면 되지 않나. 그러면 상금 마련의 걱정은 없어질 것 같아 그리하리라 생각했던 것이다. 그런데 뜻밖에 두 사람이 받게 되었으니 일은 그렇게 단순하게 처리될 순 없었다. 조 씨한테는 그런 의논을 애당초 할 생각조차 없었다. 결국 그대로 내버려두었는데, 상금은 기껏해야 한 사람 5만 원쯤 되겠지. 그 것도 잘 안 될지 모른다 싶었는데 이것 또 뜻밖에도 20만 원을 어찌해서 구했는지 한 사람 앞 10만 원씩 현금을 받게 했었다. 어떻게 해서 거액을 마련했는가 알아보니 이원수, 김종상 두 분이 하는 말이 어느 정도 맞지 않기는 하나 대강 다음과 같이 해서 돈이 생겼다 했다.

이원수 선생 내신 돈 7만 원, 광고료 6만 원, 협회 돈 5만 원, 박홍근 선생 만 원, 강세준 씨 만 원. 이래서 대강 20만 원이 된 모양이다. 박홍근, 강세준 두 분이 만 원씩 낸 것도 고맙지만 회장 이원수 선생이 무슨 돈이 있어 7만 원 이나 냈을까? 아무래도 무슨 빚을 진 것 같은 심정이다.

어디서 축하 화분들이 들어와 그중 두 개를 내 몫이라 고 해서 여관에 갖다 두었다. 원갑여관에서는 나와 우리 식 구들, 처제 그리고 송재찬 씨, 권정생 씨, 신창호 씨 등이 잤다.

1976년 3월 4일 목요일*
아침에 또 출발해서 안동을 경유, 길산으로 부임했다. 망천 서 내려서 혼자 걸어가는 길은 알 수는 있었지만 참 멀고 또 땅이 질어서 걷기가 불편했다. 30리가 충분하다기보다

* 1976년 3월 1일부터 1979년 2월 28일까지 경북 안동군 길산국민학교에 서 교장으로 일했다.

좀 넘을 듯했다. 학교 거의 다 왔을까 싶을 때 저쪽에서 두 사람이 오면서 소리치고 손을 흔든다. 웬 사람인가 싶어 가까이 가 보니 권정생 씨와 김성영 씨였다. 내가 벌써 부임한 줄 알고 오늘 찾아와 준 것인데, 학교까지 가 보았으나 안 와서 도로 걸어 나가려고 하던 참이었다. 만일 내가 오늘 안 왔다면 그 먼 길을 권 선생이 다시 돌아가게 되었으니 큰일 날 뻔했던 것이다. 같이 학교로 와서 사택 방에 잔다고 모두 좀 떨었다.

1976년 4월 7일 수요일

9시 50분 특급으로 권 선생과 상경했다.

창비에 가니 염무웅, 백낙청 양 씨가 지난번 편지로 알려 준 아동문학 선집 계획을 좀 더 구체적으로 얘기해 주었다. 국판이나 사륙판으로 아이들이 읽을 수 있도록 활자를 좀 크게 해서 세 권을 만드는데, 권당 원고 매수 6백 매로 하고 싶다고 했다. 그래서 이것을 또 다음에는 어른들이 읽을 수 있도록 한데 모아 한 권으로 하여 창비신서로 내려고 한다고 했다. 그래 이 편집을 나한테 위촉하는 것인데 나는 오늘 저녁에 이원수 선생을 만나 의논도 해 보고 내일 다시 대강의 편집 복안을 짜서 말하겠다고 하고 헤어졌다.

저녁에 삼미에서 이원수 선생을 만났다. 이원수 선생을 만나기 전에 권정생 씨와 대강 의논해서 제1권은 '마해송, 이주홍' 집으로 하고 제2권을 '이원수' 집으로, 제3권을 현역 작가집으로 하는데, 이 세 권을 어떻게 안배하느냐가 문제 되었다. 권 선생은 내가 처음에 약 20명을 1인 1편으로 하여 수록하면 어떤가 하는 의견에 반대하여, 그리하면 지금까지 나온 책들과 다름없이 된다고 하면서 두세 사람 작품을 중점적으로 수록하든지 아니면 내 작품을 내든지 하라고 했다. 내 작품집을 내는 것은 이야기도 될 수 없고, 몇 사람의 작품을 수록하는 것은 뜻이 있겠다 싶었다. 더구나 1인 1편으로 하여 20명집을 만들면, 정말 작품은 고르기 힘들어 없는데 작가는 많아서 어느 누구는 들었는데 나는 왜 빼놓았는가 하고 불평할 사람이 많이 나올 것은 너무나 환한 사실이니 이런 점도 고려하지 않을 수 없다. 결국 내 생각으로 '권정생, 이현주, 손춘익 3인집'으로 대강 결정해 놓았다. 권 선생은 손춘익의 작품이 좋은 것 드물다고 하지만 넣을 만한 사람이 없다. 권, 이 두 사람 것은 거의 움직일 수 없다 여겨지는데, 이 두 사람의 작품만 수록하면 너무 어떤 경향성의 것만 골랐다고 비난할 못된 사람도 나올 것 같아 작품 세계가 다르고 좀 더 질이 낮더라도 소위 예술적인 것을 추구한 작품을 한 사람 끼워 두는 것이 여러 가지 모로 유익하다 생각되는 것이다. 이원수 선생을 만나 그런 얘기 했더니 계획대로 하는데 편집자를 책에 명시하지 말고 만들도록 하는 것이 욕을 안 얻어먹는 길이 될 것이라 해서 그리하도록 해야겠다 싶었다.

디즈니에서 문치우 씨를 만났다. 이 사람은 여러 해 전에 권 선생의 〈무명저고리와 엄마〉를 영화로 만들기로 계획하여 권 선생의 허락을 맡았는데 워낙 큰일이고 또 힘도 모자라 아직 실현하지 못하고 있는 중이다. 그런데 얼마 전에 삼영필름이란 영화 제작 회사에서 〈무명저고리와 엄마〉를 영화로 만든다는 신문 기사가 나와 웬일인가 했더니 그 삼영에서 권 선생 앞으로 편지를 보내와서 승낙을 해 달라고 해 왔다. 권 선생은 이미 문치우 씨와 언약을 했음을 밝히고 거절했던 것이다. 편지가 여러 차례 와도 끝까지 거절했다. 그래서 상경한 김에 문 씨를 만나려고 한 것이다. 물론 그동안 문 씨와 편지 교환도 있었던 것이다. 문 씨는 권 선생이 약속을 지켜 삼영의 제의를 거절해 준 데 사의를 표하고, 올해부터 영화 제작에 좀 더 여러 가지 여건이 좋아졌으니 전망이 밝다면서, 삼영 같은 곳에서는 장삿속으로 엉터리 날림으로 만들 것이 틀림없지만 자기는 여러 해 전부터 여기에 매달려 대작을 내려고 하고 있으니 부디 좀 더 기다려 달라고 했다.

김종상 선생은 11시가 되어서 우리가 들어 있는 여관에 찾아와 한참 얘기하다가 갔다.

1976년 4월 23일 금요일

밤중이 지나서 호루라기 소리가 나는 것을 여러 날 전부터 들어 왔는데, 혹시 동네 아이들이 새벽 일찍 일어나 심심해서 부는 것이 아닌가도 생각되었다. 그 소리가 도시의 밤

뒷거리를 지나가는 안마사들이 부는 슬픈 피리 소리 흡사하다 싶어 어디 이런 산골에 그런 안마사 피리가 있을 턱이 없고, 무슨 소린가 궁금해하다가 오늘 교무 정무용 선생한테 그런 얘기를 했더니 그건 새소립니다, 저 건너편 산에서 밤마다 웁니다, 여긴 별난 새들 소리가 다 나는걸요, 했다. 정말 새소리가 아니면 달리 그런 소리를 낼 짐승이나 기계가 있을 것 같지 않다. 그런데 새소리로서는 참 기이하다고 생각된다. 별난 새소리를 다 듣겠다. 나도 산골서 자라 온갖 소리를 다 들어 온 것인데 이건 생전 처음 듣는 것이다. 오늘 밤엔 좀 더 귀담아 들어 봐야지. 그리고 될 수 있으면 어떤 새가 우는가, 그 정체를 밝혀 보고도 싶다.

1976년 8월 22일 일요일

일직 권정생 씨한테 다녀가기 위해 아침 일찍 나섰다. 방학 동안 한 번도 못 가 본 것이다. 일직교회 가니 철문이 새로 만들어져 있고 그 철문이 굳게 닫혀 있어서 일요일인데도 이렇게 문을 닫아 걸어 둔 것이 이상한 생각이 들었다. 바깥에서 권 선생을 부르니 나와서 문을 열어 주었다. 권 선생 얼굴은 몹시 말라 보였다. 방에 가니 일본 책들이 많이 눈에 띄고 화집도 여러 권 있었다. 모두 일본 형님이 부쳐 준 것이라 했다. 요즘 어떻게 지내는가 하니 여름 동안 작품을 아무것도 못 썼다고 했다.

나는 그동안 학교 일에 매여 못 온 얘기를 하고 그간 어떻게 살아오셨는가 하니 좀 생활이 곤란해서 일본 형님한테 돈 좀 부쳐 달라고 했더니 한 달 전에 20만 원을 부쳤으니 곧 갈 것이라고 편지가 왔는데 아직 안 오니 어찌 되었는지 걱정이라 했다. 그 돈만 오면 조그만 초가집이라도 살수 있을지, 선생님 계신 데 가 살고 싶다고 했다. 나한테 오고 싶었구나. 그럼 지난 3월 여기 왔을 때 오고 싶으면 오라고 했는데 왜 안 왔는가. 그때는 일직 떠날 형편이 안 된다, 교인들 버리고 갈 수 없고, 또 내가 일직 안 있으면 형님이 날 찾아오지 못한다고도 했다. 나는 그런 말이 좀 수긍이 안 가는 구실 같아 내 곁에 와서 폐 끼치는 것이 괴로워 그러는구나 싶었지만, 혹은 진정으로 그렇게 생각하는지 모르고 또 여기 와서는 교통이 이렇듯 불편해서 안 되겠다 싶어 더 권유하지 않았던 것이다. 나는 그럼 꼭 그런 생각 있으면 그곳에 빈집도 더러 있는 것 같으니 가서 알아보겠다고 했다.

형님이 돈 보내 줄 것을 기다리며 얼마나 괴롭게 살아가는가 싶으니 그동안 못 와 본 것이 죄스러웠다. 일본서 언젠가는 겨울 스웨터를 부친 것도 온데간데없이 없어졌다더니 돈도 그렇게 되는가. 이것을 어디에 호소해야 할까? 그런데 책, 사상 전집인가 하는 것을 일본 형님한테 부탁해서 보내왔는데 그중에 몇 권이 안 오고, 또 그 책 때문에 정보부 직원이 와서 조사하고 책도 한 권 가져가고 했다고 한다. 일본 형님이 조련계가 아닌가 하고 추측을 하는 모양인데, 조련계라도 요즘은 여기 많이 다녀가고 또 형님한테서 언젠가 편지 오기로 한번 고국을 다녀갈 생각이라고 하더 란데, 차라리 한번 여기 와 주었으면 모든 것을 서로 알게 되고 모든 일이 풀려 잘될 것인데 하는 생각이 들었다.

오래 앉아 있을 수 없어 돈 4만 원과 집에서 아기 엄마 가 넣어 준 김, 멸치 조금 든 봉지를 내주고 나왔다. 권 선생 은 다리 있는 데까지 나왔다가 먼 산에서 소나기가 묻어오 는 것 보고 억지로 돌아가라고 해서 헤어졌다.

저녁 9시 30분경에 도착했다.

1976년 10월 30일 토요일 맑은 뒤 비

저녁때 두어 시간이 걸려 방 청소를 했다. 헌 책상을 두어 개 가져다가 침대 옆에 놓고, 그 위에 다리가 부서져 못 쓰 게 된 큰 상을 얹어 놓으니 책상 겸 식탁으로 안성맞춤이 되었다. 책들은 모두 정리해서 또 하나 들여놓은 책상 위에 얹어 놓으니 기분이 상쾌하다.

저녁에 《미래의 유산》 6권을 끝까지 읽었다. 이 책은 '유에프오(UFO)와 초자연의 공포'란 내용인데 참으로 놀 라운 얘기다. 내가 받은 충격을 여기 다 기록할 길이 없다. 인간이란 얼마나 보잘것없고 인간의 과학이란 얼마나 한심 한 것인가? 그리고 이 우주와 지구란 너무나 신비하다. 나 는 다만 운명에 맡기고, 다만 착하고 바르게 살아갈 뿐이다.

오후 숙직실에서 불가사의한 피라미드의 얘기를 했더

니 앉아 있던 사람들이 모두 웃고 있었다. 나는 남에게 말을 하지 말아야겠다. 나와 같이 우주의 신비와 인간의 운명에 대하여 진지하게 생각하는 사람은 아주 드물다는 것을 나는 지금 깨닫게 되었다. 그때가 언제던가, 군북 있을 때 (20여 년이 지났지) 우주인과 비행접시 얘기를 쓴 책을 읽고 우영창 선생한테 얘기했더니 그는 아주 허무맹랑한 얘기로 듣고 나를 비웃는 것 같아 그렇게 절친한 벗과 처음으로 맹렬한 논쟁을 한 일이 있었던 것이 회상된다. 인생관, 사회관 등이 나와 매우 가깝고 아주 정직하고 공명하게 행동하는 그런 친구도 우주와 인간의 생명 문제를 두고는 나와는 엄청난 견해의 차가 있었다. 하물며 군인들이 훈련하는 모습의 텔레비전 화면을 쳐다보고 그런 것에만 넋을 잃고 있는 속된 사람들이야 말할 것도 없다.

나는 이 《미래의 유산》을 읽고 받은 충격을 어떻게 해서라도 잘 정리해서 내가 앞으로 살아갈 지침을 확고히 세워야 한다. 더구나 문학을 하는 태도에도 그 어떤 밑거름이 되어야겠다.

1977년 11월 2일 수요일 맑음
꼭 1년 만에 일기를 다시 쓰게 되었다.

그동안 나는 두 권의 책을 냈고, 또 한 권의 편저를 지금 준비 중이다. 창비사에서 낸 아동문학 평론집 《시정신과 유희정신》(4월, 창비신서 17)은 잘 안 팔리는 것 같아 인세를 안 받아도 미안해 견딜 수 없다. 청년사에서 낸《이 아이들을 어찌할 것인가》(5월)는 초판 3천 부, 재판 천 부, 3판 천 부까지 다 팔고 지금 4판과 5판을 각각 천 부 찍어 팔고 있는데, 매우 반응이 좋다. 나로서는 너무나 뜻밖이고 내 책을 내주겠다는 출판사가 여기저기 나오기도 했다. '오늘의 사상 총서'를 내고 있는 한길사에서는 일기 같은 것 써 놓은 것이라도 좋으니 책이 되도록 해 달라 했지만 이젠 책 내는 것이 더욱 조심이 되어 사양하고 말았다. 내가 일기를 다시 쓰게 된 것은 한길사에서 얘기가 있었던 데 자극을 받은 점도 있는 것 같다. 이제부터 교육과 문학에 대한 것을 적어 보기로 했다.

교육춘추사에서 간곡한 부탁이 있어 교육 얘기를 매월 35매씩(다음 달부터는 40매) 내고 있는데, 이것은 몹시 쓰기 싫은 것이다. 공연히 응낙했다고 후회하고 있다. 첫째 나는 교육을 깊이 연구한 일이 없고, 다음은 교육을 논의한 다고 되는 것이 아니고, 셋째는 문학에 대한 글을 써야 할 터인데 시간이 없는 것이다.

1977년 11월 5일 토요일 맑음

5시에 잠이 깨어《섬머힐》2권을 읽는 중 '유머'란 대목에서 이 유머가 자유로운 마음을 기르는 교육에 크게 이용되고 있음을 알았다. 나는 아이들에게 소위 훈화라든가 하는 얘기를 할 때 항상 너무 엄숙한 태도로 한다. 이게 큰 잘못이었다는 것을 깨닫는다. 소위 우스개 얘기를 할 줄 알아야겠다. 나도 어렸을 때는 우스개를 곧잘 했다고 기억한다. 이것을 연구해야지. 우스개는 권위를 깨뜨릴 수 있는 좋은 무기가 아니겠는가!

아침에 2권을 다 읽었다. 닐은 성 문제를 매우 중요하게 보고 있는데 부모들이 어린이들의 자연스런 성에 대한 욕구를 부당하게 억압하는 데서 인간의 모든 정신의 병이 발생한다고 하고 있다. 이것은 아마 프로이트의 학설을 깊이 믿고 있는 탓이겠다. 성은 인간의 행동에 있어서 가장 본능적인 힘이라는 것이 프로이트의 말이다. 이것이 어릴 때부터 억압되는 데서 인간의 증오가 자라나 온갖 범죄가 일어나고 전쟁까지도 이 때문이라고 닐은 말한다. 가만히 생각해 보면 그런 면이 있고, 이것은 참으로 훌륭한 탁견이다. 그러나 우리 나라의 경우 성 문제보다는 먹는 문제가 더 크고 기본적인 인권 문제가 해결되지 않고 있으니 닐의 말은 참고가 될 따름이다.

《섬머힐》은 성 문제를 자연스럽게 개방적으로 다루고 가르쳐 훌륭한 성공을 하고 있는 점이 또한 하나의 놀라움이요, 크게 공헌했다고 할 수 있다.

1977년 11월 6일 일요일 흐림

《섬머힐》3권을 읽으면서 생각한 것.

갓난 어린이는 선도 악도 아닌 백지 같은 상태다. 그러나 이 백지 상태가 우리가 '선'이라고 하는 상태보다 훨씬 선하고 낫다.

닐은 억압을 받지 않고 자유롭게 자라난 어린이는 결코 잔인할 수가 없다 한다. 그러나 나로서는 여기에 주석을 좀 붙여 두어야 할 것 같다. 영국의 경우 이 원칙은 어디까지나 맞다. 그런데 우리 같은 식민지 상태의 나라에서는 가령 어린이들이 자유롭게 자라날 수 있다고 하더라도 잔인할 수밖에 없다. 적어도 농촌 아이들에게 그러하다. 우리 농민들이 자연을 상대로 일한다는 것은 자연 자원을 긁어모으기 위해 자연을 학대하고 짓밟는다는 것이다. 이것은 아마 영국의 농민과도 다른 점일 것이다. 그리고 우리 어린이들은 그들의 부모들과 같이 이 자연을 학대하고 곤충과 짐승을 살육하는 현장에서 일하고 있는 것이다. 그것은 오랜 세월 동안 세계 각국에 식민지를 두고 그 백성들을 지배하여 오면서 축적해 놓은 부로 살고 있는 나라의 어린이들과 그런 나라에 자원을 긁어모아 주기 위해 비참한 일을 하고 있는 나라의 어린이들과의 차이일 것이다. 영국의 아이들은 자기들이 가지고 있는 책가방과 신고 있는 구두와 허리띠의 가죽 그리고 어머니들의 목에 두르고 있는 여우 목도리들이 어디서 어떻게 온 것인가를 알 것이지만, 직접 여우를 잡고 소나 돼지를 잡는 현장을 보지도 못할 것이다. 그러나 우리 아이들은 돼지고 개고 토끼고 다람쥐고 부모들이 그것을 잡는 것을 보고, 또 조그만 짐승을 잡기도 하는 것이다.

그러나 우리 나라 어린이들이 이런 경제적 식민지 상태에 풀려나더라도(영국의 어린이 같은 상태가 되더라도) 여전히 잔인할 것은 확실하다. 그것은 부모들의 그릇된 인습과 도덕관념이며 종교가 어린이들을 억압할 것이기 때문이다. 말하자면 우리 어린이들은(특히 농촌의) 지금 이중의 억압 상태에 놓여 있다고 말하는 것이 정확하다. 하나는 어른과 어린이가 함께 감당하는 경제적 식민 상태에서 오는 것이고, 다른 하나는 도덕과 종교와 부모들의 무지에서 오는 것이다.

아이들이 어찌 잔인하지 않을 수 있겠는가!

닐이 특히 아이들이 억압받고 있는 상황을 설명하는 중에 성적인 억압을 가장 중요시하고 있는 것(그는 프로이트에 너무 경도하고 있는 듯하다)도 우리 아이들과는 다르다. 우리 아이들은 성적 금지나 억압보다도 훨씬 더 경제적인 부자유와 곤궁, 억압 때문에 비뚤어지는 것이 분명하다. 영국에서는 경제적 억압이나 곤궁이 우리에 비하면 거의 문제도 안 될 것 같다.

닐의 《섬머힐》은 영국이란 사회가 낳은 가장 진보적이고 이상적인 교육 방법임에 틀림없다.

닐이 학교와 가정과 교회에서 어른의 어린이에 대한 억압에 이토록 반발한 것은 전통과 예의와 체면을 중시하는 신사도의 나라 영국의 특수한 사회 환경의 소치가 아닌가?

그런 점도 있을지 모른다. 그러나 어린이에 대한 어른들의 횡포는 봉건적 인습에 이은 군국주의 식민 교육을 물려받은 우리 나라에서는 아마도 영국 이상으로 절실하게 문제시되어야 할지 모른다. 이 책에 기술된 닐의 말이 너무나 감동적으로 느껴지는 이유가 여기에 있다.

저녁에 《섬머힐》 3권을 다 읽었다. 이 책을 진작 읽지 못했던 것이 후회된다.

아동에 대한 어른들의 무의미하고 어리석은 억압은 인간의 모든 불행을 가져왔다. 그것은 오늘날의 이 참담한 기계문명과 전쟁까지도 가져왔고, 인류를 멸망하게 할지도 모른다. 종교와 교육과 정치 등 모든 권력과 권위에 대한 닐의 비판은 너무나 정당하다.

30여 년의 내 교육 생활에서 나는 최근에 이르러서야 겨우 어린이를 신뢰하게 되었다. 내가 진작 닐을 읽었더라면 그 오랜 시행착오와 온갖 허망한 권위와 교의 등에서 좀 더 일찍 벗어날 수 있었을 텐데, 하는 생각이 든다.

나는 내가 그림과 글짓기 지도에서 하고 있는 방법이 이 닐의 교육 방법과 거의 부합하는 것임을 확신하게 되었다. 참으로 반가운 일이다.

《섬머힐》의 서평을 써 보고 싶어졌다. 이 책을 우리 나라의 많은 교사들과 부모들과 교육에 관심 있는 인사들 그리고 아동문학자들이 읽게 되어 우리 나라에도 닐 선풍이 일어난다면 얼마나 좋겠는가. 그래서 오늘날의 썩어 빠진 종교와 교육과 허울 좋은 아동문학 운동가들의 가면을 시원스리 한번 벗겨 보았으면 역사가 진보하는 데 큰 도움이 될 것 같은 생각이 든다.

1977년 11월 22일 화요일

교육청 볼일을 다 보고 대구여인숙에 있으니 전 형이 와서 함께 자는데, 밤중에(10시 반경) 찾는 사람이 있어 나가니 서울서 청년사 한 사장과 화가 ㅈ 씨가 찾아왔다. 지례 갔다 못 만나고 나오는 길이라 했다. ㅈ 씨는 내《이 아이들을 어찌할 것인가》책의 그림을 그려 준 사람이다.

그래 네 사람이 3시까지 앉아 얘기를 했다. 이 두 사람이 찾아온 볼일은 이랬다. '어린이 시집'의 편집을 해서 교정을 보는데 아무래도 뜻대로 안 되고 또 공백이 많아 그림을 채우자니 어른들의 것보다 기왕이면 아이들 그림이 좋겠다고 합의를 보아 그것을 의논하러 온 것이다. 그리고 아이들에게 그림을 그리게 하려고 볼펜을 40타나 사 가지고 와서 길산학교에 두고 왔다는 것이다. 그리고 다시 와 그림에 대해 한 얘기는 이렇다. 농촌 아동의 시니까 필경 농촌 아동의 생활을 그린 그림이라야 되겠는데, 생활이나 생각의 표현은 아무래도 선으로 하는 것이 좋겠다는 것이다. 색채는 감정을 표시할 뿐이라는 것. 그리고 도시 아동의 그림이나 요즘 어른들이 그리고 있는 현대 회화라는 것도 추상화는 물론이고 그 밖의 것들도 주로 색채를 중심으로 표현

한 것인데, 이것이 생활이라든가 사상 같은 것을 죽여 버리고 있다는 것이다. 이러한 서구 중심의 미술과 서구 중심의 미의 가치 기준을 우리는 아주 떠나고 전환해야만 된다는 것이다. 그래서 교육도 아주 쇄신해야 한다는 것이다. 크레용을 사용하는 것만을 고집하지 말고 연필이나 그 밖의 선만으로 그림을 그릴 수 있도록 지도해야 한다는 것이다. 그러면서 "선생님은 시 지도에서는 아주 앞서고 계신데, 미술은 그렇게 못한 것 같아요" 했다.

나는 그의 말에서 우리 미술과 미술교육이 크게 방향 전환을 해야 한다는 주장에 전폭적으로 의견이 같다고 말했다. 그러면서 내 경험에 비추어 볼 때 국민학교 아이들은 선으로 어떤 모양을 그린다는 것이 아주 서툴고, 한편 색채로 감정을 나타내는 일에서는 색의 선택에서나 색의 조화에 있어서 선천적인 자질을 가지고 있는 것이 확실하다고 말했다. 그래서 나는 지금까지 색채로 그리는 일에만 주로 의존하고 있었고, 따라서 색으로 감정을 표현하는 것이 아주 중요한 것임을 느끼고 있다고 말했다. 그러나 이제 생각해 보면 선으로 물체의 모양을 나타내는 것이 아이들로서 서툴다는 것은 아이들이 날 때부터 묘사에 재질이 없어서 그런 것이 아님이 확실하다. 그 예로 우리 집 어린놈이 너댓살 때는 버스나 경운기를 아주 정확하게 그 세밀한 부분에 이르기까지 그렸는데, 국민학교에 들기 전후해서 이웃 아이들의 그림을 보고 흉내 내고부터 그만 그림이 아주 엉망이 되어 버리고 전혀 창의성이 없어져 버린 것이다. 이것을 보면 오늘날의 학교교육이 얼마나 창의성을 죽이고 있는가를 알 수 있고, 아이들이 물체의 모양을 그리지 못하는 것도 날 때부터의 그 천성을 그만 여지없이 짓밟아 죽여 버린 때문임이 확실하다. 그렇다면 연필이나 볼펜을 주어 색채를 떠난 물체의 모양이나 사람의 움직임을 그리게 함으로써 이렇게 죽어 버린 아이들의 창의성을 다시 살릴 수는 있지 않을까. 이것은 충분히 실험해 볼 만한 일이다. 나는 학교에 두고 왔다는 그 볼펜으로 아이들에게 그림을 그려 보도록 해야겠다.

다음에 색채로서의 감정 표현 문제는 이것 역시 등한히 할 수 없고 무시해서도 안 된다고 나는 주장했다. 특히 국민학교의 저, 중학년에 있어서는 감정의 표현이 중요하다. 오늘날같이 아이들이 억압된 상태에 있어서는 감정의 해방이 지극히 중요하며, 이것은 사물을 리얼하게 표현하는 일에 어쩌면 앞서야 할지 모른다. 이런 내 주장에 ㅈ 씨도 수긍하는 것 같았다.

밤늦게까지 주로 나와 ㅈ 씨가 중심이 되어 한 얘기는 참 중요한 얘기였고, 나는 그로부터 많은 것을 배웠다. 그도 내가 한 말이 적지 않게 참고가 되었을 것이다.

그리고 아이들에게 흙으로 여러 가지 모양을 만들어 불에 굽는 교육을 해 보라고 해서 나도 진작부터 그런 것에 관심을 가지고 있었던 참이라 재미있게 들었다. 그릇이나 공작물을 굽는 가마의 설계며 굽는 방법 같은 것을 나중에 종이에 그리고 편지를 써서 부쳐 주겠다고 해서 나도 단단히 부탁했다.

1978년 5월 19일 금요일

〈뿌리깊은 나무〉를 찾아갔더니 인사도 안 했는데 모두 나를 알고 있었다. 편집장이 내 원고*를 읽어 보더니 "박충석 씨가 언급한 것이 충분한 비판이 못된 것 같아 이에 언급한다"는 말을 더 보충해 넣었으면 좋겠다고 해서 그렇게 하라고 했다. 그리고 내가 일본 사람 글 보고 더러 말하는 사람이 없었는가 했더니 "독자들로부터 편지는 더러 왔어요" 했다. 기껏 그것뿐인가 싶으니 한심스러웠다. 서울 사람들 다 뭣 하는가? 서울 한바닥에서 일본 놈이 그렇게 못된 큰소리를 쳐도 아무 말이 없다니! 일제 잔재를 발설한 그 수십 명의 지식인들은 벙어리가 되었는가!

편집장은 또 말이 "그 오구리 씨의 글이 하도 논리가 정연해서 누구를 필자로 선정해서 반박문을 쓰게 할까 많은 생각을 한 끝에 박충석 씨를 선정했는데 박 씨 글도 퍽 불충분했어요" 했다. 일본 사람들이 논리가 정연하다니! 참 〈뿌리깊은 나무〉도 한심하다는 생각이 들었다. 그리고 박

* 1978년 3월 호부터 5월 호까지 〈뿌리깊은 나무〉에 실린 일제 찌꺼기 문제를 다룬 글을 읽고 이것을 비판해야겠다고 생각해 '일제는 살아 있다'는 글을 썼다.

충석 씨의 글도 그 생각의 근본이 오구리와 같았는데, 그저 "불충분하다"는 정도로 보았으니 그 안목이 알 만하다 싶었다. 원고료를 내일 받아 가라고 해서 나왔다.

창작과비평사에 갔더니 벌써 여름 호가 나왔다. 좌담회 기사가 나오고, 천승세 씨의 서평도 나왔다. 뒤표지에는 또 《일하는 아이들》 광고가 나오고, 이번 호에는 내 이름이 너무 많이 나온 것 같다. 좌담회에 나온 내 발언이 시원찮을 것 같아 염려되었다.

오후 2시에 리영희 선생, 백낙청 선생, 양성우 시인의 언도 공판이 있다고 해서 같이 가 보았다. 문익환 목사가 나를 알아보고 인사를 했다. 함석헌 선생도 와 계셨다. 세 사람 똑같은 시간에 각각 딴 방에서 시작을 해서 나는 그동안 한 번도 안 본 양성우 시인이 끌려 들어간 방에 들어가 보았다. 그는 한복을 깨끗이 입었고 면도도 깨끗이 했는데, 수갑에 두 손이 묶인 데다 굵은 나일론 밧줄로 두 팔이 묶여 있었다. 검사들이 들어오고 재판장이 들어올 때는 모두 구령에 따라 일어서 경례를 했다. 그리고는 앉아 시작하는데, 재판장이 무어라 조그만 소리로 얘기하는데 들으니 6월 9일로 재판을 연기한다는 말이다. 웬일인가? 재판장이 나가고 검사들이 나갔다. 양성우가 다시 끌려 나갈 때 뒤를 돌아보기에 모두 박수로 답례를 해 주었다. 나와서 알아보니 다른 방에서는 언도가 있었는데 리영희 선생은 3년을 받았고, 백 선생은 1년을 받고 집행유예가 됐다는 것이다.

백 선생은 무죄로 될 줄 알았는데 하고 모두 실망하는 것 같았다.

문 목사, 성 선생, 김병걸 씨, 나 넷이 가까운 다방에 가서 차를 마셨다. 〈뿌리깊은 나무〉 이야기를 했더니 문 목사가 "허허, 서울에 사람 없구먼!" 했다. 성 선생은 3월 호에 낸 일제 잔재 문제에 대한 응답이 문제가 되어 기관에서 사람이 찾아오고, 〈뿌리깊은 나무〉에도 성 선생 글을 앞으로 싣지 말라는 압력이 내려서, 4월 호에 이미 조판이 다 된 글 하나를 그만 빼 버리게 되었다고 했다. 김병걸 씨는 나올 때 "그곳엔 땅값이 어떻게 가요? 난 서울에 살기 싫어요. 아이들 교육 문제만 아니면 벌써 시골 내려갔을 텐데" 했다.

청년사에 가서 독자들로부터 온 작품을 보았는데, 약 40편이 모였지만 별로 좋은 것이 없었다. 《일하는 아이들》 재판 인세 21만 원을 받았다.

1978년 6월 8일 목요일 맑음

그저께부터 쓰던 오규원의 글*에 대한 반박문을 다 썼다. 두 해나 별러 오던 것을 이제 쓰고 나니 마음이 후련하다.

저녁에 2학년 장기 결석 아이 남수미 집을 담임인 교감 선생과 같이 갔다. 이 아이는 부모가 없는 아이로 이 마을 남 씨 집에 양녀로 와 있다고 하며, 양부모란 사람들이 아

---

* 1976년 〈아동문학평론〉 2호에 실린 '아동문학, 그 본질과 사랑'을 말한다.

이를 학대하면서 학교에도 잘 안 보내고 일만 시키고 있다고 해서 1학년 때부터 말이 있던 아이였는데 이제사 내가 걱정하게 된 것이 뉘우쳐졌다.

며칠 전에도 두 번이나 찾아갔는데 아무도 없어 못 만나고 한번은 또 가니 역시 아무도 없어 이웃에 알아보니 아이를 임동 장까지 데리고 갔다고 한다. 어린애를 뭣한다고 임동 장에 데리고 가는가? 30리나 되는 험한 산길을 어떻게 갈 수 있는가. 뭣 때문에 데리고 갔는가 걱정되고, 그 양부모란 사람들이 괘씸하게 생각되었다.

오늘 저녁엔 가니 있어서 방에 들어가 왜 학교에 안 보내는가, 앞으로도 이렇게 안 보내면 학교에서도 그냥 있을 수 없다고 했더니 "그래요. 우리도 그 아이 기르느라 고생뿐이니 아주 이름을 파서 용상에 데려다주렵니다"고 했다. "그럼 그렇게 하시오. 아이들 기르려면 학교 공부시켜 주고 잘 길러 준다는 생각이 있어야지, 집일 아쉬워 거들게 하기 위해 데리고 있어서는 안 돼요. 용상 갈 때까지라도 결석 안 되도록 해 주시오" 하고 나왔다. 그 영감이 하도 뻔뻔스러워서 정말 용상에 있는 그 아이 이모 있는 곳으로 보낼 생각이 있어 그런 말 하는가 싶지 않고, 일부러 배짱을 내보이려고 그런 말 하는 것이 아닌가 의심이 되었다. 나는 나오면서 "아무래도 안 되면 내가 그 영감 상대로 고소해야겠다"고 말했다.

오늘 흙 공작물을 가마에 넣어 종일 불을 땠다.

1978년 6월 21일 수요일 맑음

7시에 택시를 타고 가는데 강물이 넘쳐 가는 데까지 가기로 했다. 도연폭포를 돌아 냇가에서 차바퀴가 빠져 그만 더 가지 못하고, 바퀴 빼내는 일도 겨우 해서 되돌아 외딴집까지 가서 거기서 산을 넘어왔다. 입맛도 아주 가고 몸살에 신열이 더해 가는데, 뭔가 심상치 않은 일이 닥칠 것도 같아 어떻게 해서라도 이 고비를 넘기자고 다만 마음만으로 몸을 움직였다.

학교에 가니 교감 선생이 바로 교육청에 가셨더라면, 하면서 전화를 걸어 보시는 게 좋겠다고 한다. 9시 40분경 전화를 거니 과장은 없고 박완서 계장이 받았다. 교육청에 나오란다. 오후에 가겠다고 하고 전화를 끊었다.

밥을 억지로 좀 해 먹고 나서려고 하는데 뜻밖에 대곡 2동 가리점 권상출 군이 찾아왔다. 아주 키가 훤출한 청년이다. 내일 징병검사에 가야 하는데 가기 전에 뵈러 왔다면서 주소를 최근에야 알았단다. 그래 같이 망천까지 걸어가면서 대곡에서 그때 가르친 아이들의 뒤 소식을 많이 들었다.

재흠이는 차 조수로 다니다가 어느 주유소에 있단다. 이충영이는 대구에 가서 도둑질도 하고 그러다가 잡히고 했다니 참 기가 막힌다. 백석현이는 중학교 다니다가 부산으로 도망가서 거기서 무슨 일로 자살했단다…. 그러면서 이제 저 동창생들 중 거기 남아 있는 것은 "나 하나 뿐"이라면서, 내년에는 어떻게 해서라도 떠나야겠으니 선생님 부디 어디 일자리 하나 얻어 달라는 것이다. 나는 도시에 나가 사는 사람들의 괴로움을 얘기하고, 웬만하면 거기서 사는 것이 어떤가 했더니, 그곳 가리점도 10년 전과는 달라 첫째, 개간한 땅에는 모조리 나무를 심어야 하고, 나머지 얼마쯤 남은 땅도 해마다 담배만 심으니 이젠 담배도 안 되고, 또 산에 나무를 못 해 때니 기름 사다가 담배 해야 되고, 그러자니 기름값 주고 나면 아무것도 안 남는다고 한다. 그래 거길 떠나려고 해도 얼마쯤 되는 땅을 누가 사 주는 사람도 없고, 그냥 버리듯이 해서 떠나야 하는데, 어딜 가기는 가야지만 누가 도와주지 않으면 떠날 수도 없다는 것이다. 나는 할 수 없이 "내 어디 그럴 만한 데 있는지 알아보지" 했다. 그렇게라도 말하지 않을 수 없었다.

나는 망천까지 온몸이 지쳐 정신없이 오면서 내가 시를 가르쳤던 대곡 2동의 아이들과, 그 아이들이 10년 후에 청년이 된 지금의 변한 모습들을 생각하면서 온갖 착잡한 마음이 되었다. 그렇게 아름다운 마음과 감성으로 시를 쓰던 아이들이 끝내 그 동심을 지키지도 못하고 여지없이 짓밟혀 그 모양으로 되었다는 것은 실로 어처구니없는 일이다. 내가 교육을 한다는 것은 과연 무슨 보람이 있는가!

망천서 상출이와 헤어졌다. 그는 임동 가서 자고 내일 안동 나와 검사장에 간단다.

교육청에 갔더니 장학사들이 뜻밖에 모두 냉정하게 대

했다. 내 기분만은 결코 아니다. 분명 그들은 나를 어떤 적의와 멸시의 눈으로 보고 있음이 분명했다. 과장을 만나야하는데 도장학사를 따라 어느 학교에 나갔다 해서 교육청에서, 다방에서, 여관에서, 밤 10시까지 기다리다가 그예못 만나고 말았다. 박 장학사는 그만 내일 아침 일찍 교육청에 나와 달라 했다. 과장은 학교서 돌아와 시내 어느 음식점에서 시내 교장들과 모여 도장학사를 접대했지만 나를만날 틈이 없었던 모양이다. 한일여관에서 잤다. 내일 민방위 훈련 때문에 나온 김종선 선생과 같이 잤다.

1978년 6월 22일 목요일 맑음

아침에 교육청에 나가 한참을 기다려 과장을 만났다. 과장은 나를 만나자 인사도 안 받고 "거, 왜 학교를 비워 놓고말썽이오?" 했다. 그러면서 "문학도 좋고 신문에 나는 것도좋지만 교육에 지장을 가져오도록 활동해서는 안 돼요. 오죽해서 교육감님이 직접 전화를 걸었겠어요? 징계위원회에 회부하든지 시말서를 써내든지 해야 할 것은 그대로 두니 지금 곧 가서 교육장님한테 사과하시오. 죽을죄를 지었으니 용서해 달라고 사과해요. 무슨 변명이고 다 하지 말고덮어놓고 빌어요. 물론 내가 그랬단 말 하지 말고" 했다. 그리고는 또 일어나 어딜 가 버린다. 대단히 바쁜 모양이었다. 나는 교육장님이 지금 손님과 의논하고 있으니 민방위훈련에 갔다가 오후에 와서 사과드리겠다고 하고 나왔다.

일직중학교에 가서 오후 2시까지 영화를 보는데 거의 모두가 엎드려서 자고, 앉아서 자고, 혹은 얘기로 시간을 보냈다. 나는 머리까지 아프고 온몸이 착 까라져서 겨우 견딜 수 있었다.

오후 4시경 안동 가서 교육장실에 들어갔더니 교육장은 내가 사과하기도 전에 웃으면서 "이 교장 선생, 우리 탁 깨놓고 한번 얘기합시다" 하면서 "내가 허가 안 맡고 서울 갔다 온 것, 더구나 그런 일로 갔다 온 것 가지고 말하지는 않습니다. 그보다 나로서 염려하는 것은 이 교장님이 글 쓰신 것 나도 봤는데, 너무 파고들어 가는 것 같아요. 그래선 사상을 의심받을 수도 있거든요. 그래 서울 가도 반정부 인사들과 만나지 말고, 그런 책에 글 내지 말고 조심했으면 싶어요. 내가 교육장으로서보다 우정으로서 충고하는 겁니다. 요전에도 대구에서 어느 간부급 자리에 있는 분을 만났더니, 안동 이 교장 말을 하면서 너무 지나치게 나가서는 사람 희생당하지 않을까 염려된다고 하더군요" 했다.

나는 교육장 얘기가 고맙게 들렸다. 그래 이런 말을 했다. "제가 글 쓰는 사람으로 앞으로 글을 쓰지 않고는 못 삽니다. 다만 앞으로는 너무 사회 비판적인 글은 쓰지 않고 학문적인 글에 전념하겠습니다. 더구나 제가 공무원으로 있으면서 지나친 발언을 안 해야겠다고 제 딴은 조심했습니다만, 어쩌다 보니 그런 일이 있었지요. 창비 교육 좌담도 안 나가려고 몇 번이나 사절을 했는데, 아동문학 관계 얘기를 해 달라 하고, 그 좌담 제목도 처음엔 '민족 교육과 아동문학'이랬어요. 그래서 나간 것인데, 뜻밖에 좌담 제목도 아동문학은 빠지고, 그래서 제목에도 없는 아동문학 얘기를 겨우 조금 하고 교육 얘기하는 수밖에 없었습니다. 동아방송에 글짓기 지도 시간도 거기서 한 달에 한 번쯤 와서 녹음해 나갑니다. 앞으로 서울 가는 것 아주 특별한 일 아니면 아주 안 가겠습니다. 걱정 말아 주시기 바랍니다."

이랬더니 "아, 서울 가면 어때요. 자주 가세요. 다만…" 했다.

그래 뭐 이 정도의 문제였구나, 마음을 놓고는 가벼운 기분으로 교육청을 나왔다.

버스가 비 온 뒤 처음으로 들어간다기에 토마토, 오이 등을 좀 사서 보자기에 싸서 들어왔다.

이제부턴 서울도 안 가야겠다. 학교에만 있으면 아무 일 없겠지. 글도 좀 더 기본적인 것이나 써야지. 이것이 나를 키우는 좋은 기회가 될 수도 있을지 모른다.

저녁에 내의를 빨고, 일찍 자리에 누워 오랜만에 다리를 뻗고 잤다.

1978년 6월 26일 월요일 흐림

비가 와서 적십자 지사 봉사부에서 안동까지 와서는 그만 돌아가야 할 형편이므로 전화를 걸어 도연폭포까지 오면 우리가 걸어서 그곳까지 나가 만나겠다고 하고 그렇게 했다. 차가 두 대 왔다. 대구에서 봉사부장, 자문위원장, 대구 은행장 부인, 국회의원 박찬 씨 부인 이렇게 네 사람이 오고, 안동에서는 교육청 차로 학무과장과 대구은행 안동지점 차장인가 하는 사람이 왔다. 선물은 학용품과 과자, 동화책 같은 것이고, 또 급식하라고 돈을 5만 원 주는 것을 받았다. 6학년 18명이 같이 가서 사진도 찍고 했다. 그런데 학무과장이 나를 부르더니 28, 29 양일 대구로 적당한 명목을 붙여 출장을 하도록 신청서를 내일 보내 주고 모레 아침 일찍 나와 달라 한다. 교육청에 나오면 알 것이란다. 그러면서 지금까지 낸 저서가 몇 권인가 묻고, 그 책을 한 권씩 구해서 내일 보내 달라 한다. 무슨 일인가 물어도 자기도 모른다면서 과히 걱정할 것은 없단다. 책은 지금 가진 것이 한두 권뿐이고, 대구 가면 더 있을지 모른다고 했다. 그럼 있는 것만 우선 내일 보내고 나머지를 대구 가서 구해 보내도록 하면 된다고 했다.

학교에 와서 보니 동화책은 별로 질이 좋은 것이 못 되었다. 공책도 그랬다. 그래도 고마운 일이다. 더구나 은행장 부인과 그 밖에 같이 온 자문위원들이 개인 돈으로 과자랑 공책이랑 사 오기도 했다니 고맙다.

학교에 와 있는데 또 전화가 왔다 해서 나가니 학무과장이 내일 출장 승인 신청서를 써서 직접 가져오라고 했다. 그러겠다고 대답했다. 무슨 일인가? 책은 또 무얼 하려는 것인가? 교육감이 훈계를 하려고 하는 것이 아닌가? 궁금

하고 걱정된다.

오늘 송재찬 선생 편지를 받았다. 일제 학력고사를 치르는데 선생들이 아이들에게 시험문제를 서로 보고 베끼면서 쓰도록 하고, 답을 가르쳐 주고 했다는 얘기를 썼는데, 참 기가 막힌다. 이래도 교육과 행정을 비판할 수 없다면 도대체 이 나라는 어찌 되는 것인가?

그저께도 험한 산길을 걸어오고, 오늘도 10리 넘는 길을 갔다 오고, 내일도 30리를 걸어야 한다. 이것이 내 인생이다. 그래도 나는 내 길을 혼자 웃으면서 걸어가리라. 죽을 때까지 꾸준히 걸어가리라.

1979년 2월 6일 화요일

한국방송공사 안동방송국 박순태 외 한 명 취재차 내교.

방송 녹음 첫째, 노래 부르는 것. 둘째, 글짓기 작품 낭독. 셋째, 《우리도 크면 농부가 되겠지》 책 엮어 낸 동기, 교육에 대한 신념, 길산교 교육―흙으로 만들기 지도와 자연의 아름다움, 인정의 아름다움.

박순태 씨 말, "녹음 다 마치고, 여기 벽촌 아이들 서울 한번 가 보는 것이 꿈이란 것을 아이들 입으로 녹음되도록 해 주세요."

답, "그런 짓 할 수 없어요. 나는 이곳 아이들에게 평생 서울 같은 곳 안 가도 여기서 사람답게 사는 데 자랑 가지도록 가르치고 있으니까요."

1979년 6월 8일 금요일[*]

전 형과 나와서 서점에 들어가 장자에 관한 책을 한 벌씩 사고 〈월간 독서〉 사무실에 들어가 임헌영 씨를 만나 얘기하다가 점심까지 얻어먹었다. 임 선생과 전 형은 처음 만나는 터였지만 임 선생은 얘기를 듣고 잘 안다면서 최근에 나온 평론집을 주기도 했다.

거기서 나와, 오늘은 원갑여관에 유숙하고 내일 아침 일찍 떠나자고 하면서 우선 원갑에 가서 짐을 맡겨 놓자고 가는데, 전 형은 다른 데 둘러 온다면서 딴 곳에 가고 나만 우선 원갑에 가서 가방과 책 보퉁이를 맡겨 놓고 종로서적 조성헌 씨를 찾아 잠시 얘기하다가 창비로 갔다.

내가 이때 창비에서 〈동아일보〉를 봤는지, 길에서 샀는지 확실한 기억이 없다. 좌우간 신문을 펴 보니, 뜻밖에도 벌써 내 사진과 글이 5면 첫 단에 크게 나와 있어 읽었더니 놀랍게도 형편없이 고쳐져 있다. 아주 내 뜻과는 다르게 엉터리로 만든 글이다. 이걸 어쩌나! 어제 다른 신문을 보니, 칼럼들에 모두 하나같이 대통령 담화문 내용이 언급돼 있어서 좀 이상한 느낌이 들더니, 기어코 내가 〈동아일보〉에 이용당한 것이다. 창비에 가서 얘기했더니 염 선생은, 만약 그렇다면 그 사실을 〈뿌리깊은 나무〉나 〈창작과비평〉에서

[*] 1979년 3월 1일부터 1982년 2월 28일까지 경북 안동 대성국민학교에서 교장으로 일했다.

밝히는 것이 좋겠다 한다. 그러면서 그 원고를 찾아오는 것이 선결문제라 해서, 나도 그런 생각이 들던 참이라 곧 동아로 갔다. 임 씨는 없고 김 문화부 차장만 있었다. 왜 글을 그렇게 고쳤는가 했더니, 뭐 많이 고쳤습니다, 해서 원고와 대조해 보자고 하고, 그 원고를 찾아냈다. 이걸 누가 이렇게 고쳤는가 하니, 임 기자가 고친 걸 나도 봤다 한다. "뭐 그 정도 고치면 어때요?" 한다. 참 어이없다. 나는 좀 큰 소리로 떠들고 싶었지만 원고 가지고 오는 게 목적이 되어 참고 임 기자 오기를 기다리는 척하다가 그만 나와 버렸다.

나와서 창비에서 두 번이나 동아에 전화를 걸어도 임 기자는 안 돌아왔단다. 할 수 없이 김 차장한테, 이 사실을 그냥 넘길 수 없으니 나는 진상을 공표한다 했다. 그러려면 그러라 한다. 그러나 그 원고는 여기서 보관해야 하니 돌려 달라 한다. 나는 절대로 못 돌려 준다. 내 글이 그처럼 조작되었는데, 증거물을 내가 가지고 있어야 한다고 했더니, 그럼 우리가 복사해서 주겠다 했다. 복사는 내가 해서 우송할 테니 그리 알라 하고 전화를 끊었다. 한참 있다 다시 전화를 걸어도 임 기자는 없었다. 임 기자를 불렀는데 김 차장이 또 받아서, 그러지 말고 임 기자 꼭 만나도록 할 테니 그 쪽의 전화번호를 알려 달라 해서 6시 반경에 디즈니다방에 갈 것이라 했다.

창비에서 〈뿌리깊은 나무〉로 가서 김형윤 편집장을 만나 신문과 원고를 보이고 얘기했더니, 놀랍게도 〈동아일보)를 편들었다. "신문사로서는 그럴 수 있습니다, 우리도 필자들 글을 고치는데요, 이런 것 정도는 그래도 괜찮습니다, 몇 배 더한 것도 예사로 고칩니다"고 했다. 그러나 기사를 거짓으로 내든지 조작하든지, 그런 것이야 예사로 한다지만, 어찌 개인의 이름으로 나오는 작품을 이럴 수 있는가, 하고 자꾸 얘기를 하고 토론까지 했더니, 그는 내가 쓴 원고 내용에 나온 열등의식의 해소 문제라든가, 입신출세 교육에 대한 비판 같은 것을 이해하지 못하는 것 같았다. 결국 그는 "우리 잡지사로서는 신문사와 틈이 벌어지는 것을 조심하는 처지입니다" 하고 솔직히 말했다. 그리고는 〈동아일보〉를 비난 말고, 〈동아일보〉에 나온 글이 조작되었기에 쓴다는 말을 하지 말고, 당초에 쓰고 싶었던 생각을 60매쯤 오는 14일까지 써 달라 했다. 나는 아무 말 안 하고 나와 버렸다. 임 선생이 〈뿌리깊은 나무〉를 형편없는 장사꾼의 잡지라 하더니 정말 그렇구나 싶었다.

저녁에 삼미에서 이원수, 박홍근, 손동인 세 분과 담화했다. 이원수 선생은 그 원고 절대로 주지 말고 잘 보관하라 했다. 손 씨는 반가워하면서 〈동아일보〉를 자기도 보는데, 그럴 줄 몰랐단다. 삼미에서 나와 손 씨와 둘이서 인삼찻집에서 다시 또 한 시간쯤 얘기하다가 헤어졌다.

여관에 돌아오니 맥이 탁 풀어졌다. 기진맥진 상태다. 또 내가 하나의 분란을 겪는구나 싶다. 이 문제를 어떻게 해결해야 할지, 나를 지원해 주는 잡지사는 아무 데도 없다. 창비에 글을 싣는다지만, 〈동아일보〉와 대립이 되면 저것들이 무슨 음흉한 수단을 쓸지 모른다. 더구나 대통령 담화문을 업고 나를 해치려 할 것 같다. 또 이런 일이 벌어지면 나를 시기하고 해치려는 무리들이 날뛸 가능성도 너무나 많다.

나는 누워서, 자살을 하는 사람의 심경을 생각해 보기도 했다. 자살을 하는 사람은 이와 같이 자기의 모든 것이라 믿었던 것을 빼앗기고 말았을 때 그 자살을 감행하는구나 싶었다.

그러고 보니 나는 내 이름에 너무 집착하고 있는지 모른다. 진실이란 언젠가는 밝혀지고 말 것인데, 일시적으로 오해받아 비록 비참한 구렁에 빠졌다고 해도 그걸 가지고 이토록 고민한다는 것은 잘못이다. 역시 헛된 이름에 사로잡혀 있었기 때문이구나 싶은 생각이 들었다. 더구나 이번 일은 내가 언론기관의 실상을 모르고 무지했다는 잘못이 있고, 또 신문에 이름 내고 싶어 하는 마음이 전혀 없는 것이 아니었으니, 이러한 내 모든 유치하고 질이 낮은 정신상태를 경고하는 신의 뜻이 아닌가? 신의 징벌로 받아들여야 옳지 않았나 싶었다.

그러나 이건 아무래도 비참하다. 언론기관이 이토록 타락할 수 있는가. 한 사람의 인격과 인권을 유린하기를 개미 밟아 죽이듯 하는 놈들이 신문기자고 부장이고 하는 자리에 앉아 있으니 기가 막힌다.

1979년 7월 9일 월요일 맑음

1학년 교실에 가서 보결 수업을 하는데, 아이들이 모두 같이 소리를 내 읽는 것은 잘하는데, 한 사람씩 서로 읽으라니까 전혀 할 줄 모른다. 모두 제각기 읽으라니까 꼭 같이 소리를 모아 읽는다. 이 학교는 1학년을 그래도 제일 착실하게 가르친다. 제일 착실한 교실이 이렇다. 3학년, 4학년도 아직 혼자 묵독을 할 줄 모른다. 5, 6학년도 그렇다. 무엇이든지 일제히 행동하는 것만 강요해 와서 이렇다.

둘째 번 시간에 또 들어가니 "선생님, 기연이가 규봉이를 떠다밀었습니다", "선생님, 규봉이와 재철이가 2학년 노는 데 개판 지었습니다"고 여기저기 고자질하는 아이가 떠들썩했다. 나는 그런 말이 재미있다 싶어 칠판에 써서 읽히고, 그걸 쓰라 했다. 특히 "개판 지었습니다"란 말이 재미있었다. 그런데 쓰라니까 그때마다 "몇 번 씁니까?" 하고 아이들이 묻는다. 무슨 글이든지 세 번 쓰라니 다섯 번 쓰라니 하는 기계적 행동을 강요해 놓았으니까 이렇다. 그냥 쓰라는 것이 몇 번 쓰라는 것인지 모른다. 한 번 쓴다는 것은 있을 수 없기 때문이다. 교실에 들어가 아이들을 대할 때마다 서글픈 생각이 들어 견딜 수 없다.

나중엔 흰 종이를 한 장씩 나눠 주고 아까 쓴 글의 내용을 제 마음대로 그림을 그리라고 했더니(규봉이와 재철이가 2학년 노는 데 개판 지었습니다란 글을 써 놓고 그 그림을 그리게 한 것이다) "못 그립니다" 하는 아이가 대부분이다. 그래도 1학년이니까 그리라고 하고 마음대로 한번 그리라, 그리면 재미있다고 했더니 모두 그렸다. 상급생이라면 아주 기계로 굳어진 손이 되어 도저히 못 그릴 아이들이 대부분일 것이다.

1979년 10월 9일 화요일 맑음

아침에 갑자기 일직에 다녀와야겠다는 생각이 났다. 그래 앞마을 전화 집에 가서 어제쯤 나한테 전화 안 왔는가 물으니 서울에서 누군지 모르지만 왔는데 안 계신다고 했다 한다. 그래서 오늘이나 내일 또 오면 아마 주례 때문일 것이니 여기까지 와서 수고하고 미안하지만 서울 갈 수 없다고 말해 달라고 했다. 그리고 나서 버스를 기다리는데 가을 옷이라 좀 추웠다.

11시 가까워 일직 가니 권 선생이 있었다. 여러 가지 얘기를 하는 중, 권 선생은 일본의 아동문학이 아무 참고가 안 된다고 했다. 전에는 일본 문학을 아주 찬양하더니 웬일인가 싶어, 어째서 그런 생각을 하는가 하니 "그 사람들은 역시 너무 편안하게 작품을 쓰고 있어요. 고통을 하지 않아요" 했다. 정말로 그렇겠구나 싶었다. 그리고 나서 요즘은 동화도 점점 쓰기 어려워졌다고 하면서 글 쓰는 자유가 없으니 차라리 침묵하는 것이 좋겠다고도 말했다. 그러나 나는, 그래도 아직까지는 침묵해서는 안 되고, 역시 괴로워하면서도 쓰기는 써야 할 것이라고 말했다.

보리밥에 된장찌개를 맛있게 먹었다. 권 선생한테 와서 이런 밥과 반찬을 먹으니 어린 시절로 되돌아온 것 같은 마음이 들었다. 옛날 반찬에 옛날 밥 그대로이기 때문이겠다.

흐름사 책에 낼 것 동시라도 한 편 달라고 했더니, 요즘 뭘 써 보자고 시작했다면서 뜻밖에도 노트 하나를 보여 주는데 첫 장에 두 편이 있어 그 한 편을 베껴 왔다.

오후에 마침 안동교회 여전도사가 농아 청년 둘을 데리고 와서 같이 한방에서 얘기했다. 농아 청년 둘은 그림책을 보았다. 이 전도사는 농아들을 교회에서 지도하는 모양이었다. 그래 이 젊은이들도 전도사를 아주 따르는 모양이고, 전도사 역시 이런 젊은이들을 동생같이 자식같이 돌봐 주는 것이 놀랍고 고마운 생각이 들었다.

이 전도사의 현실관, 시국관도 아주 건강했다. 그런데 성경의 해석, 교회 문제를 얘기해 보니, 역시 우리들과는 거리가 있었다. 기독교가 황금만능주의와 밀착해 있는 것을 전도사는 느끼지 못하는 것 같았다. 나는 아주 솔직하게 생각을 얘기했더니 처음에는 성경을 낭독하면서 자신 있게 말하다가 나중에는 흐지부지해져서 양보하는 듯했다.

오후 4시 40분경에 송리를 나왔다. 약값 보태 쓰라고 2만 원을 억지로 책상 위에 두고 왔다.

안동서는 보리쌀 한 되, 좁쌀 한 되를 사 왔다.

저녁차로 8시 10분에 대곡에 내리다.

1979년 11월 1일 목요일 맑음

오전에 아이들 작품 필경을 하고, 낮차로 임동 분향소*에 갔다. 오늘 또 당번으로 1시부터 6시까지 대기해야 했다. 아무것도 하는 일 없이 기다리는 것이라 미리 문고본을 하나 가져가서 읽었다. 《동물에게 사회란 무엇인가(動物にとって社會とはなにか)》.

한 시간마다(두 시간마다던가?) 분향하러 온 사람 통계를 보고하는 것이 면 직원들의 가장 중요한 일로 되어 있는데, 여전히 국민학생, 중학생이 무더기로 자꾸 왔다. 킥킥거리면서 절하는 놈도 있고, 어쩔 줄 모르고 있는 여자아이들을 "한 줄로 서!"라든지, "왜 신을 거기 벗어 놓노!"라든지, "한 사람만 나가 분향해야지!"라고 고함을 질러 소위 야코를 죽여 놓는다. 그리고, 이 아이들이 며칠 전에 학교 대표 이름으로 "아무 외 몇 명"이라 하여 모두 숫자로 들어 있는데도 또 이름을 적었다. 두 번씩 다 숫자에 들어가 있는 셈이다.

분향객 숫자를 시간마다 집계하여 보고하는 것이 면 직원들의 가장 중요한 할 일로 되어 있는데, 면 직원 한 사람이 들어오더니, 우리 면 보고가 지금 3,300명으로 되어 있는데, 너무 숫자가 적어 타 면에 비해 저조하다고 오후에는 5,600명까지 올리라는 지시가 내려왔다 한다. 면장은 별 말

---

* 1979년 10월 26일 박정희 대통령이 김재규가 쏜 총에 맞아 숨졌다.

이 없다가 각 학교에서 아직 덜 온 아이들 숫자를 넣어 보라고 한다. 나는 "어째 그런 짓 시키는 대로 다 하려고 해요. 돌아가신 분 욕보이는 것이니 그만두시오" 했더니 전혀 내 말은 귀에 들어가지도 않는 것 같았다. 그리고 그까짓 인원수 거짓 보고쯤 별 문제없다는 태도였다.

나는 할 수 없이 우리 학교 직원들 이름 다 쓰고, 아이들 숫자도 재적대로 써넣어라 했다. "○○○ 외 140명" 했더니 면 서기가 143명이라 적는 것 같았다. 그래도 그렇게 해서 2,300명을 어떻게 채우는가 싶었더니(아이들이 와도 일일이 다 적지도 않았으니) 나중에 접수부를 보니 ○○○ 외 50명, ○○○ 외 32명… 이런 식으로 계속 적어 놓았다. 기가 막힌다. 이래 가지고 무슨 나라 꼴이 되겠는가!

박 대통령은 살아서 우리 백성을 이렇게 모두 거짓말쟁이 다 만들고, 관공서를 허위 보고 작성의 기술자로 다 만들었다. 이제 죽어서 스스로의 죽음을 조문하는 사람의 숫자마저 거짓으로 집계되어 온 세상에 선전하도록 해 놓았다. 그는 이것을 영광으로 생각하고 있는 것일까?

이 역사적인 비극이 부디 새 역사 창조의 계기가 되었으면 얼마나 다행이랴? 하느님이 내린 징벌의 뜻을 우리가 깨달아야만 그렇게 될 것이다. 그러나 어쩌면 이것은 머지않아 다가올 인류의 크나큰 비극의 조그만 서막일지도 모른다. 나는 아무래도 비관에서 벗어날 수 없다. 우리 인간들이 하는 꼴을 보니 어디 희망이 있겠는가.

아무튼 우리 나라가 인류사의 한가운데서 살고 있다는 느낌이 들어 모든 것이 두렵게 느껴진다.

1979년 11월 26일 월요일 맑음

박대운 반장 집에서 반상회 마치고 9시 텔레비전 뉴스를 보는데, 반정부 집회*를 열다가 들켜서 여러 사람이 잡혔다는 소식이 첫머리에 나왔다. 사진은 안 나오고 말만 나오는데, 결혼 청첩장을 나눠 주고 사람을 많이 모아 놓고는 대뜸 구국 선언문이라고 해서 통일주체국민회의 대의원이 대통령을 못 뽑도록 해야 한다는 선언을 했단다. 주동자가 90여 명이라는데, 그중에서 전직 국회의원 두 사람의 이름과 함석헌, 김병걸 두 분의 이름이 나왔다. 함 선생이 어느새 외국에서 돌아왔구나 싶었다. 김병걸 씨는 자유실천문인협의회지금의 한국작가회의 대표가 돼 있었던 모양이다.

계엄령 하†에 언론의 자유도 완전히 봉쇄해 놓고 구 정권, 유신 체제를 강제로 끌어온 정부 관리들이 그대로 눌러앉아 대통령을 뽑는다는 것은 당치도 않은 일이라 좌시할 수 없다고 계엄령에 걸릴 것을 알면서도 거사를 한

---

* 와이더블유시에이(YWCA) 결혼식 위장 시국 집회. 함석헌 씨 들이 중심이 되어 통일주체국민회의에서 대통령 보궐선거를 치르는 것을 막기 위해 서울 명동에서 결혼식으로 위장해 집회를 열려고 했다.
† 1979년 10월 26일 박정희 대통령이 사망한 다음 날, 제주도를 제외한 전국에 계엄령이 선포되었다.

것이겠지.

그 뉴스를 보더니 다른 사람들은 아무 말이 없는데 동장이 "저것들이 또 저런 짓을 하니 큰일이다"고 했다. 말단 공무원의 의식을 반영한 것이다. 나는 "저 사람들 뒤에는 아마 수많은 학생들과 지식인들이 있을 겁니다. 그 사람들 주장은 일리가 있으니 덮어놓고 계엄령 가지고 탄압하는 건 좋지 않을 겁니다"고 했다.

10시가 돼서 학교에 오니 숙직실에서 모두 담배 내기 화투를 치고 있었다. "놀이 삼아 하는 건 좋은데, 너무 늦게까지 안 하는 게 좋겠어요" 했더니 모두 그래 하지요, 했다.

1979년 12월 9일 일요일

마리스타교육원* 학생들의 시화전을 보았다. 시인들의 흉내를 내려고 하고, 문학 청소년의 흉내를 내는 작품이 많았지만, 그중에는 자기 자신의 숨김없는 느낌과 생각을 쓰려는 진실한 시의 싹이 상당히 엿보였다. 안동고등학교에서 또 시화전을 문화회관에서 연다고 해서, 두 곳의 작품을 비교하면 재미가 있을 것 같아 거기도 가 보았다. 그런데 안동고등학교 학생들의 작품은 작품이고 그림들이 좀 더 세련되어 있는 듯 보였지만, 잘 살펴보니 그 작품들의 제재가

---

* 안동 마리스타수도회 실기교육원. 형편이 어려운 청소년들에게 실기 교육을 시켜 사회 진출을 도왔다.

획일화되어 있고, 표현이 개성이 없고 모방만 하고 있는 것이 한층 잘 들여다보였다. 문예부 교사들의 신묘한 문학작품 창작 지도의 해독을 입어 아이들이 그 모양으로 된 것을 생각하니 기가 막혔다. 문화회관 전시실 한쪽에는 시화 작품이 걸려 있고, 다른 한쪽에는 학생들의 미술 작품이 60여 점 전시되어 있었는데, 그 그림들은 대부분 수채 풍경화였고, 고○(高○알아볼 수 없음) 미술 작품도 약간 있었다. 그런데 그 많은 그림들을 둘러보고 놀란 것은 인물이 전혀 안 그려져 있다는 거다. 정말 어린아이 하나도 그림 한쪽 구석에 조그마하게라도 그려져 있는 것이 없다. 심지어 공사장의 그림을 그려 놓았는데도 공사 현장의 온갖 작업 도구며 일한 자리까지 있으면서 사람이 없다. 사람의 노동과 관련이 있는 그림은 그 공사장 그림 하나밖에 없었는데도 그랬다. 참으로 한심한 교육이다.

밤에 마리스타에서 시화전의 합평회 같은 것이 있어, 전시장 학생들과 교사들, 또 소식을 듣고 모인 몇몇 사람들이 원탁으로 둘러앉아 좌담을 했다. 권정생 씨도 와서 좋은 얘기를 했다. 나는 될 수 있는 대로 학생들끼리 의견 교환이 되었으면 싶었는데, 사회를 김 수사가 해서 내가 자꾸 의견을 주도했지만 학생들도 처음이고, 무엇보다도 미리 진행 계획이 없고 이런 행사를 처음 해 보는 터라 잘 안 되었다. 결국 또 내가 지나치게 말을 많이 하는 꼴이 되었다. 그리고 임병호란 젊은이가 자꾸 괴상한 시론을 떠벌려 불쾌했다. 나는 그의 말을 두어 번 비판하고 봉쇄했던 것이다.

떡과 과자를 앞에 두고 얘기를 하면서, 될 수 있는 대로 이 고학생들이 열등감을 씻어 버릴 수 있도록 용기를 주려고 했는데, 여학생들 몇몇은 얘기를 하거나 인사말을 하면서, 아무것도 아닌 말인데도 눈물을 흘리고 있었다. 그만큼 그들은 처음으로 사회적인 인정을 받는 것을 감격했던 것 같다.

내가 한 얘기는 한국의 어느 도시 어느 학교 학생들의 시화전보다도 참된 것이 보이는 훌륭한 시화전이었다는 것, 어른들이나 책의 시를 흉내 내지 말라는 것, 제재와 형상화의 문제, 시화전의 한계와 그 제약성, 우리 문화를 계승하고 창조하는 기수가 되어 달라는 것, 노동(근로)의 뜻과 고학생의 긍지… 같은 얘기였다.

그런데 학생 가운데 나이도 많고 키가 큰 남학생이 하나 있어 괴상한 의견을 말했는데, 그는 아주 비뚤어진 열등감 속에서 살고 있어서 작품에도 그런 태도가 나타나 주목되었다. 나는 그 학생을 위해 한참 동안 얘기를 해 주었다.

다 마치고 나서 수사들이 아주 만족한 듯한 표정이었다. 내가 오늘 저녁 여기 참가한 것이 참 잘한 일이었구나 싶었다. 앞으로도 도와주고 싶었다. 김 수사는 "이 선생님, 정년퇴임하시면 우리 학교에 교장으로 오셔서 일 좀 해 주십시오"했다. 그건 그저 한 말이겠지만, 고맙고 반가운 말이었다. 나는 오랫동안 김 수사의 그 말을 생각해 보았다. 정말 그렇게 할 수 있으면 좋겠다는 생각도 들었다.

성실하숙에서 나, 전 형, 권정생 씨, 권종대 씨 넷이 유숙했다.

1979년 12월 21일 금요일

오늘은 병원 순례를 하게 되었다. 이원수 씨가 치암 수술로 서울대병원에 입원하고 계시고, 한윤이 씨가 교통사고로 세브란스병원에 입원 중이다. 이 밖에 이현주 목사도 최근 상경하였다가 무슨 까닭인지 입원 중이란 소식이 있고, 안동서 와서 입원 중인 오원춘, 정호경 신부도 있다. 요즘은 왜 그런지 사고가 많다. 홍은표 씨가 타계해서 바로 며칠 전에 장례를 지냈다고도 하니 웬일인가?

김종상 씨한테 전화를 거니 같이 가 보자고 해서 창비에서 기다리니 강세중 씨도 오고 손동인 씨도 와서 네 사람이 같이 갔다. 먼저 서울대부속병원에 이원수 선생을 문병하기로 하고 찾아갔다.

이 선생은 한 달쯤 전이던가 편지가 왔는데 후두암이 생겨 이걸 수술을 해야 할지 약으로 고칠지 아무튼 병원 신세를 져야겠는데 따라서 요즘은 술을 못 먹게 된 것이 섭섭하다는 사연이었다. 그래 암이라고 해서 좀 놀랐지만, 편지 사연이 조금도 염려하시는 것 같지 않아 뭐 대단찮은 정도겠지 생각했는데, 얼마 전에 신창호 씨가 서울 갔다 왔다면서 이원수 선생이 입원하셨다더라 해서 걱정이 됐던 것이다. 어제 서울신문에서 나와 원갑으로 갈 때 동광문화사에 근무하는 윤일숙 씨를 만나 이원수 선생 소식을 대강 듣기는 했다. 수술이 이만저만 큰 것이 아니었던 모양이다. 코로 호스를 위장에까지 넣어 주사기로 영양분을 공급하고, 목구멍을 뚫어 숨을 쉬게 하고 허벅지 살을 도려내어 귀에다 붙이고 했다니 생각만 해도 몸이 떨릴 정도다. 그런데도 문병을 가니 오히려 이것저것 웃기는 얘기만 해서 자꾸 눈물이 나오는 걸 겨우 참았다는 것이 윤일숙 씨 말이었다.

대학병원 입원실 한 방을 찾아가니 면회 사절이란 글자가 문에 붙어 있었지만 그대로 들어갔다. 이 선생은 침대에서 일어나 앉아 계셨다. 허벅지에 손바닥만 한 넓이로 붕대를 반창고로 붙여 놓았다. 이마에도 그렇게 해서 머리를 싸매고 계시고, 왼쪽 볼에는 윤 씨 말같이 살을 마치 귀같이 길게 붙여 놓고 계셨다. 입은 한쪽으로 돌아가 버리셨다. 미국서 돌아온 맏아드님이 옆에 있고, 사모님도 서 계셨다. 얘기를 들으니 어금니 뿌리에 암이 생겼는데, 그걸 제거하기 위해서 입술, 턱, 볼의 살을 끊어 젖히고 어금니를 죄다 뽑고, 암이 생긴 부위를 4센티미터×4센티미터×3센티미터의 넓이와 길이로 도려냈는데, 암의 뿌리가 턱뼈의 일부에까지 뻗어 가 있어 그 뼈도 한쪽을 끊어 냈다고 한다. 그리고 그 제거된 자리에 이마의 살을 갖다 붙이고, 이마엔 허벅지의 살을 붙이고, 이렇게 하게 된다고 하며, 이제 가장 급하고 위험한 수술은 끝났고, 다음 2차 수술은 한 달쯤 뒤에 하게 된단다. 이런 얘기를 아드님도 하고 선생님 자신도 하셨다. 선생님은 수술한 것을 설명하는데 아주 유머를 섞어 가면서 웃겼다. 그리고 조금 있다가 식사 상이 들어왔는데, 보니 미음 같은 것이다. 그런 걸 하루 여섯 번 잡수신단다. "내가 애기가 돼서 이런 걸 먹어요" 하셨다. 수술한 지가 열흘 정도 지나서 이젠 일어나셔서 입으로 그런 음식을 잡수시기도 하고, 또 휠체어 같은 데 앉아서 병원 복도를 다니고 하신단다. 그리고 한 달 뒤에 수술할 때 다시 입원하기로 하고, 이젠 일단 퇴원해서 댁에서 다니면서 치료하는 것이 비용도 덜 들고, 또 손발의 운동도 되어 빨리 낫는다는 의사의 말이란다.

김종상 씨는 벌써 여러 번 찾아온 모양이다. 의사들이 하는 말을 전하는데, 이런 선생님을 생전 처음 본다는 것이란다. 이렇게 죽음을 태연히 맞이한다는 것은 보통 사람이 아니라는 것이다. 정말 암이라는 진단이 내리기만 해도 모두가 실신하거나 살아갈 힘을 잃고 그만 누워 있기가 예사인데, 암이란 진단이 내려도 술 먹지 못하는 걸 섭섭하게 여기는 편지를 띄우고, 한윤이 씨 병원엘 찾아가 걱정해 주고, 홍은표 씨 장례식에 참석하고, 그 무서운 수술(아침 7시부터 오후 6시까지 걸렸다니!)을 한 이튿날에 문병 간 사람을 도로 웃기어 주었다니. 이건 비범한 사람임이 분명하다.

우리가 병원에서 웃고 얘기하고 있을 때 어떤 낯선 사

람 하나가 찾아와 인사를 하는데, 명함을 보니 분도출판사 서울 사무실에서 일을 보는 사람이었다. 마침 이원수 선생의 장편소설 《지혜의 언덕》이 다 되어 가져왔던 것이다. 이 선생은 그 책머리에 한 권 한 권 사인을 하셔서 나눠 주셨다. "선생님, 오늘 날짜 적어 주시면 더욱 기념이 되겠습니다"고 했더니 그렇게 날짜를 쓰셨다.

이 선생 맏아드님은 내일 미국으로 떠난다고 했다. 여권이 그렇게 돼 있단다. 아무튼 내일 일단이라도 퇴원하시는 걸 보고 떠나니 만분다행이다.

1979년 12월 29일 토요일

아침 차로 나왔다. 대통령 사진을 소각하라는 공문이 이제사 나왔기에 청부한테 오늘 교무 선생 나오면 내가 없더라도 태우라고 전하고 나왔다. 숙직실 문구멍이 뚫어지고, 방바닥이 더러운 것은 어제 청부 시켜 다 바르고 청소해 두었다.

대구 오니 11시 반, 곧 이호치과에 가니 환자들이 아이 어른 할 것 없이 꽉 차서 기다리는데 앉을 자리가 없을 지경이었다. 두 시간쯤 기다렸다. 내가 기다리는 줄 알고 이재호 선생이 옆의 다방에 들러 차를 시켰다. 아침부터 저녁 늦게까지 잠시도 쉴 시간 없이 환자만 상대하는 치과 의사는 얼마나 고달프겠는가. 더구나 항시 그 냄새나는 입안만 들여다보고 피고름을 만지고 하는 일이니 얼마나 정신인들 지치겠는가. 내가 그런 말을 했더니 정말 괴롭다고 했다. "그러나 직업이니 할 수 없지요" 했다. 그리고는 곧 수필 얘기가 되었는데, 나는 또 그의 작품을 칭찬하면서 수필집을 내는 것이 어떠냐고 했다. 이것은 인사말이 아니라 정말 경북에 있는 수필가치고 가장 우수한 작품을 쓴다고 내가 보았기 때문이다. 그런데 이재호 씨는 "아이구, 제 글이 책이 되겠습니까. 아직 훗날을 기다려야지요" 했다. 참 겸손한 사람이다. 그러면서 그는 이번 경북수필동인회지에 낸 '목련'이란 작품은 자기로서는 시원찮은 작품인데, 남들은 그게 아주 좋다고 하더라 했다. 나는 '목련'도 좋지만 지난번에 낸 것이 더 좋아 보이더라, 했다. 이 씨는 이때 "제가 직업에 관계되는 글은 얼마든지 소재가 있는데 그런 걸 쓰고 싶지 않아요" 해서, 그러고 보니 이 씨의 글엔 직업인으로서의 생활 세계가 없다 싶어 왜 그런 걸 쓰고 싶지 않은가 따져 보고 싶어졌다.

"제 생각으로는 누구나 자기가 가장 관심이 큰 문제를 두고 얘기하는 것이 옳을 것 같아요. 그래야만 모두가 공감할 수 있는 글이 되지 않을까요."

그러나 이 씨는 뜻밖에도 반대 의견을 말했다.

"자기의 일상적인 것, 신변의 얘기를 하게 되면 보편성이 없을 것 같아요. 글이란 만인에게 공감을 주는 것이어야 하는데, 수필이 신변잡기가 돼서는 안 되거든요."

그러나 자기가 온몸과 마음을 바쳐 일하는 삶을 얘기하

는 것이 "신변잡기"가 되는 것일까? 그렇게는 생각되지 않는다. 자기의 삶은 모든 사람의 삶에 이어지는 것이어야 한다. 삶의 얘기가 단순한 신변잡기에 머무르지 않고 모든 사람의 마음을 사로잡을 수 있는 글이 될 수 있도록 하자면 역시 자기의 삶이란 것을 개인적인 것, 남과의 단절된 곳에서 파악하지 않고 모든 사람의 삶의 한 부분, 한 표현으로 인식하는 시점의 확보가 요청되는 것이다. 이 씨가 자기 자신의 정직한 일상적 삶을 얘기하지 못한다면 그 까닭은 어디에 있는가?

"사실 직업에 관계된 글을 전혀 안 쓴 것은 아닙니다. 지금까지 16편쯤 쓴 것이 있기는 해요. 모두 의학 잡지에 실은 것인데요."

"별로 읽지는 않았지만 최신해 씨 같은 분의 글은 직업과 생활에 관한 글이 아닌가요. 그리고 작고한 박문하 씨의 글도 좋지요. 누구나 자기의 직업이나 전문 분야에서 쓰고 싶은 걸 쓰면 남들에게 재미있는 글로 읽히는 것 아닐까요."

"그런데 의사들이 쓴 직업적이고 생활적인 글을 보면 남들은 재미있을지 모르지만 우리가 보면 재미가 없어요. 역시 정직하게 쓰기가 힘들어요. 너무 생활을 미화해 놓은 게 싫어요."

이건 참 뜻밖의 사실이다. 의사들의 글에 이런 면이 있구나 하는 걸 비로소 느꼈다. 그렇다면 교원들도 마찬가지 아닌가. 내가 교육의 얘기를 쓰고 있지만, 어느 정도 나 자신을 철저히 얘기하고 교육계를 밑바닥까지 정직하게 드러내 보였는가 생각할 때 부끄럽기 짝이 없다. 나 역시 생활을 미화하고 있었던 것 아닌가. 그렇다면 생활을 얘기하지 않는 것이 차라리 나을지 모른다.

그러나 그래도 쓸 수 있는 데까지 쓰는 것이 옳은 일이 아닐까? 모든 것을 모조리 폭로한다고 해서 반드시 좋은 것도 아닐 것이다. 이 씨가 생활을 기피하고 있는 것은 어쩌면 이렇게 온종일 환자들에게 시달리는 생활을 하고 있으니 자연 글 쓰는 데서나마 이 기막힌 생활과는 다른 세계를 찾아가 보고 싶어 하는 심경이 되는지도 모른다.

"이 선생은 수필로서 휴식의 세계를 맛보시려고 하는 것 아닙니까?"

"그렇습니다. 마음의 안식처를 글 쓰는 데서 구하고 있지요."

역시 그렇구나 싶었다. 나는 그가 좀 더 기다려 달라면서 다방을 나가는 뒷모습, 한쪽 다리를 절면서 나가는 뒷모습을 바라보면서, 어쩌면 저분은 어릴 때부터 저런 신체적 결함에서 오는 열등감이 삶의 태도를 크게 좌우한 것이 아닐까 하고 직감했다. 직업과 생활과 그 밖에 모든 괴로운 현실에서 일단 떨어진 곳에 자기 마음의 이상향을 설정해 놓고 싶은 간절한 염원이 그의 수필이 된 것 아닌가 생각되었다. 그의 작품을 겨우 몇 편밖에 안 읽어서 단언하기는 어렵지만. 아까 그가 학생 시절부터 불면증에 시달려, 지금도 밤에 잠을 잘 못 잔다고(그래서 밤공부를 한 탓으로 서울대학에도 가고, 지금은 수필도 쓰고 한다 했다) 한 말을 다시 이런 내 짐작과 결부시켜 생각할 때, 그는 지금도 생활과 이상의 틈바구니를 어쩌면 방황하고 있을 것 같기도 했다.

1980년 1월 17일 목요일

그동안 모인 우편물 가운데, 부산에서 온 〈어린이문예〉의 원고 청탁서가 있는데, 그게 걸작이다.

1. 분야: 동시
2. 제목: 자유
3. 내용: 밝고 건전한 내용
4. 매수: 2백자 원고지 3매 한
5. 기한: 1월 31일
6. 기타: 약력 및 사진 1매

이렇다.

"밝고 건전한 내용"이 뭔가! 이렇게 회답을 써 줘야지.

"원고 청탁서 감사합니다만, 좀 바쁘고, 더구나 저는 '밝고 건전한 내용'의 동시를 만들 재주가 없으니 부디 용서해 주십시오"라고.

1980년 1월 20일 일요일

다방에 가서 일기를 적고 마리스타수도원에 갔다. 요즘은 수사들도 조용한 모양이다. 아니, 일요일이라서 그런가. 김, 마뉴엘 모두 서울에서 온 노미화 양과 환담하고 있었다. 노미화 양은 서울에서 어느 국민학교 선생으로 있는데, 어제 처음 만났다. 서울서 나를 만나기 위해 안동까지 언니하고 왔단다. 교편 생활 1년인데, 키가 조그마하고 얼굴이 귀엽게 생겨서 아주 어려 보인다. 국민학교 6학년이라 해도 충분히 곧이들게 될 체격이다. 사실 오늘 얘기 들으니 학교 운동장에서 아이들과 체육을 하고 있는데 6학년 남학생들이 어디서 전학 온 여학생인 줄 알고 놀리면서 자꾸 돌질을 하더라는 것이다.

수도원 사무실에서 앉아 얘기하는데, 도중에 임명삼 씨도 와서 같이 얘기했다. 노 선생 언니는 따로 돌아앉아 음악 감상을 하고 있었다. 전축을 틀어 놓고 귀에다 혼자만 듣는 걸 걸어서 의자에 기대 누워 자듯이 하고 있었다. 그 언니도 용모가 고왔다.

내가 맨 처음에 들어갔을 때 마뉴엘 수사가 물은 것은, 지난번 졸업식 때 상장 주고 하던 선생이 영화 보고 난 다음 토론 때 얘기하던 말을 어떻게 생각해요, 였다. 나는 "그 사람이 그럴 줄 몰랐어요. 그래 가지고 어떻게 실기학원 학생들 인간 교육을 할 수 있을지 의문스럽습니다" 했다. 김 수사는 "그 선생님이 생각이 그래서 우리끼리 종종 토론이 되는데, 그래도 그분이 학생들 위해 애써 가르치려고 해서 그 점은 고맙게 생각하고 있어요. 앞으로 이 문제를 모두 모여서 토의해 봐야겠어요"이래서 마뉴엘 수사는 "김 수사님, 그것 한번 꼭 모여 협의하도록 날짜를 정하고 계획해 보지요"했다. 나는, 그 구둣발에 밟히는 영화를 교재화하기 위해 교안을 짜 두면 좋겠다고 말했다.

다음엔 노 양의 얘기가 계속되었다. 노 양은 "선생님, 전 서울의 학교 선생 노릇을 참을 수 없어요. 어떻게 선생님 학교에 올 수 없을까요? 꼭 오도록 해 주세요"했다.

이 말은 노 양이 내가 있는 학교의 선생이 몇 명인가, 올봄에 이동해서 나갈 사람은 없는가, 하고 물어서 두 사람쯤은 이동되어 나갈 것이라고 말했더니, 이렇게 뜻밖의 말을 꺼낸 것이다. 나는, 서울에 모두 가지 못해 애쓰는데, 왜 그러는가 물으니, 노 양은 한참 동안 교직 초년생이 겪은 여러 가지 경험담을 얘기했다. 무슨 체육대회에 아이들을 데리고 나가 상을 못 타서 윗사람한테 꾸중당한 일, 학력검사 성적이 나쁘다고 야단맞은 일, 학부모들한테서 항의받은 일, 돈 봉투를 거절하느라고 땀을 흘린 일, 그러다가 나중에는 봉투를 가져오지 않아 이번에는 섭섭한 생각이 들었던 일, 보이스카우트 학생들한테 돈을 안 걷었다고 많은 학부모들 앞에서 창피당하도록 학부모회장인가 하는 사람이 모욕을 한 일, 수없이 눈물을 흘린 온갖 일들, 80명의 학생들이 와글거리고 말을 안 듣고 눈물을 흘리게 한 일들… 참 너무 기가 막힌 얘기들이었다. 그것은 내가 듣지 않아도 짐작할 수 있는 일들이었지만, 한국의 지옥 같은 학교 현실을 새삼 느끼게 되어, 분노의 감정을 일으키게 했다.

"난 점수 올리는 교육은 잘 못하거든요. 그런데 우리 반이 열 몇 반 되는 4학년 전체에서 점수가 꼴찌에서 둘쨉니다. 그러니 속상하고 울고 싶어요."

그렇게 쾌활하고 명랑한 소녀가, 아이들 데리고 재미있게 뛰놀면서 행복한 교육 생활을 했어야 할 희망에 넘친 선생님이 날마다 눈물을 흘리며 1년을 지내 왔다니! 어지간히도 참고 온 것이다.

"하도 애들이 떠들면서 애를 태우고 해서, 밖에 혼자 나왔다가 다시 들어가 교단에 엎드려 눈물을 흘리다가, 그래도 안 되어 학생들에게 말했지요. '너희들 어쩌면 좋겠나?'"

이래 가지고는 도저히 공부할 수 없으니 어쩌면 좋겠나 하고 의논했다는 것이다. 그러니까 그중에서 예! 예! 하고 손을 드는 애들이 여럿 있는데, 한 놈이 일어서서, "원산폭격 하면 돼요!" 하더라는 것이다. "뭐? 원산폭격? 그게 무슨 말이야?" 그랬더니 그 녀석이 뛰어나와 교단 위에 올라오더니 손을 짚고 발을 들어 거꾸로 이렇게 물구나무를 서더라는 것이다.

"난 참 놀랐어요. 그래 그걸 어쩌란 말인가 했더니, 모두 그렇게 원산폭격을 시키면 조용해진다고 하잖아요. 참 기가 막혀요. 알고 보니 다른 교실에서는 모두 그런 단체 기합을 먹여서 조용히 잘하고 있어요. 벌을 세우는 것도 가지가지래요. 꿇어앉히기도 하고, 걸상 쳐들고 앉히기도 하고, 책상 위에 올라 앉히기도 하고, 몸통 받혀 엎드려 있도록 하는 것도 있고, 별의별 기합이 다 있지요."

노 양은 고등학교를 나와 한때 공장에 가서 노동조합 운동도 했다고 김 수사가 얘기했다. 교단 생활 이외에 노 양이 한 얘기는 대학생들의 독서회 같은 모임에 나갔던 경험담이다. 그것은 대학생들이 얼마나 현실과 거리가 먼 자리에서 추상적인 공리공론만을 책으로 하고 있는가, 하는 것을 알기에 충분한 얘기였다. 나는 노 양이 다시 내가 있는 학교로 꼭 오고 싶다고 간청해서 할 수 없이 말했다.

"나도 월급쟁이 노릇밖에 못합니다(노 양은 어제 일직까지 권 선생을 찾아갔는데, 권 선생도 그렇게 말하더라고 했다. 이 선생 학교에 가도 마찬가질 것이라고). 그래도 내 있는 데 오면 좀 덜할 것이지만, 올봄에 내가 또 어디로 옮길지 몰라요. 내 전근을 누가 자꾸 귀찮게 걱정하는 사람이 있는 것 같아요. 노 선생, 그런 생각 말고 서울서 한 해만 더 고생해 봐요. 노 선생이 얼마나 괴롭다는 것은 잘 알아요. 누구보다도 내가 잘 알아요. 세상이 온통 탁류로 흘러가는 판에 노 선생 혼자 순수한 인간의 마음과 교육 정신을 가지고 그 엄청난 탁류를 거슬러 올라간다는 것은 얼마나 장한 일입니까? 괴로우면 괴로울수록, 눈물을 흘리면 흘릴수록 위대한 자리에 자기가 서 있다고 자각하고 자각해야 합

니다. 노 선생은 어린이들의 순수를 홀로 지켜 주는 영웅이
되는 것입니다. 부디 거기서 좀 더 버텨 주세요. 그리고 내
가 좋은 동지를 소개해 줄게요. 가서 자주 만나 의견을 나
누고 답답한 심정도 풀면 큰 힘이 될 겁니다."*

이래서 이주영 선생 주소를 적어 주었다. 주순중 양의
학교 이름도 적었다. 또 그 밖에 두어 사람. 그리고 앞으로
한 해 동안 일기를 꼭 써 보라고 권했다. 이건 아주 귀한 글
이 될 것이고 역사의 산 증언이 될 것이라 했다. 노 양은 그
대로 서울에 있으란 말에 좀 실망한 것 같았지만, 좋은 동
지를 소개해 준 것을 반가워했고, 수기를 쓰는 일에도 흥미
를 갖는 것 같았다.

1980년 3월 5일 수요일

"도시의 개들은 옷이 남루한 사람을 보면 짖어 대는데, 벽
지의 개들은 왜 양복쟁이 신사를 보면 짖어 댈까?"

〈관리기술〉 3호에 실린 어느 전남 벽지학교 교감이 쓴
교육 수기의 한 구절이다. 재미있는 말이다.

낮차로 안동에 나와 문협 지부 사무실에 가서 군수 앞
으로 〈안동문학〉지 발간비 보조 요청 공문안을 김원길 씨
와 의논해서 써 놓고, 마리스타에 갔다. 오늘 저녁에 입학

---

* 이오덕은 찾아온 교사들을 서로 이어 주면서 함께했고, 이때 같이한 교
사들과 1983년에 한국글쓰기교육연구회를 만들었다. 이들이 주고받은 편지
를 엮어 1986년에 《우리 언제쯤 참선생 노릇 한번 해볼까》를 펴냈다.

식이 있는 것이다.

7시 반경부터 식이 있었는데, 입학생은 모두 20명. 2학년과 졸업생들까지 나와 원탁으로 둘러앉아 이색적인 모임을 가졌다.

맨 처음 원장 마뉴엘 수사님의 얘기가 있었는데, 학교라 하지 않고 우리 집, 우리의 배우는 집이란 말을 한 것이 참 재미있었다. 선생과 학생이 같이 행한다는 말도 좋았다.

그다음에 내가 축사를 부탁받아 미리 생각해 간 얘기를 하려고 하다가 딴 생각이 들어 이것저것 두서없이 말을 해버렸다. 내가 처음에 한 것은 "방금 원장님 하신 얘기 듣고 느낀 것은, 내가 여러분의 입학을 축하하러 온 것이 아니고 나도 여기 배움 집에 입학하러 온 것이구나, 하는 느낌, 깨달음입니다"고 말한 것이다. 그다음 오늘날 일반 학교에서의 비인간적 교육 상황을 말하고, 여러분들이 이 나라와 민족을 구하는 중추적 인물이 되어 달라, 그런 기대를 여기서 해 본다고 했다. 그리고 사람 되는 공부에는 세 가지가 필요한데 첫째, 일하는 것, 둘째, 책 읽는 것, 셋째, 생각하는 것, 이 세 가지 중 어느 한 가지도 오늘날의 일반 학교에서는 하지 못하고 있으며, 오히려 일하지 않고 생각하지 않고 책 읽지 않는 인물을 기르고 있는데, 이렇게 보면 여러분들이야말로 가장 참된 교육을 받게 되는 행복한 학생들이라 할 수 있다고 말했다. 내가 말한 뒤에 몇몇 선생들이 간단히 얘기를 한 중에 안동여고 이 선생 얘기가 좀 재미있었다.

다 마치고 떡과 과자를 가져와서 먹으면서 노래도 부르고 했다. 거기서 나도 자청하여 "정이월 다가고…"를 부르고 또 섬머힐 얘기를 하면서 마리스타 학원이 한국의 섬머힐이 되었으면 좋겠다고 말했다. "선생님들이 참 여러 분인데, 낮에 가르치는 것은 월급 타기 위해 어쩔 수 없이 가르치는 것이고 밤에 가르치는 여기서야말로 진짜 교육을 해줄 것이다"는 말도 했다. 선생들이 16명인가 된다는 말을 들었다. 학생들에 비해 참 많은 선생들이다.

그런데 올해 20명 입학생 중 남학생은 단둘이다. 내가 소개해서 들어온 동수 군이 너무 외롭겠다는 생각이 들었다. 마리스타 학생의 이런 경향은 정규 상급 학교로 남자는 모두 가 버리고 여자들만이 도중에 떨어져 남는 현상을 잘 말해 주는 것 같다. 여기서도 부모들의 자녀 교육에 대한 관심이 아들 위주로 되어 있고 여자들은 버림을 받고 있다는 것을 알 수 있다.

그것이 끝나고 사무실에 오니 지난번 복사해 놓은 오가와 미메이의 〈들장미(野ばら)〉 공부를 하자고 해서 한 시간 반 동안 그걸 강의해 주니 11시쯤 되었다. 전 형과 마리스타 방에 들어 잤다.

1980년 4월 27일 일요일

아침에 일어나니 비가 왔다. 네 사람이 식사를 하고 헤어져 급히 버스로 대구 와서 경안다실에 가니 김태문 씨 혼자 기다렸다. 회보 가져온 것 주고 명성예식장에(윤진수 씨 딸 결혼식) 갔다가 최춘해 씨 만나 전에 상주 있던 사람 한 분과 다방에 앉아 얘기하다가 나와 흐름사로 가는 길에 보니 학생들이 우산을 받고 길게 줄을 서 있었다. 어딜 들어가려고 하나 물으니 도서관이란다. 거기가 시립 도서관이었다. 기왕이면 싶어 들어가 이곳저곳 열람실을 다니면서 구경했더니 대부분이 중·고등 학생들인데, 거의 모두 거기 와서 교과서나 참고서로 시험공부를 하고 있었다.

거기 있는 아가씨한테 물으니 대강 다음과 같았다. 열람 좌석 약 1,500석, 도서 약 만 3천 권.

아까 학생들이 바깥에서 줄지어 선 것은 좌석이 모자라서 그렇단다. 자리가 비면 들어가려고 그렇게 기다린다는 것이다. 그리고 평소에는 학생들이 학교에 가니까 이렇게 안 오지만 그 대신 재수생들이 상당히 모여든다는 것. 아무튼 모두가 책을 보러 오는 것이 아니고 시험공부하러 오는 곳이고, 도서관이 시험공부하는 집이 돼 버린 것이다.

어린이 도서 열람실이라 해서 국민학생들이 들어가는 곳이 있어 가 보았더니 들어가는 방에 책장이 놓여 있는데, 책이 겨우 3백 권 정도 꽂혀 있는데 그 옆에 책상 하나를 둘러서 일고여덟 명의 아이들이 앉아 있었다. 모두 참고서를 펴서 들여다보고 혹은 교과서에 줄을 치면서 읽고 있는데, 두 아이가 도서관의 책을 보고 있었다. 그중 한 아이는 역사책, 다른 한 아이는 동화책이었다. 2층에 올라가니 거기는 교실 하나 크기의 방이 있어 역시 아이들이 거의 모두 시험공부를 하고 있었다. 아래위층의 아이들 모두 합해서 30명쯤 되었을까?

어린이 도서 열람실에 일하고 있는 아가씨 얘기 들으니 대구에는 이 밖에 학생 도서관이 한 군데 있고, 유진어린이 도서관이 있는데 각각 책이 만 권쯤 될 것이라 한다. 5천 권이든 만 권이든 도서관이 시험공부 방밖에 안 되니 무슨 소용인가.

어제저녁에 안동유스호스텔에서 안동문협 회원들로부터 들은 국민학교, 중학교 도서실과 독서 실태, 안동에 있는 학생 도서관 얘기 그리고 아까 최 선생과 경산 어느 학교에 있는 선생한테서 들은 학교 도서관과 독서 실태 등을 종합해서 생각이 되는 것은 학교교육의 너무나 어처구니없는 왜곡상이다. 이건 어떻게 개선해 볼 수 없이 극도에까지 이른 병상(病狀)이다. 모조리 헐어 뜯어 없애고 다시 고쳐 세우지 않으면 안 된다는 느낌이다. 교육의 재건 문제보다 더 시급한 일이 또 어디 있는가!

1980년 5월 3일 토요일

아침에 종로서적 출판부에 갔더니 조성헌 씨가 책을 여덟 권이나 싸 주었다(모두 외국 것 번역한 것이었다). 그러면서 "선생님 책 저희들 출판사에서도 낼 기회 좀 주십시오" 했다. 나는 올여름쯤엔 정리할 틈이 날 것 같다고 말했다.

그리고 권정생 씨가 〈소년〉지에 연재한 소설을 출판할 생각이 없는가 권했더니, 자기로서는 내고 싶다고 말하면서, 좀 의논을 해 봐야 되니 곧 편지로 연락드리겠습니다, 했다. 책을 그렇게 많이 얻어 미안했다.

종로서적에서 나와 민음사로 찾아갔더니 사장이란 사람이 있어 한참 얘기하다가 서평 고료 3만 6천 원을 받아 나왔다. 다음은 창비에 가서 정해렴 씨와 얘기하다가 디즈니로 갔다. 12시 반에 만나기로 한 이원수 선생이 1시 반이 돼도 안 와서 계산대 아가씨한테 물어보니 "아까 오셔서 기다리다 나가셨어요" 했다. 내가 11시 반에 왔는데, 11시도 전에 오신 모양이구나. 어찌 됐는가? 저녁에 다시 오신다니 그때 만나지, 하고 급히 양서협동조합에서 주최하고 있는 어린이 도서 전시의 장소인 시청 지하도로 갔다. 거기서 조합원들이 여럿이 일을 하고 있었다. 이주영 씨도 바쁘게 다니고 있었다.

대한어머니회 회장이란 사람이 인사를 하는데 "선생님 책을 읽고 큰 충격을 받았습니다"고 했다. 곧 유네스코회관으로 갔다. 강연장은 13층이던가. '전시관'으로, 사람이 안 모여 20분쯤 더 기다리다 시작했는데 학교 선생들, 어머니들이 겨우 40명쯤 됐을까? 광고가 잘 안 된 모양이었다.

내가 3시 반부터 한 시간 반쯤 얘기하고 다음에 사회하는 이주영 씨가 어머니회 회장한테 지난번 어머니회에서 주최한 독서연구 모임 때 말한 것을 좀 다시 얘기해 달라고 해서 그 얘기를 잠시 듣고, 다시 약 50분 동안 자유토의 협의 시간을 가졌다. 나는 아이들이 책을 읽을 줄 모르고 읽을 수도 없이 되어 있는데, 그것은 교육과 아동문학이 잘못돼 있기 때문이라고 말하고, 어머니들이 가정에서 독서 지도를 하는 데 큰 기대를 건다는 얘기를 했다.

어머니회 회장은, 어머니회에서 6개월 동안 우리 나라 아동 잡지 분석한 것을 지난번 세미나 때 발표했는데, 그 아동 잡지들의 실태가 기막히다면서 이것을 그냥 두어서는 도저히 될 수 없다 했다. 그리고 그 모임에 각 아동 잡지 출판사에서 나와 주도록 미리 연락을 하고 부탁했는데도 한 출판사에서도 안 나왔다는 것은 너무도 어이없고 분개스러운 일이라고 말했다. 그 회장이란 분은 참 똑똑하고 말을 잘하는 분이라 생각되었다.

자유 토론, 협의에는 참 좋은 의견들이 나오고 진지한 태도였다. 어느 어머니는 사제 교과서를 만들어야겠다고 했다. 어머니들이 좋은 책을 선택해서 그걸 읽어 주어 흥미를 일으키도록 해야 한다고 하고, 좋은 책은 이웃 아이들에게도 권해서 읽도록 하자고 하는 분도 있었다. 국민학교, 중고등학교 교사들은 주로 학교교육의 실정을 얘기했는데, 더러는 별로 필요도 없이 말을 하기 위해 하는 사람도 있기는 했지만, 전체를 봐서 참 좋은 모임이었다. 이주영 씨는 "지난번 다른 독서 교육 세미나에도 가 봤지만, 거기서는 이대 교수니 하는 분들이 여럿 발표하고, 참석자도 많았지만, 오늘같이 좋은 얘기는 나오지 않았습니다"고 했다. 나는 끝날 무렵에 가서 이런 말을 했다.

"여기 '독서 교육의 문제점'이라고 써 붙여 있는데 사실 이런 문제는 문교부에서 걱정해야 하고, 문교부에서 앞장서 해야 할 일입니다. 그런데 이제 우리는 문교부도 못 믿고, 출판사도 못 믿고, 작가도 교사도 다 믿을 수 없습니다. 오늘도 이런 행사가 있다고 주최 측에서 각 출판사에 여러 날 전에 알렸는데 한 곳에서도 안 왔지요. 도서 전시회에도 아동물 전문으로 하는 큰 출판사들은 전혀 후원을 안 해 주고 있다고 하는데, 이거 전부 돈벌이에 눈이 뒤집혀 버렸어요. 이제 우리 아이들을 지키는 것은 어머니들뿐입니다. 어머니들만이 어린이를 지켜 온 것은 사실은 먼 옛날부터 그랬지요. 부디 어머니들이 중심이 되어 좋은 책 읽기 운동을 벌여서, 이 민족을 구할 수 있었으면 좋겠습니다."

1980년 5월 22일 목요일

오늘 오전 중에 교육청에 나와 달라는 연락이 있었기 때문에 대구서 안동에 도착하자마자 교육청에 갔더니 학무과장이 "문교부 장관한테 무슨 글을 낸 일이 있습니까? 지금 교육감이 아주 분개해 있어요" 하면서 도에서 온 공문을 내보인다.

읽어 보니 "대성국민학교장 이오덕이 마리스타실기교육원 졸업생의 학력 인정 요청을 문교부 장관에게 직접 해서 행정질서를 문란하게 했으니 앞으로 이런 일이 없도록 하라"는 내용이다. "왜 이런 일을 하려면 나한테라도 의논을 안 하고 그랬어요. 그게 도저히 불가능한 일인데, 어째서 그런 글을 더구나 교육청을 경유하지도 않고 직접 보냈어요" 한다. 나는 "나도 그게 어렵다는 것쯤 알고 있었지만, 근로 학생들의 문제는 하필 마리스타 학원뿐 아니고 전국적인 문제라 보여서 문교부 장관이 이런 실정을 알고 있는 것이 행정에 참고가 되리라 생각해서 썼는데, 아무튼 이렇게 행정질서가 문란하게 되었다면 잘못한 것이고 걱정을 하게 해서 죄송합니다"고 했다. 과장은 "내가 이 교장 그런 데 가서 고생하시는 것 늘 생각을 해서 어떻게 해서라도 좀 편리한 곳으로 나오게 하기 위해 여러 가지로 피아르(PR)를 하려고 애써 왔는데, 그만 이번에 이런 일이 터지잖아요" 했다. 과장은 교육장한테 가서 사과하라 했다. 교육장실에 가니 교육장이 "그 실기교육원이란 데가 뭘 가르치는가요? 시간도 하루 서너 시간이고, 한 시간이 40분인가 되고, 과목도 몇 가지밖에 안 되는데, 어떻게 고등학교 졸업자격증을 줄 수 있는가요. 상식 밖의 일이지요. 더구나 그걸 행정질서도 안 밟고 직접 장관님께 요청했으니 이럴 수 있는가요" 했다. 나는 변명할 시간도 없고 해서 잘못했다고 사과했다. 교육장은 "지금 시간이 없으니 조금 후에 다시 만나 얘기합시다" 했다. 오늘 오전 중에 중등학교장 회의가 있는 모양이다. 학무과에서 한참 기다리다가 점심을 먹고 들어갔다.

나는 들어가자마자 "걱정을 하시게 해서 죄송합니다"
했다. 그런데 교육장은 적어도 교장이란 자리에 있으면서
그런 것쯤 모르고 어떻게 하느냐 하면서 2시부터 3시 반까
지 제멋대로 지껄여 댔다. "이 교장은 그런 것 가능하다고
생각하십니까?" "법정 수업 시간도 교과도 모자라면서 그
런 학생들 학력 인정해 주게 되는 것은 부조리라 생각하지
않습니까?" 등을 묻기에 가만히 듣고 잘못했다고만 할 수
없어 내 의견을 말하면 "그게 잘못입니다!" 하고 함부로 위
압적으로 나온다. 내 의견은 애당초 들으려고도 하지 않으
면서 일부러 그렇게 묻는 것이다. 그는 마지막에는 "이제
앞으로는 학교 일에만 전념하고 다른 일 하지 마세요. 어디
공적으로 글을 쓰거나 자리에 나갈 일이 있으면 학무과장
이나 나한테 미리 연락해 주시오" 했다.

나는 좀 화가 나서 학무과에 와서 김 계장, 김홍식 장학
사 있는 자리에서 "까진 놈의 교장, 그만두면 되지!" 했더니
두 사람이 뭐 그렇게까지 생각할 것 없다면서, 교육장은 교
육감한테 전화가 왔으니 그렇게 화를 내는 것이라 했다. 김
홍식 장학사는 밖에까지 따라 나오면서 "우리 교육장이 평
소에 우리들에게 대하는 것이 아주 친절하고 좋지만, 행정
적 입장에서 상부 사람에게 문책을 당했다든지 다른 교장
들한테서 우리 때문에 좀 언짢은 말을 들었을 경우엔 아주
딴사람같이 우리를 대하면서 지나치게 말을 해요. 왜 그런

사람 있잖아요. 과도하게 자기 방어에만 몰두하는 사람 말입니다. 자기에게 불리하다 싶으면 인정 같은 것 없어지는 사람이지요" 했다.

나는 참 고맙다고 말하고 나오면서 생각하니, 아까 음식점에서 신문 기사에 난 개각 명단 생각이 났다. 문교부 장관도 바뀌었다. 김옥길 문교부 장관이 있었으면 이런 일은 안 일어났을 것이다. 장관이 바뀐다 싶으니 문교부 관리들이 곧 경북도에 이런 지시를 했구나 싶었다. 내가 낸 공한(公翰)을 사본을 만들어 문교부에서 경북도로 보냈을 것이다. 그리고 김옥길 씨는 아마 내가 낸 글을 부하 직원들이 선의로 봐주겠지(자기도 그렇게 본 것처럼), 하고 그것을 국·과장에게 내주어 처리했을 것이다. 그것을 받아 본 국·과장들은 내심 심히 못마땅하게 여기다가 김 장관이 위치가 이상해지고 그만 나가게 되자 곧 그 불쾌감을 경북도 교육감 앞으로 폭발시킨 것이 틀림없다. 나로서는 운수가 없다고 할밖에.

이 기막힌 관료행정 체계가 앞으로 더욱 강화될 것을 생각하니 기막힌다. 이젠 나를 어디 영전시켜 주는 것도 싫다. 차라리 다른 또 더 깊은 산속으로 들어가 버리고 싶기도 하다.

교육청에서 나와 마리스타에 가니 김 수사가 없었다. 문협 지부에 가니 〈안동 문학〉 책이 와 있었다. 시화전을 한다는 생각이 나서 문화회관 다실에 가니 아주 큰 병풍까지 만들어 놓았다. 그것은 조진우 스님의 것인데, 돈도 많이 들이고 퍽 애를 쓴 것 같으나 좀 조잡해 보였다. 조영일, 권오신 두 분은 시조다. 시도 그림도 별로 마음에 들지 않았다. 웬만하면 내가 지부장이고 하니 한 폭 사 줘야겠지만, 그걸 사서 어떻게 하나, 아무도 주인공이 없어 인사도 못 하고 나와 버렸다.

오늘은 교육청에 가서 당한 일로 머리에 꽉 찼다. 아무리 생각해도 내가 한 일이 나쁘다고 생각되지 않는다. 해방 직후 내가 고향에 있을 때 경찰지서에 무슨 마을 일 요청하는 메모를 써 보냈다가 끌려가 며칠 동안 얻어맞은 생각이 난다. 그 일과 이 일이 무엇 다른가? 이게 몇 번째 필화 사건이 되는지 모르겠다. 나는 국가 민족을 위한 필화는 저지르지 못하고, 아무것도 아닌, 혹은 조그마한 일에 관계되는 필화만 일으킨다. 그만큼 나는 너무나 소인이다. 아, 오늘 밤 대곡동에 들어가면 두견새 소리 들으면서 내가 무엇을 해야 할 것인가, 내가 언제까지 이 꼴로 살아가야 하나 생각해 보기로 하자!

안동서 대곡행 차를 타고 오는데 조성하(회장) 씨가 옆에 앉아 있다가 하는 말이 "광주 사건*은 해결이 안 될 모양이네요" 했다. "아직도 안 됐어요?" 하니까 "어젯밤 방송

* 5·18 민주화운동. 1980년 5월 18일부터 27일까지 광주 시민들이 계엄령 철폐와 전두환 퇴진, 김대중 석방 들을 요구하며 민주운동을 벌였다.

들으니까 폭도들이 총을 4만 정이나 가지고 있다는데, 헬리콥터가 뜬 것도 총으로 쏘아 떨어뜨렸다잖아요. 그래 텔레비전에도 나왔어요"했다. 그러면서 저쪽에 앉은 젊은 청년을 가리키면서 "저 사람이 우리 마에 있다 서울 갔는데, 오늘 다니러 온 길이래요. 서울서도 지금 막 웅성웅성한답니다"했다. 광주 사건이 아직도 해결되지 않았으면 아까 방송에 김대중 씨를 아주 죄인으로 몰아붙인 정부의 처사가 더욱 불을 지르는 결과를 가져올 것 같아 염려된다. 그러다가 버스에서 라디오방송 뉴스가 나오는데 들으니 아직도 광주 사건이 해결이 안 난 것같이 말하는 듯했다. 얼마나 피를 흘려야 이 나라가 바로잡힐는지, 막막한 느낌이다.

학교 앞에서 버스를 내리니 온 천지가 개구리 소리다.

오늘 저녁 소쩍새는 저렇게 피를 토하듯 울고 있구나!

1980년 5월 26일 월요일 흐린 뒤 갬

아침 방송에 들으니 광주시가 다시 폭도들의 장악하에 놓였다고 했다.

마치 태풍이 지나가는 것처럼 하루 종일 바람이 대단했다.

오늘 밤 소쩍새가 유달리 숨 가쁘게 울어 대고 있다.

1980년 6월 1일 일요일

안동에 볼일을 보기 위해 2시 반에 7번 버스를 연립주택 앞에서 탔다. 안동에 오후 5시 30분 착. 곧 교구청에 갔더니 정 신부가 있었다. 일전에 주교님과 신부 한 분이던가 광주에 갔다 왔다면서 광주 사건의 실상을 말해 놓은 인쇄물 몇 장을 보여 주었다. 그중에 전남대학에서 낸 인쇄물 한 장을 읽어 보았다. 너무나 어처구니가 없어 말이 안 나왔다. 공수부대가 사람들을 그렇게 많이 찔러 죽이고 쏘아 죽였다 했다. 사람이 2천 명 죽었고 만 몇천 명이 다쳤다 했다. 여학생을 역전 광장인가 분수대에 묶어 놓고 발가벗겨 칼로 젖가슴을 도려냈다 했다. 광주에서 젊은 사람이면 모조리 잡아 죽였단다. 단지 젊었다는 이유 그 하나로 이 기막힌 수난을 당했으니 이 일을 누구에게 호소하며, 신은 어디에 있는가 했다. 이 기막힐 천인공노의 범죄 악행을 그대로 보도하지 않고 거짓말만 하고, 시민들을 폭도로 규정하고 있으니 이 억울한 일을 밝히라고 했다. 6·25때 공산군도 이런 짓은 안 했다고 했다.

정 신부 말에 의하면 시민들이 공수부대원 한 사람을 붙잡았는데, 그 부대원이 말한 것을 녹음도 해 두었다 한다. 공수부대 파견할 때 하루를 굶기고 하루를 잠 안 재우고, 그리고 술을 잔뜩 먹여서 "가서 닥치는 대로 잡아 죽이라"고 했단다.

나는 아무 말도 하지 못했다. 정 신부는 "할 수 없지요. 다시 처음부터 시작하는 거지요. 이 보도가 이미 외국에 다 나가 있고 전 세계에 알려져 있습니다"했다.

나는 나오면서 글짓기회보 몇 부를 주었다.

감자 한 관, 좁쌀 한 되를 사서 막차를 타고 왔다. 차를 타고 오면서 참 오랜만에 눈물이 났다.

이런 시간에 문인협회에서는 무슨 시 낭독회를 한다고 신문에 나 있었다. 개새끼 같은 연놈들이다.

6월 1일

오다가 교구청에 들렀다.
전남대학에서 나온 인쇄물을 읽었다.
아, 천인공노할 이 만행!
젊은이는 보는 대로 모조리 잡아 죽여
"오늘은 몇 마리 잡았나" 하는 것이
그 공수부대원들의 말이었다니!
역전 광장 분수대에 여학생을 매달아
발가벗기고
칼로 젖가슴을 도려냈다니!
그리고는 선량한 시민을 폭도라 하고
2천 명이 죽고 만 몇천 명이 부상하고
죽은 사람의 얼굴에 콜타르를 칠해서 알아볼 수도 없게 하고
아, 이 극악무도한 학살 행위가 이 땅 여기서 겨우 몇 시간이면 갈 수 있는 곳에 벌어졌는데도

이놈의 경상도 땅에서는 그 폭도들의 욕을 하고

전라도놈들 좀 당해야 한다고 하고

주여, 하나님이여 당신은 어디 가 있나이까.

하루를 굶기고 또 하루를 잠재우지 않고 술을 퍼 먹인 공수부대에게

가서 모조리 찔러 죽이라고 한 악마를

당신은, 보고만 있는 당신은 대체 누구의 편입니까?

교구청을 나와 그래도 먹고살겠다고

좁쌀이며 감자를 사 가지고 차를 타고 온 나는 사람인가, 짐승인가.

짐승이야 얼마나 착한가. 벌레야 얼마나 거룩한가. 나는 어찌 극악무도한 인류에 속해

이렇게 일기에 적는 것도 훗날 어떤 기회에 들킬까 겁을 내는 비겁을 가졌구나.

비겁을 가졌구나!

1980년 6월 15일 일요일

연우가 반공 포스터를 어떻게 그려요, 하고 물었다. 그런 것 안 그려도 된다니까 그치지 않고 그대로 운다. 나는 작년 이때 "창의 창안 공작" 만들어 가야 된다면서 울던 일이 생각나 화가 나서(그 누구에 대한 화인가!) 야단을 쳤더니 한참 울다가 나갔다. 조금 있으니 다시 들어와 "전화 같은 것 그려 놓고 불난 것 그려 놓고 하면 돼요?" 하고 묻는다.

그러면서 오빠가 오면 그려 달라고 한다고 하면서 놀았다. 나는 생각다 못해 담임선생 앞으로 편지를 썼다. "2학년 아이한테 이런 숙제를 내시지는 않을 터인데, 이 아이가 잘못 듣고 이랬다면 많이 꾸짖어 주시고, 그렇지 않고 담임선생이 이런 숙제를 낸 것이 사실이라면 앞으로 다시는 이런 숙제를 내지 말아 주시오" 하는 내용이다. 그리고 숙제를 너무 많이 내지 말라는 것, 교과서 베껴 쓰는 숙제는 아이들을 기계로 만들어 생명을 죽이는 것이니 영원히 씻지 못할 죄를 짓지 않도록 해 달라고 썼다. 이 민족이 어찌 될라고 아이들 교육마저 이렇게 엉망이 되고 있는지, 나는 담임선생님 개인을 비난하려고 이 편지를 쓰고 있는 것이 아니라 우리 모두 공범자란 입장에서 이 얘기를 하고 있는 것이라 했다. 참 어이없는 일이다.

낮에 연우가 텔레비전을 본다고 앉아 있는데, 내가 뭘 쓰다가 논매기노래가 나와서 보니 농민들이 논매기를 하면서 노래를 부르는 장면을 내놨는데 참 기가 막혀 보고 있을 수가 없었다. 모를 심어 가는 논이다. 한쪽에 모춤이 여기저기 던져져 있고 한쪽에 중간쯤 심어져 있다. 그런데 모심기꾼들이 이제 막 꽂아 놓은 모포기 사이에 들어가 허리를 펴서 일어났다 굽혀서 엎드렸다, 두 팔을 앞뒤로 내저으면서 춤을 추듯이 부르고 있다. 세상에 이런 놈의 논매기가 어디 있는가! 모처럼 심어 놓은 모가 짓밟히고 엉망이 될 판이다. 논매기라면 엎드려 두 손으로 논을 매며 가야지,

일어났다 엎드렸다, 두 팔을 앞뒤로 마구 내젓고 하는 꼴이 천하에도 가관이다. 모든 것이 농민들과 상관없는 거짓 놀음이다. 이렇게 농민들이 부르는 노래까지도 가짜로 되어 텔레비전에서 보여 주고 있다니 실로 기가 막힌다. 누구를 위해 저런 짓을 하는 건가! 지난봄에 논매기노래라고 해서 텔레비전에 나오던 것은 겨울 밭에서 사람들이 엎드려 호미로 땅을 긁는 흉내를 내면서 부르기를 그렇게나 또 오랫동안 하더니, 모내기 철에 하는 꼴이 또 이렇다. 그러니 저 노래도 엉터리일 것이 불문가지가 아닌가. 내가 어렸을 때 들에서 들은 논매기노래와는 근처에 가지도 않았다. 모든 게 엉터리요, 가짜다.

오후에 시내에 나갔다가 연우한테 졸려 책을 한 권 사 왔는데,《선녀 바위》라는 우리 나라 전래 동화를 이원수 선생이 쓴 그림책이다. 그걸 몇 편 연우에게 읽어 주는데, 이 책에 그려 놓은 그림이 참 기막힌 엉터리다. 호랑이 머리가 반쯤은 말이 돼 있고, 꼬리란 것이 뱀같이 길어졌다. 부엌의 부뚜막이 시멘트로 돼 있다. 멍석도 순 엉터리고, 울타리란 것이 이엉을 둘러놓은 것 같다. 나무꾼이 나뭇짐을 지고는 거의 꼿꼿하게 바로 서 있는 것도 우습고, 그 나뭇짐의 나무 그림이 나무가 아니고 풀 짐 흡사하다. 화가들의 그림이 이렇게 무책임하고 성의 없을 수 있는가. 그저 탄식할 뿐이다.

텔레비전의 논매기노래 장면이나 전래 동화집의 화가

의 삽화나 모두가 이 나라 문화의 허구성을 드러내고 있는 것이다. 그러니 시인들이 농민들의 얘기를 한다고 쓰고 있는 것이나 소설가들이 농민의 삶을 그려 놓은 것이 제대로 될 리가 없다. 그들은 모두가 도시에 살면서 다방이나 술집에서 농촌을 머릿속에 제멋대로 그리면서 글을 쓰고 그림을 그리고 있는 것이다.

저녁때 연우가 도화지에 그린 그림을 가져와 보이는데, 보니 사람을 대여섯 그려 놓고 한쪽에서 권총으로 쏘는 모양을 그려 놓았다. 그리고 위쪽에는 "기밀 지켜"란 넉 자를 쓰고, 아래쪽에는 "총화 단결"이라 크게 써 놓았다. 오빠가 그린 것이란다. 2층 김재호 선생 말 들으니 이래서 아이들에게 반공 포스터고 반공 표어, 반공 글짓기 등을 모두 숙제로 내놓았다고 말했다. 이게 무슨 놈의 교육인가. 하루빨리 망하는 것밖에는 아무 도리가 없을 것 같다.

1980년 6월 16일 월요일

파시(破市)

이제 파장이다. 님도 손도 다 떠나고 오뉴월 긴긴 해도 다 넘어가는구나.

여보게 윤 서방, 여보게 고 서방, 우리 이젠 거두세. 비단 공단 모본단, 안동포 고룡포 세모포, 차곡차곡 접어

싸세. 손도 님도 다 떠나고 볼 장 안 볼 장 다 봤으니 모
조리 주워 싸세, 걷어 싸세. 크고 작은 보따리 꽁꽁 묶어
소달구지에 싣고 가세. 칠흑의 캄캄한 신작로 길 돌아가
세. 별을 쳐다보며 그까짓 수지계산 새삼 따져 뭘 하나.
어차피 우린 빚지고 살아가는 목숨 아니던가. 어차피 우
린 맨주먹 아니던가. 멀미 나는 트럭이고 버스고 탈 것
없지. 덜커덩 덜커덩 덜커덩 자갈길 굴러가는 달구지 따
라 우리 한잔 술에 청청하늘의 별을 부르며, 목이 터져
라 부르며.

돌아가세. 가난한 산골 개구리 우는 우리들의 마을로
호박순 뻗어 가는 돌담을 끼고.

그리하여 긴긴 밤을 기다리세. 청천하늘에 별을 세며
칡뿌리라도 씹으며 기다리세. 아아, 홀연히 밝아 올 우
리들의 새 아침을 기다리세. 이제 남은 건 아침뿐 아니
던가. 우리 온갖 비단 다시 펼쳐 님을 맞이할 그 아침이
아니던가. 그러나 여보게 최 서방, 박 서방, 이젠 짐을 다
거두세. 님도 손도 다 떠나고 볼 장 다 봤으니.

1980년 7월 12일 토요일

10시경에 도청 검열실에 갔더니 "오늘은 오전 중에 신문을
봐야 하고 바쁘니 오후 2시쯤 와 달라"고 해서 학생 과학
관의 김상문 씨를 찾아가서 전시부 사무실에 2시까지 있었
다. 김상문 씨는 너무도 바빠 얘기할 틈도 없고, 할 수 없이

가져갔던 권정생 선생의 동화 두 편을 읽었다. 권 선생의 동화는 이현주 것과 같이 지금은 도저히 발표할 수도 없는 것이었다. 거기서 점심을 먹는데 김상문 씨는 특별한 식이 요법을 하는 중이라면서 찰밥을 싸 온 것을 먹고 나는 볶음밥을 시켜서 먹었다.

점심을 먹고도 한참 있다가 2시가 돼서 검열실로 갔더니 지난번 보던 사람은 바둑을 두고 있고 다른 젊은 군인이 "이거 이래 가지고 안 되겠어요" 하면서 여러 곳에다 붉은 줄을 친 것을 보이면서 "이거 모두 삭제해야 됩니다" 한다. 보니 주순중 선생의 편지글인데 아무것도 아닌 내용이다. "한 반에 70명 수용하고 있고, 모든 여건이 고르지 못한 우리 형편엔…" 이런 것, "시험지 백 점 받는 것…" 이런 것 다 안 된다 한다. 참 어이가 없어 말이 안 나왔다.

나는 거기서 잠시 설득을 시키려 애썼다. 이것 모두 세상이 다 알고 있는 것 아닙니까, 또 우리가 교육을 잘해 보자는 것 아닌가요, 그리고 이건 오히려 행정을 옹호하는 처지에서 하는 말 아닙니까…. 그러나 소용이 없었다. 조금이라도 부정적인 견해나 감정적인 표현도 안 되는 모양이었다. 결국 두 군데는 삭제하기로 하고 나왔다. 나오면서, 이젠 회보고 뭐고 아무것도 못 내겠구나, 교육도 아주 단념해야겠구나 싶었다.

1980년 7월 17일 목요일

아침에 일어나 7월 호까지 읽었다. 참 좋은 작품*이다. 해 방 후 6·25를 다룬 아동문학 작품으로서는 처음일 것 같고, 6·25를 이렇게 정직하게 본 것은 일반 소설에서도 별로 없 었던 것 같다. 그런데 이건 지금 봐서 검열에 걸릴 것이 거 의 확실하다는 생각이 들었다. 〈소년〉지의 연재는 어째서 무사했을까? 아마 다른 작품들이 워낙 읽을 필요도 없는 것들뿐이라 한몫으로 넘어간 것이리라. 그런데 이걸 다시 단행본으로 내게 되면 그대로 둘 리가 없다. 그리되면 권 선생한테 해가 미칠 것이 뻔하다. 이건 어째서라도 출판을 보류해야겠다는 생각이 들었다. 사태가 달라지면 내기로 하고 권 선생을 위해서 좀 중지해 달라고 요청하는 수밖에 없다.

그래 곧 종로서적 조성헌 씨 앞으로 편지를 썼다. 8시 30분에 집을 나와 중앙통에서 내려 우체국에 가서 편지를 부치고 책 두 권(황석영《어둠의 자식들》, 조동일《구비문 학의 세계》)을 사서 안동으로 오다가 도중 일직에 내려 권 선생한테 갔다. 권 선생은 그런 것 출판 안 될 줄은 꿈에 도 생각 못 했다 하면서 몹시 실망하는 태도였다. 나는, 세 상이 이쯤 됐으니 앞으로 쓸 때도 좀 조심해서 써 달라 했

---

* 〈소년〉지에 실린 권정생의 동화 〈초가삼간 우리 집〉을 말한다. 1985년에 분도출판사에서《초가집이 있던 마을》로 펴냈다.

다. 권 선생은 그런 것도 발표 안 되면 무엇을 쓰겠나, 차라리 침묵하는 게 낫다고 했다. 나는 우리 동인지 만들기 위해 작품 모은 것 중 이현주와 권 선생 것이 두 편씩 모두 발표하기 곤란한 것이었다고 하고, 그런 것 아니면 쓰지 못할 심정이라면 당분간 집필을 중단하는 수밖에 없다고까지 말했다. 그렇게라도 해서 권 선생이 다치지 않도록 해야 된다고 생각한 것이다.

권 선생은 자기의 큰형이 오랫동안 소식이 없다가 얼마 전 갑자기 고국 성묘단에 끼어 왔다 갔다면서 연세가 64세나 되는데도 장가를 안 가고 지금까지 고생하고 살아왔는데, 이제는 고국에 와서 살고 싶어도 조련계가 되어서 여기 와서는 항시 감시만 받고 살아가야 되니 올 수 없다고 했다. 귀순을 하고 싶은데도 여기 와서 살 수 없어 못 한단다. "여기 와 잠시 저하고 얘기하는 데도 경찰이 따라와 잠시도 우리끼리 두지 않아서 아무 말도 못 했어요" 했다. 그러니 이런 상황이니 그런 작품 안 쓰고 뭘 쓰겠습니까, 했다.

3시 좀 지나 나오는 버스를 타고 안동 와서 교구청에 책을 갖다주고 정 신부와 잠시 얘기하다가 저녁 막차로 학교에 왔다. 정 신부 말 들으니 요즘은 각처에서 신부들이 테러를 당한다 했다. 정 신부한테도 일전에 어떤 정체불명의 사람 셋이 찾아왔는데, 다행히 그때 정 신부가 없을 때라 그대로 돌아갔다고 했다.

1980년 8월 29일 금요일

반상회 결과 보고를 전화로 한다고 가던 정 선생이 계속 통화 중이라 두 시간이나 걸려서 겨우 통화가 되었다면서, 교육청 직원이 하는 말이 "우리도 오늘 종일 전화만 받고 있어요" 하더라 했다. 전화로 보고했는데도 다음에 다시 또 서면으로 보고하라고 하더란다. 한편 면장한테도 통보 공문을 써서 급히 집배원 편으로 부쳤다.

울진 죽변 감리교 주보가 드디어 "사정에 의해 앞으로 낼 수 없게 되었습니다"고 해 왔다.

〈서울신문〉 컬러판이 왔는데 거기 "제11대 대통령으로 당선된 전두환 장군 내외"의 사진이 전 지면 가득 컬러로 나와 있고, "전두환 장군 역사의 부름으로 민족 앞에 서다" 란 큰 활자가 보이고, 그 밑에는 놀랍게도 김요섭의 축시 '참사람 새 사람'이 나와 있다. 어처구니가 없는 일이다. 그러나 김이란 자가 무슨 짓을 못 하랴. 이런 짓을 해서 벼슬자리에라도 오르고 싶어 하는 자가 아동문학을 하고 있는 나라, 그 나라에 내가 살고 있다는 것을 새삼 생각해 본다.

지금 꼭 12시다. 밤중에 일어나 이것은 꼭 적어 두어야 한다고 써 둔다.

1980년 10월 6일 월요일 비

교감 선생이 간밤에 연탄가스를 마시고 하마터면 큰일 날 뻔했다. 다행히 밤중에 일어나 어찌어찌해서 문을 열고 밖에 나와서 그 정도로 된 것 같다. 아침에 방구들을 조사하고 의논 끝에 아궁이를 나무 때는 것으로 도로 고쳐 나무를 때기로 했다.

오후에 면장과 공보실장이 왔다 갔다. 역시 투표* 계몽하러 온 것이다. 계몽한다면 마을에나 갈 것이지 왜 학교에 오는가? 그들도 마을 사람들 직접 만나 자꾸 투표 얘기, 헌법 얘기 하는 것이 싫은 모양이다. 그런데 나한테 자꾸 이것저것 부탁하는 걸 들으니, 나를 그렇게 믿어서 그러는지 못 믿어서 그러는지 짐작이 안 된다. 아무튼 여기는 걱정 말라고 했다.

내일은 민방위 훈련이다. 모레 8일은 면내 기관장 회의가 있단다. 군수도 오고 한다고 꼭 나오란다. 나는 사정이 있어 교감 선생을 대신 보내겠다고 말했다. 11일은 또 교직원 전체가 임동교에 모인다. 교양을 받는다고 하는데, 불문가지 투표 공작이다. 그리고 15일은 또 임동교에서 교육 정상화를 위한 회의가 있다. 교육 정상화란 것은 바로 국민투표를 말하는 것으로 통용이 된 용어다. 또 그날 15일 밤에는 군(郡) 공보실에서 여기까지 와서 영화를 주민들에게 보여 준단다. 그 밖에 이곳 부락별 좌담회가 사흘 동안 있다. 그때는 면장이 오게 돼 있지만, 못 오면 교장이 참석해 달

---

* 1980년 10월 22일에 국민투표로 대통령을 선거인단이 뽑는 간접선거제로 바꾸는 새로운 헌법 개정안을 확정했다. 이렇게 바뀐 대통령 선거를 통해 전두환이 제12대 대통령으로 당선되었다.

라는 요청을 받았다. 대강 들어도 이렇다. 이 밖에도 22일 (예정) 투표일 이전에 또 반상회가 있을 것 같고, 교직원들이 마을을 나눠 맡아서 투표 계몽하러 몇 번쯤은 나가야 할 것 같다. 참 어처구니없는 세월이다. 이래도 정의로운 사회인가? 몇천 년 만에 비로소 맞게 되는 행복한 시대라고 교육장은 눈물을 흘릴 것인가.

저녁에 '내가 살고 있는 대곡'을 썼다.

군 공보실장 유기덕과 권 면장이 와서 투표 계몽 걱정을 할 때, 유 실장이 고추 세금 걱정을 많이 할 것 같은데, 잘 얘기해 주셔야 할 것 같아요, 했다. 올해는 고추 세금을 작년과는 달리 좀 비싸게 내게 될 것 같은데, 말이 많이 날 것 같다는 것이다. 얼마나 나오는가 물으니 아마 10퍼센트는 될 것이라 했다. 10퍼센트란 것은 고추 한 근에 3천 원이면 3백 원의 세금이 나온다는 것이다. 그러면서, "그래도 일반 물가에 비해 고추 요래 한 움큼에 3천 원이면 10퍼센트의 세금 내는 것 그리 큰돈이 아니래요. 모든 것을 현실화하고 있으니 고추 세금도 현실화하는 것이 당연하지요" 했다. 이렇게 말하는데 면장이 손을 저으면서 "아직 우리 면에서는 고추 세금 말을 내지 않고 있으니 미리 말하지 말아야 됩니다. 투표 지난 뒤에 말을 내려고 합니다" 했다.

나는 속으로 세금이 참 엄청나게 비싸다는 생각이 들었고, 농민들이 알면 불평이 많을 것이라 생각했다. 3천 원이란 고춧값은 순수익이 아니다. 그걸 조수익(粗收益)이라 하던가. 아무튼 시장에 내다 판 값이다. 이 3천 원에서 비료값, 농약값, 비닐 기타 농기재 대금, 연탄값, 운반비, 도지로 땅을 경작한 소작인은 도지값 이런 것 모두 제한 것이 순수익이다. 물론 농민들의 노동력 제공은 계산에 넣지 않고서다. 그런 것 제하면 순수익이 얼마나 되겠나? 며칠 전 반상회 때 마을에 나가 고추 말리는 방을 들여다보았더니 한 방에 연탄 독을 여섯 개 놓아두었다. 하루 몇 장씩 피우는가 물으니 넉 장이라 했다. 넉 장이면 6×4=24장이다. 한 장에 120원이면 120원×24=2,880원이 날마다 들어간다. 두 달 동안 이렇게 계속 피우면 17만 2,800원이다. 연탄값만 해도 한 방에 이렇게 들어간다. 그런데 요즘은 고추 시세가 오늘 유 실장 말로 근당 2,400원으로 내렸다고 한다. 3천 원 간 것은 첫여름 한때뿐이었던 것이다. 이런데, 그 조수입의 1할이란 세금을 징수하다니, 이건 아마 세계에도 유례가 없는 가혹한 세금일 것 같다. 그래서 면장은 국민투표만 무사히 넘기면 그다음에 이 세금을 고시할 계획인 모양이다.

세금 얘기가 끝난 다음 나는 작년에 우리 나라 쌀 생산이 실제 얼마였던가 물어보았다. 그랬더니 유 실장이 4천만 석이라 했다. 실제 그렇게 되는가 다시 물으니 그렇다고 하면서, 올해는 감수되어 3,800만 석 예상하고 있단다. "그러니 작년까지 비축하고 있는 정부미가 3,500만 석 있지요. 흉년 들어도 걱정 없습니다" 했다. 우리 나라 쌀 생산이 실제가 이렇다면 조금도 걱정 없다. 소련도 중공도, 그 밖의 세계 주요 국가들이 식량 자급이 안 되어 걱정하고 있는데 우리 나라가 과연 될까? 4천만 석 생산한다면 갓난아이나 노인이나 모두 한 사람 당 한 섬 꼴로 돌아가고, 그래도 남는다. 그런데 무엇 때문에 그렇게 쌀 생산 장려에 강제 농정을 펴고 있고, 보리쌀 먹으라고 국민학생들까지 강요하는가. 쌀이 모자란다고 그렇게 오랫동안 학교 교실에서까지 와서 아이들 도시락을 조사하고 기록하고 하더니, 지난 해에는 이번에는 쌀이 남는다고 보리쌀 먹으란 교육을 언제 그랬느냐는 듯 중단하다가, 올해 들어 또다시 보리쌀 먹으라 보리를 생산하라고 하고 있는데, 그리고 정부의 통계란 것이 거짓이란 것을 당국에서도 인정하고 있는데, 공보실장이란 사람이 나한테 그렇게 뻔뻔스럽게 입에 침도 안바르는 태도로 말했다. 면장과 실장은 나를 이용하려는 것이 아니면 은근히 적대시하고는 그 휘황찬란한 정부의 피아르를 해 보겠다고 하는 것이 분명하다. 올해 이렇게 역사에도 없는 흉년이 들었는데, 쌀 3,800만 석이 생산된다고 말하는 공보실장은 어떤 낯가죽의 사람인가? 3,800만 석이면 그것만 먹고도 남는데, 뭣 때문에 외미(外米)를 수입한다고 하는가? 어린애를 속여도 정도가 있지 않은가.

면장과 공보실장 얘기에 그저 고개를 끄덕이고 아무 말을 안 했던 나도 그들과 그리 다른 인간이 아니었구나 하는 생각을 이제사 하게 되었다.

1980년 11월 29일 토요일

사당동 예술인 마을 이원수 선생 집을 찾으니 김영일, 김종상이 와 있었다. 선생님은 누워 계셨다. 팔에 링거 주삿바늘을 꽂고 이따금 앓으시는 소리를 내셨지만 시종 웃음을 띠우셨다. 목이 쉬어 겨우 말을 하시고, 가래가 자주 끓어나는 모양이었다. 김영일 씨는 웬일로 아들을 데리고 와 있었다. 조금 있으니 이준연 씨가 오고 한윤이, 이상교가 왔다. 김종상 씨 얘기 들으니 이번에 대한민국 예술상인가 하는 상금을 이원수 선생님이 받도록 애를 쓴 사람이 김영일 씨라고 했다. 이 선생님이 오랫동안 병원에 다니시느라고 경제적으로도 매우 어려운 형편에 있으니 상금을 받도록 해야 한다고 김종상, 이영호 등이 심사위원이라는 김영일, 박경종, 어효선 등에게 많은 부탁을 했던 모양이다. 교회의 목사와 장로들이 와서 병실에 들어가 예배를 보는 동안 응접실에서 우리는 주로 그런 얘기를 했다.

병실에서 예배를 보는데 찬송가 소리에 "죄인 오라 하실 때에 날 부르소서"란 찬송 소리에 눈물이 날 것 같았다. 그것은 내 어머니 돌아가실 때 부르던 찬송가였던 것이다.

목사 일행이 나간 뒤 우리는 다시 선생님 곁으로 갔다. 링거 주사는 끝났다. 선생님의 머리맡에 만년필과 원고지에 쓰시던 것이 보이기에 "선생님, 그렇게 누워서도 뭘 쓰셨습니까?" 했더니 "그저께는 시 두 편을 썼어요" 했다. "어디 내실 겁니까" 했더니 부산에서 나오는 〈어린이세계〉

와 〈새농민 어린이〉에 보낼 거라고 하셨다. 나는 "아이고, 너무 무리하지 마셔야 합니다" 하고 원고지에 쓴 것을 보려고 했더니 선생님은 역시 머리맡에 놓인 노트를 집어 주시면서 펴 보이셨다. 그 노트는 최근에 쓰신 시를 정서해 두시는 노트였다. 나는 그저께 쓰셨다는 시를 읽어 보았다. 하나는 '설날의 해'고 다른 하나는 '때 묻은 눈이 눈물지을 때'란 제목이었다. 참으로 놀라운 일이었다. 빈사의 지경에 이르러 있는 사람이, 더구나 암세포가 뇌까지 번져 들어가 격렬한 통증을 참기 위해 계속 진통제 주사를 맞거나 약을 먹는 사람이 이런 정신력을 발휘하다니! 이것은 결코 범인이 흉내 낼 수 없는 일이다. '설날의 해'에는 삶을 긍정하는 밝은 태도가 보이고 '때 묻은 눈이 눈물지을 때'에는 언 땅에서 밀보리를 포근히 덮어 주면서 봄과 함께 살아가는 때 묻은 눈 속에서 자신을 발견한 선생의 죽음을 앞둔 심정이 잘 나타나 있었다. 내가 "이건 우리 학교 아이들에게 보여 주고 싶습니다"면서 베끼려고 하니까 선생님은 손수 원고지에 쓰신 '설날의 해'를 손으로 집어 주시면서 그대로 가져가라고 하시고, 다른 한 편만 베끼라 하시면서 원고지까지 밀어내어 주셨다. "잡지사에 보내야 되잖습니까" 했더니 하나는 보냈고 또 하나는 천천히 보내면 된다고 하셨다.

조금 있으니 김영일 씨가 들어와서, 사모님과 따님들이 있는 자리에서 자꾸 농담을 하고 웃겼다. 죽음을 앞둔 사람을 조금이라도 그 고통과 공포를 잊도록 하려고 그러는 것이겠지만, 내가 보기에는 도리어 더 선생님을 슬프게 해 드리는 것이 아닌가 싶었다. 사모님이나 따님들도 애써 웃고 이제 곧 나으신다고 말하는 것인데, 그럴수록 선생님은 고독해 보이는 것 같았다. 나 혼자의 기분일까? 우리는 거기서 저녁을 먹고 8시가 지나서 모두 나왔다. 아, 얼마나 적막한 그리고 고통스런 밤을 맞이할 것인가.

1980년 12월 22일 월요일

아침 7시에 안동 착, 안동역에서 권 선생을 기다리는 동안 난롯가 콘크리트 바닥에 드러누워 있는 사람들, 그중에는 귀여운 아기를 안고 앉아 있는 여인도 있었다. 어떤 할머니가 오더니, 그 여인을 아는 듯 대화. "왜 이런 데 앉아 있나? 시집에 갈 게지." 그 여인은 시집에도 갈 수 없는 몸인 것 같았다. 얼굴 모양도 똑똑하게 생긴 사람이었는데, 날씨가 몹시 추워 한쪽 구석에 석유난로를 쬐면서 구두를 닦는데, 그 구두닦이 소년은 고아 출신이었다. 열여덟쯤 돼 보였는데, "호적도 몇 년 전 여기 안동 와서 만들었어요" 했다. 하루 많이 닦는 날은 40명쯤 된단다. 3백 원씩이니 9천 원이다. 두 사람이 맡았다니 그 수입을 나누는가? 저 혼자 수입이 그렇다는 건가? 무슨 회비도 낸다고 했다.

옆에 같이 난로를 쬐고 있는 50대 남자, 나 나이 정도의 사람과 얘기했다. 난롯가에서 콘크리트 바닥에 저렇게 누워 있으면 병이 들지 않나, 왜 저런 사람 대책을 세워 주지 못하나, 안동에 집 한 채만 지어도 될걸. 잠이나 따뜻이 잘 수 있게 해 주면 밥은 저들이 얻어먹겠지….

8시 발차 직전에 권 선생이 와서, 물리려던 차표를 도로 찾아 급히 들어가 탔다. 오후 1시 반 청량리역 도착.

전화를 거니 이원수 선생의 용태가 "아주 나빠요" 하는 따님의 대답이다. 아, 기어코 마지막이 왔는가* 싶었다. 종로서적에 가서 '농촌 어린이 문고'†와 대성학교 아동 문고를 약 10만 원어치 권정생 선생과 골라 화물 편으로 보내 달라고 하고 예술인 마을로 갔다.

이번에 사서 화물로 부치도록 해 놓은 책들
● 대성교 문고(저학년용)
  꿈나무 그림동화(국내편), 꿈나무 그림동화(외국편), 엄지 아가씨(이원수), 갓난 송아지(이원수), 가자미와 복장어(이주홍), 귀여운 손(이원수), 달나라 급행(이원수)
● 마을 어린이 문고
○ 중학년 이상
  권정생 선택: 녹두 장군 전봉준(소년생활사), 로빈훗

* 1981년 1월 24일에 돌아가셨다. 이오덕은 "울음이 북받쳐 엎드려 잠시 울었다. 눈물을 닦고 나서도 또 눈물이 났다"(1981년 1월 24일 일기에서)고 했다.
† 독일 교포들이 농촌 아이들을 위해 써 달라고 보내온 돈으로 농촌 아동 문고를 만들 계획을 세우고 책을 마련했다.

의 모험(아리랑사), 소공녀(계림출판), 로빈슨 크루소
(계림출판), 올리버 트위스트(계림출판), 목장의 소녀
(계림출판), 알프스의 소녀(계림출판), 정글북 1, 2, 3
(계림출판), 엉클 톰스 캐빈(계림출판), 피터 팬(태창),
프란다스의 개(태창)

이오덕 선택: 곤충의 시인(?), 꽃님과 어린양들(권정생,
새벗문고), 얘들아, 내 얘기를(이원수, 새벗문고), 메아
리 소년(이원수, 새벗문고), 웃음의 총(이현주, 새벗문
고), 바보 온달(이현주, 새벗문고), 창비아동문고 17권

○ 고학년 이상

이오덕 선택: 달걀은 달걀로 갚으렴(박완서, 샘터)

○ 전학년

이오덕 선택: 청년사 세 권

선생님은 코에 고무호스를 끼고 계셨다! 입으로 아무것
도 못 잡수셔서 그 호스로 넣어 드린다는 말이었다. 들어가
자마자 누워 계신 선생님의 손을 잡고, 권 선생은 마구 소
리를 내어 울었고, 나도 자꾸 눈물이 났다. 선생님은 아직
의식이 분명했고, 목소리가 좀 쉬어서 말하시는 것이 퍽 힘
이 드신 듯하여 옆에 종이를 꿰맨 것에 볼펜으로 쓰시면서
의사를 표시하셨다. 그러면서 이것저것 알고 싶어 하시고,
집안일에도 마음을 쓰시는 듯했다.

"내가 가장 믿고 있는 사람 중의 한 사람이래요" 하고,

권 선생을 두고 쓰셨다. 그 잡책에 기록된 것 보니, "손님 오거든 소주 2홉 가져와 안주도 준비해요"란 글씨도 보였다. 따님이 들어오니 "뭐 먹을 것, 차나 과실 가져와"라고 이번에는 말로 하셨다. 우리가 그런 것 먹고 싶지 않으니 가져오지 말라고 했더니 딸이 "아버님은요, 옆에서 잡수시는 것 보고 싶어 해요. 우리가 밥을 먹을 때도 여기 와서 먹어요" 했다. 그러자 선생님은 볼펜으로 쓰셨다. "음식을 못 먹은 지 꼭 1년이 돼서 남들이 먹는 것이라도 보고 싶어요. 김치 씹는 소리도 듣고 싶고…" 이렇게 쓰시고는 웃으셨다.

따님이 잣죽인가를 컵에 담은 것을 조그만 상에 얹어 들고 왔다. 거기는 조그만 종지들에 김치 같은 것, 간장 같은 것들이 담겨 있었는데, 선생님은 일으켜 달라고 해서 앉아서 그 반찬들을 하나하나 들고 코에 갖다 대어 냄새를 맡아 보셨다. 그것들이 차가워서 냄새가 잘 안 나자 다시 데워 오라고 하셨다. 다시 데워 오니 또 코에 갖다 대셨는데, 내가 그걸 들어 보니 여전히 차가웠다. 그러는 동안에 컵의 죽이 좀 식어서 따님(출가하지 않은 따님)이 주사기로 호스에 두세 번 넣어 드렸다. 국(역시 하얀 액체)이란 것도 한 번 넣어 드렸다. 그리고 찻물도 그렇게 했다. "수분을 하루 2,500cc를 섭취해야 한답니다" 하고 정옥 양이 말했다.

저녁을 먹고 응접실에서 전화를 걸었더니 김종상 씨는 내일 하청호 씨 문학상 수상에(대구) 간다고 하면서, 문협 임원 선거가 20일부터 있는데 우리 회원들이 너무 관심이 희박해서 큰일이라고 했다. 최도규 동시집 출판기념회도 내일 있는데, 거기 오라 하지만 갈 수가 없어 박경종 씨한테 가 달라고 했더니, "초청도 없는데 뭣 때문에 가나" 하더란다. 박홍근 씨는 광주에, 역시 무슨 문학상 시상식에 간다고 했다. 이영호는 호주에 가고…. 이래서 협회 일을 혼자 걱정하느라고 김종상 씨가 애를 먹는 모양이었다. 응접실에 앉아 있는데 병실에서 사모님이 나오시면서 손짓을 하셨다. 선생님이 나를 부르신다는 것이었다. 들어가니 원고지에다 다음과 같이 쓴 것을 내주셨다.

댕그랑 댕그랑 종을 울리며
이른 아침 골목에 두부 장수 아저씨
두부 사려 소리는 하지 않아도
집집마다 아주머니들 내다보고
두부 한 모 주세요, 두 모 주세요.

웃으며 팔고 산 두부를 썰어
보글보글 찌개 속에 끓게 해 주고
자글자글 기름 판에 지지게 해 주고
반찬 냄새 풍기는 좁은 골목을
종 흔들며 가는 두부 장수 아저씨

1935년 옥중작

〈소년〉 연재물 속에 넣은 것

내가 두부 장수라도 하려는 마음에서….

이번에 〈소년〉지에 보낸 거라니 저렇게 누우셔서도 쓰셨는가! 미발표작이라 하였다. 그때 실직해 있을 때, 두부 장수라도 하고 싶은 심정으로 썼다고 다시 힘드는 목소리로 말씀하셨다. 나는 참 좋은 시라고 말씀드렸다. 11시가 가까워 권 선생과 부엌 옆방에서 잤다.

자리에 누워서 권정생 선생과 한 말.

"신앙만 가지고 거기에 몰두해 있는 사람은 얼마나 비인간적으로 되는가!"

권 선생 말이다. 이원수 선생 부인의 언행을 두고 한 말이다. "내 생애 최고의 날"이니 "기도를 드려 아픔을 낫게 했는데도 선생님은 고집을 세운다"느니, 식은 반찬을 예사로 갖다드리는 것을 보고 한 말인 듯.

"인간은 얼마나 고독하게 살아가야 하는가!"

내가 한 말. 예술인 마을에서 찾아오는 이웃 사람 하나 없으니.

"도시 사람들은 이렇게 비인간적으로 됐어요."

권 선생.

"농촌 같으면 너무 찾아와 귀찮을 텐데…."

권 선생.

"한 가족끼리도 저렇게 되니…."

권 선생.

"나 역시 그래요…"하고 내 얘기를 했더니 권 선생은 새삼 놀라는 듯했다.

1981년 3월 21일 토요일

오늘은 어린이 회장의 선거가 있는 날이다. 조회 때 입후보한 아이들이 의견 발표를 하고, 셋째 시간에 투표를 하기로 했다. 조회 때 입후보한 아이들 나오라 했더니 회장은 세 명이고 부회장은 아홉 명이나 되어 놀랐다. 아무도 나오지 않으면 곤란하다 싶었던 것이다. 차례차례 의견 발표를 하는데, 모두 종이에 쓴 것을 낭독하기는 했지만 제법 격식을 갖추어 하는 것이 아마 텔레비전에서 지난번 선거할 때 하던 걸 본 것이 아닌가 생각되었다.

의견 발표가 끝난 다음 나는 아이들 앞에 나가 두 가지 얘기를 해 주었다.

그 하나는 오늘 아침에 들은 것인데, 어느 입후보한 아이가 저학년에 가서 과자를 사 주면서 운동하더라는 소문인데, 그게 사실이라면 이것도 어른들의 타락된 선거 풍습을 그대로 배우고 있는 것이리라. 물론 아이들은 그런 것을 하는 것이 나쁘다고 보지 않았을 것이다. 아무도 그런 어른들의 행동을 비판하는 사람이 없기 때문이다. 나는 소문으로 들은 것을 얘기하고, 그런 짓은 나쁘니 해서는 안 된다고 말했다. 어른들은 그런 짓을 하더라도 여러분들은 어른들을 따라서는 안 된다 했다. 어린이 회장단 선거는 앞으로 여러분들이 어른이 되었을 때 해야 할 것을 지금부터 연습하고 공부하는 데 더 큰 뜻이 있다고 말해 주었다.

다음 또 한 가지 말한 것은 이렇다.

"지금 입후보자들 12명의 의견 발표를 듣고 느낀 것인데, 모두 잘했습니다만 한 가지 크게 잘못된 것은 모두 말한 것이 자기 자신의 진심에서 우러난 말이 아니고 어른들의 말, 선생님들의 말을 그대로 따르고 흉내 낸 것입니다. 우리 학교를 빛내도록 한다든지, 아름다운 학교를 만든다든지, 이런 막연한 말, 선생님들이 하는 말, 더구나 새 시대, 새 질서를 위해 일하겠다는 말들은 조금도 여러분 자신의 생각이 들어가지 않은 말입니다. 말씨도 모두 어른스런 말씨였습니다. 자기 자신의 말로 자기 자신의 생각을 얘기해야지요. 평소 자기 학급의 생활을 생각하고 학교 전체 아이들의 생활을 생각해 보면 무엇인가 문제가 있을 것입니다. 그런 걸 여러분도 모두 한두 가지씩은 다 느끼고 있을 것입니다. 그런 것을 쉬운 말로 얘기해야지요."

셋째 시간의 선거도 3학년 이상 모두 운동장에서 투표를 했는데, 아이들이 투표를 다 마칠 때 내가 나가니 교감 선생, 권 선생이 "교장 선생님도 투표해 주시지요" 했다. 선생님들도 한 표씩 넣기로 했던 것이다. 그런데 나는 부회장 출마한 아이들의 얘기를 알뜰히 듣지 못해서 어느 아이를 써넣어야 할지 정신이 없었다. 그렇다고 누구에게 물을 수도 없다. 회장은 셋 중에 한 아이를 가릴 수 있지만 차라리 기권하는 것이 옳겠다는 생각이 들었던 것이다. 또 기권의 자유도 아이들 앞에 보여 주는 것이 좋겠다 싶어 "난 그만 기권하겠어요" 했더니 교감 선생이 두 번 세 번, 그것도 아이들 앞에서 "아이들 앞에 시범할 필요가 있습니다" 하면서 투표를 권했다. 권 선생도 투표용지를 일부러 내밀면서 말했다. 나는 그럴수록 거절하고 싶은 생각이 들었다. "투표는 강요할 수 없습니다"고 끝내 기권했던 것이다. 나중에 생각해 봐도 오늘 일은 잘했다 싶었다.

개표하는데 회장 나온 세 사람은 둘이 남자고 하나가 여자인데, 속으로 이리되면 여학생이 될 가능성이 있다 싶었는데 예상 밖으로 그 여학생은 아주 표 수가 적었다. 여학생들이 여자라 해서 찍어 주지 않았던 것이다. 이것은 봉건적 사상과 습관이 아직 이곳 아이들 속에서도 남아 있는 것인지, 아니면 워낙 생각들이 깨어나서 남녀평등이 된 것인지, 혹은 같은 여학생이라 시기해서 그런 결과가 되지는 않았는지, 잘 알 수 없다. 남자아이 둘은 마지막까지 다투다가 결국 한 표 차로 결정이 났다.

아무것도 아닌데도 투표를 하고 개표를 해서 숫자로 승부를 결정하는 일에는 어른이고 아이고 관심이 대단하다. 경쟁이란 본시 이런 것인가 보다. 그러나 민주 사회를 만드는 데 있어서 이 선거 투표의 행사는 그것이 아무리 어린애들 같은 짓이라 하더라도 뜻이 있으며 더구나 아이들 교육

행위로는 중요한 것으로 봐야 한다.

오늘 선거 투표 교육은 내가 생각해도 잘한 것이구나 생각되었다. 이렇게 중요한 선거를 오랫동안 못 해 왔으니 이 나라의 교육이 얼마나 잘못되어 왔는가 짐작할 수 있다.

1981년 5월 26일 화요일

아침에 김종상 선생이 아이를 시켜서 억지로 끌려가서 식사를 했다. 동시집의 이름을 '개구리야 울어라' '개구리 울던 마을' 등 몇 가지 쓴 것을 보였더니 '개구리 울던 마을'이 참 좋다 했다. 식사를 하고 나와 창비에 가서 시집 이름을 의논하니 '개구리 울던 마을'은 동화집 이름 같다면서 '개구리야 울어라'로 하자고 해서 그렇게 결정했다. 그길로 종로서적에 갔더니 출판부장 조성헌 씨가 없었다. 오늘 하필 민방위 훈련받으러 갔단다. 그리고 요즘 몸살을 앓고 있는 것 같아 내일도 결근하기 쉬울 것이라 했다. 할 수 없이 오후에 집으로 전화를 걸어 보기로 하고는 집 전화번호를 물어서 적어 두었다.

이번에는 한윤수 씨를 만났다. 한 씨는 전화를 거니 바로 화신 뒤에 있었다. 책방에 나온 《이 아이들을 어찌할 것인가》를 보니 4월에 10판을 찍어 낸 것 같은데 인세 말을 하지 않았다. 물론 어려워서 그렇긴 하겠지만 한마디 인사도 없이 그럴 수 있는가 싶었다. 한 씨는 경주의 윤경렬 씨가 언젠가 〈소년한국〉에 연재한 경주의 고적과 신라의 전설, 문화에 대한 글을 창비아동문고로 내줄 수 없는지 알아 봐 달라 해서 그렇게 하겠다고 말했다. 그 원고는 한 씨의 친구인 윤경렬 씨 아들이 가져와서 맡겨 두었다는데, 책이 두 권분은 될 것이라 했다.

한 씨와 헤어져서 이번에는 광주 김소형 선생이 소개한 서정슬 씨를 찾아갔다. 마포행 302번 버스 종점에 내려 '사랑의 고리' 집을 물으니 곧 찾을 수 있었다. 거기엔 다섯 사람의 처녀 불구자들이 공동생활을 하고 있는데 봉사도 있고 벙어리도 있고 일어나 걷지 못하는 사람도 있었다. 이들은 서로 도와 가면서 밥도 하고 빨래도 하며 산다고 했다. 모두 가톨릭을 믿고 있으며, 밝은 표정으로 즐겁게 살아가는 듯해서 나도 기뻤다.

다섯 사람 중에서 서 양이 제일 몸이 불편했다. 그는 두 다리를 못 쓰고 기어 다니다시피 했고, 두 팔은 부자유스러웠고, 손가락은 겨우 두세 개 밥숟갈을 어찌어찌해서(얼마나 많은 훈련을 하였을까?) 잡거나 볼펜을 잡을 수 있을 정도였다. 그리고 목이 비틀어졌고, 입이 비뚤어져 발음을 제대로 할 수 없었다. 남이 하는 말은 잘 알아듣는데, 자기의 의사표시는 필담으로 겨우 몇 자씩 써 보이거나 지극히 불완전한 발성으로 그의 말을 알아내는 측근의 사람에게만 전할 수 있었다. 오늘 내가 갔을 때는 바로 옆에 다리를 못 쓰는 처녀가 앉아 그의 말을 통역해 주었는데, 나는 서 양의 그 고심참담 애써 하는 입놀림을 전혀 알아들을 수 없었지만 그 옆의 처녀는 척척 알아내는 것이 참으로 놀랍고 신기했다.

나는 처음에 나 자신을 소개했다. 그리고 광주의 김소형 선생 소개로 서 양의 시집을 읽게 되었고 서 양을 알게 되었다고 했다. 그리고 찾아온 뜻을 말했다. 시집 읽은 느낌을 말하고, 시집에 안 나온, 더 좋은 작품이 있다던데 보여 줄 수 없는가 하고 물었다. 그랬더니 노트를 가져왔는데 보니 글씨를 몹시 고심해 쓴 흔적이 있지만 단정히 썼고, 맞춤법, 띄어쓰기 등 아주 놀라울 정도로 정확했다. 시집에 안 나온 좋은 작품들이 김소형 선생 말대로 많이 있었다. 왜 이런 좋은 작품들을 안 실었을까? 홍윤숙이란 사람은 그렇게 시를 모르는 사람인가. 참 할 수 없는 사람이다.

나는 서 양에게 물었다. 이 시집을 낸 데 만족하고 있는가, 하고. 그랬더니 그렇지 않다고 했다. 또 내 생각에도 책 이름이 마음에 안 드는데 어떤가, 했더니 역시 마음에 안 들어 그 출판사에 있는 신부한테 말했는데, 다음 재판 때는 다른 이름으로 바꾸기로 했다고 했다. 나는 또, 여기 노트에 있는 것 중에서 책에 나오지 않은 좋은 작품이 여러 편 있는데, 새로 시집을 한 권 더 만들고 싶은 생각은 없는가 했더니, 아직 만들 생각은 없고 더 써서 다음 천천히 만들고 싶다고 했다.

나는 시집 두 권을 달라고 해서 봉투에 돈 만 원을 넣어 책값이라고 하고 내주고 나왔다. 아, 어쩌면 그렇게 정답고 기쁘고 즐거운 집인지, 참 너무너무 고맙고 다행스런 생각이 들었다.

그길로 나와 창비에 가니 어제 많이 고친 두 작품의 교정본이 나와 있어서 그걸 보고, 책 몇 권을 사서 나왔다. 내 시집은 6월 중순경에 나온다고 해서 그때 오기로 했다.

종로에 와서 조성헌 씨 집으로 전화를 걸어 송재찬, 박상규, 이주홍 세 분의 동화집 얘기를 했더니, 자기 마음대로 할 수는 없으니 의논해 보고 곧 편지 연락을 하겠다고 했다. 그만한 대답을 받은 것도 다행이다 싶었다.

그길로 내일 아침 기차표를 사 놓고, 이제는 여관에 들어가 푹 쉬기로 하였다. 원갑여관에 가면 여관비가 적어도 8천 원은 될 것 같아 옛날의 학원 골목에 들어가 조그만 여관에 갔더니 5천 원이라 했다. 같은 5천 원인데도 마포보다 오히려 방도 이불도 깨끗해서, 이제 서울 오면 언제든지 여기 들어오자고 생각했다.

1981년 6월 11일 목요일

아침 차로 안동행.

10시부터 교장 회의가 있었는데 오늘 회의는 회의 서류가 아주 두꺼운 책으로 한 권이었지만 학무과장이 재빨리 대강 넘어가는 식으로 진행해서 12시 전에 마쳤다. 그동안 두 번이나 교육장 회의가 있었다는데, 그걸 모아 전달한 것이다. 내용은 정화 운동, 정신교육 등 언제나 하는 말이었고, 좀 다른 말이 있었다면 "대학생들의 동향"인데, 요즘 대학생들이 좌경이 되어 현 정권을 파쇼 정권이라 하고 정권을 지원하는 재벌을 매판자본가라 한다고 했다. 그리고 또 하나는 학교 경영을 외부 환경 꾸미는 것으로 위주 삼아 자랑삼지 말고, 학력, 아동 행동, 기능 등 지도를 잘하여, 그것을 자랑삼으라고 하는 교육장 말이었다. 강 장학사의 수업 심사에 대한 얘기가 있었다. 이제 수업을 잘하도록 장학지도를 할 모양인가?

오후 차로 돌아오니 교감 선생이 '풀이름 외우기 내기' 행사에 대해서 "선생님들과 의논해 보니 우선 학교 안의 교재원에 있는 것부터 하는 것이 좋겠다고 해서 그렇게 하기로 했습니다"고 하면서 권 선생이 행사 계획한 것을 내보였다. 나는 좀 불쾌했다. 게시판 광고에는 분명히 산과 냇가, 논둑 밭둑의 풀이름을 할아버지나 할머니들, 아버지 어머니들에게 물어서 알아 두라고 해 놓았던 것이다. 그걸 한 달 전에 얘기해서 내 손으로 써서 걸어 두었던 것인데, 이제 와서 학교 교재원 화단에 있는 표찰 붙은 나무 이름 알기를 하다니? 아이들과 약속한 것을 이렇게 일방적으로 고칠 수 있는가? 아이들이 애써 풀이름을 알려고 그동안 집에서 공부를 했다면 어찌 되는가? 내가 그런 말을 했더니 사무계원으로서 기안한 권 선생은 그런 산의 풀이름 우리도 모르고 사투리로 마구 적어 오면 어떻게 처리를 합니까, 한다. 사투리로 적어 오면 어떤가, 그중에는 표준말도 있을 것이고 사투리도 있을 것이다. 야생풀 이름을 표준말로 다 아는 사람이 누가 있는가, 우리도 모르고 있어서 이 기회에 배우는 수가 있을 것 아닌가, 이랬더니 고개를 갸웃거리고, 교감도 그런 행사가 어디 있는가, 하는 태도다. "아이들이 적어 온 것이 정확한지 틀린 것인지 어떻게 알아요? 그래 가지고 처리를 어떻게 하지요? 적어도 뒤처리를 어떻게 하지요?" 한다. 틀린 것을 알면 바로 가르쳐 주어야지만, 우리가 모르는 것은 모른다 하면 되지 않는가? 이건 선생님들도 모르는 풀이니 너희들이 다음에 가서 연구해서 알아보도록 하여라고 하면 처리가 되지 않는가? 이렇게 교감과 나는 토론을 했다.

"적어도 뒤처리를 표본을 만든다든지 하여 남겨 놓아두어야 교육이 될 텐데 그런 행사가 어디 있어요?"

"교감 선생은 교육을 꼭 그런 장부나 물질적인 증거로 남겨 놓아야 된다고 생각하는데, 교육이란 그런 게 아니래요. 교육한 표적은 그런 행사 결과를 증거로 남기는 데 있는 게 아니고 아이들 태도에 영향을 주는 데 있는 겁니다. 이 행사의 목표가 어디 있는지 이해를 못 하고 있어요. 이 행사는 아이들에게 우리들이 살고 있는 산과 들에서 늘 보고 밟고 꺾고 하는 풀이름 꽃 이름 몇 가지라도 알아 두는 데 있는 것입니다. 그런 풀이름을 알아야 되겠다고 생각하는 데 있는 겁니다. 그 이상 아무것도 없어요."

"학교 화단이나 교재원의 것부터 알도록 하면 좋지요."

"글쎄 그런 방법도 있겠지만 미리 광고해 놓았잖아요. 그리고 내 생각으로는 우리 아이들이 자기들이 늘 뛰놀고 생활하는 고향 땅(이 땅을 사랑하고 그 땅의 풀 한 포기라도 사랑하는 것이 애국이지 뭐가 애국이겠어요)에 나고 자라나는 풀이름을 먼저 아는 것이 순서지, 학교 화단에 심어 놓은 일본서 들어온 다마부끼, 가이즈까 같은 나무, 꽃밭에 심어 놓은 온갖 서양 화초(꽃밭에 심어 놓은 25가지 꽃 중에 20가지가 서양 화초다)를 먼저 알아야 옳다고 생각하지 않습니다."

이랬더니 교감은, "그럼 뭣하러 그런(다마부끼, 가이즈까 등) 나무 심었습니까?" 했다. 교감은 아주 기분으로, 감정으로 말하는 것 같아서 그만 말을 안 하기로 했다.

"그거야 어디 내가 심고 싶어서 심었나요. 학교 일이 어디 교장 맘대로 되나요? 교장 맘대로 해서도 안 되지요. 내가 아무리 어떤 행사를 하고 싶어 해도 선생님들이 이해 안 하고 그만두자면 할 수 없지요. 그만 말 안 하는 것이 좋겠어요."

"교장 선생님 뜻에도 없는 일을 어찌할 수 있습니까. 처음 광고한 대로 하지요. 내일이라도 당장."

참 어처구니없는 사람이다. 이 사람은 아주 행정하는 사람밖에 될 것이 없다. 어떻게 이렇게도 인간이 규격화되고 관료화되었는지 놀랍다. 이 사람이 재능도 있고 성의도 있고 하는데 이렇다. 그럴수록 이 모양으로 된 것이 참 너무나 아깝다. 오랫 동안 관료적인 분위기 속에서 교육을 하다 보니 그만 이렇게 되는 모양인데, 그러고 보니 참된 정신 가지고 교단에 서는 사람이 몇이나 될지 너무나 한심스럽고 기막히고 어처구니없는 세상이다.

교실 정면에 "나라에 충성"이란 글자를 써 놓고 대통령 부부의 사진을 걸어 놓은 것도 이 교감 선생이고, 요즘은 그토록 날이 가물어 소동이 났는데도 음악 시간만 되면 "꽃놀이 달 놀이 물놀이 엄마 아빠 손목을 잡고 들이나 산이나 놀러 가자"고 하는 노랫소리가 들려오는 것도 이 교감 선생 반이다.

오늘은 오후부터 비가 왔다. 아침에 날이 맑아 걱정이 됐는데, 오후에는 비가 아주 주룩주룩 왔다. 이러다가 이번에는 장마를 치르게 될 것이 또 걱정이다. 하늘─자연을 이제는 믿을 수가 없다. 인간이 자연을 학대했으니 자연이 이번에는 보복할 것 같은 생각이 자꾸 드는 것이다.

1981년 8월 15일 토요일

오늘이 36주년 광복절이다. 기념식을 하는데, 중고등학생이 많이 왔다. 나는 "우리 나라가 세계에서 가장 불행한 나라"라고 말했다. "우리 어른들은 통일을 못 보고 죽을지 모르지만 너희들은 틀림없이 통일된 나라에서 살게 될 것이다"고 했다.

일제 36년에 분단 36년! 어처구니없는 세월을 살아왔고 살고 있다. 앞으로 우리의 이 비통한 역사는 암담한 세계의 역사 속에서 언제 어떤 일을 맞을지도 모르고 있으니 더욱 기가 막힌다.

12시까지 아동들은 풀을 뽑았다.

오후에 샛마에서는 풋굿을 먹는다고 마이크로 떠드는 노랫소리가 온 골짜기를 울렸다. 저녁때 잠잠하더니 밤이 되어 또 떠들었다.

달빛 속에서 나는 운동장을 거닐면서 남은 내 생을 생각했다.

1981년 8월 17일 월요일

오전에 아이들과 운동장, 교사 뒤편, 교재원 등에서 풀 뽑기 작업을 하고 낮차로 나갔다.

오후 3시부터 마리스타에서 모이기로 한 아동문학연구회는 꼭 오기로 한 이현주 씨가 보이지 않아 기다리느라고 4시가 지나 시작했다. 알고 보니 이 목사는 장소를 모르고 문화회관에서 3시 반부터 기다렸던 것이다. 그래 이 목사는 4시 반도 훨씬 지나 왔다. 오늘 모인 사람은 다음과 같다. 이오덕, 김녹촌, 박상규, 권정생, 오승강, 전우익, 고재동, 박병용, 윤정혜, 이춘아, 우종심, 김종욱, 임병호, 임명삼(도중에 학교 볼일로 나갔다), 권종대, 정재돈(두 사람도 도중에 일이 있어 나갔다) 등이었다.

맨 처음 내가 오늘 모임의 취지를 얘기하고(우리 아동

문학에서 의례적이고 상업적인 세미나만 있었는데 진짜 문학 연구의 자리를 만들어 보고 싶었다), 다음 또 아동문학 작품을 보는 태도(소박한 감상, 독자로서의 정직한 견해가 중요하다. 그것을 토대로 이론을 전개해야 한다)에 대해 말한 다음, 권정생 씨의 아동문학에 대한 견해를 약 20분 동안 듣고서, 원전인《별들이 사는 마을》에서 어느 작품을 선정해서 토의할 것인가를 의논했다.

권 씨는 아동문학에서 작가들이 너무나 시시한 얘기만 하고 있다, 이렇게 하잘것없는 얘기들을 뭣 때문에 쓰는지 도무지 이해가 안 되는데, 협회 회원 108명의 작품 중 동화, 52명의 52편에서 겨우 장문식의 〈위대한 다리〉, 장태범의 〈도망친 장군〉이 좀 읽을 만하고, 이규희의 〈별나라로 올라간 눈사람〉이 유년 동화로서 괜찮은 편이라고 했다. 여기에 대해서 한참 의견을 교환했다. 전체로 봐서 중요한 인간 문제, 어린이의 삶에 관한 문제를 얘기한 사람이 드물다는 것은 모두 의견이 일치됐다. 나는, 작가들이란 가장 하고 싶은 얘기를 써야 하는데, 이렇게 하고 싶은 말이 없다는 것은 그가 인간의 삶 속에 있지 못하고 인간을 비켜서서 있는 것임을 말한다고 했다.

문장 얘기가 나와서 많은 작가들이 이상한 장식체, 허식(虛飾)체 문장 쓰는 데 재미를 붙이고 있는데, 이런 사람의 대부분은 작품 내용이 공허하다. 그런데 작품 내용이 괜찮은데도 이런 글 버릇을 버리지 못하는 사람이 간혹 있는 까닭은 어째서인가? 가령 윤기현 씨 같은 경우다. 내가 이런 말을 했더니 이현주 씨는 문장은 결국 그 사람을 나타내는 것이다. 그러니 아무리 고치려야 고칠 수 없는 것이다고 말했다. 그건 옳은 말이다. "글은 바로 그 사람"인 것이다. 그러나 이렇게 많은 작가란 사람들이 이상한 글 버릇에 젖어 깨우치지 못하는 것은 또 다른 까닭이 있을 것 같다. 그것은 시대적인 어떤 병상이 아닌가? 그래서 많은 작가들이 그런 병적인 글을 쓰고 있으니까 새로 문학 공부를 하는 사람도 따라가게 된다. 그런데 이런 병적 증후를 바로잡으려면 그 일을 역시 평론이 감당해야 하는데 문학을 바로잡을 정론이 없다. 정론을 펼 수 없는 시대 상황이 된 것이다.

토론은 밤 11시까지 계속되었다. 지하실의 실기교육원에서 하다가 저녁밥을 먹고 와서는 4층에 올라가서 계속했다. 11시가 지나서야 여자들 셋은 마리스타 기숙사로 보내고 우리는 또 1시 가깝게 될 때까지 얘기하다가 그 자리에서 잤다. 마지막 얘기에서는 권정생 씨가 민족의 지상 과제인 "통일 문제를 외면하는 얘기는 다 쓸데없다"고 했고, 이현주 씨는 잡지사에서 작품 실어 주기 꺼리고 출판사에서 책 내주지 않으면 프린트라도 해서 작가들에게 나눠 주어서 어떤 영향을 주어야 한다고 했다. 박상규 씨는 작품의 발표가 잘 안 되니 그런 얘기를 좀 하자고 했지만 이현주는 그런 것은 우리 힘으론 할 수 없고 이 자리에서 논할 만한 얘기가 못 된다고 하고, 나도 우리 나라 동화 작가들은 원고지 팔아 살아갈 생각 버리고 무슨 생업을 따로 가지고서 글을 쓰는데, 고료 못 받아도 그런 것 너무 생각 말고 좋은 작품을 쓰는 데 힘을 기울여야 한다고 했다. 그래서 다시 앞에 논의하던 문제로 돌아가, 권 선생이 통일 문제 얘기를 했지만, 이제 누가 말한 것같이 권력을 잡은 사람의 수단은 완벽한데 거기 맞서 힘으로 정면 대결을 한다는 것은 될 수 없는 일이다. 또 통일이나 그 밖에 중요한 문제를 솔직하게 얘기를 쓴다고 해도 비뚤어진 의식을 가진 아이들에게는 전혀 먹혀 들어가지 않거나 오히려 경우에 따라서는 반대로 받아들여지며, 무엇보다도 금기 사항을 건드려서는 작품 발표를 할 수 없게 되니 그런 졸렬한 방법을 버리고, 처음 얘기한 것과 같이 인간성을 찾아 가지는 일을 동화로 해야 한다고 했다. 지금은 인간성을 잃어버릴 마지막 단계에 와 있으니 이 일이야말로 가장 긴급한 일이고, 이 일이야말로 통일에 직결되고 그 통일의 기반을 닦는 일이라고 했다.

그래서 여기 모인 사람들이 동인 같은 걸 만들어 문학의 방향을 보여 줄 만한 작품을 몇 편씩 써서 책을 만들어 보여 주자는 의견이 되었다. 이것은 지난봄에 시도하다가 안 된 것인데, 이번에는 "발표할 수 있는 작품"(이현주)을 써내자고 했다. 그럼 누가 이 작품을 모으나? 할 수 없이 또 내가 맡기로 했다. 10월 중순까지 모아서 겨울 전에 책이 나오면 그 책을 가지고 이번 겨울에는 다시 모여 얘기를 나누자고 합의가 되었다.

1시가 지나 잠들었던 것 같다.

1981년 10월 16일 금요일

종일 글짓기회보 만들다 이름을 바꾸어 〈글쓰기〉로 했다.
저녁 8시에 6학년이 수학여행에서 돌아왔다.

1982년 4월 8일 목요일*

아침에 교실을 돌아다녀 보고 있는데, 5학년 1반 교실에 들어가 뒤편의 아동 작품을 보고 있는데, 계집애들 둘이가 곁에 와서 "교장 선생님, 우리 선생님 아이들 때리지 말도록 말씀 좀 해 주십시오. ○○란 아이가 체육 선수인데, 집이 멀어 늦게 왔다고 오늘 아침에 많이 맞았습니다. 가엾어요" 했다. 참 여기 아이들은 똑똑하구나 싶었다. "오냐, 잘 알겠다"고 말해 주었다.

〈새교실〉에 칼럼 원고를 우체부 편으로 보내고, 오후에는 〈글쓰기〉 17호 제작에 착수했다.

1984년 1월 23일 월요일 맑음†

아침에 눈을 떠서도 퇴직 문제를 계속 생각했다. 지금 내 나이 59세. 앞으로 만 7년 동안 더 교직에 머물러 있을 수

* 1982년 3월 1일부터 1986년 2월 28일까지 경북 성주군 대서국민학교에서 교장으로 일했다.
† 1983년 일기를 찾을 수 없다.

있다. 그러면 물질생활에서는 전혀 걱정 없다. 그러나 학교 교육에서 내가 할 수 있는 것은 아무것도 없다. 문학과 교육에서 가장 일을 많이 해야 할 시기에 비참한 월급쟁이로 묶여 있는 것이다. 작문 교육 면에서는 현직에 있으니 어느 정도 유리한 면도 있으리라. 그러나 그런 일을 학교를 떠나서도 이제는 할 수 있다. 그리고 이 괴로운 나날을 나는 견딜 수 없다. 그 오랜 교사 시절과 마찬가지로 교장이 된 지금도 여전히 괴롭다. 무엇보다도 인간다운 삶을 단 몇 해라도 살아가야 되겠다는 생각이 나의 열망이다. 그만두자 깨끗이!

그럼 어떻게 하나? 어디로 가나? 서울로? 의성으로? 강원도나 충청도 어디로? 호남으로? 그게 결정 안 된다.

10시 반쯤 학무과에 전화를 거니 전하걸 장학사가 받았다. 좀 언짢은 말을 하면서 교감도 나무랐다. 모두 내가 잘못이라고 사과를 했다. "대구에 전화를 거니 학교 갔다고 하고, 학교서는 모른다고 하고…" 하는 것이다.

영농 교육 때문에 교실을 비워 주고, 사무실에서 종일 있었다.

〈교육신보〉 연재물을 쓰고, 아이들 글을 보고 했지만, 학교를 그만둬야겠다는 생각을 떨쳐 버릴 수가 없었다.

1984년 3월 29일 목요일

'시를 어떻게 가르칠 것인가'란 원고는 약 50매 거의 다 정서되어 간다. 이걸 다 써 놓고도 걱정이 된다. 이 글에는 교과서를 비판하는 내용이 들어 있다. 처음에는 아주 교과서를 비판하는 글을 써 달라고 해서 국·중교의 시 교재를 모두 조사해서 분석했던 것인데, 그 뒤, 교과서를 중심으로 해서 시 지도 방법을 써 달라고 달리 요청해 왔다. 그러나 나로서는 교과서를 비판하지 않고 시 지도 얘기를 할 도리가 없다. 이제 다 쓰고 나서도 과연 이걸 보내서 무사할지 염려된다. 그러나 설사 무슨 일이 나서 이 직업에서 쫓겨난다고 하더라도 나는 이 글을 발표해야 한다는 결심을 한다. 그만큼 지금의 교과서는 아이들을 잘못되게 하는 것이다. 아이들의 생명을 죽이는 교과서라 함이 옳다.

　　사람이 살다가 보면 때로는 일신의 안위를 걸고 중대한 결정을 해야 하는 일이 생긴다. 이제 나는 그런 때를 맞은 것이라 깨닫는다.

1985년 3월 5일 화요일

남을 생각하고, 남을 위해 일하는 데 기쁨을 발견한 사람은 죽음도 두렵지 않다(아침에 생각난 것).

1985년 4월 10일 수요일

시인들의 시가 왜 어렵게만 보이나? 어른들이 쓴 동시나 동화가 왜 그 모양으로 말재주만 피우는가? 그런 것이 유달리 내게만 거슬리게 보이는가? 가만히 생각해 보니 그

까닭이 이렇다. 내가 아이들의 글을 많이 읽은 때문이다. 아이들의 소박한 글을 누구보다도 많이 읽은 때문이다. 그래서 사실을 떠난 말의 장난을 나는 누구보다도 잘 알아내고, 그것을 싫어하는 것이다. 아이들은 우리 어른들의 거짓 모습을 비춰 보는 거울이다. 나는 아이들 글을 보면서 살아온 것을 진정 다행으로 생각한다.

1985년 7월 26일 금요일

밤 11시, 자기 전에 밖에 바람을 쐬고 들어온다고 운동장으로 나가는데, 왼쪽 발밑에 무엇이 딱! 하고는 밟히는 조그만 소리가 났다. 무슨 소릴까? 혹시 개구리가 밟힌 것이 아닐까? 자꾸 마음에 걸려 곧 들어와 손전등을 가지고 나갔다. 개구리가 죽었더라도 그걸 모른 척해서는 안 된다는 생각이 들었던 것이다. 손전등을 비춰 보니 아! 역시 개구리였다. 조고만 것이 죽어 있었다. 뱃속의 내장이 다 옆으로 나와 있는데, 건드려 보니 아직은 발을 조금 움직이기까지 하고 있는 것 아닌가!

산다는 것은 다른 생명을 밟아 죽인다는 것임을 새삼 생각해 보았다.

1985년 8월 5일 월요일

첫차로 학교에 갔다가 급히 가방 하나는 두고 나왔다. 교육청에 가니 교육장은 예상한 대로 오늘 있다는 회갑연* 애기부터 끄집어냈다. 그리고《민중교육》† 얘기, 또 4백인 예술가들의 표현 자유 선언인가 하는 신문 기사에 내 이름난 것도 얘기했다.‡ 그래서 세 가지에 대해 한참 동안 내 입장과 견해를 자세히 말하고 안동은 갈 생각이 없으니 걱정 말라고 했다.

교육장은 상부에 지시가 있어서 말하는 것이 아니라고 했지만, 뒤에 말이 나오는 것 들으니 무슨 지시가 있었던 것이 확실했다. 내가 말하는 중에도 경찰서 정보계 형사와 전화로 주고받고 얘기를 했다. 하도 지나친 염려를 자꾸 하기에 "걱정 마셔요. 오늘 밤 제가 대구 집에도 안 가고 학교에 와 있을 겁니다" 하고 나왔다.

나올 때 안동서 전화가 왔다고 학무과에서 말해서 받으니 농민회관 권종대 씨다. 주교님이 경찰서장한테 잘 말해 두었고, 교육감님께도 말해 두었으니 걱정 말라는 것이었다.

오후 2시, 도청다방에서 녹촌을 만나 초등교육과에 들어갔다. 녹촌과 같이 간 것은 회장 인사와 서클 지원금 받

* 가까운 이들이 안동에서 이오덕 회갑 기념 모임을 마련하려 했다.
† 1985년 5월에 학교교육의 문제를 분석한 책《민중교육》에 글을 실은 김진경, 윤재철 두 교사와 실천문학사 송기원 주간이 국가보안법으로 구속되고, 20명 남짓한 관련 교사들이 파면, 강제 사직, 감봉, 경고 처분을 받았다.
‡ 《민중교육》, 회갑연, '창작과 표현의 자유에 대한 문학인 401인 선언' 같은 사건으로 교육청의 학교 사무 감사를 받았다.

는 일 때문이다.

초등과에 들어가니 벌써 임병기 장학관(다른 장학관은 모두 없어 이분이 내 일을 맡은 모양이었다)이 나를 좀 보잔다. 그래서 임 장학관과 둘이서 과장실에서 잠시 얘기를 하는데 최언호 과장이 들어오기에 서로 얘기를 했다. 회갑연, 《민중교육》, 표현 자유 선언 이 세 가지를 자세히 얘기하고 내 생각을 밝힌 다음 "저는 명년 봄 나갈 때까지 아무 일 없이 무사히 있다가 나가고 싶습니다. 제게 일어나는 일은 저 개인의 문제가 아닙니다. 글쓰기회원 전체의 문제니까요. 저는 선생님들이 학교 밖에서 운동하고 있는 정치인들에게 이용되는 것을 바라지 않습니다"고 했다. 초등과장은 "교육감님이 오늘 아침 말씀하시는데 이 교장 선생을 생각해서 하는 말이니 부디 안동 모임에는 가지 말아 달라고 하였습니다. 그리 아시고…." 초등과장과도 안동엔 안 가겠다고 약속하고 나왔다.

두봉 주교님이 경찰서장, 교육감한테 부탁했다는 것은 사실일까? 권종대 씨의 지어낸 말인지도 모르고, 사실인지도 모른다. 사실이라도 주교님 얘기쯤이야 무슨 효력이 있겠는가? 어쨌든 안동 안 가는 것이 마음 편하다는 생각이 들었다.

학교에 온 것이 오후 6시.

오늘은 또 낮에(박명옥 어머니를 버스를 탔을 때 만나서 알았다) 세 아이(6학년, 5학년, 4학년)가 어제 가출하고는 행방불명이 됐다는 소식을 듣고 급히 전화를 학교에 걸어 교육청에 보고하게 하였는데, 이래 설상가상으로 걱정이 겹쳐 몸살이 날 판이다. 그것도 걱정되어 학교에 돌아오니 아이들은 찾았다는 소식이다. 6학년 아이의 외갓집에 갔던 모양이다.

그런데 청부 조 주사가 하는 말이 아까 "학무과장님이 전화를 걸었는데, 교장 선생님이 오시면 곧 전화를 걸도록 하고 10시까지 안 오시면 안 오셨다고 전화를 걸어야 하는데, 전화기 옆에서 떠나지 말라고 했어요" 했다. 그러면서 "무슨 일이 있습니까? 꼭 교장 선생님을 감시하는 것 같습니다" 했다. 나도 좀 불쾌했다. 학무과에 전화를 걸었더니 한참 뒤에 과장이 나왔다.

"아침에 제가 안동에 안 간다고 했고, 오늘은 대구에도 안 가고 학교 와서 잘 겁니다, 밤에 전화하지요, 하고 분명히 말했는데, 학교 오면 오는 줄 알아야지 그렇게 사람을 못 믿어 그럽니까?" 했더니 교육장이 대구 가면서 그런 부탁을 했느니 하고 변명을 하는 것 같았다.

오늘 교육청에서 교육장은 이번 교장단 여행 때도 같이 가야 된다고 했다. 나는 교장단 여행 때 병원에 가서 종합진단 받는다고 말해 두었던 것이다. "그런 여행도 같이 가야 오해를 안 해요" 했다. 어쩔 수 없이 같이 가야 하나 보다.

아, 피곤하다. 어서 나는 이 자리를 떠나야지

오후 7시 학무과장한테 전화를 걸고 내 방에 왔다. 이상하게도 벌써 시미롱매미 소리가 난다.

1985년 10월 29일 화요일

아침 9시 반쯤에 또 교육청에서 전화가 와서 교육장이 급히 오라고 한다고 교육장실 아가씨가 전했다. 10시 차로 갔더니 과장이 "어제는 오후 6시에 학생들이 가기까지* 도교위에서 교육감 이하 초등과장, 장학사들이 얘기하고 있었습니다. 여기서 보고를 듣고야 회의를 하고는 퇴근했답니다" 하면서 "지금 그 일로 도교육감님이 우리 교육장을 급히 불러서 대구로 가야 하니 곧 올라가 보시오" 했다. 2층 교육장실에 갔더니 교육장이 "이 교장님, 다른 얘기 자꾸 해 봐야 그렇고, 그만 우리 둘이 교직에서 물러나기로 합시다. 나도 지긋지긋하고 지쳤어요" 하면서 교직을 그만두라는 권유다. 내가 아무 말도 않고 듣고만 있으니 "이 교장, 언젠가 나가겠다고 하던 말을 들었는데…" 한다. 그제야 나는 말했다. "내가 지난봄에 나가겠다고 한 것은 일시적 기분으로 그랬던 것은 아니고, 그 심경에 변화는 없습니다. 다음 2월에는 나가도록 하겠습니다"† 했다. 그제야 그는 약간 여유 있는 듯한 목소리를 냈다. "그렇게 하이소, 나가서 문학을 하든지 뭘 하든지 마음껏 활동 하이소…." 가

---

* 부산 동아대학교 학생들이 10월 28일에 이오덕을 찾아왔다.
† 12월 16일에 명예퇴직을 신청하는 서류를 냈다.

만히 보니 지금 곧 대구 가서 교육감에게 "그 귀찮은 교장을 그만 권유해서 2월에는 사표를 받도록 해 놓았으니 부디 안심해 주십시오" 할 속셈인 것 같았다.

다시 아래로 내려와 학무과장실에 가니, "어제 도교위 김 장학사님이 이런 말 하던 것 들었지요? 한 가지만 잘한다고 교육이 잘되는 것 아닌데…, 하는 것 말이요."

"못 들었는데요."

"이 교장 선생 앞에서 그런 말 하셨던 걸로 기억되는데 그렇잖았던가? 어제저녁 늦게 김 장학사하고 여기 성주 돌아와서 저녁을 같이 하려다가 대구로 가서 저녁 대접을 하고 보냈는데, 저녁을 먹으면서 그런 말을 했던가, 좌우간 어제는 내가 너무 신경이 피로해서(얼굴을 찡그리면서) 어디서 그 말을 듣기는 들었습니다. 그 말이 어떤 생각을 말하려고 했는가를 짐작하시겠지요. 제가 봐도 학교 관리며 정리 정돈이 너무 안 되고 있었어요(2층에서 교육장도 '학무과장이 말하는데 학교 관리가 엉망이더라'고 했다고 하던 것이 생각났다). 오늘 조 장학사를 학교에 장학지도로 보내겠습니다. 조 장학사 학교에 가면 교감 선생을 데리고 학교를 돌면서 하나하나 지적해서 고칠 것을 말할 겁니다. 학교 가시면 교감 선생 좀 활동하도록 해 주시오…."

나는 듣기만 하고 가만히 앉아 아무 말 안 했다. 그렇게 하겠습니다고 한마디만 했다.

가만히 생각해 보니 어제 도교위 김 장학사와 같이 돌

아갈 때 차비나 저녁값이라고 돈을 안 주었던 것이 그의 분노를 더 샀겠다는 생각이 든다.

김 장학사가 어떤 암시적인 말을 실제로 했는지도 모른다. 그러나 내가 학생들에게 글짓기 교육 얘기를 했다고 해서 어찌 글짓기 교육만 한 것이 되는가. 글짓기 교육이야말로 모든 교재 지도를 잘한 그 위에 해야 한다. 김 장학사 말이 사실이라면 그도 저녁 대접 못 받은 불쾌감에서 나온 태도일까 하는 생각이 든다.

조 장학사를 보내서 지도하게 한 것도 순전히 과장의 생각이었다. '불온한 교장을 닦달하고 지도하기 위해 이렇게 하고 있습니다'고 하는 충성심을 보이기 위한 짓임이 너무나 뚜렷하다.

조 장학사를 같이 가자고 했더니 "지금 거기 가서는 점심 먹을 일도 걱정되고, 그만 여기서 점심 먹고 1시 반 차로 갈랍니다"고 해서 그래도 같이 가자고 하다가 안 되어 나는 11시 40분 차로 먼저 학교에 왔다.

1시 반 차로 조 장학사가 학교에 와서 자주 미안하다는 말을 했다. 그런 태도는 진심으로 우러난 것으로 느껴졌다. 교육청에서도 "별로 마음에 내키지도 않는 걸음인데…" 하는 걸 들었다.

조 장학사는 교감 선생을 데리고 한 시간도 넘게 돌아다니더니 종이에 수십 가지 지적 사항을 적어 왔다. 모두 시설 관리, 정리 정돈 청결 문제였다. 그걸 다시 딴 종이에 옮겨 쓰도록 하고, 그래서 그걸 11월 23일까지 모두 해 놓겠다는 말을 쓰고 교감 교장이 도장을 찍도록 해서 가져갔다. 11월 23일이 지나면 그때는 과장이 직접 와서 확인한다고 했다.

나는 조 장학사를 보내 놓고, 선생님들에게 "내가 교장 노릇을 잘하지 못해 선생님들을 괴롭히게 됐습니다. 참 미안합니다"고 했다. 수십 가지나 되는 그 지시 사항은 오늘은 시간이 없으니 내일 의논하자고 했다.

그 일이 이젠 다 지나갔는가 했더니 또 이렇다. 교육장이 도교위에 가서 교육장한테 또 무슨 소리를 듣고 올는지 모른다.

아, 그 착한 학생들을 만나 교육의 얘기를 한 것이 죄가 되어 이렇게 고초를 당하다니! 교육장이고 과장이고, 도교위 장학사고 초등과장이고 국장이고 교육장이고, 장관이고, 교육이 안 되도록 하기 위해 혈안이 되었고, 제자리 유지하기에만 넋을 팔고 있다. 이젠 꼼짝도 못 하는 구제불능의 나라가 된 것이 너무나 확실하다. 과거의 어느 때도 일찍이 이런 때는 없었다.

1985년 10월 30일 수요일

오늘은 아침에 수업도 늦추고 어제 조 장학사가 적어 놓고 간 시정 사항을 하나하나 의논했다. 교감 선생이 말하는 것을 내가 듣고, 적어 놓은 것만 해도 45가지였다. 거미줄 걷으라니, 수채 도랑에 버려진 깡통을 주워 내라느니 하는 것도 있지만, 돈을 들여야 하고 힘을 들여야 할 것도 너무 많아 지금부터 하나하나 해야 하는 것이다.

지시를 교감 선생이 직접 받아서 오늘부터는 교감 선생이 부지런히 할 모양이다. 나도 교감 선생한테 "이제 난 소용없는 사람이 된 것 같아요. 교육청에서 교감 선생을 더 믿고 부탁하는 것 같으니 잘해 주이소" 했다. 교감 선생은 종일 화단의 나무 전지를 했다.

청부 두 사람도 교문 앞 양쪽의 측백 전지와 길 정리, 다른 선생들도 모두 맡은 일을 하기에 바빴다. 수업은 뒷전이 될 수밖에 없다.

나는 보고만 있었다.

이렇게 겉모양 다듬는 것이 교육자들의 가장 긴급하고 중요한 할 일이 되어 있는 세상인데, 나는 이런 세상을 모르고, 무시하고 지냈으니, 이제 나는 이 학교에서도, 우리 교육계에서도 아무런 쓸모없는 사람이 되고 만 것이다.

오늘은 종일 좀 이상한 기분이 되었다. 갑자기 내가 이제는 교문을 곧 나가야 할 사람이 된 것 같다. 허전하고 서글프고, 뭔가 크나큰 것을 잃어버린 것 같은 느낌이 들었다. 나갈 각오를 한 것이 오늘 처음이 아닌데, 오늘 이렇게 갑자기 이런 심정이 되는 것은 웬일인가? 행정하는 자들뿐 아니라 선생들이 이렇게 갑자기 열심히 청소 정돈하고 겉꾸미고 다듬는 것을 보니 내가 지금까지 몸담고 있었던 학교 같지 않다. 그래서 나 자신이 소외감을 느낀 때문이겠다.

뭐 슬퍼할 것 있는가. 시원스리 떠나야지!

저녁에 토란 뿌리를 깎고 있는데 옆집 여 사장이 냄비에 든 것을 시래기국이라고 하면서 가져와서는, 어디서 누구한테 들었는가, 육감으로 느꼈는가, "이 교장, 그만 실컷 소신대로 지껄여 뿌이소. 까짓것 권고사직당한다고 퇴직금 안 나오겠나, 누구 눈치코치 볼 것 없이 해 대 버리소" 했다.

1985년 12월 26일 목요일

7시 반 기차로 상경.

창비에 갔더니 고은, 신경림, 채광석 등 제씨가 신문을 기다리고 있었다. 2,800여 명이 서명한 글*을 가지고 황순원 씨 등이 문공부에 갔는데, 그 기사가 낮 신문에 나오는 걸 기다리고 있었다. 문공부에 갔다던 아내가 먼저 전해 왔다. 문공부 장관은 면회를 거절하고, 매체국장은 한 시간 뒤에 만난다고 하다가 어디로 가 버리고, 출판국장이 서류를 접수할 수 없다고 하다가 결국 받아 두더라는 것이다. 곧 낮 신문이 나왔다. 〈동아〉, 〈중앙〉지에 4단 기사로 사진까지 나왔다. 신문사로 "왜 서류를 접수도 안 했는데 기사로 내느냐" 하고 문공부에서 말하더란다.

---

* 국내외 지식인들이 '창작과비평사의 등록 취소에 관한 범지식인 2,853명의 건의문'을 발표하고, 항의했다.

점심을 같이 먹으면서 나는 부끄러웠다. 서명도 안 했으니 말이다.

오후 채광석 씨와 풀잎에 갔다가 인간사에 가서 '재미있는 옛이야기' 시리즈를 권하면서 이슬기 씨 불교 동화 원고를 내주었다. 글에 문제점이 있지만 재미있게 읽힐 것이라 상업적으로도 성공할 것이라 했다.

한 씨가, 며칠 전에 서울에 있는 어느 선생님이 《울면서 하는 숙제》를 사려고 책방에 갔는데, 책이 없어 알아보니 내 이름으로 낸 책들이 모두 판매 정지당해서 못 내놓는다고 하더라 했다. 마침 그런 얘기를 하는데 바로 그 사람 김익승 선생이 왔다. 김 교사는 방학이 될 때마다 그 책을 사서 아이들에게 선물을 한다고 했다. 창비에서도 내 책을 팔지 말도록 한다는 말을 들은 터이지만, 창비에서 낸 책뿐 아니라 인간사, 한길사, 청년사 등에서 낸 책을 모조리 못 팔라 한다니 어디 이런 수가 있는가! 참 기가 막혀 말을 할 수 없을 지경이다.

김익승 씨가 참 좋은 사람 같아 같이 가서 얘기하자고 여관으로 와서 김종만 이성인 씨 등과 저녁을 먹고, 곧 찾아온 이주영, 주순중 씨 등과 겨울 세미나 준비 얘기, 회한 국글쓰기교육연구회 운영 얘기를 했다. 11시쯤에는 김경희 사장도 왔다. 12시 반이나 돼서야 모두 갔다.

1986년 1월 5일 일요일

토의 시간이 되었을 때 와이(y)중등교사협의회에 갔던 사람들이 여럿 들어와, 시 지도와는 관계없이 글쓰기회*의 진로에 대한 얘기를 하게 되었다. 중등 쪽 몇 사람이 내가 지금까지 주장한, 아이들 정직하게 길러 가는 글쓰기 지도는 국민교에서는 어느 정도 가능할지 모르지만 중등학교에서는 매우 어렵게 된 상황이라면서 우리의 기본 노선을 비판하는 듯한 발언을 했다. 그래서 우리가 단결해서 벽을 무너뜨려야 한다는 의견을 내었다. 여기에 대해 벽을 정면으로 부딪쳐 무너뜨릴 수는 없으니 그 벽을 뛰어넘거나 돌아가더라도 우리의 할 일을 해야 한다고 말하는 사람들이 몇이 나오고 해서 자못 격론이 벌어졌다. 좀 여유 있게 기본적인 일을 해야 한다는 의견은 류인성 선생이 여러 번 발언했다. 그러나 중고등학교 회원들의 발언이 강경했다. 시간은 자꾸 가고, 많은 회원들, 특히 처음 참여한 국민학교 교사들이 불안한 듯한 표정들이었다. 한참 듣다가 결국 내가 좀 단호한 말을 했다.

---

* 한국글쓰기교육연구회. 삶을 가꾸는 글쓰기 교육을 연구하고 실천하기 위해 이오덕이 중심이 되어 교사들이 1983년에 만든 단체다. 1983년부터 회보 〈참삶을 가꾸는 글쓰기〉를 펴냈다. 1995년에 우리 말 살리는 모임과 합쳐 한국글쓰기연구회로 이름을 바꾸어 활동하다 2004년에 다시 한국글쓰기교육연구회로 바꾸었다. 1995년부터 〈우리 말과 삶을 가꾸는 글쓰기〉를 펴내고 있다.

"지금 들으니 우리가 실천해 온 삶을 가꾸는 글쓰기 교육을 부정하는 듯한 말을 하는 분이 더러 있는 것 같은데, 우리가 할 수 있고 해야 하는 일은 어디까지나 교육이요, 교육을 통해 아이들 바르고 착하게 길러 가는 일뿐입니다. 벽과 맞부딪쳐 싸우다니, 도대체 아이들 데리고 우리가 무슨 일을 하자는 겁니까? 우리가 정치를 할 수는 없는 겁니다. 정치는 딴 자리에서 다른 사람들이 하는 것이지요. 우리는 아이들 참되게 길러서 그 아이들이 자라나 나중에 사회를 살기 좋도록 개혁하도록 하는 길 외에는 결코 할 수 없습니다. 그리고 더러 우리 글쓰기회가 아주 큰 힘을 가지고 압력단체 구실을 해 주기를 바라는 듯한데, 우린 아직 힘이 없습니다. 우리 회원들 이번 연수회 이런 토론 자리에서도 드러나듯이 아직 이론도 제대로 세우지 못하고 방법도 확실히 잡지 못하고 갈 길조차 헤매고 있는 분들 많습니다. 이런 판에 우리가 무슨 힘이 있다고 사회적인 일을 하자는 겁니까."

이렇게 말했더니 이상석 씨가 일어나 변명을 했다. 운동을 하자는 것은 교육을 잘하기 위해 회원을 늘리고 우리 뜻을 좀 더 널리 알리자는 것에 불과합니다고 해서 그렇다면 알겠다고 했더니 모두 박수를 쳐서 결국 토론 시간이 이것으로 끝났다.

1986년 1월 11일 토요일

밤 10시경에 지식산업 김 사장이 전화를 했다. 오늘 아침 텔레비전 봤습니까, 하고 물었다. 못 봤다고 했더니, 텔레비전에 도서잡지주간신문윤리위원회 이영희와 어느 대학 교수가 나와 이현주 선생과 나를 두고 불순한 글을 쓰는 사람이란 말을 하면서 내 책《개구리 울던 마을》을 가지고 그 속에 나오는 어느 작품까지 예를 들어 계급의식을 고취하는 문학이라고 말하더라 했다. 그리고 이것이 연합통신으로 나갔다면서 "선생님에 대해 계획적인 일이 진행되는 것 같다"는 뜻의 말을 했다. 이게 바로 오늘 오후 시상식 자리에서 들은 내용이구나 싶었다.

밤에 잠이 잘 오지 않았다.

아이들 착하고 진실하게 길러 가는 내 노력은 이제 본격적인 박해를 당하게 되어 한층 더 어렵게 된 것 같다.

1986년 1월 15일 수요일

용일여관에 오니 교정지 가져온다던 김용항 사장은 안 왔고, 글쓰기회 임원 세 분에 윤기현이와 〈교육신보〉 기자 정○○알아볼 수 없음 씨가 와 있었다.

정 씨는 연합통신으로 나간 통신문을 보여 주었다. 그리고 이 통신문을 어떻게 보는가 해서 이렇게 대답했다.

"한 작가의 작품이 사회적으로 유해한 영향을 끼친다고 하면 그 사람의 작품집 전체나 어느 한 권을 두고 그 내용과 경향을 분석해서 결론을 내려야 합니다. 그렇지 않고 그 중의 어떤 작품 한두 편, 그것도 어떤 작품의 한두 구절을 앞뒤 거두절미해 버리고 드러내어 문제 삼는다는 것은 상식 이하의 짓입니다. 그리고 내가 가난하고 불행한 아이들의 얘기를 쓴 것이 사실이지요. 가난하고 불행한 아이들을 나는 앞으로도 결코 외면하지 않을 것입니다. 가엾게 심신이 병들어 가는 아이들을 외면하고 무슨 문학이고 교육이 있을 수 있습니까. 이런 글을 썼다고 계급투쟁 의식을 고취하느니 하는 말을 한다는 것, 이것 역시 상식 이하의 말이 아닐 수 없습니다."

이랬더니 정 기자가, "선생님, 텔레비전이나 신문에 이렇게 나서 걱정되지 않습니까?" 했다. 나는 웃었다.

"뭐 걱정은? 내가 터럭만큼도 나쁜 일 하지 않았고, 죄지은 일이 없는데 무슨 걱정할 일이 있습니까? 나는 조금도 이번 일에 대해 불안하거나 두렵다는 생각이 안 납니다."

이주영 씨는 텔레비전 소식, 〈경향신문〉 기사를 보고 곧 도서잡지윤리위원회에 전화를 걸었다고 말했다. 자기의 신분을 밝히고는, "저는 아이들 교육을 하는 교사로서 좋은 책을 아이들에게 읽히는 일을 해 왔는데, 《개구리 울던 마을》 등 책을 좋은 책이라고 아이들에게 권해서 독서 지도를 했습니다. 그런데 그 책이 불온한 책이라니 어째서 그런지 좀 알고 싶어요. 그 기사를 어떤 분이 썼는지 알려 주시면 궁금한 점을 물어보겠습니다." 이렇게 말했더니 자기들은 모른다면서 자꾸 회피했고, 결국 그 통신문은 문공부에서 만들어 낸 것이고 윤리위원회는 이름만 빌려준 것이라고 말하더라 했다. 도서잡지윤리위원회에서 어느 정도 관여한 줄 알았더니 그 단체는 전혀 허수아비였던 것이다.

윤기현 씨는 내가 명예퇴직한다는 소문을 들었는지, 또 만류했다. 퇴직하면 글쓰기회의 일, 아동문학의 일도 더 잘 안 될 것이고, 개인적으로 신분에도 매우 불리하고 어쩌면 당장 위험한 일이 닥칠 것 같다면서 최근의 정세를 말했다.

글쓰기회 임원과 윤기현 씨 등을 모두 보내고 나니 지식산업 김 사장이 들어왔다. 11시쯤 되었는데, 그때까지 출판사 대표들의 회의가 있었던 모양이다. 요즘은 거의 날마다 이렇게 모여 출판사를 압박하는 권력과 맞서 버티는 일을 의논하고 있다는 것이다. 그리고 김 사장은 또 내 퇴직을 걱정했다. 나는 반드시 그렇게 생각하지 않으며, 현직에 있으면 교육이고 문학이고 더 못 할 뿐 아니라 내 신분에 더 위험한 일이 닥칠 수도 있다고 말해 주었다.

1986년 2월 25일 화요일

내일이 명예 퇴임식 날이다. 그래서 오늘은 내일 오게 되는 분들에 대한 답례품으로 "퇴임 기념"이란 글자를 박은 책보자기라도 몇백 장 준비해야겠다고 생각하고 있었는데 갑자기 큰 파란이 일어났다. 아침 7시쯤 되어 권 장학사가 전화를 걸어 왔는데《초가집이 있던 마을》이란 책을 낸 일이 있느냐고 했다. 왜 그러나 하니 뭐 그런 일이 있다면서 대답이 똑똑하지 않다. 문교부에서 무슨 말이 있는가 물으니 뭐 그런 것 같다는 말이다. 그러면서 그 책을 구해 놓기는 했다면서 그 이상 달리 말은 없어, 나는 1월 초 있었던 일을 대강 얘기해 주고, 그 여파겠지 생각했다. 그리고는 아침을 먹고 아내와 대신동 시장에 가서 책보자기 250장을 맞춰 놓고, 또 선생님들한테 준다고 가방을 아홉 개 사서 성주로 갔다.

성주정류소에 내리니 교육청 청부가 나를 기다려 "지금 교육청에 곧 오시랍니다" 했다. 일이 좀 심상치 않구나 싶어 가니 과장과 교육장이 앉아 기다렸다. 교육장이 "이 교장 선생, 또 야단났습니다. 문교부에서 왜 이런 사람을 명예퇴직을 하도록 하느냐면서 사표를 받도록 하랍니다. 그리고 교장 선생님이 지은 이런 책과 글짓기회보한국글쓰기교육연구회 회보를 모두 구해 보내라는 교위의 지시를 받았어요. 그보다 오전 중에 이 일로 교장 선생을 교위에 오라고 하니 급히 가 보십시오" 했다. 그래서 학무과장과 같이 교육청 차로 대구 도교위에 가니 12시 반이 되었는데 점심도 안 먹고 과장 이하 장학사 전원이 기다리고 있었다.

최언호 과장 말은 청와대에서 문교부로 내린 지시라고 한다. 최근 경찰이 대학들을 모조리 조사해서 많은 책들이 나왔는데, 그중에 이 교장 책이 나와서, 대학생들이 읽는 책이라면 좋지 못할 것이라고 보고 이 교장의 인적 사항을 조사하게 되었는데, 이번에 명예퇴직이 되고 훈장까지 받도록 했다고 하니, 그런 사람을 그렇게 대우하도록 한 초등과장 이하 책임자들을 모두 인사 조치 해야겠다고까지 총무과장이 말하더라고 한다. 그래서 즉시 사표를 받아서 면직을 하도록 조치하라고 해서 초등과장은 무슨 명목으로 면직시키기 위해 사표를 받을 수 있는지 그런 일을 할 수 없다고 했더니, 사표 안 내면 징계위원회에 돌려서 파면 조치하도록 하라고 한단다. 그리고 몇 가지 저서와 글짓기회보를 분석해서 즉시 과장이 문교부로 오라고 하는데, 오늘 밤에 인사 작업을 끝내어 내일 새벽에 이동 발표를 할 참인데, 오늘은 도저히 갈 수 없으니 내일 아침에 가겠다고 했다는 것이다.

최 과장은 문교부 지시에 대해 나를 옹호하면서, 명예퇴직이 안 되면 당장 1500몇십만 원의 퇴직금을 못 받으니 그것이 큰 문제라고 했다(그까짓 훈장*이야 받든 중요한 것 아니라면서). 그런데 사표 안 내고 뻗대다가 파면되면 연금도 못 받게 될 것이 또 걱정인데 해서, 나는 "이미 제가 교직을 떠나기로 했으니 과장님 생각에 맡기겠습니다. 어느 쪽이든 좋은 대로 말하시면 따르겠습니다" 했더니 "그럼 내가 내일 문교부에 가서 다시 잘 말해 보고 정 안 되면

---

* 교장 퇴임 때 관례로 받는 훈장인 석류장을 받지 못했는데, 1986년 5월 15일에 전달받았다.

사표 내는 것으로 합시다"해서 그렇게 하기로 했다.

나와서 최 과장과 김동옥 장학사와 육 학무과장, 넷이서 점심을 먹으면서 내가 최 과장한테 물었다. "이번에 제가 명예퇴직원을 내지 않았더라면 이 일은 일어나지 않았을까요?"했더니, 아니라고 하면서 오히려 더 불리했을 것이라 했다. 명예퇴직이 되게 서류가 갖춰지고, 훈장, 비록 20년 이상 근속한 퇴직자면 누구나 상신할 수 있는 것이기는 하지만, 훈장까지 받도록 내신한 사람이라 사표를 내라고 하지, 이런 일이 없었으면 처음부터 파면 조치하도록 지시했을지도 모른다고 했다.

그리고 내일 퇴임식을 어찌하나 하는 문제를 두고 한참 의논 했다. 그만둘까, 하다가 학부모들이 음식을 장만해 놓은 것을 중지하면 버젓하게 말할 이유도 못 대고 아주 난처하니 그만 그대로 하자고 결정했다. 육 과장은 명예란 말을 붙여 놓으면 문제가 되지 않나, 했지만 초등과장은 그런 것 문제 될 것 없다고 했다. 김동옥 장학사는 "초등과장님께서 이 교장 선생 위해 참 많이 애쓰고 걱정하십니다"고 했다. 그 말이 어쩐지 아첨하는 말이란 느낌이 들었다. 나를 위해 걱정이나 위로하는 말은 한마디도 없다가 그런 소리가 나와서 그렇게 생각되었겠지.

점심을 먹고 중앙로에 나와 우선 지식산업사 사장한테 전화를 걸어 사태가 좋지 않게 돌아가니 책을 가져오지 말아 달라고 말해 놓고, 책을 구해 김 장학사에게 주었다. 도교위에서 내용을 알아보고 보고하게 된 책은 다음과 같다.

《우리 반 순덕이》,《나도 쓸모 있을걸》,《이사 가는 날》,《꽃 속에 묻힌 집》,《개구리 울던 마을》,《울면서 하는 숙제》,《까마귀 아저씨》.

교육청 차로 성주 와서, 다시 조 장학사와 같이 타고 학교로 가서 묶어 놓은 짐을 풀어 글쓰기회보를 찾아내어 보내려는데, 갑자기 교육청에서 또 전화가 왔다면서 나를 오라고 교육장님이 말한다고 했다.

할 수 없이 또 차를 타고 교육청에 갔더니 교육장이 "지금 또 벼락 같은 지시가 문교부에서 왔다고 해요. 이 교장 사직서를 쓰랍니다"해서 두말 않고 사직서 석 장을 썼더니 조 장학사가 아까 준 회보와 함께 가지고 나갔다. 교육장은 장탄식을 했다. 나를 위해 한숨을 쉬는가 해서 "사람 한평생 파란이 많습니다. 어느 쪽이 옳고 어느 쪽이 그른지는 두고 보면 알 겁니다. 반드시 알려질 날이 올 겁니다"고 했더니 그게 아니었다. 이건 자기 일을 걱정하는 것이었다. 말하자면 내가 사표를 내게 되도록 불온한 일을 했는데, 명예퇴직에다 훈장 내신까지 했으니 내 인사 조치에 이은 후속 조치로 반드시 어떤 조치를 당할 것이라는 것이다. "며칠 전에도 어디에 대학생 숨겨 주었다고 해서 그 교사가 파면당하고, 파면당한 교사가 근무하는 학교의 교장도 직위 해제당했지"하는 것이다. 참 어이가 없는 피해망상증이다. 나를 아주 현행범으로 보는 모양이다.

저녁에 학교에 와서 조 주사를 만났더니, "교장 선생님, 무슨 책 가지고 그렇게 야단입니까. 오전에 교육청에서 전화로 책 찾아내라고 온통 야단이 났어요. 그래 무사히 됐습니까?" 했다. 과장의 짓이겠지. 더러운 인간들. 나도 없는데 선생들한테 책을 구해 내라면 어찌하란 말인가. 직원들은 모를 줄 알았는데, 그러고 보니 오늘 일을 어느 정도 짐작한 모양이다.

내 방에 앉아 이 일기를 쓴다. 어떤 일을 당해도 나는 나 혼자 이렇게 살아가는 수밖에 없구나 싶다.

한참 앉아 있는데 교육청에서 전화가 왔다. 당직이라면서 "지금 곧 교육장님께 전화 걸어 달라고 합니다" 했다. 또 무슨 일인가 해서 걸었더니 "이제 막 또 도교위에서 전화가 왔는데 명예 퇴임식은 내일 예정대로 하라고 합니다. 또다시 앞으로 어떻게 상황이 바뀔지 모르지만 지금 봐서 그 선에서 처리될 것 같아요. 명예퇴직만 되면 다시 더 아무 탈이 없게 되니 참 다행인데, 이제 그런 소리 들으니 나도 웃음이 납니다. 내일 퇴임식에 가겠습니다" 했다. 도교위에서 명예 퇴임식을 예정대로 하라는 것은 상황이 좋아져서 그렇게 말한 것이 아니겠지. 그건 오늘 낮에 최 과장하고 점심 먹을 때 벌써 그렇게 하기로 결정한 것인데, 그걸 교육장은 늦게 잘못 듣고 꼭 어린애같이 좋아하는 것이란 생각이 들었다. "다시 아무 탈이 없게 되니" 한 말도 자기에게 별 탈이 없을 것이란 말이다. 그러나 어쩌면 교육장이 느낀 대로 일이 잘되어 가는지도 모른다. 그때그때 알 수 없게 변하는 것이 행정이고 정치니까. 하지만 이건 아무래도 교육장이 잘못 들은 것이 확실하다.

결국 퇴직금이 문제 되는 것이다. 그까짓 퇴직금 없으면 못 살까! 될 대로 되어라. 어떤 최악의 사태도 나는 그것을 감수하리라. 그리고 내가 할 일을 하다가 죽으리라.

1986년 2월 26일 수요일

아침 라디오를 들으니 필리핀의 독재자페르디난도 마르코스가 드디어 정권을 이양하고 해외로 망명한다는 소식이다. 미국은 더러운 그 독재자를 비행기로 태워 자기 나라에 데리고 간단다. 그들 일행이 70명이나 된다나. 더러운 인간들!

퇴임식 날이다.

10시 좀 지나서 맨 처음 온 사람이 이우덕 교장, 이어서 군내 여러 교장 선생님들, 면내 기관장들, 녹촌 선생, 최춘해 선생, 교육청에서 김봉대 교육장님, 조 장학사, 관리과장님이 오셨다. 형사 한 사람도 오고.

11시에 시작해서 12시에 마쳤다.

꽃다발, 감사패, 선물, 축하금 등을 받고, 축사(교육장, 교육회장)를 들으니 부끄럽고 미안해서 견딜 수 없었다. 5학년 이수정이가 인사말을 읽는데 참 귀여운 아이가 순박하게 쓴 글이어서 고마웠다. 마지막에 내가 한 인사말도 큰 실수 없이 했다. 그런데 식순과 경력 같은 것을 적은 쪽지를 보니 "명예"란 두 글자 위에 종이를 붙여 놓았다. 식장 정면 위쪽에 보아도 "이오덕 교장 퇴임식"이라고 붙였다. 나중에 알고 보니 어제 오후 나와 같이 들어온 조 장학사가 그렇게 지시하더라고 했다. 그리고 어제는 아침부터 교육청에서 연달아 전화를 걸어 와서 교장의 책을 찾아오라고 하면서 야단을 치고, 교장을 당장 찾아오라고 호통을 치는 등 정신없이 들볶더란 것이다. 강무원 장학사가 교장을 당장 찾아오라고 고함을 지르더란다. 내가 아침에 집을 나와 대신동에 보자기 맞추러 갔을 때였던 모양이다. 아마 과장이 화를 내면서 장학사를 불러 그렇게 시켰겠지. 인간쓰레기 같은 더러운 놈들이 장학한다고 하는 것이다.

마치고 나서 점심 식사와 술, 안주를 차려 놓은 자리에 가서 점심을 먹고 술을 권하고 했다.

손님들을 다 보내고 나서 방에 와서 아내, 현우, 연우, 처제가 있는 자리에서 축하금 들어온 것을 계산하니 모두 70만 500원이었다. 너무나 과분한 돈이다. 특히 농사짓는 학부모들이 5천원, 만 원씩 낸 사람들이 많아 미안하기 말할 수 없었다. 또 본교 교직원들이 반지를 서 돈짜리나 되는 것을 해 주었다. 이걸 어떻게 갚겠나 싶다.

오후 4시경 사무실에 가니 직원들이 자꾸 섭섭하다고 했다. 사진이라도 찍자고 해서 아직 봉오리도 맺지 않은 목련 옆에서 찍었다. 이렇게 좋은 인정을 내가 지금까지 너무 모르고 있었다 싶으니 죄책감이 들었다. 처제와 식구들을 다 보내고(방에서 오늘의 일들을 정리하면서 연우 엄마는 비로소 내가 서울 가게 되는 것을 기정사실로 여기고 처제와 아파트 구할 걱정을 했다. 처제가 설득했겠지만 내 뜻을 굽힐 수 없다고 보았으리라), 선생님들과 헤어져(이젠 헤어지는 것이다) 내 방에 와서 앉아 생각하니, 이제는 정말 내가 한 마지막 인사말대로 나 자신의 부끄러운 교육자 생활을 장사 지내고, 내일부터 새 인간으로 태어나 사람답게 살아야겠구나 싶다. 그렇다. 이제 나는 좀 더 자유로운 인간으로 다시 살아나게 되는 것이다. 자유인, 참사람이 되자!

밤에 글쓰기회 총무이사, 출판이사에게 줄 주소록을 정리했다.

1986년 2월 27일 목요일

어젯밤에는 잠이 오지 않았다. 그저께는 그렇게 하루 종일 시달리면서 대구로 성주로 왔다 갔다 했는데도, 그 전날 잠을 못 자고 그렇게 시달렸는데도 밤에 잠을 잘 잤는데, 어제는 감옥살이 같은 42년의 교직 생활에서 벗어나 이제 홀가분한 자유인이 된 느낌으로 밤을 맞이했는데 도리어 잠이 안 오는 것은 무슨 까닭인가? 어린아이들 소풍 가는 전날 밤에 잠 못 드는 것과 같은 상태인가? 그렇다면 내가 얼마나 어리고 어리석은가!

아침에 일어나 시 같은 것을 적어 보았다.

잠 못 자는 밤
-퇴임한 날

42년의 교직을 어쩌면 이렇게 미련도 한 올 없이
헌 옷 벗어던지듯 훌훌 벗어던지는가.
아이들을 사랑하지 않았는가?
딴 곳에다 꿈을 두었던가?
아니다.
아니다.
결단코 아니다.
내 사랑은 아직도 저 총총한 눈망울 반짝이는
아이들한테 가 있다.
내 꿈은 저 아이들이다.
그러나, 그러나
내 삶은 그대로 감옥살이 42년!
이제야 나는 풀어 놓인 한 사람의 인간
인간이 되었다.
퇴임식—
부끄러운 내 교단생활을 끝장내는 그 장례식을 마치고
돌아와 내 방에 홀로 앉아
그래도 한 방울 눈물도 없이 이렇게 태연하다는 것은
조금은 이상하구나.
산 같은 마음이 있어서인가?

하늘 같은 믿음 때문일까?

그래도 한번쯤은 큰 소리로

통곡이라도 해 봄직한데

어쩌면 목석으로 굳어진 것 아닐까?

자리에 누워도 잠이 안 온다.

쫓기고 시달린 그 많은 나날에도

밤마다 차라리 평안한 죽음을 생각하며

잠을 잘도 잤는데,

오늘 밤엔 어쩌자고 잠이 안 온다.

내일 새 학교에 입학하는 어린아이의 심정인가?

소풍날을 앞둔 밤의 어린이 마음인가?

얼마나 어리고 철없는 마음인가?

마구 짓밟히고 쥐어뜯기고 뿌리 뽑히는 풀 같은 어린

생명들

그들을 살리는 일 이제부터 시작되는데,

어쩌자고 잠은 안 와 들떠 있는가?

어린애같이!

2부 1986~1998

교직에서 퇴임하고 경기도 과천으로 올라가 교육 운동과 사회운동에 적극 참여한 시기다. 일하는 사람들이 주인으로 사는 세상을 만들려면 바르고 쉬운 우리 말을 써야 한다고 생각해 우리 말 살리는 모임을 만들어 활동했다. 한국글쓰기교육연구회, 한국어린이문학협의회, 어린이도서연구회, 전국교직원노동조합 같은 단체에서 중심이 되어 활동했고, 한겨레신문 창간에 함께했다. 좋은 어린이책 출판을 위해서도 힘을 보탰다.

1986년 3월 5일 수요일*

9시 55분 차로 상경. 이번엔 어디라도 집을 정해야 한다.

관악역에 도중하차해서 역 가까이 있는 아파트 단지를 구경하고 소개소에 찾아가 물어보니 20평 1층 임대료가 9백만 원이라 했다. 참 헐하다(과천에 비하면). 그런데 기차로 지나면서 보았을 때는 못 느꼈는데, 온통 차들이 질주해서 너무 시끄럽고 공기도 좋지 못해 마음에 안 들었다. 다음은 전철을 타고 시흥역에 내렸다. 역시 역 가까운 복덕방에 가서 물어보니 18평 5층인데 16만 원이란다. 이건 과천과 비슷하다. 여기도 시끄러워 과천 생각이 자꾸 나서 그만 시내로 들어가 마포 온누리출판사에 가서 마포에 싼 아파트가 있다는데, 하고 물으니 거기 살고 있다는 어느 아가씨가 상수동에 15평짜리가 있는데 연탄을 때고, 공기가 그 부근이 좋지 못하다고 했다. 역시 시내는 공기가 나쁜 모양

---

* 1986년 2월, 경북 성주군 대서국민학교 교장을 마지막으로 교직에서 물러나 경기도 과천으로 삶터를 옮긴다. 이때부터 1999년 8월에 충북 충주시 신니면 광월리 710번지 무너미로 이사 가기까지 과천에서 산다.

이다. 그래서 곧 과천으로 가서 2층 한 곳을 보고 계약했다. 16평에 1,400만 원, 거기다 월부금 3만 원이 있다. 난 그게 헐한 줄 알고 계약했는데, 뒤에 생각하니 좀 비쌌다. 착각했던 것이다. 전화까지 딸려 있다고 했지만, 월부금 3만 원이 있으니 1,300쯤으로 흥정했어야 하는 것인데, 달라는 대로 준 것이다.

지식산업사에 오니 김 사장이 〈한국문학〉(3월 호겠지) 첫머리에 나오는 아동문학 좌담회 기록을 보았습니까, 하면서 여기저기 붉은 줄을 그어 놓은 것을 펴 보였다. "유경환 씨가 여기서도 선생님을 바로 가리키지는 않았지만 악의에 찬 말을 해 놓았군요"했다. 보니 유경환, 송명호, 김종상 세 사람의 좌담이다. 송명호가 한 말에도 붉은 밑줄을 많이 그어 놓았다. 한두 군데 훑어보니 어처구니없는 중상모략이요, 비뚤어지고 악의에 가득 찬 말들이다. 김 사장이 "여기에 대해 반박문을 써야 하지 않겠습니까?"했다. 나는 "웬만큼 말이 되어 있으면 반박할 만한데, 그럴 가치조차 없어요. 언젠가 다른 문제를 다룰 때 이런 엉터리 문인들, 관제 문학 동조자들이 날뛰는 문단 현상을 잠시 언급해야겠지만, 이런 것만 가지고 정면으로 비판하는 글은 너무 차원이 낮은 것 같아 마음이 내키지 않습니다. 이것이 요즘 문공부에서 우리들을 악선전하기 위해 매스컴을 동원해서 하는 짓이란 것을 정신 제대로 가진 사람은 다 아는 터라 반박할 필요도 없고 반박하지 않는 것이 좋겠어요"했다.

정말 권력기관이 이런 인간쓰레기 같은 문인들까지도 직접 간접으로 부추겨 악선전하는 것이 불을 보는 것보다 더 확실하다.

저녁에 이주영, 김종만, 이성인 제씨들이 용일여관에 찾아와 그간의 얘기를 나누었다. 모두 내가 계약한 아파트가 비싸다고 했다. 글쓰기회 회보 11호는 온누리에서 보았는데, 읽지는 않았지만 편집한 것이 아주 잘못되었다. 거창서낼 때보다 아주 격이 떨어졌다. 거기다 천 부에 15만 원이라니! 온누리 사장 말로는 4만 원쯤이라 했는데!

이번 학년 말 이동에 이상석 선생이 같은 재단에 있는 여고로 옮겼다고 했다. 우리 회원은 아니지만 도종환 씨는 청주에서 아주 멀리 떨어진 남쪽 어느 시골 중학으로 쫓겨 갔다고 한다. 내신도 안 하고 도교위도교육위원회에서도 이동이 없다고 했는데, 신문에 나와 도 선생은 물론이고 교장도 놀랐다고 한다. 내가 당한 경우와 비교해 보니 문교부에서 한 일의 경위를 알 것 같다. 같은 〈분단시대〉 동인인 대구의 배창환 씨도 고등학교에서 중학교로 '좌천'됐다는 소식이다. 그 밖에도 또 있겠지. 요즘은 문교 행정이고 인사이동이고 문교부는 허수아비 노릇만 하는 것 같다. 그런데 오늘 신문에 보니 웬일로 대한교련대한교육연합회. 지금의 한국교원단체총연합회에서 교육자치제를 건의했다. 한편으로는 몹쓸 짓을 하면서 그것을 훈도하기 위해 이런 제스처를 하는 것이 아닌가 생각된다.

이런 때 내가 서울에 온다는 것이 호랑이 굴로 기어들어 오는 것 같다. 나는 오늘 저녁 몇 사람에게 내가 4월부터 있게 될 과천 아파트의 전화번호를 알린 것이 후회되었다. 이제 앞으로는 특별한 사람이 아니고는 알리지 말아야지.

Y교사회서울YMCA교육자회에서 19일 날 강연을 해 달라고 해서 뿌리칠 수 없었다. 아직 오지도 않았는데 이 모양이다!

새

장 안에 갇혀 있는 새는
하늘을 나는 자유를 모른다.

날다가 날개가 부러지지 않을까?
무서운 적이 와서 덮치지는 않을까?
먹을 것이 없어 굶주리지는 않을까?
어디 편히 잠잘 곳은 있을까?
갇혀 있는 겁 많은 새는
하늘을 나는 자유를 모른다. (3. 5.)

1986년 4월 11일 금요일*

아침 일찍 약수탕에서 버스를 타고 나왔다. 약수탕 버스 정류소 대합실에 서 있을 때 제비 한 마리가 출입문으로 날아

들어와 두어 바퀴 돌고 나가려고 하다가 유리창에 부딪혀 땅에 떨어졌다. 주워 보니 살아날 가망이 없었다. 정류소 옆 밭둑에 얹어 놓고 차를 타고 오면서도 마음이 언짢았다. 제비는 참새와는 달리 유리에 부딪히지 않는 줄 알았는데, 처음 와서 그럴까? 참새는 한 번쯤 부딪치고 일어나는데…. 먼 길을 와서 아무것도 먹지 못하고 힘이 없어 그럴까? 남은 한 마리를 생각하니 너무 가엾었다. 한압(대전大田, 이제 여기 사람들은 부남이라고 했다)에 와서 아침밥을 사 먹고 부동면 신점동 가는 버스 편을 물어보니 오후 3시 반에 가야 있다고 해서 할 수 없이 택시를 타고 갔다. 올 때는 한 30분 동안 그 택시를 기다리게 해서 타고 나오도록 한 것이다.

부동학교†로 가는 버스 길은 그 옛날 내가 걸어 다니던 그 냇가 길을 따라 있었다. 내가 1944년 4월 7일 처음 이 길을 걸어 부임했는데, 오늘 택시를 타고 41년 만에 다시 가게 된다. 부동학교는 내가 겨우 1년 동안 있었던 곳인데, 왜 이렇게 보고 싶고 궁금할까? 젊었을 때 고향을 찾아가던 그 가슴 설레던 마음은 아니지만 그래도 내가 이 땅에서 가장 보고 싶은 곳이다. 그것은 최초에 근무한 곳이기도 하겠지만 40년 동안 보지 못한 곳이라, 그리운 옛날로 돌아가는

---

* 〈월간 조선〉에서 이오덕의 교직 생활을 돌아보는 기사와 사진을 내겠다고 해서 기자와 함께 옛 학교를 찾아간 날이다.
† 1944년 4월 7일부터 1945년 12월 30일까지 경북 청송군 부동공립국민학교에서 일했다. 첫 발령을 받은 학교다.

심정이기도 하고, 한편 40년 동안 그 산골이 어떻게 변했는가? 어떻게 발전하고 어떻게 파괴되고 병들었는가? 하는 것을 보고 싶어서 그런 것이다.

그런데 내가 학교에 가서 옛날 그대로의 것을 알아볼 만한 것이 무엇일까? 학교 교사는 틀림없이 다 뜯어고쳤을 것이다. 운동장의 나무 한 그루도 그 옛날 것이 서 있을 것 같지 않다. 선생님들이야 말할 것 없고, 아이들은 더욱 그럴 것이다. 마을에 가도 나를 알아보는 노인들이 있을까? 다만 고개 위의 느티나무만이 그대로 있지 않을까? 그 느티나무라도 그대로 있어 주었으면 좋겠다.

이렇게 생각하고 차를 타고 가는데, 산모퉁이를 돌아가니 느티나무가 고목이 되어 그대로 서 있는 것 아닌가! 너무나 반가웠다. 이제는 옛 친구를 만나러 와서 허탕치고 돌아가는 허전한 마음은 안 가지게 된 것이다.

느티나무 언덕 앞으로 가는데 골짜기를 보니 그 옛날 아이들 데리고 돌을 주워 대고 잔디를 파내고 하여 호박을 심고 목화를 심어 가꾸던 개간 밭이 이제는 아주 돌자갈밭 황무지로 다시 되돌아가 있었다. 그 안으로 아이들 데리고 솔갱이를 따고 고사리를 꺾으러 다니던 골짜기와 산들이 감개무량하게 바라보였다.

학교 교문에 들어서자 나는 소리를 질렀다. 야! 그 옛날 그 목조 교사가 그대로 있구나! 여섯 교실 중 세 교실만 벽돌 교실로 고쳤고, 나머지 세 교실은 그대로 있는 것이다.

교무실로 들어가니 그곳이 그 옛날의 사무실 그대로였다. 나무판자를 깐 마룻바닥도 그대로고, 그 옛날 그 교실을 반으로 칸막이해서 한쪽은 직원실로 쓰고, 한쪽은 3학년 교실로 썼는데, 3학년 교실로 쓰던 그 반쪽이 이제는 교장실로 되어 있었다. 나머지 목조 교실 두 칸을 둘러보고 현관도 보았다. 옛날 내가 가르치던 또 다른 교실에 들어가서 거기 앉아 있는 1학년 아이들에게 얘기를 해 주면서 사진을 찍었다. 교사 뒤로 가 보니 내가 자취를 하던 숙직실도 그대로, 창고와 변소도 나무로 만든 그대로 아닌가! 너무너무 기뻤다.

운동장에 나오니 조정갑 교장이 저기 플라타너스며 은행나무, 전나무가 모두 일제 때 심은 것이라는 기록을 보았다고 한다. 그러고 보니 그 나무들이 그대로인 것이 겨우 생각났다. 내가 운동장에 들어섰을 때 나무를 알아보지 못한 것은 그 나무들이 모두 무참하게 가지가 잘려서 아주 말뚝같이 서 있었기 때문이란 것을 그제야 깨닫게 되었다.

부동학교는 지금 학생 수가 모두 66명이라 적혀 있었다. 다섯 학급으로 편성돼 있단다. 그러면서 선생님들이 아주 우수한 분들이라고 조 교장은 자랑했다. 벽지에 와서 점수를 따려고 한 분들이겠지. 교내 방송을 한다면서 아이들 대여섯 명이 나와 공책에 적힌 것을 보고 읽고 있는데, 그 내용이 국기에 대한 경례라든가 학교의 자랑거리, 마을의 자랑거리 같은 것이었다. 기왕이면 아이들의 순진한 생활

기록문 같은 것을 읽어 준다면 얼마나 좋겠나 싶었다. 교육 기재는 놀랄 만큼 발달했지만 교육 내용이나 방법은 일제 시대와 조금도 다름없고, 오히려 후퇴한 것이다.

운동장에서 사진을 찍고, 느티나무 밑에서도 찍고 해서, 택시로 떠나왔다.

한압에서 화목까지 버스로 한 시간 걸려 왔다. 화목학 교*에 가니 정해봉 형(교장)과 다른 직원들이 반갑게 맞아 주었다. 6학년 아이들에게 인사하면서 사진을 찍고, 교문 앞 은행나무 옆에서 찍고, 철봉에 올라가 아이들의 박수를 받으면서 찍고 학교를 나왔다.

댁골 누님 댁에 가니 누님이 혼자 계셨다. 거기서도 사진을 찍고, 섭섭해하는 누님을 작별하고 나와 정 형, 교감 이오봉 씨, 나 네 사람 같이 점심을 먹으면서 교감 선생이 얘기하는, 전임지 신성학교에서 정년 퇴임을 한 어느 여교 장의 얘기를 들었다. 참 훌륭한 분으로 신문에 보도하도록 하자고 의논했다.

나는 점심을 먼저 먹고 나와 면에 가서 호적등본을 떼려고 하는데, 외사촌 정태용 동장을 만났다. 그래서 볼일을 마치고 나오는데, 박효일 군, 김종상 군을 또 만나 같이 다방에서 차를 마시고 즐거운 얘기를 나눴다. 나는 네 사람에

---

* 1945년 12월 31일부터 1947년 7월 30일까지 경북 청송군 화목공립국민 학교에서 일했다.

게《이 땅에 살아갈 아이들 위해》를 주었다. 기념사진을 찍고 나서 작별을 하고 버스를 타고 대구로 왔다. 정 교장은 나한테 화목학교 교가가 아주 좋지 않으니 새로 하나 지어 달라고 해서 그렇게 하겠다고 약속했다.

대구 오니 4시 반. 동대구역에 가서 5시 차로 오봉 씨를 보내고 봉덕동으로 왔다.

이번 여행에 차비 숙식비는 모두 이 씨가 냈는데, 내가 내려고 해도 이 씨가 출장비 두 사람 것을 탔다고 하면서 굳이 자기가 냈다. 그리고는 헤어질 때 서울 오는 차비 하라고 또 2만 원을 주어서 너무 미안했다. 이번 여행은 순전히 나 때문에 한 것인데, 이미 어쩔 수 있나 싶었다.

1986년 5월 3일 토요일

지식산업사에 들렀다가 교육출판기획실에 갔다. 민주교육실천협의회[†]의 기구표를 보니 운동 면만 하는 것으로 되어 있고, 교육 연구 실천 면은 거의 관심이 없는 것 같아 내가 기구표를 하나 만들어 보이니 거기 앉아 있던 선생은 참 그래야 되겠는데요, 했다. 그런데 조금 있다 들어온 유상덕 선생은 나와 의견을 달리했다. 나는 교육자들이 장사꾼이 되어 있는 상태에서 자기를 이겨 내는 싸움도 하도록 하는

[†] 5월 15일 민주교육실천협의회 공동의장으로 추대되었는데, 8월 5일에 사퇴했다.

일을 소홀히 해서는 밖의 싸움도 효과적으로 해낼 수 없고 교육 운동이란 것이 설득력 있게 먹혀들어 가지 않는다고 했지만 유 선생은 그런 일까지 우리가 할 수는 없다고 했다. 나는 다시 사람이 모자라 못 한다면 교사들이 그런 연구를 할 수 있게 도와주고 연결시켜 주는 일이라도 해야 할 것이고, 또 무엇 한두 가지라도 그런 내실적인 일을 할 수 있을 것이라고 말하고, 우선 기구표에 그런 것을 만들어 두면 먼 장래에라도 그런 일을 해야 한다는 생각만은 가질 것 아니냐고 해서, 겨우 타협을 보았다. 그리고 나는 또 유 선생이 만들어 놓은 기구표에서 무슨 조직부니 하는 것은 정당도 아니고 없애는 것이 좋겠다고도 말했다. 그건 사무국에서 하면 될 것이라 말했다. 아무래도 유 선생하고는 생각이 잘 안 맞을 듯하다.

유 선생이, 이번에 기획실에서 편집해서 나온 책이라면서 내놓은 것이 있는데,《교육노동운동》이란 것이었다. 그 내용의 태반은 일본교원노조일본교직원조합 운동의 역사를 번역한 것이었다. 이 책을 대강 훑어보는데, 거기에 글쓰기 교육 운동에 대한 말이 나와서 읽어 보았더니 글쓰기 교육 운동을 아동문학 운동의 하나로 보고 있고 그리고 생활글을 통해 사회의 구조적 인식에 도달해야 하는데 그러지 못하고 있다는 등 잘못 비판해 놓았다. 그래도 나는 별로 큰 관심을 안 두고, 말도 안 했다. 4백 페이지가 넘는 책 속에서 겨우 몇 줄 간략하게 언급했을 뿐이기 때문이다.

거기서 조금 앉아 있는데, 교원대학에서 왔다는 학생이 서넛 들어와서 교육출판기획실에서 하고 있는 일들이며 교육에 대한 견해를 알고 싶어 했다. 들어 보니 학교에서 듣는 강의만으로 만족하지 않고 널리 각계의 의견을 들어 참교육이 무엇인가를 생각하려고 한다 해서 참 반가웠다. 이른바 교원 사관학교라고 손가락질받는 학교의 학생들조차 이만한 태도로 나오니 얼마나 다행한 일인가? 유 선생이 그 학생들에게 한참 얘기해 주는 것을 듣다가 나도 좀 얘기해 주었다. 교육 현장이 어떻다는 것, 교육자는 어떤 정신과 태도를 가져야 하는가를 말해 주었더니 좀 놀라는 표정으로 듣고 있었다. 나는 거기 앉아 있는 사람들을 모두 데리고 나와 점심을 같이 먹고 점심값을 냈다.

오후에는 그 옆에 있는 세종문화사에 들어가 이종기 씨를 만나 한참 얘기를 해 주고, 온누리에 가서 김종만 씨를 만나 회보 편집 의논을 했다. 우리 글쓰기회 사무실은 이제 여기 온누리 사무실을 같이 쓰기로 작정했다. 김 사장은 오늘 인천에 있을 개헌 서명 운동* 현판식 모임 구경을 간 모양이다.

다시 지식산업사에 와서 김 사장과 저녁을 같이 먹고,

---

* 1985년 6월 17일에 김대중과 김영삼은 헌법 개정과 지방자치제 실시, 언론 자유 보장, 자유선거를 보장하는 제도 개혁에 관한 공동선언을 발표하며 대통령 직접선거제 개헌을 추진했다. 전두환 정부는 1989년에 논의하자고 했으나 신민당은 '1천만 개헌 서명 운동'을 시작했다.

일본 책방에 들어가 이시카와 다쿠보쿠 책 한 권을 사서 과천에 돌아오니 11시가 되었다.

어쩌면 유상덕 씨가 하고 있는 민주교육실천협의회와는 결별해야 할 것 같다.

1986년 7월 25일 금요일

새벽에 깨어났는데 웬일로 머리가 아팠다. 이런 일은 좀처럼 없는데, 생각해 보니 근간에 음식을 좀 많이 먹은 탓이라 깨달아진다. 미숫가루를 먹지만 그것도 소화가 잘된다고 많이 먹으면 체하여 몸이 고장 난다. 그래 일어나 세수하고 체조를 하고 다시 한 시간쯤 누웠다가 일어나니 좀 덜했다. 오늘부터 아침은 일체 안 먹기로 결심했다.

류인성 선생이 갖다 준 〈씨올의 소리〉를 아직 안 읽었지만 거기 나오는 유영모 선생의 연보를 보니 51세에 1일 1식을 하게 되고, 해혼(解婚)을 선언했다고 한다. 그리고 28세 때부터 우리 나라에서 처음으로 산 날수를 셈하기 시작했다고 해 놓았다. 나는 오늘부터 1일 1식은 몰라도 1일 2식을 하기로 하고, 산 날수도 셈하겠다고 결심한다. 예순한 살이 넘어서야 이런 것을 하니 부끄럽지만, 이제부터라도 옳게 살아야지. 이건 남의 흉내를 내는 건가? 앞서 간 남의 훌륭한 삶을 배우는 것은 좋은 일이다. 남을 배척할 것 아니라 내가 찾지 못한 것을 보여 준 남의 가르침을 따르는 것은 사람답게 사는 길이라 생각한다.

내가 난 해가 1925년 11월 14일이라, 계산해 보니 오늘이 2만 2,153일째다.

1985년 11월 14일까지 2만 1,900일
1985년 11월 15일부터 253일
2만 2,153일

2만 2,153일!
하루하루를 나는 충실하게 살아야 한다. 다시 돌아오지 않는 내 생명을!
아침을 안 먹고 12시가 지나 미숫가루와 감자, 과일 등을 먹었다. 아침을 안 먹으니 머리 아픈 것이 아주 없어졌다.
종일 편지글 모음 교정을 보았다.

1986년 11월 23일 일요일

오늘은 ○○국교에서 글쓰기 강의가 11시에 있어 시간에 맞춰 갔는데 사람들이 안 모였다면서 시간을 늦추기에 복도에 전시한 아이들의 글 모음 공책들과 그림일기, 글쓰기 작품 벽에 붙여 놓은 것을 약 30분 동안 다니면서 보았다. 토요일마다 두 시간씩 글짓기 시간을 두고 지도한 학교인데도 아이들의 글은 뜻밖에도 보잘것없었다. 1학년이 조금 낫고, 상급생에 올라갈수록 공책만 진열해 놓았을 뿐 그 속에 씌어 있는 글은 독서 감상문 몇 편과 동시 흉내 낸 것, 더러는 남의 것 베껴 써 놓은 것도 있어서 아주 실망했다. 그런데 자세히 보지 않고 그 많은 공책들 겉모양만 보고, 벽에 붙여 놓은 그림일기나 원고지에 써 놓은 것을 구경만 하면 참 훌륭한 교육을 하는 줄 안다. 학부모들도 아이들의 글씨가 깨끗하고 바르게 씌어 있다고 모두 감탄하는 얼굴들이었다. 나는 어제는 그것을 보고 교감 선생에게, 아이들 글씨가 너무 깨끗하게 잘 씌어 있다, 맞춤법, 띄어쓰기도 잘 되어 있다고 칭찬하면서 한편, 아이들에게 글씨만 너무 강조하면 소중한 글은 잘 안 나오니, 글씨가 좀 흐트러져도 좋다고 말해 주는 것이 좋겠다고 하고, 벽에 붙여 놓은 것은 그림 전시를 그렇게 하면 몰라도 글짓기를 그렇게 하면, 그걸 읽어 줄 사람도 없고 공연한 전시만 하니, 아이들의 글을 학급에서 모두 모아 문집을 만들도록 권장하는 것이 좋겠다고 말해 주었더니 "벽에 붙여 놓은 것은 읽어 달라고 그래 놓은 게 아니고 그냥 보이기 위해서 그랬습니다"고 했고, "문집은 여러 해 전에 전교의 것을 만들어 냈는데 지금은 못 하고 있습니다. 경비 관계로 힘이 들어서요"했다. 그런데 음악실에서 행사가 시작되기 전 우리 글쓰기회 회원으로 그 학교 교사로 있는 김 선생 교실 복도에서(나는 김 선생 교실인 줄 몰랐다) 5학년 아이들의 공책을 보고 있는데, 한 아이의 글 중에 소를 몰고 들에 가서 누워 하늘을 보고 무슨 공상을 했다는 얘기가 쓰여 있어 이상하다는 생각이 들어 그걸 베끼고 있는데 김 선생이 곁에 와서 설명을 했다. 그 아이가 쓴 글은 실제로 한 것을 쓴 것이 아니고, 국어 시간에 교과서에 나오는 글을 배우고 그 교재에 있는 주인공이 되어서 글을 써 보라고 한 것이라 했다. 참 별난 글짓기 지도를 하는구나 싶었다. 어른들이 써 놓은 이상한 내용의 글을 공부하고 그렇게 흉내 내게 하는 것이 우리 글쓰기회 회원까지 다름없이 하는 것이니 기가 막힌다.

그런데 김 선생이 거기서 잠시 서서 내 귀에 대고 조그만 소리로 얘기하는 것을 들으니 기가 막혔다. 이 학교가 인천시에서 학력이 가장 높다고 하면서, 전교 글짓기를 자기가 문예부에서 맡고 있는데, 교장 선생이 전에는 아이들이 1년에 상을 몇 번씩이나 탔는데, 지난해는 못 탔으니 올해는 어떻게 해서라도 상을 타도록 하라고 했고, 교감 선생은 아이들의 글을 마구 고쳐서 글짓기 대회나 작품 현상 모집에 낸다는 것이다. 그리고 학력 올리기 경쟁 때문에 전 교사들이 얼마나 시달리는지 토요일 글쓰기가 두 시간 있지만 사실은 거의 글쓰기를 안 하고 모든 선생들이 그 시간에 시험공부를 하고 있다고 했다. 그리고 지난번 과학책 독후감 쓰기 대회에서 자기 학교 아이 셋이 당선이 됐는데, 어제 오늘 전시회 열고, 학부모들 모아 그 아이 셋이 그 감상문을 발표하고 있다면서 지금 저기 바로 소리 나는 것이 시작하고 있는 모양이라 했다. 나는 음악실에 들어가 앉았다. 한 아이가 마치고 들어가고 또 한 아이가 앞에 나가 마이크 앞에서 놀랍게도 웅변 원고 외듯이 서서 그 상 받았다는 감상문을 한참 서서 소리 내어 말하는 것을 들으니 기가 막혔다. 독일의 무슨 무슨 박사가 어떠한 연구를 해서 어떤 결과를 얻었다는 것을 소개하는 내용인데, 내가 들어도 어려운 그 내용을 어떻게 쓰고 외웠는지, 그걸 상만 탔으면 그만이지, 또 자랑한다고 억지로 외도록 해서 어제와 오늘 이렇게 부모들 앞에 연출을 하다니 어처구니없었다.

세 아이가 마친 다음 한 어머니가 나와서 집에서 독서 지도를 한 얘기를 원고를 쓰고 한참 얘기했는데 그것도 아주 잘못되어 있었다. 그것은 처음엔 독서 지도를 한 얘기가 아니고 아이들에게 글을 읽도록 가르친 얘기였고, 또 다음에는 책을 읽히는데 책의 내용을 일부 소개해 주기도 하고 전체를 요약해 설명해 주기도 했고, 또 독서 감상문을 꼭 쓰게 했다고 했다.

모든 것이 비뚤어졌고, 거짓스럽고, 아이들 잡는 것을 이렇게 해서 교장, 교감과 교사들과 학부모들이 공모해서 하고 있다는 것을 학교에 와서도 역력히 볼 수 있었다.

가톨릭에서 경영하고 있는 학교가 이 모양이니 이게 어찌된 셈인가?

내 차례가 됐을 때, 나는 이 학교가 잘못하고 있는 교육, 아이들이 잘못 병들고 있는 얘기들을 무척 하고 싶었지만, 그걸 그대로 할 수 없었다. 다만 독서 지도의 원칙, 문학 교육과 글쓰기 교육의 다른 점, 교과서가 얼마나 잘못되어 있는가 하는 것, 아이들이 얼마나 어른들 흉내 내어 병들고 있는가 하는 것, 글쓰기 지도의 요령 같은 것을 부드럽게 한 시간 남짓 얘기하고 마쳤다.

오후 1시 반에 마치고 나오면서 이 학교 일을 어떻게 하나 생각했다. 사립학교, 가톨릭 계통의 학교가 이 모양이니 이건 도무지 그대로 둘 수 없다. 뒤에 시간을 내어서 그 여교장 앞으로 자세한 편지를 써야겠다는 생각이 들었다. 그래도 학교교육이 시정 안 되면 그 편지를 공개해야지, 하는 생각도 들었다. 그런데 어제 첫날 내가 학부모들(어제는 거의 어머니들만 백여 명이 나왔다)한테 얘기한 것은, 오늘날 학교교육이 얼마나 병들었는가, 글짓기 교육조차 얼마나 병들었는가로, 아이들 대신에 부모들이 글을 써내고 교사들이 마구 고쳐서 상을 받고 신문에 발표하는 것이 이제는 아주 당연한 사실로 모든 어른들이 알게 되었다면서 아이들 죽이는 어른들은 성경 말씀같이 죽어야 한다고 그런 어른들을 아주 혹독하게 비판을 했는데, 이 학교 교장, 교감이 내 얘기를 듣고 큰 충격을 받았을 것이란 생각이 들었다. 그렇다면 앞으로 좀 달리 교육을 할 것도 기대된다. 그러나 웬걸 그렇게 고쳐지겠는가? 아주 장사꾼이 되어 버린 교육자들이 하루 만에 고쳐질 수 있을까?

그 생전에 웃지도 않을 것 같은 수녀 여교장을 나는 자꾸 머리에 떠올리면서 내일은 한길사에 가서 《우리 언제쯤 참선생 노릇 한번 해 볼까》 책을 구해 그 교장, 교감 앞으로 우선 부쳐 주어야지, 하고 생각했다. 그리고 또 다음에는 편지…. 이제부터 나는 싸움을 시작해야 한다.

아파트에 돌아오니 3시. 급히 미숫가루를 타 먹었다. 올 때 안 받는다는 것을 억지로 "거마비밖에 안 됩니다" 하고 교감 선생이 쥐여 주는 봉투를 열어 보니 10만 원 수표와 5만 원 현금이 들어 있었다. 너무나 많은 돈이어서 놀랐다. 사립학교에 무슨 돈이 있는가? 이렇게 쓰는 돈 가지고 아이들 위해 좋은 일 하면 되겠는데, 학교 돈은 모두 이런 외형적인 선전에 쓰는지도 모른다는 생각도 들었다.

3시 반에 김종만 선생이 오고, 곧이어 이성인, 권오삼, 이우영 선생이 왔다. 오늘 글쓰기회 겨울 연수회 의논을 하기로 한 것이다.

8시 반에 모두 보내고 나니 전우익 형이 와서, 권오삼 선생이 다시 들어와 12시까지 놀았다.

1987년 3월 4일 수요일

오늘부터 매주 수요일 한신대학에 강의하러 나간다. 아침에, 지난번 김성재 교수한테서 받은 버스 시간표를 찾으니 없어서 한참 찾다가 안 되어 김 교수 집으로 전화를 거니 7시 53분 과천도서관 앞을 지난다고 해서, 밥을 먹을 사이도 없이 미숫가루를 타서 급히 마시고 겨우 탔다. 수원 있는 학교까지 한 시간 가까이 걸렸다.

처음 가 보는 대학이고, 더구나 강의는 처음 하는 터라 잔뜩 긴장되었지만 그럭저럭 세 시간을 마쳤다. 김 교수 말에는 수강생이 3, 4학년으로 약 20명 될 것이라 했는데, 교실이 꽉 차서 세어 보니 43명쯤 되었다. 앞으로 좀 더 잘 연구해서 충실한 강의를 해야겠다고 단단히 생각했다. 올 때는 비가 와서 전철을 타고 신도림에서 사당으로 둘러 왔더니 한 시간 반이 걸렸다.

생각해 보니 중등교육도 제대로 못 받은 내가 무슨 대학의 강의를 맡을 수 있는가. 부끄럼과 자책감이 들지만 학문이란 것이 꼭 학교에서만 배워야 하는 것이 아니고, 오히려 현실의 체험과 독서를 통해 진실한 이치를 찾아 세우는 것이 바람직하다는 생각이 든다. 더구나 내가 학생들에게 전해 주려고 하는 것이 바로 이것이다. 지금까지 이미 만들어 놓은 문화를 그대로 받아들이고 따르는 것이 아니라 모든 관념의 체계를 일단 거부하거나 의심하고, 혹은 그것을 제쳐 두고 현실의 삶 속에서 부딪혀 얻은 느낌과 생각으로 자기 자신의 세계를 만들어 가도록 하는 태도, 이것을 가르치려고 하는 것이고, 글쓰기가 바로 이것이다. 나는 좀 더 자부심을 가지고 당당하게 학생들 앞에 서야겠다고 결심한다. 물론 겸허하고 성실한 태도는 잃지 말아야겠지.

오후에 몸이 고단해서 누워 막 잠이 들려고 하는 순간 전화가 걸려 왔다. 조선일보사 〈가정조선〉에서 다음 주에 아동 도서에 관한 좌담을 계획하고 있는데 사회를 좀 맡아 줄 수 없느냐는 말이었다. 바쁘고 시달리게 되겠지만 한길사 김언호 사장, 지식산업사 김경희 사장, 창작사 김윤수

사장 등 여러 분들과 얘기 나누게 된다 해서 거절할 수 없어 승낙하고 말았다.

저녁에 윤기현 씨가 왔다.

1987년 4월 18일 토요일

오전에 범우사에 가서, 캐나다에서 온 이동렬 교수를 만나 윤형두, 박연구 두 선생과 같이 한참 얘기하다가 점심을 같이 먹고 헤어졌다. 오후에는 지식산업사에 갔다가 다시 마포로 가서 창작사에 갔더니 동시집이 나와 있어 두어 권 얻어서 4시부터 초원봉사회에서 있는 서울·경기 회원 합동 모임에 나갔다. 그런데 6시까지 기다려도 웬일인지 회원들이 여덟아홉 명밖에 모이지 않았다. 8시까지 이것저것 얘기 나누다가 윤태규 씨 동화집을 나눠 주고 헤어졌다.

오늘 저녁에 얘기한 것 가운데 김종만 씨가 이런 것을 전했다. 서울시교위에서 '불온 교사'로 될 가능성이 짙은 사람을 열 가지로 나누어 들어 놓았는데, 그중에 남달리 열심히 아이들을 가르치는 교사, 학부모들이 주는 돈 봉투를 안받는 교사, 초임 교사로 특별히 열심히 아이들을 가르치는 교사 이런 항목이 있다고 하며, 그 열 가지 조항이 적힌 인쇄물이 반상회에 배부되었다고 했다. 직접 보았는가 물었더니 직접 본 것은 아니고 두 사람이 증언을 하더라고 해서, 그러면 그런 증거를 확실히 잡았으면 좋겠다고 말했다. 교육행정의 타락상이 이제 극에 이르렀다는 생각이 들었다.

1987년 6월 26일 금요일*

오늘이 국민 대행진 날이다. 아침부터 볼일이 있어 나갔다. 4시쯤 되어 자실 문인들이 모인다고 하는 명동으로 갔다. 가톨릭의 전진상교육관에 갔더니 이호철, 김규동 씨를 비롯해서 많이 모여 있었다. 집권자들이 당황하고 있는데, 이제 며칠 안 가서 다 끝장날 것도 모르고 있는 것들이 한심하다는 둥 하면서 얘기를 많이 하고 있는 사람이 뒤에 알고 보니 백기완 씨였다. 한참 있다가 한 젊은이가 "지금 바깥에서 한창 싸우고 있고 최루탄을 마구 쏘고 있는데, 여기서 40대 이하 되는 사람은 거리에 나가고, 40대 넘으시는 분들은 위험하니 여기서 기다렸다가 8시가 되면 모두 서울역 광장으로 집결하게 돼 있으니 그때 서울역 쪽으로 와 주시기 바랍니다"했다. 이윽고 그 방 안에도 최루탄 가스가 들어와 재채기가 나고 해서 문을 닫고 있는데, 최루탄 터지는 소리가 자꾸 났고, 시위대들이 지르는 고함 소리도 멀리 울려왔다.

한참 앉았다가 바깥에 나가 보니 눈을 뜰 수 없다. 마치 고춧가루 빻는 방앗간에 들어온 것 같다. 곧 들어와 눈을

---

* 6월 민주항쟁. 1987년 4월 13일에 전두환은 대통령 간접선거제를 고수하겠다는 호헌조치를 발표했다. 5월 18일에는 1월에 일어난 박종철 고문치사 사건이 조작되고 은폐되었다는 것이 밝혀졌다. 이에 온 국민이 박종철 사건 규탄과 4·13 호헌 철폐, 민주 개헌을 주장하며 6월 10일을 시작으로 국민운동을 벌여 대통령 직접선거제 개헌을 이끌어 냈다.

닦고 해도 계속 눈물이 났다. 여기서 문간에만 나가도 이런데, 최루탄이 터지는 데서는 얼마나 심할까? 그래도 그런데서 한 시간이고 두 시간 다섯 시간이고 버티고 싸우는 젊은이들 생각을 하니 참 너무 고맙고, 나 자신이 부끄럽다는 생각이 들었다. 그래서 자꾸 나갔다 들어왔다 했지만 여전히 그 모양이라 쉴 새 없이 눈물을 닦고 코를 풀고 했다. 그런데 자꾸 가스를 마시고 하니 처음에 나오던 재채기는 안 나왔다. 바깥에 나갔던 젊은이들이 자꾸 들어와 화장실에 가서 얼굴을 씻고 했다. 최루탄 가스가 들어오고, 젊은이들이 들락날락하니 교육관에 있던 아가씨(아마 수녀겠지)가 출입문의 철책 셔터를 내리고 자물쇠를 채웠다. 조그만 문을 열어 두었다. 나는 그런 단속을 하는 수녀가 철없다는 생각, 밉다는 생각이 들었다. 그 철책 셔터를 내린다고 해서 가스가 들어오지 않는 것도 아니고(안쪽의 유리문은 늘 닫혀 있다), 사람들이 자꾸 드나들고 하는데 좁은 문만 두다니, 어디 이렇게 할 수 있나 싶었다.

또 한번은 나가서 보니 저쪽 큰 골목길에 사람들이 모여 쳐다보고 있고 송현 씨가 "저기 대자보 붙어 있어요" 해서 가 보았더니 대학생들이 붙여 놓은 것인데 그 내용은 미국을 비판하는 것이었다. 한 자실자유실천문인협회 회원의 말을 들으니 명동역, 신세계 근처에는 민민투반제반파쇼민족민주투쟁위원회 대학생들이 많이 모여 데모를 주동하고 있는데, 그 학생들은 "호헌 철폐", "독재 타도"를 외치는 것이 아니고 현 정권 하에서는 직선제 개헌도 반대하고, 과도기 임시정부를 구성할 수 있도록 혁명을 해야 한다고 주장하고 그런 구호를 외치고 있다고 한다. "그 학생들 만났는데, 큰 가방 가지고 있기에 자크를 열어 보니 화염병이 가득 들어 있었어요" 했다. 민영 씨가 그 말을 듣더니 "학생들이 아니고 경찰 첩보원들이 틀림없습니다"고 했다. 나는 이런 상황에서는 과격한 주장을 하고 과격한 행동을 하는 학생들이 일부 있는 것도 자연스런 경향이 아닌가 생각이 들기도 하지만, 경찰이 그런 짓을 꾸며 무력으로 시위 군중을 탄압할 구실을 만들 수도 충분히 있겠다는 생각이 들었다.

송현 씨가 전화를 걸어 보더니 서울 각 지역에서 지금 한창 시위 군중과 전투경찰이 충돌하고 있는데, 부산 어느 곳에도 군중들이 수만 명이 모여 있다고 했다. 8시가 되어 송현 씨와 같이 나갔다. 우리가 나갈 때는 명동의 작은 골목들에는 사람들이 별로 없었고, 벽돌, 종이, 유리병들만 곳곳에 깔려 있었다. 물론 가게의 문들은 모조리 닫혀 있었다. 신세계 쪽에 나가니 전경들이 꽉 들어서 있고, 여기저기 최루탄 터지는 소리가 났다. 거기까지 눈물을 닦으면서 갔던 나는 도무지 견딜 수가 없어 이대로 도저히 갈 수 없다고 했더니 송현 씨가 "그럼 좀 후퇴합시다" 하면서 위쪽 전철역 쪽으로 돌아 다시 성당 방향으로 되돌아가는데, 다른 문인들이 그 길을 나오고 있어 마주쳤다. 가스 때문에 후퇴한다고 하고 더 가니 거기 가운을 입고 치료를 해 주는 의대 학생들이 있어, 내 눈에 물약을 넣어 주고 비닐을 펴 주면서 좀 있다가 눈이 가려지게 붙이라 해서 그랬더니 견딜 만했다. 이래서 다시 되돌아 남대문을 향해 갔다. 남대문 시장 안을 지나다가, 다른 곳은 음식점도 다 문을 닫았는데 그 시장 안에는 여기저기 문을 열어 놓았기에 들어갔더니 여러 가지 음식을 팔고 있었다. 여기서 요기나 하고 가자면서 들어가 송현 씨는 순대국을 먹고, 나는 술떡이란 것을 먹는데, 그 집에서 일하고 있는 듯한 어떤 젊은이가 무엇을 자꾸 지껄이고 있는 것을 들으니 전두환이 욕이었다. 또 흰 가운을 입은 학생이 들어와 비닐 좀 얻을 수 있습니까, 물으니 아주머니가 가져가라고 하면서 탁상에 있는 비닐 감은 뭉치를 한참 풀어서 감아 주었다. 그 학생은 돈도 안 내고 인사만 하고 나가려는데, 한쪽에 앉아 있던 중년 남자가 "학생" 하고 부르더니 "수고합니다. 우리 박수쳐 드립시다" 하고 박수를 치니 거기 있던 사람 모두가 박수를 쳤다. 그 음식점에서는 시위대들을 위해 그렇게 누구든지 쓰라고 비닐을 준비해 두고 있는 것 같았다. 손님들은 술이나 밥을 먹으면서 텔레비전에 나오는 축구 중계를 보고 있다가도 시위 학생들이 들어오면 박수 쳐 주고 했다.

거기서 한길에 나오니 온통 전쟁판인데, 그래도 버스는 더러 지나갔다. 지하도가 봉쇄되어 막혀 있으니 한길 횡단은 아무 데서고 하는데, 송현 씨와 나도 길을 건넜다. 벽돌이고 병이고, 종이고 꽉 깔려 있고, 전경이 꽉 깔려 있는 수

라장이 된 거리를 송현 씨는 조금도 두려움 없이 걸어갔고 나도 따랐다. 나 혼자였더라면 겁이 나서도 못 갔을 것이다. 길을 건너 남산 쪽에서 서울역 쪽으로 조금 갔더니, 거기 서울역으로 가는 한길에 학생들이 쫙 깔려 플래카드를 여기저기 들고, 가운데는 눈에 띄는 새빨간 둘레의 노란 삼각 깃발을 들고 구호를 외치고 있다. 이쪽저쪽 인도에는 학생들과 시민들이 지켜보면서 박수를 치고, 함께 구호를 외친다. 겨우 빠져나가는 버스 안에서 승객들이 박수를 치고 손을 흔든다. 아, 이 광경, 이 역사적인 광경. 나는 최루탄 가스의 눈물이 아니고 진짜 눈물이 났다. 나도 박수를 치고 손을 흔들었다. 좀 더 많은 시민들이 쏟아져 나와 길을 메우고, 교통을 차단시켜 아주 마음껏 외치고 뛰고 했으면 얼마나 좋겠는가. 그렇게 안 된 것은 오늘 관공서고 기업체고 모조리 직원들의 발을 묶어 놓고 있는 데다 대회장에 못 들어오도록 전경들을 이중 삼중으로 배치하고 전철을 차단하고 있기 때문이다.

그렇게 한참 시위를 하는데 저쪽 서울역 쪽에서 계속 최루탄 터지는 소리가 나더니 시위대가 몇 번 동요하고 밀려왔다. 길에서 응원하던 사람들이 여러 번 쫓겨 골목으로 들어가고 했다. 한길에서 외치고 싸우고 있는 젊은이들보다 길가에서 응원하는 사람이 더 겁을 내어 먼저 도망치려고 한다는 것을 쉽게 알아차릴 수 있었다. 송현 씨도 몇 번이나 "저리 갑시다. 여긴 위험합니다"고 했다. 최루탄이 바로 가까이서 터지기도 했을 때는 나도 겁이 나 좀 뛰었다. 송현 씨가 "선생님, 뒤에 최루탄이 터질 때는 등을 돌리고 가서는 안 되고 최루탄 날아오는 것을 보면서 뒷걸음치면서 가야 합니다"고 했다. 그럴 것도 같았다.

　우리는 골목으로 쫓겨나, 달리 갈 데가 없어 자꾸 위쪽으로 올라갔다. 골목마다 사람들이 꽉 차 있는데, 거의 모두 젊은이들이고, 시위하러 나온 학생이 대부분인 것 같았다. 골목에서 다시 큰길로 나오고 그 길에 있는, 거의 아무도 건너지 않는 구름다리를 대담하게 건너니 남산이 쳐다보였다. 거기 힐튼호텔이 높이 쳐다보이고, 그 앞과 밑의 넓은 광장, 길에 온통 사람들이 인산인해다. 모두 서울역 쪽으로 가는 길에서 시위하는 사람을 응원하는 사람들이었다. 나는 송현 씨한테 "우리 저 위쪽으로 올라가 봅시다"고 했다. 그래서 어떻게 가나 하고 봤는데, 송현 씨가 "저기 학생들이 파출소에 들어가 물건을 꺼내 오고, 전두환이 초상을 찢고 합니다" 했다. 비닐을 쓰고 있는 내 눈에는 그런 것이 잘 안 보였다. 아까는 내가 구름다리를 건너자고 했는데, 이번에는 송현 씨가 "파출소 앞을 올라가면 제일 가깝겠습니다" 해서 바로 파출소 앞을 빨리 올라가 무사히 거기를 지났다. 한참 사람들 사이를 지나 올라가 내려다보니 사람들이 얼마나 많이 모였는지 요량할 수 없었다. 최루탄 터지는 소리와 고함 소리는 아래쪽 한길에서 계속 나고, 거기 위에서 내려다보고 있는 젊은이들도 소리쳐 응원하고,

도로 난간의 철 파이프를 두드리면서 소리를 내고 있었다. 거기서 소설가 김주영 씨를 만났다. "좀 더 위로 갑시다" 했더니, "예, 전 여기 좀 더 있다가 가지요. 먼저 가시죠" 했다. 김주영 씨는 비닐로 눈을 가리지 않아서, 눈이 괜찮은가 물으니 "난 눈은 아무렇지도 않은데, 콧물이 나와 제일 귀찮아요" 했다. 최루탄에서 입는 자극과 고통도 체질에 따라 다르구나 싶었다. 송현 씨는 눈도 비닐로 가리지만 코를 늘 막고 다니면서 말을 할 때도 코 막힌 소리를 한다. 전화도 그렇게 건다. 그 대신 목이 어릿하다고 했다.

힐튼호텔 앞에서 내려다보니 아까 우리가 서 있던 오르막길에 전경들이 최루탄을 터뜨리면서 올라왔다. 학생들이 후퇴해서 호텔 쪽으로 왔다. 아래쪽 광장을 내려다보니 최루탄이 여기저기 무섭게 터지는데 학생들이 흩어져 돌을 던지고 한다. 바로 옆에 불과 4, 5미터 자리에서 터지는데도 겁내지 않고 물러서는 기색도 없이 돌을 던지고 고함을 치는 학생들도 있다. 이 아이들이 최전위의 싸움군인 것이다. 그 아이들의 부모들이 이 광경을 봤다면 얼마나 마음을 졸일까. 우리가 서서 구경하는 호텔은 그 광장에서 수십 미터 높은 자리다. 학생들은 그 높은 데서 무얼 던지려 해도 던질 것이 거기는 도무지 없어 고함을 질렀다. "호헌 철폐", "독재 타도"를 외치다가 "개새끼들 집에 가라", "집에 가 아기나 봐라" 했다. 그러나 그런 소리가 그 밑에까지는 전혀 들리지 않았을 것이다. 그래도 학생들은 자꾸 소리 지르고 있었다.

오르막길에서 밀고 밀리고 하던 학생들이, 이윽고 최루탄이 연달아 수없이 터진 다음 천 명은 될 것 같은 전경들이 무슨 차를 몰고 나오는 바람에 모두 호텔로 후퇴해서 호텔 안으로 들어갔다. 우리도 학생들 속에 밀려 호텔 안으로 들어갔다.

호텔 안에서 학생들은 구호를 외치고, 노래를 부르고 했다. 거기서 김정환 씨를 만났다. 또 뜻밖에 동화 작가 노경실 씨를 만나 반가웠다. 학생들 몇이 나를 알아보고 인사를 했다. 외국인들이 부지런히 사진을 찍고, 구호 외치고 노래 부르는 것을 녹음했다. 학생들은 애국가를 부르기도 하고 '우리의 소원은' 하는 통일의 노래인가도 불렀다. 아, 이럴 때 한번 힘차게 불러 볼 애국가는 없는가. 온몸의 피가 끓어오르는 감격의 노래를 왜 우리는 갖지 못했는가. 음악이 가장 뒤떨어졌다는 생각도 하게 된다. 애국가는 그걸 부르기만 하면 그만 용기도 상기도 푹 죽고 주저앉아 버리고 싶어지는 노래다. 통일의 노래란 것도 눈물 짜는 노래밖에 안 된다.

학생들이 한참 그러고 있다가 이번에는 어느 한 학생이 광주 사건을 얘기하는 것 같았는데, 그것도 자기가 한마디 하면 듣는 사람들이 모두 따라서 복창하는 식이 아닌가? 참 괴상한 일이다. 워낙 구호 외치는 것이 그런 식으로 습관이 되어서 그렇게 하는지 아니면 목이 쉬어서 한 사람이 계속 말을 이어 갈 수 없어서 그러는지(사실 앞에 나온 아이들은 모두 목이 쉬어 있었다) 알 수 없었지만, 이런 자리에서 확성기 기재를 준비하지 못한 것도 준비가 모자란 것이지만, 아무튼 재미가 없는 노릇이었다. 그래도 모든 학생들이 자리를 지켜 마음을 모으고 행동을 같이하고 있는 광경은 감격스러웠다.

그런데 그러다가 어느 학생이 갑자기 뛰어나가더니 "긴급동의가 있습니다"고 하면서, "우리 지금 어느 때라고 이러고 있습니까. 서울역에 지금 한창 싸움이 벌어지고 있으니 우리도 뛰어가 싸웁시다"고 하니 모두 자리에서 일어나 바깥으로 나갔다. 우리도 따라 나갔다.

학생들은 모두 저녁도 안 먹었을 것이다. 그런데 저렇게 위험도 무릅쓰고 독재 타도를 외치고 밤낮을 가리지 않고 싸우다니 너무나 놀라운 일이다.

밖에 나가니 학생들은 어디로 갔는지 보이지 않았다. 송현 씨와 나는 전경들이 새까맣게 떼를 지어 올라오는 옆을 지나면서 내려갔다. 그 전경들을 보니 옷 거죽에 사과만큼 한 동그란 것을 여기저기 달고 있다. 저런 게 사과탄이지요, 했더니 송현 씨가 그렇다고 했다. 전경들과 함께 움직이는 이상한 차가 있는데, 송현 씨는 그 차를 가리키면서 "얼마 전까지는 최루탄을 한꺼번에 34발 쏘는 총을 만들었는데, 요새는 저 차로 64발을 한꺼번에 쏩니다" 했다. 나는 전경들이 우리를 잡아가지 않을까 겁도 났는데, 무사히 지났다. 내려오다가 송현 씨는 또 공중전화를 걸었다. 시위 상황을 그렇게 해서 사무실로 알리는 모양이었다. 그때가 10시 40분쯤 됐을까. 송현 씨가 "이제 그만 선생님은 돌아 가시지요" 해서 나도 어젯밤에 잠을 못 자고 잔뜩 지쳐 있는 데다 현우가 어젯밤에 안 들어오고 소식도 없어 걱정이 되기도 하고 해서 고생하는 사람들에게 미안했지만 돌아가기로 하고 송현 씨와 헤어져, 거기 마침 지나가던 신사동행 버스를 타고 왔다.

버스 운전사가 최루탄 원망을 자꾸 하더니 한강을 지날 때는 문을 활짝 열고 강바람이 들어오게 했다. 나도 눈에 가린 비닐을 비로소 떼고 심호흡을 했다. 평소에는 시원한 줄 몰랐던 한강 바람이 그렇게 시원할 수 없었다.

신사동에서 전철로 사당까지 와서 다시 버스를 타고 과천에 오니 12시가 가까웠다. 현우는 안 왔다.

송현 씨가 "집에 가시면 옷을 다 빨아 놓아야 합니다. 가스가 옷에 배어 입을 수 없습니다"고 하던 말이 생각나고 나도 그대로 잘 수 없어서 목욕을 하고 옷을 다 빨았다. 낯을 씻으니 또 한번 눈이 따가웠다. 고춧가루 묻은 손으로 낯을 씻듯이.

자려고 할 때 현우가 들어왔다. 어제 집에 들어오지 않고 연락도 없었던 것을 나무랐다. 어제는 어디서 무얼 했나 했더니 학교 과제물을 했다고 한다. 오늘은 어디 있었나 했더니 친구들과 시내에 있었다고 한다. 시위에 참가했다고 해서 좀 마음이 놓이고 더 나무랄 생각이 없어졌다. 자세히 물어보니 아까 남산 힐튼호텔 밑 파출소 기물 꺼내고 찢고 하던 그 자리에 있었다고 해서 반가웠다. 바로 그 앞을 지났는데 서로 모르고 있었던 것이다. 현우가 파출소에 들어가 그런 일을 할 아이는 못 된다. 그런 걸 보고 있기만 해도 학생 노릇은 다한 것이라고 생각이 되었다.

1987년 7월 23일 목요일

일직 권정생 선생을 찾아갔다. 오늘은 권 선생 집에서 자고, 내일 거기로 올 정우큰아들하고 의성 사곡면 우평에 가기로 한 것이다.

권 선생이 많이 편찮다고 들어서 걱정했는데, 걱정했던 것보다는 좀 나았다. 권 선생은 "늘 아픈 것 그 정도로 아픈 거지요" 했다. 아마 홍성 호산나약국에서 보낸 약이 효과가 있었던 모양이다. 그 약을 먹고 있다고 했다.

권 선생하고 오랜만에 여러 시간 앉아 이야기를 할 수 있었다. 저녁은 현미밥에 간고등어 그리고 풋고추를 고추장에 찍어 과식할 정도로 맛있게 먹었다.

이번 권 선생한테서 감동적인 개 얘기를 들었다. 오늘 가니 하얀 개, 뺑덕이가 집 안에 들어가 누워 있으면서 찾아가는 나를 가만히 쳐다볼 뿐 나와서 뛰지도 않고, 또 다른 강아지 한 마리도 보이지 않기에 어찌 됐는가, 어디가 아픈가, 했더니 권 선생이 그 강아지는 죽었다면서 이런 얘기를 했다.

"그 강아지가 무슨 병에 걸려 죽었는데, 우리 나라 개가 모두 외국종이잖아요. 그래 병에 걸리면 우리 나라엔 약이 없고 외국 약을 써야 하는데, 그걸 구할 수 없지요. 그래 강아지가 죽고 나니 저 개가 그만 힘을 잃어버리고, 밥도 잘 안 먹고 저 모양이래요. 그래 고등어 대가리도 넣고 해서 좀 맛있게 끓여 줘도 조금밖에 안 먹습니다. 참 짐승이 나쁜 사람보다 낫지요? 그 강아지가 제 새끼도 아닌데 그렇게 키우고 귀여워하더니 말이지요."

그래서 내가 "나쁜 사람보다 나은 정도가 아니래요. 사람이 개 짐승 정도만 된다면 얼마나 좋을까요" 했다. 권 선생은 이어 또 고양이 얘기를 했다.

"강아지가 죽은 뒤, 누가 고양이 새끼를 한 마리 갖다주잖아요. 그래 뺑덕이가 그 고양이 새끼를 그렇게 귀엽다고 핥아 주고 해요. 낯선 사람이 오면 그 고양이 새끼를 물어다 제집 안쪽에 숨겨 두고 했지요. 참, 그 고양이를 어떻게 물어 옮기는지 아프지도 않게 살짝 물어 가요. 그런데 며칠 전 폭풍이 불던 밤에 그만 그 고양이가 죽었어요. 그날 밤 바람이 얼마나 세게 부는지, 전 밤새도록 잠이 오지 않데요. 아침에 나가 보니 고양이 새끼가 안 보여서 어디 갔는가 싶어 온갖 곳을 다 찾아다녀도 없어요. 그러다가 뒤 언덕 산에 가니 거기 죽어 있잖아요. 왜 거기 가서 죽었는지 몰라요. 바람에 날려 간 것 같기도 해요. 그래 또 뺑덕이는 저렇게 힘이 빠져 누워 있어요."

"그 고양이 새끼, 평소에는 어디서 잤어요?"

"뜨락에 뭘 가지고 잠자리를 만들어 주었는데, 거기서 늘 잤어요."

개와 고양이 얘기 다음에는 아동문학 얘기, 전 형 얘기, 인간의 역사와 앞날 얘기 등을 했는데, 권 선생의 마음은 내 마음과 언제나 같다는 생각이 들었다.

권 선생이 고달플까 싶어 10시쯤 되어 같이 누웠다. 불을 끄니 온통 새까만 암흑이더니 한참 있으니 봉창과 문 쪽이 겨우 조금 희미하게 그 자리를 알 수 있을 정도로 나타났다.

1987년 8월 27일 목요일

한신대학에 가서 11시 30분~12시 20분 시험 감독을 하고, 오는 길에 안양에 내려 권오삼 선생을 만나 한 시간쯤 얘기하다가, 김녹촌 씨와 약속한 시간이 급해 과천으로 오지 않고 바로 전철을 타고 종로 2가 갈릴리다방에 가니 전화가 와서 김 선생은 온누리 김용항 사장을 만나 얘기한다고 조금 늦겠다고 했다.

김녹촌 씨와 송현 씨와 같이 지난번 들렀던 술집에 가서 얘기를 하는데, 주로 김 선생이 많이 얘기했다. 7시가 되어 나는 먼저 나왔다. 오늘 저녁에 초교협 운영위원 모임이 있는 것이다. 가니 모두 모여 있었다. 이규삼 회장 사회로 회의가 진행되는데, 차례차례 의견을 말하는 자리에서 나는 다음 몇 가지를 말했다.

첫째, 가장 먼저 확실하게 밝혀 두어야 할 것은 이 회의 기본 목표와 교육 운동의 방향이다. 나는 이 회의 기본 목표가 아이들을 참된 민주 시민으로 기르기 위한 교육이 잘 되도록 즉, 민주교육을 실현하는 일을 하는 것이며, 기본적 운동 방향으로서 민주교육의 실천을 도와주고, 민주교육을 방해하는 모든 문제를 협의해서 해결하고 장애를 제거해 주는 데 있어야 한다고 본다.

둘째, 이러한 운동은 현장의 교육 실천 운동과 외부에 대한 행정 지원 운동의 두 측면이 있는데, 당분간 외부 운동에 치중하는 수밖에 없을 것이다.

셋째, 그렇다고 하더라도 모든 외부의 운동은 어디까지나 현장의 민주교육 실천을 돕고, 그 실천을 방해하는 요소를 제거하는 문제를 다루어야 하는데, 어느 것이 가장 급한가를 생각하고 협의해서 급한 것부터 해결해 가도록 해야 할 것이다.

넷째, 나는 이 초교협이 노동조합적인 성격을 가지는 것을 원치 않으며, 교사들의 교육 운동이 교원들 자신의 이권 획득을 위주로 해서는 안 된다고 본다. 그 이유는 우리 교원들이 아이들 비인간적으로 교육하는 일에 협력한 사람이기 때문이고, 이 엄연한 사실을 덮어 두고서는 결코 민주교육 운동을 제대로 할 수 없다고 본다. 행정 권력 다음에 아이들 잡는 교육을 한 공범자가 교사요, 교육자다. 교사들이 주동이 되어 민주교육 하겠다고 나섰다면 마땅히 이 사실을 시인하고 참회하여야 학부모들도 교사들을 믿고 따를 것이다.

때가 좀 지나면 교육자들도 봉급을 올리라고 요구할 수 있을 것이고, 마땅히 그래야 한다. 그래야 교육계에 유능한 인재가 모인다. 그러나 지금은 그럴 수 없다. 나는 노동자, 농민 들이 요구하는 것은 충분히 이해가 되는데, 노동자, 농민 들보다 대우를 잘 받는 사람들이 그 노동자, 농민 들이 무엇을 요구하는데 그들 위해 함께 싸워 주는 것은 몰라도 함께 나서서 자기들도 월급 올려 달라고 하는 것은 이해할 수 없는 구석이 많다. 교원 입장도 그렇다.

아이들 위한 교육 운동이라야지 교사들 위한 교육 운동이 되어서는 안 된다는 것이다.

문교 장관, 교육감, 교육장들 위한 운동보다는 교사 위한 것이 그래도 낫지 않나 할지 모르지만 교사 위한 교육이 있을 수 없으며 어디까지나 아이들 위한 교육이, 아이들 위한 교육 운동이 되어야 하는 것이다.

다섯째, 초교협이란 약칭에 대해서도 이야기했다. 왜 다른 운동 단체 흉내 내서 이런 약칭을 쓰는가? 초등협의회 하면 모두 다 잘 알 수 있는 것 아닌가? 초교협, 이것은 도무지 약칭이란 느낌은 안 든다(이렇게 말했지만 아무도 내 말에 반응을 안 보였다).

그런데 정관을 먼저 잘 심의해서 기본 방향을 성문화시키자는 의견이 나와 나도 찬동했는데, 그럼 기본 방향을 어떻게 잡느냐, 하면서 앞에서 내가 말한 의견은 듣지도 않은 듯 엉뚱한 말을 하는 사람이 많고, 또 이미 정관이 다 돼 있는데 뭘 또 고치려고 하나, 대토론회 준비부터 먼저 하자고 하여 의견이 구구했다. 이러는 가운데서 이주영 씨가 토론회에서 내세울 문제를 몇 가지 제의한 가운데, 학부모들의 관심을 모으기 위해서도 교사와 부모 사이에 오고 가는 금품("촌지"란 말을 썼다) 문제 같은 것도 학부모 한 사람, 교사 한 사람이 얘기를 하는 것이 좋겠다고 해서, 나도 찬성했다. 돈 봉투 문제를 덮어 두고 민주교육 하자고 하는 것은 있을 수 없기 때문이다.

그런데 이 문제를 정면으로 반대한 사람이 김병일 씨와 박춘금 씨였다. 김병일 씨는 이런 촌지 문제는 교육 운동의 문제일 수 없다고 했고, 박춘금 씨는 촌지가 왜 나쁜가, 했다. 심지어 그런 것을 나쁘다고 하는 사람이 비인간적이라고 했다. 그 밖에도 여기 동조하는 사람이 두 사람, 세 사람 있었다. 나는 박춘금 씨 말이 너무 불쾌했다. 교육자로서 어디 이런 말을 할 수 있는가. 교육 운동을 하려고 하는 사람이 말이다. 그래서 이런 말을 했다.

"나는 그 토론회에 바로 돈 봉투 문제를 크게 부각시켜 그 문제를 운동의 중심으로 삼자고 말하는 것 아닙니다. 다만 그 문제는 언젠가 우리 교육자들이 해결해야 할 문제인데, 이번 첫 토론회에는 부모들의 관심과 협조를 얻기 위해서도 이주영 선생이 지난번 발표한 다섯 가지 문제 중 한 가지인 '교사와 아동과 부모' 사이의 사랑의 관계를 만들어야 한다는 말을 하지 않을 수 없고, 그런 얘기 중에서 물질적인 면에서 깨끗해야 한다는 것을 스스로 강조하고 밝혀야 한다고 봅니다. 그런 정도라도 언급이 안 되고서야 무슨 민주교육을 논하는 자리가 됩니까. 그런데 돈 봉투 나쁘다고 말하는 사람이 비인간적이라니 그게 무슨 말인가요? 나는 토론회와는 별도로 이 운동 모임에서 돈 봉투 문제가 언젠가는 협의되고 토론을 거쳐 초교협 자체의 견해로도 이 문제를 결정하지 않으면 안 된다고 봅니다. 그런데, 지금 박 선생 말한 '돈 봉투는 당연하고 인간적'인 것이란 견해가 한두 사람의 생각이 아니고 초교협의 견해라면 나는 이런 교육 운동에는 관심이 없습니다. 학부모들도 별 관심을 안 가질 것입니다."

이렇게 말했더니 옆에 앉았던 권영갑 선생이 "교장 선생님 말씀이 당연합니다. 그런데 박 선생도 속뜻은 안 그럴 것입니다. 모두 의견이 같을 것입니다"고 하여 적당히 입장을 세워 주려고 말했다.

11시가 되었는데 저녁도 안 먹고 먼저 나오면서 나는 참 서글프고 외로운 생각을 하지 않을 수 없었다. 다음 1일 날 나오시지요, 하고 김종만 씨가 말해서 나오겠다고 말했지만, 이제 그런 교육 운동에 나는 그만 관심을 안 가져야 하겠다고 생각이 되었다.

1987년 10월 31일 토요일

오늘은 진주교대 학생들 초청으로 강연이 있는 날이다. 아침 7시 고속버스로 진주에 도착하니 12시 15분. 가는 동안 날이 흐리기는 했지만 바깥 산들이 단풍이 져서 너무 아름다웠다. 그런데 승객들 가운데 바깥을 내다보는 사람이 아무도 없었다. 모두 뭘 보나? 승객들이(7시, 두 번째 차여서 그런지) 세어 보니 16명밖에 안 되는데 귀에 이어폰인가 하는 것을 꽂고 앞에 나오는 비디오테이프리코더(VTR) 영화를 본다. 전에는 고속버스에 중국 무술 영화가 나오더니 오늘은 국산 영화다. 이것이 잘 팔린다고 국산이 나온 모양이다. 치고받고 차고 넘어지고 하다가 어느새 이번에는 벌거벗은 여자들이 춤을 추고, 그러다가 또 치고 차고 한다. 그걸 잠시 봐도 머리가 아픈데 서울서 진주까지 가는 다섯 시간 내도록 본다. 모두 16명 중 10명이 보고 있다(하도 기가막혀 사람 수를 세어 본 것이다). 여자들도 거의 다 보고, 뒤쪽에 나보다 나이 많은 노인 한 사람도 귀에 꽂고 쳐다보고 앉았다. 이 사람들 머릿속에 무엇이 들어 있겠나. 미국의 자본 문화가 인간을 얼마나 타락시키고 이 민족을 더럽혀 놓았는가 생각하지 않을 수 없다.

그런데 오늘 교대에 가서 얘기할 표현 교육 문제를 생각하다가, 저런 기막힌 영화를 쳐다보고 거기 빠져 있는 어른들이, 자신을 표현하는 대신 자신의 어떤 병든 인간성, 인간의 마성을 대신 표현해 주는 것에 만족해하고 거기 빠져 있는 것이구나 하고 깨달았다. 대신 표현, 대리 표현! 진정한 사람다운 표현이 아니고 병든 어른들의 악마적 표현으로 자기를 만족시키고 그 생명을 유지시키는 것이다. 오늘날의 모든 매스컴이란 것이 이런 대중들의 자기표현을 차단시키면서 그 병적 표현을 대행해서 대중들을 잡고 있는 것이다. 아이들도 그렇게 되어 가고 있는 것은 말할 것도 없다. 대리 표현이란 말을 발견해서 기뻤다.

진주에 도착하니 학생 두 사람이 기다리고 있어서 곧 점심을 먹고 학교에 가서 노 학장님 만나 인사를 하고, 학생들이 장소 준비를 하는 동안 약 30분을 학장실에서 학장님과 얘기를 했다. 아까 두 학생이 최근 학교 안에서 일어난 일을 얘기하면서 어용 무능 교수 물러가라는 요구를 하고 학생들이 농성을 했지만, 노 학장님은 훌륭한 분으로 존경을 한다고 해서 하고 싶은 얘기를 한참 했는데, 어떤 분인지 확실히는 알 수 없었지만 인간적인 면이 있는 분으로 느꼈다.

강연은 2시 20분부터 4시 20분까지 두 시간 동안, 대체로 잘했던 것 같다. 4학년 학생들이 모두 실습을 나가 모인 사람이 3백 명 가까이 됐을까. 모두 경청하는 것 같았다. 마친 뒤 학생 대표도 시간만 있으면 더 듣고 싶었다고 해서 마음이 놓였다. 마치고 곧 버스 정류소로 가서 거창에 두 시간 걸려서 오니 밤이 되었다.

거창에 도착하니 정류소 바로 옆에 있는 음식점에서 이상모 선생이 저녁 식사를 하고 있어서 다른 두 분들과 함께 저녁을 먹는데, 알고 보니 오늘 평민당 발기인 대회를 연 모양이고, 그분들이 모두 선거운동 하는 분들이었다. 그리고 이상모 선생이 거창에서 책임을 맡고 있다면서 고충을 말했다. 김대중 씨 사진이 나온 광고문은 자기 집 앞의 것조차 갈퀴로 뜯어 버린다는 것이다. 노태우, 김영삼 모두 돈을 엄청나게 쓰고 뿌린다는 얘기였다.

1988년 2월 7일 일요일 맑음

'우리 말을 우리 말이 되게 하자' 이 논문은 대강 공책에다 안을 잡아 두었던 것인데, 오늘은 원고지에다 써 보았다. 저녁까지 써서 겨우 30장밖에 못 썼다. 그래도 이렇게 시작했으니 이제부터는 쉽게 써 나갈 것이다.

우리 말의 문제를 두고 자꾸 생각하다 보니, 말이란 것이 우리의 역사와 깊은 관계가 있지 않나 하는 것을 깨닫게 되었다. 말과 글 그리고 의식, 삶 이것들의 관계를 생각할 때, 가장 근본이 되는 것은 삶이다. 그 다음이 의식이고, 다음이 말이고 글이다. 즉, 삶→의식→말→글 이렇게 된다. 이것이 원칙이다. 그런데, 이것이 거꾸로 역행하는 수가 있다. 삶←의식←말←글 이렇게 말이다. 분명히 우리의 역사에서 이 역행 현상을 볼 수 있다. 이런 역행은 잘못된 사회,

병든 역사에서만 나타나는 것이라 생각된다. 이런 문화의 역행 속에서 사회와 역사를 바로잡으려면 역시 이 역행을 이용하는 수밖에 없다. 즉 글과 말을 바로잡음으로써 우리의 의식을 바로잡고 삶을 바로잡는 것이고, 그럴 수밖에 없다는 것이다.

물론 이 역행 현상은 부분적으로 나타나는 만큼 말글을 바로잡는다고 해서 삶이 단박에 바로잡히는 것은 아니지만, 말과 글을 바로잡는 것이 민주 사회 실현에 지극히 큰 노릇을 하리란 것은 의심의 여지가 없다. 오늘은 아주 중요한 발견을 했다. 이 문제를 계속 파고들어가 생각해 봐야겠다.

1988년 2월 14일 일요일 맑음

온종일 방에 있었다. 원고를 쓰는데, 오전에는 방바닥에 엎드려 쓰고, 오후에는 책상에서 썼다. 이렇게 쓰는 자리를 바꾸어서 엎드렸다가, 의자에 앉았다가 하니 좀 덜 피곤한 것 같다.

저녁때는 건너편 시장에 가서 반찬거리를 사 오려다가 그만 과실과 고구마 구운 것을 사 와서 먹었다. 날씨가 제법 싸늘했다.

지금 저녁 10시 반, '밖에서 들어온 말의 문제'란 원고의 중요 부분을 거의 다 썼다. 모두 약 190장. 앞으로 열 장 정도만 쓰면 한자 말과 일본 말 문제는 다 쓰게 된다. 이것을 발표할 자리가 있어야 하는데, 아직 아무 데도 싣겠다고 하는 데가 없다. 없어도 계속 써야 한다. 안 되면 조그만 책자로라도 만들고 싶다. 우리 말을 지키고 살려 나가는 문제가 얼마나 큰가를 나는 뼈저리게 느끼고 있다. 앞으로 내 남은 목숨을 여기다 걸고 일해야겠다는 생각이 든다.

그런데, 어제저녁에는 시를 쓰고 싶다는 생각이 들었다. 다른 어떤 사람도 못 쓰는 시, 나만이 쓰는 시를 꼭 쓰고 싶다. 내 외로움, 아픔 그리고 고난당하는 생명을 나는 노래하고 싶다. 내가 아니면 그 아무도 불러 주지 않는 짓밟혀 죽어 가는 생명들을 나는 노래해야지. 아름다운 그 생명을 노래해야지.

1988년 5월 22일 일요일 비

온종일 쉬어 가면서 교단 일기를 옮겨 썼더니, 밤 9시 반이 되어 드디어 한 권 분량(약 1,300장)을 마쳤다.*

이 일기를 옮겨 쓰면서 생각한 것이 몇 가지 있다.

첫째, 몇십 년 옛날에 써 둔 것을 읽으니, 잊어버리고 있었던 온갖 일들이 되살아난다. 참 이런 일도 그때 있었구나, 이건 이렇게 했던 게로구나, 하고 여러 가지를 깨닫고 알게 된다. 사람의 머리로 기억해 둔 것은 너무나 빈약하고, 모호하고, 잘못되어 있기도 하다. 일기를 적어 둔다는 것이 얼마나 소중한가를 새삼 알게 되었다.

* 1989년에 《이오덕 교육일기》(1, 2)로 나왔다.

둘째, 그 옛날의 삶을 기억만으로 회상할 때는 즐겁게 달콤하기도 한데, 일기를 읽어 보니 참으로 괴롭게 살았구나 싶다. 나는, 지금 내가 다시 젊어진다고 해도 내 지난날을 되풀이하고 싶지는 않다. 그만큼 내 과거의 교직 생활은 고뇌에 가득 차 있다.

셋째, 그러나 그 옛날의 일기를 하루하루 읽으면서 옮겨 쓰면서, 지금의 삶과도 비교해 보고, 마치 그때로 다시 돌아가 내가 살고 있는 듯한 심정도 들어, 그것이 그처럼 괴롭지만 그 괴로움을 단지 마음으로 되씹는다는 것이 어떤 즐거움이기도 하다고 느낀다. 말하자면 나는 일기를 읽으면서 과거와 현재의 두 시간을 한꺼번에 체험하면서 살고 있는 것이다. 이런 뜻에서도 일기는 소중하다는 생각이 든다. 앞으로는 일기를 옮겨 쓰는 것을 귀찮은 일거리로 생각하지 않고 즐거운 일로 여기면서 쓸 수 있을 것 같다. 그러니 이렇게 지금의 일기를 쓰는 것도 즐거움으로 여겨야겠다.

1988년 5월 23일 월요일 맑음

아침에 일어나 문득 바깥에 나가고 싶었다. 그래 가벼운 옷을 입고 나가니 하늘이 너무나 곱게 개었고, 뒷산 관악 봉우리의 바위며 새파란 나무들이 바로 손으로 만질 수 있듯이 사진보다 곱게 보였다. 뻐꾸기가 산에서 자꾸 울었다. 빈터에 심어 놓은 고춧잎들에 놓인 이슬인가 어제 온 빗물들인가 아침 햇빛에 반짝이고 있었다. 이곳 온 뒤로 아침에 산책을 한 것이 오늘 처음이다. 참으로 청명하고 아름다운 아침이다.

교단 일기 첫째 권 원고를 대강 다시 훑어보면서 중간 제목을 붙였다. 모두 12절로 나누었으니 중간 제목도 그렇게 붙여야 했다. 그런데 전체 책 제목은 잘 생각나지 않아 보류했다.

저녁때부터 고니시 겐지로의 《학급혁명》을 읽기 시작했다. 이것은 사계절 출판사에서 지금 번역을 준비하고 있는데, 내가 머리말인가 해설을 써 주기로 했던 것이다. 본래는 나한테 번역해 달라고 하는 것을, 바빠서 도저히 안 된다고 말했던 것이다. 그런데 읽어 보니 그 내용이 너무 좋다. 한 대문 한 대문 감탄하지 않고 읽을 수 없다. 교육이란 정말 이렇게 해야 하는 것이다. 내가 교사로 있을 때 이런 책을 읽었더라면 얼마나 좋았겠는가! 이 저자는 교육을 하는 데 책에서 본 것을 따라 실천한 것이 아니고, 학교에서 배운 것, 누가 가르쳐 준 것을 모방한 것도 아니다. 바로 아이들 속에서 아이들한테 배우면서 가르친 것이다. 이걸 시간이 있었더라면, 바로 내가 번역했더라면, 하는 생각이 든다. 지난번 사계절에서 잠깐 번역 원고를 봤더니 퍽 졸렬한 문장이었다. 틀리게 번역한 것도 많을 것 같다. 그래도 이런 책이 빨리 나와 많은 교사들에게 읽혀야 한다. 우리나라에는 이런 실천에서 나온 기록이나 이론이 아직도 전혀 없으니 너무 한심스럽다.

1988년 5월 25일 수요일 맑음

아침에 한길사 김 사장이 전화를 걸어 와서, 그 일기는 어제 말한 대로 세 권을 내는데, 다른 책들하고 모두 같이 가을에 한꺼번에 내도록 준비해 달라고 한다. 나는 그러겠다고 하고, 그 일기가 상중하 세 권으로는 안 되고, 지금 조사해 보니 다섯 권은 될 것 같다고 했더니 그럼 그렇게 하자고 한다. 다섯 권이면 원고로 6천 장은 된다. 그걸 6, 7, 8 석 달 동안 쓰다니! 이거 큰 골탕 먹게 생겼다.

고니시 겐지로《학급혁명》을 오늘 대강 훑어서 다 읽었다. 참 좋은 책이다. 이것을 사계절에서 번역해 낸다는데, 번역한 문장이 제대로 되었는지 걱정이다. 저녁에는 그 번역본을 위해 해설서(소개문)를 초안해 보았다.

밤 11시쯤 되어 문익환 목사님이 전화를 걸어 와서, 전태일 문학상을 제정했는데 심사위원이 되어 달라고 했다. 참 좋은 사업인데 제가 무슨 그런 일을 할 만한 사람이 됩니까, 했더니 "이 선생의 언어 감상 같은 것이 아주 필요한 것 같습니다"고 하셨다. 그래 보탬이 된다면 일을 하겠습니다고 하기는 했지만 웬지 많이 두려운 생각이 들었다.

또 조금 있으니 전화가 왔는데, 이번에는 "숙경입니다" 한다. "내일 저희들이 안양에 모이기로 했는데 여가가 있습니까?" 한다. 내일은 일이 있지만 다른 데 갈 일은 없기에 가겠다고 했다. 점심때, 정영자 아파트라나, 일고여덟 명이 모인다니 모두 얼마나 반갑겠나? 어떤 얼굴들일까?

오늘부터 이 일기장을 비우지 않고 꼭꼭 채우는 것을 그만두고, 꼭 쓸 것만 간략하게 쓰기로 했다.

1988년 5월 27일 금요일 흐린 뒤 개임

어제저녁에는 〈한겨레신문〉 연재물을 3회분 쓰고, 오늘 아침에는 방송 원고를 또 급히 썼다. 그래서 10시에 나갔다.

한겨레신문사에 가서 원고를 주니 지난번 2회분(5매 × 2) 고료를 5만 원 주었다. 나오다가 임재경 씨를 만나 논설위원실에서 잠시 얘기를 나누었다. 신문이 40만 부 넘게 나간다고 했다. 신문을 발간하자마자 이렇게 나가는 것은 세계 역사에도 일찍이 없는 일이라 했다. 광고가 좀 달리는 모양이었다.

다음은 안국동 사무실에 가서 격려 광고를 내려고 했는데, 마침 점심시간이라, 지식산업사로 가서 김 사장을 먼저 만나기로 했다. 그래 전철로 갔더니 김 사장은 오늘 원주에 가서 저녁에나 돌아오신다고 한다. 할 수 없이 걸어서 안국동 한겨레신문사 광고국에 가서 격려 광고를 부탁했다. 광고문은 다음과 같이 써 주었다.

우리 말
우리 혼
한겨레 만세!
이오덕

돈을 10만 원 주고 나왔다. 고료 두 번 받은 것을 다 내주었다고 생각하니 좀 기분이 좋았다.

기독교방송국에 가서 한 시간 반쯤 제과점과 다방에서 기다렸다가 방송실에 가서 녹음을 했다. 오늘이 13회째로 이제 끝났다. 이것도 기분이 좋았다. 이번 달 방송료 10만 원을 받았다.

또 다음은 옛 정신여고 자리 건물에 웅진출판사 학습개발부를 찾아가 이숙인 씨를 만났더니, 〈어린이 나라〉 개정판을 만들려고 한다면서 자문을 구했다. 내가 의견을 낼 부분은 문장이다. 과제를 많이 안고 왔다. 6월 10일까지 해야 하는데, 이거 '갈수록 태산이다. 부산의 이상석 선생도 그저께 책 발문 독촉 편지를 보내왔는데 아직 원고도 못 읽었으니!

1988년 5월 28일 토요일 맑음

밤 11시 반까지 오늘은 이상석 선생의 교단 기록, 수상집 원고를 읽었다. 이걸 읽기 전에는 뭐 그때그때 써 놓은 수필 같은 것이겠지 했는데, 참으로 좋은 글이다. 단순히 글이 좋은 것이 아니라 이건 아주 귀중한 교육 실천 기록이다. 내가 그저께까지 고니시 겐지로의 《학급혁명》을 읽고 그토록 감탄하면서, 우리 나라에는 분단 43년을 보냈지만 아직 훌륭한 교육자를 못 가졌다고 한스럽게 생각했더니, 바로 이상석 선생의 교육 실천이야말로 우리 교육사에 자랑스럽게 기록할 만한 훌륭한 업적이겠다는 생각이 들었다. 분단 교육이 낳은 보기 드문 훌륭한 교육자를 나는 이제사 발견한 것이다. 그리고 내가 《학급혁명》을 읽었을 때 나 자신이 부끄러웠던 것 이상으로 이상석 선생의 글을 읽고 부끄러웠다. 그것은 학급 혁명을 이룬 일본의 사정보다 이상석 선생이 교육하는 이 땅의 사정이 비교도 안 될 만큼 어렵기 때문이다.

1988년 7월 30일 토요일 맑음

오후 1시에 공해반대시민운동협의회 사무실에 갔다. 오늘이 총회가 있는 날인데 이사는 나 하나밖에 안 나왔다. 여자들 30명쯤 왔고, 최열 씨가 있었다. 그리고 나중에 또 준회원이라는 남자분이 한 사람 왔다. 그분은 학교에 근무하는 듯, 공해 교육을 교과로 설정해서 해야 한다고 말했다. 사람은 많지 못했지만, 사업 보고, 활동 경과 얘기, 회원의 활동 체험담 등 매우 충실한 내용으로 진행되었다. 거의 끝나 갈 무렵 어떤 중년 신사가 갑자기 나와 "저는 이 앞길을 지나다가 이런 간판과 광고를 보고 들어온 사람인데, 제가 꼭 할 얘기가 있습니다"하면서 원자력발전소 관계 얘기를 했다. 그리고 그런 시설을 하면서 안전 대책은 하지 않으니 참으로 걱정이라면서 국민들이 이런 사실을 좀 깨닫도록 해야 한다고 말했다. 그 사람이 나중에 명함을 주는데 보니 대한통운 이사였다. 나는 오늘 모임에서 한 주부가 '우리가 먹는 음식은 안전한가' 하는 제목의 광고를 보고 이 모임에 참석하기 시작해서, 지금은 자기의 삶을 이 공해 추방 운동에 바치기로 했다는 운동 참여담을 듣고 가장 효과적인 민주 운동은 바로 공해 추방 운동이구나 싶었다. 그리고 연탄 가루 때문에 진폐증인가 하는 불치의 병에 걸린 박길래 씨의 얘기를 또 듣고 충북 제원군 백운면 골짜기 그 농사꾼 얘기를 해 주어서 숯가루 치료를 한번 해 보기를 권했다. 내 얘기를 듣고 꼭 좀 거기 갈 수 있는 길을 안내해 달라고 해서, 전화로 알아서 연락해 주겠다고 했다.

다 마치고 나서 떡과 차를 먹고 나왔다. 공해반대시민운동협의회는 오늘로서 해산이 된다. 여러 공해 운동 단체가 하나로 통합이 되는 것이다. 회장 서진옥 씨는 참 훌륭한 일을 했다. 앞으로도 통합된 단체에서 더 큰 힘을 보여 주겠지.

1988년 8월 27일 토요일 비

오후 3시에 서울글쓰기회 모임이 있는 아람유치원에 갔다. 모인 사람이 모두 12명쯤. 7시경까지 주로 아이들의 글을 두고 얘기했는데, 여러 가지 교육 문제가 나와 좋은 협의와 토론이 되었다.

마지막에 교육개발원에서 온 윤점룡 선생이 중국 북경에 갔다 온 얘기를 해서 재미있게 들었다.

유치원의 박문희 선생이 무슨 얘기를 하다가 "이 교장

선생은 글을 써 놓은 것은 아주 좋은데 말을 잘 못하셔요"
했다. 그 말이 맞다. 나는 오면서 내가 왜 말을 못하는 사람
이 되었는가 생각해 보았다. 여러 가지가 생각났다.

1. 농촌에서 자라나고, 학교 공부도 못해 스스로 자기를
   부끄러워하고 열등감을 가지고 자라난 것.
2. 교회에서 배운 성경의 말이나 설교 말이 내 말이 될
   수 없었다.
3. 일본 말이 내 말이 될 수 없었다.
4. 독서로 얻은 생각과 말이 내 것으로 될 수 없었다. 그
   것은 서울 중심의 말, 표준말이었고, 내 열등감을 더
   욱 심화시켜 주는 말이었다.
5. 내가 쓰는 글이 내 말이 되지 못했다. 지금까지 내가
   쓴 글은 책에서 읽은 글이었다. 한자 말과 일본 말투
   가 잡탕으로 섞인 말의 체계였다.
6. 내가 새로 깨달은 우리 말은 지금부터 배우는 판이다.
7. 결론: 나는 모국어의 미아(迷兒)로 살아온 사람이었다!

1988년 12월 28일 수요일 맑음

오전에 한신대 학생들 기말시험 대신 써낸 글을 읽고, 오후
에 시내 나갔다.

웅진 사장이 보낸 상품권을 가지고, 종각 지하철 동일
산업에 갔더니 본사에 가라고 해서 다시 종로 4가 동원빌

딩 12층에 갔더니, 거기서도 그 상품권이 오래된 것이라면 서, 바로 그 상품이 없다고 해서, 좀 화가 났다. 마침 그때 윤 사장(윤석금 씨는 이 동일산업 사장도 겸하고 있는 것이 다)이 들어와 그것 사장실로 가져오라고 지시를 하고는 나 를 같이 가자고 해서 사장실에 가서 한참 얘기했다. 윤 사 장은 해금 아동문학가들의 작품집을 준비하고 있다고 했 고, 이원수 전집, 윤석중 전집을 냈는데, 앞으로 또 내면 누 구 것을 내면 좋겠는가 하고 말해서 이주홍 전집을 말해 주 었다. 거기서 나오니 마침 사무원이 선물을 가져왔는데, 무 엇인지 아주 큰 네모 상자였다. 또, 인간사에서 나를 기다 리던 윤기현 씨가 거기 왔기에 같이 건너편 인의빌딩에 있 는 하종오 씨를 찾아갔다.

내가 배달어린이문학운동협의회 취지문 등 복사한 것 을 윤기현 씨에게 먼저 주어 읽게 하고, 다음 하종오 씨에 게 주었더니, 하 씨는 문학을 문화로 고치는 것이 좋겠다고 했다. 나도 그런 생각을 했지만 문화라고 하면 범위가 너무 넓어 그런 일을 감당을 못할 것 같아 문학으로 했다고 하니 윤기현 씨는 자기가 음악, 연극, 미술 등 운동하는 젊은이 들을 연락해서 모을 수 있으니 문화 운동으로 하는 것이 더 낫겠다고 해서 그만 나도 문화 운동으로 하는 데 찬성했다. 그래 '배달'을 빼는 대신 '민족'을 넣어 민족어린이문화운 동협의회로 하자고 의논이 됐다.

거기서 나와 윤 씨와 저녁을 먹고, 그 부근에 있는 한국문화운동연구소에 가서 그곳 사람들과 한참 동안 어린이 문화 운동 얘기를 했다. 거기서 이기연 씨를 만나《날아라 장산곶매야》책을 받았는데, 알고 보니 이기연 씨는 그림을 아주 잘 그리는 사람이었다. 달력을 주는 것을 사겠다고 해서 돈을 6천 원 주고 세 권 받아 나왔다. 문화 운동 관계는 윤 선생이 아주 많은 관심을 가지는 것 같아 좀 같이 추진해 보자고 부탁해 두고 헤어졌다.

1989년 5월 17일 수요일 맑음

교원대학에서 오후 2시부터 4시 반까지 강연을 하고 왔다. 갈 때는 마침 정우가 와서 타고 가고, 올 때는 순천고 교사 이대구 씨(교원대 박사과정 이수 중)가 차표를 사 줘서 차비도 안 들었다.

교원대에서 한 강연 제목은 '참교사로 서는 길'인데, 학생들이 정해 준 것으로, 중요한 교육 문제들 중 하고 싶었던 얘기는 대강 다 할 수 있었다. 학생들도 모두 내 얘기를 경청했다. 내 말이 끝난 다음 몇 사람 질문이 있어 대답을 했는데, 그중 한 학생은 질문이 아니고 자기가 입은 흰 운동 셔츠를 가리키더니, 이 셔츠에 찍힌 그림과 글이 우리들의 작품이라던가 하면서 "오늘 여기까지 오셔서 귀한 말씀 들려주신 스승께 제가 입고 있는 이 셔츠를 벗어 드리고 싶습니다"고 했다. 그리고는 정말 내가 나와서 택시를 탈 때 셔츠와 빨간 손수건(교원대학에서 만든 것)을 접어 차 안에 넣어 주었다. 나는 이런 학생들의 순진한 행동에 너무 감동했다. 정말 오늘 학생들은 내 얘기에 깊이 감동한 것 같았고, 나도 이 교원대 학생들에게 큰 기대가 되었다. 정부에서 정권 유지의 수단으로 이용하려고 했던 교원대학이 이제는 도리어 정부의 골칫거리가 되었구나 하는 생각을 해 보았다. 반민주적인 정권에게는 골칫거리가 되어야겠지!

밤에 이현주 씨가 오고, 권오삼 씨도 와서 늦게까지 얘기 나누었다.

1989년 6월 8일 목요일 비

아침에 셔츠를 빨았다. 비누를 묻혀서 자꾸 치대면서 나는 무엇을 생각하고 있었다. 그러다가 그렇게 무엇을 생각하면서 손으로 치대는 것이 참 즐겁다는 생각을 했다. 빨래를 다 마치고 그것을 걸어 둘 때도 즐겁지만, 다 마른 것을 거두는 것도 기쁘고 깨끗이 빤 옷을 입는 것도 기쁘다. 그래 문득 이런 생각이 났다. 여자들이 오래 사는 것은 바로 빨래를 하기 때문이라고. 참 엉뚱한 생각이지만 이건 재미있는 시적인 생각이라, 시를 한 편 써 보고 싶었다. '빨래'란 제목으로.

1989년 7월 1일 토요일 맑음 저녁에 비

오전에 고속버스 터미널에 가서 저녁 6시 서울행 차표를 사서 시외버스 정류장에 와서 한참 동안 신문을 보다가 근처 음식점에 가서 점심을 좀 일찍 먹었다. 백반 상에 물고기 두 가지와 죽순이 올라 있어, 순천이 남해안 도시임을 새삼 느끼게 했다.

12시 고흥행 버스를 타고 1시에 도착해서 정류소 2층 다방에 앉았으니 곧 박병섭 선생과 또 한 분 여선생이 왔다. 박 선생 얘기 들으니 이곳은 아직도 교원노조 결성이 안 되어 있고*, 이번 모임도 노조 결성을 할까 봐 당국에서 신경을 곤두세우고 있어 오늘 모임에 못 가도록 학교마다 지시를 하고, 장소도 몇 번이나 바꾸고, 어느 교회에서는 빌려주기로 했다가 결국 안 되겠다고 해 오고, 그래서 오늘 모이게 되어 있는 곳은 여기서 10여 분 차 타고 가야 하는 점암교회인데, 외부에는 알리지 않고 있어, 이미 공개해 놓은 어느 곳에 선생들이 모이면 거기서 차로 옮겨 갈 계획을 세우고 있다고 했다. 그리고 주최도 교사협의회는 이미 해산이 되었으니 그 이름으로도 할 수 없어(교협을 전국적으로 해체했다는 말은 여기서 처음 들었다) 부득이 아동문학연구회란 이름으로 모이게 된다고 했다. "사람이 얼마 안 모일 것 같아 걱정이고, 선생님께 죄송합니다"했다. 그리고 같이 앉았던 여선생은 "선생님, 오늘 얘기하실 때 교원노조 얘기는 일체 말아 주시면 좋겠습니다"했다. 전남 지역이라도 이곳 고흥군은 교육 운동에 뒤떨어져 있고 모든 운동이 침체되어 있다는 말을 박 선생이 들려주었다.

봉고 차로 점암교회로 갈 때 여선생 다섯 사람이 탔지

---

* 전국교직원노동조합은 1989년 5월 28일에 창립되었다.

만, 박 선생은 안 탔다. "교육청에서 제가 초등 교사들을 배후 조종한다고 의심받으면 아주 불편하니 저는 여기서 작별하겠습니다" 했다. 점암교회는 고흥읍을 벗어나 한참 가다가 길가에 있는 조그만 시골 교회인데, 거기서 미리 와 기다리는 사람들이 여남은 사람이고, 2시 반쯤 시작할 때는 20여 명이 되었고, 차츰 와서 모두 50명은 되었던 것 같다. 2시 반부터 4시 20분까지 '삶을 가꾸는 교육'에 대해 얘기하고, 질문을 해 달라고 했지만 아무도 하지 않아 그대로 마치고 인사하고 나왔다. 나올 때 거기 참석했던 박규봉 선생이 인사를 하면서 문학(시) 동인지 〈바람제〉를 주는 것을 고맙게 받고, 그곳 목사로 일하는 고영주 씨한테도 내가 주소를 적어 달라고 해서 적어 왔다. 들으니 그 지역에서 민주 운동을 열심히 한다는 분이다.

순천까지 여선생 몇 분과 택시로 오니 6시 버스 타기에 넉넉했다.

며칠 여행하는 동안(장마가 진다고 해서 걱정했는데) 다행히 날씨가 좋았는데, 고속버스로 서울 내리니 비가 왔다. 11시에 터미널에 도착해서 과천 버스를 오래 기다리다 보니 11시 40분에 아파트에 왔다. 집에 와서 순천 터미널에서 한 여선생이 준 봉투를 열어 보니 강사료 10만 원이 들어 있어 내가 죄를 지은 마음 금할 수 없었다.

1989년 11월 19일 일요일 맑음

오후 4시 반쯤에 권오삼 선생이 와서, 협의회 일에 대해 한 참 얘기했다. 내가 우리 어린이문학협의회*는 문학 운동을 하는 단체라고 했더니, 권 선생은 오늘 취지문을 아무리 읽 어도 운동하는 단체라고는 씌어 있지 않다고 해서, 우리가 해야 하는 문학 운동은 정치나 교육같이 밖으로 외치고 남 에게 호소하는 것보다 우리 자신이 인간으로 문학인으로 바로 서고 옳게 쓰는 일을 해서 남들이 따라오게 하는 운동 이라고 해 주었다. 그리고는 기성작가들이고 신인이고 일 체 무시하고 모두 공부하는 몸가짐으로 나가야 한다고 했 다. "그럼 누가 가르치고 누가 배웁니까? 나부터 가르칠 자 격이 없는데…" 하여 "가르치고 배우는 사람이 따로 있는 것이 아니라 서로 가르치고 배우고 해야지요" 했다.

내가 보기로 권 선생은 아무래도 생각이 좀 모자라는 것 같았다. 그래 말머리를 돌려, 기관지 만드는 일을 의논 했더니 그제야 그 일만은 관심을 가지고 이야기를 했다. 기 관지에 실을 작품을 회원들이 보내오면 그것을 보고 비판 하고 가려 뽑고 하는 일을 해야 하는데, 그것이 곧 연수고 공부가 아닌가. 그런 일도 모두 토론하고 생각을 나누어야

---

* 한국어린이문학협의회. 아동문학이 나아갈 길과 신인 작가를 찾기 위해 이오덕이 중심이 되어 아동문학인들이 1989년에 만든 단체다. 부정기간행 물 〈우리 어린이문학〉을 펴내다가 1998년부터 회보 〈어린이문학〉을 펴내고 있다.

하지 않겠나, 이 점에 대해서는 그렇다고 권 선생도 말했다. 5시경에 노경실 씨가 오고, 또 신정애 씨가 오고, 송현 씨가 와서 과실과 고기 구운 것과 술 들을 먹고 마시면서 9시까지 얘기하다가 헤어졌다. 종로서적 이철지 씨가 사무실을 쓰는 것을 꺼리는 듯하다 해서 목요일 5시에 모여서 6시 전에는 나가기로 하고, 일이 있을 때만 모이기로 했다.

1989년 12월 6일 수요일 맑음

오후 3시에 기독교회관 7층 인권위원회 사무실에서 문익환 목사 입원 치료 요구를 하면서 농성을 하고 있는 가족들을 방문했다. 문동환 선생은 없고 박용길 사모님과 아드님 문호근 씨가 있었다. 나는, 한 번도 찾아뵙지 못해 미안하다고 말하고, 문 목사님의 근황을 들은 다음 가지고 갔던 책 세 권을 사모님과 호근 씨 그리고 문동환 선생 이름을 써서 드리고, 문 목사님께는 한길사를 통해 여러 날 전에 보내 드렸다고 했다. 그리고 준비해 갔던 백만 원 수표가 든 봉투를 내어 "이것은 책 인세가 좀 나왔기에 선생님 약이라도 사 드릴 수 있었으면 해서…" 하고 사모님께 드리고 나왔다. 문 목사님은 평소에 고혈압 증세가 있었던 모양이고, 최근에는 신경통 때문에 앉아서 책도 읽기 어렵다는데, 원인을 알 수 없는 부종까지 나타나 있다니 걱정스럽다. 내가 짐작하기로는 심장병인 것 같아 퍽 걱정이 되었다.

그길로 나와, 저녁 6시 반에 있는 리영희 선생 회갑 기념 모임 시간까지 기다리기 위해 교보문고에 가서 두어 시간 책 구경을 했다.

리영희 선생 회갑 기념 모임에는 참으로 많은 분들이 모였다. 한국의 지성인들이 모두 모인 것 같았다. 음식물이 많아서 이런 자리에서는 처음으로 저녁 식사가 되게 실컷 먹고, 논문집 한 권을 얻어 왔다. 이 시대에 가장 용기 있는 언론인인 리 선생이 많은 고난의 세월을 보냈지만 그만큼 존경하고 추앙하는 사람이 많아 오늘은 그 영광을 받은 것 같아 나도 기뻤다.

1989년 12월 31일 일요일 맑음

오전에는 수첩 만드는 데 시간을 다 보냈다. 어린이문학협의회 회원 명부를 붙여 넣을 수 있는, 좀 큰 수첩을 어제 사당 전철역 문구점에서 찾아보았더니 알맞은 게 없어서, 할 수 없이 1985년에 쓰던 것을, 글자 쓴 자리는 흰 종이로 붙여서 쓰기로 했다. 그게 잠깐 하면 될 줄 알았는데 오전 내 걸린 것이다.

오후에는 어제 한길사에 가져갔다가 도로 가지고 온 '참교육의 길' 1부와 2부를 다시 읽어서, 1부만 좀 달리 엮어 보았다.* 김언호 사장이 바라는 대로 한 것이다.

밤에는 머리말을 썼다.

---

* 1990년에 《참교육으로 가는 길》로 나왔다.

저녁에 차숙이와 정숙이가 와서, 군고구마 차숙이가 사온 것을 같이 먹고, 차도 끓여 마시고, 놀다가 갔다. 정숙이는 오늘 밤 차숙이한테 가서 쉬기로 했단다. 그래 보낼 때 떡국거리 사서 내일 아침 끓여 먹으라고 돈 5천 원을 차숙이에게 주었다.

오늘로서 또 한 해가 갔다. 여전히 숨 막히고 슬프고 어처구니가 없는 세월 속의 한 해였다. 더구나 최근에 일어난 루마니아 사태*는 나로서 참 어처구니가 없다. 차우셰스쿠란 독재자가 신문에 보도된 대로 그렇게 악독한 사람이었다고 해도 그렇고, 만약 그런 사람이 아닌데 그 나라 사람들이 그렇게 잔인하게 처형했다면 더욱 그렇다. 어느 쪽이라 해도 이건 인간에 대한 믿음을 가질 수 없게 하는 일 아닌가?

그리고 5공(共) 청산이라 해서 전두환이란 사람이 오늘 국회 청문회에 나가 증언을 한 모양이고, 사람들은 그것을 녹화 방영한 걸 모두 본 모양이다. 나는 처음부터 기대도 않고, 라디오고 텔레비전이고 보지 않았지만, 저녁에 가지고 온 신문에 난 것 그리고 차숙이가 텔레비전에서 본 것

---

* 1989년 12월, 동유럽 공산권 붕괴 흐름 속에서 루마니아 장기 독재자 차우셰스쿠는 부인과 함께 도망가다 체포되었다. 한 시간 만에 끝낸 군사재판에서 변호와 항소 절차도 없이 사형선고를 받았다. 그리고 사형집행인 세 명이 부부를 함께 세워 놓고 자동소총을 쏘아 사살했다. 재판 절차와 사형 집행 방법이 문제가 되었다.

이야기하는데, 역시 내가 예상한 대로다. 그 뻔뻔스런 인간이란 도무지 사람이라고 할 수 없을 지경이다.

어처구니없는 일은 또 있다. 미국이 파나마를 침략하고, 니카라과 대사관에 난입한 일이다. 이 미국 놈들이 하는 짓은 바로 강도다. 그런데 영국이고 프랑스가 미국 편을 들었으니, 자본주의 국가들이란 다 한통속이다. 이러고 보면 소련의 고르바초프가 한 일이 반드시 잘한다고 말할 수 없다.

그런데 나로서는 올해 《이오덕 교육일기》와 《우리 글바로 쓰기》 두 권의 책을 낸 것이 보람이 있었다. 두 권 다 좋은 반응을 얻고 교육과 문화에 좋은 영향을 끼쳤다고 생각하니 조금은 기쁘다.

1990년 3월 13일 화요일 맑음

임길택 씨 시집 발문을 다시 고쳐 썼다.

오후, 권오삼 씨 앞으로 보내는 글을 쓰고, 6시에 아람유치원에 갔다. 박문희 선생을 만났더니, 아이들 얘기, 유치원에 온갖 형식의 서류 갖춰야 하는 얘기(유치원에 그런 사무가 많은 줄 몰랐다), 동화 이야기, 글쓰기 이야기 등을 한없이 늘어놓으면서, 정작 오늘 만나서 회보에 실을 연수 발표 자료 이야기는 하지 않았다. 그래 그 얘기를 하려니 도무지 틈을 주지 않고 끊임없이 이야기를 했다. 그러더니 저녁을 같이 먹으면서 얘기하자고 해서 음식점에 갔더니 비싼 갈비를(내가 먹기 싫다고 했는데도) 시켰다. 거기

서 두 시간도 넘게 또 이야기를 쉴 새 없이 했다. 그래 참다
못해 내가 "회보에 실을 자료를 얻으려고 해서 왔는데요"
했더니, "오늘 이렇게 얘기해서 이런 것 쓰면 되는지 알아
보고 쓰라고 했어요" 했다. 나는 그렇게 쓰면 참 좋겠다고
말하고 모레까지 꼭 되도록 해 달라고 하고 왔다.

오늘 저녁에 박 선생 얘기를 몇 시간 좀 참을성을 발휘
해서 들었지만, 한편 참 좋은 얘기도 있어서 여러 시간을
결코 헛되게 보낸 것이 아니라 생각했다. 내가 참 좋은 이
야기라 한 것은 아이들이 쓴 이야기가 그대로 좋은 동화가
된다는 것이다. 박 선생은 실제로 유치원에 찾아오는 국민
학생들(아람유치원 졸업생들)이 쓴 글을 모아 동화로 이용
했다고 말했다. 그래서 내가 여기서 생각한 것은, 오늘날은
민간 이야기가 아주 없어지다시피 되어 있고, 어른들이 쓴
다는 동화도 삶을 떠나고 인간을 떠난 것으로 되어 있는 사
정에서 아이들이 쓰는 이야기 글이야 말로 아이들 스스로
만들어 가는 현대판 '동화'가 될 수밖에 없구나, 되어야 하
겠구나 하는 생각이다. 나는 지금까지 아이들이 쓴 글을 아
동문학에서는 단지 소재로 이용할 수 있고, 하면 좋겠다는
생각을 가졌는데, 다시 한 걸음 나아가서 이 아이들의 글이
바로 아이들이 창조해 가는 살아 있는 이야기가 되어야겠
다는 생각을 하게 되었다. 이것은 매우 중요한 깨달음이다.
이 생각을 더욱 발전시켜 나가야겠다고 생각한다.

1990년 4월 6일 금요일 맑음

9시에 시내에 갔다. 글쓰기회 사무실에 가서 최종순 선생에게 연수 자료를 주어 회보에 싣든지 해서 회원들이 모두 연구를 해서 글을 써내도록 하면 회보에 실을 수도 있고, 책으로 만들 수도 있을 것이라 말했다. 그리고 5월 회보 우송 준비해 놓은 것 풀어서 주소 바뀐 사람 것 모두 고쳐서 쓰고, 3층의 공병우 박사를 만나러 갔다. 공 박사는 반갑게 맞아 주면서, 내가 지난번 보낸《우리 글 바로 쓰기》를 잘 봤다 하시면서 "이것 보세요" 하고 내놓는데, 신문이나 잡지에 서양 말 이름의 책 광고 난 것 오린 것을 보이면서 "이걸 이렇게 해서 모아서 좀 비판할라 했는데, 이제 이 선생이 하시니 안 해도 좋겠어요" 했다. 나는 "선생님도 해 주셔야 합니다" 하고 신문, 잡지에 나오는 글이 얼마나 엉망인가를 말하면서 "한글문화원에서 우리 글 바로 쓰도록 경종을 울리는 정기간행물을 내셔야 합니다"고 했더니, 공 박사는 여전히 기계화 문제를 끄집어내면서 한참 동안 아주 열변을 토했다. 그러면서 나한테 "타자기는 무얼 씁니까?" 했다. 아직 안 배웠다고 했더니 그래서 안 된다면서 다시 또 한참 열변을 이었다. 공 박사 말이 끝날 것 같지 않아 내가 참다못해 한마디 했다.

"박사님 말씀 모두 옳습니다. 그런데 제가 타자기 안 쓰는 이유가 있습니다. 박사님 기계화 자꾸 말씀하시지만, 기계화만 된다고 사회가 구제되는 것 아니라요. 책방에 가면 책이 산으로 쌓였는데, 저는 이제 글 쓰는 사람들 제발 글 좀 조심해서 적게 썼으면 싶어요. 원고지 한 달에 천 장 쓰던 사람은 백 장쯤 줄였으면 싶어요. 활자 공해, 인쇄물 공해가 이만저만 아닙니다. 저 자신도 이제 글을 될 수 있는 대로 적게 써야겠다고 결심했습니다."

이렇게 말했더니 그만 공 박사는 아무 말을 안 했다. 그래 이 기회다 싶어 "다음 또 뵙고 말씀 듣고 싶습니다" 하고 나오는데 너무 친절하게 문 앞까지 나와 주셨다.

한글문화원에서 나와 종로 2가 우체국에서 회보를 부치고 바로 과천에 왔다. 오후에는 건너편 상가에 가서 풍금을 사려고 했더니 전자 제품으로 오르간 소리, 피아노 소리 등이 나는 아주 간편한 악기가 있어 8만 9천 원 주고 사왔다. 그걸 가지고 밤 11시 반까지 한겨레에서 공모한 동요 작품을 쳐서 쓸 만한 것을 뽑았다.* 악기 쳐 보는 것이 몇십 년 만인 것 같다.

1990년 4월 8일 일요일 맑음

오늘은 연변에서 가져온 음악책들을 살펴보고 대강 가려 뽑는 일을 하였다. 저녁때는 내가 복사를 해 두어야 되겠다 싶어 건너편 상가에 가서 복사를 해서 밤에 그것을 오려 붙

---

* 한겨레신문사에서 연변 지방과 남한의 동요를 대표할 수 있는 노래 50곡을 뽑아 달라는 부탁을 받았다.

이고 정리하다 보니, 밤 12시가 되었다. 이번에 내가 이 일을 힘들여 한 보람이 있는 것 같다. 그것은 지금까지 생각을 별로 깊이 해 보지 않았던, 아이들이 부르는 동요를 좀 더 자세히 파악할 수 있게 되었다는 것이다. 더구나 중국 연변의 자료와 우리 나라 것을 비교해 보니 이곳의 동요의 실상이 잘 드러남을 알게 되었다.

내일부터는, 한 차례 뽑아 놓은 것을 다시 살펴서 확정하고, 또 해방 전후와 일본 교포들의 것도 얻을 수 있으면 얻어서 살펴봐야 되겠는데, 시간이 허락할는지 모르겠다.

1990년 5월 4일 금요일

11시쯤에 지하철 동대역 부근에 있는 한국브리태니커에 찾아가서 김사라 씨를 찾았더니 직원들이 그분을 "사장님"이라 했다.

편집개발실장 천재석 씨, 그 밖에 시카고 본사에서 왔다는 장호상 씨와 직원 몇 분 모두 한자리에 앉아서 이야기를 나누었다. 나는 지금 우리 말과 글이 얼마나 심하게 병들었나 하는 이야기를 했다. 실장 천 씨는 앞으로 일주에 한 번씩 와서 지도를 좀 해 달라고 해서, 그런 정도면 도와드릴 수 있다고 했더니, 김사라 사장은 그만 아동문학 쪽은 당분간 쉬고 원고를 아주 한 차례 다 봐 달라고 했다. 나는 도저히 그럴 시간이 없다고 했다. 그리고 나 혼자 그렇게 하는 것보다 모두 같이 공부하는 마음으로 연구하고 의논하고, 그래서 실제 일하는 분들이 모두 이 일을 잘해 나가는 것이 가장 바람직하다고 말했다.

그런데 이야기하는 가운데 내가 좀 놀란 것이 있다. 시카고 본사에서 왔다는 장호상 씨가 내 책《우리 글 바로 쓰기》를 앞에 놓고(내 얘기를 한참 들은 다음) "선생님, 이 책을 쓰신 학문적인 근거가 어디에 있는지 알고 싶습니다" 했다. 그래 참 너무 한심하다는 생각이 들어 "뭐, 학문이라고요? 그 학문이란 게 뭡니까? 나는 우리가 글을 쓸 때 일반 민중들이 말하는 그 말을 따르고 그 말을 살려서 써야 한다는 신념뿐입니다. 학문이 하늘에서 내려오는 것이라고 생각하지 않아요. 내 생각의 바탕과 뿌리는 민중의 삶이고 민중의 말입니다." 그랬더니 더 아무 말을 하지 않았지만 내 말을 이해했는지 알 수 없었다. 그 젊은이는 자기가 가진 그 책《우리 글 바로 쓰기》에 사인을 해 달라 해서 써 주었는데, 오늘만 여기 있고 내일은 또 미국에 간다고 했다.

점심을 모두 같이 먹고, 두어 주일 뒤부터 화요일마다 오후에 나오기로 하고 왔다.

그다음 실천문학사에 가서 임길택 시집을 얻고, 고료를 받았다. 그리고 작가회의 사무실에 갔더니 고은 씨가 도자기에 글씨를 쓰고 있었는데, 나도 할 수 없이 두 개를 써 놓고 왔다. 그 도자기에 쓰는 글씨는 도무지 쓰이지 않아 참 애먹었다.

1990년 5월 5일 토요일 맑음

선경 작품 심사하는데 온종일, 밤 11시 반까지 걸렸다. 그래도 다 못 했다. 내일 최종 결정을 하고 심사 평을 써야 한다.

아침에 권정생 선생한테 전화를 걸어 풍금을 좀 탈 수 있는가 물어보았다. 악보 보고 가락만 탈 줄 안다고 하면 내가 샀던 것과 같은 악기를 사 줘야겠다고 생각했다. 전에 언젠가 일직교회 갔을 때 풍금 타는 것을 보았기 때문이다. 가락을 대강 탄다면서 그렇잖아도 풍금을 하나 샀으면 하는 생각을 했다고 했다. 이번 한겨레신문사에서 책이 나오면 내가 가진 것과 같은 것을 하나 사 줘야겠구나 싶었다. 그렇게 혼자 있는 사람은 악기라도 탈 수 있도록 해야 덜 외롭겠다는 생각이 든다.

1990년 11월 8일 목요일 흐림

오전에 〈말〉지 원고를 썼다.

오후 4시부터 6시까지 브리태니커에서 문장 이야기를 했다.

브리태니커에 갔을 때 한 젊은이가 "선생님, 브리태니커 사전에 올렸어요" 했다. 나 같은 사람이 어째서 그런 사전에 올라 있어야 하는지 모르겠다. 그리고 올라 있다고 하는데도 아무것도 기쁠 것이 없다. 이게 모두 내가 너무 나이 먹은 탓이다. 내 인생이 이제 황혼기에 든 것이다. 서글프다.

밤에는 '문장론'을 썼다.

1991년 1월 28일 월요일 맑음

오늘, 글쓰기회 사무실에서 낮 12시에 우리 말 글 바로 쓰기 운동을 하자고 하는 사람들이 모이기로 하였는데 모인 사람은 다음과 같다(온 차례대로). 이오덕, 이성인, 남기범, 송현, 이대로, 김정섭, 전승묵, 김용삼, 숨결새벌.

처음 만난 사람이 많아서 인사를 나누면서 한참 이야기하다가 점심을 먹고 다시 얘기를 했다. 그러다가 이대로 선생이 국어연구원국립국어원에 가서 원장님을 만나 우리가 하는 일을 알리고 좀 할 말을 해 두는 것이 좋겠다고 해서 거기 가서 여러 가지 얘기를 하고 나와서, 그길로 한길사에 가서 김언호 사장을 만났다. 김 사장이 오늘 우리 모임이 있으면 좀 만나게 해 달라고 했던 것이다. 김 사장은 우리 말 글 운동에 대해 몇 가지 묻고는 우리가 하는 얘기만 듣더니, 여기 사무실도 있고 지하에 강당도 있으니 언제든지 모일 때는 써도 좋다고 했다. 그리고 우리 말 글에 관한 무크지는 종합지로 만들 예정을 하고 있다고만 말해서 다시 다른 부탁은 안 하고 나왔다.

한길사에서 나와 어느 음식점에 가서 저녁을 먹으면서 취지문 쓰기, 모임 이름, 원고(회보에 낼) 마감 들 얘기를 하다가 7시 반에 헤어졌다.

오면서 서울역에서 김정섭 씨를 부산으로 보내고, 숨결

새벌 선생(이분 집이 과천이었다)하고 과천까지 같이 오면서 여러 가지 얘기를 했다. 숨결 선생은 너무 지나치리만큼 순수한 우리 말을 고집해서 전차는 번개차, 버스는 한수레, 택시는 작은수레라고 하지만 참으로 마음이 깨끗하고 순수해 보였다.

이번에 우리가 하려고 한 우리 말 운동 모임의 이름은 '우리 말글 한 모임'으로 하고, 사무실은 글쓰기회 사무실로 쓰고, 우선 취지문을 써서 돌려 발기인을 더 모아 시작하는데, 앞으로 큰 시민운동으로 전개해 나가자고 했다. 그래서 실제 일은 남기범 선생과 내가 의논해서 하고, 회보 편집 제작은 이성인 씨가 하도록 했다. 모두 아주 열성을 보여서 잘되어 나갈 듯하다.

1991년 2월 12일 화요일 맑음

오전에 건너편 상가에 가서 사진관을 겨우 찾아서 증명사진을 찍어 놓고 왔다. 내일 오후 3시면 사진이 된다고 하는데, 이걸 가지고 동사무소에 가지고 가서 경로우대증인가를 만들어 달라고 할 예정이다. 이 증명서가 있으면 전철도 그냥 타고, 버스표도 공짜로 얻을 수 있다고 하는데, 지난 12월 1일부터 그걸 낼 수 있었는데 사진이 없어 못 갔던 것이다.

내가 경로우대증을 받는다고 생각하니 참 이상한 느낌이 든다. 이제 나도 이렇게 늙어서 아무 일도 못 할 때가 곧 닥쳐오는가, 하는 생각이 드는가 하면, 이 나이까지 죽지 않고 살아온 것이 참 다행이란 생각도 든다. 어쨌든 앞으로 내가 할 일이 많은데, 건강을 유지해서 할 수 있는 데까지 일을 해야겠다고 생각한다.

낮부터 저녁까지, 아이들 줄 잡지에 연재한 것(복사해서 종이에 오려 붙여 놓은 것)을 주제별로 나누어 대강 엮는 일을 했다. 겨우 반밖에 못 했다. 이걸 다 해 놓아도 각 주제마다 해설을 써서 엮어야 하는데, 그걸 다 마치려면 아직도 여러 날이 걸릴 것 같다.

1991년 2월 27일 수요일 비

오후 3시에 한길사에 가서 《삶을 가꾸는 글쓰기 교육》인지 5백 장을 주고 인세 20만 7,750원을 받았다. 10판으로 나온 책 한 권도 받고.

그리고 종각 근처에 가서 5시 반부터 강의할 자료를 복사해서 한 시간쯤 다방에 가 앉았다가 기독교방송국에 갔다.

5시 30분부터 7시까지, 방송국 아나운서 일고여덟 명 앞에서 '살아 있는 방송 말'이란 주제로 이야기를 했다. 그런데 벌써 내가 쓴 책을 모두 다 읽은 듯 잘 알고 있었다. 잘 알고 있으면서도 말은 그대로 안 나오는 것 같았다. 마치고 강사료(7만 원)를 받아 왔다.

생각해 보니 참 세상에 이상한 일도 다 있다. 도무지 말이라고는 할 줄 모르는 사람이 말하기를 전문 직업으로 삼고 있는 사람들에게 말하기를 가르쳤으니 말이다. 세상에 이보다 더 모순된 일이 어디 있는가. 그러나 이게 바로 우리 사회의 진실이란 생각이 든다. 전문가가 모든 일을 망치니, 전문이 아닌 상식을 가진 사람의 눈으로 본 그 전문가의 일을 비판할 필요가 있는 것이다. 정치도 경제도 교육도 문학도 예술도 모두 그렇고 모든 것이 상식 이하로 되어 있다. 상식의 수준으로 끌어올리기 위한 모든 것이 목표가 되어야 한다.

저녁에는 신문 자료 같은 것 정리하다 보니 12시가 되었다.

오늘은 오전에 방에 있는 동안 이곳저곳에서 글을 써달라는 곳이 다섯 군데나 되었는데 모두 사절했다. 거의 모두 무슨 기업체의 사보 편집부였다.

1991년 5월 5일 일요일 맑음

어젯밤에 현우가 와서, 오늘은 오전에 같이 교보문고에 가서(현우가 동생 책 사러 왔다고 해서) 연우가 볼 만한 유아 교육에 관한 책 대여섯 권(3만 2천 원어치)을 사서 현우한테는 돈 8만 원(3만 원은 연우 주라고 해서)을 주어서 보내고(현우는 친구 만나 오후에 간다고 했다) 동부터미널에 가서 11시 40분 버스로 금왕에 갔다. 금왕서 전화로 며느리를 불러 차를 타고 무너미로 가는데, 신록에 덮인 산이 그렇게 아름다울 수가 없었다.*

무너미서는 손님 세 사람이 있었는데 한 분은 손 선생이라고 해서 무주중학교에서 상준손주, 지성이라고도 한다이를 가르친 일도 있고, 지금은 지선손녀이도 국어 시간에 가르친다는데, 가족은 청주에 두고 여기 무너미 마을에 와서 통근한다는 것이다. 전교조에 들어 있다가 탈퇴한 모양인데, 그 일을 몹시 괴로워한다고 했고, 무너미 와서는 골짜기에 버려지고 걸려 있는 비닐이고 깡통을 여러 날 걸려 주워 내는 것을 보고 마을 사람들이 감동했다는 것이다. 이 얘기는 모두 정우하고 정우댁이 말해 주었다. 또 한 사람은 목사인데, 시골에서 교인이 겨우 두세 사람밖에 없는 곳에서 농사를 지으면서 살고 있다고 한다. 이현주 선생이 잘 아는 사람이라고. 또 한 사람은 더 젊은 사람인데, 전북대학교 사범대학을 나왔고 아버지는 대학교수인데, 부모들이 하는 행동을 보고 그만 교사 노릇을 포기하고는 혼자 노동자가 되어 일하다가 몸을 다쳐서 이제는 힘든 일은 못 하게 되었는데, 앞으로 외딴섬 같은 데 가서 짐승이라도 기르면서 살고 싶어 한다고 했다.

참 모두 훌륭한 젊은이들인데, 살아가기가 그렇게 어려워 어떻게 하겠는가?

저녁때 논에도 가 보고, 도롯가에 짓고 있는 창고 건물

---

* 이 무렵, 큰아들이 사는 충북 충주시 신니면 무너미 마을과 과천을 오가며 지냈다.

도 둘러보고 하였다. 정우는 트랙터로 논을 갈다가 구덩이
에 빠져서, 그만 오늘은 일을 못 했다. 남의 논을 갈아 주고,
그 품값은 돈을 받는 대신 집(창고 건물) 짓는 데 와서 일을
해 주도록 하는 모양이다. 그렇게라도 안 하면 이곳에서는
도무지 일꾼을 구하지 못한다고 한다.

그런데 서울 사람이 와서 무너미 들어가는 산기슭과 골
짜기의 논밭, 집 들을 모조리 사고 있는 모양이다. 여기도
골프장인가 무슨 오락 시설을 하는 모양인데, 정우네가 사
놓고 있는 길가 언덕 밭도 팔라고 하는 모양이다. 그 언덕
을 사야 길을 낼 모양인데, 안 판다고 하니 온갖 나쁜 말을
다 한다고 한다. 이 강산이 온통 더러운 놈들의 향락장으로
바뀔 모양이다.

오늘 아침에 동부터미널에서 산 몇 가지 신문 중에 〈조
선일보〉가 있었는데, 거기 김지하 씨가 쓴 글이 있어 읽어
보고 놀랐다. 데모하는 학생들과 운동권 사람들이 분신자
살 학생들을 영웅으로 떠받들어 자살행위를 선동한다면서,
아주 흥분해서 감정으로 마구 비난해 놓았다. 논리도 없이
마구잡이로 쏟아 놓은 말들이었다. 나는 일주일에 한 번씩
〈동아일보〉에 나오는 그의 자서전을 읽고 매우 실망해 왔
지만, 이번에 나온 글은 참 어처구니가 없다는 생각이 들었
다. 꼭 무슨 정보기관의 앞잡이들이나 쓸 글이란 생각을 지
울 수 없었다.

나 역시 분신자살을 하는 학생들에 대해서는 달갑게 생

각하지 않는다. 그렇게 죽을 용기가 있으면 그만한 용기로 살아서 싸워야 할 것 아닌가. 그러니 살아서 싸우지 않고 죽는 것은 목숨을 가볍게 여기는 풍조 때문이다. 남의 목숨을 귀하게 여기는 것과 마찬가지로 자기 목숨도 귀하게 아껴야 옳다. 그러나 그렇게 제 몸을 불태워 죽을 결심을 하게 된 것은 얼마나 억울하고 기막히고, 도저히 살아서 평생을 일해도 자기 힘으로서는 어찌해 볼 수 없다고 생각하여 그렇게 죽은 것일까. 아무리 외쳐도 불러도 전혀 반응이 없어 너무나 자기 힘이 보잘것없다고 생각할 때 마지막 수단으로 죽음을 택한 것이다. 그것은 잘못이지만 우리가 스스로 그 귀한 목숨을 버린 사람 앞에 무슨 논리고 도리를 말할 수가 없다. 그리고 사실은 그 젊은이들의 자살은 포악한 정치권력이 죽인 것이다. 젊은이들이 죽은 까닭이 운동권 사람들이 죽음을 부추겼기에 죽었는가, 정치권력의 포악에 항거하고 항의한 행동으로 죽었는가. 어느 쪽인가는 너무나 명백하다. 그 억울하고 기막힌 분신자살 학생을, 남의 선동으로 죽은 어리석은 사람으로 매장하다니, 도무지 있을 수 없는 일이다.

〈조선일보〉는, 이 김지하 씨의 글 옆에 또 운동권 학생과 인사들을 비판하는 사설과 글을 실어 놓았다. 더러운 신문이다.

김지하란 사람은 이제 그 본질이 드러났다. 이 사람은 본래 노동을 하면서 자라난 사람이 아니다. 어린 시절 이야기를 읽어도 그렇다. 이상한 신비주의와 영웅 심리 같은 것이 뒤섞인 성장 경력을 가지고 있다. 그런 사람이 한때 그처럼 영웅이 된 것은 재주 때문이다. 그가 쓴 시는 삶의 바탕이 없고, 그저 막연한 영웅적 울분과 감정의 배설뿐이다. 그의 산문은 관념과 추상의 신기루다. 그런 심리들 속에 영웅으로 떠받들어진 자신이 괴로워(그렇게 살아갈 도리가 없기에) 이제 고백이니 참회니 하는 것이다. 그러나 아무리 제자리로 돌아간다 하더라도 노동자와 농민과 학생들을 그처럼 악의에 넘친 말로 욕할 것은 뭔가? 역사 속에 매장되어야 할 사람이다.

1991년 10월 17일 목요일 맑음

오늘은 12시에 일본 도쿄대학 명예교수 오쓰키 다케시란 분을 만나게 되어 있어서 좀 일찍이 약속한 자리 종각 태을당에 갔더니 곧 젊은이들 몇 사람과 오쓰키가 왔다. 나이 71세라는데 그렇게 늙어 보이지 않았다. 다방에서 잠시 얘기하다가 인사동 어느 조용한 음식점에 가서 점심을 먹으면서 얘기하고, 다 먹고 얘기하고 해서 오후 3시까지 많은 얘기를 나누었다. 처음에는 같이 온 아가씨가 통역을 해 주었는데, 그만 내가 서툰 일본 말로 바로 얘기를 했다.

글쓰기 교육 운동에 대해 일본 교원 단체와 교류를 권해서, 내가 우리는 일본과 실정이 너무 다르고, 교육을 하는 것이 보잘것없어 보여 줄 것이 없고, 일본에서 하는 것

을 알아도 별로 도움이 될 것 같지 않아 그렇게 마음이 내키지 않는다고 했더니, 그런 사정을 수긍하면서도 아무리 사정이 나쁘고 탄압이 심해도 거기서 바로 살아가려고 하는 사람이 언제든지 상당한 수가 나오게 되어 있다면서, 어려우면 어려울수록 서로 교류해서 힘이 되는 것이 좋겠다고 했다. 참 좋은 말이라 생각되었다. 그는 돌아가면 일본 작문회(作文の會) 기관지에 내가 이곳 교육 운동을 소개하는 글을 쓸 수 있도록 주선해 보겠다고 했다.

그 밖에 우리는 여러 가지 얘기를 했다. 소련의 변화에서 일본의 학생운동이나 정치 운동이 어떤 영향을 받고 있는가 물었더니 거기도 많은 젊은이들이 큰 충격을 받았고, 마르크스의 책은 도무지 안 팔린다고 했다. 그러면서도 자기는 마르크스의 사상이 그릇된 것이 아니라 소련의 공산주의가 잘못되었다고 본다 했다. 북한에도 언젠가 갔다 왔다고 해서 이성인 씨가 북한이 어떻던가 물었더니, 교육이나 의료 제도는 아주 훌륭히 성공하고 있다면서, 자본주의 나라들이 북한을 비난하는데, 자기가 보기로는 분단이 되어 남북이 대립되어 있으니 그렇게 안 할 수 없을 것이라 했다. 그러나 나는 아무리 훌륭한 사상이라도 그것을 윗사람이 잡고는 무엇이든지 백성들에게 지시 명령하게 되면 반드시 잘못된 정치가 된다고 하고, 이북의 산이 벌거숭이가 된 일을 보기로 들었다. 그리고 소련도 그렇게 한 것이 아닌가 했더니 그도 그렇다고 동의를 했다. 여러 가지 얘기를 해 보니 내 생각과 아주 가깝다는 것을 느꼈다.

오쓰키 선생은 토요일 돌아간다고 했다.

헤어져서, 글쓰기회 사무실에 갔다가 회보를 가지고(오쓰키 선생이 책방으로 간다고 하기에 틀림없이 종로서적일 것이라 생각해서) 종로서적에 갔더니 없었다. 회보를 주고 싶었는데 못 준 것이다.

1992년 4월 25일 토요일 맑음

오늘은 오전에 창비에 가서 볼일을 보고, 오후에 작가회의 민족문학작가회의, 지금의 한국작가회의 이사회에 참석해야겠다고 준비해서 나갔다.

창비에는 《우리 문장 쓰기》를 여덟 권 가져가서, 편집위원들과 정해렴 씨에게 나눠 주었다. 그리고 거기서 식당에 가서 국수를 먹고 다시 올라가 창비 사랑방에서 최원식 선생과 최 선생이 소개해 준 택견도를 하는 분의 이야기를 한참 재미있게 들었다. 택견이란 운동은 순수한 우리 나라 무예인데, 일본의 가라테에서 출발한 태권도가 정치권력과 손잡고 널리 퍼졌다는 얘기를 전에 언젠가 신문으로 읽었지만, 오늘은 아주 자세한 얘기를 들은 것이다. 그분이 아주 귀한 일을 한다는 것을 생각했다.

작가회의 이사회는 3시부터 약 40분 동안 했다. 이번에는 아동문학 분과 보고를 내가 간단히 했다. 모두 마치고 신경림 회장과 앉아서, 내가 이런 말을 했다.

"우리 작가회의가 아니면 할 수 없고, 작가회의가 반드시 해야 하는 일이 하나 있는데, 그것은 남에서도 설 자리를 잃고 북에서도 간 곳 없는 수많은 문인들의 문제입니다. 이분들은 지금 하늘나라로 망명을 갔다고 볼 수 있는데, 이제 우리가 이분들을 불러와서 이 땅에 내려와 살도록, 묻히도록 해야 합니다. 그래서 우리가 이분들의 문학을 제대로 이어받고 이어 주어야 이분들도 살고 우리도 산다고 봅니다. 이분들을 생각하고 드러내는 행사를 해야 합니다. 어떻게 생각합니까? 나는 우리 작가회의가 이런 일을 하는 것이 가장 중요하고 급하다고 봅니다. 지금 남북 작가 회담을 추진하고 남북 작품 교류를 한다고 하는데, 가령 아동문학만 해도 그래요. 회담이고 교류고 해서 그다지 얻는 것이 없다고 봅니다. 그쪽 작품을 이곳 아이들에게 읽힐 만한 것이 그리 많지 못할 것이고, 이곳 것을 또 그곳 아이들에게 주는 것도 아무거나 줄 수 없다고 봅니다. 잘못 주고받으면 도리어 오해가 커질 수도 있지요. 이곳 작가들이 쓴 것은 역시 이곳 아이들에게 읽혀야 하고, 그곳 작가들의 작품은 그곳 아이들에게 읽혀야 합니다. 그러니 그런 교류보다는 우리가 먼저 해야 할 것—잃어버린 우리 작가들을 도로 찾아와야 한다고 봅니다."

이런 말을 했더니 신 회장은 대답했다.

"그것 참 해야 하는데, 그런 일을 하면 저쪽에서 우리들 상대해 주지도 않습니다."

"저쪽에서 좋아할 리가 없습니다. 우리가 우리 겨레 문학의 전통을 바로 세우는데, 저쪽이고 이쪽이고 권력 잡은 사람들 눈치 보고 해서는 안 됩니다. 어느 쪽이든 다 반가워하지 않을 겁니다. 그러니까 더욱 해야 하지요."

"지금 남북 작가 회담을 앞두고 그런 일 하면 회담이 안 됩니다."

"지금 곧 하자는 것은 아닙니다. 그래도 언젠가는 해야 하고 될 수 있는 대로 빨리 하는 것이 좋습니다."

신경림 회장은 이 일을 언젠가는 해야 한다는 데는 환영하는 것 같았다. 그러나 내가 보기론 작가회의에서 좀처럼 이 일을 할 것 같지 않다.

차를 타고 오면서 생각하니 작가회의도 결국 정계에서 말하면 제도권의 야당 노릇밖에 하지 못하는 문인 단체구나 하는 생각이 들었다. 이 나라의 문인 단체는 비록 이곳 남쪽 정부를 비판하는 태도를 가졌다고 하더라도 자기 단체의 존재를 유지하려면 북쪽 정권의 눈치라도 봐야 하는구나 하는 생각이 들어 참 서글픈 생각이 들었다.

그까짓 남북회담에 참여했다는 것이 무슨 대수로운 일인가? 결국 이런 단체를 이끌어 가는 사람들은 남북 작가 회담에 참석했다는 것이 역사책에도 남고 하는 것을 가장 높은 목표로 알고 모든 일을 하고 있는 것이다. 이것이 작가회의의 한계라는 것을 절실하게 느꼈다.

마포 시장 지나올 때 감자를 길가 차에서 파는데, 그만 그만한 감자알들이 옛날 감자 같았고 더구나 값이 여기서 산 것보다 반값밖에 안 되어 4천 원어치를 사 와서, 저녁에 쪄 먹었더니 아주 맛이 없었다. 마침 〈새건강신문〉에 수입 감자 이야기가 나오고, 방부제 쳐 놓은 감자의 해독 이야기가 나와 아주 기분이 나빴다. 어쩌면 최근 내가 건강이 좋지 않은 것이 감자를 연달아 먹은 탓이 아닌가 하는 생각까지 들었다. 이제 감자는 절대로 사 먹지 말아야겠다.

1992년 7월 4일 토요일 맑음
오늘도 짧은 연재 원고를 두 편 썼다.

저녁때, 여러 날 벼르던 최낙영 씨를 찾아갔다. 얼마 전 회갑 날에 자녀들이 모아 준 돈을 그대로 우리 글쓰기회에 기탁해 온 분인데, 지금까지 찾아가 인사를 못 드린 것이다. 전화로 알아보니 집이 바로 뒷산 유원지 들머리에 있었다. 거기서 장사를 한다고 했다. 책을 봉투에 넣어, 이것이라도 드린다고 갔더니 바로 향교가 있는 건물 옆 하얀 집이었다. 뒷산 유원지에서 제대로 지어 놓은 단 한 채 집이다.

최 선생의 안내로 가게 앞을 지나 위쪽 나무 밑에 가니 거기가 참으로 좋았다. 아주 시원한 숲 속인데, 이런 데가 있었구나 싶었다. 몇 가지 음식과 술, 주스를 대접받으면서 최 선생이 살아온 이야기를 들었더니 참 좋은 분이었다. 어렸을 때 영등포 신길동에 살았는데, 그 부친한테서 소똥, 개똥을 주워 모으는 일을 배우고, 토마토밭에 똥오줌을 퍼

주는 일을 배우고, 산에 나무하러 가기도 했다고 했다. 군대(해병대라든가)에서 나와 이곳 골짜기 들머리에서 장사를 하기 시작한 것이 1970년이었는데, 그때 술 먹고 소리 지르는 사람들한테는 술을 팔지도 않았던 것이 향교를 맡고 있는 전교한테 잘 보이는 결과가 되어 이렇게 여기다 집을 짓고 지금까지 장사를 잘하면서 살게 되었다는 것이다.

그리고 어느 회사에 취직해 있는 딸이 여러 번 사표를 내려고 하는 것을 "정직하기만 하면 언젠가는 알게 되고 이긴다"고 하여 겨우 견디게 했던 것이, 생각대로 그 뒤에 회사에서 딸이 근무하던 부서의 과장은 쫓겨나고, 그 딸은 회사에서 인정을 받았는데, 그래서 그 회사에서도 자기를 찾아와 딸 때문에 회사가 살아났다고 하면서 고마워하더라고 했다. "세상이 잘못된 곳도 많지만 또 바로잡히는 곳도 있다고 저는 생각합니다. 제가 살아 보니 그렇습니다" 했다.

나는 이런 말을 듣고, 처음 내가 세상을 비관하고 절망스런 말을 했던 것을 후회했다. 이런 분이 이웃에 한 분 있게 되어 참 다행이란 생각을 하면서, 인사를 하고 내려왔다.

1992년 7월 10일 금요일 아침에 비, 종일 가끔 비

오후 3시에, 박문희 선생이 아람유치원에서 어머니와 아이가 마주이야기를 한다고 해서 꼭 와 보라기에 갔다. 그런데 처음에 박 선생이 나를 옆에 앉혀 놓고 내 이야기를 너무 자꾸 했고, 또 그다음에도 어머니와 아이들 앉혀 놓고 너무 길게 이야기하던 생각이 났다.

　마주이야기는 어머니와 아이가 앞에 나가 자유롭게 어느 때 집에서 이야기하던 것을 그대로 해 보이는 것인데, 그런 것을 하게 하는 생각이 좋았다. 그런데 대체로 아이가 말을 빨리해서 잘 알아들을 수가 없었다. 아이가 말을 빨리하는 것은 엄마가 어느 때 그렇게 빨리 말을 해 보이는 것이 아닐까 싶었다. 또 어느 아이 말에 "생일 파티"란 말이 나오자 그 어머니가 "너 그런 말 어디서 배웠니?" 했다. 그러니까 "선생님한테 배웠어요" 했다. 그 말을 듣고 어머니는 아주 흐뭇해하는 것 같았다. 그러더니 어머니의 입에서 "텔레파시"란 말이 나오고, 그 말을 아이에게 설명해 주었다. 그 어머니는 그런 말을 가르쳐 주는 것이 앞서가는 교육인 줄 여기는 듯했다. 유치원 아이들의 말 교육이 이래서 되겠는가?

　올 때 박 선생이 문간까지 나와서 사진 앨범을 선물로 주면서 "저는 교장 선생님이 마주이야기에 대해 쓰신 것 보고 이렇게 할 생각이 났어요. 대화라면 이런 생각이 안 나는데 마주이야기라니까 이런 생각을 하게 되었지요. 참 너무 좋은 말이라 생각해요." 그 말 들으니 대화란 중국 글자 말과 마주이야기란 우리 말이 이와 같이 교육의 방법까지 달리하게 만드는구나. 중국 글자 말을 쓸 때는 그저 틀에 박힌 방법 지시한 것, 남의 흉내 내는 것밖에 못 하지만, 우리 말을 하니 이렇게 새로운 방법을 창조하는 지혜까지 생기는구나, 하는 생각이 들었다.

오늘 유치원 갈 때는 또 괜히 박 선생한테 끌려간다 싶었는데, 가고 보니 역시 보고 깨닫는 것이 있구나, 잘 갔다는 생각이 들었다.

오전하고 밤에는 《일하는 아이들》을 교정했다. 대강 끝났다.

1992년 11월 3일 화요일 흐림

오전에, 연재 원고 모두 일곱 군데 쓴 것 대강 훑어보고 속달 등기로 부쳤다.

오후에는 어린이문학협의회에서 내게 되는 무크지 원고를 보기 시작했는데, 밤까지 봐도 다 못 봤다.

원고를 읽으면서 크게 깨닫고 생각한 것이 있다. 거의 모두 글쓰기를 정성 들여 하지 않는다. 연수회 같은 때 나와 배우려고는 하지 않고, 이런 책을 낼 때는 되는 대로 써서 낸다. 이런 원고를 읽어서 고치고 다듬고 해서 책으로 내주려는 내가 참 바보 같은 짓을 한다는 생각이 든다.

이제 이해만 그대로 하고, 새해에는 글쓰기회고 어린이문학회고 다 벗어나야겠다. 내가 지금까지 남의 일 위해 한 것이 죄다 헛것이었다. 내가 그렇게 애써 준 사람들이 나중에는 거의 모두 나를 배반하고 말았다. 그런데 오늘날 우리나라에서는 무슨 모임을 위해서 일한다는 사람들이 모두 어떤 이익과 권리를 위해서, 감투를 위해서 그런 데 관심을 가지고 집착하고 있다. 나는 그런 사람이 아닌데, 그런데 나한테 기대어 책을 내고 싶어 하고 문단에 나오고 싶어 하는 사람들이 그 뜻이 어느 정도 이뤄지면 아주 싹 돌아서서 제 갈 길을 간다. 그 제 갈 길이란 것이 속된 이름 팔고 돈에 관심 가지고 이름 내고 하는 길이다.

아, 내가 참 너무 늦게 이런 세상 이치, 사람이 무엇인가를 깨달았다. 지금이라도 내가 할 일이나 하자. 세상 사람들 글쓰기 잘못하는 것도 아무리 외쳐 봐야 안 된다. 모조리 장사꾼이 다 되어 있는데 어떻게 제 버릇 고치고 제 잘못, 제 주장 굽히겠는가? 참자. 앞으로 두 달만 참자. 내년에는 내가 아주 큰 길 바꿈, 삶 바꿈을 해야겠다.

1992년 11월 30일 월요일 맑음

오전에 밀려 있던 편지 두 통 써서 부치니 낮이 되었다.

오후에는, 써 두었던 몇 가지 연재 원고를 다시 읽어서 고치고, 3시쯤 나갔다. 글쓰기회 사무실에 갔더니 벌써 회보가 나왔다. 회보 보내는 일을 7시까지 하고 먼저 왔다.

저녁에 오면서 생각했다. 이제 앞으로는 모든 단체에서 벗어나야겠다고. 우리 말 바로잡는 운동을 하더라도 나 혼자 하는 것이 가장 잘할 수 있는 길이라 깨달았다. 이성인 씨는 일본의 우치무라 간조도 혼자 했고, 김교신 선생도 혼자 했다고 한다. 그들은 혼자 하다가 죽은 뒤에 아무도 그것을 그대로 이어받아 하지 않도록 말했다고 한다. 그래서 그 제자들이 하는 것도 다른 이름의 잡지를 냈다는 것이다. 함석헌 선생만 〈씨올의 소리〉를 여러 사람이 힘을 모아 하도록 했지요, 함 선생 가신 뒤 다른 분들이 〈씨올의 소리〉를 다시 내려고 했지만 몇 번 못 내고 그만두었지요, 했다.

나 혼자 할 수 있으면 하고, 그렇지 않으면 그만두자.

그런데 이 우리 말 살리는 일만은 아무래도 버릴 수 없을 것 같다. 나 혼자만이라도 하는 대로 해 나가야지, 하고 생각한다.

1992년 12월 19일 토요일 맑음

아침에 일어나 방송을 들었더니 김영삼이 아주 당선되었다고 기자회견을 하고 있었다. 김영삼과 김대중의 득표 차는 어제저녁보다 점점 벌어져서 2백만 표에 가깝게 된 모양이다. 김대중 씨는 호남에서 압승하고, 서울에서 겨우 이겼을 뿐, 그 밖에 전 지역에서 김영삼 씨가 이겼다. 김대중 씨는 결과에 승복하여 김영삼 씨 당선을 축하했고, 국회의원직도 사퇴한다고 했다. 김영삼 씨가 이긴 것은 안정 속에 개혁이라는 구호가 먹혀 들어간 것이라고 방송마다 보도했다.

백성들은 안정을 바랐다. 개혁을 바라지 않은 것이다. 이것이 이른바 민심이다! 혹시나 김대중 씨가 현재의 질서를 흐트러뜨릴 것은 아닌지 염려한 것이고, 그런 보수 성향이 민심인 것이다.

민심이란 것이 이렇다. 이제 입에 먹을 것이 어지간히

들어가고 살 만하니, 개혁은 싫다, 더 잘살게 해 달라는 것이다. 국민소득 올리기, 더 살기 좋은 세상, 경제를 정의롭게 바로잡는 데 따른 개혁을 바라지 않는 사람들이 그것을 바라는 사람보다 더 많은 것이다. 여기에다 농민들조차 텔레비전 선전에 길이 들여졌다. 이래서 도시고 농촌이고 그 바보 같은 사람을, 권력만 잡기에 정신을 파는 사람을 대통령으로 뽑은 것이다.

민심이 천심이란 말은 이래도 옳은 말인가? 그렇지. 옳다고 하지 않을 수 없지. 그렇다면 이제 천심은 우리 겨레가 빨리 망하기를 바라는 것이라고 봐야 한다. 그렇게밖에 볼 도리가 없다. 도덕이고 정의고 다 쓸데없고, 그저 먹고 마시고 기분 좋게 살기만을 바라는 백성들에게 무슨 희망이 있겠는가! 우리보다 교육을 잘하고 있는 일본 같은 나라도 전쟁 뒤 47년이 지났지만 아직 단 한 번도 보수 여당을 선거로 바꿔 본 적이 없다. 이제 우리 나라 살림 꼴도 일본과 너무 닮아 가고, 거기에다 일본보다 더 천박하게 살고 있는데 어떻게 선거해서 보수 여당을 물리칠 수 있겠는가. 이제 우리가 갈 길은 다만 자꾸 썩고 병들고 해서 망하는 길뿐이다. 이것이 하늘이 내린 심판이다.

이제 무슨 커다란 비극 같은 사건이 갑자기 일어나 이 사회가 엄청난 지각변동을 하게 되는 일이라도 생겨나지 않는다면 우리는 우리도 모르게 모두 정신이 돌고 마취가 되고, 그래서 괴상한 동물로 상태가 변해서 차츰 시들고 망해 갈 것이다. 그 길이 너무나 훤하게 보인다.

이런 때 이런 자리에서 내가 무엇을 하겠는가? 정의도 죽고, 양심도 죽고, 이제는 다만 먹고 놀고 구경하고 춤추고 웃고 그리고 모두 비실비실 쓰러지고 신음하다가 죽을 뿐이다.

하루 종일 아무것도 손에 걸리지 않았다. 밤에는 그래도 내가 써 놓은 원고를 정리해 보려고 했지만 일이 잘 안 되었다.

1992년 12월 31일 목요일 맑음

오늘은 아침과 저녁에 염근수 씨 시집을 읽었다. 이만하면 우리 아동문학사에 기록할 만하구나 하는 생각이 들었고, 작품론을 쓰고 싶기도 했다. 두 권 중 한 권(《서낭굿》)을 다 읽었고, 또 한 권(《물새 발자욱》)을 읽기 시작했다. 내일 나머지를 읽어야지. 이런 작품을 읽는 것이 정말 즐겁다. 글을 읽는 것이 즐겁다는 느낌을 갖는 것은 참으로 오랜만이다.

한 해가 다 갔다. 언제나 일에 쫓기며 살았던 한 해. 우리 말, 우리 글에 관한 책을 세 권 내었고, 대통령 선거로 마음을 쓴 해. 신문 읽고 오려 붙이는 일을 날마다 한두 시간 하면서 우리 말 바로 쓰는 글을 여기저기 연재한 해. 글쓰기 회를 그만두려고 마음먹은 해. 건강이 염려되어 뜸을 뜨게 된 해. 나로서 여러 가지 일들이 많았던 해가 갔다. 이제 새해는 어떻게 살아갈까 생각해 본다.

첫째, 글쓰기회, 아동문학, 우리 말 운동… 이 세 가지 일을 다 할 것이 아니라 어느 한 가지에 힘을 기울여 해 나가야 한다.

둘째, 어느 것을 중심으로 일하나? 이것은 여러 가지 사정을 보아서 아무래도 1월 중순이 지나면 결정해야겠다. 글쓰기회 연수회, 어린이문학협의회 연수회 따위를 마치고 나서.

셋째, 지식산업사에서 어린이 책을 잘 낼 수 있게 일을 도와주어야겠다.

넷째, 지금까지 쓴 원고를 정리해서 책을 낼 것을 준비해야겠다.

- 어린이 글쓰기 지도서
- 산문 두 권, 시 한 권
- 아동문학 논문 한 권, 글쓰기 교육에 관한 책
- 부모와 교사들이 보는 책 한 권
- 일반 교육에 관한 책 한 권

다섯째, 우리 말, 우리 글 바로 쓰기에 관한 책은 다음 해에 낼 계획을 해서 지금부터 조금씩 자료 준비, 쓴 원고 정리를 해 간다.

여섯째, 사무실을 2월쯤에는 열어 우리 말 살리는 일과 그 밖의 일을 한다.

일곱째, 이기형, 박정온 씨 들과 의논해서 원로 문인들의 모임을 만들어 문학과 문단을 쇄신하는 일을 한다.

1993년 1월 1일 금요일 맑음

우리 시인들의 시를 아이들에게 읽힐 수 없을까. 아이들이 시를 읽게 되도록, 그런 책을 만들었으면 하는 생각이 들었다. 그래서 오늘은 소월, 지용, 백석 세 사람의 시집에서 각각 20편 안팎을 가려 뽑아서 공책에 옮겨 썼다. 이렇게 해서 책을 내는 것은 지식산업사에 권해 봐야겠다고 생각한다. 어떻게 해서라도 우리 아이들에게 우리 말과 우리 삶의 정서를 이어 주어야 한다.

이런 생각을 하기는 전부터 했는데, 오늘 일을 시작한 까닭은, 어제부터 오늘 아침까지 염근수 씨의 시집 두 권을 읽고 나서다. 이 염근수 씨의 동요가 참 좋았다. 그런데 이 책은 어른들을 위해서 만들어 놓았다. 아이들에게 읽혀야 한다. 어제는 그 책을 낸 누리기획에 여러 번 전화를 걸었지만 편집부에 사람이 없었다. 그래서 책에 나온 염근수 씨의 아들 염용환 씨 이름을 전화번호부를 찾아서 걸었더니 맞았다. 그래서 인사를 하고, 아주 좋은 책을 읽게 되어서 반갑다는 것, 내가 이 책의 서평이나 작품론을 쓰고 싶다는 것 그리고 아이들이 읽도록 할 수는 없는지, 꼭 그랬으면 좋겠다는 생각을 말했다. 그랬더니, 그렇잖아도 아이들이 읽는 책을 만들려고 생각하고 있다고 했다. 어느 출판사와 이야기가 되어 있는가 물으니, 자기가 출판 일을 하고 있고, 두 권 책도 자기가 냈다고 했다. 바로 누리기획 사장이 염근수 씨의 아들 염용환 씨인 것이다. 그래서 아이들이 읽을 수 있도록 하려면 어떻게 만들어야 하는가, 하는 데 대해 몇 가지 의견을 말해 주고, 부친 건강을 물으니, 얼마 전에 아파트로 이사를 가셨는데, 아주 건강하시고, 오늘은 지금 어머님을 찾아뵈러 가려는 중이라 했다. 그래서 머지않아 나도 찾아뵙고 인사드리고 좋은 말씀 듣고 싶다고 하고 전화를 끊었다. 전화를 받는 사람도 내 이야기를 듣고 아주 반가워했다.

오늘은 정월 초하루인데, 아주 반가운 전화를 해서 기뻤다. 이런 일이 있어서 염근수 씨 것은 누리기획에서 하도록 맡기고, 그 밖에 많은 시인들의 시를 아이들이 읽도록 해야겠는데, 그 일을 아주 서둘러야겠구나 싶었던 것이다.

지금 11시가 넘었다. 방금, 현우가 어디 갔다 오더니 우편물이 많이 와 있더라면서 가지고 들어왔다. 오늘 설날에도 우편물 배달하는 사람은 쉬지 않는 모양이다. 이 사회에는 이렇게 일을 많이 하는 사람이 있고, 한편 놀면서 편안하게 살아가는 사람이 있으니 문제다.

1993년 2월 18일 목요일 맑음

오후 4시 반까지 《글쓰기, 이 좋은 공부》 고침판 글다듬기를 했다.

저녁때 나가서 신문 사고, 찻집 우리사랑에 들렀더니 최선애 선생이 와 있었다. 최 선생하고 한 선생하고 셋이서 한참 앉아 얘기를 하고 있는데, 어떤 여성이 옆에 와서 한 선생이 소개해 주었다. 대학원에서 공부를 하고 있는 사람이라 했다. 그러면서 "선생님 얼굴을 사진에서 보았을 때 소년같이 맑은 눈이란 느낌이 들었는데, 오늘 만나 뵈니 더욱 그런 느낌이 듭니다"고 했다. 그러면서 내 글을 많이 읽었다고도 했다. 그러더니 "선생님, 우편으로 연락할 수 있도록 주소를 좀 알려 주시겠습니까? 전화번호도요"하면서, 자기들이 지금 잡지를 하나 만들려고 하고 있는데 나한테 글을 좀 써 달라고 부탁을 하고 싶다고 말했다.

"어떤 잡지를 만들라고 하시는가요?"

"사회과학 잡지입니다."

내가 한 선생이 내주는 쪽지와 볼펜으로 주소를 적어 주었더니 그도 자기 주소를 적어 주었다. 이름은 이○○, 건너편 4단지에 있는 사람이었다.

잡지를 만든다기에 얘기는 자연 그쪽으로 되었다. 내가 "사회과학 잡지를 만든다고 하시니 참 힘들겠어요. 사회과학에 관한 책이 잘 안 읽히는 때가 되었으니까요"하고 말했더니 그는 "일반 사람들이 관심을 가질 수 있게 만드는 것이지요"했다. 그래서 또 나는 이런 말을 했다.

"우리 나라 사회과학이란 것이 너무 외국 사람들 이론만 소개하고 이론에만 끌려가는 것 아닌가요. 내가 보기로 이론이란 것, 관념이란 것이 현실에서 생활에서 나와야 하는데, 삶은 없고 관념만 있어서, 그 속에 모두 빠져 있는 것이 문제인 것 같아요. 관념이고 사상이고 삶에서 나와야지요."

그런데 이 씨는 내 말에 아주 반대가 되는 말을 했다.

"우리가 아무래도 외국의 앞선 과학을 받아들이고 따라가려면 그렇게 안 할 수 없지요….."

"외국 것을 받아들이는 것도 정도 문제지요. 우리 것은 다 버리고 남의 것만 따라가서야 뭣이 제대로 되겠습니까?"

"지금은 세계가 한 나라같이 서로 주고받는 시대입니다. 우리 것이라 해서 고집할 때가 아닙니다. 우리 것이 무엇입니까. 유교 정신을 강조하는 사람도 있고, 고려자기 같은 것 들춰내는 사람도 있지만, 그런 것을 오늘날 무엇에 쓰겠습니까?"

"나는 유교 정신을 말하는 게 아닙니다. 유교는 중국서 들어온 것인데, 우리 역사와 전통에 큰 영향을 주었지만 그것이 우리 것이고 우리 삶의 알맹이라 보지 않아요. 도자기 같은 것, 그런 골동품을 어떻게 하자는 것 아니지요. 문제는 우리들의 생활입니다. 삶이 없어졌어요. 우리 삶이 다 없어져 가는 것이 문제지요. 그런데도 학교에서는 아이들한테서도 삶을 빼앗아 버리고 책만 읽고 쓰고 외우고 하도록 합니다."

"그럼 우리 삶이 무엇입니까? 아이들 책 읽고 쓰고 하는 것, 그렇게 해서 세상을 알고 살아가는 것 아닙니까?"

"삶이 무엇이냐구요? 밥 먹고 일하고 이야기하고 하는 것, 이것이지요. 그런데 요즘은 유치원생이고 국민학생이고 대학생이고 점수 따기로 살아갑니다. 아이들 보세요. 아침부터 밤까지 교실과 학원에 갇혀 살고 끌려다닙니다. 자기가 주체가 되어 무엇을 계획하고, 실천하고, 반성하고 하는 것이 없어요. 삶이 없는 거지요. 그러니 그런 공부에서 무슨 의식이 제대로 형성되겠습니까? 요즘은 유치원생들도 어른들 말을 그대로 따라 합니다. 그 어른들도 외국 사람들 써 놓은 책 읽고, 번역한 글을 읽고, 번역한 글과 다름없는 우리 나라 학자들 글을 읽고, 그래서 말을 하고 글을 쓰고 하지요. 그런 어른들 말을 따라서 유치원생들도 말을 배우고, 그런 어른들 써 놓은 글을 읽고 모든 학생들과 국민들이 말을 하고 글을 씁니다. 이제 우리나라 사람들 우리 것 가지고 있는 것 아무것도 없습니다. 뭣이 남았습니까? 이런 형편에서 '세계가 한 나라같이 살아야 하는 시대'라면서 외국 것 앞선 것이라고 따라가는 것이 무엇을 뜻합니까?"

"우리가 모두 양복 입고 있잖습니까? 빵도 먹지요. 아무리 그래도 우리 얼굴은 우리 한국 사람 얼굴이지 미국 사람 얼굴로 변하지는않습니다."

"아메리카 인디언 있지요. 그 사람들 얼굴 아직도 그대로지요? 그런데 그 사람들 문화, 뭐 남은 것 가지고 있나요? 아무것도 없습니다. 세상에 얼굴 모양만 그대로 가지면 우리 것을 가지고 있다고 생각하니 기가 막히네요."

"그럼 우리 것이 무엇인가요?"

"우리 것이 무엇인가를 생각해 보지도 않은 사람에게는

우리 것을 말해도 모릅니다. 우선 말이 있지 않나요? 지금 우리 말이 어떻게 되어 있습니까? 무슨 ~적 ~적 하는 것도 일본 말입니다. 소설가들이 모두 쓰고 있는 '그녀'란 말, 그 그녀란 말로 쓰는 소설의 형식, 이야기 형식이 서양 것이고 일본 것입니다. 말과 말법이 남의 나라 것을 따라갈 때 우리 정서, 우리 전통은 다 뿌리 뽑힙니다. 그 말은 모두 책과 글에서 오염이 됩니다. 내가 지금까지 내 생각과 다른 수많은 사람을 만났지만 이 씨 같은 사람은 처음 만났습니다."

하도 어이가 없어서 말을 그만두었다. 이 씨는 그래도 수긍할 수 없다는 듯이 말을 하려 했지만, 나는 그만 신문을 펴서 들여다보면서 대답을 안 했다. 그랬더니 그만 인사하고 나갔다. 이 씨가 나간 뒤 한지흔 씨가 말했다.

"저는 우리 집 아이들에게도 자주 고구마를 쪄서 줘요. 공장 제품 안 먹도록 하려구요."

내가 말했다.

"저 사람 말대로면 서양 옷 입고 서양 집에서 양식만 먹고, 서양 말하고 살아도 한국 사람 얼굴이 서양 사람으로 바뀌지는 않는다는데요."

한지흔 씨 말 "선생님, 여기 찻집이나 책방에 있으면 저런 사람들이 많이 와서 참 속상해요." 그러면서 저기 길가에서 장사하는 사람들이 있는 곳에 가면 참 배울 것이 많고, 거기 할머니들이나 아주머니들과 얘기하면 그럴 수 없이 마음이 편하고 즐겁다고 했다. 그런 얘기는 찻집에 갈 때 종종 들었다.

"저런 사람이 사회과학 잡지를 만든다니, 이 나라 사회과학이 그래서 문제투성이지요."

내가 이렇게 말했더니 한 선생이 대답했다.

"저분이요, 박사 학위 딴 사람입니다."

"길가에서 장사하는 사람은 학교 공부를 안 했기 때문에 그렇게 착하지요."

우리가 하는 말에 최 선생이 끼어들었다.

"박사 학위 가진 사람들 가운데도 참 훌륭한 사람이 있는 걸 봤습니다. 그런데 저 사람은 참 어이가 없네요."

내가 말했다.

"박사들 가운데는 좋은 사람도 있겠지만 나쁜 사람들도 많아요. 그런데 학교 교문에도 안 간 사람들 가운데도 나쁜 사람이 있겠지만, 착한 사람이 많거든요. 그러니 어느 쪽도 마찬가지라면 박사 같은 것 소용없지요. 그런데 내가 보기로는 아주 나쁜 사람, 세상을 난장판으로 만들어 놓는 사람이 박사들이고, 머리를 많이 쓰는 지식인들입니다."

그리고 또 내가 물었다.

"저 사람 어느 학교에 있는가요?"

한 선생 대답, "서강대학이라고 들었습니다. 요즘은 번역만 하고 있답니다."

역시 그렇구나 싶었다. 번역하는 사람, 서양 사람들의 글을 옮겨 읽도록 하는 짓을 직업으로 삼고 있으니 그 생각이 저 지경으로 되는구나 싶었다.

한 선생한테 뜸 뜨는 자리를 새로 배우고 그리고는 최 선생은 또 찻집에서 만날 사람이 있다고 하기에 혼자 나왔다. 나오면서 이제 찻집에도 특별한 일이 아니면 가지 말아야겠다고 생각했다. 참 끔찍한 사람을 만난 것이다. 박사 학위 따서, 사회과학 잡지를 만들겠다는 사람이 그렇게 반민족 반민주의 사상을 가지고 있으니, 이 나라가 어찌 되겠는가?

며칠 뒤 무너미 가서, 상준이한테 학교 공부 부디 그대로 하라고 말하려 했더니, 안 되겠다. 그까짓 학교 공부해서 뭘 하나? 아까 최 선생도 대학원 공부하는데, 논문을 쉬운 말로 쓰면 안 된다고 했다. 그런 대학원 나오면 뭘 할 것인가? 학교 선생들 가운데 대학이나 대학원 졸업장 따려고 공부하는 사람을 나쁘게 안 봤더니, 내 생각을 고쳐야 하겠다.

오늘은 찻집에서 너무 오래 앉아 있다 와서, 저녁 먹고 신문 보고, 우편물 살피고, 일기 쓰고 나니 이제 12시 10분이 됐다. 우편물 가운데 한겨레신문사에서 등기 속달로 온 것이 있는데, 창간위원회에서 토의할 중요한 내용을 적은 것이었다. 그걸 읽는 데 또 한참 걸렸다. 이번 회의에도 안 나가려 했더니 어쩔 수 없이 가 봐야겠다.

1993년 2월 23일 화요일 맑음

오전에 한 가지 적어 둔다. 어제저녁에 한겨레 창간위원회 마치고 어느 음식점에서 저녁을 먹으면서 오고 간 얘기가 생각나서다. 내 옆에 조준희 변호사가 앉았고, 맞은편에 김종철 씨, 그 옆에 한겨레 어느 젊은 기자가 앉았다. 그 밖에 사람들은 모두 몇십 명이 되었다. 내가 맨 처음에 이런 말을 했다.

"정관 고치는 문제, 그 내용을 자세하게 일일이 검토해 보지는 않았지만, 오랜 시일에 걸쳐 애써 만든 것이라니까 내가 신문사 직원이라도 그보다 더 잘 만들지는 못하는지 모르지요. 그런데 이 안이 아주 간단하게 말하면 한겨레신문사 운영을 책임지고 해 나갈 강력한 권한을 잡은 대표이사 한 사람을 뽑아서 그 사람에게 모든 것을 맡기자는 것인데, 이것이 한겨레 창간 정신에 비추어 적어도 그 방법, 민주 언론 창출의 방법으로서는 어긋나는 것이라고 봅니다. 4, 5년 동안 한겨레가 우리 나라의 민주 언론을 창조하려고 했지만 그 놀라운 민주 역사의 실험이 실패한 것이지요. 민주 언론 창조라면 어디까지나 밑에서부터 올라가야 하는 것이고 하나의 운동으로서 할 수밖에 없는데, 그런 운동이 실패하고 이제는 다른 신문사, 자본과 권력으로 지시 명령하고 그 명령에 일사불란하게 움직이는 일반 언론의 틀을 본받으려고 정관 개정을 하게 되었으니, 이게 민주 운동으로서 해야 할 언론의 역사가 실패했다는 말입니다. 적어도 이 점을 우리는 확인하고 넘어가야 하지요.

그래 이제부터라도, 가령 이 개정안이 앞으로 통과된다고 하더라도 우리가 잊어서는 안 되는 것은 주주들의 존재입니다. 주주들의 뜻을 받아들여야 합니다. 지금까지 처음부터 아주 철저하게 주주들의 뜻을 막아 왔어요. 처음부터 주주들을 적대하는 태도로 모든 일을 해 온 것이 아닌가 해요. 이래서는 안 되지요. 한겨레 뿌리가 주주들인데, 주주를 무시하고 어떻게 한겨레가 살아날 수 있는지 생각해야 합니다. 회사 안에서야 다른 신문과 비슷한 체재로 일을 한다고 하더라도 밖에 있는 주주들이 그 뜻을 마음대로 펴고, 그것을 신문사를 운영하는 사람들에게 전하고, 신문사 쪽은 그것을 받아들이고, 이래야 되는 겁니다."

이랬더니 몇 사람이 여기에 대해 주고받는 말이 있었지만 별다른 반대 의사를 나타내는 사람은 없었다. 그런데 조금 뒤에 김종철 씨 옆에 있던 한 젊은 기자가 이런 말을 했다.

"주주들이 돈을 낼 때는 그 돈으로 좋은 신문을 만들어 달라고 해서 낸 것이고, 신문을 만드는 사람들에게 모든 것을 믿고 맡긴 것이지, 간섭을 하려고 한 것은 아니었지요. 그러니까 창간위원들은 주주들의 뜻을 알릴 것이 아니라 주주들이 불평하는 것을 달래고 설득시키는 일을 해야 합니다."

참 어이가 없었다. 지금 한겨레신문사의 직원들 가운데

많은 사람들이 이런 태도가 아닌지 의심스럽다. 그러니까 그런 개정안을 내고, 주주들의 대표를 부인하고, 공청회도 안 열려고 하는 것이지. 어제 회의할 때 김종철 씨가 주주 대표 이름으로 만든 인쇄물을 낭독하니까 그 옆에서 장윤환이란 사람이 자꾸 혼잣말로 딴소리를 하더니, 결국은 "그 주주 대표는 일부 사람들이라요" 했다. 그럼 전체 주주 대표는 어디 있는가? 창간위원회는 회사 안에서 마음대로 인선을 해서 만든 것 아닌가. 그렇게 주식 모을 때는 지방마다 다니면서 사람들 모아 놓고 어째서 주주들끼리 모이는 주주 모임을 만들지 못하고, 주주 대표라고 하는 사람조차 부정하는가?

창간위원들이 주주 대표들이나 주주들의 불평을 달래고, 설득시키기 위해 있는가? 그런 허수아비 같은 것이 창간위원인가? 기가 막힌다. 도대체 이런 생각을 가진 기자들이 한겨레신문사에 많이 있다는 것을 어떻게 보아야 할까?

주주들이 돈을 내어 신문을 만들어 달라고 한 것은 간섭하려 한 것이 아니고 모든 것을 맡기고 싶어 그런 것이다. 그 말이 틀리지는 않다. 그런데 그렇게 맡은 사람들이 잘못하면? 관리가 잘못하면 윗사람이 문책하고, 행정부가 잘못하는 것은 가장 큰 책임을 진 사람을, 그러니까 몇 해마다 선거로 바꾸게 되어 있다. 잘못한 것이 없어도 바꾸게 되어 있는 것이 민주 국가의 법이다. 국회의원도 국민이 뽑았지만 몇 해마다 바꾼다. 그런데 한겨레는 뭔가. 바꾸지도 못하고, 주주들의 뜻도 표현할 길이 없으니, 이것이 언론의 절대 권력인가? 이것이 절대 권력의 횡포가 아니고 무엇인가!

1993년 3월 27일 금요일 맑음

새벽 4시 40분쯤 됐을까. 소변을 보고 누웠는데, 사무실 구해서 우리 말 바로잡는 운동을 할 생각을 이것저것 하면서 그대로 날을 새웠다. 내가 생각한 것은 과천 번화가 1층 어디에 사무실을 차려서, 우리 말 바로잡는 내용을 아주 간판이나 걸개막이나 또는 전단으로 만들어 지나가는 사람들이 모두 보도록 하는 것이다. 그렇게 하면 틀림없이 어떤 효과가 있을 것 같아 어린애같이 가슴이 부풀었다.

　나이가 많아도 이런 꿈이 있어 내가 살아가는구나 하는 생각이 일어나서야 들었다.

　오후 2시에 아현역에서 연세대 학생을 만나 31일 강연할 내용과 자료를 주고, 작가회의에 갔다. 오늘이 이사회가 있는 날인데, 신경림 회장도 안 나왔고, 모인 사람이 겨우 아홉 사람이었다. 그래도 이야기를 하자고 해서 대강 사무국에서 보고할 말이 있은 다음 정소성 씨가 첫째, 작가회의에서 기관지나 문학지를 내지 않으면 무엇을 하는 단체라고 우리가 그렇게 모이겠는가, 지금이라도 곧 문학잡지를 내기 위해 편집위원회를 구성한다든지 해야 한다. 둘째, 이사란 사람들 가운데 이름만 있을 뿐이지 1년 내 한 번도 안 나오는 사람들이 있는데, 그럴 수 있는가…. 이런 몇 가지 일에 대해 의견을 말했다. 나는 "지난해부터 그런 말을 했는데, 올해도 아직 한 해 사업 계획을 세우지 않은 듯하니, 어디 이럴 수 있는가? 이래 가지고 정부에 지원금을 달라고 말할 수 있는가?"했다. 이 사업 계획은 해마다 연초에 세워야 하는 것이다. 회원이 7백 명을 넘는 단체에서 해마다 아무 계획도 없이 그때그때 닥치는 대로 일을 하고 있으니, 이래 가지고 무슨 민족 문학을 위한 회를 꾸려 갈 수 있는가? 참 모두 답답하다. 무엇을 하는 단체인지 너무 한심하다.

이래서 구중서 부회장이 적당히 의견을 정리한 다음 헤어졌는데, 여러 해 동안 작가회의에서 이사회를 달마다 하는 가운데, 그래도 오늘 모임에서 가장 진지한 이야기가 나온 것 같다. 회장이 안 나오고, 사람이 가장 적게 모인 오늘 가장 중요한 이야기가 나왔으니, 이걸 어떻게 보아야 하는가?

밤에 1단지 상가 어느 복덕방에 전화를 걸었더니 2층에 여덟 평(실평은 여섯 평쯤이라고)짜리가 전세 1,600만 원에 나왔다고 했다. 월요일 나와서 방을 보고 마음에 들면 전세로 들든지, 사든지 하라고 했다. 여섯 평이면 좀 좁다. 그래도 봐야지. 1,600만 원의 전세라면 헐한 편이다. 전세로 들어 있는 것도 좋겠지. 살 수 있으면 더 좋고. 월요일이 기다려진다.

1993년 5월 23일 일요일 맑음

오늘, 용인자연공원 묘지에 있는 이원수 선생 무덤을 찾아가기로 한 날이다. 아침 10시에 아람유치원에 모여 유치원 봉고 차 두 대를 타고 11시에 출발했다. 길 안내는 이정옥 씨가 하고.

가다가 길이 좀 막혔으나 두 시간 만에 닿을 수 있었다. 날씨도 좋고, 온 산천이 새잎으로 덮여 참으로 기분이 좋았다. 이원수 선생 장례 때 와 보고 이제 10여 년 만에 처음 찾아왔으니 길이 낯설고 산도 처음 찾는 듯했는데, 다 가서는 대강 그 자리를 짐작할 수 있었다. 장례 때는 더구나 한겨울이라 아주 어설프고 또 가파른 비탈이었는데, 이번에 가니 무덤 밑에 축대를 쌓아 놓아서 봉분 앞이 널찍했다.

우리는 무덤 앞에 모두 모여 인사를 하고, 송현 씨가 사회를 해서 먼저 내가 이원수 선생에 대한 이야기를 좀 해 달라고 해서 모두 서 있는 앞에 나가서 대강 이런 말을 했다.

선생님이 일제 총독정치가 시작된 다음 해인 1911년에 나셔서 일제시대를 35년, 다시 분단 시대를 35년 이렇게 사셨는데, 일제시대에 친일 문학작품을 단 한 편도 안 쓰셨고*, 해방 뒤 분단 시대에도 언제나 독재 군사정권을 비판

---

* 2002년 3월에 이원수가 일제 말기에 나온 잡지 〈반도의 빛(半島の光)〉에 '지원병을 보내며', '낙하산' 같은 친일 동시를 쓴 사실이 확인되었다. 이오덕은 이에 한국글쓰기연구회 회보 〈우리 말과 삶을 가꾸는 글쓰기〉에 '이원수 선생의 일제 말기 친일 시는 어떻게 볼 것인가'를 썼다. 이오덕은 이 글에서

하면서 꿋꿋하고 의롭게 사셨는데, 그러자니 생활이 무척 어려워서 언제나 가난하게 사셨다.

문단에서 더구나 아동문단에서 6·25 때 많은 문인들이 북으로 가게 되어 소식을 알 수 없고, 남쪽에 남았던 겨우 몇 사람, 선생님과 비슷한 나이가 되던 윤석중, 이주홍 이 두 분을 떠올릴 수 있는데, 북으로 간 사람이나 여기 남아 있던 사람이나 모든 아동문학인을 통틀어서 생각해서 그 작품이 뛰어나고, 양이 많고, 다시 또 그 문학 정신이 정의 와 민족과 민주의 길에 든든하게 서 있는 점에서 이원수 선 생만 한 분이 없다. 우리는 이런 분을 문학 선배로 모시고 있다는 것을 큰 자랑으로 여기고 마음 든든히 여기고 있지 만, 우리가 선생님의 정신을 제대로 이어받지 못하고 이런 꼴로 살아가는 것이 정말 부끄럽다.

오늘 이렇게 무덤을 찾은 것도 처음인데, 무덤 찾는 것 이야 대수로운 일이 아니고, 오늘 이렇게 우리가 온 것도 소풍 삼아 온 터이고 선생님도 이렇게 온 것을 반가워하실 터이지만, 우리가 선생님의 뒤를 이어받아 할 일을 제대로 해서 이 나라 아이들을 살리는 일을 제대로 할 것을 오늘 이 자리에서 각자가 다짐해야겠다….

"선생의 친일 시는 우리 민족 앞에 크나큰 죄를 지은 것"이지만, "남북 분단 의 비극과 통일을 바라는 우리 겨레의" 바람을 "여러 동화 작품에서 훌륭하 게 그려" 보인 "선생의 문학과 인간에 대한 내 믿음이 조금도 흔들리지 않았 다"고 밝혔다.

다음에 두 사람이 나가서 하모니카로 동요 '고향의 봄'을 불고, 또 몇 사람이 선생님의 동시를 낭독하고는 사진을 찍고 작별 인사를 드리고 내려왔다. 한참 걸어 내려오면서 (일부러 차는 안 타고) 이야기를 하다가 차를 타고 오면서 길가에서 점심을 먹고, 올 때는 거의 길도 안 막혀 한 시간 반 만에 아람유치원에 돌아오니 4시 반쯤 되었다. 유치원에서 또 한참 이야기를 하면서 놀다가 헤어졌다.

오늘 묘지에 올라가면서 여러 해 만에 뱀―너불대를 처음 보았다. 뻐꾸기 소리, 꾀꼬리 소리도 여러 해 만에 들었다.

오늘 선생님 무덤을 찾아가기 참 잘했다는 생각이 들었다. 무슨 단체란 것 싫어했는데, 이런 때를 생각하니 필요하다는 생각이 들었다.

1993년 6월 5일 토요일 맑음

오후 5시 50분 기차로 서울역에서 윤구병, 이성인과 조용명, 노미화 부부와 나 이렇게 다섯 사람이 대전 가는 기차를 탔다. 이 기차표는 보통 사람은 토요일 것을 한 달 전에도 못 산다는데, 어제 윤구병 선생이 용산역에 근무하는(제자라든가) 사람한테 부탁해서 샀다고 한다. 옛날이나 지금이나 이런 수가 여전히 있는 모양이다.

대전에 닿으니 밤이었다. 곧 역전에서 동학사 가는 차를 타고 한 시간쯤 가서 내려서 어느 음식점에 들어가니, 먼저 와 있는 사람들이 기다리고 있었다. 그 음식점 뒷방이 아주 큼직한데, 거기서 20여 명의 지역 회장글쓰기회들이 모여 내일 아침까지 의논하게 된 것이다. 올 때 기차에서 김밥을 먹었지만, 밥을 또 먹었다.

10시 반에 이상석 회장이 사회해서, 그동안에 있었던 일을 보고하고, 10주년 사업이며, 여름 연수회 의논을 하는 데 세 시간쯤 걸렸다.

오늘 의논에서 가장 논의거리가 된 것은 대구 지역 회장이라는 임성무 씨가 글쓰기회 연수회에서 좀 더 시원한 방법을 제시해 달라는 말이 나오고, 그 말에 대해서 윤구병 선생까지 동조하는 발언을 한 때문이다. 나는 이렇게 말했다.

"일하기를 통한, 일을 해서 그것을 글로 쓰도록 하자는 것인데, 그게 어째서 할 수 없고 못 하는 것인가요? 도시 아이들 일할 것 없으면 놀이라도 시켜야지요. 또 집 안 청소하고, 심부름하고, 그 밖에 할 일 찾으면 얼마든지 있잖아요."

그런데 윤 선생 말이 이랬다.

"선생님 혼자 훤히 아시지만 다른 사람은 모릅니다. 그걸 좀 더 구체적으로 보여 줘야 합니다."

그리고 대구의 임성무란 사람이 자꾸 말했다.

"저희들 매주 한 번씩 모여서 이호철 선생님 얘기 들어요. 그걸 듣고 그대로 해도 작품은 제대로 안 나옵니다. 좀 이론을 체계를 세워서 얘기해 줘야 합니다."

나는 대답했다.

"참 답답합니다. 이호철 선생이 회보에 써 놓은 것, 그 숙제 내는 것, 그렇게 해서 아이들에게 무슨 행동을 하게 해서 글을 쓰게 하는 방법, 그것 보고 배울 수 없고, 무슨 원리 원칙이니 이론이니 하는 것 말해 달라니, 이론 가지고는 더 모릅니다. 그런 태도로서는 글쓰기 지도 할 수 없어요."

그런데 다른 사람은 모두 아무 말이 없고, 이상석 회장까지 임성무 쪽을 편들었다. 나는 또 말했다.

"일하기로 글쓰기 지도하는 것을 주제로 삼자고 제안한 것 내가 한 것 아닙니다. 그때 그것밖에 아무것도 제안하는 사람이 없었어요. 그런데, 아이들 일 시키고 그걸 글로 쓰게 하자고 하는데, 어떻게 해야 될지 모르고, 해도 안 된다면 글쓰기는 못 하는 거지요. 삶이 뭡니까? 일이고 놀이고 활동하는 것 아닙니까? 삶을 가꾼다고 우리가 지금까지 말해 온 것 뭣입니까? 헛소리한 겁니까?"

나는 또다시 이런 자리에 온 것을 후회했다. 올해만 하고 글쓰기회고 뭐고 이제는 정말 그만둬야지 하는 생각을 굳혔다.

3시쯤 되어 잤던 것 같다.

1993년 7월 31일 토요일 맑음

오전에 국민은행에 가서 통장을 정리했더니 산하에서 인세를 56만 원 보낸 것이 들어 있었고, 우리 말* 회원 회비가 네 사람 보내온 것이 들어 있었다. 산하는 이래서 이제 인세를 다 청산한 셈이다. 우리 말 회원은 이제 스물네 사람 되었다. 이래서 회원이 백 명만 되면 전국 규모의 운동 단체로 알맹이가 있는 일을 할 수 있을 것이고, 다시 천 명이 되면 사무를 전담하는 사람을 월급을 주고 둘 수 있을 것이다. 두 달 동안에 스물네 명이 되었으니 1년이면 백 명을 모을 수 있을 것 같고, 다시 3년이면 천 명을 모을 수 있지 않을까 하는 희망을 가져 본다.

산하는 이제 인세를 정상으로 줄 것인가 모르겠다.

오후 1시에 나서서, 2시 반쯤에 산하에 가서 인지 천 장을 주었다. 이 인세는 또 뒤로 미루게 되었는데, 인세에 대해서 아무 말 안 하기에 나올 때 물었더니 소 사장이 비로소 그렇게 말했다. 책만 낼 줄 알았지 도무지 글 쓰는 사람에 대한 예의란 것을 모르는 사람이다.

작가회의 이사회는 3시부터 있었는데, 2시인 줄 알고 늦다고 서둘러 갔더니 한참 기다려야 했다. 그래서 가지고 갔던 〈우리 말 우리 글〉 회보 다섯 부(1~2호)를 먼저 온 사람과 사무국 사람들에게 나누어 주었다. 나누어 준 사람은 사무국장과 상임이사(김남주), 임헌영 그리고 또 회원 한

* 우리 말 살리는 모임. 우리 말 살리는 일을 하기 위해 이오덕이 중심이 되어 1992년에 만든 단체다. 1993년 6월부터 회보〈우리 말 우리 글〉을 펴냈다. 1995년에 한국글쓰기교육연구회와 합쳤다가 1998년 5월에 다시 우리 말 살리는 겨레 모임을 만들었다. 1998년부터 회보〈우리 말 우리 얼〉을 펴내고 있다.

사람(이름 모름), 이기형 이렇게 다섯 사람이다. 그런데 한 사람도 그걸 보는 사람이 없었고, 인사를 하는 사람도 없었다. 받은 사람이(사람은 여덟 사람쯤 있어서) 다른 사람에게 주어 버리는 사람이 있는가 하면 "이거 참 애써 쓰셨는데, 글씨가 이래서 읽겠습니까?" 하는 사람도 있었다. 그게 다른 사람도 아니고 김남주 씨다. 나는 아주 실망을 하면서 "읽지 않으면 그만두지요. 읽는 사람한테만 줍니다. 그런데 기계로 쳐서 내는 회보나 책은 누가 보는 줄 압니까? 나한테도 한 달에 수없이 오는데 읽지 않습니다. 또 넓은 지면에 여백을 두고 쓸데없는 글자를 여기저기 뽑아내서 놓은 것조차 누가 읽습니까? 그건 구경하는 책이지요. 그런 구경거리 보고 싶어 하는 사람한테 내가 이런 걸 주고 싶지는 않습니다."

내 말에도 아무도 대답하는 사람이 없었고, 이름을 알 수 없는 회원 한 사람만 잠시 보더니 그만두고 다른 것을 보고 있었다. 내가 하는 일에 무엇이든지 관심을 가지고 알고 싶어 하는 이기형 선생도 아무 말도 않았다. 그래 나는 깨달았다. 내가 이제 이 작가회의에서 할 일도 없고, 작가회의에 바랄 것이 아무것도 없다는 것을. 이제 나는 여기 올 필요가 없구나 싶었다. 비단 작가회의뿐 아니고, 아동문학이 그렇고, 우리 나라의 모든 문인들 자리가 그렇다. 이 문인들은 일제시대부터 이 모양이었던 것이다. 그래서 글을 쓴다는 사람들이 앞장서서 우리 말을 다 더럽혀 놓았지.

이런 사람들한테 우리 말과 글을 바로 쓰자, 깨끗이 쓰자고 하는 말이 먹혀들지 않을 것이 너무나 뻔하다.

참으로 답답하다. 이건 완전한 암흑이다.

3시가 좀 넘어 회의를 할 때, 여기저기 담배를 피워서 나는 자리를 한쪽으로 옮겨 가 겨우 견뎠다. 아까 내 회보를 잠깐 들여다보던 그 젊은이는 바로 내 옆에 앉아서 예사로 담배 연기를 마구 뿜어내었던 것이다. 이 담배 연기 때문에도 나는 이런 자리에 안 와야 한다. 젊은이들이 도무지 예의가 이렇게 없을 수 없다. 그 많은 사람들이 앉아 있는 자리에 자꾸 담배를 피우고 있으니 말이다.

오늘 회의는 주로 작가회의를 사단법인으로 만드는 일을 어떻게 할 것인가 하는 문제를 두고 지난번 설문지 통계를 가지고 마지막으로 결정을 내리게 되었는데, 올해는 이 문제를 다시는 거론하지 않기로 했다. 그 통계란 것이 좀 잘못되게 내놓아서 내가 질문을 했지만 엉뚱한 대답만을 들었다. 그리고 마치고 돌아오는 길에도 왜 내가 그런 자리에 그런 하잘것없는 문제에 관심을 가지고 질문을 하고 했는지 생각해서 부끄러워하고 뉘우쳤다.

이제 다시는 작가회의에 나가지 말아야겠다고 마음을 먹었다.

아, 이래서 산다는 것은 단념의 연속이요, 절망의 되풀이다. 이래서 끝내 아무것도 기다릴 것이 없다고 비로소 깨달았을 때 사람은 죽게 되는가 보다.

밤에 자꾸 졸음이 와서, 겨우 일기를 쓰고 자게 되었다.

이제 내가 그 누구를 믿어야 할까?

우리 말 우리 글(우리 말 살리는 겨레 모임) 회원?

어젠가 그저께 어느 분한테서 받은 편지에, 자기가 알고 있는 어느 분이 "~적"을 자꾸 써서 아주 괴상한 글이 되어 있기에 그것을 지적했더니 그다음에는 그 글을 아주 깨끗이 다시 써서 보내왔더라 했다. 그런 사람이면 붙잡고 눈물이라도 한번 흘리면서 이야기할 만하다. 그런 사람을 한번 만나 봐야지. 내일은 우리 말 우리 글 회원들 앞으로 편지라도 써야지!

1993년 10월 9일 토요일 맑음

오전에 세 군데 연재 원고를 복사해서 속달우편으로 부쳤다.

오후에는 KBS 창작동요대회 심사를 하는 데 가겠다고 했기에 1시 40분에 나서 바쁘게 갔더니 3시 10분에 닿았다. 나 말고 함께 심사하는 사람들은 모두 일곱 사람쯤 되었는데 모두 먼저 와서 기다리고 있었다. 그중에 얼굴을 아는 사람은 정채봉 씨뿐이었다.

예선에서 뽑힌 작품 19편을 차례로 아이들이 나와서 부르게 하여 점수를 매겨 가는데, 3시 50분쯤 시작해서 중간중간에 다른 것을 넣어서 진행하다 보니 7시가 지나서 끝났다. 그런데 최우수상(대상)을 하나 뽑는데 상금은 백만원이었다. 그리고 같은 아이들이 인기상을 뽑게 하여 상금은 30만 원을 주게 되어 있다.

심사한 결과를 발표한 것을 보니 내가 점수를 가장 많이 준 아이는 아니었다. 내가 점수를 가장 많이 준 아이는, 아이들 쪽에서 인기상을 받았다. 이러고 보니 나와 아이들의 느낌이 비슷했다는 것을 알 수 있었다. 심사한 사람들이 어떤 기준으로 채점했는지 모르지만, 아이들의 느낌과 판단이 정확하다는 데 새삼 믿음을 가지게 되었다.

오늘 동요대회에 몇 가지 적어 둘 것이 있다.

첫째, 시작하기 전에 관중석에서 기다리는 아이들을 보고 한참 동안 방송 준비하는 사람이 아주 재미없는 말로 계속 고함을 지르고 있어 아주 기분이 나빴다. 그 말도 아이들이 알 수도 없는 어른들의 어려운 말—적발, 손상, 병상, 퇴장, 압수… 따위로 되어 있었다.

둘째, 아이들을 상대로 하는 일은 어떤 일이든지 교육이란 것을 생각해야 한다. 이런 동요 잔치만 해도 상금을 그렇게 많이 한 사람에게만 줄 것이 아니다. 이 행사 취지가, 이렇게 동요를 발표해서 온 나라 아이들이 즐겨 동요를 부르면서 자라나도록 하는 데 있다면, 다섯이고 열이고 좀 많이 뽑아서 온 나라에 보급하도록 하는 것이 좋다. 아이들에게 백만 원을 주는 것도 문제다. 이 동요대회가 몇 해 전부터 해마다 있는 모양인데, 방송국에서는 교육보다 사람들의 눈길을 모으는 일에 더 마음을 쓰는 것 같다. 순전히 장사를 하기 위해 벌이는 행사란 것을 알 수 있었다. 다음

해에는 아무리 간청하더라도 내가 나오지 말아야지 하는 생각이 들었다.

셋째, 중간에 자주 어른들, 또는 아이들이 나와 흥미를 끌기 위해 노래를 불렀다. 그런데 그 노래의 말이 내용이 비어 있고, 또 노래와 함께 춤추고 몸놀림을 하는 것이 그저 웃기거나 눈길을 끌기 위한 천박한 것이었다.

넷째, 출연한 노래부터 별로 마음에 안 들었다. 노랫말은 거의 모두 자연을 상상으로 곱게 그린 것이었는데, 그것은 한결같이 일제시대 이후 같은 투로 나오는 판에 박은 동심의 세계였다. 생활을 말한 것은 거의 없었고, 있다고 해도 이것 역시 언제나 쓰는 투의 것이었다. 이래 가지고서야 아무리 동요를 부르자고 하더라도 교실 밖에서는 안 부를 것이다. 우선 늘 그 맑은 동심만을 되풀이하니 재미가 없어서도 안 부를 것이다. 대관절 아이들의 삶이 없다. 뭔가 가슴에 바로 와닿는 내용, 곧 시가 없다.

다섯째, 사회하는 아가씨가 참 가관이었다. 웃이고 커다랗게 달려 흔들리는 귀고리고 온통 번쩍번쩍했다. 아이들이 저런 꼴을 쳐다보고 무엇을 느끼고 생각했을까. 참으로 한심했다.

여섯째, 심사하는 자리는 바로 내 왼쪽 옆에 정채봉 씨가 앉아 있기에, 이 행사에서 대상 하나에만 백만 원을 주는 것이 잘못되었다는 말을 했더니, 아무 대답도 없었다. 내 생각과는 다른 모양이었다. 또 오른쪽에는 KBS 직원인데 합창단도 지휘하고 작곡도 한다고 했고, 김녹촌 씨와 잘 아는 사이라면서 자꾸 내게 얘기하고 싶어 한 분이 있어서, 역시 상금과 교육 문제 얘기를 했더니 아무 말이 없었다. 그러다가 무슨 말을 하는 것 같았는데 잘 알아듣지 못했다.

마치고 올 때 영등포역 롯데백화점에서 대추와 밤을 사 서 오니 8시가 넘었다.

밤에는 신문을 보고, 우편물을 보고, 일기를 쓰고 나니 12시가 되었다. 신문은 오늘 한글날 것을 모조리 샀다. 내 가 본 신문은 동아, 한겨레, 한국, 국민, 경향, 서울, 세계, 문 화, 조선이다. 모두 한글과 우리 말에 관한 기사가 조금씩 은 나와 있는데, 한겨레만 아무것도 안 났다. 내가 갖다준 글도 안 실렸다. 이 신문이 정말 문제가 많다는 것을 점점 더 크게 느낀다.

〈세계일보〉는 일전에 기자가 찾아와서 취재해 간 것을 크게 실어 놨는데, 그것은 아직 못 읽었다. 〈한국일보〉에서 는 한글문화원 기사를 썼는데 공병우 선생 이야기를 하면 서 나를 "유명한 이오덕…"이라 써 놓았다.

편지 온 것도 다 못 읽었다. 내일 읽기로 한다.

1993년 10월 18일 월요일 맑은 뒤 흐림

오늘 아침에 문익환 목사님이 전화를 걸어 오셨다. 앞으로 통일을 위한 교육을 해야 하는데, 전교조 쪽하고 의논하신 다는 것이다. 그러면서 그 가운데서도 말을 통일하는 일이 아주 급하고 중요하니 이 일을 좀 해 줘야겠다고 하셨다. 그렇게 하겠다고 대답했더니, 오늘 저녁에 모이는데 나와 달라고 했다. 나는 국민학교 이름 고치는 문제로 모인다고 했더니, 그럼 할 수 없는데 요담에는 꼭 나와 달라고 하셨다.

그러고 보니 이제 우리 교육은 무엇보다도 통일을 위한 교육이 되어야 하고, 또 통일을 위한 말을 연구하는 것이 아주 중하구나 하고 느꼈다. 통일을 위한 말, 이것을 어떻게 연구하고, 어떻게 널리 퍼뜨릴 것인가. 참으로 큰 일거리가 내 앞에 있다는 사실을 새삼 느꼈다.

1993년 11월 14일 일요일 흐림

회보〈우리 말 우리 글〉를 오늘은 다 만들어 놔야 하는데, 저녁 때는 혁래 부인이 왔고, 8시가 넘어서 며느리와 상준이 그리고 누님이 무너미에서 왔다가 9시가 지나서 또 곧 떠났다. 모두 오늘 내 생일이라고 온 것이다. 혁래 부인은 케이크를 가져왔다. 그래 저녁은 그걸 혼자 실컷 먹었다. 무너미서는 아침에 전화하기로 오후에 온다는 것을 교통이 복잡한 날이니 오지 말라고 했다. 그래 안 오는 줄 알았는데 그렇게 늦게 온 것은 역시 길이 막혔기 때문이다. 호박범벅, 과일, 채소 같은 것을 많이 갖다 놓고 갔다. 갈 때 누님한테는 용돈 쓰시라고 10만 원을 드렸다.

무너미서 와 있을 때 한지흔 씨가 한약 달인 것과 양말 같은 것을 가져와서, 잠시 얘기하다가 갔다.

이래서 지금이 밤 12시 반이 되었는데, 아직 회보를 다 끝내지 못했다. 내일은 또 바쁘게 되었다.

대구서 연우가 내 생일이라고 인사 전화를 했고, 현우도 오늘은 오랜만에 일찍(8시 반쯤) 와서 호박범벅을 먹었다.

방 정리도 못 하고 아주 엉망이 되어 있다.

참, 간밤에 이원수 선생 꿈을 꾸었다. 내가 사무실을 차려 놓았다고 했더니 반가워하시면서 "그럼 가 봐야지" 하셨다. 나는 속으로 선생님 오시면 한쪽에 책상과 의자를 놓아두고 늘 거기서 계시도록 해야, 그래서 여러 가지 의논을 해서 일을 같이하면 되겠구나 하고 생각했다. 그러다가 깨니 꿈이었다. 이원수 선생은 돌아가신 지가 13년째나 되는 현실로 돌아온 것이다. 그 꿈이 얼마나 생생했던지, 깨고 나니 영 서운해서 견딜 수 없었다. 이렇게 이원수 선생을 꿈에서 만나기는 좀처럼 없었는데 웬일일까? 오늘 내 생일에 혁래 부인이 찾아오고, 누님과 며느리, 손자들이 찾아오려고 그런 꿈을 꾸었는가? 박금자 여사도 퇴비로 가꾸어 딴 사과를 한 상자 갖다 놓았다면서 가지고 오겠다는 걸, 그럼 저녁때 아이들이 차 가지고 오니 가지러 가겠다고 했는데, 너무 늦어 못 갔다. 모두 내게 고맙게 해 주는 사람들이라, 이런 좋은 날이어서 이원수 선생님이 내 잠자는 방에 오셨는가, 하는 생각도 든다. 아무튼 이원수 선생님 위해 내가 할 일을 해야겠다는 생각을 또 한번 하게 되었다.

1994년 1월 12일 수요일 흐림

오늘은 10시 반부터 12시까지 서울 민사지방법원에서 판사들 약 50명을 모아 놓고 우리 말을 살리는 글쓰기 이야기를 했다. 먼저 내가 가지고 있는 말에 대한 생각을 이야기한 다음 미리 받아 두었던 판결문 두 편을 읽어 나가면서 말다듬기를 했는데, 판사들이 어찌나 꼼꼼스럽게 따지고 묻는지 여덟 장에서 겨우 한 장쯤 나갔을 때 그만 시간이 다 가서 그만두었다. 이 서울 민사지방법원에서는 원장님이 우리 말, 글에 대해 남다른 관심을 가지고 있는 듯했다. 그래서 판사들 가운데 일곱 사람이 한글위원회를 만들어 우리 말로 판결문을 다듬어 쓰는 일을 연구하고 있다고 했다. 판사들은 모두 백 명이 넘는 모양인데, 그중 40명이 모였으니 근무시간에 일도 있고 한데 참 많이 모였다는 생각이 들었다.

판사들이 이렇듯 우리 말 우리 글에 관심을 가지게 된 것도 내가 쓴 책을 읽고 깨달아서 그런 생각을 했다니 참 내가 하는 일이 보람이 있는 것이구나 싶어 힘이 났다. 그런데 재판장에서 쓰는 말의 문제를 판사들도 마음대로 못한다는 사실을 알게 되었다. 그것은 법령의 조문이 모두 일제시대 때 쓰던 말을 그대로 써 놓아서, 그것을 법정에서 안 쓸 수가 없다는 것이다. 그러니 우리 말이 오염된 가장 중요한 근원이 법령에 있다는 것을 알 수 있다. 이 법조문을 고치려면 국회에서 의원들이 그 일을 해야 하는데, 제 이름패조차 한문 글자로 죄다 써서 고치려고 하지 않는 의원들이 법을 어떻게 고치겠는가?

그래도 오늘 점심을 같이 먹으면서 나를 초청하는 일을 맡았던 이홍철 판사는 "우리가 할 수 있는 데까지 이 구석 저 구석 조금씩 바로잡아 나가다 보면 결국 가장 큰 뿌리도 뽑을 수 있고, 실상 그렇게 할 수밖에 없다"면서 법조문에 관계되는 말은 어쩔 수 없더라도 판결문에서 그 사건 내용을 쓸 때는 누구나 알 수 있는 말로 쓰는 것이 좋고 그렇게 할 수 있다고 했고, 또 박동섭 부장판사도 그렇게 말해서 반가웠다.

음식점에 가서 한글위원회 여섯 분과 같이 점심을 먹으면서도 많은 얘기를 나누었는데, 거의 모두 아주 젊은 분들이 참 좋은 생각으로 일하는 것 같아 믿음직스러웠다.

마치고 집에 오니 2시 반이었다. 좀 쉬었다가 신문 보고 우편물 받아 보고 하다 보니 저녁이 되었는데, 밤에는 서정오 동화집 머리말을 대강 써 보았다.

어제 저녁 먹으면서 문익환 목사님이 얘기하신 것 중

적어 둘 것을 잊은 것이 있다. 파스로 경락에 붙여서 병 고치는 얘기를 할 때, 내가 귀울림이 어째서 나는가, 물었다.

"저는 귀울림이 벌써 20년쯤 되는데, 왜 납니까?"

혹시 고칠 수 있는가 싶어서였다. 그랬더니 문 목사님은 "저는 50년도 더 넘었습니다"했다. 그러면서 옛날 미국 갔을 때 공부를 하면서 하도 귀울림이 심해서 그것을 잊기 위해 라디오 음악 소리를 틀어 놨다고 했다.

"그걸 그저 들으면서 같이 살아가는 게지요"했다. 결국 경락 치료도 귀울림은 안 되는구나 싶었다. 그런데 50년이나 됐다니! 나는 아무것도 아니구나 싶었다.

그래도 뭔가 치료 방법이 있을 텐데, 하는 생각은 버릴 수 없다.

오늘도 날이 아주 푸근했다. 그런데 하늘에 구름이 덮였는지, 안개가 덮였는지, 낮에도 밝지 않은 이상한 날이었다. 신문에 난 날씨 예보는 맑음이라고 나왔는데 그랬다.

1994년 1월 19일 수요일 맑음

아침에 산에 갔다 와서 신문을 보니 문익환 목사님이 돌아가셨다는 기사가 나서 크게 놀랐다. 이게 웬일인가? 며칠 전에도 만났고, 또 며칠 뒤에도 가서 만나고, 다음 주에는 좌담을 한다고 의논해 놓았는데 그리고 그처럼 건강하신 분이 돌아가시다니! 젊은이들이 죽어 가도 문 목사님만은 오래오래, 나보다 훨씬 더 오래 사실 줄 알았는데!

그리고 문 목사가 아니면 그 아무도 할 수 없는 일이 있는데, 누가 무어라 해도 문 목사만은 내가 믿을 수 있다고 생각하는 분인데, 어째 이렇게 하늘은 무정한가? 한참 정신없이 앉아 아무것도 할 수 없었다.

어제 점심을 그 사무실 가까이 있는 음식점에 와 잡수시고 체한 것 같아 집으로 가셨다가 병원에 갔더니 사람이 많아 도로 집으로 돌아와 쉬고 있는데 구토가 나고 호흡이 곤란해서 그만 병원으로 가는 도중에 운명하셨다고 신문에 적혀 있다. 병원서는 심장경색증?이라나. 내가 보기로는 음식을 잘못 잡수신 것 아닌가 싶다. 며칠 전에 만나 저녁을 같이 먹을 때, 그처럼 건강한 모습으로 온갖 병을 파스 붙이는 간단한 경락 치료로 고쳐 주신 이야기를 하신 분이 어째서 갑자기 심장병이란 말인가?

현우를 학교에 보내 놓고 급히 우체국에 가서 박경선 씨가 보낸 속달 등기우편물(책 그림)을 받아 와서, 점심을 좀 일찍이 먹고 지하철 쌍문역으로 갔다. 역에 내려서 한일병원을 물어서 찾아갔더니, 마침 병원 영안실 밖에서 목사님 아드님(호근 씨는 아닌데, 얼굴을 보니 아드님이란 것을 곧 알 수 있었다)이 목사님 사진을 가슴에 안고 서 있다. 나를 보더니 "빈소를 한신대로 옮겼습니다. 이 차를 타고 갑시다"했다. 그래 그 승용차를 타고 가는데, 내가 아무 말 없이 앉았으니 그 아드님이 "선생님은 아버님하고 앞으로 좋은 일을 같이하시려고 했다지요?" 한다. 다 알고 있는 모양이었다.

　내가 "목사님 평소에 병원에 자주 가셨습니까?" 하니까 "병원에는 가신 일이 없습니다"고 했다. 내 짐작대로였다. 그래서 "신문에는 심장경색증인가 썼지만, 어제 낮에 음식 잘못 잡수신 것 아닙니까?" 했더니 "얼마 전부터 하시려고 한 일이 뜻대로 잘 안 되어 마음이 많이 피곤하셨습니다" 하면서 돌아가신 까닭이 정신 문제에 있는 것처럼 말했다. 나는 "문 목사님이 이북으로 보낸 편지를 신문에서 봤습니다. 저도 그 내용에 아주 공감했지요. 그래서 며칠 전에 목사님께, 목사님 주장에 반대하거나 비판하는 사람들이 있습니까? 제가 보기로는 너무나 당연한 일인데요, 했더니, 생각이 굳어진 사람들이 많다는 대답을 하셨어요. 그러나 목사님 자신의 생각은 아주 확고한 것 같았어요" 하니까 "무엇이든지 좋은 생각이라고 다 찬성하는 것이 아니고 어떤 정서에 젖어 있는 사람들이 많습니다"고 했다. 통일 운동을 하는 사람들의 분위기를 대강 알 것 같았다. 그때 문 목사님 말씀에서 기억나는 말이 있다. "통일 운동의 통일이란 있을 수 없어요" 하시던 말이다. 참 지당한 말씀이라고 생각되었다.

　한신대학에 가니 이제 막 빈소를 강의실에다 차리고 있었다. 거기 들어가서 영전에 묵상을 잠시 하는데, 하필 내 앞에 ○○ 씨가 나가서 내가 그 뒤에 따라가니, 또 영전에서 두 사람이 나란히 서게 되었다. 그래도 서로 마주 볼 기회도 없어 인사도 안 하고 말았다.

빈소에서 나오니 옆 교실 대기하는 방은 아직 앉는 자리도 마련하지 않아 많은 사람들이 서 있었다. 아는 사람도 별로 없고 해서 그만 나와 버렸다. 오늘 할 일이 있기 때문이다.

그길로 돌아와서, 오늘 저녁 모임에서 공부할 자료를 만든 다음 다시 을지로 인쇄소에 가서 회보〈우리 말 우리 글〉 인쇄한 것을 오일우 씨와 같이 들고 왔다. 과천 와서 오 씨와 저녁을 같이 먹고, 7시부터 한참 회보를 접다가 준비한 자료를 가지고 공부를 하고 나니 10시가 되었다. 오늘은 여덟 사람이 모였고, 한지흔 씨가 차를 가지고 와서 나눠 마셨다. 진주서 신정숙 씨가 왔다.

오늘은 종일 마음이 우울했다. 문 목사란 한 시대의 큰사람을 잃었다. 김구 선생만큼 큰일을 한 큰사람을 잃었다. 앞으로 통일 운동이 어떻게 될지 걱정이다. 더구나 내가 하려는 우리 말 살리기 운동은, 가장 큰 기둥을 잃은 셈이니 어찌할까? 문 목사도 글에 어느 정도는 빠져 있는 분이라 할 수 있지만, 지금 민주 운동을 하는 진영에서 지도자라 할 수 있는 사람으로 그 어느 자리든지 문 목사만큼 우리 말 살리는 일을 이해하고 관심을 가진 사람은 없었다. 이런 분을 잃었으니 내가 아주 맥이 다 빠진 것이다.

1994년 3월 15일 화요일 맑음

오전에 〈영남일보〉 연재 원고와 박경선 씨 장편 원고 다듬은 것을 우송했다. 오후에는 사무실에 갔다가 5시쯤에 신정숙 양이 왔기에 얘기를 들으니 며칠 동안 감기에 걸려서 좀 고생했다고 하면서 기침을 자꾸 하고 있었다. 그래 잠시 얘기하다가 아파트에 데리고 와서 차를 끓여 주고, 식은 밥이지만 김치하고 저녁을 같이 먹고, 갈 때는 꿀을 한 병 주어서 달여 먹으라고 해서 보냈다. 밤에는 〈한화〉 연재 원고를 쓰는데, 자꾸 졸음이 와서 다 못 썼다.

오늘 오전에 박경선 씨 장편 동화 우송한 것, 그걸 어제 밤늦게까지 읽고 아주 큰 감동을 받았다. 그것은 윤경렬 선생이 3년 동안 일본 인형 만드는 걸 배운 해독에서 벗어나려고 30년 동안 애썼다는 것인데 그 얘기가 어쩌면 내 삶과 그렇게도 같은가 하는 느낌이 들어서다.

나는 일본 말 공부를 보통학교 6년, 졸업 후 2년, 농업학교 2년, 또 취직해서 2년, 이렇게 모두 12년 동안 한 셈인데, 생각해 보니 해방하고서 1986년 퇴직하기까지 꼭 42년 동안을 고민하고 절망하고 몸부림치면서 살아온 것이 따지자면 그 일본 말 귀신에서 벗어나지 못해서 그랬다는 것을 비로소 깨달을 수 있다.

나는 윤경렬 선생이 살아오신 역사를 박경선 씨 동화로 읽으면서 내가 살아온 한평생의 뜻을 더욱 확실하게 붙잡게 되었다. 내가 42년 동안 몸부림치다가 죽지 않았던 것만 해도 얼마나 다행스러운 일인가! 나는 드디어 이긴 것이다! 나는 어젯밤 잘 때 내 삶의 뜻을 다시 발견했다는 기쁨으로 가슴이 꽉 찼다. 그래 올봄에는 어떻게 해서라도 윤경렬 선생을 한번 찾아가야겠다는 생각이 들었던 것이다.

저녁에 박경선 씨를 전화로 걸어서, 원고 고친 것을 보냈으니 잘 읽어 보고 참고해서 다시 고쳐 써 보라고 했다. 그리고 이건 아주 좋은 작품이니 부디 많은 사람들이 읽을 수 있도록 글을 잘 다듬으라고 부탁했다.

1994년 3월 22일 화요일 비

회보〈우리 말 우리 글〉를 추가해서 몇 군데 부치고, 또 편지를 몇 군데 더 쓰고 하다 보니 하루가 갔다.

밤에는 청탁 원고를 쓰기 위해 구상을 했지만 쓰지는 못했다.

10시가 좀 지났던가, 권정생 씨한테 전화를 걸었다.

"아침 자셨어요?"

"예."

"여긴 비가 옵니다. 날씨가 좀 쌀쌀하고요."

"그러네요. 여긴 구름이 꽉 끼었어요."

"지난번 부친 작품, 대강 보셨는지요?"

"예, 다 보고 그저께 부쳤으니 내일이나 모레쯤 갈 겁니다."

"뽑아 보일 만한 게 있던가요?"

"ㅅ 씨 동화는 내용이 좋고 문장도 좋아서 아이들에게
읽힐 만해요. 그리고 ㄱ 씨 동시도 그런대로 하고 싶은 말
이 있어서 괜찮아요. 그런데 나머지는 모두 안 되겠어요.
ㄹ 씨 동화는 왜 그렇게 성의 없이 썼는지 한심스럽고, ㄱ
씨 동화는 정성은 들였는데 자연을 그렇게 모르고 어떻게
동화를 쓰려고 하는지, 개구리가 개울에서 튀어나오다니
어디 그럴 수 있어요? 그리고 또 한 분 동시 여러 편 쓴 것
은, 그게 아무것도 내용이 없는 걸 동시라고 그런 모양으로
썼으니…."

"제가 본 것과 꼭 같네요."

"그런데 전에 말한 것같이 무슨 신인상이라 해서 발표
하는 것은 말았으면 좋겠어요. 그냥 발표하면 되는 것이지
요. 다른 데서 그런다고 그걸 또 흉내 내면 어떻게 해요."

"저도 그렇게 생각합니다. 그렇게 하도록 의논해 보지
요."

"하이고, 참 이젠 동화도 쓸 수가 없어요. 여기 농촌엔
아이들도 얼마 없지만, 그 아이들이 얼마나 기가 막히게 되
어 가는지…."

"아이들이 모두 도시 아이들같이 영악하게 되었지요."

"영악한 정도가 아니고 아주 살벌해요. 살벌하다고요.
그러니 무슨 동화를 쓰겠습니까. 아무것도 이야깃거리가
없어요."

권 선생은 혼자 계속해서 이야기를 했다.

"여기서 한 키로쯤 떨어진 데 고속도로가 지나가요. 글쎄 거기 굴을 판다고 산을 다 망가뜨려 놨어요. 또 길 닦는다고 높은 데는 깎아 없애고 낮은 데는 돋워 올리고 그게 무슨 꼴입니까?"

"냇물도 다 썩었어요. 옛날에는 버들뭉치, 피리, 부구리… 얼마나 많았습니까. 지금은 그런 고기 한 마리도 없어요."

"그리고 요즘 시골에는 사냥꾼들이 자주 옵니다. 총 가지고 다니는 것 보니 아이고 제발 그것들 없었으면 좋겠어요. 그것들 못 하게 해야 되겠어요. 얼마나 보기 싫은지 모르겠어요."

"아이들이고 어른들이고 잘못되어 가는 것 바로 볼 수 있게 하는 이야기를 써 주어야겠어요."

"그런데 아이들이 내 동화를 읽고 왜 그런 슬픈 얘기만 씁니까, 해요. 아이들은 옛날부터 잘 먹고 잘살았다는 얘기라야 좋아하는 모양인데…."

"이제 말이 꽉 막혀 버렸으니 언제까지나 그런 얘기만 써 줄 수 없어요…."

"그렇지요. 그런데 아이들은 히히 웃기는 것만 좋다고 읽지…."

한참 듣다가 나는 말머리를 돌렸다.

"벌써 3월도 얼마 남지 않았네요."

"이젠 아주 봄이지요. 어제는 요 뒷산에 올라갔더니 그래도 할미꽃이 피었어요. 민들레도 피고요."

"벌써 민들레꽃이 피었어요?"

"그래요. 피었어요. 그래도 산에는 그런 꽃들이 펴서…."

"할미꽃, 민들레꽃을 보러 가고 싶네요. 제가 어렸을 때는 한 해 중에 이른 봄이 제일 기다려졌어요. 그 추운 겨울에 내복도 제대로 못 입고…."

"내복이 아주 없었지요."

"그래요. 내복도 아주 없이 떨면서 지냈지요. 그런 겨울 동안 기다린 것이 봄이지요. 그래 이른 봄에 뒷산 기슭에 올라가 마른 잔디 속에서 할미꽃을 발견하는 순간이란 말도 할 수 없을 만큼 기뻤지요. 그리고 잔대 뿌리도 캐 먹지요. 양지쪽에서 먼저 피어난 참꽃은 찾아내면 얼마나 가슴이 뛰었습니까? 그 참꽃들이 온 산에 피면 꽃잎을 따 먹을수도 있고, 벼랑에 살구꽃이 피어나 아침 해에 비쳤을 때는 눈물이 날 만큼 기뻤지요. 그런 봄이 왔는데 요즘 아이들은 그걸 모르고 살지요. 언제 봄이 왔는지, 무슨 꽃이 어떻게 피었는지 관심도 없고 기쁨도 모르고, 이러니 아이들이 어떻게 사람다운 마음을 가지겠어요."

"선생님, 이러다가 어찌 되지요? 어떻게 해야 하지요? 선생님이 하시는 우리 말 운동도 글을 쓰고 문학을 하는 사람부터 앞장서 고쳐야 하는데 조금도 그런 기색이 안 보이니…."

"가장 반성이 없는 것이 문인들입니다."

"어떻게 하지요? 교육도 그렇고 문학도 그렇고 정치도

그렇고…."

"하는 데까지 해야지요. 경종을 울리고 비판을 하고 그
래도 안 될 겁니다. 사람들이 모두 돌았어요. 미쳤어요. 이
대로 가는 데까지 가다가 혹시 어떤 큰 이변이라도 터져서
가는 방향이 바뀔는지도 모르지요. 그렇지 않으면 끝까지
가서 망하는 것이지요."

"망해야 되지요."

"망해도 빨리 망해야 잿더미 속에 다시 새 목숨이 생겨
납니다. 그때까지 그저 해야 할 말을 하는 수밖에 없어요."

"이러다가 전화 요금이 너무 오르겠는데요."

"걱정한다고 되는 것이 아니니까 우리 목숨이나 잘 지
켜 나갑시다."

"예, 몸조심하시고요…."

"부디 무리하지 마세요."

1994년 5월 8일 일요일 맑음*

여관에서는 김정섭 선생하고 둘이서 한방에 잤는데, 김 선
생은 어젯밤에 누워서도 한 시간쯤 자기가 하고 있는 일의
어려움을 이야기했다. 그런데 오늘 아침에는 내가 이런 얘
기를 했다.

---

* 1994년 5월 7일에 진주 '우리 말 우리 글 살리는 모임' 결성 대회에 참석
했다.

"김 선생님, 저는 김 선생님이 쓰시는 글이 참 깨끗하고, 그런 글을 많은 사람들에게 보여 주고 싶어요. 그런데 우리 회원 가운데는 김 선생님 글을 아주 싫어하는 사람이 있는데, 글 가운데 어쩌다가 나오는 죽은말 같은 걸 보고 그러는 모양입니다. 가령 부부를 '가시버시'라고 하는 경우인데, 그런 말을 모두 싫어하고, 그런 말을 쓰는 김 선생을 별난 사람으로 봅니다. 그런 말은 사실 다시 살려 쓸 수도 없지요. 이런 말도 있구나, 옛날에는 이런 말을 썼구나, 하는 것을 알게 하는 좋은 점도 있겠지만, 그런 좋은 점보다 잃는 점이 더 많다고 봅니다. 그래서 다시 살려 쓸 수도 없는 말을 쓰게 되면 운동에 지장이 된다고 생각해요…."

이랬더니 김 선생은 내 말을 그렇다고 수긍하면서도 "사실 우리 말을 살려 쓰는데 어디서 어디까지를 살려 쓰고, 어디까지를 한자 말 그대로 쓰는가, 하는 잣대가 없는 것이 문제입니다…" 하고 또 언젠가 들은 잣대 문제를 꺼냈다. 내가 여러 번 말했고, 벌써 내 책에도 그 기준이 저절로 밝혀져 있는데도 김 선생은 그것을 모르는지 수긍하지 않는지 알 수 없었다. 학교 공부를 하지 않고 책과 글 속에 빠져 있지 않는 사람들이 쓰는 말, 쉽게 알아들을 수 있는 말, 이것이 기준이란 것은 내 책을 읽은 사람 누구나 다 알아차릴 수 있는데, 그걸 왜 모르고 또 이런 말을 하는지 알 수 없다. 그러니까 가시버시니 모람이니 말글살이니 하는 말을 쓰고 싶어 하는 것이다. 김 선생이 잇달아 그런 말을 하면서 자기 생각을 주장하기에 이번에는 다른 이야기를 해 보았다.

"김 선생님, 중고등학생이나 국민학교 학생들에게 글쓰기나 작문을 가르칠 때 흔히 선생들이 유명한 문학가의 작품 이야기를 해 주고 그 작품의 한 구절을 들려주고는 자, 이 얼마나 아름다운 글입니까, 여러분도 이런 글을 한번 써 보십시오, 하고 말하는데, 이것은 가장 졸렬한 수업 방법이고, 학생들에게 글을 못 쓰게 하는 가장 정확한 방법입니다. 그런 선생님 말을 들으면 아이들 기가 질려 아무도 쓸 사람이 없습니다. 아이들에게 글을 쓰게 하려면 그 아이들과 비슷한 생활을 하고 있는 같은 또래 아이들이 쓴 정직한 글을 읽어 주거나 읽도록 하는 것이 가장 좋습니다. 그러면 '나도 그런 일이, 그와 비슷한 일이 있었는데, 그런 글쯤이야 나도 쓰겠다' 하고는 쉽게 글을 쓰게 됩니다. 우리 말 살려 쓰는 운동도 이와 같이 해야 합니다."

이렇게 말했더니 그제야 김 선생은 "그것 참 옳은 말씀입니다" 하고 공감하는 듯한 대답을 해서 비로소 마음을 놓았다.

8시 반쯤 박종석 씨, 남성진 씨 들이 와서, 모두 같이 근처에 있는 촉석루에 올라가 보았다. 그런데 남강 물이 아주 시궁창 물 같아서 놀랐다. 내가 "논개가 저런 물을 봤다면 저런 더러운 강물에 몸을 던져 죽을 마음이 나지 않았을 겁니다"고 했더니 모두 웃었다.

9시 35분에 진주서 출발하는 통일호를 신 양하고 같이 탔는데, 박종석, 남성진, 또 그 밖에 몇 분이 전송을 해 주었다. 오늘도 날씨가 좋아, 간밤에 잠을 제대로 못 자 몸이 좀 고달팠지만 눈부신 바깥 풍경을 바라보면서 오는 길이 즐거웠다. 서울역에 오후 4시 반 도착, 과천 오니 5시 반이었다.

1994년 9월 3일 토요일 맑음

아침 7시 남부터미널에서 박금자 씨와 같이 홍성 가는 버스를 타니 9시 반쯤에 홍성읍에 내리게 되었다. 곽 선생이 기다리고 있어서 봉고 차로 풀무학교풀무농업고등기술학교에 가니 홍 교장 선생이 문간에 나와 마중해 주었다. 잠시 연구실에서 앉았다가 곧 학생들이 기다리는 강당으로 가니 전교생이 모여 있었다. 약 한 시간 동안 이야기한 내용은 첫째, 저보다 어린 사람한테 배우자. 둘째, 쉽고 바른 우리 말을 쓰자, 이런 것이었는데, 한두 아이가 처음부터 자고 있었을 뿐 모두 잘 들었다.

풀무학교는 온 지가 다섯 해쯤 되었던 것 같다. 그래 처음 왔을 때 느낌을 거의 잊어버렸는데, 이번에 와 보니 새삼 학교가 마음에 들었다. 연구실(교장실)에 앉아 창밖을 바라보니 들판에 익은 벼들이 보이고, 그 멀리 나지막한 산들이 보이는데, 바로 창밖, 학교 교사 둘레에서는 쓰르라미 소리가 쉴 새 없이 들렸다. 그리고 강당에 들어가 봐도 둘레가 나무로 우거져 있었다. 들리는 소리라고는 매미 소리뿐이었다.

강의를 마치고 나와 교내를 한 바퀴 둘러보았다. 새로 지은 기숙사가 잘되어 있었고 식당도 잘되어 있었다. 난초, 국화를 기르는 비닐 집에도 들어가 보았는데, 그런 일들을 모두 학생들이 한다고 했다. 또 고개 넘어 운동장에 가 보았더니 넓은 운동장에 풀이 우거져 있었다. 그 운동장 곁에 집이라도 지어 살고 싶었다.

홍 교장 선생을 따라 식당에 가서 점심을 먹었는데, 밥맛, 반찬 맛이 아주 좋았다.

오후에는 홍 교장 선생하고 홍동 면내의 여러 곳을 찾아가 보았는데, 풀무소비조합, 신용협동조합, 우리 밀 가루 만드는 공장, 오리 농법으로 농사짓는 곳, 버린 식용유로 가루비누 만드는 공장, 퇴비 만드는 공장 짓는 곳, 대강 이렇다. 이런 일들을 모두 풀무학교 출신들이 하고 있다니 참 놀라웠다. 이 밖에도 홍성읍에 가면 또 풀무 출신들이 좋은 일을 많이 하고 있다고 들었다. 홍 교장이 풀무에서 한 일은 우리 교육사에서 가장 큰 업적으로 남아야 할 것이란 생각이 들었다.

풀무학교에서는 현재 수용하고 있는 학생에게 필요한 기본 시설은 대강 다 갖추었는데, 한 가지, 논이 모자라 식량 자급이 안 된다고 한다. 그래서 논 3천 평(한 평 만 원, 그러니 3천만 원)만 장만하면 오리를 길러 좋은 농사법도 가르치고 싶다고 했다. 3천만 원은 그다지 큰돈도 아닌데, 하는 생각이 들었다.

4시쯤 되어 곽, 박 선생 부부가 사는 곳으로 왔다. 오자마자 염소 우리를 둘러보았다. 염소가 모두 250마리쯤 되는 모양인데, 모두 먹을 것을 실컷 먹고 배도 불렀고, 새까만 털이 윤기가 났다. 새끼들이 뛰어노는 것이 너무 귀여웠고, 그중에는 어제오늘 낳은 것도 있어, 그런 것들은 잘 서지도 못하고 앉았다가 일어서 두어 발 걸어가곤 했다.

산에는 풀이 키로 자라 무성했는데, 곧 염소들을 산으로 올려 보내서 풀을 먹게 한다고 했다.

염소 우리 뒤쪽에 개집이 있는데, 한 집에는 어미 개가 며칠 전에 낳은 새끼 아홉 마리(11마리였는데, 두 마리는 죽었다고 한다)를 데리고 있었고, 다른 한 집에는 젖을 뗀, 좀 큰 강아지들이 열 마리 놀고 있었다.

내가 가까이 가니 모두 철망 쪽으로 발과 주둥이를 내밀었다. 그래서 손가락을 넣어 주니 서로 빨려고 다투었다. 그래서 두 손바닥을 다 펴서 넣어 주었더니 거의 모든 강아지들이 달려들어 빨고 핥고 발을 내밀고 했다. 그중에서도 주둥이가 좀 길고 얼룩덜룩한 두 놈이 가장 극성스러웠다. 그런데 주둥이가 좀 짧고 좀 노란빛을 띤 두 마리는 가까이 오지도 않고 뒷전에서 혼자 장난하고 있었다. 이것이 모두 한배에서 난 것들일까? 물어보지 못했다.

저녁밥을 풀무학교 학생들도 일고여덟 명 오고 해서 염

소 고기를 굽고 아주 큰 잔칫상같이 해서 먹었다. 홍 교장 선생은 저녁 식사를 마치고 가셨다.

밤에도 11시까지 주로 밖에 앉아 풀벌레 소리를 들으면서 이야기하다가 잤다. 곽 선생이 한 염소 이야기가 가장 재미있었다. 한 우리 안에 있는 염소들 가운데서 힘이 가장 센 두 놈이 싸우는 이야기, 조금만 당하면 마구 고함쳐 우는 엄살쟁이 염소 얘기, 설사하고 감기 걸리고 하품하고 방구 뀌는 것이 사람과 똑같다는 얘기… 그리고 그 많은 염소들이 죄다 다른 개성을 갖고 있다는 얘기도 재미있고 많은 것을 생각하게 했다.

1994년 9월 15일 목요일 맑음

오후 3시부터 덕수궁에 있는 국립국어연구원에서 국어심의회(국어순화분과)가 있어서 갔더니, 심의위원들이 모두 모였는데 15, 16명쯤 되었다. 임업 용어 순화안과 봉제 용어 순화안, 두 가지를 가지고 문제가 있는 말만 가지고 논의를 하는데 5시 반까지 해도 다 못 해서 봉제 용어 순화안에서 다 못 한 것은 다음 26일에 다시 모여 의논하기로 하고 헤어졌다.

오늘 논의를 할 때 맨 처음 골막이 – 골매기, 바닥막이 – 바닥맥이, 기슭막이 – 기슭매기, 흙막이 – 흙매기… 이런 말에서 "막이"를 써야 되는가, "매기"를 써야 옳은가에 대해 한참 논란이 있었다.

먼저 산림청 실무자가 설명을 하는데, 현장에서 모두 매기를 쓰고 있고, 여러 문헌에서 매기로 되어 있으니 매기로 쓰는 것이 좋겠다는 의견을 냈다. 여기에 대해 한두 사람이 사전에 막이로 나와 있고 막이로 써야 제 뜻이 나타난다고 했다. 그래서 내가 이런 말은 무엇보다도 현장에서 어떻게 쓰나 하는 것이 중요하니 현장에서 쓰는 대로 매기로 하는 것이 옳다고 본다고 했더니, 다른 사람들이 모두 매기로 해서는 안 되고 막이로 써야 한다고 말했다. 그래 할 수 없이 내가 "그러면 이렇게 하는 수는 없습니까. 막이와 매기를 다 쓰도록 해서 어느 것이든지 많이 쓰는 쪽으로 결정하도록 말입니다."그러나 이 의견도 모두 반대해서 결국 막이로 되어 버렸다.

학자들이 말에 대해 가지고 있는 생각과 태도가 이래서 문제다. 사전에 있으니까 사전대로 써야 한다, 표준말이 그렇게 되어 있으니까 그렇게 써야 한다…. 현장에서 쓰는 말, 실제로 백성들이 쓰고 있는 말은 아주 무시하고, 책에 적어 놓은 것을 표준으로, 옳은 말로 보는, 이것은 아주 잘못된 생각이요, 옳지 못한 태도다.

오늘 토의할 때, 두 사람이나(그 가운데는 정재도 씨도 들어 있었다) "저도 말을 할 때는 매기라 합니다만 막이로 쓰는 것이 옳습니다"고 했다. 이건 무슨 말인가? 실제 말은 그렇게 하더라도 글은 그렇게 안 써야 한다는 말인가? 말과 글은 이런 일상의 말에 나오는 낱말에서부터 달라야 한다는 말인가? 참 알 수 없는 사람들 태도다.

"~매기"라고 하는 것은 어제오늘 그렇게 하는 말이 아니다. 이것은 백 년 전부터 하여 온 말이다. 아니, 그보다 훨씬 더 옛날부터 쓴 말이다. 그걸 왜 그대로 써서는 안 되는가? 실제로 쓰는 백성들의 말을 한사코 안 쓰겠다고 해서 쓰지도 않는 표준말로 우리 말을 묶어 놓고 싶어 하는 학자들, 이런 학자들이 얼마나 자연스런 우리 말의 발전을 가로막고 있는가. 참으로 한심하다.

마치고 나올 때 우연히 나카무라 오사무 씨를 만났다. 며칠 전에 왔는데, 19일에 돌아가게 되어 이번에는 조용히 얘기할 시간이 없다고 했다. 학생들을 데리고 여행을 온 모양이었다. 그러면서 일본과 한국의 아동문학 교류 문제를 다룬 글을 쓰고 있는데 "이 선생 하시는 일도 될 수 있는 대로 잘 소개하려고 합니다" 했다. 나는 내가 한 것이 아무것도 없다고 말하고, 이원수 문학의 밤 행사를 다음 달 29일에 하게 되는데, 그런 자료를 우송해 주겠다고 하고 헤어졌다.

집에 오니 7시.

오늘은 국어심의회에 가서 토론한 것이 아무래도 마음에 남아 사라지지 않는다. 우리 말에 대해 나와 같은 견해를 가지고 있는 사람이 한 사람도 없다는 것, 학자들이 책과 글말과 표준말에만 매여 있다는 것이 우리 말과 말을 하는 백성들과 그 백성들이 이뤄 가야 하는 사회와 역사의 벽이란 생각을 떨쳐 버릴 수가 없다.

1994년 11월 27일 일요일 맑음[*]

간밤에 한숨도 잠을 못 자서 일어나니 다리가 무겁고 했지만 이상하게 머리가 아프지는 않았다. 이렇게 건강이 좋아졌나 놀랐고, 이런 일은 생전 처음인 것같이 느껴졌다.

젊은이들은 거의 모두 새벽이 되어서야 좀 누워 잤던 것 같다.

아침이 되어 큰 상에 과일이며 떡이며 여러 가지 음식을 잔뜩 올려놓았다. 지식산업사 김 사장은 나한테 세수를 하고 옷을 새것으로 갈아입으라 했다. 나는 올 때 입은 옷을 벗고 운동복으로 있었던 것이고, 세수도 오늘만은 안 하겠다고 그냥 있었는데, 모두 아침도 안 먹고 나만 보고 기다리는 판이라 할 수 없이 화장실에도 가고, 면도는 안 했지만 이번에 회원들이 사 준 새 옷을 입고 넥타이도 매고 해서 상 앞에 앉았다. 그랬더니 이상석 선생이 사회를 하면서 정우한테 잔을 치게 하고, 정우네 식구들, 회원들(세 차례로 나누어)이 절을 하게 하고, 다음은 윤구병 선생과 황시백 선생 두 분이 차례로 인사말을 하게 했다. 그러고 나서 어제 배운 동요를 같이 부르게 하고, 내가 쓴 '개구리 소

---

[*] 이오덕 칠순을 맞아 11월 26일 충북 충주시 신니면 무너미 마을에 한국글쓰기교육연구회 회원들이 모였다.

리' 동요도 부르게 했다. 나는 옆에 앉아 계셨던 누님께 기도를 해 달라고 해서 누님께서 서서 기도를 해 주셨다. 그러고 나서 내가 인사말을 하고, 사진을 찍고 했다. 이런 짓을 싫어하는 나로서 너무 쑥스럽고 불편했지만 어쩔 수 없었다. 그러고 나니 10시 반이 지났기에 모두 식당에 가서 아침 겸 점심을 먹는데, 나도 같이 먹었다.

이래서 이번 모임은 끝나, 12시 앞뒤로 모두 떠나게 되었는데, 나는 류인성 선생이 운전하는 차를 김경희 사장, 박문희 원장, 신정숙 씨 이렇게 같이 타고 맨 먼저 나왔는데, 일요일이지만 막힐 때가 아니라서 한 시간 반 만에 과천까지 잘 왔다. 류 선생은 아파트 앞까지 와서 가방까지 문 앞에 갖다주고는 나갔다. 참 너무 고맙고 미안했다.

이 밖에 적어 둘 것은 어제저녁에 무너미로 내 이름이 적힌 축전이 왔는데, 보니 보낸 분이 "국민회의 상임대표 김상근, 함세웅"으로 되어 있고, 전문은 "고희를 축하하오며 더더욱 건강하시기를 기원합니다"고 되어 있었다. 누가 이런 소식을 알렸을까? 알고 보니 윤구병 선생이었다. 오늘 회의가 있는데 이런 일이 있어서 못 간다고 했더니 그래서 보낸 모양이라고 했다.

책 50권 가져간 것은 온 사람들에게 모두 나누어 주고 몇 권만 남았다.

울진서 김진문 선생이 부인과 함께 왔는데, 귀한 새우 반찬과 그 밖의 반찬을 마련해 왔고, 대구에서 온 세 분은 굵직한 수삼을 많이 가져왔다. 부산에서 백영현 씨가 삼을 보내왔고, 사무국에 있는 노광훈 씨가 김을 가져왔다. 그 밖에도 여러 분이 음식을 가져온 줄 안다.

내가 한 일이 아무것도 없는데 이렇게 대접을 받고 보니 어찌할 바를 모르겠고, 정말 이 젊은이들이 나를 채찍질하는구나 하는 생각을 하게 되었다. 정신 차려서 남은 삶을 제대로 사람 노릇 하면서 살아가리라 굳게 마음먹었다.

하룻밤 꼬박 잠을 안 잤는데도 끄떡없으니, 더구나 어젯밤에는 음식을 너무 많이 먹었는데도 무사했다. 오늘 차 타고 올 때 멀미도 거의 안 한 것을 생각하니, 이것이 모두 나를 생각해 주는 많은 사람들의 은혜고, 하느님의 은혜로 깨닫는다. 그저 고맙고 기쁜 일이다.

1994년 12월 22일 목요일 맑음

낮에 동시 선평을 팩스로 〈한국일보〉 문화부에 보내고, 오후에는 어린이도서연구회*에서 온 아가씨에게 연재 원고를 주어 보냈다. 도서연구회 아가씨는 선물로 곶감을 가져왔다. 내가 쓴 원고를 읽어 보라 했더니 읽어 보고 나서 "이 동화를 저는 좋은 작품으로 보았는데요. 아무 뜻이 없는 이야기로 보지 않았고, 옥수수 알맹이가 여러 가지 앞날에 일

---

* 서울양서협동조합 어린이 분과에서 시작하여 1980년 5월에 창립했다. 바람직한 독서 문화를 가꾸기 위해 좋은 어린이 책을 알리고, 도서관 문화 운동과 책 읽어 주기 운동을 하고 있다. 회보 〈동화읽는 어른〉을 펴낸다.

어날 것을 기다리는 따뜻한 마음 같은 것이 있다고 보았는데요"했다. "그렇던가요? 내가 잘못 보았다면 다음에 다시 보태어 쓰지요"하고 저녁에 와서 그 작품을 읽어 보았더니, 내가 쓴 것이 잘못되지 않았다. 작품을 빈 마음으로 받아들여야지, 필요 이상으로 해석하고 생각을 만들고 하는 것은 좋지 않다.

오후 남은 시간은 아람유치원에서 보낸 책을 보고 저녁에는 집에 와서, 봉화 전우익 씨한테 전화를 걸어 볼까 싶어 몇 해 전에 적어 둔 번호를 눌렀더니 엉뚱한 데가 나왔다. 그래 정우한테 전화를 걸어 바뀐 전화번호로 걸었지만 받지 않았다.

오늘이 동짓날이다. 이런 밤은 누군가 조용히 전화로 얘기라도 했으면 싶은데, 아무 데도 걸 데가 없다. 단 한 사람도!

참 오랜만에 외롭다는 느낌이 든다. 발등에 떨어진 불을 대강 꺼 놓으니 이런가도 싶다. 이래서 사람은 죽을 때까지 일에 쫓겨야 하는가?

1995년 1월 29일 일요일 맑음

간밤에 눈이 많이 왔고, 아침 기온이 영하 10도였다.

종일 문예상 응모 작품을 보았다.

저녁때 바람 쐬러 사무실에 나갔다가, 백화점에 들러 왔지만 아무것도 사지는 않았다.

오늘 종일 집에서 작품을 읽으면서, 내년에 옮겨서 살게 될 곳과 집을 생각해 보았다. 양지바른 산기슭에 좀 넓은 방 하나와 조그만 방 하나 그리고 부엌과 화장실, 이런 집을 다음 달에는 지어 놓고 싶다. 큰방에는 책을 모두 갖다 놓고, 작은방은 내가 자는 곳이다. 겨울이면 이 작은방에 장작으로 군불을 때 놓고, 온종일 이불 덮어쓰고 책 읽고 글 쓴다. 남쪽으로 난 영창은 나지막하게 해서 방바닥이 아침부터 환하게 볕이 들어오도록 하고 싶다. 여름이면 채소를 가꾸고, 가을이면 산에 올라가 밤을 줍고…. 내가 평생 그리워하던 그 삶을 70 고개를 넘어서야 실현하게 된다고 생각하니 어린애처럼 가슴이 뛴다. 아, 어서 한 해가 갔으면 좋겠다.

1996년 3월 11일 월요일 맑음

오늘은 여러 날 미뤄 두었던 현덕 동화집《너하고 안 놀아》를 논평하는 글을 다시 꺼내어 한 꼭지를 썼다.

아침에 니시 가쓰조의 책을 읽는데 '기억력 감퇴'란 대문에서 자기는 지금 70세가 지났는데도 아직 기억력이 젊었을 때와 다름이 없다면서, 피부를 튼튼하게 할 것과 비타민시를 많이 먹도록 하라고 했다. 그러고 난 다음 책을 읽고서 잘 외울 수 있는 방법을 말했는데, 알렌이란 사람이 출입의 법칙이란 것을 말했다면서 그것을 소개했다. 무엇을 읽거나 듣는 것은 들어오는 것이고, 이렇게 들어온 것을 지출해서 내보내지 않으면 머리가 꽉 차서 그다음에 무엇을 읽거나 듣거나 해도 들어올 자리가 없다는 것이다. 내보내는 방법은 그것을 누구한테 말해 버리는 것이라 했다. 나는 이것을 읽고, 내가 여러 해 전부터 글에도 쓰고 말로도 해 온 생명 성장의 원리란 것과 어쩌면 그렇게 같은가 싶어 반가웠다. 아이들이고 어른이고 무엇을 보고 듣고 하여 어떤 지식이나 생각을 받아들였으면 반드시 그만큼 또 자기 자신을 표현해서 내보내야 하고, 이렇게 받아들이는 것과 내보내는 것의 수지가 될 수 있는 대로 0의 상태가 될 때 사람은 건강하게 자라날 수 있다는 것이다. 사람의 본성으로 좋은 생각을 하면 동서와 고금을 뛰어넘어서 그 생각을 같이하는 사람이 뜻밖에 많겠다는 것을 이로서 깨닫게 되어 여간 기쁘지 않다.

1996년 4월 27일 토요일 맑음

여러 날 원고를 안 쓰다가 새로 쓰려니 얼른 쓰이지 않는다. 쓰이지 않는다기보다 자꾸 뒤로 미루고 만다. 의욕이란 것이 줄어들어서 그런 것 같기도 하다. 이래서는 안 되지, 사람이 이러다가 차츰 일을 놓게 되고, 그래서 정신이고 육체고 시들어 버려서 죽게 되겠지 하는 생각도 든다. 원고 쓰는 준비를 한다고 몇 시간 자료를 모으고 하다가 밤이 되어서야 몇 줄 시작했다. 이렇게 시작해 놓으면 그다음은 자꾸 써 나가게 되는 것이다.

오전에 은행 볼일을 보고, 저녁때는 신문 사고, 복사도 하고 해서 나갔다가 왔다.

내일은 어떻게 해서라도 원고를 다 쓰고 싶다.

1996년 4월 28일 일요일 맑음

종일 원고를 썼다. 쓰기 시작하니 길이 나서 자꾸 쓰게 된다. 지금은 밤 11시가 지났으니 그만 써야지.

무엇이든지 이렇게 열중한다는 것은 나이가 많을수록 중요하구나 싶다. 열중하면 힘이 생긴다. 일을 안 하고 가만있으면 몸이 저절로 사그라진다. 내가 건강을 이어 가는 길은 다만 일을 하는 것뿐이란 생각이 든다.

1996년 5월 9일 목요일 맑음

〈영남일보〉에 연재했던 두 번째 원고, 그것을 엮어서 사이사이 해설을 써 넣고 하는 일을 밤 11시 40분까지 해서 다 마쳤다. 내일 이재복 씨가 가지러 오기로 한 것이다.

오후에 김천에서 박정숙이라면서 전화를 걸어 왔다. 청리학교서 배웠다면서 오늘 15일 동창생들이 청리학교에 모이기로 했단다. KBS에서 연락이 와서 의논했는데, 방송국에는 임순천이와 김순옥이 둘이 나가고, 다른 동창들은 학교에 가서 방송국에서 나온 취재반들을 만나게 된다는 것이다. 내가 방송국에 말했더니 그동안에 이렇게 의논이 된 모양이다. 박정숙이는 그때, 그러니까 1963년이니 33년 전이다. 그때 이후 한 번도 못 만났다. 이런 얘기를 전화로 해서 웃었다. "선생님, 그때 학교 앞 마을 ○○네 집 방에 계셨잖아요. 한번은 골목을 가는데 제가 골덴 바지를 뒤에 바느질해서 떼운 것을 입고 가니까 선생님이 '정숙이 너 궁둥이에 해바라기꽃 폈구나' 하신 것 생각나셔요?", "그런 일이 있었던가?" 정숙이는 키가 좀 작고 눈이 크고 눈썹이 새까만 아이였던 것 같다. 정숙이는 또 "이영희는 수상 살아요. 그날 올라 했어요" 했다. 수상은 청리면에 있는 마을이다. 고향에 그대로 사는 아이가 있었구나. 조그만 아이 이영희….

아무튼 15일이 기다려진다.

1996년 6월 6일 목요일 맑음

오전에 청탁 원고 쓸 자료를 준비해 놓고, 오후에 엽서에다가 주소 옮긴다는 편지글을 써서 보낼 준비를 했다. 종이에 써서 복사만 해 놓고 아직 엽서에 붙이지는 안 했다. 밤에는 주소 옮긴다는 연락을 할 곳을 모두 조사해서 주소를 적어 놓았다.

저녁때 부산에서 이주홍 선생 부인이 전화를 걸어 왔는데, 산하에서 가져간 책도 찾고, 책 나온 것도 받기 위해 내일 서울에 오겠다고 했다. 그래서 내일은 내가 지방에 가게 되니까 다음 주에 오시라고 했다. 전화 받고 아주 화가 났다. 아직도 책을 보내지 않았다니!

6월 7일부터 저의 주소가 아래와 같이 바뀝니다. 그동안 늘 귀한 자료를 보내 주시고 소식을 주셨지만 아무것도 도와 드리지 못해서 죄송했습니다. 저는 건강을 회복해야 할 일도 있고 해서 10년 동안 살던 과천을 떠납니다. 앞으로 얼마 동안 모든 신문 자료와 홍보물 들을 보지 않기로 하였으니 부디 우송하시는 수고를 덜어 주시면 서로 다행이겠습니다. 아울러 저의 이름이 회원으로 올려 있는 모든 문인 단체에서는 부끄러운 저의 이름을 빼어 주시기 바랍니다. 저는 여러분께서 바라신 문학 활동을 하지 못했고, 앞으로도 할 수 없는 만큼 문인 단체의 회원으로는 어울리지 않을 뿐더러, 무엇보다도 거의 모든 단체에서 저의 뜻과는 상관없이 이름을 올려놓았기에 이 기회에 모든 문인 단체에서 벗어나기로 했으니 아무쪼록 양해해 주시기 바랍니다. 앞으로 남은 삶을 바쳐서 해야 할 일이 저대로 따로 있어서 감히 이런 편지를 드리게 되었으니 부디 용서해 주십시오.

1996년 6월 3일 이오덕 드림

〈옮기는 곳〉

충북 충주시 신니면 광월리 710번지

수월(무너미) 마을 이오덕 우편번호 380-890

1996년 7월 9일 화요일 맑음

내일 강의 준비를 하느라 종일 자료를 모으고 정리하고 했다.

오후 신문을 사러 나갔다가 노점 거리에서 유월 콩 한 근(깍지 채로)을 2천 원 주고 샀다. 살구도 2천 원어치(12개) 샀다.

올 때 그 옆 아파트 옆길로 오는데, 어느 아이가 길가 땅바닥을 신발로 콱 쾅 밟고 있었다. 왜 그러나 싶어 보니 개미집이다. 새까만 개미들이 난리가 나서 마구 이리저리 어쩔 바를 모르고 쩔쩔맨다.

"너 왜 개미를 그렇게 죽이나? 이건 개미들이 사는 집이야. 개미도 집을 짓고, 먹이를 찾아다니면서 열심히 살아가는데, 이봐, 네가 밟아서 저렇게 죽고, 또 살라고 몸부림치고 하지. 개미도 사람과 같이 목숨이 있어. 그러면 안 돼."

그 아이는 가만히 듣고 있었다. 나는 그만하면 알아들었겠지, 하고 왔다. 몇 걸음 걸어오다가 돌아보니 또 그 아이가 발로 개미집을 짓밟고 짓이기고 있었다. 다시 돌아가서 "너 내가 한 말 어떻게 생각하나? 너도 누가 와서 발로 마구 짓밟으면 좋으냐? 팔다리가 떨어져 나가고 피가 나고 해도 괜찮으냐?"

고개를 숙이고 아무 말도 없다.

"너 몇 학년이냐?"

"1학년."

"1학년이면 학교에서 이런 것은 배워야 하는데…. 그러지 마라, 응? 개미도 목숨이 있어서 살아가야 하는 거야."

나는 그 아이 머리를 쓰다듬어 주면서 그러지 말라고 달래어 보냈다.

오면서 며칠 전 안동에 갔을 때 권정생 선생이 하던 말이 자꾸 머리에 떠올랐다. 동화고 문학이고 이제는 다 소용없다. 우리 말 살리는 일도 될 수 없다고 한 말이다. 아, 절망, 절망밖에 없는 세상, 이제는 그저 사는 데까지 살아가는 수밖에 없는 세상이 된 것이다. 개미를 짓밟는 그 아이를 내가 어떻게 바로잡겠는가? 뺨을 한 대 후려갈겨 놓고 아프다고 울고불고하면 "그 봐라, 뺨 한번 얻어맞았다고 우는데, 손가락이 떨어져 나가고 팔다리가 떨어져 나가고 허리가 부러지면 얼마나 아프겠는가? 개미도 사람과 마찬가지로 살아갈 권리가 있는 거야" 하고 말해 주면 될 것인가? 안 될 것이다. 그 아이는 그다음 어디서 개미를 만나면, 전에 뺨을 얻어맞았으니 그 앙갚음으로 개미들을 더 모질게 밟아 죽일는지 모른다. 아마도 그럴 것이다. 오직 자기밖에 모르는 이 사람이라는 괴상한 동물은 다만 멸망을 기다리는 시간밖에 아무것도 남지 않은 것이다. 멸망밖에!

1996년 8월 20일 화요일 맑음, 저녁때 잠시 비

오늘은 〈항공〉지 청탁 원고를 썼다.

먹은 것은 무너미서 가져온 옥수수. 어제저녁에도 쪄서

먹고, 낮에 남은 것을 모두 쪄서 먹고, 남겨 두었다가 오후 보리에서 현병호 씨가 왔기에 내놓았더니 맛있게 먹었다. 그래도 남아 있어서 저녁에는 감자를 쪄서 남은 옥수수하고 먹었다.

현병호 씨는 내가 교정하고 보충으로 쓴 원고를 가지러 왔는데, 모두 한 권으로는 너무 많다고 해서 논술에 관한 글을 따로 다시 한 권 만들기로 하고, 전에 낸 책에는 우리 말에 관한 글을 좀 보태어 먼저 내기로 했다. 그런데 논술에 관한 책을 새로 내려면 다시 또 2백 장쯤 더 써야 한다. 이거 야단났다. 더구나 이 책은 빨리 나와야 하니 걱정이다.

밤에는 청리 학생들의 글 원고를 앨범 같은 데다가 넣어 보존하는 수를 궁리해 보았다. 이번 주말에는 그 동창생들이 무너미 올 텐데, 선물로 옛날에 쓴 원고 문집을 만들어 보여 주어야겠다고 생각했다.

낮(점심때가 다 되어)에 창비사에서 아동문고 담당자라는(박 무어라고 했던가) 아가씨가 전화를 걸어 왔는데, 창비문고를 광고하는 조그만 책자를 낼 계획인데, 문고를 소개하는 글을 원고지 두 장쯤 되는 분량으로 써 달라고 했다. 그래서 내가 못 쓴다고 사절을 했는데, 내가 한 말은 이렇다.

"창비문고라 해서 다 좋은 책만 낼 수 없겠지요. 책을 내다 보면 여러 가지 인간관계도 있고 해서 좀 문제가 있는 작품을 내는 수가 있습니다. 그런 정도는 나도 이해합니다. 그런데 내가 문고 책을 알뜰히 읽은 것은 아니지만 어쩌다가 한두 권 보아도 도무지 내 상식으로 이해가 안 되고, 창비 문고가 내 생각과는 아주 딴판으로 되어 나온다는 생각을 하게 됩니다. 문학에 대한 생각, 책에 대한 생각은 사람마다 다를 수 있고 달라야 하겠지요. 하지만 문학의 기본이 되고 중심이 되는 문제에서는 마땅히 논의가 되어야 합니다.

우선 얼마 전에 나온 중국 연변의 어떤 분이 쓴 우리 옛이야기(그것은 중국 글로 쓴 것을 우리 말로 옮긴 모양이지요)를 서울의 어느 교수가 번역해서 낸 책이 있었는데, 그러니까 우리 옛이야기를 중국 글로 써서 그것을 다시 우리 말로 바꿨지요. 그 책을 보니 문장이 너무 잘못되었어요. 아이들한테 하는 얘기인데 '그녀'란 말이 수없이 나와요. 어째서 이런 책을 내서 말을 오염시키는지 모르겠어요.

그러면서 얼마 전에 내가 추천한 동화, 그 작품은 내가 어느 자리에서 심사해서 뽑은 것인데, 작품이 하도 좋아서 그런 현상 작품에 뽑히거나 뽑은 것을 신이 나서 출판사에 소개한 일이 그때가 처음입니다. 그 추천 동화를 창비 편집부에서 검토하더니 내용이 바람직하지 않고 문장에 문제가 많다고 해서 내지 않았습니다. 나는 그 소식 듣고 참 실망했어요. 나는 우리 나라 소설가고 동화 작가고 시인이고 평론가고 우리 말 제대로 쓰는 사람을 거의 보지 못했습니다. 그런데 그 작품은 참 놀라울 만큼 글을 깨끗하게 썼어요. 내용도 좋았어요. 그래서 아, 이제 창비 편집부가 나와 는 문학을 보는 견해가 아주 딴판이 되었구나 싶었습니다.

또 요즘 나온 어느 분의 동화책, 이 동화책 가지고 내일 은 어린이문학협의회에서 합평하는 연수회를 가진다고 해 서 첫머리 한 편을 읽어 보았는데, 여기서도 실망했습니다. 문고를 소개하려면 진심으로 해야 하고 신이 나야 할 텐데 내 생각이 이러니 어떻게 쓸 수 있습니까? 창비문고 광고 책에 글 쓸 사람이야 얼마든지 있지 않겠습니까. 다른 분에 게 부탁해 주세요. 미안합니다."

창비문고를 마주 보고 비판하는 말을 하기는 처음이라 좀 길게 얘기했다. 그런 말을 한참 하고 나니까 속이 시원 했다. 물론 저쪽에서는 더 할 말이 없어 전화를 끊었다.

이제 작가회의와도 관계를 끊는 말을 하든지, 백낙청 회장 앞으로 편지를 쓰든지 해야겠다.

저녁때 신문을 사 와서 보니 연세대에 갇혀 있는 학생 들이 결국 백기를 올려서 모두 경찰에 잡혀갔다*고 했다. 이래서 역사상 가장 큰 규모로 싸운 학생과 경찰 싸움이 끝 난 것이다. 끝까지 남아 항쟁하다가 잡혀간 학생이 2천 명, 경찰은 처음에 5백 명쯤 될 것이라고 보았다는데, 5백 명을 잡기 위해 2천 명의 경찰이 둘러싸고 9일 동안 음식물이고

* 1996년 8월에 연세대에서 제6차 조국통일범민족청년학생연합 통일 축 전과 제7차 범민족대회가 열렸다. 김영삼 정권은 경찰 병력과 헬기를 동원하 여 학생 5,713명을 연행했다.

일용품 가져 들어가는 것을 막고, 수돗물과 전기도 끊으라고 학교 당국에 말했지만 학교 쪽에서 끊기를 거절했다고 한다. 9일간 버티는 동안 학생들이 모두 기진맥진한 상태가 되고, 많은 학생들이 병원에 실려 가고 했는데, 남은 학생들도 거의 모두 드러누워 있는 상태에 또 경찰이 잡아갔다는 것이다.

신문들은 모두 그 학생들이 주사파가 중심이 되어 북한에 동조하는 주장을 했다는 경찰의 발표를 그대로 보도하고 거기에 동조하는 논조를 폈다. 나는 안기부고 경찰의 발표를 안 믿는다. 또 정말 주사파들이 섞여 있다고 하더라도 많은 학생들이 통일 운동을 하는데 그런 특수한 학생들이 아주 섞이지 않고 할 수 있겠는가 하는 생각도 든다. 주사파란 것을 잘 모르지만 내가 보기론 철없는 젊은 학생들의 생각이다. 그런 철부지 학생을 핑계로 해서 통일을 하고 싶어 하는 학생들의 운동을 탄압하고, 더구나 역사에 있어 본 적이 없는 큰 규모로 무슨 큰 전쟁을 치르듯이 병력과 무기를 동원해서 진압한다는 것은 너무나 잘못된 일이다. 정치를 하는 사람들이 왜 좀 큰 눈으로 보고 큰마음으로 하지 못하는지. 이래서 우리 나라가 어찌 잘되겠는가 답답하기만 하다.

오늘도 여전히 더운 날씨였다.

1996년 8월 25일 일요일

아침에 일어나니 간밤 2시가 지나서 왔다고 하는 사람들이 여럿 되었다. 그중에 김성환, 김준규 두 사람이 있는데, 정달령이가 김성환이를 특별히 소개하면서 "어렸을 때 강냉이죽 먹으면서 똥장군 지고 고생했던 사람"이라고 했다. 성환이를 만날 수 있어서 너무 반가웠다. 달령이는 아침 일찍 내 방문을 두드리면서 올라와서 좀 술이 취한 듯 이런저런 이야기를 하더니 자기가 옛날에 공부도 못하고 구구단도 못 외웠지만 '토끼풀'이란 글이 있다고 했다. 그러면서 주머니를 뒤지더니 돈을 5만 원을 내어 "선생님 음료수라도 사 드리고 싶어서요" 하면서 기어코 쥐여 주었다. 그래 할 수 없이 받았다. 달령이나 또 성환이 얘기를 하면서 "선생님이 달령이를 남달리 생각해 주고 걱정해 주신 것 잘 압니다. 그때 성환이 집에도 찾아가시고 했어요" 했다. 달령이는 "저는 요즘 전화로 일을 합니다. 남들한테 부끄러운 일입니다" 해서 "그것 좋은 일이지. 부끄럽다니…" 했다. 달령이가 "선생님, 이것 절대로 다른 사람한테 얘기해서는 안 됩니다" 했다. 돈을 내 손에 꼭 쥐여 주면서 하는 말이었다.

11시가 되어 모두 모여서 회의를 했는데 동창 동기회 회장을 임순천으로 뽑고, 총무는 상주농협에 있는 정종수로 정하고, 문예부장으로 박선용을 뽑았다. 회 이름을 한참 의논하다가 푸른마음회라 정했다. 회비, 하는 일, 모이는 때와 곳 같은 것을 정하고, 동기생 중 세상을 떠난 세 사람을 위해 묵념도 했다.

　나도 인사말이며 의논할 때 도움말을 주면서, 이 모임이 단순한 동창 동기생들의 친목 모임에 그치지 말고 우리 시대를 살아가는 데 모든 사람들 속에서 밝은 등불 노릇을 할 수 있도록 해야 한다고 말했다. 순천이가 기념품이라면서 나한테 상품권(뒤에 펴 보니 신세계 상품권 20만 원이었다)을 주기에 "이런 짓을 다시는 하지 마라"고 나무랐다.

　모두 마치고 1시 반이 지나 가게에 점심을 먹으러 갔더니 옥수수와 감자를 삶아 내놓았는데 그것을 모두 맛있게 먹어서 반가웠다. 그리고 우리 밀 국수도 모두 맛있게 먹었지만 나는 옥수수와 감자만 먹었다.

　모두 인사를 나누고 떠난 것이 3시쯤이었다. 오늘 모인 사람이 42명, 순천이 말에 48명 앞으로 연락을 했는데 42명이 왔으니 아주 많이 모인 것이라 했다.

　떠날 때 순천이가 모두 모인 자리에 오라 해서 며느리한테 인사를 하는데, 이번에 여기 와서 여러 가지 폐를 끼치고, 식대조차 아무리 드려도 안 받는다고 해서 할 수 없이 못 드렸다면서 수고하신 데 대해 박수로 인사나 드리자 해서 박수를 보냈다. 그런데 떠난 다음에 며느리가 박순천이란 분이 식대로 주는 것을 절대로 안 받는다고 했더니 그럼 상품권이라도 받으라고 해서 10만 원짜리 한 장이라 하시고 주는 것을 받았는데, 하면서 나에게 봉투에 든 것을 꺼내 보인다. 내가 그걸 보니 분명히 10만 원이다. 그런데 한 장이 아니고 두 장이었다. 며느리도 놀라서 이럴 줄 몰랐는데 했다. 할 수 없으니 받아 놓고 꼭 요긴한 물건을 사 쓰라고 하고, 순천이한테는 내가 전화로 인사말을 해 놓겠다고 말했다.

어제와 오늘, 청리서 가르쳤던 그 아이들, 이제 인생의 갈 길을 반을 넘어간 사람들…. 모두 모여서 내가 들은 것으로는 모든 말들이 어긋나거나 비뚤어진 데가 없고, 착하게 살아가려는 마음이 느껴지고, 노래조차 순박한 노래나 동요를 부르고 하면서 어린아이들 같은 사람들. 정말 내가 그들 앞에서 얘기한 것처럼 어제 오늘 이틀 동안에 이 동창들과 보낸 시간만큼 즐거웠던 날은 지난날에 없었다는 생각이 든다. 캄캄한 세상길에서 이제 한 줄기 빛을 만난 것 같아 여간 기쁘지 않다. 이 '아이들'이 정말 세상의 등불 노릇을 할 수 있게 해야겠다는 생각이 들고, 그 일을 잘할 수 있도록 내가 힘 다하는 대로 도와주어야겠구나 싶었다.

또 하나 생각나는 것이 있다. 서울서 살아간다는 정하우, 글짓기 원고에 겨우 이름만 써 놓고 그다음에는 낱말 하나도 못 써 놓은 하우도 이번에 왔다. 그런데 오늘 아침에 밖에서 여럿이 서서 이야기하는데, 서울 생활이며 집 이야기가 나왔을 때 하우 말이 이랬다. "나는 흙집을 짓고 살았으면 해요, 내 손으로요(이런 말을 하니까 옆에 있던 누가 '흙집 짓는 게 쉽지 않다. 옛날같이 나무를 구해 와야 한다' 하니까). 농촌에 돌아와서 농사짓고 흙집 짓는 거 힘드는 줄 알아요. 갑자기 지을라니 힘들지. 조금씩 몇 해 걸려 지을 생각으로 하면 되지 뭐 안 될 것 없어. 아이고 도시에 못 살아. 지긋지긋해. 욕심을 안 부리면 되잖아요" 해서, 글 한 줄 못 쓰던 하우가 저렇게 착하고 바르게 아름답게 살아간다 싶으니 마음속에서 눈물이 날 만큼 반갑고 기뻤다. 글쓰기 교육이란 것이 바로 이것이구나 싶었다. 내가 지금까지 하여 온 일이 결코 헛되지 않았구나 싶어 너무너무 기뻤다.

1996년 10월 5일 토요일 맑음

오전에 신문 사 와서 보고, 은행에 갔다 오고 했다.

오후에 어제 방송국에서 갖다준 녹화 계획서를 보고, 3시쯤에 시내로 나갔다. 전철역으로 가면서, 며칠 전 한길 사에서 갖다 놓은 배를 다섯 개, 한지흔 씨 가게에 갖다주었다. 연우는 아침에 대구 갔고, 그 배를 안 먹고 두니 자꾸 상해서 감당을 못 하기 때문이다. 오늘 상가에 가 보니 배 한 개에 3천 원이라 했다.

보리출판사에서 5시부터 일하는 사람들의 글쓰기 모임이 있어서 한번 가 봐야겠다고 한 것인데, 좀 일찍 간 것은 한국방송공사 라디오방송부에서 우리 말 살리기에 대한 인터뷰를 해 달라고 자꾸 부탁을 해서 그럼 오늘 오후 5시에 보리출판사로 가니 4시 반까지 거기 오면 만나겠다고 했던 것이다.

보리에 가니 방송국에서 와 있었다. 그래서 딴 방에 가서 잠시 이야기해 주었는데, 30분이라더니 실제로 나가는 시간은 1, 2분이었다. 방송국 아가씨가 마이크를 갖다 대면서 물었다. "오늘날 우리 말을 사용하는 데 있어서 어떤 말이 잘못되었다고 보시는지요?" 그 아가씨는 처음부터 자꾸 "…에 있어서", "말을 사용할 때"라고 했다. 그래서 내가 "지금 쓰신 그 말, '사용하는 데 있어서'란 말부터 고치는 것이 가장 급합니다…" 하면서 말해 주었다. 모처럼 애써 찾아왔지만 말버릇을 그렇게 해서라도 안 고치면 안 되겠다고 생각했던 것이다.

일하는 사람들의 글쓰기 모임에는 울산의 이재관 씨가 와 있었고, 원종찬, 이성인 두 사람, 그 밖에 모두 열 사람은 넘었던 것 같다. 어느 노동자가 쓴 글을 두 편 복사해 가지고 서로 의견을 말했다. 8시까지 앉았다가 모두 저녁 식사를 주문하는 것 보고, 나는 저녁을 먹을 수 없고 먼저 가야겠다고 하고 나왔다. 앞으로 이 모임을 잘 키워서 우리 나라 글쓰기의 방향을 아주 크게 돌려야겠다고 생각하는데, 정말 그렇게 할 수 있을지 모르겠다. 오늘 모였던 사람으로는 울산의 이재관 씨와 버스 운전을 한다는 한 분이 우리 말과 글쓰기에 대해 대단히 좋은 생각을 가지고 있어서 믿음직했다.

집에 와서, 합정 전철역 들어가는 계단 앞에서 사 가지고 온 옥수수 두 개를 먹고 저녁으로 했다.

1997년 1월 1일 수요일 오전에 비, 오후 눈

어젯밤에는 글을 쓰다가 11시 반이 지나 누웠는데, 잠은 12시 반이 되어서야 든 것 같다. 그런데 오늘 새벽에는 웬일로 또 다른 날보다 더 일찍 깨어났다. 5시가 좀 지나서 깨었다.

6시쯤 되었을까. 이불을 덮고 누워 있는데 갑자기 밖에서 큰 소리가 울렸다. 천둥소리였다. 우르르르쾅 하고 한번 엄청나게 큰 소리가 났다. 가만히 귀를 기울여 보니 비가 오는 것 같았다. 정월 초하룻날 새벽에 천둥소리라니, 이 무슨 변괴인가? 세상이 어지럽고 난장판이 되니 자연도 사람의 앞날을 경고하는 것 아닐까? 어쩌면 올해는 아주 불길한 일이 일어날는지도 모른다는 생각이 들었다.

아침에 일어나 늘 하는 손발 운동을 하고, 목욕을 하고 빨래까지 하고서 한참 쉬었다.

오늘은 연우한테 상규가 좋은 아이 같다고 말하고, 더구나 네 오빠가 잘 아는 친구고, 머리도 좋고 행실도 훌륭하고 나무랄 것이 없다고, 이제 너도 대학원 입학하는 목적도 이뤘으니 기회 놓치지 말고 결혼하는 것이 좋겠다고 처음으로 권했다. 그런데 연우는 아무 말을 안 했다.

점심 먹고 한 시간쯤 앉았다가 현우 차로 왔다.

집에 와서 또 빨래 두 가지를 하고, 신문 사 온 것을 보고 신춘문예 작품 실린 것을 따로 모아 정리했다. 동아, 조선, 중앙, 한국, 문화, 경향, 서울 이렇게 샀는데, 중앙은 현우가 받아 보는 것을 가져왔다. 그런데 중앙을 아무리 찾아 보아도 없다. 차에 두고 왔구나 싶었다. 어떻게 하나? 오늘 못 사면 아주 살 수 없게 될 것 같았다. 그래서 눈이 오는데 우산을 쓰고 나가니 바람이 어찌나 센지, 땅에 눈은 쌓였고, 눈 밑에는 오전에 온 비가 얼어서 빙판이 되어 자칫하면 넘어질 지경이라 무척 힘들었다. 바람이 세고 차서 전화국 앞까지 가는데 애먹었다. 그렇잖아도 걸어가면 다리가 후들후들 떨리는데 괜히 나왔구나, 현우한테 전화 걸어 연우 편에 찾아 보내라 할 것을 하고 후회했다.

그런데 버스표 파는 곳이 이쪽이고 저쪽이고 다 문이 닫혀 있고, 신문 파는 데가 없었다. 후회를 자꾸 하면서 또 고생 고생하면서 돌아왔다.

와서 방바닥을 정리하면서 보니 현우한테서 가지고 온 〈중앙일보〉가 있었다! 이거, 이래 놓고 내가 헛고생했구나. 나도 참 이래 가지고 뭘 하겠나. 좀 무엇이나 천천히, 침착하게, 차분하게 살펴보고 해야 하는데, 이래 놓고 그 고생 했으니!

저녁에 감자를 쪄서 뜨끈뜨끈한 것을 먹었더니 몸이 따뜻해서 살아난 기분이 들었다.

오늘 저녁은 일찍 자도록 해야겠다.

1997년 1월 2일 목요일 맑음

저녁에 권정생 선생이 전화를 걸어 왔다. 권 선생은 내 건강 걱정을 하면서 가끔 전화를 건다. 내가 "왜 그런지 다리에 힘이 없고, 다리가 무겁고 해서 걸어 다니기가 어렵게 되었어요" 했더니 "신장염 환자들은 그렇답니다" 했다. 또 "어제 밤에 신문 사러 나갔다가 찬바람 맞고 혼이 났어요" 했더니 "신장염은 무엇보다도 감기에 조심해야 된답니다" 했다.

어제는 그래서 걱정이 돼서 일찍 잤는데, 다행히 감기에 안 걸리고 오늘은 무사했다. 권 선생은 "아프면 자기밖에 아무도 없어요. 남들 다 소용없어요. 부디 안정하시고, 추운데 나가지 마세요" 했다.

그래도 이렇게 전화를 걸어 주는 사람은 권 선생밖에 없다. 자신도 어찌할 수 없는 몸으로 투병하면서 이렇게 전화를 걸어 주니, 이런 사람이 세상에 어디 있을까? 이런 사람이 있어 나는 행복하다.

1997년 2월 25일 화요일 비

권정생 선생이 올해로 회갑이다. 무슨 기념행사 같은 것은 본인에게 폐가 될 것 같고, 속된 짓은 나도 마음이 내키지 않는다. 그래도 그처럼 어렵고 외롭게 살아온 사람이 회갑을 맞는데 그냥 있을 수가 없기에 권 선생에게는 조금도 관계시키지 말고 둘레 사람들만 모여 좌담을 하든지 글을 써 모아 봐야겠다. 그런 일을 내가 해야겠다고 진작부터 생각했지만 이것저것 바쁘게 쫓겨 못 하다가, 오늘은 그럴 것이 아니라 이것을 글쓰기회 일로 회원들에게 숙제를 내주어서 권 선생의 책을 모두 읽어서 글을 써내도록 해서 그걸 모아서 회보 특집도 꾸미고 책도 내어 보는 것이 좋겠다는 생각이 들어, 오늘은 오전에 그 계획을 세웠다. 여름에는 좌담회도 하기로 계획했다.

오후에 합정동 글쓰기회 사무실에 갔더니 속초의 황시백 선생이 가족과 함께 와 있었다. 원종찬, 이성인 두 사람한테 내가 계획한 것을 말하고 대강 적은 것을 내주었더니 그렇게 회보에 광고를 내겠다고 했다.

글쓰기회 사무실에서 나와, 지식산업사에 가니, 지난번 내준《우리 말로 살려 놓은 민주주의》책 교정지가 나왔기에 받아 가지고, 조계종 옆 산중다방에 갔다. 거기서 오는 3·1절에 있는 만해 백일장 준비 모임이 있어 6시에 모이기로 한 것이다. 내가 갔더니 벌써 모여 기다리고 있었다. 신경림 씨, 민영 씨 그리고 불교청년회 두 사람이다.

백일장 제목을 정하는데, 신경림 씨가 미리 생각해 온 것을 대강 그대로 하기로 했다. 나는, 그날 온 학생들이 모두 뭔가 보람 있는 날을 보냈다는 생각이 들도록 작품집을 만들어 준다든지, 상도 장려상 같은 것을 좀 더 많이 주는 방향으로 운영하는 것이 좋겠다는 의견을 냈더니 그렇게 되도록 노력하겠다고 했다.

저녁을 먹고 돌아오니 9시 반이 넘었다. 오늘은 나가서 빵을 먹고 차를 마시고 또 저녁을 먹고 해서 음식을 조심

없이 먹었다. 이래서는 안 되는데….

1997년 4월 30일 수요일 맑음

저녁 7시에 출판문화회관에서 전태일문학상 시상식이 있어서 갔는데, 두 시간이나 걸려 겨우 마치고 뒤풀이라면서 음식을 나눠 먹고 오니 11시가 지났다. 전태일문학상은 올해 글쓰기 부문이 새로 생겼는데, 그러니까 문학 부문과 글쓰기 부문 두 개가 되었다. 그런데 문학도 글쓰기인데, 어찌 된 것인가? 글쓰기가 문학이 아니라면 문학보다 한 단 아래에 놓인 글인가? 그렇게 모두 생각할 것 같다. 이것은 아무래도 이상하다. 그렇잖아도 일하는 사람들은 문학이라면 특별한 사람이 쓰는 글인 줄 안다. 글쓰기가 문학이 아니라면 전태일문학상에 왜 들어 있는가?

오늘 시상식에 심사 평을 해 달라 해서 나가서 문학과 글쓰기의 관계를 이야기하면서 전태일 글쓰기상이라 해야 할 것 아닌가 하고 말했더니 뒤에 더러 하는 말에 내 생각을 이해하지 못하는 듯한 말이 이 사람 저 사람 입에서 나왔다. 그래도 할 수 없다 싶었다.

아무튼 전태일문학상이 이대로 나가면 별로 기대할 것이 못 된다. 우선 응모자가 얼마 안 된다. 일하는 사람들의 글쓰기인데 문학상이라 하니 못 쓰는 것이다. 전태일 정신과도 어긋나는 방향으로 가는 것이 안타깝다.

1997년 5월 4일 일요일 흐림

오늘 아침에는 좀 일찍 깨어났는데(어제 일찍 자서), 날이 좀 훤하게 밝는다 싶더니 갑자기 또 한밤중처럼 캄캄해졌다. 비는 안 오는데, 어디서 자꾸 천둥소리가 났다. 그리고 오늘은 온종일 흐리고, 검은 구름이 하늘을 덮었다.

지금은 꼭 밤 12시다. 쓰던 원고를 겨우 다 끝냈다. '일하는 사람들은 어떤 글을 써야 하나(전태일문학상이 가야 할 길)'란 제목으로 된 글인데, 2백 자로 꼭 백 장이다.

내일부터 또 다른 일을 해야지.

1997년 10월 12일 일요일 맑음

온종일 일제시대 동화 〈근대 아동문학선 - 동화편〉* 2, 3을 읽었다. 지금까지 읽은 작품 가운데 요즘 아이들에게 꼭 읽히고 싶은 작품이 이태준의 작품들, 최병화의 작품 두 편, 이영철의 작품 두 편, 주요섭의 〈벼알 삼 형제〉, 박화성의 〈북악산 높이〉 들이다. 이런 작품들은 교과서에 실어서 읽혔으면 얼마나 좋겠나 싶다.

1997년 10월 13일 월요일 맑음

오늘도 온종일 동화를 읽었다. 다만 오후에는 두세 시간 동안 신문을 읽었다.

---

* 겨레아동문학연구회에서 엮은 〈겨레 아동문학 선집 1~10〉을 말한다.

오늘 읽은 작품 가운데는 박태원 〈영수증〉이 아주 뛰어난 작품이라 생각되었다.

이광수 〈다람쥐〉도 좋았는데, 작가와 작품을 어떻게 보아야 할까? 이걸 가지고 얼마 전에도 논란이 있었다는데, 작품이 아깝다. 한참 생각하다가 이런 생각이 들었다. 마음배가 좋지 못한 농부가 지은 곡식이 있다고 하자. 그 사람은 고약하지만 그가 지어 놓은 곡식은 이 땅의 흙과 물과 바람과 해와 모든 정기를 받아 맺은 열매니 우리는 고맙고 맛있게 먹어야 한다. 작가가 쓴 작품도 그렇게 볼 수 없을까? 이광수란 사람은 몹쓸 사람이지만 그가 지어 놓은 작품 가운데 어쩌다가 괜찮은 작품이 있다면 그것은 이 땅의 전통과 정서와 삶을 나타낸 것으로 받아들일 수 있는 것 아닌가. 다만 그 작자를 비판하는 것만은 어디까지나 철저히 하면서, 그가 남긴 작품 가운데 몇몇 작품은 우리 민족의 것으로 받아들이는 것이 좋지 않겠나 하는 생각을 해 보았다. 우리 아동문학이 너무 빈약한 탓에 이런 생각도 하게 되는 것이다.*

1997년 12월 19일 금요일 맑음
간밤에는 아주 잠을 못 잤다. 12시가 좀 지나서 불을 끄고

---

* 같은 해 10월 25일 일기에 "한국의 동화 문학은 일제시대와 해방 직후의 작품보다 50년이 지난 오늘날 것이 훨씬 더 수준이 낮고 뒷걸음질 친 것이 분명하다. 참 괴상한 퇴보의 역사를 살고 있는 것이다"고 썼다.

누워 있어도 잠이 안 왔다. 발 목욕을 하고 누워 있어도 잠이 안 왔다. 그래 두 번이나 일어나 텔레비전을 켜서 개표 상황을 보고 누워도 여전히 잠은 오지 않아서, 그만 5시 가까이 되어서는 아주 자지 말자고 일어나 버렸다. 개표는 1시 이후로 늘 그 대중으로 김대중 씨가 1.5~1.6퍼센트 앞서 있었고, 결국 그 대중으로 끝까지 가서 당선이 되었다.

김대중 씨가 대통령이 된다고 당장 내가 하는 일에 크게 도움 될 것도 없는데, 어째서 그토록 마음이 쓰였을까? 가만히 생각해 보니 이건 내 한 사람의 일이 아니다. 우리 민족이 아주 암흑의 구렁텅이에 빠져 있는데 이제 한 가닥 빛이 보이는 것 같아서 이렇게 내가 잠을 못 잔 것 아닌가 싶다. 그리고 사실 헌정사에서 처음으로 민주 선거로 해낸 정권 바꾸기요, 야당의 승리였던 것이다.

잠을 못 잤지만 여느 때와 같이 운동을 하고, 신문을 사 와서 읽었다.

점심을 좀 일찍이 감자를 쪄서 먹고, 〈한국일보〉에 가서 김종상 선생을 만나, 내가 쓴 심사 평을 보여 주고, 담당 기자한테 넘겼다. 사진을 찍고, 심사료를 받아, 곧 또 전철을 타고 돌아왔다. 지난해에는 심사료가 25만 원이던가, 20만 원이던가 해서 참 적게 준다 싶더니, 올해는 40만 원이었다.

윤동재 씨가 전화를 걸어서, 간밤에 잠을 못 잤다면서 기뻐했다. 지식산업사 김 사장이 또 전화를 걸어서 "축하합니다" 했다. "우리 국민들의 승리입니다" 했다. 사실 나는 오늘 새벽, 텔레비전에서 광주 사람들이 밤중에 금남로에 뛰어나와서 기뻐 춤추고 노래하는 것을 보고 눈물이 났던 것이다.

1998년 1월 27일 화요일 흐림

〈마음에 간직하고 싶은 이야기(心に殘るとっておきの話)〉 제1집을 다 읽었다. 참으로 좋은 책이고, 정말 오랜만에 책을 읽는 기쁨을 맛보았다. 아직 제2집과 제3집이 있어 한동안 책으로 즐거운 시간을 보낼 수 있다.

오늘 저녁때는 양말을 깁기도 했다. 큼직해서 발이 아주 편한 등산 양말인데, 지난해 겨울에도 신고, 올해는 가을부터 신었는데 그만 발뒤꿈치가 구멍이 크게 나 버렸다. 거기 다른 헌 양말을 오려 대어 붙여서 꿰매 놓으니 아주 든든하다. 오늘은 겨우 한 짝만 꿰맸는데, 또 한 짝은 내일 꿰매기로 하고 밤에는 책을 읽은 것이다.

설날인 내일은 양말을 꿰매고, 고구마를 쪄 먹기로 했다.

1998년 2월 18일 수요일

2월 25일 대통령 취임식이 있는데, 오늘 등기우편으로 특별 초청장이 왔다. 신문에는 5만 명이 참석한다는 기사도 났던 것 같다. 그런 자리에 내가 가면 뭘 하나. 더구나 국회의사당 바깥마당이라 날씨도 추운데, 그보다 더 가야 할 자리도 흔히 가지 않았으니 갈 까닭이 없다. 그런데 또 가만히 생각해 보니 이번만은 가야겠구나 싶다. 내 생전 처음으로, 내 생각대로 뽑힌 야당 후보 대통령 아닌가. 그날 거기 가서 그 수만 명 속에 그저 한 사람으로 축하해 주고 오는 것, 그렇게 평범한 시민의 한 사람 노릇을 하는 것을 즐겁게 여기는 것, 그것이 지금 내게는 즐거움이고 행복이어야 하는 것 아닌가 싶다.

참으로 오랜만에, 내 평생 처음으로 사람다운 사람이 나라를 다스리게 된 기쁨을 국민의 한 사람으로 기뻐하며 그 자리에 가고 싶다.

오늘은 청리 어린이 시집 머리말을 썼다. 초안만 잡았으니 내일 다시 써야겠다.

1998년 5월 17일 일요일 맑음

어제부터 '신채호, 그 사상과 문장'을 읽었다. 어제 우연히 책꽂이에서 20년 전에 나왔던 〈수필문학〉(1978.4.)에 이런 제목이 특집으로 나와 있는 것을 보고 읽게 된 것이다. 단재 전집을 가지고 있지만 그것을 거의 읽지 않았고, 내가 단재상까지 받았는데* 단재에 대해서 아는 것이 거의 없던 터라, 이번에 틈을 내어 이 책이나마 읽자고 해서 특집에 나온 글을 다 읽었다. 참 잘 읽었다는 생각이 들었다.

---

* 1998년 4월 8일 단재신채호선생기념사업회에서 주는 단재상(제3회)을 받았다.

단재 선생은 역시 훌륭한 분이었다. '조선 역사상 일천 년래 제일대 사건'이란 글은 우리 민족의 주체성을 일깨워 주는 뛰어난 견해다. 역사를 아(我)와 비아(非我)의 투쟁이라고 보았다는 그 논문을 빨리 읽고 싶다. 어쩌면 내가 주장해 온 우리 말에 관한 생각과 단재 선생의 역사관, 민족관이 아주 맥을 같이하는 것이 되겠다는 생각도 들어 아주 기대가 된다.

그런데 단재 선생의 문장은 너무 우리 말에서 멀어졌다. 그렇게 우리 민족의 주체성을 찾으려 한 분이 어째서 글은 온통 어려운 한자 말투성이인가? 역시 책과 글 속에 파묻혔던 선비요, 지사였구나 싶다. 단재를 이야기한 다른 여러 학자들도 마찬가지인데, 이윤재 선생 글이 그래도 가장 깨끗했다.

1998년 6월 21일 일요일 맑음

하루에 몇 번씩 정체 운동을 하고 숨쉬기를 마친 다음 누워 쉬면서 마음 운동(이것을 마음 운동이라 해야 할지, 몸 풀기 운동이라 해야 할지 모르겠다)을 하는 것이 참 즐겁다. 이것을 세 가지로 나눌 수 있는데, 첫째는 몸의 힘을 다 빼고는 하늘에 뜬 구름 기분이 되는 것이다. 이때 내 마음이 몸에서 빠져나와 하늘에 올라 나 자신을 내려다보려고도 애쓰기도 하지만 그것이 좀처럼 잘 안 된다. 안 되지만 자꾸 훈련을 한다. 그렇게 하려는 것으로도 좋다는 생각이다.

다음은 눈앞에 들이나 산이나 바다를 그려 보면서 내가 그 들이나 산이나 골짜기나 강이나 바다로 되고, 나무도 되고 땅이 되어 보는데, 그러면 온몸이 확 풀어져 아주 시원하다. 세 번째는, 이렇게 하는 중에 등이 저절로 따뜻해 와서 내가 땅의 기를 그대로 받고 있는 기분이 되어 땅과 하나가 된다. 참으로 기분이 좋고 즐겁고 온몸이 후끈후끈해 온다. 이 세 가지를 즐기고 있으면 일어나고 싶지 않다. 하품이 자꾸 나오기도 한다. 아직은 신장 기능이 이것으로 회복되는 것 같지는 않지만, 자꾸 이 운동을 하면 틀림없이 좋아지리라 믿어진다. 이보다 더 좋은 운동이 어디 있겠나. 죽을 때도 이런 상태로 즐겁게 죽을 수 있을 것 같고, 그래서 죽은 다음에 내 혼도 참으로 즐거운 그곳으로 갈 것 같다.

저녁때 앵도씨를 앞뜰 한쪽에 묻어 두었다. 날지 모르지만, 그 앵도가 나서 자라고, 훗날 빨간 열매를 맺을 것을 생각하니 즐겁다. 앵도는 꼭 어린이들이 좋아할 나무요, 꽃이요, 열매요, 잎이다.

오늘도 낮에 창 앞에 달린 오이를 한 개 따 먹었다.

1998년 7월 2일 목요일 비

10시쯤에 신문 사러 나갔다가 은행에 가서 도시가스 사용료를 내고, 뉴코아에 가서 감자하고 완두콩을 사 가지고 오다가 길가에서 또 강낭콩을 꼬투리째 파는 것을 샀다. 그래서 낮에는 쑥 가루와 밀가루를 개어 그 속에 완두콩을 넣어

수제비로 만들어 먹었다.

오후에 신문을 보고 자료를 정리했다. 신문이 제대로 나오지는 않지만, 그러면 그런대로 역시 신문은 사람 세계를 들여다보는 가장 소중한 창이다. 이것은 어떤 사람이 머리로 만들어 낸 글, 소설보다도 더 잘 진리를 보여 주고 사람의 길을 가르쳐 주는 자료가 된다. 나는 역시 신문을 읽을 수밖에 없다. 신문을 읽는 것이 결코 시간을 낭비하는 노릇이 아님을 깨닫는다. 신문에 나오는 구질구질한 기사까지도 나는 거기서 어떤 뜻을 찾아내야 한다. 더구나 우리말이 잘못 쓰이고 있는 문제는 말할 것도 없다.

1998년 8월 15일 토요일
낮에 잠시 햇빛 났다가 오후에 여러 차례
소낙비 오고 밤에도 옴

오늘이 8월 15일 해방 기념일이다. 하루를 다 보내 놓고서야 8·15란 것을 깨달았다. 한 해 가운데 민족과 역사를 가장 많이 생각하게 하는 날. 내 젊은 날 가장 큰 감격으로 맞이한 날, 죽음의 골짜기에서 살아난 날이라, 이날만 되면 시와 삶을 생각하고, 뜨거운 여름과 다가올 아름다운 가을을 생각했는데, 내일은 시라도 한 편 써야지. 귀뚜라미가 뀌똘 뀌뜨로 방 한구석에서 우는구나!

1998년 9월 15일 화요일

아침에 비가 조금 뿌렸다.

온종일 흐렸다가 저녁때 해가 잠시 났다.

감나무 밑에는 홍시가 자꾸 떨어지고, 밤나무 밑에는 밤알이 자꾸 떨어져, 몇 번이나 주워 와서 그것을 먹기도 했다. 이런 과일만 주워 먹어도 요기를 실컷 할 수 있게 되었다. 대추도 익어 간다.

　　아침 뒷간에 앉아 들은 비둘기 소리

　　　꾸구욱 꾸구욱 꾸구욱 꾸구욱
　　　꾸구욱 꾸구욱 꾸구욱 꾸구욱
　　　꾸구욱 꾸구욱 꾸구욱 꾸구욱

　　　꾸구욱 꾸구욱 꾸구욱 꾸구욱
　　　꾸구욱 꾸구욱 꾸구욱 꾸구욱
　　　꾸구욱 꾸구욱 꾸구욱 꾹
　　　꾸구욱 꾸구욱 꾸구욱 꾸구욱
　　　꾸구욱 꾸구욱 꾸구욱 꾸구욱
　　　꾸구욱 꾸구욱 꾸구욱 꾸구욱

　　　꾸구욱 꾸구욱 꾸구욱 꾸구욱
　　　꾸구욱 꾸구욱 꾸구욱 꾸구욱

꾸구욱 꾸구욱 꾸구욱 구 (1998. 9. 14.)

1998년 11월 15일 일요일 맑음, 날씨가 아주 푸근했다.
낮에 현우 내외가 와서, 가지고 온 점심을 같이 먹고 오후
2시쯤에 현우 차로 광화문까지 갔다. 현우 내외는 교보문
고에 책 사러 간다고 했다.

3시부터 지식산업사에서 우리 말 운영위를 열었다. 마
치고 저녁을 같이 먹고 돌아오니 8시 40분이 지났다.

어제 〈중앙일보〉 1면 광고란에(동아, 조선에도 났다고
한다) 한자교육추진회에서 정치, 경제, 교육, 학문, 종교, 군
사… 각계 사람 수백 명 이름으로 한문 글자를 쓰도록 하자
는 성명서를 냈다. 거의 모두 보수 우익 쪽에서 돈과 권력
을 잡은 사람들인데 더러 민주 운동을 했다는 사람들의 이
름도 끼어 있었다. 신경림, 구중서 같은 사람의 이름이 나
와 있어 드디어 이런 사람들의 본색이 드러났구나 싶다. 나
는 영어나 한자 쓰자고 주장하는 사람은 어떤 사람이든지
믿을 수 없다.

오늘 오후 3시에 지식산업사에서 가졌던 우리 말 살리
는 모임 운영위에서는 이 일에 대해서 가장 많이 논의했다.
보수 우익 쪽에서 돈과 권력을 써서 이번에는 아주 일을
크게 벌일 모양이라 우리도 맞서 싸워야 한다고 했지만 힘
이 모자라 걱정이다. 아무튼 내일 한글학회에서 모두 모여
같이 의논하기로 했다. 역사를 거꾸로 돌리려고 하는 무지

막지한 사람들이 날뛰는 어처구니없는 일이 눈앞에 벌어지고 있으니, 이것도 인간들이 모두 돌아 버린 징조인가 생각된다.

길에 온통 은행잎이 깔려 보기가 좋고 밟고 가니 걸음이 가볍고 기뻤다. 신석정의 '임께서 부르시면'하는 시가 저절로 입에서 나왔다.

1998년 11월 19일 목요일 맑음 저녁에 눈

어제 쓴 글을 또 고쳐서 새로 썼다. 제목은 '우리 말 우리 글 독립 선언문'*이라 해 놓았지만 뭔가 마음에 안 들었다.

낮 11시에 김영래 씨가 왔다. 그저께 수운회관에서 한자교육추진연합회 창립 궐기대회에 갔다 왔다면서 받아 온 자료를 내놓았는데 사람이 5백 명쯤 모였던 모양이다. 인쇄물들이 온통 새까맣게 한자로 되어 있어 참 이상한 느낌이 들었다. 책자에 적혀 있는 발기인 명단에는 8,686명의 이름이 적혀 있었고, 한글전용법 폐기 청원서에 서명했다는 국회의원 명단에는 151명(국민 43, 자유민주 41, 한나라 67)이 나와 있었다. 그리고 모금 운동도 크게 시작할 모양이었다.

이렇게 하고 있는데 한글학회에서는 일할 사람이 없다.

---

* 한자교육추진연합회에서 한글전용법 폐지 청원서를 낸 데 반대하여 한글전용추진위원회와 우리 말 살리는 모임에서 한글전용법 지키기 천만 인 서명운동 발대식을 열고 '우리 말 우리 글 독립선언문'을 발표했다.

걱정할 필요가 없다고 하면서 다른 사람들이 하려고 하는 일마저 잘 도와주지 않고 도리어 자기들 하는 일처럼 보이기나 하려고 하니 한심하기 짝이 없다. 우리 나라 꼴이 꼭 백 년 전과 같다는 생각이 들었다.

3부 1999~2003

늘 나무처럼 풀처럼 자연과 하나로 살고 싶어 했던 이오덕은 1999년 큰아들이 사는 충주 무너미 마을로 이사했다. 살구꽃 피면 눈물 흘리고, 대추 밤 줍고, 홍시 따며 행복하다 고맙다 하고 마지막 시간을 보냈다. 아픈 몸으로도 글을 쓰고, 세상에 눈과 귀를 열고 하루하루를 한평생처럼 살면서 자신을 돌아보고 삶을 정리했다.

1999년 1월 1일 금요일 맑음

밖에 안 나갔다. 신문을 보니 서울 아침 영하 5도였다. 연우는 저녁에 밥도 안 먹고 이모 집에 갔다. 내일 대구 간다면서.

새해 첫날인데 별다른 일이나 생각도 하지 못하고 하루를 보냈다. 1999년 1월 1일, 20세기 마지막 해 첫날을 맞았으니 뭔가 깊은 깨달음이나 마음가짐이 있어야 하겠는데, 오늘도 나는 그저 죽지 않고 살아 있구나 싶어 고마운 하루를 넘겼을 뿐이다. 이래서 안 되는데 건강이 나빠서 몸에 힘이 빠져 있으니까 이렇게 되는 모양이다.

11시가 지나서 신정숙이 회보〈우리 말 우리 얼〉원고 다듬은 것 가지러 왔다. 대강 편집을 해서 주고, 연우가 한 밥을 셋이 같이 먹었다. 반찬은 김치뿐. "설날은 이렇게 밥하고 김치하고만 가지고 깨끗하게 먹는 것이 좋아"하고 내가 말했는데, 연우가 어디서 참치 통조림 조그마한 걸 따 내놓아서, 나도 어제저녁에 먹다 둔 삼치 동강이를 내놓았다.

오후에는 신정숙이 올 때 사 온 신문들을 대강 보고 정리하고, 밤에도 신문을 보는데, 어느 신문에 류시화란 사람이 히말라야 산에 가서 쓴 글을 보고 생각이 나서 시라하 타시로의 사진집 《네팔 히말라야》를 꺼내어 보았다. 아아, 아아, 하고 그저 감탄하는 소리만 지르면서….

오늘 새해 첫날은 이 사진집 보고 몸과 마음을 씻은 기분이 된 것만으로 귀한 시간이 되었구나 싶다. 이제부터 가끔 이 사진집을 펴 보면서 내 마음을 씻고 내 목숨을 확인해야겠구나 하고 생각했다.

1999년 4월 16일 맑음

오늘 저녁 처음으로 소쩍새 소리 들었다. 뜰 앞에 살구꽃, 앵두꽃이 만발했다.

아침에 일어나니 몸이 너무 고단하고 도무지 움직이기가 싫고 거북했다. 그래도 억지로 일어나 화장실에 갔다 와서 행기를 했다. 행기를 하는데도 몸이 착 까부러지는 것 같았지만 참고 그래도 했더니, 한 시간 남짓 하고 난 다음에는 좀 정신이 돌아왔다. 행기를 하는데 눈을 뜨고 동쪽 창문 바깥 하늘을 보니 커다란 새가 몇 마리 느티나무에 앉아 있다가 이 가지 저 가지 날아다니는 것이 환하게 밝아오는 하늘을 배경으로 보였다. 그 새들을 보고 있으니 온몸에 힘이 나고 기뻤다.

정우가 갖다 놓은 발 목욕 기구는 알고 보니 발 마사지 그릇이어서, 그대로 발 마사지를 하기로 했다.

온종일 권태응 동요론을 썼다.

오전에 권정생 선생한테 전화를 걸었더니, 승용차를 타고 가는 편이 있지만 기차로 가는 것이 편할 것 같아 기차표를 사 두었다고 했다. 제천을 지나 충주로 오면 안동서 승용차로 오는 시간과 거의 같은 시간이 걸린다고 했다. 그래 정우하고 의논한 결과, 충주에 내리지 말고 음성까지 와서 전화를 걸면 차로 마중 나가겠다고 전화했다.

저녁때 우체통에도 가야 해서 나갔더니, 앞뜰에 살구꽃이 활짝 피었다. 앵두꽃도 활짝 피었다. 옆집 살구꽃도 피고, 앞밭의 살구꽃도 피었다. 아, 나는 아직도 살아서 이 봄에 살구꽃을 보게 되는구나 싶었다.

오늘 저녁에 소쩍새 소리를 올해 처음으로 들었다. 정우가 소쩍새 소리를 듣더니 "올해 흉년 들겠어요" 했다. "솥적다" 하고 운다는 것이다. 내가 "그건 어느 해고 소쩍소쩍 울다가도 가끔 솥적다, 하고 세 마디로 운다"고 했더니 "그런가요" 하고 웃었다.

나는 요즘 참 행복하다. 아이들이 일을 잘하고, 온 식구가 화목하고, 저녁마다 모여 밥을 먹으면서 즐겁게 이야기를 나누고, 모두 마음이 잘 맞으니 이렇게 기쁠 수 없다. 더구나 정우 내외가 내 건강을 무척 염려해서 온갖 걱정을 다 해 준다. 참 즐거운 나날이다. 이제 내 병은 곧 나을 것이다.

1999년 4월 27일 화요일, 맑은 뒤 저녁에 비 옴

오늘은 기온이 좀 낮아짐. 오전에 김환기 선생 지도 받음.

내일 입원하기로 했기에 오늘은 할 일이 많았다. 그런데 그 일은 다 하지 못했다.

목욕은, 정우가 목욕통을 세수 방에 갖다 놓고 보일러로 데운 물을 빼 담아 놓아서, 내가 어떻게 몸을 씻을 수 있을까, 추워서 옷을 벗고 어떻게 견딜까 걱정했는데 무사히 잘했다. 뜨거운 물을 담으니 그 방의 공기가 훈훈했다. 또 목욕통에 들어가 있으니 온몸이 따뜻해서 기분이 좋고, 물 속에서 몸이 가벼워지니 몸 씻기가 그렇게 생각보다 힘들지 않았다. 11시 40분부터 12시 40분까지 한 시간 했다.

옷을 벗어 보니 내 몸이 짚동처럼 부은 것이 내가 보기에도 겁이 났다. 아무래도 병원에 가야겠구나 싶었다. 마치고 내복을 모두 갈아입고, 지금까지 입고 있었던 내복은 목욕탕 물에 담가 두었다.

권오삼 선생이 부탁한 내 저서 목록과 약력(좀 자세한 경력)은 저녁때 다 썼다. 그런데 브리태니커의 일은 그만 못 했다. 시간이 없어서 할 수 없이 병원에 가서 해야겠다. 저녁때는 시간이 없어서 행기도 10분쯤 하다가 말았다.

지식산업사 김 사장한테서 아무 소식이 없다. 정우하고 의논하기로는 백병원에 가기로 했다. 내일은 과천 가서 볼 일도 있다. 아침에 떠나도 병원에는 오후에라야 가게 될 것 같다.

1999년 4월 30일 금요일(입원 2일째)*

어젯밤 12시에 간호사 아가씨가 와서 말했다. 혈액검사 결과 알부민 수치가 낮아서 주사를 맞아야 합니다, 하며 그때부터 병 두 개 높이 달아 놓고 주삿바늘로 아침 6시 반까지 넣었다. 그런데 또 피를 뽑고, 3시 반쯤 와서 이번에도 또 피를 뽑아 갔다. 알부민 주사는 찌른 바늘이 자꾸 아프고, 밤중에 숨이 차고 움직이니 숨이 가빠서 밤새도록 잠을 못 잤다. 몸살이 나는 것은 행기 때문이라 생각되었다.

아침 6시 반에 간호사가 와서 주삿바늘을 빼면서 방금 이뇨제도 넣었다고 말했다.

6시에 몸무게 재니 어제와 같이 61킬로그램 좀 넘었다.

7시 15분에 소변을 참지 못해 누니 280cc 나왔다.

7시 20분에 또 아가씨가 와서 피를 뽑는데 바늘을 마구 찔러 많이 아팠다.

8시 가까이 되어 한 분(여자)이 와서 화요일쯤 신장 조직 검사를 할 것이라 했다.

8시 10분쯤 한 간호사가 와서 알부민 수치가 낮아서 알부민 주사를 놔야겠습니다고 하기에, 밤새도록 맞았다고 하니 나가 버렸다. 피검사고 주사고 제각기 멋대로 하는구나 싶었다.

---

*   4월 29일 세브란스병원에 입원해서 5월 8일에 퇴원했다. 5월 27일에 미세변화형 신증후군이라는 진단을 받았다.

9시에 이호영 주치의가 와서 몸 상태 살피고 도움말.

"몸이 많이 부었으니 우선 부은 것을 빼고, 단백뇨로 단백이 부족하니 영양을 보충해서 그다음에 신장 조직 검사해서 정확한 치료를 하도록 하겠습니다. 음식은 싱겁게 했으니 입에 안 맞으면 달리 조리할 수도 있습니다."

"집에서는 더 싱겁게 먹어요."

"간식도 좀 드셔도 좋아요."

아침도 안 먹는데…, 하는 말은 안 했다.

"불편한 일 있으면 알려 주세요."

"밤에는 주사 안 맞고 잠잘 수 있게 해 주세요."

"그렇게 하겠습니다."

주치의는 매우 친절하구나 싶었다.

10시부터 12시, 지금까지 아무도 안 들어왔다. 화장실 청소부만 왔을 뿐, 밤에 주사 놓지 말고 이때 주사 놓고 피 뽑아 가면 얼마나 좋겠나. 환자 생각은 조금도 안 하는 병원이다. 침대도 너무 높다. 의사 중심으로 만든 것이다.

오후 1시 30분에 손가락 끝 피 뽑음.

12시 반~1시 반 식사.

1시 50분 이뇨제 먹음.

2시 알부민 주사 시작.

1시 40분~8시 20분 알부민 주사 두 병

8시 20분에 이뇨제 주사.

저녁에 김경희 사장 내방.

정우 9시에 무너미로 감.

연우 9시 20분에 옴.

시간	오줌 양(cc)
오전 6:00(이뇨제 쓰기 전)	110
7:15	280
8:53	210
12:00	300
12:05	120
오후 1:45	240
3:35	220
4:25	200
6:00	100
6:05	250
6:35	220
9:15	310
10:00	280
10:40	250
모두	3,090
이뇨 주사 2, 이뇨제 알약 1	

1999년 8월 8일 일요일 맑음

오전에 시커먼 구름이 덮이고 바람이 일고 빗방울이 조금 떨어지기에 드디어 태풍이 오는구나 싶어 걱정했더니 웬일로 검은 구름 사이 해가 나고, 그러더니 차츰 구름도 흰 구름으로 바뀌고 해가 아주 잘 났다. 참 다행이다. 하늘이 비바람을 보내려다가 글쓰기회 연수회 잘하라고 그만 비바람을 거두었구나 싶었다.

오전 마지막에 내가 발표하는데 회원들 글을 읽다가 두어 번 눈물이 나려는 것을 간신히 참고 넘길 수 있었다. 권 선생 소설 읽을 때는 눈물이 안 났는데, 회원들 감상문 쓴 것 읽고 눈물이 난 것이다. 그리고 한 시간 얘기하기로 되어 있는 것을 한 시간 반 얘기하면서 거의 모두 지식인들, 기생충 같은 문인들 비판하는 말을 했다. 하면서도 화가 났다. 생각하니 나는 분노하는 데서 말이 나오는 것 같다. 어쩌면 분노 때문에 살아가는 것 아닌가 싶다. 이게 잘못인가? 그러나 비뚤어진 것, 악한 것에 대한 분노가 없으면 죽은 목숨 아닌가? 분노야말로 살아 있다는 표현이고 생명의 표적이다.

점심을 회원들과 함께 먹고 나서 이사회를 하고 그만 내 방으로 와서 한참 누워 쉬었다.

저녁때 정우가 강냉이 세 자루 가져온 것 먹고, 회관 연수장에도 안 가고, 강신무 씨 보내온 〈신동아〉 글을 읽고 그만 자기로 했다. 강신무 씨 온다더니 부산에서 못 간다고 전화했다. 마산 고승하 씨도 온다더니 안 왔다. 사람들이 어째서 말을 그렇게 가볍게 하는지 알 수 없다.

지금 8시 20분이다. 오늘은 피곤하다. 오전에 강의해서 그럴까? 오랫동안 안 먹던 아침밥을 먹어서 그럴까. 오늘 아침에는 좀 허기가 나고 힘이 없다 싶어(더구나 강의도 해야 하니) 아침밥을 조금 먹었던 것이다.

1999년 8월 11일 수요일 맑음

오전에는 주로 연우하고 앉아 이런저런 이야기를 했다. 16일 날 미국 가는 비행기를 타면 언제 또 오겠나. 2년 동안 공부한다고 가니 그동안에는 못 오겠지. 그래 지도를 펴 놓고 미네소타주와 그 주도가 있는 곳도 찾아보고, 그 근처 지리며 여러 가지 자연환경 같은 것도 이야기했다. 연우는 오늘 서울로 가야 미국 가기 전에 치과에 가서 이 치료를 할 수 있다고 해서 더 있으라 할 수 없었다. 그래서 점심때가 되어 정우가 차를 가져왔을 때, 내 통장을 정우한테 주어서 2백만 원 찾아서 연우한테 주라고 했더니 "저 통장에 돈 있으니 그것 찾아 주지요" 했다. "그럼 우선 그래라. 내 통장 것 찾을라면 충주까지 가야 하니" 하고, 나는 "이제 너 떠날 때 다시 만날 수 없구나. 부디 몸조심하고, 공부 열심히 해라" 하고 보냈다. 가게에 가서 점심을 먹고 금왕 가서 버스 타게 되는 것이다.

오후 늦게 정우가 왔는데, 연우가 미국 가면 된장 먹고 싶다고 해서 제법 큰 그릇에 두 통(단지)이나 주었다고 했다. 그리고 버스 기다리면서 자꾸 얘기하다가 버스 한 차례

놓치고 다시 30분 더 기다리느라고 늦었다고 했다.

오전에 몸에 힘이 너무 빠져서 무얼 쓰다가 그만두고 연우하고 얘기만 했는데, 오후에도 힘이 없어서 글을 쓰는 것은 내일로 미뤘다. 이뇨제를 먹으니 몸은 가벼워지는데 힘이 없다. 정우는 걱정하면서 알부민 주사를 맞도록 하자고 했다. 이뇨제를 이제는 우선 중단하는 것이 좋겠다고 생각한다.

저녁에 민주화운동기념사업회에서 신문 광고 낸다고 5만 원씩 보내 달라는 전화가 왔다. 곧 보내겠다고 대답을 했다. 이런 것도 내 손으로 못 하고 아이들 편으로 하게 되니 그때그때 못 한다.

1999년 8월 15일 일요일 맑음

오전에 《소로우의 노래》를 읽다가 그만두고 의자에 기대어 눕듯이 해서 남쪽 창 너머 하늘의 구름을 쳐다보며 시간을 보냈다. 구름이 온갖 모양으로 바뀌고 흘러가고 하는 것이 너무나 아름다웠다. 아무리 쳐다보아도 또 보고 싶었다. 아, 내 남은 목숨은 저 하늘의 구름과 함께 살겠다는 생각이 들었다.

소로우의 글은 참 좋았다. 저 하늘의 구름 다음으로 좋은 것이 소로우의 글이다. 그런데 강은교란 시인이 번역해 놓은 그 글이 참 잘못된 말이 많아 읽으면서도 자꾸 화가 났다. 내가 이걸 좋은 대문만 골라서 우리 말로 다듬어 봐야겠다는 생각이 들었다. 일본 번역서라도 구해 볼까 하는 생각이 든다. 톨스토이의 《인생독본》하고 소로우의 글하고 가끔 읽어서 좋은 대문을 우리 말로 옮겨 봐야겠다.

아무리 소로우의 글이 좋아도 저 하늘의 구름, 하늘에 높이 솟아 끊임없이 흔들리고 움직이는 포플러 나무, 바로 뜰 앞에 있는 대추나무 눈부신 잎들보다는 못하구나 싶다. 아, 나도 소로우가 말한 것처럼 하늘과 구름과 바람과 함께, 대추나무 잎과 미루나무와 함께 숨쉬며 그 속에서 살아야겠다.

1999년 8월 23일 월요일 맑음

비가 오기도 한다는 일기예보였는데, 구름 한 점 없이 맑고 푸른 하늘이었다. 이삿짐(두 번째) 옮김.

아침에 일어나 행기를 하고 있는데 벌써 정우가 노광훈 씨 데리고 왔다. 지난번같이 8시쯤 올 줄 알았는데 7시도 안 되어 온 것이다. 아주 새벽에 나섰던 모양이다.

곧 짐을 묶기 시작했는데, 8시 반에는 신정숙이도 와서 거들었다. 11시가 좀 지나 점심 먹으러 모두 나가고, 나는 정우가 사 보낸 시루떡과 복숭아를 먹었다. 오후 1시 반이 되어 겨우 짐을 다 묶어 차에 실었다. 지난번보다 3분의 1밖에 안 된다고 하더니 결국 일한 시간은 같이 걸린 셈이다. 지난번에는 8시부터 오후 2시 40분까지 했던 것이다. 방 청소는 신정숙이한테 맡겨 놓고 짐차 두 대는 떠났다.

신정숙이 방 정리, 쓰레기 나눠 담기와 방 쓸기를 하는 동안 나는 작은 방에서 두어 시간 누워서 쉬었다. 그리고 4시 반이 지나서 나왔다. 신정숙이도 같이 나와서 창동으로 갔다. 창동 오피스텔은 세를 내주도록 복덕방에 말해 두라고 했다. 과천 아파트는 신정숙이 와 있게 되는 것이다.

1986년 3월에 과천 와서, 오늘 1999년 8월 23일에 아주 이사를 하게 되었으니 13년 반 동안 있었던 셈이다. 이제는 과천·서울에서 아주 떠나게 되었다. 이번 이사하면서 크게 느낀 것은, 사람 한 사람이 옮기는 데 무슨 짐이 이렇게도 많은지, 나도 놀랐다. 내가 참 엄청나게 잘못 살았구나 하는 생각을 안 할 수가 없었다. 내가 왜 이렇게 많은 것을 가지고 있나? 비록 그것이 거의 모두 책이라도 그렇다. 이래 가지고 이 세상 떠날 때 어떻게 저세상을 가겠는가? 여기서 이사하듯이 트럭을 네 대나 불러서 저승을 가? 참 가당치도 않고 웃기는 일 아닌가! 이래서는 안 되지. 남은 내 앞길이라도 좀 깨끗하게 가볍게 살아가야겠다. 음성역에 내려 무너미 와서 저녁을 먹고 나니 10시가 넘었다. 방 칸막이가 잘되어 있고, 짐은 방 여기저기 꽉 차 있다. 이제 내가 살다가 아주 떠날 집에 왔구나 싶다.

1999년 9월 28일 화요일 맑음
우리 말 회보를 오전에 다 만들어, 신정숙이는 점심 먹고 서울로 갔다.

저녁때, 전기회사에서 와서 심야 전기의 전깃줄을 달아 놓았다.

해가 져서, 창문 앞에 올라가 있는 오이 넝쿨 끝에 달린 오이 두 개를, 정우가 찾아 놓은 감쪽대(낚싯대 끝에 쪽대 매달아 놓은 것)를 가지고 땄다. 그게 너무 높은 데 올라가 달려 있어서 지금까지 못 따고 두었던 것이다. 그런데 그중 하나, 아주 굵은 것을 딸 때 참 놀라운 것을 발견했다. 그 무거운 것이 어째서 그토록 가느다란 줄기에 매달려 떨어지지도 않았나 했더니, 받침대 나뭇가지 꺾어진 데 참 묘하게 꽂혀 있었고, 그 꽂힌 자리가 옴폭 들어가 있는 것이었다. 이 오이 넝쿨이 분명 눈이 있고 그리고 놀라운 판단력이 있구나 싶었다. 그림을 그리면 이렇다.

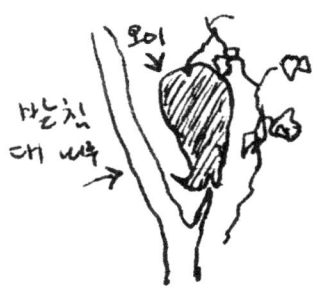

오늘 저녁 밥상에는 어제저녁보다 과일이 더 많이 나왔다. 사과, 배, 옥수수, 홍시, 밤, 고구마, 대추…. 이래서 밥을 조금 먹고 옥수수와 과일을 많이 먹었다. 대구 박경선 선생이 배를 한 상자 보내왔다. 박철수 원장은 한약(지금 먹고 있는 물약)을 또 보냈다. 아직 전에 가져온 것도 많이 남아 있는데….

권오삼 선생이 보내온 〈아동문학 사랑방〉을 읽었다. 요새 신인들 얘기는 공감이 갔는데, 옛것을 부정하면서 과학의 앞날을 맹신하는 것이 참 철없는 사람이구나 싶었다.

1999년 10월 7일 목요일 맑음

주간지 연재 원고 2회분을 썼다. 그래서 자료 정리는 오늘도 손을 못 댔다. 보일러 공사(심야 전기)가 오늘 끝났다. 일꾼 두 사람이 아침부터 저녁까지 일해서 겨우 마친 모양이다. 오늘 저녁에는 밥 말고 먹은 것이 밤, 대추, 사과, 추자다.

내가 하는 것 없이 날을 자꾸 보내고 있다고 어제 일기에 썼는데, 생각해 보니 아무것도 하는 것 없이 의자에 가만히 앉아 있는 시간이 제법 많다. 내 건강 탓이기도 하겠지만, 혼자 가만히 앉아 있는 것이 잘 깨닫고 보니 참 즐겁고 소중하구나 싶다.

가만히 앉아 온갖 생각을 한다. 창 너머로 파란 하늘과 구름을 바라보는 것도 말할 수 없이 기쁘다. 그러다가 혼자 노래를 부르는 것은 또 얼마나 좋은가! 이렇게 기쁜 시간을 보내는데 내가 공연한 날을 허송하다니! 시도 이렇게 혼자 있을 때 생겨나는 것이고, 내가 정말 행복을 맛보는 것이 이렇게 혼자 아무것도 안 하고 가만히 앉아 있는 순간임을 알게 된다. 내 건강도 이렇게 해서 다시 찾아 가질 수 있겠다고 믿어진다.

　외로운 것, 이보다 더 소중한 것이 없구나!

1999년 11월 18일 목요일 맑음

지금 11시 45분이다. 방금 명지대학교 진태하 교수라면서
전화가 왔다. 내가 언제 우리 말 훼방*을 했나, 당신이 우
리 말을 아느냐, 이오덕이란 말은 우리 말이 아니냐, 어떻
게 하려고 하나, 법으로 대처하기 전에 우선 말로 먼저 알
려 놓겠다. 아주 흥분해서 고함을 지르고 해서 전화를 끊었
더니 잠시 뒤 또 걸어 와서 받으니 다시 또 고함 소리다. 꼭
미친놈 같다. 어디서 좀 만납시다, 어디서 만날까요, 한다.
나는 건강이 나빠 다른 데 못 나간다고 했더니 찾아갈까요,
했다. 글쎄 찾아오다니, 여기까지 뭣 때문에 와요, 하니, 또
고함 소리로 온갖 억지를 늘어놓기에 두 번째로 그만 전화
기를 놓아 버렸다. 미친 사람들이 세상에는 많은데, 바로
미친 사람을 만났구나 싶어 여간 기분이 나쁘지 않다. 미친
놈들이 돈과 권력으로 나를 징역살이시킨다면 영광이겠다.
이 판에 영광스런 곳에 갈 수도 있겠지만, 내 몸이 이러니
그것도 마음대로 안 된다.

----

* 　우리 말 살리는 모임에서 한 해 동안 우리 말을 가장 잘 쓴 사람에게는
세종대왕상을, 우리 말을 가장 바르게 쓰지 못한 사람에게는 최만리상을 주
기로 했으나 상을 주는 것이 맞지 않겠다 싶어 대신 우리 말 지킴이와 훼방꾼
을 뽑아 알렸다.

어제 〈출판저널〉에서 연락이 와서, 1990년대 최고의 책을 어린이, 청소년 부문에서 다섯 권을 뽑아 달라고 해서, 오늘 저녁에는 권정생 선생하고 전화를 해서 다음 다섯 권을 정했다.*

1. 〈겨레아동문학선집〉, 10권, 보리
2. 《점득이네》, 권정생, 창비
3. 《너하고 안 놀아》, 현덕, 창비
4. 《우리가 정말 알아야 할 우리 옛이야기 100가지》, 서정오, 현암사
5. 《탄광마을 아이들》, 임길택, 실천문학사

권 선생은 자기 것은 빼라고 했지만, 어디 그럴 수 있나. 권 선생은 내가 읽어 보라고 한 《그림자 정부》를 읽은 모양이다. "리영희고 백낙청이고 그런 사람들 글도 다 엉터리네요. 이거 우리가 어떻게 살아야 되지요?" 했다. 큰 충격을 받은 모양이었다.

오늘은 권태응 동요론 나머지 부분을 쓰기 위해 창비의 《감자꽃》 작품을 한 편 한 편 그 율격을 조사해 보았다.

* 다섯 권을 추천했으나 12월 호 〈출판저널〉에는 두 권만 나와 있었다.

2000년 1월 1일 토요일 맑음

새벽 4시가 좀 지나서 눈을 뜨고, 5시에 일어나 숨쉬기 10여 분, 온살돌이 한 시간 10분 그리고 누워서 한 시간쯤 쉬었다가 일어나 올해 할 일을 건강, 우리 말, 문학, 글쓰기 이렇게 몇 가지로 나누어 계획해 보았다. 내가 할 일이 참 많구나 싶다. 계획대로 될는지, 욕심을 너무 부린 것은 아닌지, 꼭 하고 싶은 것, 해야 할 일만 적었는데도 이것을 다 감당해 낼 것 같지 않다. 내 체력이 아주 튼튼하다면 될 것이다. 무엇보다도 건강이 첫째구나 하고 다시 깨닫는다. 건강을 찾지 못하면 모든 것이 다 헛된 꿈이다.

지금 봐서 내 건강을 찾아 갖는 데 대한 희망은 강신무 씨가 가르쳐 준 온살돌이를 열심히 하는 데 있다. 이것만 잘하면 반드시 내 몸이 튼튼하게 되리라 믿는다. 내가 다시 튼튼한 몸이 되어 전과 같이 젊은이들보다 더 빨리 걷게 되고, 산에도 가벼운 몸으로 성큼성큼 오르게 된다면 얼마나 좋겠나. 그러면 내가 하고 싶은 일, 해야 할 일도 잘할 수 있겠지. 그래서 이 한 해를 아주 즐겁게 보람있게 보낼 수 있겠지.

올해 할 일 계획한 것은 이 일기장 앞머리에 요약해서 적어 놓았다. 다 적고 나니 10시 반이 되고, 일기를 쓰니 11시가 다 되어 간다.

몇 해 전에 잠실에 있는 현대백화점엔가에 가서 샀던 만년필을 꺼내어 따순 물로 여러 번 마른 잉크 찌꺼기를 씻고 헹구어 낸 다음 새 잉크(파카 잉크가 없고 국산 파일롯 잉크만 있어서)를 넣어 써 보았더니 잉크가 잘 안 나오고, 나와도 색깔이 이상하고 맹물을 탄 잉크 같았다. 다시 잉크를 빼내고 새로 넣어도 마찬가지였다. 또 잉크 넣는 스포이트가 구멍이 났는지 뒤쪽에서 잉크가 묻어 나왔다. 할 수 없이 그 만년필은 다시 씻어서 두었다. 기회 있으면 그 백화점에 가서 스포이트를 새로 갈아 끼워 봐야겠다. 미국 제품으로 그때 12만 원인가 주고 사서, 아주 연하게 잘 써지고 든든해 보이는 펜촉이 좋아서, 뚜껑이 잘 벗어져도 집에 두고 잘 썼는데, 이제는 이렇게 못 쓰게 되었다.

지금 이렇게 쓰고 있는 만년필은 몽블랑이다. 이 만년필은 처음 쓸 때 손에 안 익어서 그런지 글씨가 잘 안 되더니 갈수록 잘 써지고 조금도 탈이 없어 좋다.

또 일기장인데, 지난해까지 일기장이라고 만들어 놓은 상품을 사서 썼다.

그런데 그 일기장은 책장을 펴서 쓸 때 한쪽 손으로 책장이 닫히지 않게 누르고 있어야 하고 책장이 붙은 안쪽에는 글자를 쓸 수가 없다. 그리고 요 며칠 사이 민화협민족화해협력범국민협의회과 국민정치연구회란 데서(두 군데 다 내가 고문인가 하는 이름으로 올라 있다) 아주 쓰기 좋겠다 싶은 수첩을 보내와서, 그것을 일기장으로 할 수도 있겠구나 싶어 그렇게 할 작정으로 써 보았더니 웬걸, 글씨 쓴 것이 책장 뒤로 피어 번져서 그 뒤쪽에는 쓸 수가 없고 써도 무슨 글자인지 알 수가 없게 되어 버렸다. 그래 그 수첩들을 다 던져 버린 것이다. 돈 많이 들여서 만든 수첩이 이 꼴이니, 그런 단체에서 한다는 온갖 큼직한 일들까지 믿기지 않는다. 모두 이런 수첩 만들 듯이 겉모양만 보기 좋게 만들어 보이는 것 아닌가 싶다. 하도 수첩이 아까워서 만년필도 아주 가느다란 것으로 써 보고, 사인펜도 새것으로 써 보았지만 무엇으로 써도 안 되었다.

이 공책은 일기장이라 해서 날짜가 안 적혔지만 그래서 도리어 좋다. 날짜 적힌 일기장은, 그걸 날마다 쓰다 보면 날짜는 안 보고 쓰게 되는데, 그러다 보면 어떤 때는 책장을 잘못 넘겨 하루나 이틀을 건너 뛰어 쓰게 되고, 그걸 며칠 뒤에야 발견하게 된다. 날짜고 요일이 안 적혔으면 달력을 그날그날 보고 오늘이 무슨 날 무슨 요일인가를 분명히 알고 쓰게도 되는 것이다. 또 일기장에는 아무것에도 쓸 데 없는 시간표나 무슨 금언 같은 것이 구질구질하게 적혀 있는 것도 마음에 안 들고, 이렇게 그날그날 쓰고 싶은 것을 길이에 매이지 않고 자유롭게 쓸 수도 없다. 값도 일기장은 이런 공책의 몇 배가 된다. 올해부터는 이런 공책으로 일기 쓰기를 즐길 수 있겠구나 싶다.

벌써 11시 반이 지났다. 오늘 점심은 감자를 깎아서 옛날 방식으로 솥에다가 삶아(쪄서) 먹어 보고 싶다. 새해 초하룻날, 첫 음식을 내가 가장 좋아하는 감자로 먹는다면 올해 먹는 일은 깨끗하고 올바르게 될 것이다.

오후에 글쓰기회보(연수 자료집)에 나온 김수업 선생의 글(연수 주제 발표문)을 감명 깊게 읽었다. 말과 글에 대한 생각의 바탕과 태도가 나와 아주 같다는 느낌이 들어 너무 반가웠다. 이번 연수회에서 우리 회원들에게 좋은 깨우침을 주게 될 것이 기다려진다. 그리고 이분이 지금까지(우리 글쓰기회 시작할 때부터) 회원으로 회보를 받아 보고 있었다니 참 뜻밖이다. 앞으로 자주 만나서 의논하고 도움과 가르침을 회원들이 받을 수 있도록 하고 싶다.

김수업 선생 글을 읽다가 우리 학교교육이 지난 천몇백 년 동안 우리 말을 버리고, 우리 것 우리 생각을 버리고, 남의 것만 흉내 내게 하는 짓만을 가르쳐 왔다는 말을 쓴 대문에서, 나 또한 그런 평생을 살고 그런 굴레에서 겪었구나 싶고, 사실은 오늘 새벽 5시부터 6시 10분까지 온살돌이를 하면서 그런 내 평생을 돌아보고 새삼 놀라면서 그것을 확인했던 것이다. 내 평생을 나는 다음과 같이 돌아보았다.

1. 20세까지
   학교교육으로 나 자신을 짓밟고 죽인 시대.
2. 21~40세
   교육하는 사람으로 우리 것을 짓밟는 크나큰 틀 속에서 그것과 싸우기도 하면서 괴로워하던 시대.
3. 40~60세
   문학이라는 틀 속에서 나를 세워 보려고 하여 교육도

문학으로 하려고 하던 시대.

4. 60~80세

우리 말을 깨닫고 우리 말을 살리는 것이 모든 것을 살리는 길임을 알게 된 시대(문학과 교육의 거짓에서 벗어나게 된 시대).

5. 80세 이후

말까지도 뛰어넘은 세계에서 살게 된 시대.

지금 내 나이가 만 75세이니까, 20년 단위로 금을 그어 놓은 이 표에서 보면 아직은 우리 말 살리는 일을 해야 할 시대다. 정말 앞으로 5년 동안 이 일을 대강 다(지금 내가 하고 싶어 하고 해야 한다는 몇 가지 일) 해 놓으면 그다음 에는 산과 들의 짐승들처럼, 풀과 나무들처럼 말이고 글이 고 하는 것조차(우리가 생각하고 알고 있는 그런 뜻으로 쓰 는) 없는 목숨들의 세계에서 살고 싶다. 아무튼 나는 좀 더 오래 살아야 참인생, 참목숨이 무엇인가, 어떤 것인가를 알 것이다. 내가 지난 평생을 헛되게 살지 않았으면 이 모든 것을 진작 깨우쳤을 터인데, 평생을 잘못된 교육으로 허탕 을 치고 헛살았으니 앞으로라도 좀 더 오래 살아서 참사람 이 되어 보고 싶은 것이다.

2000년 1월 21일 금요일 맑음

오늘은 어제보다 더 추운 날인 모양이다. 그러나 어제와 같이 볕이 아침부터 창문으로 들어와, 방 안에 있으니 추운 줄을 몰랐다.

아침에 글쓰기회보에 낼 '일본 어린이의 시(1, 2학년 편)'* 교정지를 보고 다듬어서 낮에 노광훈 씨에게 주었다. 그리고 어제에 이어 우리 말 회보에 낼 글을 오후까지 쓰고, 저녁때는 신문을 보았다. 오늘도 이렇게 하루가 살같이 지나가 버렸다.

저녁때 생각나서 얼굴 수염을 깎았다. 수염을 오랫동안 안 깎아서 거울을 보니 아주 딴 얼굴처럼 느껴졌는데, 깎고 나니 내 얼굴로 돌아왔다. 그만 텁수룩한 수염 얼굴 그대로 지낼까 하는 생각도 든다. 안 깎으면 수염 얼굴이 그대로 내 얼굴로 되겠지. 그런데 사람들 앞에 나갈 때 별난 행색해 보이고 싶지 않고, 그럴 용기가 안 난다. 아직도 나는 이런 조그마한 일에 마음을 쓰고 있는 것이 한심하다.

지금은 밤 9시 50분이 지났다. 조금 전에 윤태호한테 전화를 걸고, 최영기한테도 걸었다. 하도 쓸쓸해서 옛 친구들 목소리라도 듣고 싶어서 걸었다. 두 사람 목소리 오랜만에 들으니 반갑고, 전화 끊은 뒤에도 어쩐지 내 몸에 힘이 났다. 전화를 걸면서 한참 이야기하고 웃고 하면 몸에 활기가 나는 것인데, 전화가 이런 점에서 참 좋구나 싶다. 내일은

---

* 일본작문회 월간지 〈작문과교육〉에 나온 초중고 학생 시를 번역해서 2001년에 《한 사람의 목숨》으로 엮었다.

우성근하고 영양에 아직도 있다는 이인섭이한테도 걸어야
겠다.

2000년 1월 23일 일요일 맑음

아침 9시부터 10시 반까지 회관글쓰기회 회관에서 강의했다.
교재 '일본 어린이(1학년)의 시'를 가지고 했다. 마치고 나
와 사진을 찍고 곧 나만 방으로 와서, 어제 정우가 갖다 놓
은 시루떡을 다시 쪄서 점심으로 먹었다.

어제저녁 때부터 오던 눈이 한밤까지 온 모양이다. 눈
이 너무 쌓여서 정우가 새벽 6시부터 눈 치우는 중장비 차
로 회관에서 신작로 가게까지 길에 쌓인 눈을 치우고, 또
마을 길도 치웠다. 8시 40분에 나를 데리러 온 주중식 선생
부인이 그런 얘기를 해 주었다. 그래서 정우는 그때도 길의
눈 치는 일로 못 오고 자기가 왔다는 것이다.

지금 3시 15분이다. 조금 전에 부산, 속초, 충남, 거창의
중견 회원들이 인사하러 왔다가 갔다. 모두 일곱 사람인데,
방에 앉을 자리도 모자라고, 갈 길도 있다면서 밖에서 인사
하고 갔다.

그리고, 그 앞서서 신정숙이가 우리 말 회원이기도 한
네 사람을 데리고 또 인사하러 왔다가 나갔다. 신정숙이는
이대로 선생한테서 전해 주라고 해서 받아 놓은 안경을 깜
박 잊어버렸다면서 다음 월말에 올 때 가져오겠다고 했다.
그 안경 가져오기를 기다렸는데, 젊은 사람이 잊어버리기

는 왜 그리 잘 잊어버리나. 전화 예약한 것(창동 것) 해약하는 데 필요한 인감증명서와 내 인감 그리고 노미화 선생이 갖다 놓은 두 아이 일기장(지난번 가져가고 남은 것)은 가져갔다. 아무튼 내 일을 이래서 신정숙이 많이 거들어 주는 셈이기는 해서 다행이다.

조용한 오후다. 평화롭고 행복한 시간이다. 다만 내가 건강하기만 하다면! 아까 이상석, 황금성, 주중식, 황시백들 젊은이가, 이번에는 모두 거창으로 간다고 나갔는데, 나도 저런 세월이 있었더라면 얼마나 좋았겠나 싶다. 저렇게 젊은 시절을 재미있게 보냈다면 아마 건강도 지금보다 훨씬 좋아졌을 것이다. 내 몸이 이렇게 된 것은 내 젊은 시절을 너무나 가혹하도록 괴롭게, 어둡게 보낸 탓이다. 이제라도 나는 좀 더 밝게 살아야겠다. 저 따스한 겨울 저녁 햇빛을 내 가슴에 안고서!

2000년 3월 14일 화요일 맑음

낮에, 서정오 선생이 선물로 갖다 놓은 수삼 한 뿌리를 씻어서 칼로 잘라서 나물하고 먹었다. 저녁에도 그걸 정우하고 먹었다. 이것이 좋은지 나쁜지 알 수 없다. 오줌 색깔이 좀 더 노랗다는 느낌이 드는데, 확실한 것은 모르겠다.

오늘 박기범 씨 동화책 《문제아》를 읽었다. 참 좋은 작품이다. 내가 지금까지 읽은 작품 가운데, 아마도 권정생 씨 이후로는 가장 좋은 작품을 쓸 수 있는 사람을 만났구나 싶다. 참 반갑다.

그래 저녁에는 조그만 30쪽짜리 책을 만들어 볼까 하는 생각이 들었다. 월간으로. 권정생 씨 동화 한 편하고, 내가 평론 한 편 쓰고, 박기범 씨 동화 한 편, 이렇게 해서 한 달에 한 번씩 내고 싶다. 꼭 해야 되겠구나 꼭.

2000년 4월 1일 토요일 맑음

일본의 글쓰기 교육 모임 교육자들의 방문단이 오후 5시에 왔다.* 모두 22명. 먼저 가게에 들러 차를 한 잔씩 대접해서, 내가 있는 집으로 안내해 왔기에 잠시 방에 들어오게 하여 인사를 하고, 오늘 일정을 의논한 다음 글쓰기회관으로 갔다. 오쓰키 다케시 선생은 사정이 있어 못 왔지만 일본작문회 회원이 여럿 왔다. 그중에는 내가 책으로 그 이름을 알고 있는 이와타 미치오 씨도 있었다.

회관에 가서 먼저 우리 회원들 30명을 황금성 회장이 소개하고, 일본 사람들의 소개도 받았다. 그런 다음에 내가 건강이 나빠서 '글쓰기 교육의 역사'는 인쇄물로 나누어 드렸으니 그것을 보아 달라고 했고, 나 대신 이상석 선생이 대강 이야기했다. 그리고 나서 몇 가지 질문을 받고, 그다

* 1991년 10월 17일에는 일본 도쿄대학 명예교수 오쓰키 다케시와 만나 한국글쓰기교육연구회와 일본 교원 단체가 서로 교류하여 글쓰기 교육 운동을 함께하자는 이야기를 나눴다. 1999년 3월 18일에는 다이토문화대학교 문학부 조교수 오바나 기요시도 와서 교류 이야기를 나누었다.

음에는 한 아이의 글을 가지고 이야기를 나누었는데, 그 글은 이호철 선생이 지도한 '어머니'란 시로, 내가 《어린이를 살리는 글쓰기》에서 인용한 작품이었다. 그 책을 오바나 선생이 번역해서 일본 글쓰기 모임 선생들이 달마다 모여 읽고 합평을 하면서 한국과 일본의 아이들 교육과 글쓰기 문제를 연구한 것인데, 오늘 그 가운데 한 작품을 가지고 두 나라 선생들이 의견을 주고받기로 한 것이다. 주로 일본 쪽에서 그 작품을 읽고서 느낀 것, 지도교사한테 묻고 싶은 것들을 말하고, 우리는 대답하는 형식으로 이야기가 되었다. 역시 일본 사람들이 작품을 잘 보는구나 생각했다. 다 끝나고 일본 사람들이 모두 서서 노래를 부르고, 다음 우리도 화답해서 노래를 부르고 마치니 8시가 지났다. 나는 일본 사람들과 그 자리에서 작별하고, 모두 가게로 저녁을 먹으러 갔다.

오늘 일본 사람들한테서 책 선물을 많이 받았다.

이 밖에 선물을 내줄 때 같이 준 것이 하나 있는데, 그것을 지금 뜯어보니 펜 같은 것을 놓아두는 판이었다.

그리고, 우리 방에서 밖으로 나갈 때 어떤 여자 한 분이 선물이라고 내주는 것이 있는데, 하얀 종이봉투 같은 데 무엇이 들어 있고, 그것을 맡으니 무슨 쑥 냄새 같은 향기가 난다. 그걸 맡으면 잠이 잘 온다고 했다. 참 고마운 사람들이다. 또 저녁을 먹을 때 정우가 가게에서 "이거 선생님 드리세요" 하고 주는 것이라고 내놓았는데, 뜯어보니 무농약

오곡으로 만든 센베이 과자였다. 그리고 초콜릿이 하나 따로 들어 있고, 거기 조그만 책자가 들었는데, 그 책에 농사꾼들 거름 만드는 법, 그 밖에 유익하고 재미있는 이야기가 담겨 있고, 그것이 월간으로 나오게 되어 있는데, 조그만 책이지만 아주 잘 짜였고 품위가 있었다. 과자 한 봉지(290엔짜리) 안에도 이런 좋은 책을 만들어 넣어서 선전하는 일본 사람들의 문화가 너무나 부러웠다.

글쓰기회관에서 마치고 나올 때는 기진 상태가 되어 한참 방에서 누워 있다가 일어났다. 10시가 지나서 정우가 밥을 가져와서 같이 먹었다.

지금 벌써 12시 15분이 되었다. 어서 자야겠다. 아무튼 오늘 하루 무사히 넘겨서 참 다행이다. 내일은 푹 쉬어야겠다.

2000년 5월 24일 수요일 맑음

정우가 가끔 음성에 가면 팥빵을 사 온다. 가게에서 파는 양과자나 빵은 안 먹는데, 이 빵은 잘 먹는다. 그래서 내가 "나는 그런 거 먹기보다 우리 밀 가루가 있으니 부풀리는 것만 있으면 내가 한번 만들어 먹고 싶다. 단것도 안 넣고 팥하고 콩만 넣어서 만들면 되겠는데" 했더니 어제 우리 밀 가루하고 막걸리를 갖다 놓았다. 그걸로 오늘은 빵을 만들어 보았다.

막걸리로 밀가루를 개어서 볕에 세 시간쯤 놓아두었다.

그동안 콩하고 팥을 삶았다. 그런데 술로 개어 놓았던 것을 보니 아주 찰떡죽처럼 되어 손에 붙어 만들 수가 없었다. 그래서 숟가락으로 떠서 다른 그릇에 옮겨 밀가루를 뿌려 겨우 그 속에 콩하고 팥 같은 것을 넣고 대강 빵 모양으로 뭉쳐 다시 밀가루를 뿌려 겨우 찜통에 깔아 놓은 베 보자기로 옮겼다. 이렇게 네 개 만들고 나머지는 그만 모두 또 베 보자기 위에 그냥 한데 옮겨 한 벌 깔아서 그 위에 콩과 팥을 깔고, 다시 위에 밀가루 반죽한 것을 덮고, 이래서 쪘다. 찐 것을 먹어 보니 빵집에서 만든 것처럼 부드럽지 않았다. 그래도 내가 먹기에는 그만이었다. 나중에 생각해 보니, 그렇게 죽같이 된 것을 그대로 만들 것이 아니고 거기 밀가루를 더 뿌려 좀 단단하게 되도록, 빵 모양을 만들기 좋을 만큼 개어서 만들어야 했는데, 왜 그 생각을 못 했나 싶었다. 다음에는 잘 만들 것 같다.

저녁에 정우와 현우한테 주었더니 맛있다고 했다.

오늘은 좀 힘이 없어서 《일하는 아이들》 원고 교정도 조금밖에 못 했다.

배가 자꾸 구굴구굴한다. 낮에 그 빵을 너무 먹은 탓인가? 빵이 몸에 나쁜 것일까? 밀가루, 팥, 콩 모두 먹어도 된다고(8체질 식품 이론) 해서 마음 놓고 먹었는데 왜 이런가?

2000년 6월 14일 수요일 맑음
우체함에서 신문을 꺼내 와 읽었는데, 어제 오늘 김대중 대통령과 김정일 위원장이 만나는 이야기가 온통 가득했다.*
우리 나라 7천만 남북 전 국민뿐 아니라 온 세계 사람들의
관심이 온통 평양에 쏠려 있는 모양이다. 김정일이란 사람
이 말도 잘하고 예의도 잘 차리고 하는 모습을 보고 남쪽의
사람들이 거의 모두 놀라고, 또 두 사람의 만남에 감동하고
감탄하는 것 같아 참으로 이번에 큰일을 해냈구나 싶었다.
두 사람이 한자리에 앉아 말을 주고받는 모습을 모두 사람
들이 지켜보고, 지금까지 김정일이란 사람에 대해 가지고
있던 잘못된 생각을 한순간에 싹 걷어치우게 되었고, 따라
서 북녘 사회에 대한 적대감 같은 것도 많이 사라졌으리라
고 생각되었다.

생전 텔레비전을 보고 싶지 않았는데, 어제 오늘만은
한번 보고 싶다는 생각이 났다.

2000년 7월 18일 화요일 흐리고 무더움

간밤에는 2시 반쯤 깨어나서는 그만 잠이 안 왔다. 코코아
를 먹어서 그런가 하는 생각이 들었다. 포도당과 실크아미
노산, 이 두 가지는 좋은 것이 분명한데, 코코아는 모르겠다.

오전에 〈고딘 21〉 연재 원고를 써 두고, 오후에는 보민
이 일기, 아직 안 읽은 것 마저 읽어 둔다고 읽다가 그만두

---

* 6월 13일부터 15일까지 평양에서 남북 정상회담이 열렸다. 회담의 결과
로 '6·15 남북공동선언'을 발표했고, 그 뒤 남북한은 다양한 분야에서 활발하
게 교류했다.

고 신문을 보았다.

내일은 마주이야기 시 해설 원고 교정을 다 마쳐 두어야 한다. 모레는 오전에 한의원에 갔다가 오후에 박문희 선생하고 우리글 사장이 온다고 했으니 그 전에 다 준비해 두어야 하는 것이다.

요즘은 정우하고 현우하고 셋이서 그림 이야기를 자주 한다. 역시 고흐, 밀레 같은 훌륭한 화가가 우리에게는 없다. 고흐의 〈감자 먹는 사람들〉이나 밤하늘 그림, 밀레의 〈이삭 줍는 사람들〉이나 〈저녁 종소리만종〉 같은 그림을 구해서 벽에 걸어 두고 싶다.

2000년 9월 3일 일요일 맑음

어젯밤에는 10시가 좀 지나서 자리에 누웠다. 보통은 11시가 지나서 자는데, 좀 일찍 잔 셈이다. 새벽 4시가 지나 깨어서, 4시 40분쯤에 일어나 온살돌이를 10분쯤 하고 화장실에 가서 오줌을 누니 겨우 100cc밖에 안 나왔다. 다른 날에는 140~150 정도 나왔던 것이고, 이것도 시간을 따져 보면 너무 적은 양이라 걱정되었던 것이다. 그런데 배가 편하고, 행기를 해 보니 숨쉬기가 좋았다. 오줌 양만으로 걱정할 것 아니고, 역시 음식을 적게 먹고 우선 배를 편하게 해야겠구나 싶었다. 속이 편하면 오줌도 차츰 잘 나오겠지. 그래 행기를 약 40분 하고 난 다음 이뇨제를 한 알 먹고 한참 잡지 〈우리교육〉을 보다가 실크아미노산을 한 찻숟갈

502

먹고 또 책을 보다가, 책도 덮고 의자에 기대어 있다가 졸음이 와서 자리에 누워 9시가 지나도록 있었다.

누워 있으니 가장 편하다. 9시가 지나도 일어나기가 싫다. 이렇게 누워서 내가 죽음을 맞을 수 있으면 참 좋겠구나 하는 생각이 들었다. 먹는 것을 끊고, 이런 가을날 춥지도 덥지도 않은 날에 혼자 누워서, 바깥이 좀 보이도록 창문이라도 열어 놓고서 가을 하늘을 쳐다보아도 좋고, 저녁 때라면 벌레 소리를 들으면서도 좋고, 이렇게 누워 하루고 이틀이고 지나다가, 한 시간, 두 시간 지나다가 그만 촛불이 사그라지듯이 이 세상을 떠난다면… 참 재미있을 것 같다. 얼마나 행복한 마지막이 되겠는가 싶다. 이러고 보니 이제 나는 죽을 자리와 때와 길을 봐 두었구나 싶어 참 기쁘다. 반드시 이렇게 나는 죽어야 되겠구나 싶다.

지금은 9시 40분이 지난 때다. 아침 햇빛이 창문 가득 비친다. 아, 좋은 날씨다. 아직 나는 죽을 수가 없고 죽어서도 안 된다. 오늘 할 일을 해야지. 오늘은 점심을 아주 조금만 먹기로 하고, 저녁도 그렇게 할 것이다. 그리고 글 한 편을 써야겠다.

쓴다 쓴다 하던 글은 오후에야 시작했지만 겨우 조금밖에 못 썼다. 그것도 써 놓고 보니 별로 쓸데없는 이야기라, 다시 써야겠다는 생각이 들었다. 그래 그만두고 〈우리교육〉 이달 치 온 것 읽는다고 저녁 시간을 다 보냈다.

현우가 저녁에 왔다. 내일 동해시에 채집하러 간다고

했다. 요즘은 보통 밤 3시나 4시에 자고 아침에 일어나는 시간은 8시쯤이라 했다. 12월에 논문을 발표한다나. 그래도 얼굴이 밝아 보여 마음이 놓였다.

오늘도 오줌은 아주 적게 나왔다. 아무래도 걱정이 된다. 단식을 해야 될 것 같다.

2000년 11월 16일 목요일 비

아침에 보조 의사가 와서, 오늘 퇴원*한 다음 집에서 먹게 되는 약에 대해 얘기해 주었다. 그리고 다음 22일에 한 번 진찰 받으러 오라고 했다. 가슴에 물이 찬 것은 이뇨제로 빼 보도록 하는데, 만약 집에서 견디기 힘들면 언제든지 병원에 와서 바로 물을 빼도록 하자고 했다. 내가 어젯밤 몸살이 나고 숨이 차고 기침까지 났다고 하니, 수혈하면 그런 부작용이 좀 날 수 있는데 차츰 나아질 것이라 했다. 그리고 의사가 나간 뒤 이희발 교수가 전화를 해 왔다. 오늘은 병원 밖에 있어서 퇴원 때 만날 수 없으니 잘 가시라면서 22일 만나자고 했다. 그래서 정우가 내려가 입원비를 다 치르니, 6일부터 오늘 16일 아침까지 11일 동안 비용이 모두 260몇만 원이더라 했다. 정우가 계산해 보더니 지난해 세브란스 입원비에 대면 반밖에 안 된다고 말했다.

병원을 나와서 빗길에 차를 몰고 덕수궁에서 열고 있는

---

* 11월 6일 서울 순천향대학병원에 입원했다.

인상파 미술전을 보러 갔다. 덕수궁 뒤쪽 길에 차를 세워두고 휠체어를 타고 가는데, 나는 우산을 받았지만 정우는 비를 맞으면서 휠체어를 뒤에서 밀고 갔다. 그런데 미술 전시회 건물에 설치해 놓은 장애자가 쓰는 승강기가 제대로 작동이 안 되었다. 그곳 일하는 사람들이 여럿 와서 아무리 해도 안 되어 할 수 없이 네 사람이 나를 태운 휠체어를 들어서 2층까지 올려 주었다. 내릴 때는 어찌어찌해서 승강기가 작동이 되도록 해서 내렸다. 지금까지 몇 달 동안 이 승강기를 써먹은 것이 두 번밖에 안 되다 보니, 자주 손보지도 않아서 이렇다면서 미안하다고 했다.

전시장은 인상파 그림 두 군데(방) 그리고 3층에 고야 판화전시장 이렇게 세 군데 있는데, 1시부터 2시 반까지 약 두 시간 반 동안 보았다. 내가 가장 감명 깊게 본 것은 역시 밀레의 그림 〈이삭 줍는 사람들〉과 〈그레빌의 성당〉 그림이었다. 인상파 그림은 〈파도〉가 아직도 머리에 남아 있다. 고야 판화는 전쟁의 참화를 연작으로 한 것이 가장 많았는데, 고야는 이렇게 인간의 악마성을 용서하지 않고 철저하게 파헤쳐 놓은 화가였구나 싶어, 밀레와는 또 달리 놀라운 정신을 가진 사람임을 깨닫게 되었다. 그런데 그 판화가 너무 작고, 또 양이 많은 데다가 하나하나 그 내용에 대한 설명이 좀 있어야 이해할 것 같은 작품이 되어서, 그만 그대로 한 차례 구경하듯이 지나가기만 했다. 그리고 설명이 있고, 그 주제를 그림 제목으로 적어 놓은 것도 많았지만 어려운 말과 외국 말법으로 괴상하게 써 놓아서 읽다가도 그만 화가 나서 그냥 두고 지나가고 했다. 나올 때 〈이삭 줍는 사람들〉과 〈저녁 종소리〉 두 그림 복제한 것 각각 2만 원씩 주고 사고, 또 고흐 그림으로 된 내년도 달력도 만 원 주고 샀다.

올 때는 비가 많이 왔다. 빗길을 차로 오면서, 어제 사두었던 감자떡을 정우하고 점심으로 먹으면서 왔다. 4시 반이 되어 집에 오니 비로소 마음이 확 풀어지고 놓였다. 아무튼 이번 순천향에 입원한 것이 잘했구나 싶다. 이제는 치료의 방향과 방법이 더욱 확실해지고, 치료의 목표도 머지않아 이룰 수 있을 것으로 크게 기대되어 여간 기쁘지 않다.

내일부터 새 치료, 요양법으로 살아갈 것이다.

2000년 11월 30일 목요일 맑음

간밤에 또 잠을 못 잤다. 1시 반쯤에 자리에 누웠으니 11시쯤에 잠들었을 것이다. 그런데 12시 10분 전에 깨어나서 그만 못 잤으니 한 시간쯤밖에 못 잤다. 다시 잠이 안 오고, 더구나 어제저녁 정우가 오리고기를 갖다 놓아서, 밥 다 먹고 나서 또 그걸 더 먹고는, 아직도 위 속에 그 고기가 남아 있는 듯 시원스럽게 내려가지 않아 자꾸 마음에 걸린다. 그대로 한참 누워 있다가 그만 일어나 숨쉬기를 한 시간쯤 하고 나니 배가 좀 편했다. 그리고 다시 좀 누워 있다가 4시 반에 일어나 옷을 입고 불을 켰다. 오늘은 한 시간밖에 못 잤지만, 할 일을 하면서 잘 보낼 것 같다. 정말 잠을 자는 시간이 아깝다. 잠을 자지 않고 밤에도 할 일을 하고 낮에도 일하고 해서 날을 보내면 얼마나 좋겠나. 이제부터 밤에 한두 시간 자고 눈이 뜨이면 곧 일어나야겠다고 생각한다. 다행히 행기(숨쉬기)를 하니 잠을 한두 시간만 자도 된다. 아, 참 나는 요즘 행복하다. 이렇게 나날이 귀하고 기쁜 시간을 보낸 때가 지난날 그 어느 때도 없었다. 그래 가만히 생각해 보니 이게 내 병 때문이다. 신장염 덕택으로 내가 행복해졌다. 만약 신장염이 없었더라면 지금도 온갖 세상일에 끌려다니면서 정작 내 할 일은 손도 못 대고, 손댈 엄두도 못 낼 것 아닌가. 더구나 조용히 내 앞길을 생각해 보는 시간도 갖지 못할 것이다. 또 있다. 신장염 덕분으로 먹는 즐거움, 밥과 나물, 오리고기, 된장, 감자, 고구마… 이런 온갖 먹을거리의 참맛을 정말 알게 되었다는 생각이 든다. 현우가 제 길을 가게 된 것, 정우가 늘 내 곁에 있어 아들 노릇뿐 아니라 친구 노릇까지 너무나 잘해 주는 것도 모두가 신장염 덕택이구나 하는 생각이 든다. 신장염 만세! 병이란 것도 사람에게는 더러 참 소중한 것이 되는구나 싶다. 하나님이 내게 이렇게 소중한 병을 주신 뜻을 이제사 깨달았다. 그리고 이 병으로 얻을 것을 다 얻게 되었으니 이제 앞으로는 이 병 없이 내 일을 잘하면서 이 행복을 지켜 나갈 수 있도록 해야겠다. 하나님은 꼭 그렇게 나를 이끌어 주시고 내 앞길을 틔워 주실 것이다(아침 5시 25분).

강신무 씨 원고 다듬고, 신문도 읽고 하면서 하루를 보
냈다. 오리고기, 오리 알, 고구마, 감자, 홍시 같은 것 맛있
게 먹었다. 한두 번 자리에 누워 쉬기도 했다. 허리 아픈 것
이 어제보다 덜하다. 정우는 오늘 세금 내고 와서, 흙집에
서까래를 올렸다고 한다. 오늘이 그러고 보니 이 달의 마지
막이다. 내일이 벌써 2000년의 마지막 달 12월이구나!

2000년 12월 8일 금요일 맑음

자리를 옮겨, 나무 침대에 잤더니 아주 편하고 잠도 잘 왔
다. 진작 이렇게 할 것을, 하고 뉘우쳤다. 무엇이든지 잘못
되었다 싶고, 더 좋은 길이 있다 싶으면 주저하지 말고 새
길로 찾아가야 하는 것임을 새삼 깨닫는다. 이제, 병풍 너
머로 지난 내 죽은 몸을 장사 지내고, 오늘부터 새사람으로
태어나 새 인생을 살아야겠구나 하는 생각이 들었다.

11시쯤 되어 정우가 왔기에 흙집 짓는 데 가 보자 해서
같이 갔다. 집이 앉은 자리도 방향도 좋고, 아주 튼튼해
보였다. 다만 창문 높이가 높아서, 좀 낮추는 게 좋겠다고
했다.

어서 그 흙집으로 가서 살고 싶다. 그 집에 들어가면 내
병도 곧 씻은 듯이 나을 것 같다. 그런데, 아마도 거기로 가
기 전에 내 병이 다 나아 있을 것 아닌가 싶다. 그렇게 되면
나는 그 흙집을 새 삶을 시작하는 자리로 삼으리라. 거기서
는 순전한 무공해의 삶이 나를 기다리고 있을 것이다.

2000년 12월 13일 수요일 맑음

송현 씨가 전화를 했다. 오늘도 동화를 한 편 썼다고 하면서 "동화를 쓰는 시간이 아주 행복하다고 느꼈어요" 하면서 이런 말을 했다.

"오늘은 청개구리 이야기를 썼는데, 거 왜 말 안 듣는 청개구리 있잖아요. 그 얘기를 쓰고 그 뒷이야기를 또 쓰면서 제 어머니 생각이 나서 울었어요. 눈물이 나데요. 그래 실컷 울고 나서 마음이 시원해요. 그리고 내가 참 행복하구나 하고 느꼈지요. 동화 쓰는 시간만은 깨끗한 아이 마음으로 돌아가니 그럴 수 없이 좋아요."

송현 씨 얘기 듣고 보니, 동화는 아이들 위해 쓰는 것이지만, 한편 또 자신을 위해 쓰는 것이 되겠구나, 아이들 위한다는 것이 결국은 자신을 위하는 것이 되기도 하는구나 하고 생각되었다. 나는 "정말 그렇게 되어야 좋은 동화를 쓸 수 있겠어요. 저도 다른 것 다 제쳐 놓고 내 어릴 때 이야기를 쓰고 싶어요. 우선 내가 행복해지기 위해서도 동화를 쓰고 싶어요. 송 선생은 이준연 씨 만나서 자극을 받았다고 했지만, 이번에는 제가 송현 씨한테 자극을 받았어요" 했더니 송현 씨도 기뻐하면서 꼭 쓰시도록 하라고 했다.

저녁에 정우가 와서, 오늘 흙집 일은 창문을 다 달고, 조그만 난로도 놓아서 불을 피웠더니 방 안이 따뜻했다고 했다.

2000년 12월 25일 월요일 맑음(간밤에 눈 오고)

어제저녁에는 고단하고 몸살도 나고 해서 9시가 좀 지나서 자리에 누웠다. 그런데 한숨 자고 깨어났더니(보통날은 10시가 지나서 눕는데, 다음 깨어나는 것이 11시 50분쯤이다) 바로 앞에서 크리스마스 찬송가 소리가 났다. 어느 교회에서 왔는가? 상준이 방문 앞에서 부르는 것 같다. 상준이댁이 요즘 교회에 나가는가? 그래 누워서 찬송가 소리를 듣고 있는데, 찬송 소리가 다 끝나더니 이번에는 '개구리 소리'를 부르는 것 아닌가! 이거 참 희한하다. 교회 사람들이 어째서 내가 지은 노래를 여기 와서 부르나? 아마도 목사나 장로나 신도들 가운데 나를 아는 사람들이 있는 모양이다. 그렇다면 여기 이렇게 찾아온 것은 나를 위해 온 것이겠다. 그러니 이렇게 누워 있을 것이 아니라, 나가서 인사라도 하는 게 옳겠다. 이래서 그제야 옷을 대강 입고 나갔더니, 내가 옷을 입는 사이에 노래는 다 끝나서, 찾아온 사람들은 도랑 건너 느티나무 밑으로 가 버린 모양이다. 내가 나가서 "어디서 오셨습니까?"하고 소리를 질렀더니 그 사람들이 모두 되돌아 올라오는데, 거뭇거뭇 사람들의 그림자만 보일 뿐 얼굴은 알 수 없다. 겨우 전깃불이 비치는 곳에 와서야 맨 앞장선 사람의 얼굴이 보이는데 약간 익은 얼굴이라 느껴진다. 어디서 본 사람인데? 하고는 역시 내가 아는 사람이 이 근처 어느 교회에 있었구나 싶은데, 그때 올라오던 이들의 입에서 한꺼번에 "글쓰기 교회에서 왔습니다"하는 것 아닌가! 그제야 모든 것을 알아차렸다. 어제 글쓰기회 이사회 마치고, 나한테 와서 떠난다고 인사까지 했는데, 모두 가지 않고 그대로 있었던 것이다. 부산 사람들도 속초 사람들도 모두 그대로 가지 않았다. "저녁에 놀다가 선생님 보고 싶어서 왔습니다"했다. 그래 한바탕 웃고 떠들고 해서, 보내고 들어와 시계를 보니 그제야 11시 50분이었다. 올해 크리스마스는 좀 기분 좋게 맞이했구나 하는 생각을 하면서 다시 자리에 누웠다.

오랜만에 잠을 실컷 자고 일어났다. 밖을 보니 새하얀 눈 천지다. 밤중에 눈이 내렸던 것이다. 눈이 하얗게 덮인 크리스마스. 올해는 크리스마스다운 날씨가 되었구나 싶다.

오늘 크리스마스 날에도 정우는 외딴집 노인네 일을 하러 간다고 했다. 얼기 전에 포클레인으로 땅을 파고 고르고 하여, 내년 농사지을 땅을 천 평쯤 만들어 주는데, 오늘 내일 중으로 다 해 두어야 한다고 했다. 크리스마스 날도 쉬지 않는 것이 어떤가 생각되지만, 달리 또 생각해 보면 이런 날일수록 열심히 땀 흘려 일하는 것이 예수님의 뜻을 따르는 참된 삶이 아닐까 싶기도 한 것이다.

저녁때까지 걸려 '독수리와 까마귀'란 제목의 글을 다 썼다. 내일은 다시 읽어서 다듬어 놓아야 되겠다.

그저께 주 선생이 갖다 놓은 케이크를 어제도 먹고 오늘도 먹었는데, 그게 조금만 먹었다 싶은데도 열량이 아주 많았던 것 같다. 설탕도 조금밖에 안 넣었다는데 속이 달아 자꾸 물이 먹고 싶었다. 그래서 시원한 찬물을 조금씩 마셨더니 그게 탈이었던 모양으로, 설사 같은 똥을 자주 누게 되었다. 그래 저녁 먹고 난 다음에는 물을 끓여 먹었다. 찬물 먹는 일은 없도록 해야겠다. 지금 내 몸을 좀 따뜻하게 할 필요가 있다.

2001년 1월 5일 금요일 맑음

아픔을 느끼고 아파 주는 것

밤중에 잠이 깨어 두어 가지 생각한 것을, 새벽 3시에 일어나 발 목욕하고 발에 크림(병원서 사 온 것) 바르고 그대로 의자에 앉아(손발에 묻은 크림이 대강 살갗에 스며들어 가기를 기다려) 숨쉬기를 10여 분 하고 나서, 이렇게 적어 둔다.

그중 하나는 강신무 씨가 말한 "아픈 것을 찾아내어 같이 아파 준다"는 말에 관한 것인데, 그것이 참 그렇구나 하고 내 몸으로 크게 느낀 것이다. 밤에 잠을 못 자면 나는 곧 일어나 행기를 한다. 그래서 잠을 못 자도 무사히 그날을 버틸 수 있다. 그런데, 어쩌다가 잠을 푹 자고 나면(몸이 아주 가볍고 아픈 데가 없어야 할 것인데) 도리어 지긋지긋 몸살이 나고 또 자꾸 눕고 싶고 잠도 자꾸 온다. 잠을 못 자면 더 잠이 안 오고, 잠을 잘 자면 더 잠이 오고 몸이 고단한 것이다. 그 까닭은 잠을 못 자면 신경이 날카로워져서 잠이 안 오고, 또 그렇게 되어 아픈 데를 못 느낀다. 잠을 잘

자면 몸이 정상으로 돌아가서 아픈 데를 바로 느낀다. 그래서 잠도 몸이 그렇게 되기를 요구해서 오는 것이다. 나는 그걸 깨닫지 못하고, 숨쉬기 덕분으로 잠을 안 자도 된다고 생각했던 것이다. 알고 보니 몸과 마음이 따로 나뉘어 몸의 상태를 마음(신경)이 알지 못했던 것이다. 여기서 강신무 씨가 글에서 여러 번 강조하고 만나면 자주 말로 한 것을 비로소 아, 그렇구나, 정말 그렇다, 하고 깨닫게 되었다. 나 자신의 몸이 쉬기를 바라고, 잠자 주기를 바라는데, 내 마음(혼, 얼)은 이를 몰라 주고 몸을 혹사하니, 이래서는 될 수 없다. 밤중에 깨어났다가 다시 자려고 누워 있으면 몸이 지긋지긋한 것을 한순간 느낀다. 그때가 중요하다. 그 아픔을 발견하고 그 아픔을 함께 느껴야 한다. 그러면 자꾸 아파서 아이고 아이고 하고 앓는다. 내 마음이 내 몸을 끌어안고 함께 아파 주는 것이다. 그러면 어느새 잠이 든다. 그런데 어느 한순간 아프구나, 하고 아픔을 하소연하는 몸의 요구를, 그 순간 그만 무시하거나 놓쳐 버리면(그러기가 일쑤지만) 그만 그 아픔은 사라지고 머리만 날카로워져서 이것저것 생각에 잠긴다. 이래서 잠이 안 오는 것이다. 아픈 몸은 버림을 받고, 더욱더 그 몸이 잘못되어 가지만 그것을 느끼지 못하니…. 이러니 내 병이 들었구나, 병이 낫지 않았구나 하고 비로소 깨달았다. 아픈 것을 찾아내자. 아픈 것을 같이 아파 주자. 내 나이가 지금 일흔일곱이다. 이렇게 오랫동안 내 혼을 담아 주고 버티어 오면서, 그토록 혹사당하면서도 아직도 살아 있는 이 몸이 너무나 고맙다. 내 몸을 가엾게 여기고 고맙게 여기고 아끼고 아껴서 소중히 대접하자. 같이 아파 주고 앓아 주자.

밤중 생각 4·4조와 7·5조

또 하나는 지금 내가 쓰고 있는 권태응 동요론에서, 우리 시가 3·4조와 일본의 시가 7·5조와 어떤 관계가 있을까 하고 생각하다가 깨닫게 된 한 가지다. 우리 민요가 동요나 옛 가사는 3·4로 나가고 5는 어쩌다가 나오는데, 일본은 5가 자주 나온다. 그 까닭의 하나는 일본 말, 일본 글은 명사를 늘어놓고 그 명사를 잇는 "노(の, 의)"를 붙이면 된다. 그러자니 그 명사와 여기에 붙는 "노"가 흔히 다섯 자로 된다. 또 한 가지는, 우리나 일본이나 한문 글자를 많이 썼는데, 우리는 한문 글자를 음독하기 때문에 한 낱말의 소리마디가 두셋밖에 안 되는 것이 많지만, 일본 말, 일본 글은 한문 글자를 써 놓고 그것을 자기들 말로 읽으니 길어져 흔히 넉 자, 다섯 자로 된다. 이래서 다섯 자가 시가에서 자주 나올 수밖에 없는 것이다.

2001년 1월 27일 토요일

오전에 눈 오후 흐림, 가끔 해가 남

1시가 안 되어 잠이 깨어, 이것저것 생각하다가 2시 40분쯤 일어나 옷을 입었다. 허리는 여전히 아프다. 어젯밤에 고구마를 두 개나 먹었더니 그게 많았다. 소변도 적게 나오고, 왼쪽 발목 위가 자꾸 가려웠다. 잘 때 목이 말라 물을 마셨는데, 밤중에는 갈증이 안 나고, 일어나서도 괜찮았지만, 발목이 가려운 것은 아무래도 나쁜 증세다.

일어나 앉아 잠시 허리를 안정시키고, 만년필에 잉크를 넣고, 공책 하나를 꺼내었다. 오늘부터 날마다 한 편씩 시를 쓰자고 마음먹었다. 되든지 안 되든지 한 편씩 쓰기로 했다. 이제 내가 할 일은, 그 여러 가지 할 일 가운데 꼭 해야 할 어느 한 가지만을 골라서 하라고 하느님이 말씀하신다면, 나는 이 세상에서 살았던 표적을 남기는 일이고, 그렇게 대답할 것이다. 이것은 정우가 어제 토끼 이야기를 해 주어서, 그것을 아까 깨어나서도 자꾸 생각하다가 이렇게 날마다 한 편씩 시로 쓰자고 작정한 것이다. 물론 나는 송현 씨같이 하루 한 편씩 안 쓰면 밥을 안 먹겠다고 할 만큼 그렇게 하고 싶어 하는 것은 아니다. 때로는 못 쓰는 날이 있겠지. 또 하루 두 편을 쓸 수도 있을 것이다. 아무튼 한 달 치고 적어도 열 편에서 스무 편이나 서른 편쯤은 써야 되지 않겠나, 그래야 내 정신을 긴장시켜서 제대로 기록을 남길 수 있지 않겠나 싶다.

2001년 2월 1일 목요일 맑음

자다가 깼는데 갑자기 쭈르르 물똥이 나왔다. 깜짝 놀라 일어나 우선 신문지로 축축한 데를 쑤셔 넣고 뒷간에 갔다.

앉아 있으니 그래도 안 나오고 한참 기다려 힘을 쓰니 그제
야 물똥이 좀 나왔다. 그러고는 안 나오는데, 이래서는 안
되겠다고 그대로 앉아 한참 애를 쓰니 다시 물똥과 함께 좀
굵게 뭉쳐진 둥근 느낌이 드는 똥 덩어리가 여러 개 쏟아져
나왔다. 물똥과 둥그런 덩어리 똥, 왜 이렇게 나오는가?

나와서 옷을 벗고 신문지로 몸을 닦고, 팬티와 아래 운
동복을 갈아입고, 벗어 놓은 것은 목욕실 물통에 담가 놓았
다. 그 물통에는 며칠 전에 또 그렇게 해서 담가 둔 팬티가
그대로 있는 것이다.

뒷간에서 나온 때가 12시 45분쯤 되었을 것이고, 지금
은 1시 10분이다. 아, 내가 무슨 전생에 죄를 많이 지어서
이 꼴을 당하나 하는 생각이다.

자다가 깨어나니 또 쏟아져 나올 것 같아 뒷간에 갔다.
변기에 앉으니 안 나온다. 한참 떨고 앉아 애쓰니 그때야
물똥만 쏟아져 나왔다. 제법 많이 나왔다. 나와서 시간을
보니 2시가 되었다. 한 시간 가까이 잔 것 같다.

다시 누웠다가 깨니 뒤가 좀 이상하다. 또 일이 터졌는
가 싶어 손으로 더듬어 봤더니 괜찮았다. 뒷간에 가야겠구
나 싶어, 조금 있다가 일어나야지, 하고 잠시 누워 있다가
일어났다. 그래 아픈 허리를 의자에 기대고 안정시키는 동
안, 이대로는 아무래도 나오지 않을 것 같아 그만 참기로
했다.

그래서 이 일을 어떻게 하나 생각하다가, 노인들도 기

저귀를 찬다는 말을 들은 기억이 났다. 그래 기저귀를 만들면 되겠구나 싶었다. 뭘 가지고 어떻게 만들까 하다가, 수건이 많이 있으니 수건 가지고 만들면 되지 않겠나 해서 수건을 접어서 대어 보니 될 것 같았다. 그래서 처음에는 긴끈을 넣어 맬 수 있게 하려다가 그만두고 옆에 고무 밴드를 대어 좀 늘어질 수 있게 해서 그렇게 하니 아주 간단하고 좋았다. 그래도 한참 걸렸다. 운동복 못 쓰는 고무 밴드 떼놓은 것 버리지 않고 요긴하게 썼구나 싶다. 옷을 다 입어서 벗기 싫어 안 입어 보고 두었지만 아마 잘 맞을 것이다. 오늘 밤에는 차고 자야겠다.

이것 다 끝내고 골덴 겉옷(위) 단추 하나 달고 나니 7시 가까이 됐다. 이 골덴 보랏빛 겉옷은 거의 30년 전 안동서 산 것인데, 내가 지금도 겨울마다 가장 많이 입는 옷으로 나한테 효자 노릇 한다. 내가 아까 일어났던 시간이 5시쯤 되었는데, 그때 다시 누워 자려다가, 바느질하느라고 두 시간 걸리고 나니 벌써 아침이 되어 바깥이 훤하게 밝아 온다. 간밤에는 네 시간쯤 잔 것 같다.

내 손으로 내가 쓸 기저귀를 만들다니, 사람 사는 것이 이것이구나 깨닫게 된다. 그렇다. 이것은 부끄러워할 일도 자랑할 일도 아니다. 가장 절실한 사람의 행동인 것이다. 마치 밥을 먹는 것과 같이.

오늘은 밤중에 두 번, 아침에 한 번, 세 번이나 설사 똥을 눴다. 더구나 아침 한 번은 아주 시원스럽게 많이 눴다. 그러고 나서는 온종일 배에 소리도 안 나고 뒤가 마렵지도 않고 허리 아픈 것도 그다지 느끼지 못하겠다. 아마도 어제 오후부터 먹은 장 치료제가 효과를 거두었구나 싶다. 그래도 오전에는 무엇을 읽으면 몇 줄 안 가서 자꾸 꾸벅꾸벅 졸리고 해서, 그럴 때마다 읽던 것을 놓고 잠시 눈을 감고 있다가 또 읽었다. 그런데 오후에는 아무리 읽어도 괜찮았다.

오늘 받은 전화—송현 씨, 안부해 왔다. 진주 김수업 선생, 인사 전화, 안부했다. 신정숙 씨, 전주서 어제 왔다던가, 내일인가 인사하러 오겠다고 했다. 굴렁쇠 김찬곤 대표, 〈굴렁쇠〉에 글 좀 써 주었으면 했다. 나는 선물로 보내 준 배를 맛있게 먹고 있다고 인사했다. 하현철 선생, 보내 준 글 재미있게 읽었다고, 내가 전화를 했다. 강신무 씨, 여기도 내가 전화했다. 보내 준 비닐 서류 보관 가방 고맙다고.

2001년 2월 17일 토요일 흐림

종일 동요론 '넉넉한 우리 말'을 썼다. 이제 앞으로 며칠만 쓰면 끝날 것 같다.

저녁때 만년필에 잉크를 채워서 뚜껑을 찾으니 없다. 아무리 찾아도 안 나온다. 의자를 옮겨서 그 밑을 들여다봐도 없어서 잠시 앉았다가, 이럴 때는 마음을 가라앉혀 한쪽부터 차근차근 뒤져 봐야 한다고 그렇게 한참 애써 했지만 그래도 안 보였다. 그러다가 우연히 수첩을 꽂아 놓은 그

위를 보니 그놈이 거기 엎드려 있는 것 아닌가! 화가 나서 그놈을 책상 위에 태기를 치니 챙그랑 쇳소리가 났다. 챙그랑! 그러고 보니 혹시 이게 깨졌는가 싶어 주워 보니 다행히 우그러지거나 깨지지는 않았다. 미안하다. 미안하다. 내가 잘못했구나, 내가 거기 분명 내 손으로 엎어 놓고 화를 내다니! 참 우습다. 꼭 내가 어린애 같다는 생각이 들어 부끄러웠다. 이래 가지고 내가 무슨 변변한 일을 한다고 하겠는가?

2001년 3월 12일 월요일 맑음

'~적'이 든 글 보기를 137점 옮겨 적었다. 이것을 하나하나 우리 말로 바꿔 적었다. 그리고 이렇게 고쳐 놓은 것을 몇 가지로 분류해서 그 대표될 만한 것을 뽑아서 누구든지 잘 알 수 있게 보여 주기로 하는 것이다. 이렇게 해서 잘못 쓰는 중요한 말을 누구든지 보면 쉽게 바로 쓸 수 있도록 하고 싶다. 여남은 가지는 이렇게 자세히 하고, 또 몇십 가지는 좀 더 간단히 해서, 우리 말 바로 쓰기 사전을 만들기로 했다. 어제 오늘은 '~적'을 다듬는 데 몇 가지 보기로 나누는 일을 했는데, 다 못 하고 내일까지 걸려야 될 것 같다.

오후에 윤기현 씨가 전화를 해서, 내일 오겠다고 했다. 박상규 씨도 온다고 했다.

4시에서 5시까지 목욕을 했다.

오늘은 날씨가 맑았다. 어제부터 햇빛을 볼 수 있어 이제 사는가 싶다.

2001년 3월 28일 수요일 맑음 눈
산새 죽음과 살림

아침에 창문을 열었더니 온 천지가 새하얀 눈으로 덮여 있었다. 간밤에 밤새도록 눈이 온 것이다.

오늘 서울 가야 하는데, 옷을 어떻게 입나, 날씨가 어떤가 싶어 문간 문을 열고 보려는데, 발밑에 조그만 산새 두 마리가 죽어 있었다. 또 약 먹고 죽었구나 싶어, 그중 한 마리를 살펴보니 입에서 피가 나왔고 코에서도 나왔다. 핏덩이가 콘크리트 바닥에 쏟아져 있다. 조그만 새가 피를 이렇게 쏟고 죽은 것이다. 그런데 또 다른 한 마리는 아직 죽지 않았다. 가슴이 발랑발랑하고, 눈도 조금 떴다. 손으로 잡고 있어도 가만히 있다. 오른손 바닥으로 안고 왼 손가락으로 머리를 자꾸 쓰다듬어 주니 그대로 가만히 있다. 이것은 아직 피를 토하지 않았다. 무엇을 먹었는지 가슴쯤이 아주 볼록하다. 그대로 방에 와서 가만히 잡고 머리를 쓰다듬으면서 약 한 시간쯤 있었다. 9시 조금 지나서부터 10시 지나도록. 그래도 죽지 않았다. 어쩌면 살아날는지 모른다 싶어 컵에 물을 떠서 부리를 담가 보았더니 머리를 흔들면서 입부리를 다셨다. 몸에 힘이 있어 보였다. 이 새가 내 몸의 기를 받아 살아날는지 모른다 싶었다. 조그만 새가 입은 독을 내 몸의 기가 뽑아내어 버릴 것 같기도 했다. 그래 조그만

조롱박에 좁쌀을 조금 담아서 그 안에 새를 넣어 손으로 못 날도록 위를 덮었다. 날아가면 방 안에서 이리저리 날다가 유리창에 부딪쳐 죽을 수도 있기 때문이다. 그랬더니 마구 달아나려고 입부리로 내 손가락을 쪼고 파닥거렸다. 이만 하면, 이제 날아가겠구나 싶어 밖에 나갔다. 조롱박에서 덮었던 손을 떼었더니 새는 단박에 포로로 날아 앞집 지붕 위로 해서 멀리 날아가 버렸다. 이래서 오늘 아침엔 새 한 마리를 살려서 참 기분이 좋았다. 조롱박 안을 보니 그새 새가 똥을 누었다.

서울은 10시 40분쯤에 나섰다. 서울 가는 길에서 보이는 산 응달에는 눈이 허옇게 덮였지만, 길에는 어느새 다 녹았다. 12시 반쯤에 낙성대 역 근처에서 현우를 만나 〈감자 먹는 사람들〉 고흐 그림을 받았다. 내가 그 그림을 구하고 싶다 했더니 현우가 미국에 주문했던 것이다. 그 값이 5만 원인데 송료가 3만 원이라나. 그러니 8만 원. 참 비싸구나 싶었다.

2001년 5월 14일 월요일 강신무 씨 부고 전화 옴

저녁을 먹고 있는데 전화가 와서 정우가 받더니 "강신무 씨가 죽었답니다" 했다. 이게 무슨 날벼락인가!

전화가 올 때가 됐는데, 마지막 원고 가지고 올 때가 됐는데, 이번에는 늦구나, 이번에 오면 몇 가지 알아볼 것도 있고, 내가 도움이 된다 싶은 생각도 말하고 싶었는데, 그래서 오늘은 오늘은 하고 기다렸는데, 이 무슨 괴변인가! 아, 사람이 살고 죽고 하는 것이 이렇게 덧없고 이렇게 허무하구나. 그 젊은 나이에 그토록 엄청난 일을 하고, 앞으로는 더욱 크게 그 일을 이뤄 나가려고 했는데, 그만 도중에 쓰러지다니, 참으로 하늘도 너무 무심하다.

그러나 강신무 씨, 그대는 너무 죽음에 대해 자신을 가졌던 것이 탈이었다. 너무 오만했던 것 아닌가? 지난번에 여기 왔다가 갈 때도 사람의 몸이란 아무리 자연치료가 된다 하더라도 한도가 있으니 부디 몸을 아끼고 돌보면서 일하라고 했는데, 그것을 안 지켰던 것이 틀림없다. 다른 것은 다 그처럼 완벽하게 지키고 검증해서 틀림없이 하는데, 어째서 자기 몸이 그렇게 약하다는 것을 모르는가? 참 안타깝고 애달프기 그지없구나. 사람이 넓고 넓은 우주에서 얼마나 작고 보잘것없는 존재인가, 사람이 알고 있다는 것이 엄청나다 한들 그게 얼마나 조그마한 것이겠는가. 사람이 무엇을 하겠다고 한들 그게 대관절 얼마나 되는 것이겠는가. 그래서 좀 겸손해야 하고, 조심해야 하고, 자기 몸이 벌레 한 마리, 정말 강신무 씨 당신 말마따나 바퀴벌레 한 마리 정도밖에 안 되는 것인데, 그걸 생각하지 않고 있었던 것 아닌가?

그러나 이런 내 생각조차 하도 답답해서 하는 소리가 되었다. 이 캄캄 어두운 시대에 한 가닥 희망의 빛이 보이기에 너무나 반갑고 기뻤는데, 그 기대조차 이제는 다 허물어졌으니 이 일을 어찌할까.

아, 사람 하나 죽어서 이토록 힘이 빠진 일이 내게는 없었다. 강신무 씨, 그대는 내게 희망을 주었고 그리고 다시 절망을 안겨 주었구나. 이 절망을 어찌할까. 이 절망을, 이 어둠을! 아이구, 아이구, 아이구, 아이, 아이, 아, 아이구….

2001년 7월 3일 화요일 맑음

현우와 정우를 보내고 나서, 이제 이현주 목사 그림 얘기를 읽을까 하다가 권정생 선생한테 전화를 걸었다. 어제 읽은 《비나리 달이네 집》 얘기를 하고 싶어서다. 그게 요즘 쓴 작품이지요? 했더니 3년쯤 전에 쓴 것이라 했다. 그때 대구 근처에 있는 장애를 입은 아이들이 모여 있는 집에서 조그만 책을 소식지처럼 내고 있는데, 거기 뭐 하나 써 달라고 해서 써 준 것인데, 그때는 좀 더 짧았던 글을 이번에 내면서 좀 더 늘여서 썼다고 했다. 이거 읽으니 봉화 정호경 신부 생각이 나는데요, 하니까, 모델은 역시 정 신부인데 정 신부는 아닙니다, 했다. 정 신부도 봉화서 나무로 집을 짓고, 그렇게 집 짓는 것을 책으로도 지어 내었던 것이다. 나는 그 권 선생 동화가 지금 우리 사람 사회에서 가장 중대한 문제를 아주 쉽게 어린아이들까지도 잘 느끼고 알 수 있게 쓴 아주 좋은 동화라고 했다. 그리고 나서 또 아동문학 얘기를 자꾸 하다 보니 권 선생도 말이 많이 나와서 아마도 한 시간쯤은 전화를 한 것 같다.

낮에 우편물이 왔는데, 권정생 선생이 보낸 편지가 들어 있었다. 《농사꾼 아이들의 노래》를 다 읽었다면서, 이런 좋은 작품을 왜 1960년대쯤에 책으로 내지 못했을까, 그때 권태응 동요를 우리 아이들에게 읽혔더라면 우리 아이들이 얼마나 반갑게 받아들였을까, 그랬다면 우리 아동문학도 많이 달라졌을 것이라고 했다. 그리고 해방 직후의 그 곤궁하던 시절에 어렵게 살아가던 아이들의 모습을 좀 더 잘 쓸 수는 없었나 하고 쓰기도 했다. 그러나 권태응 씨는 병으로 요양을 하면서 살았기에 어디 나가 다니면서 아이들이 살아가는 실상을 제대로 볼 수 없었던 것이다. 지금 우리가 살고 있는 시대에 만약에 그때 농촌 아이들의 삶에서 배울 것을 찾는다면, 그 무렵 굶주리고 헐벗었던 그 어두운 면보다 차라리 자연 속에서 깨끗하게 살던 일을 다시 찾아내어 보여 주는 것이 더 뜻이 있지 않겠나 하는 생각도 든다.

2001년 8월 31일 금요일 맑음

저녁 먹고 정우 보내고 앉았다가 〈요가입문(ヨガ入門)〉에서 텔레파시 얘기가 생각나자 문득 이런 생각이 났다. '이 세상에서 내가 누구를 가장 많이 생각하나?' 그리고 '이 세상에서 누가 나를 가장 많이 생각할까?', '또 저세상에서는….' 이런 생각이 나자 그 답을 내어 보았다.

첫째, 이 세상에서 나는 누구를 가장 많이 생각하나?

정우, 그다음은 현우(아, 혈육이구나. 그 밖에는, 혈육이

아니고는 별로 없다. 차라리 풀과 나무, 벌레와 짐승들이
내게 가깝다).

둘째, 이 세상에서 누가 나를 가장 많이 생각해 줄까?

정우(역시 혈육이다. 그 밖에 다른 사람들은 거의 모두
겉으로만 생각한다).

셋째, 저세상에서는 누구를 가장 많이 생각하나?

아버지 어머니 누님들, 이원수 선생님, 우영창 선생, 보
통학교 때 같이 자랐던 아이 박수천 외….

넷째, 저세상에서는 누가 나를 가장 많이 생각해 줄까?

아버지 어머니 누님들, 이원수 선생님, 우영창 선생, 수
천이와 그 밖에 어렸을 때 친구들.

2001년 10월 6일 토요일 맑음

오늘도 아침, 낮, 저녁 세 차례로 집 뒤에 가서 홍시를 주워
먹었다. 그리고 낮에는 또 지붕 위에 올라가서 감 족집게로
감을 땄다.

김이구 씨 글*은 오늘 겨우 다 읽었다. 전체 글의 줄거
리가 시원스럽게 되어 있지 않고 공연히 자기가 알고 있는
것을 내보이려고 이것저것 남의 작품을 인용해서 읽는 사
람을 어리둥절하게 해 놓은 데가 몇 군데나 있고, 그러다 보

---

* 〈아침햇살〉 1998년 가을 호에 실린 '아동문학을 보는 시각―일하는 아이
들 이후의 길'을 말한다.

니 앞뒤의 논리가 맞지 않기도 하여 무척 읽기가 거북스러웠지만 전체로 보아서 하고 싶어 하는 주장이 있기는 하다.

그것은 "일하는 아이들"이 이제는 쓸모없는 관념이 되었으니 거기서 벗어나야 된다는 것이다. 그렇게 벗어나는 길이 어디 있나? 결론에서 채인선이란 작가의 "역할 바꾸기"에 있다고 했다. 이런 "일하는 아이들"의 길에서 벗어나는 것을 일본의 가라타니 고진이란 평론가가 말한 "전도"의 논리에서 발견한 모양이니 참 어처구니가 없다. 정말 한심스럽다는 생각이 들었다. 귀찮지만 어쩔 수 없이 여기에 대한 글 한 편을 써야겠다고 마음먹었다. 원종찬 씨도 김이구 씨와 똑같은 태도로 쓴 것이구나 깨달아진다. 누가 먼저 "전도"를 신봉했는지 모르지만 아무튼 두 사람이 같은 창비에서 일하고 책 내고 했으니 같은 생각을 하기도 쉬웠으리라.

오늘은 몇 군데 전화를 걸고, 또 받기도 했다. 먼저 송현 씨가 전화를 했다. 병원에 입원해서 수술도 하고 치료도 했다고 한다. 위 안에 조그만 혹이 생겨서 그것을 없애는 수술을 하러 가다가 교통사고가 나서 다리를 다쳤는데, 수술을 먼저 하고, 다리 다친 것을 또 치료해서 이제는 걸어 다니게 되었다고 해서 천만다행이구나 싶었다.

다음은 이대로 선생한테서 전화가 왔다. 올해 우리 말 지킴이와 훼방꾼 뽑은 이야기를 했다. 들으니까 잘 선정했구나 싶어 잘했다고 반가워했다. 그리고 한글학회에서 해마다 주는 상을 신정숙 씨가 받게 되었는데, 자기가 추천해서 받도록 했다고 해서 잘되었구나 싶었다. 고맙다고 했다.

다음 하현철 선생한테는 내가 걸었다. 모친을 요양소에 보냈다고 하면서, 한밤중 1시나 2시쯤에 깨여 잠을 잘 수가 없어 어쩔 수 없이 그런 데 보내고 보니 자식 된 도리를 못 하는 것 같아 괴로워 견딜 수가 없다고 했다. 그래도 그런 곳에서 더 알뜰히 보살펴 주니 다행이지만 나이 백 세 가까운 분을 자식이 돌보지 못하고 그렇게 하니 사람의 도리가 아니라고 했다. 아들따님들이 한 주에 한 번씩 모두 가서 만나니 아마도 거의 날마다 자식들을 만나시는 모양인데, 그래도 요즘은 너무 외로우신지 목에 가래가 생긴다든가, 그렇게 되면 오래 견디지 못하신다면서 무척 괴로워했다. 나는 "살아 있는 사람이 살길도 생각해야 하니 너무 괴로워 마시라" 했다.

권정생 선생하고 전우익 형한테는 저녁에 걸었다. 권 선생한테 걸었더니 대뜸 "미국 테러 사건, 어떻게 생각합니까?" 하고 물어서 그 얘기를 한참 했다. 전 형한테는 밤 줍고 까고 먹는 얘기를 하면서 시를 써 보라고 권했다. 그랬더니 그런 것 쓰는 것보다 손으로 만들고 하는 것이 더 편하다고 했다. 편한 것만 찾지 말라고 했더니 웃었다. 정말이지 글 쓰는 것은 힘들고 괴롭다. 내일부터는 김이구 씨 글을 비판하는 글을 써야 하는데, 정말 쓰기 싫은 글이다. 쓰기 싫지만 어쩔 수 없이 써야겠다. 이것이 바로 내가 지고 가야 할 십자가란 생각이 든다.

2001년 11월 18일 일요일 맑음

오전에 보리에 줄 책 머리말을 모두 다시 써서, 오후 2시에
원종찬 씨가 왔을 때 주었다. 뜻밖에 글이 길어져서 2백 자
원고지로 스무 장이 넘을 것 같았다. 원종찬 씨와 같이 글
쓰기회 사람들이 여럿 와서 앞뜰 풀밭에 앉아 한참 얘기하
다가 갔다. 부산에서 이상석 씨도 같이 왔다.

오후에는 또 〈한겨레〉 출판부에 보낼 책 머리말을 초안
가지고 다시 다듬어 썼다. 쓰다가 중간에 그만 몇 줄 빠뜨
렸다. 내일 다시 써야겠다. 아무튼 오늘은 일을 많이 해서
마음이 푸근하다.

오후에 밖에 나가서 글쓰기회 사람들 보내고 나서 구기
자를 한참 땄다. 아직도 시퍼런 열매가 달려 있기는 했지
만 그것은 안 될 것 같다. 이제 빨갛게 된 열매도 그리 커지
지 않고 자칫하면 딸 때 물러 터졌다. 날씨가 추워져서 이
제 열매가 제대로 익을 수 없게 된 것이다. 구기자를 다 따
고 집 뒤에 가서 쳐다보았더니 아직도 감 하나가 달려 있었
다. 그 감 쳐다보러 날마다 한 번씩 집 뒤에 가게 되었다. 언
제까지 저렇게 달려 있을까?

참, 오후 2시에 글쓰기회 사람들이 와서 앞뜰에 앉아 이
야기할 때, 오늘 이사회에서 겨울 연수회 주제를 정한 것과
발표할 사람 작정한 것을 알려 주었다. 이번 겨울 연수 주

제가 농촌 아이들이 읽을 동요 동시의 문제를 가지고 이야기하게 되는데, 내가 쓴 《농사꾼 아이들의 노래》와 임길택 씨의 시집을 가지고 공부한다고 했다. 나는 "그렇게 정했으니 예정한 대로 하면 되겠지요" 했지만 속으로 좀 답답했다. 최근 일어났던 미국 도시 건물 폭파 사건과 아프가니스탄* 전쟁 문제를 가지고 전쟁과 평화를 어떻게 아이들에게 가르칠 것인가 하는 자료로 쓸 수 있는 참 좋은 기회인데, 우리 글쓰기회원들이 이렇게 둔감한가 하고 또 한번 놀랐다. 왜 이렇게 모두 답답한가? 이렇게 머리가 안 트이는가? 모두 잘못된 교육, 도무지 자유롭게 생각하는 마음을 길러 가는 교육을 받지 못했기 때문이다. 벽이다. 이게 어쩔 수 없는 벽이구나 싶다. 아니면 모두가 아직도 자기 앞밖에 못 보는 근시안이거나 이기주의자가 아닌가 싶다.

2001년 12월 5일 수요일 흐린 뒤 맑음

간밤에는 자다가 깨어나 아이들이 바로 읽을 수 있는 잡지를 만들어 봐야겠다는 생각이 났다. 어른들 보는 아동문학지가 아니고 정말 아이들의 책이라야 될 것 같다. 책 이름은 '어린이와 문학'이라 하고 싶다. 그래서 글자는 읽기 좋게 큼직하게 하고 그림도 많이 넣어서 보기도 좋게 해야지.

---

* 2001년 미국에서 9·11 테러 사건이 일어나자 미국과 동맹국들은 오사마 빈 라덴과 아프가니스탄의 탈레반 정권을 상대로 전쟁을 일으켰다.

동화 두 편, 시 세 편쯤 싣고, 우리 말 공부도 할 수 있게 하고, 부모와 함께 읽는 문학 이야기도 싣고 싶다. 쓴 사람들에게 고료도 주도록 해야겠다. 편집위원으로 권오삼, 박상규 그리고 대구 있는 서정오, 윤태규, 이호철 세 사람도 함께하도록 하고 싶다.

출판사는 지식산업사나 한길사에 우선 알아봐야겠다.

11시쯤에 권오삼 씨한테 전화로 얘기했더니 할 수 있으면 좋겠다고 찬성했다. 박상규 씨한테도 의논해 봐야겠다.

2002년 2월 2일 토요일 오전 흐리고 오후 맑음
이호철 씨 '고무신 이야기'를 읽고

저녁때 〈경북아동문학 17집 이상한 허수아비〉에서 이호철 씨의 '고무신 이야기'를 읽었다. 그 글에는 《우리도 크면 농부가 되겠지》에 나오는 아이들 글을 여러 편 인용해 놓았는데, 그 글을 읽다가 문득 한 가지 생각나는 게 있었다.

내가 아주 어렸을 때 마을 앞 냇물에서 새로 산 고무신을 신고 물에 들어갔다가 그만 고무신 한 짝을 냇물에 떠내려 보내고 말았는데, 그때 그 일로 해서 아버지한테 엄청나게 야단을 맞았다. 그런데 내가 유소년 시절 고향에 있을 때 그 뜨거운 여름날에도 냇물에 들어가 목욕을 하지 않았는데, 내가 왜 그렇게 물에 들어가 목욕을 안 했는가, 아무리 생각해도 그 까닭을 알 수 없었다.

그런데 오늘 이호철 씨 '고무신 이야기'를 읽고 나도 고무신을 여울물에 떠내려 보낸 적이 있었다는 생각이 들자 그때 그렇게 심한 꾸중을 들은 것이 큰 충격이 되어 그 뒤로 냇물에서 옷 벗고 목욕하지 못하게 된 것 아닌가 하는 생각이 난 것이다. 70년도 더 지나 이제사 그 일을 깨닫게 되는가 싶어 한 가지 내 지난날의 수수께끼를 풀었구나 싶기도 하다.

좀 더 자라나서 바지를 걷고 들어가 고기는 많이 잡았다. 그런데 옷을 벗고 들어가지는 않았다. 여름날 마을의 모든 아이들이 냇물에 뛰어들어 가 놀 때도 나는 절대로 옷을 벗고 물속에 들어가지 않았던 기괴한 버릇을 가지고 있었다. 나는 지금까지 내가 워낙 부끄럼을 많이 타서 남들 앞에서 옷을 벗지 않으려 했다고 생각했는데, 그게 아니었다는 생각이 든다. 이 문제는 좀 두고두고 생각해 봐야겠다.

이 고무신 이야기는 나도 좀 쓰고 싶어졌다.

2002년 2월 19일 화요일 맑음

2월 19일, 오늘이 아버지 돌아가신 날이다.

아, 내가 얼마나 불효막대한 자식이었던가! 아버지 살아 계셨을 때 언제나 걱정하시게 한 것 생각하면 천추에 한이 된다.

돌아가신 날도 기억해 두고서 기도 한번 드린 적이 없다. 호적부 보고 적어 둔 것을 이번에 보고서 처음으로 이 날을 생각하게 되었으니 내 불효한 죄를 씻을 길이 없다.

그래도 아버지는 저세상에서 언제나 나를 생각하셔서 도와 주시는 것 아닌가! 그래서 이 몸도 죽음을 이겨 내고 이렇게 다시 건강을 되찾게 된 것이지. 틀림없이 그럴 것이다. 아, 아버지! 고맙습니다. 앞으로 열심히 살면서 좋은 일 많이 하겠습니다.

2002년 4월 11일 목요일 맑음

어제는 저녁을 먹은 뒤까지 글을 좀 썼더니 그 때문인지 오늘은 몸살이 좀 났다. 그래서 오전에는 의자에 누워 있다가 앉아서 잠시 신문 같은 것 보다가 다시 눕고 했다. 다리뼈가 지긋지긋했다.

오후에는 신문을 보고 또 누워 있다가 〈시민과변호사〉에 보낼 원고를 다시 읽어서 다듬어 놓고는 고든박골로 갔다. 몸살이 좀 나면 차라리 운동을 하는 게 좋겠다는 생각이 들었다. 3시 40분에 나섰는데 오늘은 날씨가 맑고, 황사도 별로 없는 것 같아 산벚꽃이 가까운 산에도 먼 산에도 아름답게 보였다. 그러나 아주 맑은 하늘은 아니었다.

고든박골 산을 올라가니 정우가 작은 삽차로 밭을 고르면서 돌을 골라내고 있었다. 나는 밭 위쪽에 올라가서 칡덩굴 다래 덩굴 밑에 푹신하게 덮여 있는 나뭇잎에 앉아 있다가 누워 있다가 했다. 나뭇잎이 아주 두껍게 깔려 있어 거기 앉으니 안락의자에 앉아 있거나 방석에 앉아 있는 듯했고, 누우니 두꺼운 요를 깔고 있는 듯했다. 그런데 일어나 보니 나뭇잎 깔려 있는 사이 여기저기 새파란 울금이 나 있다.

그리고 내가 앉거나 누워 있는 그 자리 가랑잎 위에 동그란 토끼 똥이 소복소복 여기저기 있다. 그걸 주워 보니 참 모양이 예쁘다. 냄새가 하나도 안 난다. 한 줌 주워서 손수건에 싸서 주머니에 넣었다. 그런데 울금이 난초처럼 길게 잎이 나왔는데, 좀 더 진작 나와서 잎 두께가 더 두꺼운 것은 무엇이 뜯어 먹었다. 아마도 토끼가 뜯어 먹었구나 싶었다. 그러니 토끼가 여기서 자고 일어나 울금을 뜯어 먹은 것이다. 한참 누웠다가 다시 일어나 그 옆을 가 보니 거기도 토끼 똥이 이곳저곳 소복소복 가랑잎에 담기고 덮이고 했다. 여기가 토끼들 집이구나 싶었다.

올여름에는 내가 여기서 살아야겠다고 생각했다. 머리 위의 칡덩굴은 다래 덩굴과 같이 마구 얽혀서 참나무, 벚나무 들 위에 꽉 덮여 있는데, 그 참나무는 좀 키가 작은 종류라 벌써 잎이 제법 났다. 또 조팝나무도 벌써 꽃이 피어 다른 온갖 잡목들과 같이 얽혀 있다. 다음 올 때는 낫을 가지고 와서 칡덩굴을 잘라 놓아야겠다고 생각했다. 칡덩굴 때문에 다른 모든 나무가 죽게 되어 있어서다.

정우가 아직도 밭일을 하고 있어서 나는 또 푹신한 나뭇잎 요 위에 누웠다. 이번에는 눈을 감고 자 보겠다고 마음먹었지만 잠은 오지 않았다. 오늘은 추운 날도 아니고 바람도 없었지만 저녁이 되어 기온이 좀 내려서 그런지 잠은 안 왔다. 그러나 나뭇잎 요는 따뜻한 느낌이었다. 그렇게 누워 한참 눈을 감고 있다가 다시 눈을 뜨니 칡덩굴, 다래 덩굴 그 밖에 온갖 나뭇가지들이 천장이 되고 벽이 되어 둥 그런 방 안에 누워 있는데, 그 나뭇가지와 덩굴로 된 천장 사이로 하늘이 보였지만 푸른 하늘이 아니고 뿌연 잿빛 하늘이었다. 아, 지금쯤 저 하늘이 고운 노을로 물들어 있어야 하는데, 싶으니 갑자기 울고 싶어졌다. 고운 노을을 저 나뭇가지며 덩굴 사이로 쳐다볼 수 있다면 얼마나 아름답겠는가! 내가 이제 이런 데 와서 마지막 내 목숨이 다할 때까지 저 하늘 쳐다보면서 살려고 했는데, 그 하늘이 없어지다니! 오늘은 그래도 맑은 날씨라는 것이 이런데, 이제 앞으로 정말 그 푸른 하늘이며 노을을 볼 수 있을지 모르겠다 싶으니 눈물이 날 것 같았다. 이 일을 어쩌면 좋은가!

　　정우가 일을 마치고 돌아오니 6시가 되었다.

2002년 6월 22일 토요일 맑음

오전에 한길사에서 갖다 놓은 출판 계약서를 읽고서 도장을 찍어 두고, 〈어린이문학〉에 보낼 우편물을 준비해 놓고 나니 그럭저럭 점심때가 되었다.

　　오후 1시 반쯤에 세 사람이 왔다. 신정숙 씨와 윤양미 씨는 온다고 했으니까 짐작하고 있었는데, 뜻밖에도 박기범 씨가 왔다. 박 씨는 음성에 무슨 모임이 있어서 왔다가 온 김에 아침에 여기 와 있었다고 했다. 그래서 3시 반까지 이런저런 얘기를 했는데, 윤양미 씨는 산처럼이란 출판사를 경영한다고 하면서 최근에 낸 책 두 권을 주었다. 그래 앞으로 어떤 책을 내려고 하는가 물었더니 "선생님 글을 좀 책으로 내고 싶어요" 했다. 그래서 됐다 싶어, 전에 하현철 선생하고 두 사람 공저로 내려고 했던 책 이야기를 했더니 좋다면서 곧 승낙을 했다. 알고 보니 윤 씨는 우리 말 살리는 겨레 모임의 회원이어서 하 선생 글도 그 회보에서 읽었던 모양이다. 참 잘되었구나 싶었다. 그래서 앞으로 내가 며칠 안으로 하 선생하고 의논해서 원고를 좀 더 다듬거나 정리해서 보내도록 하겠다고 말했다.

《일하는 아이들》 책을 윤양미, 박기범 두 사람에게 주었다. 신정숙 씨는 전에 주었다.

그리고 나서 라디오로 3시 반부터 광주에서 벌어지는 월드컵 스페인 대 한국 전을 듣는데, 전반전이 끝나도 0 대 0으로 결판이 안 났다. 그래서 세 사람은 노광훈 씨 집으로 가서 텔레비전으로 보라고 해서 보내고, 나 혼자 라디오로 듣고 있는데, 후반전에도 0 대 0으로 되어 결국 승부차기가 되었는데, 이 승부차기에서 한국이 이겼다. 그래서 온통 고함 소리, 울음소리가 터져 나오고 온 나라가 들끓었다. 나도 그 소리에 빨려 들어 눈물이 날 것 같았다. 내가 이런 운동경기 소식에 이토록 되는 것은 처음이다. 어떤 사람이 오늘 이 시간에 살아 있다는 것이 영광스럽다고 했는데 결국 사람이 산다는 것이 이런 것이구나. 이런 것밖에 없겠다는 느낌도 들었다.

2002년 7월 1일 월요일 흐림

논문이 이제 본론에 들어가서 한 꼭지 썼다. 길을 닦아 놓았으니 앞으로는 순조롭게 나갈 것이다. 본론은 아마도 대여섯 꼭지를 써야 할 것이다. 그래서 전체 분량이 적어도 원고지 2백 자로 2백 장 이상 3백 장까지 될 것 같다.

오늘 우편물이 안 와서 잘 생각해 보니 임시 공휴일이구나 하고 깨달아졌다. 월드컵 축구 대회를 마쳐서 축하한다고 하루를 쉬는 모양이다.

저녁때 고든박골 가서 딸기를 또 실컷 따 먹었다. 얼마나 많이 익어 있는지, 겨우 한두 곳만 따 먹고 그만두었다. 그릇을 가져갈 것을 잘못했다. 하도 딸기를 날마다 먹으니까 그만 딸기에 물릴 판이 되었다.

딸기 따 먹고 회관 뒤 둑에 부직포 놓아둔 것 깔고 누워 있다가 일어나 보니 발밑에 아주 작은 개미들이 새까맣게 줄을 지어 이사를 가고 있었다. 그것을 한참 들여다보다가 그 줄을 한번 따라가 보았더니 돌자갈 험한 둑길을 끝없이 가고 있었다. 그 길이가 20미터도 넘을 것 같은데, 결국 이쪽 끝도 저쪽 끝도 풀숲에 덮여 그 끝을 확인 못 했다. 몇만 마리가 될까? 그리고 이 험난하고 놀라운 대장정은 어떻게 해서 이뤄지는 것일까? 참으로 감탄할 수밖에 없었다.

4시에 갔다가 7시에 정우 트럭으로 돌아왔다.

방에 돌아와서도 산에 그렇게 새빨갛게 익은 딸기가 아까웠다. 새들은 왜 딸기를 안 먹나? 요새는 먹을 것이 많아서 그런가? 오늘 밤에 비가 오면 그 아까운 딸기가 다 떨어지고 말 것인데, 참 개미들이 딸기를 먹겠구나. 딸기를 한참 따 먹으면 손에 당분이 붙어 찐덕찐덕하다. 개미가 얼마나 좋아할까. 그런데 딸기에 개미가 붙어 있는 것을 못 보았다. 워낙 많아서 그런가. 물기가 있어서 싫은가?

2002년 7월 19일 금요일 비

깨어나서 숨쉬기를 하고, 기도를 하는데, 오늘 아침에는 아버지께 하는 기도를 시작해 보자는 생각이 들었다. 처음에는 여느 날처럼 하느님께 드리는 기도를 짧게 했다. 그다음 아버지께 말하는 기도를 하는데, 생전 처음으로 하는데도 참 놀랍게 기도 말이 아주 잘 터져 나와서 하고 싶은 말을 자유스럽게 했다. 이것은 하느님께 드리는 기도와는 아주 달랐다. 그렇게 오랫동안 날마다 아침저녁으로 그리고 식사 때마다 드리는데도 하느님께 드리는 기도 말은 왜 그런지 잘 안 되고, 아무리 참되게 하려고 해도 절실하게 되지 않고 만족스럽지 않았다.

그런데 아버지께 하는 말은 그렇지 않아서 곧 술술 말이 터져 나온 것이다. 이것은 내가 신앙심이 모자란 것인가? 신앙이 잘못된 것인가? 이광자 선생 말처럼 아버지가 하느님보다 더 가까이 내 곁에 계시기 때문이고, 그 아버지야말로 하느님보다 더 나를 가까이 지켜 주시는 분이고, 하느님으로 가는 길이 아버지이기 때문에 그런 것인가. 그런지도 모른다. 아침에 아버지께 드린 기도 말을 적어 본다.

아버지께 드리는 기도
아버지, 참 오랜만에 이렇게 말씀드리게 되었습니다. 제가 지금껏 살아온 것, 무사히 이 세상을 살아온 것이 아버지 덕택인 줄 압니다. 제가 지금까지 살아오는 동안 온갖 어려움을 겪고 힘드는 일에 부딪혔습니다. 그때마다 그것을 참고 견딜 수 있었고, 이겨 낼 수 있었던 것은 모두 아버지가 저를 지켜 주시고 이끌어 주시고, 저에게 힘을 주셨기 때문입니다. 더구나 제가 병들었을 때마다 그 병을 물리칠 수 있게 해 주셔서 이렇게 아직도 살아서 세상 위해 좋은 일을 할 수 있게 해 주신 것 모두가 아버지께서 그렇게 저를 힘 주시고 지켜 주셨기 때문이라 믿습니다. 부디 앞으로도 저의 곁에 늘 함께 계셔서 제가 하는 일 잘할 수 있게 살펴보아 주시고, 저의 길을 열어 주십시오. 아버지 고맙습니다. 제가 온정신을 다 쏟아 좋은 일 많이 해서 아버지 은혜 갚도록 하겠습니다.
예수님 받들어 기도드립니다. 아멘.

마지막 인사말을 어떻게 해야 할까 하다가 "예수님 받들어

… 아멘"이라 했다. 아버지께서도 예수님, 하느님 곁에 계실 것이니, 이렇게 말하는 것이 옳고 자연스럽겠다고 느꼈기 때문이다. 앞으로 우리 어머니한테도 기도드려야겠다고 생각한다. 큰누님한테도, 셋째 누님한테도 드려야지.

기도를 마치고 나니 오늘은 참 기분이 좋다. 글도 더 잘 쓸 것 같다. 지금 아침 7시가 다 되었다.

오늘, 쓰던 논문은 아주 길게 쓴 한 꼭지를 다 맺었다. 이제 앞으로 백 장 정도 쓰면 다 될 듯하다.

종일 비가 왔다.

2002년 9월 7일 토요일 맑음

오늘은 참 오랜만에 하늘이 활짝 개었다. 날씨가 너무 좋아서 고든박골에 갔는데, 돌아올 무렵도 하늘이 좋아 자꾸 하늘만 쳐다보았다. 그러나 그 하늘 한쪽에 조그만 구름이 한 무리 떠 있을 뿐 노을빛은 볼 수 없었다. 한 해 가운데 노을이 가장 아름답게 나타날 때가 이때인데, 더구나 한 달이나 장마에 태풍에 흐린 날만 이어지던 끝에 겨우 맑은 하늘을 쳐다볼 수 있게 된 오늘 같은 날에 노을을 아주 볼 수 없다는 것은 참으로 서글픈 일이다. 우리 논 위로 공장 옆으로 돌아올 때 겨우 서쪽 하늘 먼 산 위에 약간 불그레한 빛이 났는데, 사람들은 저걸 보고 노을이라 하겠구나 싶었다. 그리고 사실은 오늘같이 맑은 하늘도 그 옛날의 그 아름다운 가을 하늘은 아니다. 그러나 이제 그 고운 하늘도 노을도 그대로 기억하고 있는 사람이 없는 것 같다.

지난 8월 5일
글쓰기 연수회가 끝나는 날부터
비가 와서 장마가 시작되어
이제까지 한 달이 넘게
비가 오고 흐리고 태풍이 지나고
다시 비가 오고 흐리고 하다가
오늘 처음으로 하늘이 활짝 걷혔다.
꼭 한 달하고 이틀째다.
그동안 곳곳에 물난리가 나서
논밭이 떠내려가고 도시가 물에 잠기고
사람이 몇백 명이나 죽고 그래 온 나라가 큰 재앙을
당했다.
사람들은 태풍과 물난리와 죽은 사람만 생각할 뿐
태풍이 지나간 다음에도 하늘이 흐리고
해가 안 나오는 것을 걱정하는 사람은
아무도 없었다.
이대로 다시 한 달이 지날 동안
해를 못 봐도 하늘이고 햇빛을
걱정하는 사람은 없을 것 같았다.
그런데 오늘은 이렇게 활짝 개어서
신선한 가을 날씨같이 되었다.

역시 하늘은 우리 인간을 좀 더 살려 두어야겠다고 아
직은 생각하는 모양이다.

그러나 노을이 안 나타났다.

서쪽이고 남쪽이고 어디를 보아도

거뭇거뭇한 하늘뿐

겨우 밤이 가까워 서쪽 먼 산 위

조금 누릇누릇한 빛깔이 보일 뿐

그 아름답던 9월의 노을

장마 끝이면 더욱 꿈같이 황홀했던

그 노을은 어디에도 볼 수 없다.

나는 이 사실을 증언해 두어야 한다.

2002년 9월 7일

한 달 넘게 비가 오고 구름이 덮이고

태풍이 지나간 다음에 비로소

활짝 개인 하늘에

저녁이 와도 노을빛이 아주 안 나타났다는

이 사실을 나는 증언해 두어야 한다.

이 맑은 하늘, 이 정도 맑은 하늘이

앞으로 며칠 더 갈 것인가.

그것도 나는 알 수 없다.

그것도 나는 증명해야 한다.

모든 사람이 정신을 잃고 산다는 것을

모든 사람이 눈멀고 귀먹고

병신으로 되어 있다는 사실을
증명해 두어야 한다.

2002년 10월 11일 금요일 맑음

오후 2시가 좀 지났을 때 지성한의원에 찾아갔더니 거의 한 시간쯤 기다려야 했다. 기다리는 동안에 맞은편 의자에 앉았던 어떤 여자분이 나를 자꾸 보더니 "이오덕 선생님 아닙니까?" 했다. 그렇다고 했더니 반가워하면서 내 책을 있는 대로 다 읽었다고 하면서 백병원 앞에서 죽을 판다고 했다. 그러면서 주순중 선생 이야기를 해서 내가 "오늘 주 선생이 여기 올라 했는데, 곧 올 겁니다"고 했더니 더 놀라면서 여러 가지 얘기를 했다. 그리고 곧 주 선생이 들어와서 반갑게 만났다.

그리고 내 차례가 와서 들어갔더니, 젊은 여의사인데 손목의 맥을 좌우로 한참 짚어 보고 나서 하루 대변을 몇 번 보는가 물어서 한 번이나 두 번이라고 했다. 다음은 눈 검사를 하는데, 눈동자가 바로 앞에 크게 찍혀 나오는데, 그것을 보고 여러 가지 내 몸의 상태를 말했다. 그리고 그것이 아주 정확하게 맞구나 싶었고, 아주 좋은 의견도 들려주었다. 내 몸의 상태를 말한 대로 대강 적으면 이렇다.

1. 기력이 아주 약해져 있다.
2. 위장이 무력해졌다.

3. 무릎이 아주 약해서 문제가 많다.

4. 운동을 해야 한다. 걷기를 해야 한다.

5. 무슨 일을 하는지는 모르지만 머리를 너무 많이 쓴다. 머리를 쉬고 운동을 해야 몸이 회복된다.

6. 나이가 78세인데, 기억력이 아주 좋고 머리를 많이 쓰고 하는데, 머리 활동은 50세 남짓 되는 분 같다. 부디 머리 그만 쉬고 운동을 하는 것이 좋겠다.

7. 그리고 폐활량이 적다. 이것도 운동으로 폐를 든든하게 해야 한다.

8. 피부가 호흡을 못 하고 있다.

9. 몸에 아주 병이 없다. 다만 너무 허약하다.

이렇게 말하고 나서 물었다. 평소에 무슨 병을 가지고 있다든지 하는 것 없느냐고 했다. 내가 여러 해 전부터 신장이 나빠서 지금도 치료 중이라 했더니 무슨 신장염인가, 네프로제인가, 신우염인가, 또 무엇 무엇인가 물었다.

"조직 검사까지 했더니 병 이름이 보통 알려진 그런 것이 아니고 또 영어로 돼 있어서 기억을 못 하겠는데, 아무튼 완치가 될 수 있는 신장염이라 했습니다. 지금은 증세가 좋아져서 병이 있는 상태와 건강 상태의 중간쯤에 머물고 있습니다."

"이 눈 검사로는 신장은 아무 이상이 없습니다. 몸이 쇠약해서 기력이 없으면 신장 기능이 저하되어 그런 증세가 나타나니 운동을 많이 해서 몸을 튼튼히 하는 수밖에 없습니다."

그다음은 내가 물었다.

"귀울림이 오래전부터 심합니다. 고칠 수 있을까요?"

"선생님의 귀울림은 출생 때 허약하게 태어난 것이 원인입니다. 젊었을 때 몸을 보해서 그 허약한 체질을 고쳐야 했는데 그렇게 하지 못했습니다. 그러니 지금은 어쩔 수 없고, 그 귀울림을 가지고 살아가도록 하셔야 합니다. 운동을 해서 몸이 좋아지면 귀울림도 덜하게 됩니다."

"콜레스테롤이 높은 줄 아는데, 어떻게 나타났습니까?"

"높습니다."

"정상이 되도록 할 수 없을까요?"

"식초를 드시기 바랍니다. 소주잔에 물 한 잔 받아서, 처음에는 거기에 한 방울 정도로 초를 떨어뜨려서 드시고, 차츰 많이 해서 나중에는 소주잔에 5분의 1 정도 초를 타서 드시면 좋을 것입니다."

"음식물에 아주 민감합니다. 어떤 음식이 좋은지 의견을 듣고 싶습니다."

"위장이 약해서 소화가 잘 안 되는데, 그러니까 약을 먹어도 조금도 효험이 없어요. 이렇게 해 보세요. 검은깨와 찹쌀을 반반으로 해서 가루를 만들어 뜨거운 물에 타서 아침저녁으로 잡수시면 위가 좋아집니다. 꼭 해 보세요."

여의사가 한 말이 모두 옳다는 생각이 들었다. 죽 음식점을 한다는 분은 의사 말을 듣더니 "제가 선생님 약 지어 드리려고 했더니 그럴 필요가 없어졌네요. 돈 벌었어요" 했다. 참 고마운 사람이구나 싶었다. 나오면서 인사하니 의사가 따라 나와서 인사했다. 나중에 정우한테 물으니 진찰료도 안 받더라 했다. 주 선생하고 그 새로 만난 여자분하고 헤어지면서 모레 내 책 나오면 한의사한테도 보내고, 주 선생하고 오늘 만난 분한테도 보내겠다고 말하고 왔다.

집에 오니 4시 반이었다. 오늘도 날이 좋았는데, 하늘은 흐릿흐릿하게 구름이 덮인 것처럼 괴상한 날씨였다.

2002년 10월 13일 일요일 오전 한때 비, 맑음

아침에 짧은 글 하나 쓰고 창녕의 고승하 씨 앞으로 보낼 우편물(《한 사람의 목숨》과 일본어 원문 복사한 책과 편지)을 준비하고, 윤양미 씨한테 책과 함께 봉투도 부쳐 달라고 전화하고, 또 윤기현 씨한테 전화를 걸었다.

아침에 정우가 와서, 19일 날 시상식에 누구를 초대할까를 권정생 씨한테 전화로 의논했더니 전우익 선생한테 물어보라고 하더라 해서, "왜 권 선생한테 그런 얘기를 했나? 전 선생한테도 알리지 마라, 그 사람들 올 것도 아니고 반가워하지도 않는다. 이번 일은 윤기현 씨가 한 일이니 윤기현 씨한테 전화 걸어서 그 일을 어떻게 했는지 우선 알아봐야 한다. 아무래도 우리 말 운동 관계로 그런 훈장을 준다면 《우리 글 바로쓰기》 책을 낸 한길사에 먼저 알려야 할 것 같다" 이렇게 말하고 윤기현 씨한테 전화를 걸었던 것이다.

윤기현 씨와 전화 얘기

"지난 8월 10일인가 그 무렵에 윤 선생이 무슨 훈장을 받도록 서류를 낸다고 하셨지요? 그거 그때 어떤 내용으로 냈습니까? 그리고 그 뒤 무슨 소식을 들었습니까?"

"그때 어린이문협의 김녹촌 회장과 글쓰기회 이상석 선생과 어린이도서연구회 이주영 이사장과 우리 말 살리는 모임의 이대로 대표와 이렇게 네 단체 대표 이름으로 여러 가지 내용을 적어 냈습니다. 그 뒤 8월 말일쯤에 심사를 한다고 들었는데, 정식으로 연락을 못 받았지만 받게 되도록 결정했다는 말을 간접으로 듣기는 했습니다."

"그렇군요. 나는 그때가 8·15 며칠 전이어서 무슨 공훈이 있다고 주는지는 몰라도 8·15는 아닐 거고 10월 9일 한글날에 그런 시상 같은 행사가 있는 것을 생각해서 신청했겠구나 싶었는데, 그 한글날도 그냥 넘어가서 마음을 놓았지요. 그런데 얼마 전에 문화관광부 장관이 전화를 걸어왔어요. 이번에 문화훈장을 드리기로 했다고 해서 어리둥절했어요. 윤 선생이 그런 주선을 해서 이렇게 됐으니 고맙기는 하지만 솔직히 말해서 마음이 착잡합니다. 그리고 네 단체에서 같이했다는 것 이제 처음 알았는데, 그저께 문광부에서 그 시상식 입장권을 열 장 보내왔으니 이걸 어찌할까요?"

"그러면 녹촌 선생하고 이주영 선생하고, 이상석 선생, 이대로 선생한테 알려서 그날 그때 국립극장에 나오시라 하겠습니다. 입장권은 거기서 나눠 주도록 하지요. 그런데 그 훈장이 무슨 훈장이랍니까? 금관, 은관, 동관 이렇게 있는데…."

"은관이라 하지요. 전화로 듣기만 했어요. 여기 시상식 안내장에는 그런 것 안 쓰여 있고, 누가 받는지도 알 수 없습니다. 아마도 여러 사람이 훈장을 받고, 또 무슨 상인가 하는 것을 받는 모양입니다."

"우리는 금관을 신청했는데, 중간쯤 되는 것이네요. 아무튼 축하합니다."

"수고 많았습니다. 그날 만나겠습니다."

이제 이번 일의 내막을 알게 되었다. 네 단체 대표들이 나를 추천했으니 김성재 장관도 떳떳하게 내게 줄 수 있었던 것이다. 그 내용은 아마도 우리 말 살리기와 올바른 글쓰기와 어린이문학 바로 세우기 따위로 여러 가지 문화 활동을 잘했다는 것이 아닌가 싶다. 살다가 보면 별일을 다 만나게 되는데, 이것은 분명히 하나의 희극이구나 싶다.

전화 끝나고 오전에 고든박골 가서 흙집에 한참 누워 쉬다가 정우 차로 내려와, 점심을 가게에서 먹었다.

오후에는 누워 쉬다가 목욕을 하였다.

2002년 11월 17일 일요일 흐림

간밤에는 또 배가 좋지 않았다. 배가 못 견디게 아픈 것이 아니라 뭔가 뱃속에(위 있는 데) 꽉 막혀 있어서 안 내려가고, 속이 매스껍고 올라올 것 같기도 했다. 그래서 밤중에 깨어나서 잠이 안 왔다. 한 이틀 동안 고등어(하루 두 끼, 그중 한 끼는 조기)를 먹었는데, 배가 아프지 않다고 좋아했는데, 역시 고등어도 못 먹을 것임을 알았다. 그렇다면 뭘 먹나? 다시 죽을 먹나? 죽 먹고는 힘을 못 쓸 뿐 아니라 소변이 잘 안 나오니 또 문제가 커진다. 왜 이런가? 아무래도 위장이 탈 난 것이다. 어쩌면 암일지도 모른다. 아마 암일 것 같다.

생각해 보니 음식 맛이 없어진 것이 언제부턴가? 1년? 2년? 작년부터 조금씩 나빠져서 올해는 아주 심해지고 갈수록 입맛이 떨어져 간다. 입맛 없는 것이야 차라리 적게, 알맞게 먹게 되니 잘되었다고도 할 수 있지만, 먹은 것이 소화가 안 되니 그게 큰일이다.

암이라면 이제 모든 것을 급히 정리해야겠다. 1년? 석 달? 한 달? 얼마나 살까? 그동안 모든 것을 정리해 두어야 한다. 내가 쓰고 싶었고 써야 한다고 계획했던 그 모든 것을 그만두고, 내가 가졌던 것이나 정리해서 깨끗이 해 두는 수밖에 없다. 아, 이제 내 인생을 마무리하게 되었구나!

새벽에 일어나 운동이고 숨쉬기고 기도고 다 그만두고, 세수도 하지 않고 칫솔만 좀 쓰고는 어제 써 둔 효리원에 보낼 글을 다시 읽어서 다듬었다. 그리고 편집부 앞으로 부탁하는 말을 적었다.

지금 7시다. 배가 여전히 좋지 않다. 배를 움직이니 꾸르륵 하고 소리가 난다. 지난번 주순중 씨 소개로 갔던 한의원에서 원장이 눈 검사해서 말할 때 내 위장이 아주 나쁘게 되어 있다고 하더니, 그때 원장은 암이란 것을 알고도 말하지 않았는지도 모른다는 생각이 들었다. 그러나 이제는 병원이고 한의원이고 가고 싶지 않다. 조용히 죽음을 맞이하고 싶다.

아침 7시에 정우한테 전화했다. 일하러 가는 길에 들르라고. 정우가 왔기에, 이제 고등어 같은 것 못 먹으니 콩죽이나 쒀 보내라 했다. 그리고 아무래도 암 같으니 앞으로 글 쓰는 일은 다 그만두고 급한 것 정리나 해야겠다고 했다. 그랬더니 "암은 아닐 겁니다. 노인들이 모두 소화불량으로 되니, 오늘 충주 가서 사진 찍어 봅시다" 했다. 나는 "사진 같은 것 찍으면 뭘 하나, 이대로 견디는 대로 견디다가 조용히 가는 것이 좋지" 했더니 정우는 내가 너무 과민하게 생각한다고 보았는지, 변소 짓는 일을 그림으로 그려서 이야기했다. 그리고 나갔다.

조금 뒤에 정우가 다시 까스명수를 가져왔다. 그걸 조금 먹었다. 그리고 충주에 사진 찍으러 가는 것은 오늘이 일요일이라 안 되겠다면서 내일 갑시다고 했다.

낮에 정우가 콩죽을 가져왔기에 한 공기 먹었다. 그것

도 한참 배가 우리하게 아팠다.

가만히 앉아 있을 수 없다 싶어 논문 쓰던 것을 한 꼭지 썼다. 이제 두 꼭지만 쓰면 끝난다.

〈월간 전생(全生)〉도 한참 보았다. 이제 내가 볼 책은 이것밖에 없을 것 같다.

오후에 한참 누워 있기도 했다.

지금 6시가 다 되어서 바깥이 어둡다. 배도 고프지 않고, 몸은 왜 이렇게 으슬으슬 추운가? 두꺼운 방한 옷을 입고 앉아도 추운 기가 안 떠난다. 죽을 다시 끓여 놓았는데, 이걸 먹고 또 배가 아프면 어쩌나?

저녁을 먹었다. 밥을 좀 섞은 콩죽을 한 공기 넉넉하게 먹었다. 그리고 조그만 사과 반쪽. 오늘 밤이 어찌 될까? 부디 무사했으면 좋겠다. 하나님, 저를 살려 주십시오!

오늘부터 병원 약도 안 먹기로 했다. 이제 소화기관이 더 큰 문제가 되었다.

2002년 12월 8일 일요일 눈(온종일 눈이 왔다)

오늘은 서울 손님 만난 시간 말고는 아침과 저녁때를 다 바느질로 시간을 보냈다. 밤에 배를 따뜻하게 할 필요가 있어서 수건을 두 장 겹쳐 꿰매어 썼는데, 그것 꿰맨 실이 풀어져서 그것도 좀 단단히 꿰매어야 했고, 다시 따로 수건 석 장을 그렇게 포개어 꿰매었다. 생각보다 시간이 많이 걸렸다. 그런데 그런 바느질을 하니까 좀 재미가 나기도 했다.

글 쓰는 것과는 또 다른 재미다. 된장찌개 보글보글 끓이고, 바느질하는 이런 재미를 남자들이 여자들한테 빼앗긴 것은 참 섭섭한 일이란 생각이 들었다.

새벽부터 눈이 온종일 내렸다. 날이 푸근해서 땅에 내리는 대로 녹아서 그렇지, 안 녹았으면 아마도 무릎까지 쌓였으리라.

2002년 12월 20일 금요일 맑음

민주당은 아주 살판이 났고*, 한나라당의 이회창 후보는 정계를 은퇴한다는 선언을 했다. 정몽준 씨는 자기가 잘못 판단했다고 말했다.

호남에서는 노무현 씨로 표가 다 몰리고, 영남에서는 이회창 씨에게 몰표를 주었다. 이것 가지고 양쪽 다 똑같이 지역감정이 남았다고 하는 사람들이 있는 모양인데 아주 모르는 말이다. 호남 사람들이 노무현 씨 찍은 것은 뚜렷한 목표가 있고 그 목표가 아주 정당하다. 그리고 그것은 지역감정을 넘어선 것이다. 그런데 영남 사람들이 이회창을 찍은 것은 박정희와 그 잔당 친일 세력을 옹호하는 것이고, 그것은 지역감정에 바로 이어져 있다. 참으로 영남 사람들은 치사하다.

오후 2시 50분쯤에 다큐공방 선재란 데서 조호순이란

---

* 새천년민주당 노무현 후보가 제16대 대통령으로 당선되었다.

사람이 찾아와 1시간가량 마주이야기 교육에 대한 내 의견을 녹화해 갔다. 며칠 전 전화가 있었던 것이다. 겨우 30초쯤 나가는 것이라는데 이렇게 멀리 와서 고생하는가 싶었지만, 그렇게 짧은 시간에 하는 말일수록 제대로 잘 요령있게 말을 해 주지 못해 미안했다. 이것저것 물어서 자꾸 대답한 것을 다 녹화해 가느라 그렇게 걸렸다. 젊은이가 생각도 좋고 내 책《이오덕 교육일기》도 읽었다고 해서 갈 때《문학의 길 교육의 길》과 《한 사람의 목숨》을 주어 보냈다.

오늘은 라디오 듣고, 이것저것 책 읽는다고 하루를 보냈다.

2003년 3월 9일 일요일 흐림
이주영 씨 외 한 사람 찾아옴

이주영 씨가 신충선이란 분과 같이 왔다. 가게에서 점심을 먹고 왔는데, 신씨는 너른들이란 출판사를 경영한다고 했다.

오자마자 책을 여러 권 내놓는데, 이주영 씨가 너른들에서 최근에 낸《어린이 책 100선》과 그 밖에 우리교육에서 나온 아이들 글 모음 두 권이었다.《어린이 책 100선》은 〈한겨레〉에 연재한 글을 모은 것으로 읽기 좋게 잘 만들었구나 싶었다. 그리고 신 사장은 마해송의《떡배 단배》와 그 밖에 또 동화책 한 권, 최근에 낸 것이었다. 책을 여러 권 받았지만 나는 줄 것이 없어 신 사장에게《나무처럼 산처럼》

한 권만 주었다.

두 분이 찾아온 볼일은, 내 책《어린이를 살리는 문학》을 너른들에서 다시 내도록 해 달라는 것과 아동문학사를 앞으로 내가 중심이 되어서 여러 젊은 사람들이 일을 분담해서 맡을수 있도록 좀 지도해 달라는 것이었다. 이것은 물론 이주영 씨 부탁이었다. 지금 각 대학에서 이재철 씨 책만 가지고 강의를 하는 판인데, 우리는 교재가 없다는 것이다. 어린이도서연구회에서 해마다 회원들이 엄청나게 불어나서 이제는 면 단위까지 회원 모임이 조직될 정도로 되어 있는데, 아동문학에서 이론 공부는 내 책《시정신과 유희정신》을 맨 처음 공부하고 그다음《어린이를 살리는 문학》을 읽게 하지만, 앞의 책도 오래되었고, 뒤의 것은 책이 없어 복사해서 교재로 쓰고 있다는 것이었다. 그리고 무엇보다도 문학사를 우리가 보는 관점으로 엮어서 교재로 만들어야 하니 이 일을 서둘러야겠다고 했다. 그래서 내가 대답한 것이 이랬다.

첫째,《어린이를 살리는 문학》은 그 일부를 앞으로 새로 내게 되는 책에 다시 옮겨 실을 계획이다.

둘째, 어린이문학사는 나도 진작부터 쓰고 싶었는데 힘이 미치지 못해서 아직도 손을 못 대고 있다. 그래, 최근에는 당장 급한 글만 썼는데, 듣고 보니 아주 시급히 해야 할 일이란 것을 느끼게 되었다. 지금 쓰고 있는 책 원고는 앞으로 한 달 정도면 끝날 것 같은데, 그다음부터 곧 시작해 보겠다.

이렇게 말했더니, 이주영 씨가《어린이를 살리는 문학》에서 그렇게 옮겨 싣고 남은 글이라도 따로 급히 책을 만들어 교재로 쓰도록 하면 좋겠는데, 했다. 그래서, 그렇다면 그것도 좀 살펴서 될 수 있으면 그렇게 하겠는데, 아무튼 어떤 모양이든 낸다고 하더라도 새로 내게 되면 문장을 아주 많이 고치고 다듬어야 하니, 좀 시간이 필요하다고 했다.

4시쯤 되어서 두 분이 나갔다.

어린이도서연구회가 이제는 어린이 문화 운동의 자리에서 다른 어떤 단체보다도 크게 되었고, 어린이 교육에서 엄청난 영향을 줄 수 있는 힘을 가진 것 같다. 그래서 내가 힘이 있는 대로 도와서 이 단체가 하는 일이 제대로 되도록 해야 되겠구나 하고 생각했다.

2003년 3월 23일 일요일 흐림

아침에 복대를 손볼 일이 있어 한참 바느질을 했다. 오전에는 글 쓸 자료를 살피고 누워서 쉬고 하다 보니 다 갔다. 오후에는 정우가 와서 이발을 하고, 목욕을 하고 나니 저녁이 되었다.

저녁에 정우댁이 백짐떡을 해 왔다. 내 얼굴을 보더니 "부었는데요" 했다. 목욕 마치고 몸무게를 달아 보니 39.20킬로그램이었으니 틀림없이 1.5킬로그램은 부종이었을 것이다. 머리 깎을 때 정우는 "아버지 머리에 살이 다 빠져서 형편없어요" 했는데 그것도 맞는 말이었다. 살은 빠져 있는데도 한편 부종이 있는 것이다.

내일 병원에 가는 것도 별로 기대가 안 간다. 그래도 어쩔 수 없이 가기는 가야지.

오늘도 시간마다 이라크에서 세기의 인간 백정들이 저지르는 천인공노할 범죄행위*를 방송했다. 수도 바그다드를 160킬로미터 미, 영군이 진격했다고 한다. 4백 리면 여기서 대구 가는 거리밖에 안 된다. 그런데 미국군의 미사일로 영국 비행기가 떨어지고, 미국 비행기가 서로 충돌해서 떨어지고 했다니, 그들만의 불장난이라 그럴 수밖에 없지.

2003년 3월 31일 월요일 흐림

간밤에도 12시 반쯤에 깨어났다. 배가 아팠다. 한참 그대로 누워 있다가 1시 반쯤에 일어나 쑥 뜸질을 했다. 그러고 나서 다시 누워 있었다.

입맛은 여전히 싹 가 버렸다. 억지로 먹으면 토할 것 같다.

어제 생각하니 이렇게 입맛이 다 가 버린 것이 내가 목숨을 다하라고 하는 것이 아닌가 싶다. 이대로 안 먹고 누워 있다가 고이 떠나는 것이 좋겠다는 생각이 든다. 그러나 내가 해야 할 일을 생각하니 그럴 수 없다. 어째서 내가 이렇게 세상일에 사로잡혀 있나? 지금 나는 이승과 저승에

* 이라크 전쟁

서 줄당기기를 하는 사이에 오도 가도 못 하고 있는 꼴이다. 어차피 아무런 희망이 안 보이는 세상을 그만 내버리고 홀홀 떠나야 하는데, 그래도 자꾸 세상 걱정을 하고 있으니 내 모습이 정말 딱하고 처량하다.

오늘도 대구 김용락 씨가 〈대구사회〉에 지하철 참사 사건에 대한 의견을 글로 써 달라는 요청을 전화로 해 와서 쓰겠다고 했다.

2003년 4월 8일 화요일 흐림

어제 낮에 인절미 먹은 것은 배가 아팠다. 저녁에 먹은 생선은 아프지는 않았지만 그리고 약간 입맛이 돌아와 고기 맛이 느껴지기까지 했지만, 먹은 뒤에 오랫동안 속이 꽉 차 있어 시달렸고, 아니꼽기까지 했다. 이제 다시는 다른 것 안 먹어야지. 미음이 이제는 단 하나 내 목숨 살리는 먹을거리가 되었다. 오늘은 미음만 먹으니 속이 편해서 원고도 좀 썼다.

어젯밤에 누웠다가 문득 생각난 것이, 내가 죽고 난 다음에 정우가 할 일을 미리 말해 두어야 하겠구나 하는 것이다. 첫째, 죽은 사실을 친척 몇 군데 말고는 알리지 말 것. 둘째, 장례를 지내고 난 다음에 알릴 만한 사람들 앞으로 알리는데, 그 편지글을 내가 미리 써 두어야겠다는 것. 셋째, 내 무덤은 의성 사곡이나 이곳 산 어디든지 정우 생각대로 정하고, 비석 같은 것 세우지 말라는 것이다. 그래서 장례를 치렀다는 알림장을 곧 써야겠다. 그 밖에도 미리 정우한테 알리고 해 두어야 할 일이 참 많다. 그런 것도 안 하고 지금 내가 이것저것 글 쓴다고 정신이 없고, 그 글을 제대로 못 쓰고 있다고 애태우고 있으니 참 딱하다.

2003년 4월 28일 월요일 맑음

세경내과에 가니 9시 30분이었다. 진료 예약 시간 10분 전에 닿았는데 10시에야 원장실에 들어갔다. 김 원장이 나를 보더니 "얼굴이 더 좋아지셨습니다"고 했다. 아마도 환자를 만나면 될 수 있는 대로 좋은 말을 해 주려고 하는 듯했지만, 어쩌면 어제저녁 때 이발기로 수염을 깎고, 오늘 새벽에는 따순 물을 얼굴에 좀 묻혀 대강 닦았던 탓이었는지도 모른다. 그래서 의자에 앉자마자 내가 말했다.

"아이고 원장님, 제가 섭생을 제대로 못 해서 좀 상태가 나빠졌습니다. 선생님 말씀대로 생강 물에 홍삼정과 꿀을 타 먹고 해서 변비도 사라지고 보리밥도 된장국으로 조금씩 먹게 되었습니다. 발등이 부었던 것도 많이 빠졌어요. 그런데 한 이틀 개고기를 먹었어요. 누가 깨끗한 개고기라고 해서 주는 것을 아이들이 냉장고에 넣어 두었다가 그걸 달여서 먹으라 해요. 본래 저는 그런 고기 안 먹는데, 살기 위해서는 이런 것도 먹어야 하나 싶어 먹었지요. 좀 소화가 늦게 되기는 했고, 약간 속이 답답했지만 몇 번 먹었는데, 어제저녁에는 고깃덩어리 하나를 씹어 먹고 밤중에 속이 더 답답했어요. 그래, 오늘 새벽에는 달인 물만 100cc쯤 마셨어요. 그런데 그게 아주 나빴어요. 숨이 답답하고 온몸에 힘이 빠져 영 운신을 못 하게 됐습니다. 소변도 아주 양이 줄어들고요. 잘못 먹었구나 싶었어요."

"고기를 잡숫지 마시고 물만 드시지, 잘못하셨네요."

"물만 마셨는데도 그랬습니다."

"아무래도 선생님은 그런 것 잡수셔서는 안 되는 분입니다. 전생이란 게 있어요. 선생님은 자연인으로 살아가셔야 하는 분입니다. 그런 고기는 잡수시지 말아야 합니다."

나는 김 원장이 한 이 말에 갑자기 정신이 번쩍 났다. 아주 숙연한 느낌이 온몸을 떨게 했다. 내가 짐승의 고기를 먹는 것은 좋지 않다고 생각하고, 그런 생각을 남에게 말하기도 하고 글로도 쓰고 했는데, 그러면서 나 자신은 "살기 위해서" 그것을 먹는다고 하여 먹었으니 이 얼마나 잘못된 것인가? 그리고 나한테 이런 잘못을 아무도 타이르는 사람이 없었는데, 오늘 처음으로 나에게 그 잘못을 말해 주는 분을 만난 것이다. 이 얼마나 고마운 분이고 고마운 스승인가! 나는 세경내과의 김 원장을 이제부터 내 스승으로 높이 받들어야 되겠다고 마음먹었다.

침대에 누워서 배와 등에 붙였던 것을 다시 갈아 붙였다. 그러고 나서 "위장 치료가 어느 정도 되면 신장 치료도 하겠습니다"고 했다. 참으로 좋은 의사를 만난 것이다.

오늘 음식에 관해 물어본 것 몇 가지.

첫째, 버섯은 좋다. 단백질이 많으니 고기 대신에 버섯과 콩을 드시면 된다.

둘째, 딸기는 먹어도 좋다.

셋째, 홍시(감, 곶감)는 좋지 않다.

넷째, 포도는 좋음.

다섯째, 파, 마늘은 먹지 말 것.

여섯째, 미역, 다시마는 좋음.

병원에서 나와 국민은행에 가서 2백만 원을 찾았다. 그리고 교보문고로 가는 길에 을지로 문구 도매상 가게에 들어가 파카 잉크를 사려 했더니 없어서 가로로 줄만 그어져 있는 원고 쓸 종이를 여남은 권 샀다. 교보문고에 가서는 잉크 외에 다음 몇 가지 책을 샀다.

1. 《표준국어대사전》, 27만 원

2. 《대한식물도감》(이창복), 7만 원

3. 《한국 약용버섯도감》, 13만 원

4. 〈이오덕 글쓰기 교실〉(지식산업사)

　-《신나는 글쓰기》(16쇄, 2003.3.28. 7천 원)

　-《우리 모두 시를 써요》(11쇄, 2003.3.28. 6천 원)

　-《어린이 시 이야기 열두 마당》(10쇄, 2003.3.28. 6천 원)

내 책 세 권은, 다섯 권 한 질로 꽂혀 있지 않고 따로 있는 것을 점원이 찾아내어 주는데, 보니까 3, 4권은 몇 해 전에 나온 것이라 사지 않고, 지난 3월에 나온 1, 2, 5 세 권만 사 온 것이다. 책값만 모두 50만 원 가까이 되었다.

집에 오니 3시 20분. 갈 때는 영 맥이 빠졌더니, 올 때는 정우하고 이야기하면서 왔다.

방에 들어오자마자 송현 씨가 전화를 했다. "그동안 제가 장가를 새로 든다고 그 준비로 분주했습니다" 하면서 "이제 저도 나이가 이쯤 되고 보니 선배 노릇만 하면서 선생님이라고 할 만한 분은 이 선생님 한 분뿐입니다. 그래, 결혼 예식 치르고 나면 한번 같이 가 뵙겠습니다"고 했다. 그래서 "반갑고 고맙다"고 했다.

곧 또 안동문화방송에서 전화가 왔는데, 아침 7시부터 한 시간 동안 나가는 프로그램이 있다면서, 부디 대담하는 것을 허락해 달라고 했다. 그래서 내 건강 상태를 말하고 지금은 안 된다고 했더니, 다음 달 10일쯤에 다시 전화를 걸겠다고 해서 그렇게 하라고 대답해 주었다.

저녁 8시에 윤동재 씨가 전화를 했다. 다음 달 20일쯤에 찾아오겠다고 했다. 요즘 어느 잡지의 요청으로 아이들에게 권할 만한 책을 추천하는 일을 맡았다고 했다.

2003년 6월 5일 목요일 맑음
아무래도 안 될 것 같아서 새벽에 이뇨제를 한 알 먹었다. 그 효과는 조금씩 나타났지만 온종일 나타났다. 그리고 아침에 정우가 전복으로 끓인 암죽을 가져와서 그것을 먹었는데, 낮에는 된장을 좀 넣어서 끓였더니 너무 건건했다.

그래서 저녁에는 백짐 말린 것 하나를 물에 담가서 다시 함께 끓여 먹었다.

오전에 알부민 주사를 한 병 맞았다.

오후에 박기범 씨가 왔다. 같이 사귀는 아가씨와 같이 와서 가게에서 점심을 먹고 정우와 같이 왔기에 지난번 사다 놓은 참외 한 개도 나눠 먹고, 밖에 나가서 감나무 밑에서 덤불딸기도 따 먹게 했더니 둘 다 아주 맛있다고 잘 따 먹었다. 그리고 사진도 찍고, 뜰에 있는 여러 가지 풀 이야기도 하다가 정우는 모심으러 가고 방에 들어왔는데, 박 씨가 사진첩 보고 싶다고 해서 그걸 보여 주면서 사진에 이어진 이야기를 하다가 4시 반이 되어 두 사람은 노광훈 씨 잠시 찾아갔다가 돌아가겠다고 해서 보냈다.

박 씨는 며칠 뒤 또 이라크로 간다고 했다. 지금까지 울진에 있었다고도 했다. 이제는 북한 아이들을 돕고 싶은데, 요즘 거기는 사스중증급성호흡기증후군 문제로 갈 수 없어서 이라크에 갔다가 8월에 돌아온다고 했다. 나는 "세상이 어지럽고 전쟁이 터지고 하면 그 누구보다도 아이들이 가장 많이 희생되는데, 지금 아이들이 온갖 일들로 병들고 죽어 가지만 무엇보다도 병들고 굶주리는 아이들과 죽어 가는 아이들을 먼저 생각하지 않을 수 없으니 이라크에 가는 박 선생 마음을 잘 알겠어요. 부디 잘 갔다 오세요. 그리고 나는 우리 아이들 살리는 길로는 학교교육으로는 절망이고 다만 문학으로 할 수밖에 없다고 생각하고, 박 선생이 그 일을 누구보다도 잘할 수 있다고 믿어요. 부디 이라크에 가서 겪은 모든 일들이 좋은 작품을 쓰는 데 귀중한 밑거름이 되었으면 좋겠어요"하고 보냈다.

방에서 이야기하면서 "박 선생 어머님이 많이 걱정하셨지요?"했더니, 자기가 이라크에 있는 동안 음식도 제대로 못 잡숫고, 억지로 먹으면 다 토해 내고 하셨다고 했다. 그럴 것이다. 아들 하나가 그렇게 죽음의 땅에 스스로 뛰어들어 간 것을 말릴 수도 없이 그대로 보고만 있었으니 그 마음이 어떠했겠는가.

감나무 밑에서 사진을 찍을 때, 나는 휠체어를 타고 앉았고, 박기범 씨와 아가씨는 내 양편에서 찍는데, 내가 두 젊은이를 팔로 꼭 끼고 찍었다. 두 사람이 그렇게 기뻐했고, 정우도 사진기 셔터를 연달아 자꾸 눌렀다.

아가씨는 내 책을 있는 대로 다 읽었다고 했고, 그렇게 나를 보고 싶었다고도 했다.

오늘은 방에서 바라보는 건너편 나무들이 조금도 움직이지 않았다. 바람이 아주 불지 않았다. 그래서 뜰에 나가도 공장의 고약한 냄새가 나지 않았다. 이제부터 건너편 미루나무가 흔들리지 않는 날만 창문을 열어 두거나 뜰에 나가야겠다.

박기범 씨를 만나서 오늘은 참 기뻤다.

2003년 6월 17일 화요일 안개 같은 것으로 흐림

간밤에는 2시쯤 일어나서, 바깥 책장 사이에 있는 좌변기 의자를 억지로 끌고 와서 한 시간 가까이 앉아 숨쉬기(배운동)를 하면서 앉아 있었지만 끝내 대변이 안 나왔다.

새벽에 이뇨제를 한 알 먹었다.

깨죽을 가져와서 아침과 낮, 저녁 다 잘 먹었다. 그렇게 먹고서 오후 2시가 지나 변소에 가서 앉아 힘을 썼지만 그래도 대변이 안 나왔다. 광명의 보성한방의원 원장한테 전화를 걸었다. 닭고기 먹고 설사는 그쳤는데, 이제는 꼭 나흘째 대변이 안 나온다고 했더니 너무 걱정 말고 한약 꾸준히 복용하라고 했다. 정 걱정이면 약방에 가서 관장 약을 사서 쓰라고 했다. 그 관장 약이란 것이 정우가 사다 놓은 그것이구나 싶었다. 그리고 깨죽을 먹고 있다는 것, 신 김치가 먹고 싶어서 먹는데 어떤가 했더니 깨죽도 좋고 신 김치도 좋다고 했다. 그런데 그 김치를 먹고 나니 그때마다 배가 쓰리고 아프다. 전에는 안 그랬는데 그렇다. 또 딸기도 먹으니 속이 시원하게 내려가더니 그것도 이제는 속이 쓰리다. 무엇이든지 조금 여러 번 먹으면 아주 나쁜 반응이 온다. 청어 찐 것을 낮에 다시 데워서 조금 먹었다. 신 김치에 속 쓰린 것이 나을까 싶어서다. 그랬더니 그것도 이제는 딱 싫어졌다.

연우가 오늘은 사진을 사진첩에 정리하는 일을 해 주었다. 오후에 고든박골 가서 딸기를 따 오고 나서도 저녁때까지 사진 정리를 했다. 나도 조금씩 거들었다. 내일까지 해야 되겠다.

지선이 엄마가 가게에 있던 발 마사지기를 갖다 놓았다. 단추를 누르면 전기가 들어와 10분 동안 발이 덜덜 떨리게 되고 10분이 지나면 저절로 꺼진다. 그걸 해 보니 발이 시원한 느낌이 들어 좋았다.

깨죽을 많이 먹어서, 한약은 한 봉지밖에 못 먹었다.

저녁 9시가 지나서 정우가 연우하고 왔다. 정우가 권정생 선생한테서 전화가 왔더라면서, 이렇게 말했다.

"권 선생님이 전화를 했어요.

아버지 밥 못 잡수신다고 하면

좀 야단쳐.

죽은 먹어도 소용없어.

약이고 주사고 다 소용없어.

밥 안 먹으면 안 돼.

나도 먹고 토하고 또 토해도

그래도 억지로 먹었어.

밥 한 숟깔 입에 넣고

5백 번 씹으면

죽보다 더 잘 넘어가.

그러잖아요."

나는 권 선생이 그토록 내 가까이 있었는 줄 몰랐다.

2003년 7월 3일 목요일 흐림[*]

8시에 정우 내외가 왔다. 지선이가 가게에 있다고 했다. 가지고 온 아침을 모두 같이 먹었다. 병원 음식보다 훨씬 먹기 좋고 내 몸에도 잘 맞아서 밥도 한 그릇 가까이 먹었다.

내과 과장이 와서 밤 동안 경과를 묻고, 오늘 혈액검사와 알부민 주사를 맞도록 하겠다고 했다. 배에 청진기를 대어 보더니 심장에 큰 이상은 없다고 했고, 발의 부종은 차츰 나을 것이라 했다. 10시가 되어 소변 24시간 받은 것 갖다주었는데, 모두 750cc쯤 됐으니, 평소의 세 배나 된 것이다. 그리고 10시 반쯤에 정우 내외는 시내에 볼일 보러 나가고 알부민 주사를 10시 30분부터 12시까지 맞았다.

주사 맞기 전에 피를 뽑았는데, 그 간호사가 거칠어서 몇 번이나 잘못 찔러 아팠다. 알부민 주사 놓는 간호사는 능숙하게 했지만, 주사약이 거의 20분에 한 방울씩 떨어지게 해 놓고 가 버려서 내가 다시 조종을 했다. 4초에 한 방울씩 떨어지도록 한 것이다. 어제는 3초에 한 방울 떨어지게 해 놓고 가서 그것도 다시 조종해서 4초로 고쳤다. 간호사가 해 놓은 것 그대로 두게 되면 조그만 병에 든 주사약 다 맞으려면 하루 종일 걸려도 다 못 맞는 꼴이 되는 것이다. 그리고, 원장 부인이 사과와 그 밖에 과실을 사 가지고 왔다. 오늘은 봉사단 다섯 사람을 데리고 왔단다. 우리가

[*] 2003년 6월 30일에 구리시 원진녹색병원에 입원했다.

대접을 해야 하는데 도리어 대접을 받으니 이래서 되겠나. 오늘이 이 옆에 장이 서는 날이라 했다. 그래서 과일을 우리도 좀 사서 보태어 오후나 적당한 시간에 그 봉사단 불러서 나누어 먹으면서 잠시라도 이야기 나눌 시간을 가져야겠구나 싶었다.

정우가 지선이 엄마하고 볼일로 시내에 나가 있는 동안 녹촌 선생과 한길사에 전화로 소식을 전하고, 녹촌 선생한테는 윤기현 씨가 구상하고 있는 주식회사 형태의 출판사 계획에 같이 힘을 모아 주자고 했다. 한길사 김 사장은 토요일에 찾아오겠다고 했다. 그리고 이재복 씨가 어떻게 알았는지 온다고 했다. 전화 거는 동안 알부민 주사도 맞았다.

청계천 복원 공사로 길이 막혀서 정우 내외가 2시가 지나도 안 와서 연우는 누구하고 점심을 먹기로 했다면서 나갔다.

병원에 있으니 모두가 나를 걱정해 주면서 찾아오고, 내가 세상에서 가장 행복하다는 생각이 들기도 한다. 세상에는 나쁜 사람으로 넘쳐 있지만 한편으로 참 좋은 사람, 고마운 사람도 많다는 것을 새삼 느끼게 된다. 그리고 나날이 정신없이 바쁘게 지내다가 이렇게 한 사람의 병실에 와서 다른 일을 모두 쉬고 조용히 이야기를 나누고, 병시중 드는 아이들도 책을 보면서 시간을 보내고, 좋은 이야기도 나누는 것이 참 좋구나 싶고, 보람도 있는 것 같아 즐겁다. 내 몸도 이래서 다시 건강해질 것이라 어쩐지 믿어진다.

오늘 온 사람은 연우 이모와 그 친구 한 사람인데, 오랫동안 못 만난 사람을 만나 그동안 소식을 듣고 반가운 이야기를 들었다. 그리고 이재복 씨가 우리교육 대표와 같이 와서 한참 이야기를 나누었다. 그러다가 저녁때는 뜻밖에도 더 많은 사람들이 왔다. 주로 글쓰기회 회원인데 노광훈, 글쓰기회장 황금성, 이성인, 김익승, 송재찬, 주순중, 보리 정 사장, 김종만 그리고 또 한 사람이었다. 그래서 여러 가지 반가운 이야기를 나누고, 나도 이 병원에 와서 음식도 먹을 수 있게 되고 약도 알맞게 먹고 주사도 필요한 것을 맞고 해서 앞으로 병세가 아주 호전될 것이 기대된다고 했더니 마침 또 원장 내외가 왔다. 원장이 좋은 이야기를 해 주었다. 그래서 정우 내외가 밖에 데리고 나가 모두 점심 대접을 해 드리고 보냈다. 그래, 돌아오니 지식산업사 업무 부장이 또 왔다가 무슨 매실 음료를 한 박스 가져왔다. 모두 고마운 사람들이다.

저녁밥은 연우와 둘이서 먹고, 정우 내외는 9시 40분에야 겨우 돌아갈 수 있었다. 오늘 문병 온 사람들이 돈을 내놓고 갔는데, 참 난처했다.

2003년 7월 15일 화요일 맑은 뒤 흐림

오늘은 어디 밖에 좀 나갔다가 오자고 해서 10시 반쯤에 나갔다. 나, 정우 그리고 연우와 지선이.

모처럼 연우가 왔는데 늘 나 때문에 매여 있고, 지선이도 고생을 하는 터라 어디 구경이라도 시키든지 점심이라도 먹고 싶은 것을 저희들끼리 의논해서 사 먹을 수 있도록 하자고 한 것이다. 그래서 우선 인사동에 가서 길가에서 이것저것 한참 구경하다가 두 아이가 마음대로 먹고 싶은 음식점을 찾아보라고 했더니 어느 한식점에 갔다. 거기서 정식이라는 것을 먹는데, 나는 그저 아이들 둘이가 먹는 것을 보고 싶었던 것이다. 정우는 밥만 한 그릇 청했다. 그런데 반찬이 몇 가지 차례로 들어오는데, 무너미 우리 식당 것보다 훨씬 보잘것없었다. 그것이 한 상에 1만 5천 원이라 해서 놀랐다. 정우가 먹은 비빔밥은 6천 원이었다. 그래도 연우는 "미국서 늘 먹고 싶던 우리 음식을 먹고 싶었다"고 해서 그 마음 이해할 수 있었다. 나는 옆에서 눌은밥 숭늉 갖다주는 것과 소고기 다진 것(이것만 무너미 식당에 없던 것인데, 어쨌든 죄다 오염 식품 같았다) 조금 먹었다.

거기서 나와 덕수궁에 가서 근대미술전을 보았는데, 별로 볼 것이 없었다. 올 때 길이 막혀 고생했다.

2003년 7월 22일 화요일 비*

아침에 깨어나니 바깥에서 빗소리가 요란했다. 비 때문에 정우 부녀는 8시 반에야 왔다. 그동안 연우와 이런저런 이

---

* 원진녹색병원에 입원해 있다가 7월 26일에 퇴원했다. 신장 기능이 떨어지고 소변에 단백질이 많이 빠져 나간다는 진단을 받았다.

야기를 했다. 연우는 내 다리를 주물러 주면서 나를 걱정했다. 나는 내가 가지고 있는 죽음에 대한 생각과 태도를 말하고, 내가 죽으면 조금도 슬퍼하지 말라고 했다. 장례 지내는 것까지 어떻게 하라고 말해 놓았고, 나를 웃으면서 보내 달라고 했다. 그리고 "연우야, 네가 서울 같은 데서 혼자 살면서 돌아다니기보다 오히려 그곳에 있는 것이 마음이 놓인다. 부디 잘 있다가 오너라" 하기도 했다. 들으니까 그곳은 미국에서도 시골이라 참 조용한 곳인 모양이다.

2003년 8월 14일 목요일 맑음

오전에 아미노산 주사를 맞고, 오후에 병원에 다녀왔다. 3시에 나서 다녀오니 7시가 지났다.

병원에 가서, 충주에서 시티(CT) 검사했던 사진과 검사한 원장 소견 적은 것도 내주었더니 담당 의사가 사진을 한참 보고는 원장님과 의논해 보겠다면서 나갔다. 우리는 문 앞에 나가 기다렸다. 원장실에서 나온 담당 의사가 지금 원장님이 안 계시다면서 화요일에 오면 그때 원장님과 의논한 것을 말하겠다고 했다. 그리고 나를 휠체어에 타고 있는 채 좀 기다리라 하고는 정우만 들어오라고 했다. 그때 내 느낌이 이상했다. 나한테 말하기 어려운 일이 있구나 싶었다. 그렇다면 어떤 더 큰 병이 발견된 것이 틀림없다. 조금 뒤 들어가니 담당 의사가 내장 여기저기 무슨 혹 같은 것이 많이 생겨나 있는데, 이것이 무엇인지 알 수 없다고 했다.

이것을 더 확실히 알아보려고 하면 큰 병원에 가서 여러 가지 검사를 해야 하는데, 연세가 많은 분이 그런 검사를 견디기 어려울 것이라 했다. 나는 "그런 검사받을 생각 조금도 없습니다"고 했다. 그리고 지난번 피검사, 소변검사 한 것을 적어 주면서, 이제는 단백질도 거의 안 나오고 핏속에 단백질도 그만하면 정상이고, 콜레스테롤도 110정도로 되어 있다고 했다. 모든 것이 정상인데 뜻밖에 다른 데가 잘못되었다고 했다. 콜레스테롤 치료제를 빼고서 약을 처방받고 소변, 혈액 따위 검사 결과 적은 것을 받아서 나왔다.

그런데 나와서 문간에까지 와서 정우가 갑자기 나를 붙잡고 퍽퍽 울었다.

"아버진 암이래요."

"그래? 짐작했다. 울지 마라. 조금도 슬퍼하지 마라. 내가 살 만큼 살았고, 이제 올 것이 왔을 뿐이다. 나는 조금도 편안한 마음이 흔들리지 않는다. 부디 생각을 바꿔라."

이래서 7시에 돌아오니 차 안에서 그렇게 무더워 견디기 어려워했는데, 시원한 방에 들어오니 정신이 돌아왔다. 그래서 정우한테 몇 가지 말해 두었다. 앞으로 몇 달을 더 버틸지 모르지만 화요일 오라 하니 그때 의사 소견 듣고 거기 맞추어 신변 정리를 하겠는데, 대강 그 정리 내용을 말해 주었다. 그리고 앞으로는 사람들을 일체 안 만나기로 하고, 출판사와 약속한 모든 일을 중단하고, 가장 급한 일부터 하기로 했다. 이상석 선생한테 연락해서 방학 중에 글쓰기회 이사회를 열어 달라고 하겠다 했다. 내가 여러 사람 앞에서 말을 할 기력이 있을 때 하고 싶은 말을 마지막으로 해야 되겠는데, 그때는 너와 지선이 엄마도 같이 앉아 들을 수 있게 했으면 좋겠다고 했다.

방을 옮기는 일은 어떻게 하나? 두세 달밖에 남지 않았다면 이대로 여기서 지낼 것이고, 연말까지 버틸 수 있으면 며칠이라도 거기 가서 좋은 공기 마시고 싶다고 했다. 정우가 "빨리 방 일을 해서 거기 가시도록 하겠습니다. 아버지, 그렇게 빨리 몸이 탈 나지는 않을 겁니다. 너무 걱정해서 서두르지 마세요" 했다.

암이란 말은 아무한테도 말하지 말고 우리 둘만 알고 있자고 약속했다. 의사한테도 절대로 남에게 말하지 말라고 부탁하겠다 하고 정우가 말했다. 내 마음이 이렇게 편안한 것에 나도 놀랐다. 정말 이제 조용히, 기쁘게 저승을 가게 되었다.

정우가 11시에 아이 엄마와 함께 왔다. 아이 어미한테는 아무래도 알려야 되겠다 싶어 암이라고 했다는 것이다. 지선이 엄마는 암일 리가 없다고도 했다. 아버님이 암에 걸릴리가 없다는 것이다. 나는 그동안 신장 치료한다고 안 먹던고기를 여러 해 동안 자주 먹었으니 그 고기 해독을 입은 것이 분명하다고 했다.

아까 저녁 먹고 나서 부산 이상석 선생한테, 방학 중에 될 수 있는 대로 이사들 모이는 기회를 만들어 준다면 내가 기력이 있어 말을 할 수 있을 때 글쓰기 얘기와 정우 얘기를 다 하겠다고 했더니, 그동안에 벌써 연락이 되어 모두 의논을 했던 모양이다. 내일 오후에 여기 오기로 했다고 해서 놀랐다. 그렇게 모두 나를 걱정해 주는구나!

정우 내외가 침대에 부드런 담요를 하나 깔아 주었고, 발 목욕을 하고 정우 내외를 보낸 다음 침대에 누우니 머리맡 창문이 환했다. 달빛이구나! 어제 아침에 정우가 달빛 얘기를 한 것이 생각났다.

"간밤에는 달이 하도 밝아 별이 겨우 두세 개밖에 안 보였어요. 달이 밝으면 별이 안 보이지요."

환한 달빛을 받고 누웠으니 참 기분이 좋았다.

2003년 8월 16일 토요일
흐리고, 몇 차례 가는 빗방울이 뿌렸다고 함

하루하루 기력이 쇠잔해 간다. 이제 할 일을 아주 급한 것부터 서둘러야겠다. 새벽에 누워서 내 장례식 절차며 장지를 생각하고, 부고와 인사장을 썼다. 그래서 아침 먹고 아미노산 주사를 맞는 동안 정우한테 의논을 했다. 장지는 의성 뉘실 선산이 어떤가 했더니, 정우는 이곳 고든박골이 좋을 것 같은데, 해서 그렇게 하라고 했다. 주 선생이나 대구 몇 분들 그리고 아동문학 하는 사람들이 회관을 쓰면서 가끔 올 터이고 그래서 내가 묻힌 표적이라도 있으면 뭔가 마음으로 이어지는 것이 있겠구나 싶었다. 그래서 생각지도 않은 시비까지도 조그마한 것을 세우는 것까지 좋겠다고 했다. 그 시비에 새길 시는 '새와 산'이다. 정우도 그 시가 좋다고 했다. 그리고 여기서 장례 지내면 어쩔 수 없이 마을 사람들의 도움을 받아야 하고, 노광훈 씨도 알게 될 텐데, 그렇게 되면 글쓰기회원들이 알고 많이 올 것이고, 어린이문협이나 도서연구회 사람들, 출판사 사람들 다 오게 되니 어떻게 하나? 정우는 어쩔 수 없지요, 하면서 조위금도 받지 않는다고 미리 알린다 했다. 그럼 그 많은 사람들 어떻게 접대하겠나, 그런 거창한 장례식은 아주 싫다, 그렇게 되면 오고 싶지 않은 사람도 체면상 온다, 그렇게는 해서 안 된다, 아무튼 미리 외부에는 알리지 말고 마을 사람과 아주 가까운 친척들에게만 알려라, 했다. 장례 지낸 뒤에 그것을 신문 같은 데 알리면 된다고 했다. 그리고 모든 것을 주중식 선생하고 의논해서 하는 것이 좋겠다고 했다.

대강 얘기 마치고 나니 정우가 또 눈물을 흘리면서 "아버지, 그런 일 너무 걱정 마세요. 제가 알아서 잘하겠습니다" 해서, "얘야, 부디 눈물 흘리지 마라. 내가 즐겁게 세상을 떠나는데 부디 웃으면서 보내라" 했다.

점심때가 되어 신정숙이 와서, 간밤에 글쓰기회 이사들이 의논한 것을 대강 말해 주었다. 그것은 앞으로 글쓰기회가 어디 가서 어떻게 해 나가는가 하는 것이었는데, 그중에 이상석 선생 생각이 가장 좋은 듯했고, 부산의 데레사 선생도 좋은 말을 했던 것 같았다. 신정숙 씨는 25일인가, 그때부터 며칠 동안이라도 나한테 와서 좀 도와주겠다고 해서 그래 달라고 했다.

오후에는 침대에서 방바닥에 내려와 의자에 비스듬히 눕다시피 해서 몇 가지 아침에 적어 놓았던 것을 옮겨 쓰고, 일기도 적고, 해금 소리도 듣고 했다. 오늘은 노광훈 씨가 보낸 우리 밀 가루로 끓인 밀수제비를 먹었다.

2003년 8월 19일 화요일 흐리고 이따금 비가 옴

나는 지금 하루하루가 또 다른 한평생으로 살아간다. 오늘도 또 한평생을 살았으니 그것을 대강이나마 적는다.

새벽에 일어나 시 몇 편을 썼다. 10시에 나서서 빗길을 가니 12시 40분에 녹색병원에 닿았다. 곧 담당 의사 내과 과장실에 들어갔다. 나를 보자 담당 의사는 손을 잡고, 그것을 암이라고 단정했는데 너무 경솔했어요, 그게 췌장 자리인데 어쩌면 췌장이 그렇게 나타났는지도 모르고, 또 그것을 확실히 알아보려면 조직 검사를 해 봐야 하는데…, 여기까지 얘기하는 말을 듣고 내가 가로막았다.

"선생님, 더 얘기하실 필요가 없습니다. 저는 그때 밖에서 기다리면서 다 짐작했어요. 사실은 암이든 아니든 아무 상관없어요. 암이란 말 듣고 내 마음은 조금도 동요하지 않고 아주 평온했어요. 하루하루 쇠잔해져서 이제는 다시 일어날 수 없겠다 싶어 얼마 전부터 죽을 준비 조금씩 하고 있어요. 살 만큼 살았고, 이 세상의 모든 인연과 헛된 욕망

다 버리고 또 다른 저세상으로 가는 것 참 즐거워요. 입에 발라 놓고 하는 말이 아니라 진정이래요. 내가 죽을 때는 조금도 슬퍼 말고, 모두 웃으면서 흙에 묻어라, 그날은 기쁘게 잔치를 해라고 해요. 그리 아시고 나 같은 사람 뭐 이제는 죽을 사람인데 돌볼 것 없다고 생각하시면 몰라도 끝까지 봐주세요. 참으로 선생님은 마지막으로 나를 도와주신 가장 고마운 분이었습니다. 다만 암이라면 혹시 거기가 많이 아파서 고통스럽지는 않겠나 좀 염려됩니다."

이랬더니 부디 일주일에 한 번씩만 와 달라면서 약은 전과 같이 먹도록 처방해 주었다. 그런데 내과 담당 의사실에 들어가기 전에 그 문 앞에서 기다리는 동안 외과 담당인 원장이 우리를 보고 몇 번이나 지나가면서 인사도 안 했다. 전에는 보면 아주 다정하게 말해 주었는데 참 이상했다. 이제 너 같은 사람은 죽을 사람이고 우리 병원에서는 별 볼일 없는 사람이란 태도로밖에 안 보여서 참 섭섭했다. 세상에 사람이란 이런 것인가. 의사란 이런 냉혈 동물인가? 기가 막혔다. 병원에서 나오는데 정우 친구한테서 전화가 와서, 과천 아파트 살 사람이 오늘 계약하자고 하겠다면서 그 소유자를 확인하고 싶다고 한다 했다. 그래서 과천 복덕방으로 갔다. 그런데 사는 사람이 내 이름을 보더니 아동문학가 이오덕 선생 아닙니까, 했고, 평소에 내 책을 많이 읽고 존경한다면서, 자기 남편은 소설가고 자기도 신춘문예 나와서 글을 쓴다고 했다. 그러니까 알아보고 뭐고 할 것 없었다. 친정이 충주인데, 가끔 우리 가게 앞을 지나기도 하는 것 같았다. 계약을 하고 계약금까지 받고 왔다. 집에 오니 4시 15분.

당장 녹색병원 원장한테 전화를 걸었다. 어디 그럴 수 있는가, 이제 나 같은 사람 거들떠볼 필요가 없는 사람이라고 하는 것 같은데, 그렇다면 가지 않겠어요, 그래도 두 분 선생님은 어느 병원보다, 의사보다 나를 도와주셨는데, 그래서 고맙게 생각했는데, 어찌 그럴 수 있나요, 했더니, "참 그때 제가 정신없었어요. 제가 세 가지 일을 하고 있지요. 정신없이 왔다 갔다 하다 보니 그렇게 됐어요" 했다. 아무래도 변명이었다.

오늘 과천 아파트 일은 아주 잘 풀렸다.

아직도 오늘 하루 내 인생은 많이 남았다.

집에 와서 누워서 음악을 듣고, 하루 일을 대강 적고, 정우하고 저녁을 먹으면서 오늘 이야기를 하고, 발 목욕을 하면서 앞으로 서둘러야 할 일을 의논했다. 내 삶의 한평생, 오늘 하루를 끝낸 것이다.

2003년 8월 21일 목요일 흐리고 몇 차례 가는 비

간밤에는 현우가 옆에서 누웠다가 자주 일어나 도와주어서 그렇게 힘들지 않게 날을 샜다.

오전에 정우가 아파트 등기 권리증을 여기저기 찾았지만 안 나왔다.

저녁에 누님이 오셔서 오랫동안 나를 붙잡고 눈물을 흘리시면서 기도하셨다. 하도 언제까지나 그래서 정우하고 일으켜서 그만하시라고 했다. 나는 "누님, 죄송합니다. 저는 아주 기쁜 마음으로 즐겁게 갑니다. 먼저 가게 되어 참 죄송하지만 즐겁게 가니 조금도 슬퍼 마세요. 장례, 장지도 다 정해 놓았고, 저를 땅에 묻는 날은 모두 즐겁게 찬송가나 부르면서 웃어 주세요. 즐거운 잔치판이 되도록 해 주세요. 이 세상 온갖 얽매인 사슬에서 다 풀려나 즐거운 저세상으로 가는 것 얼마나 좋습니까" 했다.

현우는 누님이 오자마자 서울로 갔고, 곧 또 노광훈 씨가 와서, 음성 가는 길 편에 음식점 하던 집을 빌렸는데 내일 이사를 한다고 해서 잘됐다고 했다.

2003년 8월 22일 금요일 흐림

간밤에는 꼬리뼈, 등뼈가 아파서 밤중에 가게에서 자는 정우를 세 번이나 깨워서 오게 하였다. 현우 있던 날은 곁에 자면서 도와주었는데, 뭐 어찌할 수 없이 아프고 따가워서 견딜 수가 없었다. 그리고 아침 6시에 또 오게 하였다. 사람이 죽기 전에는 가족들과 정을 떼게 한다더니 이런 것인가 하는 생각도 들었다.

그런데 정우가 아침을 가져오지 않았다. 보통은 7시에 먹는데, 7시 반, 8시가 다 되어도 안 왔다. 이번에는 허기가 났다. 탈진 상태가 되어 있는 데다가 허기가 났으니 아주 기진맥진, 이마와 얼굴에 땀이 났다. 무슨 사고가 났나? 겨우 가게에 알리니 조금 뒤에 간다고 했지만 그 시간이 그렇게 길었다. 누님이 옆방에서 일어나 나를 보고 손을 잡고 어찌할 바를 몰랐다. 8시가 지나서 정우가 왔지만 곧 일어나 앉을 수가 없었다. 이 동안 누님은 걸레로 방을 닦았다.

한참 누워서 진정을 하고 나서 겨우 정우가 일받아 앉혔지만 몸을 가누지 못해 침대에 놓는 밥상 같은 것에 엎드려 있다가 우선 포도당가루를 털어 넣고 된장국물로 넘겼다. 또 한참 뒤 떡국물을 몇 번 넘겼다. 다시 또 조금 있다가 그대로 그 밥상 같은 받침대에 엎드려 떡국 물렁한 것을 몇 숟갈 먹고 나니 그제야 정신이 돌아왔다. 정우는 이런 나를 보더니 그만 밥을 안 먹었다. 아무리 먹으라고 해도 끝내 안 먹었다.

11시 40분에서 1시까지 알부민 주사를 맞았다. 누님이 가게에 가서 오시지 않아 정우한테 물었더니, 자꾸 걱정할까 봐 가게에 계시라고 했어요, 했다. 가게에서 성경 베껴 쓰신다고 한다. 너희들이 나한테 대구 가라 해도 안 간다, 동생이 저런데 어떻게 떠날 수 있나, 하셨다면서 잘됐다고 했다. 그리고 누님이 가졌던 사진첩도 그대로 대구 갖다 놓으면 상윤이고 상윤이댁이고 언젠가는 다 내버릴 것이니 여기 우리가 보관해 두는 것이 좋겠다고 누님과 정우가 의논했다고 한다.

낮에 정우한테, 무덤 푯돌에 새길 글과 시비에 새길 글

을 적어서 설명하고, 주 선생하고 의논해서 내가 쓴 안을
참고하라고 했다.

오후에는 누워서 조용히 쉬었다. 흐린 날이었지만 비가
안 와서 매미들이 앞 숲에서 온통 야단법석으로 울었다. 온
갖 매미들이 울었다. 그 매미 울음이 내 귀에는 어떤 서양
고전음악보다도 즐겁게 들렸다.

참, 낮에 주사 맞는 동안 정우가 한 재미있는 말이 있다.
"아버지, 이런 말 들어 봤어요? 우리 마을에 농사꾼 노
인이 있는데, 한번은 저한테 '우리 얼기설기밭 좀 갈아 주
겠나?' 하잖아요. 참 재미있는 밭 이름이지요."

그래서 얼기설기밭이라니 어떤 밭인가 물어봤더니, 산
골짝 돌서드름(돌이 많은 곳)에 여기저기 흩어져 있는 밭이
라고 했다는 것이다. 그래서 그곳에 가서 트랙터로 여기저
기 다니면서 대강 갈아 주고 왔다고 한다. "얼기설기밭" 참
처음 듣는 재미있는 밭 이름이구나 싶었다.

저녁에 누님이 오셨기에, 누님, 아침에 놀랐지요, 이
런 일은 좀처럼 없었어요. 이제 괜찮아요, 했다. 누님은 나
를 붙잡고 또 한참 기도해 주셨다. 정우는 발 목욕해 주고
11시 반이 지나서 가게에 갔다.[*]

---

[*] 2003년 8월 23일까지 일기를 썼고, 8월 25일 아침 6시 50분쯤에 돌아가
셨다. 충북 충주시 신니면 무너미 마을 고든박골에 묻혔다.

이오덕

교사, 교육 사상가, 아동문학가, 우리 말 운동가.

　1925년 11월 14일에 경북 청송군 현서면 덕계리에서 태어났다. 영덕공립농업실수학교를 졸업하고 군청 직원이 되었는데, 학교에서 뛰어노는 아이들을 보고 교사가 되기로 결심한 뒤 혼자 공부해서 교원 시험에 합격했다.

　열아홉 살에 경북 부동공립국민학교에서 교사 생활을 시작해 마흔두 해 동안 아이들을 가르쳤다. 1951년 부산 동신국민학교에서 처음으로 시를 가르쳤다. 아이들이 자기 삶의 주인으로 살게 하기 위해서는 겪은 대로 솔직하게 쓰는 '글쓰기' 교육을 해야 하며, 일하는 기쁨을 체험하게 하는 것보다 더 좋은 인간 교육이 없다고 생각했다. 《이오덕의 글쓰기》《어린이는 모두 시인이다》같은 글쓰기 교육책들을 펴냈으며 농촌 아이들이 쓴 시를 모아 《일하는 아이들》《허수아비도 깍꿀로 덕새를 넘고》들을 엮었다.

　1953년 〈소년세계〉에 동시 '진달래'를 발표하며 아동문학가로 첫발을 내디뎠다. 1976년에는 아동문학 평론인 '부정의 동시'로 한국아동문학상을 받았다. 아동문학 평론서로 《시 정신과 유희 정신》《농사꾼 아이들의 노래》들을 썼다. 우리 말 살리는 일을 하며 《우리 글 바로 쓰기》(1~5)《우리 문장 쓰기》들을 썼다.

걸어온 길

1925년 11월 14일, 경북 청송군 현서면 덕계리(구석들) 574번지에서 독
실한 기독교인 아버지 이규하와 어머니 정작선 사이에서 3녀 1남
가운데 막내로 태어났다.

1933년 9세 4월 1일, 화목공립심상소학교에 들어갔다. 어려서부터 대한
예수교장로회 화목교회에 다니며 주일학교에서 '고향의 봄', '반달',
'집 보는 아이의 노래' 같은 동요를 배우고, 유년 주일학교에서 동화
를 들었다.

1935년 11세 소학교 3학년 때 담임선생님이 읽어 준 빅토르 위고의 《장
발장(레미제라블)》에 감동받았다. 어린 시절 염소를 뜯기며 《15소
년 표류기》, 《암굴왕(몽테크리스토 백작)》 같은 책을 어두워질 때
까지 읽었다.

1939년 15세 3월 8일, 화목소학교를 졸업했다.

1941년 17세 4월 8일, 경북 영덕군 영덕공립농업실수학교에 들어갔다.

1943년 19세 3월 25일, 영덕공립농업실수학교를 졸업했다. 성적이 뛰어
나 군청 직원으로 특채되었다. 군청 직원 일을 하면서 학교에서 뛰
어노는 아이들을 보고 교사가 천직이라는 생각이 들어서 교사가 되
기로 결심하고 독학했다.

1944년 20세 2월 11일, 구제 3종 교원 시험에 합격했다. 4월 7일부터
1945년 12월 30일까지 경북 청송군 부동면 부동공립국민학교에서
훈도를 했다. 교사가 되고 보니 생각했던 것과 달리 일제 식민지 교
육에 시달렸다. 강위생과 혼인했다.

1945년 21세 12월 31일부터 1947년 7월 30일까지 경북 청송군 화목공립
국민학교에서 가르쳤다.

1946년 22세 화목교회에서 주일학교 교사도 했다. 8월 6일, 맏아들 정우
가 태어났다.

1947년 23세 7월 31일부터 1948년 6월 30일까지 경북 청송군 수락공립 국민학교에서 가르쳤다.

1948년 24세 7월 15일부터 1951년 8월 30일까지 부산 남부민공립국민학 교에서 가르쳤다.

1949년 25세 8월 1일, 국민학교 2급 정교사 자격증을 받았다.

1951년 27세 8월 31일부터 1952년 3월 31일까지 부산 동신국민학교에서 가르쳤다. 4학년을 맡았을 때 처음으로 시를 가르쳤다.

1952년 28세 11월 27일부터 1957년 5월 30일까지 경남 함안군 군북중학 교에서 국어와 여러 과목을 가르쳤다. 학생들 글을 모아 문집과 교 지를 만들었다.

1954년 30세 1월, 한국아동문학가협회를 만드는 데 함께했다. 이때 처음 이원수와 만났다.

1955년 31세 이원수가 펴내던 〈소년 세계〉에 동시 '진달래'를 발표하며 아동문학가로 첫발을 내디뎠다.

1957년 33세 5월 1일, 군북중학교 교감이 되었는데 한 달 만에 사표를 냈 다. 6월 20일부터 1959년 3월 30일까지 경북 상주군 청리면 공검국 민학교에서 가르쳤다. 이때부터 농촌 어린이에게 글짓기를 중심에 두고 가르치며 학급 문집을 두 권 펴냈다.

〈새교육〉에 '1학년의 시 지도'를 발표했다.

1959년 35세 국민학교 1급 정교사 자격증을 받았다. 3월 31일부터 1961 년 10월 9일까지 경북 상주군 상주국민학교에서 가르쳤다. 상주교 육연구소에서 출판 보급 일도 맡았다. 강위생과 이혼했다.

1961년 37세 10월 10일부터 1964년 9월 30일까지 경북 상주군 청리국민 학교에서 가르쳤다. 2학년부터 4학년까지 같은 아이들을 담임하면 서 삶을 가꾸는 글쓰기 교육을 연구하고 실천했다. 어린이 미술교 육에 관심을 가지고 그림을 가르쳤다. 어린이 잡지와 〈새교실〉을 비 롯한 교육 잡지에 글을 실었다.

주마다 한 장으로 된 문집 〈흙의 어린이〉를 펴냈다. 프린트판 어린이 시 모음 〈봄이 오면〉과 〈푸른 나무〉를 펴냈다.

1963년 39세 8월, 경북아동문예연구협회를 만드는 데 함께했다.

1964년 40세 1월, 국민학교 교감 자격증을 받았다. 10월 1일부터 1967년
2월 28일까지 경북 상주군 이안서부국민학교에서 교감으로 지냈다.
2학년 어린이 시 모음 〈유리창〉을 펴냈다.

1965년 41세 교육을 제대로 할 수 없고, 교감 업무도 마음에 들지 않아
교육청에 교사 강등 청원서를 냈다. 〈새교실〉에 처음으로 우리 말
관련 글, '우리 말에 대하여'를 썼다.

《글짓기 교육-이론과 실제》를 펴냈다.

1966년 42세 동시집《별들의 합창》을 펴냈다.

1967년 43세 3월 1일부터 1968년 2월 28일까지 경북 경주군 경주국민학
교에서 가르쳤다. 한국문인협회 회원이 되었다. 이인자와 재혼했다.

1968년 44세 3월 1일부터 1971년 2월 28일까지 경북 안동군 임동 동부국
민학교 대곡분교에서 가르쳤다. 둘째 아들 현우가 태어났다.

1970년까지 학교 글쓰기 신문 〈산마을〉을 주마다 펴냈다. 전교생들 시
를 모아 〈햇빛과 바람과 땀〉을 펴냈다.

1969년 45세 동시집《탱자나무 울타리》를 펴냈다.

1971년 47세 3월 1일부터 31일까지, 대구시 비산국민학교에서 가르쳤다.
도시 학교에서 지내는 것보다 교감으로라도 산골 학교에 가는 게
좋겠다고 생각해서 교감 발령을 신청했다. 4월 1일부터 1973년 2월
28일까지 경북 문경군 김룡국민학교에서 교감으로 지냈다. 〈동아
일보〉 신춘문예에 동화 〈꿩〉과 〈한국일보〉 신춘문예에 수필 〈포플
러〉가 당선되었다, 한국아동문학가협회(회장 이원수)를 만드는 데
함께했다. 한국문인협회 안동지부를 만드는 데 함께했다.

1972년 48세 교감 자격증을 받았다. 교지 〈김룡문화〉(2호까지)를 펴 냈
다. 경북수필동인회에 함께했다. 딸 연우가 태어났다.

1973년 49세 1월 18일, 〈조선일보〉 신춘문예에 당선작 〈무명저고리와 엄
마〉를 쓴 작가 권정생을 찾아가 만났다. 3월 1일부터 1976년 2월 28
일까지 경북 봉화군 삼동국민학교에서 교장으로 지냈다. 한국아동
문학가협회 이사가 되었다.

《아동시론》을 펴냈다.

1974년 50세　동시집 《까만 새》를 펴냈다.

1975년 51세　7월 20일, 한국아동문학가협회에서 펴낸 《동시, 그 시론과 문제성》에 실은 '표절 동시론'에서 송명호가 모방작을 썼다고 했다. 그 일로 송명호가 명예훼손으로 고소했다. 이 사건은 〈조선일보〉, 〈한국일보〉에 보도되고, 9월 20일에 회장 이원수가 해명서를 신문에 내고, 이오덕이 사과하여 마무리되었다. 12월 5일, 여름방학 때 염무웅한테 월북 작가 오장환이 번역한 《에세닌 시집》과 이용악 시집을 빌려주었는데, 그것을 복사해 신경림과 백낙청한테 돌린 것이 걸려서 12월 2일 중앙정보부에 끌려가서 이틀 동안 조사받고 나왔다.

1976년 52세　3월 1일부터 1979년 2월 28일까지 안동군 길산국민학교에서 교장으로 지냈다. 어린이문학 평론 '부정의 동시'로 한국아동문학가협회에서 주는 제2회 한국아동문학상을 받았다. 창작과비평사에서 펴내는 〈창비아동문고〉를 기획하고 선정 위원으로 일했다. 자유실천문인협회(지금의 한국작가회의)에 함께했다. 환경보호연구회에 함께했다. 경북아동문예연구협회 부회장을 지냈다.

1977년 53세　아동문학평론집 《시정신과 유희정신》과 교육 수필집 《이 아이들을 어찌할 것인가》를 펴냈다.

1978년 54세　교육 수필집 《삶과 믿음의 교실》과 어린이 시 모음 《일하는 아이들》을 펴냈다.

1979년 55세　3월 1일부터 1982년 2월 28일까지 안동군 대성국민학교에서 교장으로 지냈다. 1985년 8월까지 경북글짓기교육연구회 회장을 지냈다. 마리스타수도회 안동실기교육원 교육 협의에 함께했다. 안동 장자연구모임에 함께했다.

학교 문집 〈칠기 덩굴〉과 학교 신문 〈대성〉을 펴냈다. 어린이 시 모음 《우리도 크면 농부가 되겠지》를 펴냈다. 동시집 《꽃 속에 묻힌 집》을 엮었다.

1980년 56세　한국문인협회 안동지부 지부장과 어린이도서연구회 지도위원, 한국아동문학가협회 부회장을 맡았다.

1981년 57세 10월 16일, 처음으로 '글짓기'라는 말을 '글쓰기'로 바꿔 쓰기로 했다. 안동 마리스타수도회에서 만난 사람들과 함께 아동문학 연구회와 성서연구회를 만들어 공부했다. 지체부자유아동복지회를 만드는 데 함께하고 이사가 되었다.

동시집《개구리 울던 마을》을 펴냈다.

1982년 58세 3월 1일부터 1986년 2월 28일까지 경북 성주군 대서국민학교에서 교장으로 지냈다. 합동기획출판사에서 어린이책 기획위원으로 일했다.

동화집《황소 아저씨》를 엮었다.

1983년 59세 8월 20일, 초·중등 교사 46명과 한국글쓰기교육연구회를 만들고 대표를 맡았다. 도서출판 인간사 어린이책 기획위원으로 일했다.

어린이에게 보내는 편지《울면서 하는 숙제》와 수필집《거꾸로 사는 재미》를 펴냈다. 동화집《까마귀 아저씨》를 엮었다.

1984년 60세 〈이원수 아동문학 전집〉을 기획하고 편집했다. 경북아동문학연구회를 만들었다.

아동문학 평론집《어린이를 지키는 문학》, 어린이 시 모음《참꽃 피는 마을》, 어린이 글 모음《우리 반 순덕이》, 《이사 가던 날》, 《나도 쓸모 있을걸》, 《웃음이 터지는 교실》, 글쓰기 교육 이론서《삶을 가꾸는 글쓰기 교육》을 펴냈다. 수필집《산 넘고 물 건너》를 엮었다. 일본 어린이 시 지도책《어린이 시 지도》를 번역했다. 어린이문학 부정기간행물 〈살아 있는 아동문학〉을 만들었다.

1985년 61세 7~8월,《민중교육》사건과 '창작과 표현의 자유에 대한 문학인 401인 선언'에 참가한 것으로 경찰서 정보계에서 감시당하고, 교육청 학교 사무 감사를 받았다. 11월, 가까운 이들이 안동에서 이오덕 회갑 모임을 마련했는데 교육청에서 가지 못하게 막았다. 12월 16일, 명예퇴직을 신청하는 서류를 냈다. 12월 26일, 문공부 산하 도서잡지주간신문윤리위원회에서 이오덕이 쓴 모든 책을 판매 금지시켰다. 어린이를 지키는 문학인 모임을 만들었다. 햇빛출판사에서 어린이책을 기획했다.

동화집《구구단과 까치밥》을 엮었다. 어린이문학 부정기간행물 〈지붕

없는 가게〉를 만들었다.

1986년 62세 1월 11일, 《개구리 울던 마을》, 《꽃 속에 묻힌 집》 같은 책들을 도서잡지주간신문윤리위원회에서 불건전 아동 도서로 분류했다. 2월 28일, 42년 동안 몸담았던 학교에서 떠났다. 3월, 경기도 과천시 주공아파트 1단지 206호로 이사했다. 한국글쓰기교육연구회 대표로 연임되었다. 민주교육실천협의회를 만드는 데 함께하고, 공동대표를 맡았다. 《어린이와 책》과 이호철 학급 문집, 신현복 일기 《저 하늘에도 슬픔이》를 기획했다.

수필집 《이 땅에 살아갈 아이들 위해》와 글쓰기 지도서 《글쓰기, 이 좋은 공부》를 펴내고, 교육 수필집 《우리 언제쯤 참선생 노릇 한번 해 볼까》를 엮었다. 어린이 글 모음 《봉지 넣는 아이들》(대서초등학교 180명 모두가 쓴 글)과 《산으로 가는 고양이》를 엮었다. 어린이문학 부정기간행물 〈겨레와 어린이〉와 〈우리 모두 손잡고〉를 만들었다. 중고생 백일장 작품집 〈성주의 가을〉을 펴냈다.

1987년 63세 전국초등민주교육협의회를 만드는 데 함께하고, 자문위원을 맡았다. 학급 문집 《꿈이 있는 교실》(유인성), 《들꽃》(주중식), 《해 뜨는 교실》(백영현)을 기획했다.

교육 수필집 《삶, 문학, 교육》, 동화집 《종달새 우는 아침》, 동시집 《언젠가 한번은》을 펴냈다.

1988년 64세 4월, 제3회 단재상을 받았다. 한겨레신문 창간 발기인회 공동 부위원장과 창간위원을 맡았다. 공해반대시민운동협의회 이사, 탁아소연합회 이사장, 공해추방운동연합 지도위원을 맡았다. 일하는 사람들의 글쓰기가 중요하다 여겨 1, 7, 8, 9회 전태일문학상 심사위원을 맡았다.

어린이 글쓰기 지도서 《어린이는 모두 시인이다》를 펴냈다. 《어린이를 하늘처럼 섬기는 교실》을 엮었다.

1989년 65세 아동문학인들과 함께 한국어린이문학협의회를 만들고, 회장을 맡았다. 전교조탄압저지와 참교육실현을 위한 범국민 공동대책위원회 고문을 맡았다. 〈노동문학〉 자문위원과 〈농민〉 지도위원, 사월혁명기념사업회 지도위원을 맡았다. 어린이문화를 걱정하는 모임을 만들려고 했으나 뜻을 이루지 못했다.

《우리 글 바로 쓰기》와 《이오덕 교육일기》(1, 2)를 펴냈다. 교육 수필집 《탁류 속을 가는 선생님들》을 엮었다.

1990년 66세 민족문학작가협의회(지금의 한국작가회의) 고문을 하면서 아동문학분과위원회를 꾸렸다. 한겨레신문 주최 겨레의노래 선정 위원을 맡았다.

교육 수필집 《참교육으로 가는 길》을 펴냈다.

1991년 67세 한국글쓰기교육연구회 회장, 한겨레신문 창간위원장단 전형위원회 부회장, 과천시민의 모임 공동대표, 월간 〈우리교육〉 편집 자문위원을 맡았다. 한글학회가 주는 국어운동공로상을 받았다.

민족문학작가회의 회원들이 쓴 동시집 《통일은 참 쉽다》와 《남북 어린이가 함께 보는 창작 동화》(1~5)를 엮고, 어린이 글 모음 《우리 집 토끼》를 펴냈다.

1992년 68세 유치원 교사 박문희가 아이들 말을 들어 주고 기록한 마주이야기와 그 교육 과정을 책으로 펴내기 위해 애썼다.

1992년에 펴낸 《우리 말 바로 쓰기》를 다시 고쳐서 《우리 글 바로 쓰기》(1, 2)를 펴냈다. 《우리 문장 쓰기》도 펴냈다.

1993년 69세 우리 말 살리는 모임을 만들고 공동대표를 맡고 회보 〈우리 말 우리 글〉을 펴냈다. 경기도 과천에 우리 말 연구소를 열었다. 초원봉사회 고문과 국민학교 이름 고치는 모임에서 운영위원을 맡았다.

《글쓰기 어떻게 가르칠까》와 어린이 글쓰기 지도서 《신나는 글쓰기》, 《우리 모두 시를 써요》, 《와아, 쓸 거리도 많네》, 《이렇게 써 보아요》, 《어린이 시 이야기 열두 마당》, 동화집 《버찌가 익을 무렵》을 펴냈다.

1994년 70세 7월 1일부터 1996년 6월 30일까지 문광부 국어심의회 국어순화분과위원회 위원을 맡았다. 과천시민참여 모임 공동대표와 전국교직원 노동조합 자문위원을 맡았다.

어린이를 위한 우리 말 바로 쓰기 지도서 《이오덕 글 이야기》를 펴냈다.

1995년 71세 어린이와 청소년의 권리 지키기 연대회의 공동대표를 맡았다.

글쓰기 교육 이론서 《무엇을 어떻게 쓸까》를 펴냈다.

1996년 72세 남북어린이어깨동무 자문위원을 맡았다. 동국대학교 만해 백일장 심사위원을 맡았다.

《우리 말 바로쓰기 3》과 노동자 글쓰기 안내서 《일하는 사람들의 글쓰기》와 교육 수필집 《어린이를 살리는 글쓰기》를 펴냈다.

1997년 73세   어린이도서연구회 이사와 공정선거민주개혁국민위원회 창립대회 준비위원회 고문을 맡았다. 마주이야기교육연구소를 만드는 데 도움을 주었다.

어린이를 위한 우리 말 바로 쓰기 책 《우리 말로 살려 놓은 민주주의》를 펴냈다.

1998년 74세   교육부에서 펴낸 학생인권선언문을 다듬었다. 김구 주석 서거 50주년 추모공연 준비위원, 한글학회 한글전용추진위원회 위원, 민족화해협력범국민협의회 고문을 맡았다.

청리초등학교에서 가르친 어린이 시 모음 《허수아비도 깍꿀로 덕새를 넘고》를 엮었다.

1999년 75세   충북 충주시 신니면 광월리 710번지 무너미 마을로 이사 갔다. 어린이도서연구회 자문위원, 한국글쓰기연구회 이사장, 국가보안법반대 국민연대 고문을 맡았다.

2000년 76세   책을 손수 펴내고 싶어 아리랑나라 출판사를 만들었다. 새국민정치연구회 고문, 생명사랑실천모임 대표를 맡았다.

2001년 77세   아동문학 평론집 《권태응 동요 이야기-농사꾼 아이들의 노래》를 펴냈다. 일본 초중고 학생 시를 번역해 《한 사람의 목숨》으로 엮었다.

2002년 78세   오늘의 정국을 우려하는 지식인 선언에 함께했다.

아동문학 비평집 《어린이책 이야기》와 문학과 교육 수필집 《문학의 길 교육의 길》, 수필집 《나무처럼 산처럼》을 펴냈다.

2003년 79세   8월 25일 새벽 6시 50분쯤에 숨을 거두었고, 8월 27일 11시에 충북 충주시 무너미 마을 고든박골에 묻혔다.

《이오덕 일기》 다섯 권에 실린 '이오덕이 걸어온 길'에는 나이를 만으로 계산했으나 이오덕이 활동하던 때에는 만으로 헤아리지 않아서 고쳐 실었다.

이오덕 일기

1962 • 2003

1판 1쇄 발행 2026년 4월 8일

글쓴이 이오덕
펴낸이 조재은
편집 이혜숙
디자인 서옥
관리 조미래

펴낸곳 (주)양철북출판사
등록 2001년 11월 21일 제25100-2002-380호
주소 서울시 영등포구 양산로91 리드원센터 1303호
전화 02-335-6407
팩스 0505-335-6408
전자우편 tindrum@tindrum.co.kr

ISBN 978-89-6372-457-7 03810
값 35,000원